收获

春卷 A LITERARY BIMONTHLY HARVEST

长篇小说 二〇二四

上海文艺出版社

目录 卷春 二〇一四

2　十面埋伏　范　迁

212　我忧伤地与生活对视　戴瑶琴

222　当　燃　周宏翔

414　力量所在：周宏翔长篇小说《当燃》之「燃」　赵依

422　多洛丝的上海　海　娆

463　后记：打捞岁月的流金　海　娆

十面埋伏

范迁

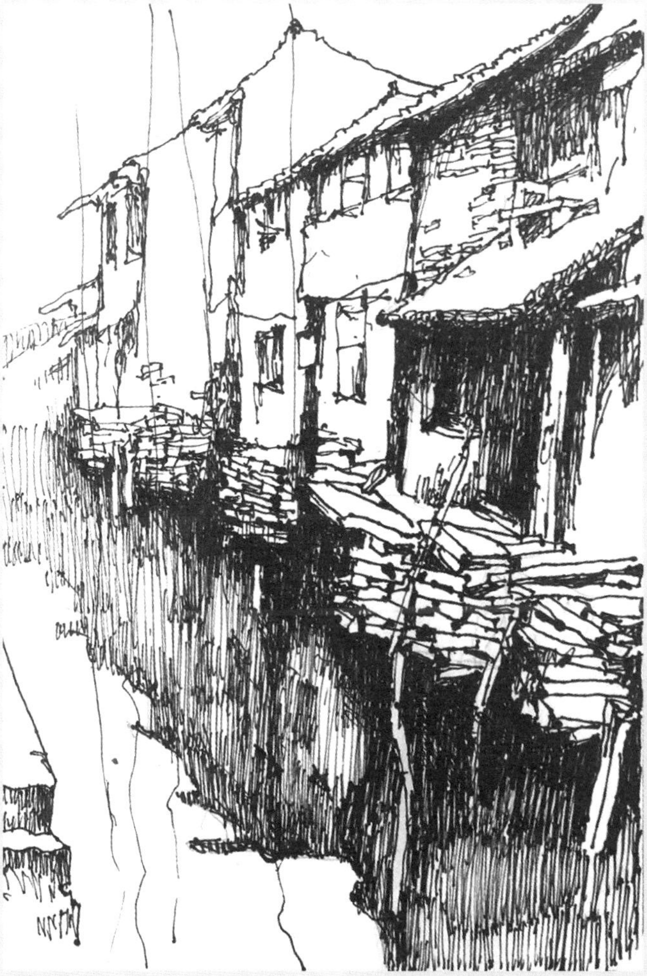

房宇临水，坐落于西浔镇北岸，已经空置求售数年。

西浔镇上港汊纵横，街陌错综。从南向北，越过一座明代的青石拱桥，再沿着七拐八弯的石板小巷，来到尽头一处临水飞地，面向东南。咸丰十年，一位当朝翰林老爷买下这块宅基地，于同治翌年破土造屋，历经十余年才竣工。屋宇造工极为考究，雕花门窗，廊柱森然，高爽通透，青砖围墙高达丈余。大门朝向东方，取其光照韶华之意。又在西南角上打下一列木桩，造起了水陆码头，俯临西浔河，对岸景色，一览无余。

宅子建成之后，时局一直不靖，历经长毛作乱，太后西遁，清室退位，入了民国，又是军阀混战，百姓流离。翰林老爷过世之后，宅子也换了好几任主人。最后一任宅主犯了官司，于丁卯年初迁寓另处，五六房子孙也四处流散。空余巍巍老宅，掩蔽在一片绿荫之中，日益凋敝破败。春日满园梨花寂寞，秋来黄叶萧瑟飘零。

宅子占地甚广，庭院里遍设假山鱼池，回廊曲折，小径通幽。房舍计有正厅副厅花厅佛堂，正房厢房绣房茶室书斋，大灶二灶小灶柴房库房，再加上娘姨佣人花匠的下宿之处，林林总总有四五十间房舍。但长久无人居住打理，虫蛀鼠噬，多有朽坏。廊下尘埃覆盖，结满了蛛网。园中落叶堆积，甬道上杂草丛生。大门油漆剥落，铜制门钉蒙了绿锈，青砖围墙苔痕斑驳。仰头望去，屋脊檐首也多破损，鸟雀筑巢其间。水陆码头也荒废日久，污泥淤塞，台面塌陷，大点的船就靠近不了。

这样一幢朦胧巨宅，难以觅到新主人，庞大的修葺维护花费，就非一般人士能负担得起。

戊辰年二月，宅子终于易主。再过半旬，几只满载大船停靠在西浔镇公所前的码头上。一队黑瘦挑夫，鱼贯地走上跳板，扛着床榻桌椅、镜台箱笼、衣柜鞋匣等一应家居什物，穿街过巷，上桥下桥，迤逦来到大宅子的门前。

领头的张大管事掏出一串钥匙，吃力地打开锈涩已久的铜锁。沉重的大门被叽呀一声推开，刹那间，一撮灰尘落下，正好迷住了大管事的眼睛。此时旁边突然有人惊呼："快看呀！在那。"

众人齐齐瞥去，庭院深处似有个棕红色的影子一闪而过。

坊间便有了窃窃私语：这般长年空关的房舍，必然阴气郁结，什么魑魅魍魉都有滋生。搬进去之前，必要请些和尚道士来作个法事，烧炉香，上些供。否则狐仙们岂会心甘情愿地腾出地盘来吗？

总有两三个月间，工匠们日日挑灯赶工，粉刷修葺，清扫屋宇内外，重植花木。大管事又雇来了一伙乡下人，挖掘码头下的污泥，疏通水道，再在码头底脚处重新打上一排木桩，牢固地基。

戊辰年端午前几日，大宅门旁钉了一块金字黑匾——霍宅。老人们记起来了，以前镇上是有个姓霍的人家，也算是书香门第。不过迁走许多年了，不知是否同一家族？再隔旬余，街坊们终于见到新任屋主霍秉梆，年近天命，一身藏青哔叽呢子中山装，头戴白色铜盆帽，从停在镇口的一辆黑色小轿车上下来，挂了一根文明棍，身后跟了两个穿制服的仆人，神色澹然，目不斜视地走过街巷。张大管事出来接着，躬身延请进门。于是坊间的说法亦变了：

如果是官家的话，那倒是不碍的，做官的人阳火旺盛，自带煞气，狐仙们大概是不敢作蛊的。

再过半月，工匠竣工，宅子整旧如新，园中花木葱茏。还辟出一隅建了个羽毛球场，旧日大宅重现辉煌。水陆码头垒起新的石阶，大船也可以靠泊了，挑夫们忙碌地进进出出。初夏之际，家眷也到了，一大家子人直接从水陆码头上岸。管事的在当地雇了佣人、厨子和花匠。白日炊烟袅袅，夜晚灯火通明，原来寂静的大宅，开始复苏。

听说来了大人物，西浔小镇如静潭投石，水花激涌。端午一过，即有多位本地乡绅士人来投帖拜见，或称门生，或称世谊，或称同门，陆续不断，却都一律被拒之门外。张大管事每每在门前鞠躬打揖：我家主人说了，迁寓诸事纷繁，敝舍还未曾安置停当。家眷途中又偶感风寒，卧床不起。实在不便恭迎诸位大驾。一俟整顿完毕，定当上门请安，万望见谅。

众乡绅都是当地有头有脸的人物，不料竟吃了个闭门羹，一个个不免悻悻然。却不晓得新邻居的根底，亦不敢贸然作色。只好在肚里嘀咕，私下议论纷纷。

直到有天傍晚，看到镇上的地保官，引了当地吴兴县的赵县长，乘了一顶小轿上门拜谒。街坊们偷偷盘盘地在自家门缝中望出去，只见霍宅大门前，有两个挎着短枪的马弁在守候，张大管事出来送茶递烟，几人说说笑笑，很是熟稔的样子。赵县长在宅内盘桓了总有两盏茶的工夫，才告辞出来。

消息传开，乡绅们不禁肃然起敬：赵县长可是当地的父母官呀，都如此地恭敬执礼，可见得新邻居是个不得了的大亨。人家不待见我等，想必是我辈礼数不周，用心不诚。于是投帖再一次如潮涌来，帖帖仰慕渴求，字字情真意切。

可是那扇黑漆大门还是紧闭着，镇上众说纷纭。

赵县长的马弁说："霍家老爷腰背挺直，不怒自威，我猜他呀，大概是个统兵的大将军。我亲眼看见，赵县长告辞出来，还朝着门洞里鞠了个大躬。"

陪同赵县长进霍宅去的地保官却说："大将军？不会吧。霍老爷一派文质彬彬，我看倒像是个读书人，书房里的新书旧书满进满出，一直堆到天花板。"

镇公所里跑腿的阿七头证实："的确，这家人有很多信函，都是从北平、奉天、南京、上海官宦衙门里寄来的，还订了好几份报纸，每隔几日从上海寄来。小的我每次上门送信送报，张大管事总会给四个铜板的打赏。"

众人一致同意：官呢，肯定是个官，而且是大官。镇上那些阿狗阿猫，高攀不上啊，呵呵。

宅子里新雇的厨娘阿娥说："啊呀，你们这几个死鬼不要再嚼舌头了。这家人的太太，病得很重。常有医生郎中，从杭州、上海过来诊视的。看样子，不大好了……"

镇上有家中药铺子庆余堂，霍家的张大管事常来抓药。掌柜的刻意与之攀谈搭讪，无奈老张的嘴巴很紧。但往来日久，也多少透出些许口风：霍老爷原在北洋军政府里供职。只为了夫人患有肺疾，举家迁回祖籍，本想安静养息，也希望南方温润的气候有利于病情。不想在搬家途中，在汉口的码头上感染了风寒，病情却是更重了，请了上海的名医来诊视，也不见大好。家里人都心事重重，霍老爷整天愁眉不展呢。

传到外面，就有好事之徒说三道四了：说过的吧，这宅子不太平，修葺得再光鲜也不顶事，早就应该请个风水先生来看一看的。

隔年腊月初六，霍宅大门前突然挂出白幡，邻里惊传霍家夫人在上海圣玛丽亚医院病逝。乡绅们自然送去了奠仪和挽联，大管事迎进花厅，拱手拜道："我家老爷关照过了，夫人的后事就在上海办理。拜谢各位的挽联，奠仪就请捐助安徽水灾民众，霍氏阖家多多拜谢。"

月余，霍宅有客来访，来人是名满百里湖州的风水先生费师爷，赵县长特为介绍来的。辛亥事变之前，费师爷在湖州道台衙门里做过文案，见多识广。现在年龄上六十了，干瘦驼背，花白头发，一对小三角眼目露精光。进宅后由霍老爷亲自陪着，看遍了房舍院落东南西北。回到客厅坐下奉茶，费师爷开门见山："府上的地格么，是极好的。屋形西高东低，前临水后倚街，青龙白虎朱雀玄武各在其位。进门有吉羊回眸大照壁，挡了煞气冲撞。后门出去又有水陆码头，疏通流畅，千转百回。"

"人格呢，却是个流动的因素，聚散有时，盈亏互替。照不才看来，此宅宜密不宜疏，宜阳不宜阴，宜老不宜少。"

霍老爷掀了掀茶盅盖子，神色纹丝不动，但费师爷看到他太阳穴上一根青筋搏动了一下。

费师爷顿了一下，又道："再说到天格，不才学浅，不敢贸然论定。话说这天格，一直是堪舆学上最难定论的。今日与明朝，平地起风云，一日间千变万化，可以说是截然不同的格局。再好的风水名家，说个三年五年，还不一定准。那种碰不碰就说一生一世的，全是些野狐禅。大人您看当下时局，从大清末年起，这十七八年来遍地乱象丛生，今日这个大元帅，明朝那个大总统，什么宪政民国共和之类的时新玩意儿，神仙也算不过来的。"

霍老爷面无表情地拱手道："先生所言甚是，我们都是凡人俗子，营营碌碌，痴愚嗔顽，难以参透天机。不过，既然已经劳动了先生过来，还望不吝赐教，在下也可有个全盘考量。"

费师爷抽着水烟筒，沉吟不语。霍老爷也不催促，啜茶静待。

半晌，费师爷搁下水烟壶："还烦劳大人，陪我在贵宅内外再巡看一趟。"

从客厅出来，两人背了手，缓步徐行。从大门照壁起，穿房过室，经甬道、过天井，一径往后边行来。费师爷一忽儿仰头，一忽儿低首，簇眉凝神，并没有一句半语。开了后门出去，两人站在用青石条垒起的水陆码头上，放眼眺望。此刻河水正值退潮，湍急向东而去。费师爷眺望着暮色笼罩的远处城镇村舍，河上飘忽沉浮的小舟。再转过头来，注视着楼阁飞檐的剪影，久久地凝思苦想，一声不出。

霍老爷也没催他，只说："先生劳顿一天，时辰也晚了，舍下备了些薄酒，请先生入席。"

席间，宾主浅酌，两人说些本地民俗风土，名士逸事，梨园风韵，半句都不提风水堪舆。筵罢，霍老爷叫来贴身娘姨，命她去收拾出一间干净客房，留费师爷宿夜。

下半夜，费师爷于半醺中醒转，坐在床沿怔怔地想了一忽，再喝了口冷茶，一拍额头，遂披衣起身，趿了鞋，独自穿过天井来到后门。门外万籁俱寂,月光如水般地泼洒在青石码头上,如遍地碎银。对岸渔火两三点,昏朦如萤。脚下河流如绢,淅沥流淌不绝。费师爷仰俯之间,似有所悟,只是还有薄薄一层穿不透。突然,一只黑鸟从宅后的檐间惊起,先是低掠过水面,再倏地腾起,再钻进月亮的光晕里,再遁入黑夜之中。

翌日,用过早点,是客人告辞之际,霍老爷命人捧来一个托盘,红绸上置两摞银洋。费师爷却看都不看,转头对主人说道:"半夜辗转,起来夜观天象,星象错综,风云变幻,实在是诡异莫辨。只有一点心得……"

霍老爷肃然,一拱手:"在下洗耳恭听。"

费师爷有些踌躇地道:"贵宅屋檐下的挂角之巢……不要除去。"

霍老爷诧异道:"什么?"

费师爷眼神迷离:"此言,只是在下的心象,心象者,无从解释,全为个人之见也。大人信的话,姑且听之。如不信的话,还请一笑而已。"

说罢,坚辞霍老爷的馈赠,拱手一揖而去。

第一章　挂角之巢

一

霍宅中庭里新起的羽毛球场临着后街,一墙之隔,街坊们听见高墙里面传来少年人清脆的笑声,以及噗噗的拍球声。这种只有在上海、杭州才有的洋派玩意儿,竟也在西浔小镇落地了。偶尔,如鸟儿般的羽毛球飞出高墙,后门便启开了,一个身着西装短裤,身材颀长的少年跑出来捡球。早有邻人把球先捡了,双手捧了奉上,借机与少年搭讪说话。说得时间稍久些,门里又出来一个少年,一模一样的打扮,跟先前的少年活脱似像。邻人见之大惊。先前少年笑着说道:"这是我的双胞胎弟弟。"邻人惊叹道:"简直就是一个模子里刻出来的。"少年道:"是呀,莫说旁人,就是我爹爹,也常常要认错的。"

待以时日,来往渐多,乡绅们多少晓得了些霍家大宅内的情形,霍家老爷名秉郴,字梅淞。曾任北洋军政府高职。娶有两房妻室,膝下四儿两女,长子霍文沧是他去日本之前,跟乡下的原配生的,在日期间,原配因病亡故,文沧从小由祖父母抚养长大,现在上海交通大学桥梁工程系读书,还有一年多就可毕业。二女霍文珍,长得风姿绰约,聪颖乖巧,十八岁时嫁给江南纺织业大王骆家的四儿子,夫家寓居无锡,偶尔回来探视。三子文海、四子文桑是双胞胎,明年要到上海南洋模范高中部去读书,这是在此地的最后一个假期。

再接下来也是个儿子,霍文田,从小患有严重的哮喘病,喘起来面孔煞青,只有出气没有进气。眼珠翻白,手脚抽搐,好似即刻要倒地死去了。靠了进口的德国喷剂,一次次地从鬼门关上救回来。当然,这个病怏怏的样子,也是不能出门上学的,于是霍家请了私塾先生在家读书。偏偏这少年霍文田是家族子弟中最聪明的一个,七岁能通背唐诗三百首,九岁读完诸子百家,并无师自通地弹得一手好琵琶。十岁童子,弱不胜冠,一阕琵琶独奏《十面埋伏》,却听得琵琶名师刘寿椿热泪盈眶,直说这孩子是个奇才,音律前途不可估量。为此特地登门拜访,想要收了文田做衣钵弟子。霍宅奉茶待客,来客刚说了来意,霍老爷即正色道:"琵琶、胡琴这等玩意儿,陶冶性情可以,以此为生却不甚合宜。霍某在此鸣谢前辈抬爱,此事不必再谈。"

最小的女儿霍文珠,才八九岁年纪,长得花容月貌,活泼娇憨,是霍老爷于四十二岁上所得,真的是当成掌上明珠,从小呵护备至。

霍老爷对子女的管教非常严厉,但对两个小的多少有点宠溺。他的书房,旁人没有召唤是不许入内的,但两个小的可以自由进出。文珠活泼好动,常常在父亲看书写信之际,悄悄地从背后掩近,用双手捂住他的眼睛,奶声奶气地问道:"爹爹猜猜我是谁?"霍老爷就故意胡乱猜测一通,最后才故作惊讶道:"要么,别是那个小丫头小捣蛋吧?"文珠就开心得拍着手咯咯娇笑,刚要撒腿开溜,却被她父亲一把搂住,非要在苹果般的腮帮子上亲上几口才放手。

而文田是家中唯一可以随便翻阅他父亲的藏书的孩子,小小年纪,除了看遍了唐诗宋词,连王阳明、朱熹、曾国藩的政经文章也有所浏览。另外,书架上翻译过来大部头的《罗马史》《天演论》《拿破仑传》等,也多有阅读。十二岁的他会和父亲讨论晚明东林党案情,或太平天国十三年兴起和衰落,其中几次关键战事的转折点。霍老爷颇有兴味地听着,他是见过大场面的人,深知世事的诡谲难料,一个偶然事件就可以改变历史的走向。小儿子的早慧,使他欣慰也使他担忧,就算像是周公瑾那般雄才大略,心细如发,也有计算不到之处,结果是赔上了性命。这孩子心性甚高,但天生体弱多病,更难以承受现实的打击,所以并不希望他功成名就,只要他平平安安过一生就好。

对另外三个儿子,霍老爷倒不甚担心。大儿子性格沉稳,读的又是工科,不怕没饭吃。朋友中也有子侄读完书出国深造的,霍老爷也曾盘算过要不要也让文沧去欧洲见习两年,但还有一年才毕业,现在考虑为时过早。

夫人蒋氏身缠病榻之际,一直是大女儿文珍女代母职,掌管家中大小诸事。两年前,由老世交荐婚,大女儿嫁进了好人家,亲家姓骆,做纺织业的,在江南一带颇有声望。女婿惠仁聪明勤勉,性格温和,虽说相貌差了点,黑肤矮胖兼有些少年谢顶。文珍还为此大大失落了一阵。其实,男人有貌有才又有财当然最好,但世上哪来万全之事,三项中能占了两项已经是上选了。文珍结婚两年多,已经有了一岁多的男孩。上礼拜写信来,说是又有了。

双胞胎文海和文桑,天生活泼好动,性格又外向,跟任何人都合得来。也因为年轻贪玩,功课上只是平平。霍老爷也不过多警彷,他从多年官场的历练中晓得,一个人在一生一世中的得失,并不在于书读得多好,而在于性格的亲和力,以及审时度势和善结人缘。读书么,反正就要去上海住校的,让先生和舍监们去费心思教化他们吧。

小女儿文珠,是霍老爷心上最软糯之所在。他曾设想过,等他到了耄耋之年,就和小女儿一块住,前庭后园。他读书吟诗,观花赏鱼,女儿外孙晨昏省亲,嘘寒问暖,尽享天年。

二

世居西浔镇上的徐京楚医生，出身于杏林世家，虽然医术精湛，但为人淡散，因此病家并不太多。好在祖上留下一幢旧宅，得以栖身。另在湖州东乡有九亩七分水田，收个十几担租。在没有病家上门之际，看看医书易理，老庄诸子。或去茶馆里与人对弈几盘围棋，或去杭州湖州探朋访友，日子过得清淡闲适，直如闲云野鹤。徐医生在家中蓄养了三笼鸟雀，一对画眉，还有一只黄莺。天晴时分，带了鸟笼到河边去遛鸟，春风拂面，柳枝新绿，鸟鸣婉转，心情舒畅。江南亦多雨，黄梅天常延续旬余，终日里雨丝缠绵，牵丝扳藤，人也觉得浑身不自在。在烦闷之际逗逗鸟儿，与它们唱和几声，辰光就不是那么难挨。

徐医生还另有一雅好，篆刻。江浙本地多产上好石头，寿山、田黄、鸡血等都是名贵石材，民间多有收藏。遇上好石材，手边又正好有几个散钱，徐医生也会买下来。在灯下把玩小小的一方晶莹，天工造物。后来就自己下手，无师自通，仅靠了家传的几本印谱，慢慢竟成个中高手，走的是陈老莲那一路，铁骨铜线，古意盎然。湖州本地有批书画篆刻同好，常呼朋唤友，组会开筵，互相观摩赏析。徐医生鲜少出席那些茶酒聚会。本来篆刻之雅，在于春秋互然。石章界面虽小，但心手相应，实属私人心境，没必要去与人应酬唱和。

一日晚膳时分，一家子刚端上碗，突然大门被拍得山响。开门却见是霍府的张大管事，满头是汗，神色惶急，说是霍府里有人生了急病。问他具体病症怎的？张大管事也七七八八说不出个所以然来，只是不断鞠躬打揖，拖了要走。徐医生晓得事急，当即放了饭碗，背上药箱跟来人一径赶往霍府来。

踏进霍府，在中院的一间卧室里，几个娘姨杂役如无头苍蝇般地奔进窜出。人人面上布满惊恐神色，却手脚无措。张大管事遣退众人，引了徐医生进房，只见一个少年人半倚半躺在贵妃榻上，脸色惨白，神情萎靡，话都讲不出来，两只手却抓紧了自己衣裳领襟，喉头里发出一种喑哑的嘶吼声响。徐医生先探了鼻息，再略一把脉，心中暗道一声：不好。当即命人脱去少年上衣，伸出两指，在锁骨处的云门穴和中府穴用力按压下去，随后又叫人把少年翻转到侧躺位，在后背上置放了四个火罐。一俟少年哮喘稍平息，徐医生匆匆开出药方：射干，麻黄，贝母，甘草，太子参与冬虫夏草为引。药抓来后，令人即刻急火煎好，在张大管事的相帮下，一碗乌黑的药汤灌下去。少年惨白的脸色稍显缓和，气息也平顺许多，再看，已在卧榻上沉沉睡去。

徐医生才得空向大管事询问少年起病缘由。

张大管事说：”前日，老爷带了三少爷四少爷和六小姐去无锡了，说是二小姐生了个囡。只缘五少爷一向体弱，就想免了他车马劳顿，让在家里歇息。老爷说不过三四日即回转来的。今天早上还好好的，在老爷书房里看书，中午吃了一小碗绿豆稀饭，一些蟹糊，喝了一碗腌笃鲜汤。在申时光景，突然就喘不过气来。家中平时备好了药的，拿出来喷了七八下，却并不见好转，反而越来越厉害。我真是急得走投无路，宅中亦鸡飞狗跳。还是个本地娘姨说了，前街有个徐医生蛮灵光的，就此上门讨救兵来了。"

徐医生叹道："还算你机灵，少爷这个病凶险异常，再拖上半个时辰，真是难说的。"

张大管事深深一鞠躬："感谢先生救治大恩，五少爷万一有个三长两短，那叫我怎么去向老爷交代。"

徐医生又提笔写了一副药方："现在看来一时上缓和了，但随时可能再次发作，你照这个方子去抓药，文火煎，早夜各一服，连服七日，可保病情不会反复。"

张大管事送出大门口，拱手道："请先生明示，诊金几何？等老爷回来后即送至府上。"

跟着送客出来的厨娘阿娥插嘴说道："在西浔镇上，大家都晓得的，徐先生从不设诊金，全看病家家境，既有富贵人家付一二十银洋的，也有贫民小户，先生分文不取的。"

张大管事喏喏作揖，徐先生一笑离去。

几日不见霍府管事上门，想必少年没有大碍，徐医生也放下心来。一日天雨，他正在茶馆里与人弈棋，在差不多要收官之际，只见家中小儿方晦前来，牵了他的袖子："爹爹，快转去，家中有客来呀。"徐医生想不出谁会在这种天气来访，心中不舍这盘棋。于是好整以暇，跟人一板一眼地打劫，最后赢了两子，才跟小儿撑着伞回家来。走进堂屋，却见地上放了个嵌漆礼盒，而八仙桌上放了个红木托盘，上置两锭小金元宝。窗边一老者背了身，正饶有兴趣地逗弄他的画眉。听到动静，客人转身向他拱手："在下霍秉郴，特来拜谢先生救治小儿之恩。"

徐医生回礼，吩咐家人奉茶待客。两人说起文田的病症，徐医生道："这病之凶险，在于防不胜防，任何时候都可以发作，一个救治不及，就是性命交关的事。"

霍老爷长叹一口气："何尝不是呢，常常上一刻还好好的，下一刻突然就面色青紫，喘不过气来。我也曾带他走遍大城埠码头，访医求药，一直未能根治。有人说是血里缺了点什么，先天性的。"

徐医生颔首道："虽有医书说此症是从娘胎里带来，可也不见得不能治根。敢问家中别人，是否有相同症状？"

霍老爷略一想，说："六个兄弟姐妹，并无人有此疾病。再推想及叔伯堂兄弟间，也从无听说。"

徐医生道："父精母血，孩童心性血脉随父，相貌身体随母，甥舅辈里是否能相问一二？"

霍老爷略一沉吟，缓缓开口："我与拙荆是姑表兄妹，她家的事情我也大略知道一二，也没听说过何人患有相同病症。"

徐医生心中明白，即刻说开去：《本草纲目》说此症好发体寒之人，冬末春初之际，花粉阴潮之时易发。因此要忌受寒，忌冷食，忌烟尘，忌辛辣。话说任何疾病，'养'是首要的，到了要'治'的那一步，已经是临时抱佛脚了。不过，文田少爷年轻，还在长发头上。也曾听说过有人调养得法，过了廿岁，此病症自己痊愈的。"

霍老爷叹道："先生之言一点不差，少年人饮食不知节制。我回来后细细地问了家人，小儿正是贪食了一碟蟹糊，就此突然发病。"

徐医生笑而不语。

霍老爷拱手道："先生救治大恩，不敢稍忘。今后还多有请教之处，在此先拜谢了。"

两人又闲说了些种花养鸟之道，霍老爷告辞，徐医生送至大门口。

晚餐过后，徐医生在书房里翻阅医书，随览几页后，感叹人世疾苦无边，医术药石俱是治表不治里，便觉得无情无绪。搁下书，打开存放着石章的匣子，拿出一块鸡血石来刻章，这块石章是他一位故友赠送的，约莫有小孩拳头大小，椭圆形，通体晶莹剔透，丝丝缕缕的鲜红血斑遍布石体。他端详一阵，又想不定要刻些什么，也搁到一边。背了手在房内踱步，走到窗前立定听雨，连绵的雨声急一阵缓一阵，屋檐下滴答之声不绝。突然一道闪电忽闪掠过，雷声隆隆。一下子狂风大作，那雨势就开了闸似的，倾盆而下，头顶上的屋瓦打得啪啪作响，院中一根树枝咔嚓一声被风吹折。徐医生不禁想到，这老天，竟也像人一样，时不时要来阵子哮喘发作的。再想从民国伊始到这几年，政局更迭，战乱多起，民生愈艰，可不是世脉不畅，天道不靖吗？

徐医生心中豁然，一拍额头，有了。复回书桌前坐下，调正呼吸，左手张开虎口勒住石头，右手鹰啄之指执刀，凝神屏息，落刀无悔，只听得刀锋在石面上走动的嘶嘶轻响，刻完吹去石粉，取出印盒，在印谱上按下石章，鲜红色的三个篆书体阳文跃然纸上，"天有疾"。

三

文田虽然是痊愈了，但身子还是软得很。多日辗转病榻，今日总算可以起来进食。午餐开在花厅，家人已吃过了，他单独一人坐下，面前是一碗燕窝粥，一碟火腿丝炒绿豆芽，一碟粉蒸小排骨，一碟冬菇油面筋，再是一碟清炒豆苗，菜肴都清淡得很。文田多日来只喝薄粥，兼喝大碗苦药，胃中泛酸，嘴里发干发涩，只想吃些有滋有味的下饭。于是叫来厨娘阿娥，吩咐道："去拿一碟蟹糊来。"阿娥两手一拍，说道："啊呀呀，五少爷你不晓得，全是为你断命的毛病，老爷特为关照了，蟹糊从此不许进门，以前存下的一些，也全部扔了。"

文田无奈，草草吃了午饭，便往书房来。这书房南北贯通，北面四幅雕花落地长窗朝向中庭，南面的一排窗扉推开，就望得见后面码头。中庭与后院遍植柳树和慈竹，微风一拂，便婆娑摇动，映在窗棂上，像煞了一幅明人水墨。西墙上置了三座紫檀大书架，大部分是百科全书，唐宋诗册，历代文献，也有商务印书局印制的《天演论》等外国书籍。书房面向中庭摆了一张黄杨木大书桌，收拾得一尘不染，桌上仅置一枚湖州大青石砚台，一个紫铜狮头镇纸，还有一封写完等待墨迹干透的信笺。东面也放了一张明式案几，供奉了一尊白瓷观音，几盆幽兰，一盆文竹。窗下置一把湘妃竹躺椅，铺了软垫和靠枕，文田喜欢窝在躺椅上看书、出神。平时，书房中父子俩各自看书，一片安静，只听得书页翻动之声，霍父喝茶掀动茶碗盖的叮咚轻响，廊下风摆杨柳，婆娑处传来鸟雀啾鸣。霍老爷要写字了，文田就过来帮着展纸研墨，父子俩心领神会，配合默契，霍老爷很喜欢有小儿子的作伴，不但容许他翻阅藏书，平时与人的书信来往也不避他，这里也有个让他增长见识，历练世事的想头在内。

文田进了书房，先拿起水壶，给房里的文竹和兰花浇了水，其中一株蝴蝶兰，叶片肥硕青翠，茎端几枚小花苞初绽，花瓣嫩白如玉，花心一线杏黄。再拿起报纸，翻阅着近几日的新闻，申报上说：上海的码头工人又在罢工，几十万人上街，市面大乱。而北伐的国民军已攻占江西九江一带，算下来离此地也不过七八百里。文田在年幼时曾随了父亲，在上海待过半年多。记忆中，小小的他被温州奶妈抱着，在九曲桥上迤逦走过，俯身观看池里翩然游动的硕大金鱼，再到一间湖心岛上的点心铺子里去吃小笼汤包。儿时印象中的上海，外滩的人群是摩肩接踵，多得不得了。还有高鼻子蓝眼睛的外国人，仰首挺胸，傲然而过，身后留下一股浓烈呛鼻的雪茄烟气味。父亲也曾带了他和文珠，到国际饭店吃大餐，再到法租界去乘小辫子电车，叮叮当当地穿街过巷。上海的天气一直是半阴不晴，人人无来由地一身细汗，因此奶妈的衣襟上总散发着一股酸溲气息。街上的女人们卷烫了头发，嘴唇涂得血红，旗袍呢短得露出膝盖，手里撑着小小的绸伞，既不遮阳也不挡雨。问及奶妈，温州女人的薄嘴唇一撇："哦，少爷莫要去看，那都是些做野鸡的货色呀。"

幼年的他，当然不晓得什么是野鸡。留在童年印象中的上海，就是在黄梅天里，一个腰细一握的旗袍女子，撑了把绸伞，袅袅婷婷走在九曲桥上。

他虽病弱，但也有男孩们天生对战争的兴趣，对当前的南北征讨之战也投入关注，出于年轻人对新生力量的同情，他心中是希望南赢北输。也曾跟父亲提起过这个话题，父亲的态度却很是冷淡，只说了一句："唉，打起仗来是不晓得谁输谁赢的，老百姓受苦却是肯定的。"从此他们之间再也没提起过这个话头。

看完报纸，他随手搁在书桌上，顺便瞄一眼摊在桌上的信，一看就看进去了。

米黄色的信笺上，父亲一笔遒劲的颜体小楷写道：

玉帅大鉴：

来函收悉，关于玉帅提及霍某重新出山之事宜，经数旬长考，谨复如下：

秉梆年逾天命，虽筋骨尚可，但内在精神已趋焦枯。缘由二十来载军旅生涯，看透了中国的政治之不可为。民国伊始，从袁氏到徐氏，再到当今，既僭妄又昏庸。而军中勇毅之士，屡屡被用来作踏脚石，一旦达成目标即弃之如敝屣。芝帅就是最好的例证，五四之变，起因错综，中途失控，他一人揽下所有责任，余生忏悔，终生茹素。而始作俑者却逍遥在外，毫发无损。如今的末法时代，大乘不易，唯奉小乘，傲守自身，不堕污浊。

玉帅一片忠勇报国之心，海内皆知，秉梆衷心敬佩。只是放眼望去，目前局面混沌未定，各个领军人物，阎据西北，张占直隶，孙盘踞于广，冯游弋于中原，各人皆握虎符不发，勒兵观望。此时牵一发而动全身。一步踏错，悔之已晚。就是身后之誉，也难保众口纷词，掌大统者更是独会揽功诿过，翻脸无情。更甚是祸及子孙。吕留良之鉴，当今尤傲。

行文至此，深感汗颜，无奈是秉梆真实内心。万望玉帅见谅，秉梆难以遵命。

万祺康安

愚弟秉郴拜上

他放下信笺，从书架上取下一本吕晚村诗集，就是被乾隆皇帝开棺戮尸的那个明末清初文人。但他翻阅了大半册，多是冶游唱和之作。也偶有几首愤懑之作，如：间有生还者，无从问故宫，残魂明夜火，老眼湿秋风。粉黛青苔里，亲朋向骨中。亲来邻里别，只说破城功。或：十年台榭浑春梦，三月风花抵太平。夹道晓星怀北阙，横江两夜想南京。

一个手无缚鸡之力的文人，只是写了几行文字，凭吊古今，为什么清廷就如此不依不饶呢？说来中国历史的暗黑和霸道，不是一个十二三岁童子能深究得了的。历朝历代多少满腹经纶的饱学之士，上通晓历史诡谲，下警觉权力凶险，常对自己耳提面命远离朝纲，不要贸然去参与。还往往禁不住在一个冲动之下，说出逆耳之言，断送了身家性命，再一次重蹈不复之境。

看书看得心烦，文田走到廊下去逗八哥。这只八哥，是霍父的部下孝敬他的，口舌伶俐，会学腔学舌，既能说官话，偶尔也会说几句本地骂人俗语，见过的人都啧啧称奇。文田先前教过鸟儿读唐诗宋词，竟也有模有样地。最为顺口的是李商隐的《锦瑟》，平时只要文田念了第一句，八哥会接下去抑扬顿挫地念完，虽有几个字语鸟语呜啾，含糊不清，但对一只鸟儿来说也是称奇了。

今日八哥显然情绪不在，文田念了好几次"锦瑟无端五十弦"，八哥却一声不吭，转过身子把个尾巴对牢他。文田不由得好笑："几天没来跟你玩，闹脾气了？最后一次，不玩就拉倒。"说着用手指轻磕鸟笼："来呀，锦瑟无端五十弦……"

鸟儿侧了头看他，嘴里含糊不清地叽咕道："五十弦，五十弦……"突然用一种极不耐烦的语调叫着："此情可待成追忆啦。"

"你今天是怎么啦？笨鸟！"

八哥却不买账，像个小孩子般跳着脚，一再叫道："成追忆，成追忆，成追忆……"

文田摇头苦笑，取来布罩罩上鸟笼，挂在廊下横梁上。

徐医生偶尔来访，看看他的舌苔，搭个脉，问些饮食起居，然后在药方中添减一二味药，总是笑着说道："年轻人，小病小灾不碍的，会得好起来。等你好了，老虎也能打得了的。"

他便心安不少，在徐医生的照料下，年把来竟没有一次发病，脸色也好转许多。

徐医生有时会携了小儿子前来拜访，儿子比文田小两个月，叫徐方晦，长得白净端正，性子却老实羞怯。照理说年龄相仿，两个男孩子应该可以玩到一块。但方晦实在是太内向了，因此两人始终若即若离。倒是小妹文珠，每次方晦来家，便一把拖牢，要他陪着玩抓荷包，踢毽子，跳皮筋，或去球场上打羽毛球。方晦好脾气地被小姑娘支使得团团转，却毫无怨言。打羽毛球输了，文珠便撒赖放痴："徐家哥哥，老是我输太不公平，你怎么也得输上一盘，否则嘛就不睬你了呀。"方晦也只好乖乖地照办。打完了球，两个小囡在灶间里吃点心，文珠先在自己的春卷上咬了一口，再送到方晦嘴边，一定要他也咬一口："我这根特别地脆，你倒是尝尝呀。"方晦便伸长头颈，凑过去咬了一小口，却被烫到了舌头。小姑娘就对牢他嘴里吹气，口中还唧唧哝哝地说："不烫，不烫的喔。"

阿娥跟打杂的老婶子在一旁挤眉弄眼，嘀咕道："这两个小囡，倒是蛮般配，青梅竹马的。"

男孩子闻言，当场红了脸。文珠是从小被全家娇惯着的，一点不买账："哎，你两个老婶婶嚼啥个舌头，等我长大了，就是要嫁给他的，气死你们！"

私下里还对了方晦耳语："徐家哥哥，不要去睬那些老太婆，等我到了十六岁，就叫我爹爹把我嫁给你。"

四

文海、文桑就读的南洋模范高级中学，坐落在法租界的姚主教路上，离交通大学也不远，是一所教会学校，坊间口碑甚好。第一个学期是在校寄宿，六个人共一间寝室。青皮后生们都精力旺盛，说笑嬉闹，喧哗不已，夜不成眠。其中又不乏顽劣之徒，变出种种办法来捉弄舍监。吃饭时十二人同桌用餐，就赛过十二条饿犬，你抢我夺。寄宿生活虽然开心闹猛，两兄弟却不大习惯，读书也受到干扰。一学期过后，霍父便嘱大哥文沧在霞飞路上的诺曼底大楼里租了个两居室公寓，三兄弟同住，彼此也有个照应。文沧此时已修完大学学分，只等论文通过。同时，他在法租界工部局里觅得了一份见习工程师的职位，想先工作个一年半载，有一定的实际经验之后，再去欧洲留学。

搬到新居后，有个同学叫童家聪的，常常过来玩。这男孩子比兄弟俩大一岁，出身贫困，住在极司菲尔路上的诸安浜蔽弄里，据说父亲是个十六铺码头上的装卸工人，母亲是个一字不识的家庭妇女。他自己却非常上进有为。学校里功课门门五分，学堂里担任班长。还在印刷厂里做两天夜班校对，补贴家用。人样子也长得不错，清癯消瘦，眼光深沉成熟。大哥文沧有时留他一起用餐，童家聪的吃相也很节制有度。文沧私下里对两个弟弟说："寒门也出贵子，这同学将来会有作为的，你们学着点。"

文海文桑本来就活泼外向，喜欢交结朋友，三人常常一起出游，逛公园，吃小吃，有了新上映的卓别林电影，也会多买一张票，请童家聪同去观看。一段时日来往，关系变得相当密切。某日下午，两兄弟心血来潮，出其不意地摸到童家聪在诸安浜的住处，屋里屋外简陋的环境倒吓了他们一跳。弄堂又小又窄，遍地污水横流，房子是老式本地木板房子，低矮狭小，脚下便是黑泥煤渣地，房里一竖一横摆了两张棕绷床，是父母和外婆睡处。除此之外就是一口大水缸，缸上面搁块木板，就算是饭桌。屋子后部有一道木扶梯通向一个小阁楼，楼上是直不起腰来的夹层。童家聪和他两个弟弟就在阁楼上打地铺。突然见到霍家兄弟来访，童家聪在一刹那间露出非常恼怒的神情，面孔煞白，不过马上恢复了不卑不亢的表情，请他俩进屋喝茶小坐。倒是兄弟俩坐立不安，又有几分好奇，频频四顾。过不久，童父回来，执意要留兄弟俩吃晚饭："不要客气呀，家聪也在你家吃过好几次了，给我老头子一个面子好不好。"

兄弟俩只好应允，在楼下忙碌之际，两人好奇心十足地爬上小阁楼。斜顶，不过六七个平方大小，倒是收拾得蛮干净的，木地板上铺着篾席，上面整整齐齐叠着三副被褥。阁楼上有一个老虎天窗,三人爬出天窗,坐在屋脊上说话,四下里望着野眼,夕阳下一片高低起伏的灰黑色瓦顶铺展开去,屋檐间错落地长着蒲公英和杂草,一群鸽子掠过傍晚的天空,几只麻雀在屋脊缝隙间觅食,双脚蹦跳着,叽喳成一片。一处小平台上放了几枚生锈的洋铁罐,罐子里种了凤仙花,正开着小小的粉红色花。

楼下在叫"开饭了",几个人鱼贯下楼,水缸上搁了个大的圆台面,是从邻居家借来的,台面上有一大盆暴腌猪头肉,一盆油煎咸带鱼,一盆肉饼子蒸臭豆腐,此外就是一大碗红烧大头菜,一碟水芹炒香干,再有一碟油氽花生米。童父招呼霍家兄弟俩:"来,坐坐,没什么小菜,但饭一定要吃饱。"

地方太小,圆桌面显得硕大而突兀,童父独自坐一端喝着五加皮,霍家两兄弟各坐一端,家聪就跟他母亲一起坐在床沿上,外婆行动不便,就半倚在床上吃。两个小弟在大碗里夹了些菜,犹自捧了碗到弄堂里去吃。童家的菜肴是典型下层市民的下饭菜,粗,但味道很好,特别是暴腌猪头肉,不肥不瘦,腌得咸淡正好,还带点花椒香气。咸带鱼是干煎的,两边的小刺都煎脆了,红烧大头菜也焖得很酥软,很入味。隔灶头饭特别香,两兄弟不觉胃口大开,添了两次饭,当晚尽欢而散。

从此三人关系又近一层,特别是文海,在学校里跟家聪同进同出,无话不谈。而文桑生性内敛一些,做任何事情都慢一步。童家聪曾带了他俩去参加一些进步学生的剧社、聚会,文桑去了两次就不肯再去了,私下跟文海说:"爹爹送我们来上海读书不容易。况且功课这么多,参加这些聚会真是浪费辰光。"

文海哪里肯听:"怎么会是浪费辰光?现在国家多难,我们年轻人要尽一分力的。"

"我们还小,这些事情不是我们管得了的。"

"你我也十六岁了。少年强则国家强,国家是每个人的国家,怎么就管不了?"

双胞胎一向融洽无间,这是他们有生以来第一次有了分歧。

大哥霍文沧也有所察觉,在分别询问了两兄弟之后,说:"参加社会活动,多长点见识,不是不可以,但先要把书读好。"

童父是码头工人工会的理事,又是历次罢工运动中的骨干,因此成了某些恶势力的眼中钉。一日晚间归家路上,无故遭到几个流氓的殴打,小腿骨被打折,卧床不起。童家生计顿成困境,两个弟弟被迫中断学业,送到商铺里去学生意。家聪也想退学去找事做,奈何全家一致反对:童家所有的希望,就寄托在你身上,无论如何要把高中读完,家里卖尽当空,就算是去卖血,也会支持你的。

文海前去探访,见童家聪的神情阴郁,便拖了他出去散心,先在兆丰公园附近吃了些点心,然后在公园内散步。两人坐在冷僻处的假山石上抽香烟,看童家聪还是心情恶劣,文海便劝慰道:"你也不要太过焦虑,伯伯的腿会慢慢好起来的,学业倒真是不可中断。如果我可以出些力的话,千万不要客气。"

童家聪深吸一口手中的烟卷,冷笑道:"你倒说说,要如何地出力?莫不成也去卖血?或者是我带了全家六口,天天到诺曼底公寓去吃饭?"

文海尴尬了,的确,他能力有限,就

算有几个零用钱，也由大哥每礼拜发放，除了请客吃吃点心，实在也没有更多的力气好出。

童家聪把烟蒂扔在脚下，踩了几下，脸上显出决绝的神情："这个世道坏了，单凭你的一己之力，是干不成任何事的。"

文海喃喃道："世道是不好，但总有解决办法的。"

童家聪咬牙道："解决办法就是：彻底打碎这个旧世界，建立起一个新世界。"

见文海茫然，童家聪恢复了平静的语气，说："我们不说这个了。这个周末，如果你有空，我带你去见一些人。"

一个学期下来，大哥霍文沧发觉文海的功课竟出现两个不及格，又从文桑口中得知：文海和社会上的一些激进分子从往过密，有时旷了课去参加他们的集会，帮着刻印，张贴传单，还曾把传单带到家里来过。文沧大惊之下，当机立断，不许童家聪再进门，也对文海下了禁足令。同时写信告知了霍父，霍父接信隔天即赶来上海，关起门来和文海谈了两个时辰。文海年轻气盛，正处在叛逆的年纪，又深受激进思想影响，哪里肯听进半句，梗了头颈与父亲争执。霍父耐足了性子，苦口婆心道："年轻人想为社会服务，这是要赞许的好事。我亦不是不通情理之家长，但什么时候做什么事情，要有个先后顺序，急不得的。你的当下要务就是读好书。"

文海争辩道："国家正在危难之际，对外，列强虎视眈眈，占我河山。对内，政府的屡屡恶行没人阻止。如果一切按部就班，只怕到时候大厦倾倒，挽救不过来了。"

霍父说："情况还没到你说的那般不堪，民国到现在不过小二十年，混乱和无序是可期的，大多数新生国家都会经历这一个过程。儿子，给大家，也给你自己一些时间吧。"

文海沉默不语，霍父看得出来，儿子并没有听进去。于是又说："以我的人生经验来说，政治是件非常诡谲的事，今天看来是进步的，明天可能全盘推翻，变成被人非议的事情。所以说，你现在要做的，是读好书，充实自己，那样才能有个清明眼光，分辨得出什么是长治久安，什么是饮鸩止渴。"

文海突然抬起头来，说："爹爹，您也曾年轻过。多年前，您就看不惯北洋军政府对学生的镇压，因此辞去了高阶军职，解甲归田。今日的情况并不比那时候好多少，您怎么就不理解我要为国家做些事，而来百般阻挠呢。"

霍父变了脸色，赫然作色："你从什么地方听来的？一派胡言。"

文海有点惊慌，但还是目接着父亲的眼光："虽然您从未在家提起过，但外面都有传说。我们兄弟几个大了，多少也有耳闻。我要说的是：我为有这样一个疾恶似仇的父亲而骄傲。同时，也请您理解儿子一片赤心。"

霍父神色失落，说道："事情并不完全如外面所传的那样，学生当然无辜，政府也有力所不逮的地方，阴差阳错，种种因素一凑，局面变得不可挽回。为此，曹帅、段帅与我，都没有回避责任。曹、段两位大帅从此吃素念佛，我割袍交印退出军队，远离权力，都是为自己没尽到职任的一种补偿。"

静穆良久，父子俩都有些动容。

霍父再次开口，声音有点嘶哑："我要

说的是，世事诡谲，初心向往和最后的结果往往会大相径庭。一旦到了这个地步，悔之已晚。所以，增加自己的学识，多看看，多想想，谋而后动。才不会在这个多事之秋走错踏错。"

说完，霍父站起身，拍了拍文海的肩膀，走出门去。

霍父这次匆匆赶来，只因以前的同僚曾有传讯，政府不会长久容忍激进分子乱来，必会出手重惩。霍父得悉文海情况之后不由得心焦，他私下跟文沧议定：如果文海能切断与激进分子的联系，那最好。如果还有藕断丝连，一俟学期结束，即刻转学，或去香港，或去国外。务必不让他卷入政治绞肉机中去。

霍父回到西浔两个月后，第五次围剿结束，红军北上。政府加大力度搜捕激进党人，一片腥风血雨。霍家上下为此担了不少心。月余，事情总算平息下来。文沧来信说弟弟已重拾学业，也没见他跟以前的朋友来往。霍父才一口大气喘出，放下心来。就在这年的端午，家里包了粽子过节，阖家欢乐融融一堂，突然接到文沧的快信，曰：文海失踪已三日，遍寻不见，如何办理，请尽快告知，切切。

五

当然，人自己要出走的话，再怎么都是寻不着的，霍家在报上登了寻人启事，也请了私家侦探四处寻访，折腾两三月，一无所获。

霍父受到这次打击，茶饭无心，精神上萎靡了不少，霍家大宅里的管理由此变得松懈，有佣人偷了东西出去变卖。灶间里，厨娘跟帮杂的一言不合，竟然厮打起来，锅铲横飞，碗盆皆碎。账房先生也老了，糊涂了，几次轧账轧不平，账目上弄出莫名其妙的一个大窟窿来。霍宅里又没人手相帮，不得已，已经出嫁的二姐霍文珍，带了两个孩子回到娘家来小住一段时日，帮着料理一些家事。

文田有好几年没见他的二姐了，文珍生了第二胎之后，身材丰润了很多。她抚摸着文田的肩膀："小弟长高了啊，两年前你还就这么点。"说着用手比划了下。文田笑道："二姐，我怎么觉得你变矮些了？"文珍一笑："啊呀，是胖了呀，就显得矮了。小弟，你姐老啰，明年就要二十三啰。"文田认真地说："二姐，你胖了些好，倒是变得更好看了。"

说起文海失踪，两人唏嘘不已。文珍问道："一点消息也没有？"文田说："开始时，大家都以为是被绑票了，爹爹请了他以前政界和军中的同僚帮忙打探，也托了上海白相人大亨杜先生的关系，说不管多少钱，都是要赎人的，可是多方打听下来，也没有半点下落。文海是十七八岁的人了，也不会自己走失。那只有一个可能，跑到激进党那边去了。"

文珍的嘴巴张得老大："你确定吗？我的天啊，文海这么乖的一个囡，怎么可能去加入激进党啊？"

文田眯了一下眼睛，轻声说："我倒情愿他去加入激进党的，那样的话，人还在。"

文珍想了想，叹一口长气："这倒是。只是苦了爹爹。"

文田道："已经好了些。那天在饭桌上刚接到消息，爹爹猛一下子站起来，眼睛发直，嘴唇煞白，手抖个不停。我赶忙去扶住他，真怕他会一下子厥过去。接连几个月，爹爹天天在外面跑码头，托关系，我是眼看着他头发一丝丝变白的。最后一无所获，他几天几夜地把自己关在书房里，通宵达旦，也不吃什么饭食，我真担心死了。大哥也特为从上海赶回来，两人在书房里谈了一整天。总算出来了，和大家一起坐在饭桌上，伸出筷子却忘了夹菜，常常会走神。"

"爹爹以前见过不少大场面，手下也有几十万兵，何等地沉稳冷静，怎么会变得这么厉害？"

"老了么，人老了变得脆弱了。还有，到底是亲生儿子，任你铜头铁臂，毕竟是切肤之痛啊。"

文珍伤感，掏出手绢擦眼睛。文田说："不谈这些了。二姐你回来是高兴的事。哦，对了，你上次回来匆忙，还没好好地看过这宅子，要不我陪你兜一圈吧。"

"先等等，待会我会忘记。你姐夫要我捎了几篓阳澄湖大闸蟹来，快点叫厨下放在水缸里养起来。还有一样好物事，猜猜是啥——你最喜欢吃的无锡肉骨头。"

姐弟俩从宅子的前院开始看起，花厅旁边的佛堂里，供着霍母的画像，文珍拜了拜，跪下磕了三个头，眼中含着泪花，起身后点了三炷香，并揩拭了镜框上的灰尘。文田静静地站在一旁，等他姐姐做完一切后，他俩才继续看宅子。先去看了为文珍安排的卧室南厢房，满堂的红木家什都是文珍出嫁前置下的，文珍看到大床边的藤制婴儿床亦是她小时候睡过的，不由得感叹："这张小床还在呀，眼睛一霎，我已经有两个小囡了，真叫光阴如梭呀。"

经过绿荫掩蔽的中庭，文珍问道："我记得这儿原来是个球场的？怎么不见了。"

文田说："自从双胞胎到上海读书去，就没人打球了。时日一久，场地开裂，处处积水，荒草萋萋，煞是难看。爹爹就叫了花工，重新修了园子，竖了假山，挖了池塘，种了各种花草果树。你看这几棵枇杷，才三两年，已经结果了，是白沙，很清甜，但结得不多，大部分被鸟吃了。"

他俩站在屋后的码头上，微风吹来，河水水面泛着波光。文珍环视一圈，说："这儿倒是蛮开阔的，望出去景色不错。"文田说："你没在春天时来，那时候镇上杏花桃花都开了，沿岸红红白白一片，被黑瓦白墙一衬，倒真是像在图画中一样。"文珍又问："这河水深不深？"文田说："水看着清，其实是蛮深的，估摸总有一丈多吧。去年，镇上有个小囡下去戏水，被淹着了，还亏邻舍救得早，又活了过来。"

文珍念了句佛："阿弥陀佛。"

又抬头看了看，说："后面大概不常有人来吧，你看，喜鹊都在屋角结巢了。"

文田也看了一眼，淡淡地说："爹爹吩咐过工人，不要去移动那些鸟巢。"

文珍不解："奇怪。"

回到前客厅，文珍问道："文珠毛丫头呢，我回来半天了，怎么连人影子也没见到？"

文田笑说："文珠在她女婿家里呢，一下课就往人家屋里跑。"

文珍大惊："毛丫头才十五岁啊。怎么就有女婿了，为啥我一点都不晓得？"

"女婿是说笑的。不过文珠跟那个男小囡蛮要好倒是真的，天天要碰头的。"

文珍好奇道："喔，是怎么样的一个男

小囡?镇上的吗?"

"是镇上徐医生的儿子,人倒是老实,被文珠支使到东,差遣到西,说一不二,言听计从。"

文珍笑了:"我们霍家的姑娘,怎么总是摊上这种木头男人。"

话音未落,前厅门被推开,文珠像阵风似的冲进了屋,大叫一声:"二姐,你可回来啦。"

姐妹俩拥作一堆,文珠嘴里还嘟哝着:"想死我了。二姐你好狠心,这么多日子都没来看我们。"

文珍笑道:"不晓得是谁狠心,我老远跑来,到了半天了,有个人才姗姗来迟。"

文珠撒娇:"哪有。我想你大概要晚些才到的……"

这时门口有个人影一闪,文田出门去看,只见徐家儿子提了个食盒,在前厅门口踟蹰不前,便笑道:"进来吧,不要紧。"

方晦跨进门来,前厅里几个人,包括抱了刚醒转婴儿的奶妈,一起盯牢了他看,看得他满面通红,支支吾吾地说:"我爹爹说你家来客了,叫我做些吃食送过来。"说完放下食盒,转身要走,却被文珠一声断喝叫住:"急什么,来也来了,也不叫声二姐。"

"二姐。"方晦的声音像蚊子叫。

文珍仔细看去,男孩子长得很是端正,中等个头,白皙清秀,头面收拾得清清爽爽,衣装也很干净得体,看得出是有规矩人家的子弟。神情极为羞涩,说话常脸红,他望向文珠的眼神却十分温柔。而文珠对他说话的样子,虽然霸道却不无疼惜。文珍的第一个念头就是:这两个小囡倒真是蛮配的一对。

"你说是你做的吃食?"

"是的,二姐,只是些家常小菜。"方晦打开食盒,端出一碗碗做好的菜肴。众人看去,计有一道桂花鸭子,一道清蒸风干鳗鲞,一道红烧鳝筒,一道黄焖牛肉。再打开食盒的底层,是排列得整整齐齐的四十只鲜肉虾仁大馄饨。

文珍不敢置信:"这些都是你做的?男人家年纪轻轻也会烧小菜?"

方晦脸更红了,只是点头,一声不出。文珠便为他打掩护:"这个人不知怎么搞的,从小喜欢烧菜,我顺口说了句还蛮好吃的,他就更起劲了。听说你要来,准备了一天了。"

文田笑道:"我们都吃过好几次了,小菜烧得真是不错。阿娥啊,开饭啰。"

六

大哥霍文沧在一家英国人开的建筑公司已经工作了好几年,薪水不错,生活也很稳定。一年半前结了婚,老婆沈雅茹毕业于沪江大学法语系,早先在法国领事馆里做文员,因患了肺结核,辞职在家休养。

他们还是住在诺曼底公寓,结婚时,四弟霍文桑想搬出去另住。文沧为了文海的失踪,一直自责不已,因此无论如何不答应文桑另择居处:"公寓里有两间睡房,尽够宽敞了,你何苦要另起炉灶。何况,你还有两年多就要毕业了,到时再搬不迟。"

文桑在国立交通大学读机械工程,功课很紧。上海的房子不好找,离家近些,就可以早上多睡半个钟头,晚上多花些时间在作业上。文桑也很喜欢诺曼底公寓周边的幽雅环境,霞飞路两旁遍植法国梧桐,春日夜里的路灯透过新叶，朦胧一片。秋季落叶飘然而下，像一只软软的手掌停留在行人的肩头上。黄昏之际，马路两旁的深宅大院里亮起橘色的灯光。沿途的公寓里有初学钢琴的弹奏声传来，笨拙却温暖静怡。邻近街上的时装店，舶来品商店，以及各种小吃点心铺子琳琅满目，芳香人间。

大哥文沧为了文海出走的缘故，对他监管得很严。嫂子阿茹皮肤白皙，烫一头卷发，戴副秀朗架眼镜，神态冷淡高傲，平时一口上海话中总夹杂几句法语，抽着紫罗兰牌子的细长香烟。文沧好像是有点怕老婆的，曾私下里跟文桑叹过苦经：你嫂子虽然是个名校大学毕业生，也是作天作地的。唉，实在叫人吃不消。

叔嫂关系不算热络，但总维持在礼貌的范围内。家里雇有佣妇夏嫂，每天早上过来买菜洗衣收拾房间，做完晚餐才返家去。兄嫂常叫他早点回家共进晚餐，他却觉得拘束，宁愿在外面吃好了再回去。国立交通大学朝西面再走几步就是徐家汇，那里各种食肆饭铺鳞次栉比，他常常光顾廉价的小馆子，叫一客肉丝两面黄，一碗虾皮紫菜汤，简简单单地填饱肚子。

大家都看得出在文海出走之后，文桑变得孤僻了。双胞胎本来就有母胎里的联系，又一起长大，现在凭空少了一个，情绪低落也是情有可原的。文桑本来就比较内向，现在话更少了，常常独自出神。在课堂上他会冥想，老师在黑板上讲解机械制图的程式，他却好像看到文海跟他在一个巨大的工厂里打羽毛球，白色精灵般的羽毛球在机械钢铁骨架中来回穿梭，而四周的机器犹自轰鸣运转。或者，他俩在去佘山春游途中，文海鼓动他一起脱队抄小路——我们肯定比他们先到。他一犹豫，文海人就不见了，留下他一人在旷野之中，四周传来各种鸟雀的鸣叫，夹杂着他家的八哥抑扬顿挫念道：庄生晓梦迷蝴蝶，望帝春心托杜鹃。在文海失踪之际，全家乱成一团。凭着直觉感应，他是第一个猜到文海一定还活着，只是去了某个地方，就像两个孩子走进迷茫大雾，互相看不见对方，却能感觉到对方就在离自己不远处。

文桑并不喜欢所读的学业，机械工程的课枯燥并作业繁重。读大学是为了谋一份职业，他很快就成年了，要在社会上立足，一份体面的职业是必需的，是维持人格尊严的底线。他嫂子的小哥沈国丰，就是太贪玩拖沓，读了个野鸡大学还没毕业，处处求职碰壁，屋里还有三个小囡，日子过得凄惶。好几次屋里厢弄出纰漏了，到妹夫门上告贷，低声下气赔着笑脸，连亲生妹子看了也是一脸鄙夷。

一个夏日周末，文桑上午在学校图书馆看书，吃了午饭之后感觉有些困倦，就打算回家去打个中觉。开了门进屋，屋里厢静悄悄的，大哥文沧是个桥牌迷，每逢礼拜天都要跟几个朋友去打桥牌，雷打不动的。嫂子阿茹有时跟了去观战，有时则跟了她以前的领事馆同事出去荡马路喝咖啡。一般周日家里是没人的。

文桑沿着走廊走去他的房间，路过盥洗室时，想进去上个厕所。随手一拧门把，赫然见到嫂子阿茹正裸身躺在浴缸里，露出雪白的肩膀和胸脯，一只手持着香烟。阿茹没戴眼镜，头发用一条毛巾裹着。文桑一瞥之下，头脑里轰一声，人是已经呆了，脚下更移动不了，定定地杵在那儿进退不得。听到开门声，嫂子阿茹转头向他看来，没戴眼镜的眼睛睁得很大，脸上神色迷茫，大概是看到了他，说了一声："唉，侬出去呀。"文桑如梦初醒，慌忙退了出去，连门也没关上。身后传来嫂子一口流利的法语，"S'il vous plaît fermer la porte."（请关上门）

文桑回到自己屋里，坐在床沿上睡意全消，敲着自己的前额：真是尴尬死了，怎么会得这么莽撞，大哥晓得了怎么办？怎么跟他解释？还有，他今后怎么去面对嫂子？经过这桩事体，他还能再在这儿住下去吗？满脑子胡思乱想，却没有一点头绪。

正在这时，响起两声轻轻的敲门声：阿茹隔了门道："文桑啊，侬开开门。"

不好，大概是嫂子上门兴师问罪来了。他不由得更是慌乱，应也不是，不应也不是。

外面雅茹又一次敲门，说："我是阿茹呀，开开门呀，我要跟侬说几句话。"

文桑心里七上八下地开了门，走廊里，阿茹穿了件白色的缎子睡衣，腰间松松地束了束，头发梢上还是湿的。手臂和大腿光裸着，也没戴眼镜。一手夹烟扶着门框，说："文桑呀，我要跟侬讲，这事不怪你，是我不好，忘记别上门了。"

他张口讷言，脸却一点点红了起来。看他发窘，阿茹一笑，柔声说道："小朋友，不要再难为情了，这只不过是个意外呀。"

他涨红了脸，想说句比较得体的话，出口却是一句言不由衷的话："大嫂嫂，你不要跟我大哥去讲好吗？"

阿茹诧异地看了他一眼，抽了口香烟，声音沙哑地说："做啥？去跟他讲啥？一点没名堂的。"

一整个下午，文桑都神思不定。平日的阿茹，高傲冷淡，不大理睬人的。在家总是斜靠在沙发上，捧了本法语小说书，喝着阿拉伯咖啡，抽着香烟。文沧好心地告诫她："阿茹呀，侬肺里有了毛病，少吃点香烟呀。"她总是一脸不屑地怼回去："吃香烟又怎样呢？早死是吧？哦，我才不要活到七老八十呢。"

据说阿茹在沪江大学里读书时风头很足，人既生得标致，穿着时髦，舞也跳得好。不但法语流利，又善演戏，曾在学堂里演出过莫里哀的戏剧小品。据说当时追求她的男朋友不少，其中不乏富家公子，长相平平的霍文沧是过五关斩六将才把她追到手的。文桑以前不太明白阿茹作为一个女人好看在什么地方，人太瘦了，又戴副眼镜，使人看不清她的眼睛，对人既高傲又冷淡，还吃香烟，文桑总觉得女人吃香烟有股风尘气，大哥还为老婆辩解：你嫂子是读法国文学的呀，而法国有头有脸的女人大都是吃香烟的。

今天的阿茹却像是换了个人，文桑第一次看到了不戴眼镜的阿茹，眉毛细细弯弯，而眼睫毛很长，因为近视的缘故，阿茹的眼神有点蒙眬，使得她的表情显得很慵懒。脸上的皮肤细腻光洁，下巴尖尖，一边的嘴角上有个浅浅的酒窝。刚才在浴室里惊魂一瞥，他太过震惊，只看到一团白光，但现在，穿了睡衣的阿茹站在他面前，倒是看了个仔细，阿茹肩膀薄薄的，胸脯微微鼓起，像个刚刚发育的小姑娘，但露在外面的头颈和锁骨很纤巧很好看。擎着香烟的手指细长，手腕的姿势很是优美，如新月般微微一弯，很像是好莱坞电影里女明星的功架。他跟阿茹讲话时半低着头，因此看到女人踩在打蜡地板上的赤脚，白晳、娇小，趾甲上有些残留的豆蔻。这是文桑搬进公寓后，第一次跟阿茹挨得这么近，说话时还闻得到女人身上沐浴后淡淡的香皂味。原来以为她是来责怪他的，想不到阿茹倒是非常通情达理，文桑不禁对这个嫂子产生了不少好感。

一个下午就恍恍惚惚地过去了，大哥文沧在黄昏时分回来了，大概是打牌赢了，兴致很好。夏嫂在周日是不来的，所以阿茹难得地亲自下厨。先到楼下面包房买来法国面包，对半剖开，在白脱油里煎了一煎，开了一罐午餐肉，煎了三个蛋，做了几个三明治，再热了一罐蔬菜浓汤。叫他一起来吃晚饭。文沧说："今朝就随便吃点，改天我请你们上绿杨村去吃淮扬菜。"

进餐时，文沧意犹未尽，一直在说牌桌上的输赢风波，讲得眉飞色舞。但文桑和雅茹听得心不在焉，文桑闷了头，大口地吃着三明治，雅茹照例吃得很少，喝了碗汤，还剩下半个三明治。问文桑："四弟，你不够吃吧？要么，我这半个你吃了吧，我用刀切的，没碰过。"文桑想了想，接过雅茹递过来的餐盘，把半个三明治也吃了。文沧在一边说："小朋友，胃口就是好，我是看到这种外国人吃食一点胃口都没有的。"

七

文珍来西浔住了近一个月，每日上午陪了老爹说闲话解闷。吃过中饭，等小婴儿睡了之后，就去账房里轧这几年的账。她惊诧于自从她嫁出门三年不到的时间，霍家大宅的账目变成了一笔糊涂账。厨房里虚报伙食费，花匠报来的账又贵得要命。几年间，田里的租金只收上来三四成，而霍父从民国政府收到的退休俸禄也时续时断。家中银粮入不敷出，就像一只漏水的木桶，堵了这头那头又漏，账面出现亏空是必然的。主家又老的老，小的小，很少来过问，于是管事的和下人都疲疲塌塌，事事不经心。

翌日，文珍文田在一起喝茶，说起了轧账的结果。

"轧账轧账，真是轧得我头都大了。我搞不懂才几年工夫，屋里就怎么会变得这般模样。"

文田不响。文珍又说："管事的老张怎么搞的，弄出这么个烂摊子？"

文田道："也难怪他的，当年打仗受的伤，现在常常复发。这两年间又患上胃疾，发作起来拉一马桶的黑血。爹爹看他多年跟随的分上，也不忍心催促他。"

文珍唉了一声："怪不得我见到他像是换了个人，那么精壮的一个汉子，现在变得形容枯槁。"

文田轻声道："老张他为了止痛，还吃上了鸦片。"

"爹爹也不管？他一直是最痛恨吃鸦片的。"

文田说："你没看见老张痛起来那副模样，要死要活的，实在熬不住，会用头去砰砰撞墙。爹爹也只好眼开眼闭。"

"唉，吃上了鸦片，一个人就从此完结了。"

文田道："这也是没办法中的办法，总比活活痛死好。"

两人沉默，过一阵文珍开口道："这样长久下去也不是个办法。爹爹老了，文珠还小，我也不可能在这儿常住。文田啊，读书、弹琴，好是好，但是你要稍微对这个家上点心了。"

"二姐，你知道我不是那块料。叫我去管账，大概是要比现在更乱的。"

"那怎么办？现在百物昂贵，时世不易。再这样由下人们乱搞下去，不用几年，家里就会撑不住了。"

文田嬉皮笑脸道："那时我就来投靠你啰。"

文珍苦笑："小弟啊，你怎么长不大的。难道你就没想过有朝一日你要养活自己、子女，挑起家庭的担子吗？"

文田板着脸："没想过。"

文珍一根手指点着他，说："哎，总会有那么一天的。"

文田搓搓脸，很疲倦地说："二姐，我根本没想过要结婚、生子。人活百年，浮生如寄，本来就没有什么意思，又逢到这个乱世，有我一碗饭吃，苟且一条性命在世，我已经很满足了。"

文珍大惊："啊，小弟，你不要吓我。年纪轻轻，怎么会有这种想法的。"

"我只是看得透些而已。"

"要不得，小弟，真的要不得。你还只有十八岁，一世人生还在前面呢。"

"二姐，你不想想，像我这种身体，能活到三十岁就谢天谢地了。一世人，一大半已经过了。"

文珍真的被吓住了，带点哭腔道："小弟，不好这样想的呀。真的不好这么悲观的。"

文田笑笑说："所以呀，对我这样的病猫子说来，过好每一天。而不是去想多年以后的事，更不是去管我管不了的事情。二姐你说对不对？"

文珍要回无锡去了，走之前把账目跟霍父交代一下："爹爹，我大致地整理了一下，亏空的都用红笔勾了出来，有些多年的旧账，已经烂掉了，有些还有收回的可能，您有空时过目一下。"

霍父粗略地翻阅了一下账本，就推在一旁，摘下老花眼镜，问道："珍儿，就要回去了吗？无锡那儿情况如何？"

文珍踌躇了一下："前几天接到惠仁的信，说现在棉纱生意太难做，东洋货大批倾销，卖得便宜至极。现在我们工厂每卖出一件纱就要蚀掉一毫六厘。只是硬撑在那里罢了。"

霍父长叹一口气："东洋人真不是个东西，贪得无厌，步步紧逼，我看，再这样下去，兵戎相见的时辰已经不远了。"

"是呀，不过最好不要打仗。老百姓吃够了打仗的苦，大炮一响，玉石俱焚呀。"

"这不是要不要的事情，我当年在东京陆军军官学校读书时就晓得，日本西进，是几届政府作为国策提出来的。所以，两国之间必有一战，早点晚点就是。"

父女俩都沉默，过一会儿，霍父又问："惠仁信里还说些什么？"

文珍踌躇了一阵，才说："惠仁说，他父亲有个好友，打算去南洋开纺织厂。我公公也有意思跟他合伙做生意，等我回了无锡，惠仁就要派去菲律宾考察市场三个月。"

霍父点头说："也好，未雨绸缪，有个退路总是好的。"

文珍说："我倒是在担心，如果真的在南洋开了纺织厂，惠仁就可能要在那长期住下来。这样一来，我和囡囡们也要跟着他去南洋，离西浔这里就远了，照顾不到了。"

霍父眼睛黯了一下，没有作声。

文珍又说："所以我放心不下，爹爹您

上了年纪，文珠还小，文田又是个百事不管的。要么，文桑读完书让他回来吧，家里总得有个把人的。"

"你的意思是让文桑回来管家？那四年大学不就是白读了吗，不，不。"

看文珍不作声，霍父摇手道："没事的，好比一幢大房子，再破再旧，只要筋骨还在，就是要倒，也不至于是一时半日的事。我不想子孙们跟我一起守在了老家，而是希望你们开枝散叶，过好自己的日子。珍儿，你不必担心。在这儿，只要我人还在，想必下人们也不敢太过分，一些小事，眼开眼闭就随它过去吧。"

民国二十五年，霍文沧换了家英国建筑工程公司供职，公司派他到伦敦去进修，为期两年。本来说好了老婆沈雅茹要一块去的，把诺曼底公寓退掉。文桑则暂住到青年旅馆中去，他还有一个半学年就要毕业，等到毕业后再另择居处。哪晓得临行前的体检，医生发觉阿茹的肺结核毛病有所加重，X光显示右肺有个铜钱大的空洞。英国医生说病人的肺结核还在活动期，应该静卧休养，不宜作长途旅行。这样一来，计划全部打乱，要重新寻房子。文沧奔波几日，总算在靠近静安寺的海格路上找到一间公寓，比原来的诺曼底公寓小很多，只有一间睡房，一个厅，另加一间小书房。照文桑的意思，新居比较远了，他功课又紧，还不如住到青年旅馆去。但文沧不放心阿茹一个人居住，坚持要文桑住在公寓里："从这儿到徐家汇，就是多乘几站路的工夫。家里总要有个人看着，我亦会比较放心些。你嫂子有个人说说话，解解厌气，不至于那么孤单。"

阿茹本来以为自己的病差不多痊愈了，医生却说还在活动期，心里不免灰黯了几分，言语也更少了，显得落落寡欢。当文沧兄弟正说搬家事情时，她正坐在客厅另一头，望着窗外，一言不发。听到文沧说起她，便回头一瞥，正好对上文桑的视线，眼神中哀怨、责怪、自暴自弃、横竖横俱有，只是这一瞥，就使得文桑收回心思，点头答应大哥文沧，继续住在家里。

当年的十月底，天下着蒙蒙细雨。霍文沧启程，先搭乘顺风号沿海客轮去香港，再转乘玛丽皇后号远洋大邮船去伦敦。文桑送他到十六铺码头上船，在船舱里，文沧一再关照弟弟："你嫂子的确脾气不是太好，原来并不是这样的，蛮风趣的一个人。是生了毛病的关系呀，你要多担待些她的。"文桑唯唯点头应允。文沧又说："我只是去英国两年，很快的，届时你也大学毕业了。"又问："在学堂里有没有轧着了女朋友呀？"文桑红着脸摇摇头。文沧笑着说："你也廿岁出头了，可以留意起来了，有合适的，就不要犹豫。"此时船上的汽笛响了，兄弟俩站起身来告别，在舷桥上，文沧再一次关照："四弟，拜托你了，好好照顾你嫂子。"

文桑目送着小火轮离去，他没有即刻回家，在细雨中沿着霞飞路走了一程路，找了家俄国人开的咖啡馆坐下来。大哥临别之托使他心绪不宁，如千斤重担难以肩负，他既不会照顾病人，也不知道怎么去跟一个喜怒无常的女人相处。说老实话，他一直有点怕这个嫂子，怕她的洋派作风，也怕她的连珠炮似的法语，怕她拒人千里之外的神情，也怕她突如其来的温言软语，这种温言软语背后的意思就是——听话呀，小朋友不要不识好歹。

文桑倒也蛮想有个女朋友的，只是交通大学是理工科大学，女生只占一成左右，僧多粥少。文桑的功课吃重，又不善于交际，很少去参加同学们的聚餐和跳舞会，三年多书读下来，连女同学的手都没拉过。而大哥说得好轻松，寻女朋友就好像在小菜场里买菜那样，看中哪一只蹄髈就放进篮里。

文桑回到公寓时，天已经黑了，阿茹的房门关着，门缝下漏出一丝亮光，他想了想，没去打招呼，轻手轻脚地去到书房里睡下。

八

民国二十六年七月，卢沟桥事变发生，日本悍然侵华，全国上下民情激愤。霍父在家拍桌大骂东洋畜生，亡我华夏之心不死。当夜，霍父突然中风倒下，满脸通红人事不省。家人急请徐医生前来看诊。徐医生诊脉之后，一脸凝重，先吩咐仆役让病人躺平。即刻取出几支银针插入脑部颈部穴位，点上灸草。随即开出药方，黄芪、当归尾、赤芍、地龙、川芎、桃仁及红花。药抓来后亲自煎好，给病人徐徐灌下。又让人在霍宅辟出一间房舍住下，亲自悉心照料，早夜把脉诊视。四五日后，霍父才得以醒转，只是左手抬不起来了，左边的脸部也僵滞如木，讲话含糊不清，不时有口涎流淌下来。不过总算是捡了一条性命回来。

徐医生隔三差五便过来问诊，号脉看舌苔，酌情增减药方，关照厨房如何烹制调理病人的汤水膳食。在他的精心治疗下，三五旬过后，霍父能够在文田文珠的搀扶下站起身来走几步，也只限于屋内廊下。徐医生说病人不得大喜大怒，也要避免忽冷忽热，以免旧疾复发。

接下去几个月，战场趋势不佳，先是当年八月份日本军队进攻上海，守军与之激战，中国守军伤亡惨重。再下去是日本空军轰炸上海、湖州、南京，老百姓死伤惨重，全国上下一片愁云惨雾。在霍宅，家人们尽力隔绝外界讯息，把报道战争形势不妙的报纸收起来，为的是不让霍父病情受到影响。但是霍父通过同僚朋友的来信，得知战场上的中国军队虽然全力抵抗，但还是节节败退，大片国土区域沦陷。因此他心绪恶劣，终日眉头紧锁，枯坐半天不说一句话，别人也不敢贸然劝解。

一日徐医生来访，照例是诊治一番之后，主客对坐奉茶。说了些病中调养的事宜，话头转为当下的中日之战，徐医生说："霍翁，目前还是要静心养病为主呀，天道自愈。目前东洋人猖獗，但终究是蕞尔小国，后继无力，贸然启战，必败无疑。"霍父说："我在东京陆军士官学校三年，一直对武士道精神有所警惕，唯我独尊，蛮横激进，为达到目的可以是浑不要命的，作为对手绝不可轻视。相比之下，我更为担忧的是：当下朝野山头林立，众说纷纭，主战主和各执己见，根本拧不起一股绳来对抗日本的进袭，长此以往，国家危矣。"

徐医生劝解道："霍翁请宽心些，国运自有天意。我等手无缚鸡之力之辈，唯能守持的是，虔敬天地，不畏强横，尽自己一份力守护天地君师，民族之义。除此之外，我们还能做什么呢？"

霍父长叹："话虽是这么说。但我当年曾是个军人啊，怎么按捺得下这份愤懑之心。真希望我能回到三十岁，可以披挂上阵杀敌，以尽报国之情啊。"

两人沉默用茶，徐医生为岔开话头，笑说："今年雨水充沛，这个龙井味道愈加淡远飘逸。我出门之际，小儿正在家剥虾，说要做一道龙井虾仁请霍翁品尝。"

霍父慢慢转身面对徐医生，说："京楚兄，我有一事，思念已久，不知该不该说？"

徐医生一拱手："在下洗耳恭听。"

"你大概也晓得，我家珠儿与你家方晦青梅竹马，眼看他们也即将成年，我们两家父母是不是要有个表示，年轻人交往也可名正言顺？"

徐医生倒是没料到这个话题，沉吟一会，说道："小儿年仅十八，珠儿才刚满十六岁。虽说是成年了，但终究还是小孩子。敢问霍翁尊意如何？"

"你我当年，不也这个年纪就论婚嫁了。"

徐医生笑着，点头称是。

"我说啊，不妨先订下婚，半年一载之后便可以成亲，京楚兄看看是否合适？"

徐医生深思道："珠儿天资聪颖，花容月貌，又活泼讨趣。如下嫁与犬儿，是他泼天的福分。只是我家小儿方晦不才，虽忠厚善良，但缺乏机变，做人行事固执己见，说是愚钝也不为过。所以我看定他不会有大的发达，好点的话平淡一生，如遇上坎坷，就难说了。唉，我说这些，只是不想委屈了珠儿这般可人的一个女小囡。"

霍父摆手道："你说的这些，全然不是毛病。一个人忠厚并固执，说明他天性浑厚，又元气充沛，才能择善固执。看透了人世间的反复无常，真能够平平淡淡度过一生，已经是大大的造化了。何况我们身处这个乱世，发达并不见得一定是好事。我只想珠儿能有个安稳平和的人生，保全平安，夫妻恩爱，生儿育女，上敬公婆，下慈儿孙，这是我最大的希愿了。"

徐医生不免动容，拱手一拜："霍翁如此厚爱我家小儿，在下岂有不识抬举之理。至于聘礼，也由霍翁定夺，在下将借全力以结秦晋之好。"

"京楚兄见外了，你我都非俗套之徒，聘礼嫁妆，都随意就好。儿辈们如能相亲相爱，在人生中相濡以沫，就比百十倍的聘礼嫁妆都强啊。"

聘礼过后几日，方晦摇了条船，在霍家的水陆码头接上珠儿，两人在河里慢悠悠地划水，沿岸是早春的景色，阴霾的天空下，柳树冒出淡淡的绿意，梨花初绽，在黑瓦白墙间像薄纱一样渲染开来。小船顺流荡漾，微风带有暖意，岸边有一队鸭子巡游，远处村庄里隐约传来雄鸡打鸣的喔喔之声。船桨有节奏地划过水面，溅起清新好闻的水腥味。

珠儿是个不肯安定的性子，先是趴在船舷上，用手撩着水，去泼方晦。方晦便笑着躲闪，船身摇晃不已。一忽儿又大惊小怪地喊道："喔，方晦哥哥你快看呀，这水里倒是有不少鱼的啊。"方晦道："春汛来了嘛，鱼也是晓得的。"珠儿又叫："就在手边呢，赶快去抓呀，晚上我们好吃清蒸鱼了。"方晦就说："人在船上，鱼在水里，空着手是抓不牢的。一骥，就游走了。要用网去捞的。"珠儿就撒赖了："不要嘛，我偏要你空手去抓嘛。"几次催促，方晦就要脱鞋袜，真的准备下水。却被珠儿拖住："不许你下去，水还是蛮凉的。"方晦笑道："又要我去摸鱼，又不许我下水，玉皇大帝来也是办不到的呀。"珠儿一面用棉花拳头捶着男孩肩膀，一面撒娇："就要你抓，就要你去抓。"方晦心虚地躲闪："哎呀，岸上有人看着呢。"珠儿便嗔道："看就看，怕点啥？聘礼也下了，我爹爹已经把我嫁给你了。你不就是我的老公吗？"方晦不作声，脸红得像块红布。珠儿偎在他身旁，把头靠在他肩上，轻声问道："你开心吗？"方晦点头，珠儿推了他一把："说呀，我要你说出来呀。"方晦说："开心的。"两人都不作声了，过一会儿，珠儿又说："你要对我好。"方晦点头："会的。"珠儿说："要好一生一世。"方晦说："这个自然。"珠儿说："不许喜欢别的女人。"方晦说好。珠儿进一步加码道："不许讨小老婆。"方晦说："不讨，不讨。"珠儿说："就是我死了，也不许讨小老婆。"方晦便说："你不在的话，我还有什么活头？讨什么小老婆，跟你一块去了呗。"却被珠儿一把捂住嘴："喂，不许你讲不吉利的话。"

过了一会儿，珠儿又自圆其说："倒不是我小气呀，后娘会对小囡很凶的。一想到我的小囡没吃没穿，挨饿受冻，我是绝不肯答应的呀。"

"我假使有了小囡，绝对不会让他们吃苦的。"

珠儿笑了，一根兰花指头触在他额上："戆大，什么叫假使？我们结了婚，肯定会有小囡的。"

方晦使劲点头："是的，会有的。"

"你说要几个？"

"六个？八个？"

"那太多了，吃不消。四个就可以了。"

方晦首肯："好呀，两男两女。"

"儿子一个就够了。我欢喜女小囡，要生就生三个女儿。每年为她们买新衣裳，新鞋子，打扮得漂漂亮亮的。"

方晦吐了吐舌头："每年都买？那可要好多铜钿喔。"

"小气鬼，给自己女儿买衣裳也不舍得啊。哎，要么你去开家饭店赚钞票？"

"我才不开饭店，我烧饭做菜是给我老婆和儿女吃的。不是为那些肠肥脑满的食客做的。"

文田在民国二十七年秋季，在日记中简单地记录了当时的婚礼情形。

妹妹珠儿终于出嫁了，选了重阳节那一天，因局势不好，喜酒没有大请，摆了六桌，都是些近亲与邻舍。我们家只有爹爹和文桑与我出席，二姐的小囡生了百日咳，姐夫又出远门去了，分身无术。大嫂身体有恙，说是怕传染他人，也没来。大哥还在伦敦，寄来了一对浪琴手表作为贺礼。婚礼并无多大的喜庆气氛，局势迫人，缘由前几天在湖州西面，有日本兵和游击队交火，街坊上都在传日本人可能要下乡来扫荡，人心惶惶，不过总算有惊无险。

爹爹在欣慰之际，多少有点伤感，最宠爱的小女儿竟然嫁作他人妇了，不过在此动荡时期，能找到敦厚可靠的人家，也是了却一桩心事。

文桑变得有些奇怪，原来蛮开朗好动的一个人，现在不知怎的变得眼神闪烁，忧心忡忡，大概是功课太吃重的缘故吧。爹爹留他多住两日，也不肯，婚礼之后第二天就回了上海。

是以记。

九

文桑的确是忧心忡忡。第一，民国二十六年抗战伊始，国立交通大学与很多大学一样，准备迁校到内地去，有一些科系和师生已经转移到了重庆，余下的科系部门也在准备搬迁。文桑不想搬去山高水远、举目无亲的内地，唯一的解决办法是早点毕业。

二是，他在静安寺新居住不好，嫂子阿茹不是个好相处的室友。她因病在家休养，懒觉要睡到过午，又不怎么运动。到了晚上就难以入睡，爬起坐落，开门关门，一晚上弄出很多响动来。他睡的书房是没有门的，仅用一挂布帘挡着，厨房客厅里的声音听得一清二楚。阿茹在患病期间，不但没有戒烟，好像还抽得更凶了，他常常在半夜里被她惊天动地的咳嗽声吵醒。长此以往，以致文桑晚上睡不好，白天上课就没精神，期终考试竟然有两门课通不过，只得重读一学期，这可大大地打击了他的自信心。

第三，他碰上一件奇怪的事，就在他动身去参加文珠婚礼的前一天，在图书馆碰到一个土木工程系的同学，那人见了他大吃一惊，问道："霍文桑，你被放出来了？没事吧。"看文桑听得一头雾水，那同学就告诉他："昨日中午我在曹家渡饭摊头上吃生煎馒头，正好看到包打听在捉人，被捉的那个人一身生意人装扮，但相貌高矮跟你一模一样。是你吧，犯了点啥事体了？"

文桑心里急跳，面上装得镇静："你一定是看错人了。昨日中午？我在上陈川教授的机械绘图课呢。"

那个同学一拍大腿："我说霍文桑是个老实人，断不会去做作奸犯科之事的吧。不过，被抓的那个人可跟你真像，像是一个模子里倒出来的。"

文桑心中明白，世界上跟他一个模子里倒出来的人只有文海，学校里没人晓得他们是双胞胎，他也不去点穿。得知消息之后不免心中忐忑，正如他想的那样，文海还活着，但有很大的可能是身陷官司，如果是牵涉到激进党，恐怕是不易脱身。报纸上常常有报道，某某赤色分子煽动暴乱，危害国家，重判二十年大牢，甚至枪毙的也有。可是他一无办法，本来想趁着参加婚礼，跟二姐商量一下。文桑不想贸然把这个消息告诉别人，爹爹身体经不起激动，老五是个病猫子，又多少有点自私，告诉他也没用。文珠还是个小孩子，又在婚礼期间。所以他带了满肚子心事过去，又带了满肚子心事回来。

回到静安寺已经是下午四点钟了，却看见嫂子阿茹坐在客厅的沙发上抽烟，穿了出客的时髦衣裳，黑丝绒过膝旗袍，貂皮领子的披肩，涂了红色嘴唇膏，头发好像也新做过了，盘在脑后，腮上有两抹红晕。文桑不禁诧异："大嫂嫂你是不是要出门去啊？"阿茹吐出一口青烟，摇摇头："去哪里？不出门。"又问道："喜酒热闹吗？"文桑说就是一些自家的亲戚本家们，日本兵就在几十里路外的湖州，大家都提心吊胆，生怕有啥意外。阿茹只是说了一句："哦，蛮好。"

文桑正要回自己的房间，阿茹突然叫住他，说："文桑啊，我跟你讲桩事体，今朝正好是我生日。等一会儿饭店会送大菜过来，你陪我一起吃饭好不好？"

文桑奔波了大半天，其实是有点累的，但还是答应了阿茹："好的，嫂嫂生日快乐。我去梳洗一下就来。"

生日大餐是阿茹从法国总会的餐厅里叫来的，连带整套的餐盘餐具，鲜花和蜡烛，甚至连白桌布都帮着铺好的。前菜是香槟酒配法国鹅肝，意大利香草焗蜗牛，两道主菜，一是蘑菇煎鲜虾软饼配法国炸薯条，二是油封鸭腿配青蒄笋，饭后甜点是焦糖杏子酥和鲜奶油拿破仑。文桑虽然也吃过西餐，但吃到如此精致美味的法国大菜还是第一次，不禁胃口大开。而阿茹吃得很少，只吃了些鹅肝配面包，两个焗蜗牛，主菜她只是切了一块尝尝，就搁在一边。酒倒是喝了不少，饭店附送了两瓶香槟两瓶红酒，喝完香槟，阿茹再开了一瓶红酒，给自己倒上满满一杯，也给文桑的杯子斟满。

文桑推却道："大嫂嫂，我喝香槟已经有点儿头晕，实在是喝不了这么多的红酒。"

"啊呀，文桑，不要一直叫我大嫂嫂，难听死了，像煞四五十岁的老阿嫂一样。从今以后我叫你文桑，你就叫我阿茹。你晓得吗？法国人连祖父母都是直呼其名的。"阿茹不容置疑地说。

"阿茹。"文桑实在是叫不出口，声音轻得像蚊子叫。

阿茹哎了一声，举起酒瓶："这是一九二一年的波尔多蔓露，最好的年份，市面上不多见的。"

的确，这瓶深玫瑰红色的葡萄酒果味芬芳，入口醇厚，开始有一点点涩味，随即返甘，两人不知不觉喝下了大半瓶。文桑脸庞飞红，举起酒杯，说："大嫂嫂，哦，阿茹，谢谢你请我吃这么好的法国菜，再次祝你生日快乐。"

阿茹也有点醉了，举起酒杯与他碰了碰，略带点苦涩地说："好呀，祝我剩下不多的生日快乐。有一个算一个。"

文桑一惊，劝道："阿茹你不好这样说的啊，你会长命百岁的呀。"

阿茹苦笑："长命百岁？岂不是要变成老妖怪了？还是不要的好。人老了，就苦恼了。我只要好好地再活十年，或者活个五年也好。"

"你会的，你会健健康康地活下去的。"

阿茹的眼睛有点湿润，取下眼镜擦了擦，说："文桑，你是个好心肠的小囡。我作息不好，脾气也一塌糊涂，你一直容忍我。"

"嫂嫂，阿茹你千万不要这样说，我住在这里，给你们添了麻烦，你和大哥一直很好地照顾我的。"

阿茹不响，托腮抽烟，若有所思。

文桑又问道："最近大哥有信来吗？"

阿茹摇摇头："我已经很久没收到来信了。大概是欧洲正在打仗，邮路不畅的缘故。"

文桑多了句嘴："他寄给我妹妹文珠的贺礼，一对手表倒是收到的呀。"

阿茹即刻变了脸色，嘴唇颤抖着说不出话来。

文桑晓得自己说错了话，试图补救道："可能等几天就会收到的。"

阿茹转过脸来，眼中似乎有泪光闪烁："算了吧，谁会在乎一个痨病鬼女人，我早点死了他才称心呢！"

"啊呀，是我不好，多嘴了。阿茹，你千万不要误会了。"

阿茹冷笑道："没啥个误会！我晓得他心里根本没有我。"

29

"不会的，大哥不是当初追了好久你们才结婚的呀。"

"哼，追到手了，就无所谓了。文桑你晓得吗？有一次吵相骂，他竟骂我是只中看不中用的花瓶，只会用钞票。"

文桑有点尴尬，心想，原来大哥与嫂嫂并不像表面看起来那么和谐，真叫作家家都有一本难念的经。他又能说什么呢？只能劝劝开："阿茹，你千万不要把这些事放在心里，牙齿和舌头也有咬痛的辰光呀。大哥走时曾千叮嘱万叮嘱要我照顾你的。"

"他是我男人，照顾我是他的责任呀。推到你头上算什么事？"

文桑心想，虽然雅茹嫂嫂受过高等教育，作风也蛮洋派的，但作起来的话，真的跟上海弄堂里小女人一般无二。今天正好让他碰上了，也只能好言相劝："阿茹，如果有啥事情我可以做的，我一定尽力去做。"

阿茹定定地看了他，脸上升起亢奋的红晕，眼中的神情复杂，过了好一会儿才开口，语气有些失落："你个小朋友不懂的，又没结过婚，你说你能做点啥？"

说完，把烟头按熄在烟缸里，站起身来，脚步有点摇晃，回自己的房间去了。

文桑的酒也多了，感觉有些头重脚轻，沈雅茹的话他也没真正地听懂，听进去。他草草地收拾了一下桌子，也回到自己的书房，一整日劳累加上酒精作用，一躺下就睡实了过去。

不知睡了多久，乱梦连连，梦中有人在哭喊叫嚷，蓦地醒转来，仔细听去，客厅里真的有哭泣声传来，他拧亮台灯，哭泣声变小了，转为压抑的抽泣声。文桑披衣起身，来到客厅，在昏暗的光线下，嫂嫂沈雅茹蜷起了腿坐在沙发上，头埋在臂弯里，肩膀一抽一抽地在哭泣。

文桑努力让自己清醒过来，头还是有点晕，眼前的场面使他不知所措。阿茹赤了两只脚，身上还穿着晚餐时的旗袍，但是新做好的头发全乱了，像只蓬松杂乱的鸟窝，看起来有点滑稽，也有点可怜。他坐也不好，立也不好，回房去也不好，最后到厨房里去倒了一杯热水，在沙发的另一边坐下，拉拉阿茹的臂膀，柔声劝道："喂，阿茹，别哭了，喝口水吧。"

沈雅茹像个发脾气的小姑娘，头也不抬地犟着身子："走开呀，不要你来管，你们霍家人都是一样的，只会……"不料手肘动作一大，碰翻了水杯，一整杯热水全部洒在两人身上。

两人都怔住了，阿茹不哭了，抬起一张苍白的脸，失神的眼睛睁得很大，嘴唇有点发抖，哑声问道："啊呀，真是要命了，烫着你了吗？"一面伸手触摸他打湿的裤腿。

文桑日后无数次地回想这个瞬间，一切好像不真实的，似在噩梦之中。但又那么真实地发生着，睡裤全打湿了，大腿上薄薄的一层烧灼感，有一点疼，也有一点刺激。而一张近在咫尺女人的脸，皮肤细腻的脸上有未干的泪痕，洇开的眼影，使得那张脸看起来有点怪异和陌生，女人眼神中一贯的高傲褪去，却有一丝讨饶的神情，像一个小姑娘做错事后可怜巴巴的样子。

午夜寂静，昏暗的房间里空气浑浊，有晚餐遗留下的油炸食物味道，酒精进入人胃里发酵之后的酸涩气味。还有女人身上幽幽的香水味，烟味，衣服上隐隐约约的樟脑丸味道。一切是那么地暧昧和诱惑，她和他挨得那么近，他的手臂一搭上她的肩膀，女人就势依偎进他的怀里。

阿茹像只猫似的在他怀中蠕动着，摩挲着，嘴里含混不清喃喃着，他抚摸着女人的头发，背脊，一股莫名的躁热在他身体里涌动。最后一丝残存的意识告诉他：前面就是深渊，要停止了，回自己房间去。可是女人箍得他紧紧的，他轻轻地推了阿茹一下，轻声说："裤子湿掉了，让我去换一件。"

阿茹直起身来，理了理头发，脸上升起亢奋的红晕，牵起了他的手，哑声说道："到我房间去换吧，我那儿有干净的男人睡衣。"

十

霍文海在江西苏区受训一年后，就被派回了上海工作。他留起了卫生胡须，原来的学生装发型也剪成平顶头了，看上去大了几岁年纪。姓名也改了，叫叶文新。新的身份是福晟钱庄的账房先生，这爿福晟钱庄很具规模，经营银钱存取票据借贷大宗商品批发仓库储藏，生意做到整个苏浙沪地区。单在上海市区就有好几处双开间的店面，也有自己的货栈和码头，账房间坐落在曹家渡附近。他的主要任务是协助购买苏区需要的药品和器材。两年多来，他算是很好地完成了任务，大部分送到苏北、皖南战区去的物资都是由他经手的，有些是市面上很难买到的大批棉纱、布匹，以及前线急需的抗菌素和外科药品器械。为了避人眼目，不暴露身份，他就住在福晟钱庄后面的一间厢房里，深居简出，有一个年老的佣妇周妈照料他的日常起居。

这种生活与他原来的设想大相径庭，他原想投笔从戎是要穿起军装，上阵杀敌。最起码也要做些跟打仗有关的事，如制造军械，搭桥开路，修建堡垒，等等。如今却过上了他最不耐烦的商人生活，天天跟算盘账簿打交道，跟商家们扯皮讲斤头。他的上级和单线联系人童家聪就开导他："一部机器，要许多零部件，才能运转起来。你就是这部机器上的油泵，不断地为机器加油，是非常重要的一环，缺你不可。"他想想也对，便安心了不少。

有时，他会被一股深深的思家情绪所笼罩，几年没有音讯，不知家人如何了。爹爹他原来就有些高血压，现在是否好些了。小妹文珠该是十七八岁了吧，在记忆中她还是个会撒娇、会发人来疯的小姑娘，现在是否还是那样活泼好动，女大十八变，谁晓得。他最为挂念的还是他的双胞胎弟弟文桑，他们一起生活了十八九年，形影不离。文桑的性格跟他不同，稍微有点内敛，也比较软弱，但却与他息息相通。他曾经有几次在夜晚时分，化了装，帽檐压得低低的，走到霞飞路海格路那一带转悠，隔了一条马路，抬头眺望诺曼底公寓，从底层一层层数上去，看着曾经居住过房间的窗户，不晓得弟弟文桑还住在那里吗？

窗里的橘色灯光亮起，像一只昏朦朦的眼睛，半开半阖地俯视着梧桐树下的窥探者，直到夜半熄灭，文海才带着莫名的惆怅漫步离去。

他倒是偶然看见过大哥霍文沧一次，在静安寺的老大房门前，大哥和一个女人挽着手臂在逛街，女人在烟纸铺前停下来买香烟，而大哥手插在大衣口袋里等着她，文沧偶一回头，向他的方向看来，他急忙走进一家南货店去，混在人群中偷偷地看着大哥走过店门前。在一秒钟不到的瞬间，文沧看起来胖了些,好像也矮了些。在他身边的那个女人,穿着时髦的秋香色呢大衣,戴了顶贝雷帽。长得白皙,但具体相貌没看清,他的注意力都放在文沧身上了。

霍文海相信自己在从事着正义的事业,也晓得这事业有其极大危险性,因此他割断了与家人的联系,为的是一旦有意外发生,不至于牵连到家庭。爹爹老了,他虽然从军界隐退多年,但声名影响还在那儿,动一发而牵全身。另外的兄弟姐妹都有自己的生活,文海也不想牵连他们。他认定了为之献身的主义,是生是死,都由他一人承担。

这次被捕出乎他意料之外,他想不通是哪个关节出了岔子。那天他是接到童家聪的通知,急送一张三百银元的钱庄本票到极司菲尔路上的源通旅社,家聪交代说放在柜台上就好,什么也不要说,过后自有人来取走。这样的任务以前也有过一二次,一般是有同党被抓了,临时需要钱钞去打点疏通。至于亏空的账目,则由他日后想办法去轧平。文海做得非常小心,从来没有出过差错,至少在账面上看不出来。他刚走出源通旅社半个街口,就被两个彪形大汉给截住,亮出一张沪西税警稽查处的派司。他心中闪过一丝惊慌,毕竟他从未被捕过。他被关押在愚园路七百五十三号的税警总部拘押室,第一日关进去连晚餐也没得吃,和衣睡在水门汀地上。第二天早上分到一碗薄粥,一块萝卜干,两只冷的老虎脚爪。早饭之后就被带去过堂,审讯他人姓杨,看起来文质彬彬,戴副金丝边眼镜,但口气很阴冷,一上来就说他有资敌通匪的嫌疑。文海猜测大概是送出去的货物出了啥岔子,但不知道这个杨蛤蜊有啥底牌,只好装着糊涂与他周旋,采用问一句答半句的办法拖延。终于把姓杨的惹火了,一拍桌子,声色俱厉地说:"姓叶的,不要跟我来这套,不管你是什么身份,在此剿匪非常时期,扰乱市场,运送政府明令违禁物资去敌区,凭这一项罪名就可以让你坐二十年大牢。如果情节严重的,枪毙也不是不可能的。别以为我吓唬你,不要到时候哭都来不及。"

文海心里紧张,但还是据理力争:"不敢不敢。杨先生,我只是个账房先生,受人之托做几笔生意而已。你也晓得现在做生意不容易,都是你抢我夺,但是违法的事情是绝对没有的。"

姓杨的盯着他看了好久:"难道你对你的下家来龙去脉,一无所知吗?"

"啊呀呀,杨先生你晓得的,对商家来说,客户就是财神爷。亮晃晃的银洋钱放在面前,你怎么好去对客户盘根究底?除非你不想做这笔生意了。再说,盘查是你们政府该做的事情,怎么会轮到我们商家头上来了?"

姓杨的词穷,只好威胁道:"哼,你这张嘴,倒真是蛮会说话的,不过,不管你如何推托,我们都有确实的证据,而资敌通匪的罪名一旦落实,你二十年的牢狱之灾是逃不过的。叶文新,你想过吗?年纪轻轻的坐了牢,一生就废掉了。还是想想清楚,跟我们合作,求得政府的原谅和宽恕,才是出路。"

他被押回牢房,隔了两三天,再一趟提审,这次审他的人换了一个,精瘦精瘦,嘴里镶了两只金牙齿,手臂上盘一条青龙刺青,浑身上下一副流氓腔,上来就恶狠狠地说:"在下胡阿四,已经枪毙过廿七个人了。今天早上刚从龙华刑场上回来,鞋底上还有死人的脑浆。阿拉闲话先讲在前头,我可不是杨先生喔,没有他那么好脾气。不管大小事体,凡是犯在我手里的,皮肉吃苦头是免不了的,断条腿少只手也是家常便饭,今朝就看你识相不识相了。"

文海心中战栗,低头只是不响。那人在鼻子里哼了一声,用食指揉了揉他的额头:"哎哎,小后生,不开口,就想能够滑过去?不要敬酒不吃吃罚酒喔。"

文海低声嗫嚅道:"胡老板,你们真的捉错人了,我只不过是个账房先生,受人之托做了几笔生意。犯法的事情是没有的。"

"侬讲啥?讲响点!"

"我真是没啥好说的。"

姓胡的恶狠狠盯视了文海好一会儿,头一偏:"真是蜡烛不点不亮!来人啊,给他吃点辣火酱。"

上来一个满脸横肉的打手,二话不说,抡起巴掌用力在他脸上左右开弓甩了七八下,另一个家伙过来,捏紧拳头在他胸腹上猛烈击打了几下。

文海的鼻血即刻流淌下来,淋淋漓漓滴到胸前。嘴巴里也是一股咸丝丝的味道,口腔左边的一颗大牙被打断了,还半连着牙床,他感到血涌流出来,倒灌进喉咙里,脑袋里也嗡嗡地响。

满脸横肉的家伙说:"册那,尝到味道了吧?不识相,苦头有得吃了。"

文海满嘴都是血,胸口闷痛,意识也昏乱了,刚想开口,喉头一呛,大咳不停,满嘴鲜血喷射到处都是。

满脸横肉的家伙不屑道:"哦,这一点小意思就吃不消了?屁用没有的小白脸。告诉你,这只是碟开胃小菜。慢慢来,我们有的是办法,叫你求生不得求死不能。"

文海被带回牢房,他整张脸肿得像只汤婆子那么大,不能吃东西,连咽口水都疼。耳朵里一直嗡嗡响,而断牙一跳一跳地痛个不停。

夜晚来临,他仰面朝天地躺在水门汀地上,浑身上下伤痕累累,肋骨大概被打伤了,弯腰起身都疼。脸肿得愈发厉害,连眼睛都睁不开。他霍文海也算是个大户人家的少爷,从小过着锦衣玉食的日子,何尝遭受过这样的毒打?据那满脸横肉的家伙说,这些还算是小意思,更厉害的招式在后面了。是呀,监牢本来是个没王法的地方,人为刀俎我为鱼肉,那些打人的家伙个个都是一副凶神恶煞的架势,看那种狞恶的表情,出手之狠毒,用力之猛,真是时时刻刻会把人打残的。报纸上也曾报道过,许多受过牢狱之灾的人,都留下终身的残疾。他才二十三岁不到,就带着被摧残的肢体过后半生吗?想想真是令人不寒而栗。

为了他心中所信奉的主义,这一切值得吗?他放弃学业、优越的生活,远离家人,过着隐姓埋名,处处提防小心的日子,换来的是这样被拘捕,被暴打,被囚禁,值得吗?也许他会被打断腿筋,失去一只或两只手,变成一个残疾人度过他的后半生。更甚的是,也许他被打得受了严重的内伤,半夜在牢房中痛苦地死去,而无人知晓,天亮后尸体被拖出去,在乱葬岗中草草地掩埋掉。

这一切值得吗?他脑子里反反复复地问自己,以前认为理想和主义是至高无上的,值得付出一切去追求。但是在这间阴暗的牢房里,此时此刻,理想和主义这两个词显得模糊而遥远,像天边的晨星,可望而不可即。而满身的伤痛却不断地向他提问:你还能忍受酷刑多久,你愿意变成残疾人过后半生吗?或者,你真的被打死了怎么办?

没有答案,文海身上的伤痛使得他意识混乱,也使他难以入睡,辗转了一夜,直到清晨才迷迷糊糊地眯了两个时辰。

文海在税警局牢房冰冷的水门汀地上度过他人生中最为惨痛的一个礼拜,嘴里的伤口使他吃东西像是上刑,一咳嗽就喷出血沫。而肋间的伤使他行动困难,起身蹲下都得小心翼翼,一旦牵动伤处便痛彻心扉。关于理想和主义的值得不值得,他至今没有明确的答案。但是他本能地畏惧肉体的痛楚,畏惧那种劈头盖脸而来死亡般的摧毁性毒打,随之而来噬咬神经的长期余痛,他自己也不知道在更残酷的刑罚前他是否能撑过去。

十一

在太平洋战争爆发的前一天,方晦和文珠生下了他们的头胎儿子。

文田的日记记载如下:

> 昨日深夜有人来报,小妹文珠在一天的阵痛之后终于生产了,是个六斤三两的男孩。大家都松了一口气,老父脸上展露出多日不见的喜色,叫人备齐了红糖燕窝驴皮阿胶一等坐月子用品送去徐府。新生儿的降临,也算是我家多年来阴霾日子里的一丝阳光。
>
> 今日一早,偕了老父赶去徐宅看望,满门皆喜。徐医生小心翼翼地抱出包在蜡烛包里的孙子,交与爹爹。小囡囡肤色粉红,眼睛还没睁开,我见到爹爹眼中似有泪花,说不出话来,胡子一翘一翘的。只一分钟,小婴儿开始啼哭,众人一阵手忙脚乱,赶紧捧回房去交给奶妈。方晦忙得像只陀螺般,此时问他姓啥名啥肯定答不上来。不过阖家上上下下都笑容满面,只有我,一念突生,会得不合时宜地想,一个稚嫩的生灵来到这个乱世,到底是喜还是忧?
>
> 这世界在毁坏中,今日的报纸上大幅标题赫然是:日本偷袭珍珠港,太平洋战争今爆发。四年多来,战争,杀戮,饥荒,灾难,无日无地不在上演,国家如朽屋,人命如草芥,所有见闻都使人心生萧瑟荒凉之感。这一切令人诧异——人世间究竟有何价值?在乱世中,含辛茹苦,生儿育女,再如白驹过隙,一世人生倏忽而过。再下一代也是如此轮转,几无出头之日。
>
> 再回想我自己,天生羸弱,疾病缠身,每当喘起来之际,日月无光,真想着一了百了,撒手归去。但身体里却有一种我自己也不熟悉的力量,不管怎样也要挣扎地活下去。我就是再看得透,也敌不过这股力量,大概蝼蚁尚且偷生就是如此这般来的吧。我家人虽然爱我,护我,但难以交心,一旦我透露出些许想法,二姐第一个会责备我:小弟,不好这么消沉的呀。老父面前我更是不敢透露出半点,生怕引起他激动。他退隐这些年,其实外面一动一静都牵牢了他,人在三界外,心还在尘世中。唯一能相通的倒是徐医生,虽然我从未和他谈起过

对人生真实的看法，但我感到徐医生懂得生死一线间的决然和犹豫，懂得生的沉重和死的安宁，也懂得命数天定不由人。人事，不管怎么努力，却是多么地不足为道。所以他总是用一种通透的眼神，慰藉的态度来诊治我的病痛，他是了解我心中对人世与世界的看法的。

不知不觉地写了这么多，大概是新生儿给我的感悟吧。不管如何，不管我们怎么想，又怎么执着或看淡，我们都还有一段人生在面前，要跋涉，要前行。

文珠坐了一个月的月子，每日进补，人养胖了许多。办满月酒的那天，徐医生特为从杭州请来个摄影师，为两家人拍了全家福作留念。坐在正中的霍老爷子，穿着正式的长袍马褂，怀中抱着小婴儿，凝神前望。坐在一旁的文珠却侧了身子，注视着老父手中的襁褓，生怕手脚不灵便的老父有个闪失。方晦站在她身后，双手扶了妻子的肩膀，也没有注视着镜头，倒是低头看向母子两人，满脸的爱意漫溢。徐医生站在队列最右手边，一袭长衫，眼镜镜片略有反光，看不清脸上的表情。开拍前，摄影师要徐医生坐到前排去，他笑笑推拒："啊，我立在这里也蛮好的。"

拍完全家福，也拍了些文珠与家人抱着小婴儿的单独照。等到照片洗印放大后寄来，文珠仔细地端详着照片，说："我们的儿子跟他小舅舅文田很像，你看哪。"

方晦探过头来看了下，点头道："嗯，是有点像的。不过，我儿子比较上照。"

文珠同意丈夫："当然，我儿子是世界上最好看的小囡囡，啥人也比不过的。"又说："你看照片上的我，面孔上的肉都鼓了起来，坐趟月子起码胖了十斤，都要怪你哟。"

方晦笑着："老婆，你胖些倒是蛮好看的，珠圆玉润，像个小姆妈。"

文珠嗔道："什么叫像个……我哪里不像姆妈了？我就是姆妈，货真价实的姆妈。"说着举手作势要打："讨打是吗！"

"好的，姆妈，不要打我。姆妈，小姆妈……"方晦笑着讨饶。

小囡被吵醒，哭了起来，文珠撩起衣襟给婴儿喂奶，又问："哎，两个老先生直到今天还未想好小囡的名字啊。"

"我爹爹拟了一个，单名，叫徐青，青青白白的青。不过你爹爹嫌太素了。"

文珠笑了："我爹爹年轻时，戎马倥偬，日子过得素淡，穿衣也素淡，衣橱里只有白衬衫和藏青色外套。老了，反而变得贪图热闹。我倒觉得徐青这名字蛮好听的，清清爽爽。再接下去小囡名字也蛮好取，青红皂白，徐青、徐红、徐皂、徐白，五彩缤纷人间繁花，多少热闹。"

方晦也笑："那么，只有你自己去说服你爹爹，保证是一帖药。"

下午晚些时候，文珠抱了小婴儿，方晦提了个食盒，穿过镇子，到霍府去看望爹爹。

自从文珠出嫁之后，霍府偌大的府邸就剩下霍老爷子和文田两人，许多房间都空关着，家具用布罩着。霍父搬去临近书房的南厢房居住，文田住斜对面的西厢房，面对一个小院，有假山鱼池和竹林。文珠的闺房还原封不动地保存着，以便小夫妻偶尔来小住个几天。张大管事在不久前病故，为精简家政，佣人大部分被遣散，只用一个厨娘，一个娘姨，一个打杂，一个花匠。房宇深广，人口稀落，又值冬日黄昏，不由得就显出些许萧瑟之象来了。

花厅里生起了暖融融的炭盆，文珠抱着儿子，陪了霍父闲话家常，方晦稍坐了一下就去了厨房，先把食盒里的菜放置在盘子里，上锅蒸热，又烧了个冬瓜扁尖汤，端到饭厅里招呼大家吃饭。文田看了看桌上的菜盘："啊，今朝是火腿白玉片，清蒸河鳗，鳝筒烧肉，霉千张蒸咸肉，水芹炒香干，咸菜发芽豆。不错啊。"

方晦笑着说："我屋里还新腌了蟹糊，只是不敢拿过来。"

文田笑骂道："呸，不要来招引我啊。都说方晦你是个老实人，我看你是闷了头地坏呀。"

文珠就帮自己男人："哎，小阿哥，怪不得别人，是你自己无福消受呀。"

女儿女婿过来陪他吃饭，霍老爷子今天心情不错，在晚膳时还喝了一盅绍兴善酿，席间他对方晦说："我想来想去，徐青这个名字还是不错的，青天白日满地红，有人丁兴旺的意思在，国家也连带兴旺。回去告诉你爹爹，就照他的意思办好了。"

方晦"噢"了一声，笑着与文珠交换个眼色，心照不宣："好的，我回去就跟爹爹说。"

霍老爷子又说："还有件事，你回去跟你爹爹商量一下。我的意思啊，是这样的，你们现在有了小囡囡，又新雇了奶妈跟娘姨，房间不够用。这儿宅子里却许多房间都空着，何不你和文珠就搬过来，住得也宽敞些。反正两处离得不远，你爹爹走动看望孙子，也就是几步路的工夫。不晓得他肯给我这个面子吗？"

方晦还在踌躇，倒是文珠先开口道："我前几日还在跟方晦说，这里虽然是乡下，也真是不太平。你看这一两年来，游击队来啊，东洋人去啊，一歇是剿匪，一歇是交火，一歇又是什么大扫荡，弄得人七荤八素。原先还算了，我们现在有了小囡囡，实在是折腾不起了。所以我们打算等囡囡稍微大些，想搬到上海去，在租界里借间房子，至少太平些。"

霍老爷子沉吟不语，只是微微地颔首。文田说："好好地放着大宅子不住，到上海去住鸽子笼啊。"

文珠噘嘴说："只要日子太平些，鸽子笼也没关系的。"

霍老爷子道："未雨绸缪，是对的。但是小囡还小，现在又差不多要过年了，歇一阵再作考虑吧。"

方晦说："我们也是如此作想，总要等到小囡一岁左右了再讲，那时大哥也该从英国回来了，可以托他帮我们留心房子。"

文珠问她的小阿哥："文桑有信来吗？"

文田摇头道："总有两三个月没消息了。"

"大哥呢？"

"也没有，报上说，伦敦现在交关吃紧，德国人飞机三天两头掼炸弹。前几天我跟爹爹还在感叹，大哥真是挑了个最不适宜出国的年头去英国。"

文珠合掌祈道："希望他没事，菩萨多多保佑啊。"

霍老爷子长叹："真不晓得现在世道怎么会变成这样，山河破碎，家人星散，这种日子什么时候是个头啊。"

十二

文桑又一次期中考试没有通过，他自

己也晓得事情错在哪里。

一个大坑，从任何角度看起来都不应该踩进去的大坑，他就是不知死活地踩了进去。

他昏了头，跟他的嫂子搅在一起，这世界上最不该发生关系的女人。

他也考虑过，快刀斩乱麻，不管三七二十一地抽身离去，索性跟了学校转去大西南，一了百了。但一次次的争吵，哭泣，和解，再争吵，无尽循环，他还是深陷其中。

阿茹说过，你看着好了，如果你去重庆，我就去跳黄浦江。你们霍家人撇下我一个人，做兄长的跑到伦敦去，阿弟跑到重庆去。你们做得出我也是做得出的。

文桑不敢相信，也不敢不信。一个生着病又绝望的神经质女人会做什么事情来是难以预料的。前几天报上就有一条新闻：一个年轻女子跳黄浦江自杀，原因只是被婆婆说了几句之后，又跟丈夫起了口角。女人都是偏激的，短视的，然而又是绝然的，而这绝然的后果则是他承担不起的。

一团乱麻是怎么会缠到这个地步呢？他冥冥中看得清楚，但却无法解理清：非正常的日据时代，郁闷的心情，孤独的恐惧，疾病的煎熬，情绪的失控，前景的不可捉摸，这一切像个孵化器，再加上内在的失落，自暴自弃，年轻身体里的荷尔蒙与莫名其妙的同情心，是的，同情心。

同情心是一味心灵麻醉剂，在麻醉剂的作用下，现实消失了，情绪被曲解了，任何妥协都变得理由十足了。而女人的泪水，起了极大的催化同情心的作用。一个女人从眼泪汪汪到破颜一笑之际，在男人心理上是如翻过一座大山那样的解放过程。

上海女人天生懂得怎么把这种糯米功夫发挥到极致，像文桑这样一个初出茅庐的年轻男子，真叫湿手沾上干面粉，想要全身而退却是难上加难。

可是毕竟有一条，阿茹是他大哥的老婆，从他的教养、良知、亲情都是说不过去的。

雅茹对此有她自己的说法："霍文沧，他吗，从来没有真正爱过我，他在学校里追求我，就像一群男小囡追逐一个球那样，球赛结束了，球也到手了，兴趣也就没有了。"

"可是，你们终究还是结了婚的呀。"

"当初我如果晓得结个婚会结成这样子，我死都不会结婚的。"

文桑不作声。

阿茹说："法国有个女作家乔治·桑说过，婚姻是不道德的，是虚伪的，它扼杀天性的自由，造成内心的死寂，对男人女人都是一道桎梏。我很早就读过她的书，但到结婚之后才明白其中的意义。"

文桑不禁反驳："人人都不结婚，这个社会不是要乱套了吗？"

阿茹置若罔闻，自顾自说下去："婚姻对某些人是蜜糖，对某些人是毒药。我是读法国文学的，天性崇尚自由，受不了拘束。况且，在这个婚姻中我体会不到半点好的地方。"

阿茹点上一支香烟，继续说道："结婚前他说，阿茹你身体不好，我会照顾你一辈子的。但你看，他明明晓得现在在打仗，而我又发病了，还不是一个人跑到伦敦去了？生病的人，最需要的是陪伴，是安心。而他在十万八千里之外，我现在如果死掉了，他连赶回来送葬都来不及。"

"他是被公司派去的呀，这是没办法

的事。"

阿茹声色俱厉道："他也可以辞职的呀。一个名牌大学毕业生，还怕寻不着工作？其实呢，我晓得的，他就是想我死了，可以再娶一个。"

文桑不响，他明显地感到阿茹的说辞逻辑混乱，强词夺理。但他不想再花费口舌去争辩，女人的歇斯底里是难以说服的。

只是一瞬间，阿茹就像变了个人，她俯身过来，可怜兮兮地仰头看着他："文桑，你不会扔下我不管吧？不要到重庆去，不要把我一个人留在这里。"

文桑只好尽力安慰她，雅茹又像个小姑娘那样要他勾手指，把脸庞埋在他胸前摩挲："还是文桑良心好。今朝夜里我请你到凯司令吃西餐去。"

一只飞蛾能在层层交织的蛛网中挣扎出来吗？天知道！

所以文桑在课堂上精神难以集中，老师在讲台上讲微积分在机械制造中的运用，他坐在台下胡思乱想，前一日晚上又跟阿茹为了点鸡零狗碎的事情，从拌嘴开始，再到赌气，互相讲不经头脑的气话狠话。吵得厉害了，女人开始摔砸东西，茶杯杂物满房间乱飞，把放在壁炉架上的一枚明代青花蜡梅瓶也砸碎了。他则大力甩门而去。冬夜的街头寒意彻骨，他鼓着满肚子的气恼从静安寺一直走到泥城桥。沿途路灯昏暗，低矮的民居一片黑灯瞎火，野猫们在屋脊上不怀好意地哑声嘶叫。走到苏州河边，俯视着黑暗的河面滚滚而去，文桑在一刹那间竟然有了寻死的念头，只要爬上堤岸，再往前一跃，一切的麻烦和气恼都会随之而去。想及此，背上的冷汗都出来了。他本能地晓得：死，是不能逆转的，而他还只有二十二岁。徘徊一阵，只觉得背上冰凉一片。回转头向西面而来，回到静安寺居处已过半夜两点，他蹑手蹑脚地进到自己的房间里躺下。没过多久，门帘被撩开，阿茹爬到他床上来，浑身冰冷地拥住他。在经过推拒，哭泣，各种各样的赌咒发誓，欲迎还拒，两人终于再次和好。一夜下来他筋疲力尽，坐在课堂上眼皮直打架，所有的方程式在脑子里纠缠成一团，只希望能够睡个午觉，可是下午还有两门课，他已经落后许多了。

午休铃声终于响起，文桑昏昏然地走出校门，想着去哪里对付一顿午餐，然后回教室在课桌上打个盹。刚走到十字路口，却见一个十六七岁的少年趋近他，悄声问道："你是霍文桑先生吗？"他正愕然，那少年好像是认定了他，不等他回话就牵了他袖子低声说："跟我走，别说话。"文桑心中一颤，好像感觉到些什么，却不敢肯定，只是身不由己地跟了少年走。少年带头，两人一前一后，在鸡肠小巷里绕来绕去，少年几次回头张望，很是警惕的样子。

又走了约莫十来分钟，最后在一家小面铺前停下，少年抬手一指："就是这里，有人要跟你说话。"文桑看去，小店是上海滩上穷困地段里最简陋的那种吃食店，一半是住家房子，一半是芦席搭出的棚子，门口有个大饼摊，已经熄了火，几只冷大饼搁在炉沿上。店堂里暗洞洞的，只有一两个食客，正在低头吃面。那背身对他坐着的，背影是熟悉的。他不再犹豫，跨进面铺，吩咐老板："来碗咸菜肉丝面。"然后坐到那人旁边的一张桌上，心里咚咚地跳，用眼角余光向那人看去。这人从侧面看上去很老相，像是个走街串巷收旧货的小商贩，上唇留着一排牙刷胡子，身上穿一件似灰似蓝的旧棉袄，头上戴顶棕色罗宋毡帽，手上戴着无指手套，而面孔看上去有些浮肿。文桑正在疑惑，那人也转头向他看来，眼光刚一接触，文桑心里就狂跳起来，正要开口，那人做了个要他噤声的手势，然后回头看看，示意他坐到同一张桌上来。

面对这个熟悉又陌生的人，文桑只说了一句："真的是你？天晓得！"就再也不知道说什么好了。

文海的眼睛笑了笑，文桑是熟悉这种不动声色的笑的。文海又把罗宋帽摘掉，一头贴着头皮的短发，肤色黄中带点病态的白，两个面颊好像有点不对称，跟他记忆里的文海有些异样，但确确实实是文海，他贴牢骨头贴牢肉的双生兄弟。

这时老板把咸菜肉丝面送上来，文海掏出手绢揩面，掩饰地说了句："吃面吃得汗都出来了。"重新把罗宋帽戴上。等老板走开，文海轻声说了句："先吃面。"两人相对而坐，埋头吃面。

店堂里弥漫着煮面的蒸汽，碗筷都有一股混合了酱醋葱蒜的碱水味道。文海头也不抬地轻声问道："家里都好吗？"文桑点点头。文海又问："爹爹呢？"文桑低声说爹爹发过一次中风，现在好些了。文海不响，文桑又说："文珠结婚了，前两个月刚刚生了个小囡。"文海抬头，脸上满是惊愕的表情："真的啊，男小囡还是女小囡？"文桑回答了，又说了些家中这几年发生的琐事，最后说道："你还好吗？这几年一无音讯，家里真担心死了。"文海的眼睛暗了下来，轻轻地叹口气，说："一言难尽。经历过些事情，也吃过些苦头，不过现在没事了。"文桑突然想起那次同学对他说的话，正要询问，文海说："现在不是说那些

事的辰光，我马上要走了，所以冒了险叫你出来碰个头，下次再见上一面不知道是什么时候了。"文桑心中忐忑，问道："是要去很远的地方吗？"文海踌躇了一下，轻声说："大西北。"两人都沉默了，文海又说："不要告诉任何人，对家里人也不要说。"文桑嗯了一声。文海放下碗，凝视文桑片刻，说："好了，就这样罢，你要当心好自己。"说罢压低了罗宋帽沿，起身走出店堂，一拐弯就不见了。

文桑默坐了半晌，也撤下大半碗面条，走出店面。心里乱到极点，不辨方向地在小巷里信步乱走，好几次走进死胡同。拐出来又差点跟一辆满载货物的榻车相撞，车上载的货物摇摇欲坠，惹得拉车的江北车夫破口大骂："辣块妈妈的小猴子不生眼睛啊。要寻死的话黄浦江辣块儿没得盖头的呀。"

他置若罔闻，一声不响低头走开。

心情纷乱之极，这个样子是听不进课的，他索性请了半天假回家了。

到家打开房门，看见客厅里已经收拾过了，打碎的杯盘碎片被扫到房间的一角。阿茹头上扎满了卷发器，正坐在沙发上往手指头上涂丹蔻，见文桑进门，诧异地问道："哎，你怎么这么早就回来了？"文桑闷闷不乐地说："不舒服，头痛煞了。"就去了自己房内睡下。过一会儿，阿茹跟进门来，伸手试探他的额头："让我看看有没有发寒热？"文桑推开她的手，不耐烦地说："啊呀，不要来烦我好吗！让我好好地困一觉。"阿茹倒没有像往常那样与他争执，只是帮他掖掖被子，然后乖乖地退出房间去。

睡下去乱梦连连，他一个人在荒野里行走，先是寒冷彻骨，穿了很多衣服在身

上，但越走越热，走得口干舌燥，只想喝一杯冰冻的沙士汽水，没有的话一杯冷开水也好，只是求之不得。不知捱了多久，终于来到一个水潭边，他急步趋前，只见潭边已有人坐着。他渴极，正想俯身饮水，却被身边人阻止，那人指着水中："看！"他惊诧地看到有一只苍白的人手，像一朵死亡的荷花，慢慢地举出水面，再慢慢地张开。

于是就吓醒了，睁眼已是黄昏时分，惨淡的夕阳从窗帘缝隙中漏进来，在五斗橱上染上一长条黄色的光斑。客厅里很安静，阿茹挎了只篮子，正要出门去，见他起身，便问道："好些了吗？"文桑懒懒答道："还是觉得有点头痛。"阿茹说："我刚去了趟静安寺的药房，买来了阿司匹林跟藿香正气丸，你不舒服的话吃一点。"文桑问："你还要出门去？"阿茹说："我到菜场去一趟，看看有没有杀好的老母鸡，帮你煲锅鸡汤补一补。"

说完掩上门，登登登的脚步声下楼去了。

十三

文海在被捕两个礼拜后，被福晟钱庄的顾掌柜保释了出来。

从税警局监所出来，顾掌柜叫了辆黄包车，先带他到卡德池去汰浴。问柜台上要了间雅室，看到文海脱去贴身衣物，露出胸前背后深深浅浅的伤痕和乌青，顾掌柜只是摇了摇头，叹口气，一声不出。两人洗完澡，倚在卧榻上喝着茶，闭眼小憩了一会儿，顾掌柜取出新买来的衣衫裤袜让他穿上，旧衣服就叫店小二拿去烧了。从浴室出来，顾掌柜带了他走去隔几条街的老半斋饭店。店堂里客人不多，而顾掌柜是这家饭店的熟客人，堂倌阿三头满面是笑地引他们到靠窗口的桌上坐定，顾掌柜叫了四只冷碟，熏鱼肴肉醉鸡葱油海蜇皮，一道响油鳝糊，一只银鱼炒蛋，一只蟹粉狮子头，一只什锦砂锅，还叫了一斤绍兴善酿。文海说小菜点得太多了。顾掌柜笑笑："啊呀，吃了场冤枉官司，帮侬压压惊呀。"

文海晓得顾掌柜自己就是个好饮好食之人，也就不再客气，监牢伙食又差又少，两个多礼拜下来他肚里油水被刮掉不少，于是放开肚皮大吃起来。顾掌柜倒吃得不多，自斟自酌，吸着雪茄烟若有所思。

文海大口大口地咀嚼着食物，不想却硌着了那颗断牙，一阵钻心剧痛袭来，他不禁捂住了嘴巴，嘶嘶作痛。顾掌柜问道："怎么了？是否咬到舌头了？"文海摇头苦笑，过一阵才答道："嘴巴里有个伤口，不小心碰着了。"

顾掌柜凝视他半响，摇摇头说："牢饭真不是好吃的。你呀……"

看文海停筷不吃了，顾掌柜帮他斟上茶水，慢悠悠地说："事情已经到了这个地步，有些话我今朝要跟你讲讲，我么，敞开来讲，你呢就尽量敞开肚量听好了。"

文海有点紧张，但点点头，说："顾先生您尽管说，我悉心聆听。"

顾掌柜说他一听到文海被捕的消息，就立即去盘了盘账目，发现有不少漏洞，很多笔账进进出出，却查得到来龙查不到去脉。也有几笔生意，一直是呆账，虽然有些窟窿账后来补上了，但还是有些蹊跷。还有些账目，看起来没问题，但跟以前进货出货的账单一比较，就发觉价钱上也有浮账。

顾掌柜说:"账目清楚,是一爿钱庄的底线。账面上有了浮账虚账混账阴阳账,钱庄就有了暗伤,到了紧要关头会弄出人性命来的。我当时极其失望,想来你经人介绍来钱庄做事,我一直对你寄予信任,也善待你,想不到你竟会做出这种伤害钱庄之事来。"

文海满面通红,只是不作声。

顾掌柜看了看四周,又说:"我又仔细想想,这个后生仔并不像是利欲熏心,作奸犯科的样子。平日生活也简朴,也不像有吃喝嫖赌的恶习之人。我这一辈子还很少看错人,难道这次真的是马失前蹄了?如此再去复一复账本,看到账面货物的流向,大都是去了北面、西面等等被禁之处。即刻心中有了数,这不是你个人的作为,是一盘大棋中的两三落子而已。"

"作为一个中国人,看到生养自己的土地被东洋小萝卜头欺负,糟蹋,心中自然窝塞透顶。我是一个只会拨拨算盘珠子的老头子,手无缚鸡之力。而且身负养育众多伙计同事之责,牵一发而动全身,只好敢怒不敢言。如果你做的事体,正如我猜测的那样,我不但不会责怪你,还要暗中叫好,庆幸阿拉中国人的一口元气还在,没有俯首就戮。"

文海透出一口长气,顾先生一直待他不错,不愿在他心中是个忘恩负义之人。

顾先生继续说道:"昨日钱庄里来了个年轻人,说要跟我面谈。坐定之后,他说是你的高中同学,受人之托,来请我保你出监。他是这样子对我说的:'顾先生,我这同学绝对是个正派人,他做的事绝没有一丝一毫为个人利益,而是为了国家存亡之举,是每一个正派的中国人都会去做的。这点请你一定要相信我。'我看了看那张年轻的面孔,那种决绝,正气,可以搏出性命来的神情,不由得也想到,我顾老头子虽然不才,但也可以做一点是一点,国家危难关头,是要靠每个人都出力来拯救的。当即答应了下来。"

"他走后我去了趟杜公馆,我盘算过了,上海滩上也只有杜先生能跟那些人说上话,他倒是闲话一句,当即找人通路子。今朝中午,接到杜公馆的电话,说是已经讲好了,可以去赎人了。我呼出一口长气,断命的事情总算弄妥当了。"

文海一拱手:"多谢顾先生,多谢杜先生。"

顾先生笑笑:"不碍的,杜先生是钱庄的老客人啦,交关上路,有求必应。"

走出饭店之际,顾先生问道:"你今朝是跟我回去,还是要静一静心,在外面住上一两天?"

文海想了一想:"我还是在外面住两天吧,否则伙计们看到我这副五憨六肿的样子要吓煞哉。"

顾先生点点头,往他手里塞进几张钞票:"自己当心。"

文海在四马路附近寻了间小旅社住了下来,第二天早上,有个伙计悄悄地给他递了张小纸条,上曰:八仙桥维尔蒙路日新浴池,下午六点。

黄昏之际,八仙桥地区人头攒动,到处碌碌乱成一团,法国公司的电车拖了长长的小辫子,铃铛响个不停,在车水马龙的马路上和黄包车、私人汽车争道。纺织厂里刚下班的女工拎着搪瓷饭盒,一面奋不顾身地乱穿马路,一面跟拉客的黄包车夫互相谩骂。汽车站头上排了长队,车子一进站,人群马上挤成一锅粥,结果谁都挤不上去。小菜场快要打烊了，急于出货的摊贩们扯起喉咙大声吆喝：新鲜的六月黄啊，半卖半送了啊，落手要快啊。叫花子坐在墙根伸出污脏的手，朝过路人阿叔娘舅地乱叫。几个小扒手叼着香烟屁股，鬼鬼祟祟地混在人群中伺机下手。一个穿黑制服的中年警察吹着哨子，截停了一辆货物堆得山高的老虎塌车，说是超载，阻碍交通，要罚他铜钿。车夫便紫涨了面皮，跟警察你一句我一句地扯皮。宁波警察和江北车夫骂起架来是颇有看头的，口水横飞不说，方言更是刮拉松脆。依一句"辣块妈妈"过来，我一句"贼啦儿子"回敬。四周围观人群兴致勃勃，只当是观赏一场不出钞票的滑稽戏。吵到后来，车夫江北话带了昂扬起伏的节奏，喉咙又响，便渐渐占了上风。宁波警察就恼羞成怒，伸手揪了车夫的衣领，要捉他进去吃牢饭。

文海站在街角看着这副生机勃勃的乱象，想起半个多月的牢狱生活，第一次感到自由的空气是多么惬意，又是多么容易失之交臂。就在此时，他决定不管前景如何，就是有危险也顾不上了，他要见家人一面，至少要见文桑一次，正所谓世事无常，他从事的事业，被拘捕、被监禁，甚至失去生命都是可能的，而且概率要比普通人高出许多，事业再崇高，但他毕竟是个有血有肉有家庭有亲情的普通人。

文海买了洗浴筹子进了澡堂，伙计把他安排在大通铺上，他巡视一圈，不见有面熟之人，等了一刻，就脱衣进了浴池。洗完出来，伙计递上热毛巾之际，悄声道："这位老板，请跟我来，这边请。"文海随着伙计，走进一间雅室，四张卧榻，铺了雪白的大毛巾，茶几上有茶水和果盘。三张已有人躺着，脸上盖了毛巾。伙计把他引到最靠里的一张卧榻，服侍他躺下，也用一条热毛巾盖在他脸上。一股松弛感弥漫开来，他很快地睡着了。

不知睡了多久，感到有人在轻轻地推他，睁眼看去，只见旁边躺着的浴客掀开盖在脸上的毛巾一角，这不是童家聪又是谁？另外两张卧榻的客人已经离开了，整间雅室里就剩下他们两人，安静无扰，听得到外面大厅间里的无线电里传来梅兰芳压紧嗓子的唱腔——好一似嫦娥下九重，清清冷落在广寒宫，啊啊——在广寒宫。

童家聪示意他照旧躺好，两人低声交谈。

"还好吧？"

"还好。"

"在里面有没有说什么不该说的？"

"没有。"

童家聪转头看他："党组织认为你的表现不错，经受住了重大考验。"

文海心中还是有块垒："到底是什么地方出了差错？"

童家聪简短地答道："有人告密，组织上已经做了处理了。"

文海透出一口长气："下次可要小心些了。"

童家聪冷冷地说："没有下次了。"说着用食指拇指点着太阳穴做了个手势。

两人都沉默，过了一会儿文海问道："我还要回福晟钱庄去吗？"

"那儿已经暴露了，你回去也起不了什么作用了。"

"那我怎么办？"

"组织上决定送你去大西北，那儿也需要财会人员。"

"是去延安吗？"

"不要问，到时候你就知道了。"

文海沉默一阵，又问道："什么时候走？"

"大后天有个交通过来，带几个人走，先到汉口，再去西安。"

十四

文田在一九四三年末写了一篇较长的日记：

　　好久没写日记了，像我这种不能持之以恒的人，叫日记显然不合适，叫月记也勉为其难，也许叫季记或年记比较符合。好吧，今天下了整整一日的冷雨，气温阴寒，廊下的八哥儿总是在打盹，逗了它半晌，也还是无精打采的。新来的娘姨阿香生了炭盆，也没使房间暖和多少。园子里的梅树刚长了花苞，被冻雨一浇，还未开放就已经脱瓣。每年由秋入冬之际，总有一段时日令人心绪恶劣，看书看不进，做事情也不顺。也许这种时日里写点什么能够理顺郁闷的情绪，文字如酒，有时使人头昏，有时又使人疏通。

　　小妹文珠一家在重阳节之后，真的搬去了上海，在西区愚园路上找到了房子，据说离兆丰公园就是五分钟的路，与大嫂和文桑寓所也不远。新租下来的居所是一幢新式弄堂房子的底层，前后两间房，跟楼上人家共用灶披间与马桶间。好在前面有一个小小的天井，可以晒晾衣物，让小囡们玩耍。文珠好像很开心，说安置停当后会接爹爹和我过去玩几天。原来我还想着他们只是说说罢了，看来他们小夫妇真的想换环境，换一种活法，他们想到也做到了。

　　我有时会羡慕他们，想做什么就可以出空身子去做。同时恨我自己，身为男人，却被限制在一个羸弱病残的躯壳里，不能随心所欲按自己的意愿生活。但是再深究一下，宇宙中有恒星与流星，有动有静，各在其位。而我的天性更倾向于恒定与安静，外部世界的光怪陆离，对我的吸引力很微小，正所谓太阳之下无甚新鲜事。包括近年来发生的种种骇人事件，比如日本人突然攻打珍珠港，美国人吃了大亏。比如一辈子卖鱼的鱼贩杀鱼时，把自己的大拇指一块削掉了。我一旦听闻此类新闻，心中会马上涌起一个念头：这已经发生的，是必然会发生的。世事种种，盘根错节，因缘暗结，就像昙花结苞，一夜之间开放，然后迅速地凋落。我大概生来注定是个看客，躲在时代的隔层里，闲看花开花落。

　　也许这只是无奈，是退缩，是消极，但却是我真实的内心。

　　在混乱的战争年代，大家都躲在家里，那是最安全的地方。我们家人却星散四方，偌大的宅子里就剩下爹爹和我两个人。安静极了，安静得能听到园中梅花落瓣之声，风吹过，檐间蛛网的轻啸，池中锦鲤缓缓吐气，都像静怡之中玉盘落珠，声声入耳。

　　如果真有轮回之说，那么我前世的生命，会是什么样的一种形态？我希望是一枚巨大的帝皇彩蝶，飘荡在燠热的印度大平原上。或者是条色彩斑斓的无毒小蛇，盘踞在古代高棉雨林之中，饮露水食青果。或者，是只不肯唱歌的金铃子，住在一朵伞状蘑菇下面，仅在黎明无人之际轻吟两声。

我不希望下一世再做个人，做人太痛苦了，那种宿怨和郁结会携去下下一世，无尽无穷了。

爹爹去岁过了耳顺，算起来要虚岁六十一了。自五六年前发过一次中风后，一直闭门谢客。他现在交往最多的，就是徐医生。两位老先生会盘桓一个下午，喝茶，说医，论道，释佛，漫谈老庄诸子，偶尔兴致来了，也会手谈两局。爹爹在日本读书时，曾跟一个日本棋士学过围棋，也沉迷过一段时日，后来军务倥偬，又常换驻防地区，棋也就荒废了。徐医生自谦乡下人下野棋的，只是在茶馆里和人下着玩的。其实他的棋风是蛮偏的一门，奇谲，阴笃，刁钻，在对手不注意时攻城掠地，杀着往往是出其不意，对手上一秒还觉得棋势有利己方，下一着就要苦苦思索怎样逃出生天了。不过我看得出来，徐医生对爹爹是暗让一步的，打劫时也从不紧咬。官子的话如平局先认输，笑道：就是输给霍翁一两局，我又不会少块肉的，嘻嘻。爹爹赢了棋，开心之余留徐医生吃饭，两个老头子会开一坛陈年好酒，说说笑笑，喝个三四分薄醉，尽欢而散。

我在去年又发过一次病，幸好徐医生在场，当即施予救治，只隔了一天哮喘就平复了。爹爹要付他诊金，徐医生无论如何不肯收。爹爹坚持：交情管交情，诊金还是要的，医生也不能餐风饮露的。徐医生大笑：交情可以不说，亲戚还是要说的。你把你的宝贝囡儿嫁给我家小儿，也不是不肯收彩礼的嘛！

我直感于徐医生与我是同类中人，至少是可以理解相通的。所以天然对他有一股亲近之感，也不仅仅因为他是我的医生，而是像忘年交之类的关系。我们偶尔会交谈一二，世局与人生，过往与将来。大部分时间他是通透明达、善解人意的。有时也会有非常晦涩的看法，比如他不相信人之初，性本善，说："人在微弱之际也许是善的，但长大强壮之际这个善就要一脚踢开了，任何生物都是如此。"他见我疑惑，笑笑说："人世间是非常复杂的，善恶无恒，阴阳互错，我是用一个医生观察病人的眼光去看待它的。长期下来的结论是，在这世上，唯一不可直视的是太阳与人心。"

我不敢相信一个悬壶济世的医生，一个和蔼可亲的谦谦君子，内心竟是如此地荒凉凋敝。但这世界上的一切都是纠结的，混沌的，并且不是我可以评判的。

搁笔从头再阅一遍，零零碎碎，不成文章。好在只是写给自己看的，凝神时光流水，闲看文字落花，胸中块垒真的冲去不少。

冬至将近，昼短夜长，未时之际，天已将暗。厨房传出蒸煮之味，混合了自家腌制的咸肉和豆制品的芬芳。新来的厨娘阿香虽然言语笨拙些，倒是烧一手好饭食，荤菜入味，素菜洁净，面食做得也颇可口。能够找到一个称心的佣人，也算是这些日子里的一份欣喜吧。

噢，差点忘了，大哥前日难得地有信来，薄薄一封，半页，写得潦草。说这些年来在伦敦正经事没干多少，不是跑防空洞就是打桥牌，或者蹲在防空洞里兼打桥牌，飞机来轰炸已经不当一回事了。还有说他痛恨英国的天气和任何食物，蛤蜊浓汤像是喝加了盐的糨糊，而三明治吃到嘴里像是吃木屑。英国女人好看的也有，只是一旦笑起来就像一束塑料花。英国男人更是无趣，不但面孔像爿鞋底板，看人的眼光像是你脑后还拖了根长辫子。大哥说恨透了英国，几次打报告要调回上海来，但公司没人可派过来代替他，途中也不安全，只好继续忍受苦役。

可怜的大哥。

十五

一九四四年春节前夕，这一年上海的冬天特别冷，下了好几场雪，就是天放晴了，路边的残雪也还未化去，被过路人踩得稀脏，路上到处是一摊摊污水迹和湿漉漉的鞋印。时近年关，街上人流明显地多了起来，采办年货的，走亲戚的，还有就是在年关前出门避债的人，佝头缩颈的像老鼠出洞一样。因为打仗的缘故，市面不好，物资匮乏，一旦有啥难觅的时鲜货出来，人们就像饿狼一样你抢我夺。马路上乞丐成群，听说今年河南和安徽的年成不好，很多饥民辗转流落到江南一带。上海的夜归者，常常会看见在风雪之夜，一家衣衫褴褛的老小难民，挤在人家的门洞里过夜。还有灾民在苏州河边上，用篾席、油毛毡搭出个滚地龙，勉强栖身。在靠近外滩的二马路、四马路那一带，很多英式大楼下的商铺前，有着遮风挡雨的长长回廊，不少逃荒者便在那回廊上过夜。黄浦江上的朔风阴寒刺骨，寒冬腊月一夜吹下来，第二天地上就会多出几具僵硬的尸体来。这种事政府也不怎么管，沿街的商家只好自认晦气，凑了钱请人把尸体拉走，再去请庙里和尚来念场金刚经超度冤魂。

阿茹的计划是大年夜和文桑去法国总部吃年夜饭，饭后再到百乐门去参加跨年舞会。文桑说已经跟小妹文珠约好了，要一块回西浔过年："我已经大半年没回去看望爹爹了，过年了，还不回转去的话，真要说不过去了。"又说："小妹说大嫂身体吃得消的话，也请你一块去玩。"

阿茹看了看窗外，撇撇嘴道："这种断命天气出远门，去充军啊。"

文桑心中不快，便没作声。

阿茹倒是一个劲地追问："你真的要去西浔？过年了，你就这样把我一个人撇下不管？"

文桑说："要么，请你的小阿哥国丰一家来陪你过年？"

阿茹不屑道："你也是真的想得出来，一看到国丰老婆那张隔夜面孔，加上三个吵得要命的小讨债鬼，啥胃口都没有了，还吃啥个年夜饭？"

两人话不投机，各自憋着一肚子的不快，文桑便回到自己房内去复习功课。这学期他又危险了，数学和立体几何课的进度都落后了，教授对他非常不满意，已经放话出来说："已经读了五年了，这学期如果再过不了的话，我看你还是退学算了。"他感到压力极大，但又不知如何去解脱，繁重的学业要求他集中精力，但日常生活中总有大大小小的困扰和烦难，其中最大的困扰就是身边这个难以相处又难以舍弃的女人，阿茹身上具有多重性人格，时而横蛮刁钻，像弄堂口烟纸店里不讲道理的老板娘。时而又天真可爱，如不谙世事的女学生。时而又化身为小姆妈，母性十足地宠溺他。他如一只陷入蛛网的虫子，不时扇动翅膀想要挣脱，却始终深陷其中。

正在胡思乱想，门帘掀开，阿茹走了进来，一屁股靠坐在他正在写功课的写字桌上，手上还擎着香烟，看文桑不抬头，就伸手去抚摸他的脑袋。文桑一闪身，不想搭理她。再摸再躲，阿茹嗬嗬一笑："哦，小朋友还真动气了？"文桑没作声，再转个身，把个背脊对着她。阿茹搁下香烟，就势伏到他背上，两手环绕了他的身子，柔声说道："小心肝，真的不理我啦？不要呀。"一面用面孔摩挲着，用嘴唇去轻触他的耳垂。文桑哪里受得住女人这样的撩拨，不由自主地跟阿茹缠作一堆。

过后，两人挤在文桑的单人床上，和衣躺着，好久没说话。房间里的水汀嘶嘶地响一阵，歇一阵。夕阳黯淡下去，窗玻璃上蒙了一层水蒸气，光线朦胧，楼下传来市井喧闹的声响。

阿茹起身去拿了烟灰缸，点上一支烟，再回到他旁边躺下，幽幽地说道："有时想想，我实在不是个好女人，自己心绪不好，还拖累了你。"

文桑不响。阿茹摸到他的手，握住，又说："你也不要怪我，我大概是没有多少日子好活了。"

文桑不忍，安慰道："别去东想西想，肺结核又不是绝症，现在有特效药盘尼西林跟链霉素的。我晓得很多人生过肺结核，最后也是好了呀。"

阿茹长叹一声："人家是人家，我是我。我跟林黛玉一样，心比天高，命比纸薄。小时候有一个白俄女人给我算过命，说我活不过三十岁。"

文桑呵斥道："阿茹你不要瞎七搭八，少抽点香烟倒是正经。"

阿茹把香烟搁在烟缸里，转过身来，一手抚着文桑的脸庞，说："死，我倒是不怕的。这种断命日子也真是没什么活头，爷娘死得早，亲阿哥是个不争气的。嫁个男人也是靠不住的，像只脱线风筝。文桑，我也只有你了。"

文桑心软了，嘴上还是说："阿茹你不要想太多了，等我读完了书，还是要去过自己的日子的。"

阿茹看定了他的眼睛，说："我晓得的。"

阿茹的眼睛里有一种令人心疼的认命，文桑不禁有点后悔把话说得那么直白。

阿茹仰身倒在床上，幽幽地说道："文桑你能陪我多久就多久，等你离开了，我就去寻个疗养院，一个人静悄悄地死在那里。"

文桑烦恼地说："啊呀，就要过年了，别老说这种话，不吉利的。"

阿茹撒赖道："好呀，好呀，如果你答应留下来陪我过年，我就不说。"

天已经完全黑了，房里没开灯，两人并肩躺在黑暗中，不说话，只是默默地躺着。最后，文桑叹了一口长气。阿茹轻轻推了他一下："干吗老是叹气呀？"

文桑说："心里烦。"

阿茹说:"烦点啥呢?"

文桑坐起身来,双手捧头,说:"阿茹,你倒说说看,我们这样下去算什么?"

阿茹不响,过一阵说:"要真说的话,就是上海人讲的轧姘头呀。"

阿茹这话语调是带了点天真和无耻说出来的。文桑听了更是气恼,转了个身,背对着阿茹,恨声道:"阿嫂与小叔子轧姘头,难听死了。万一传到外面,叫我怎么向家里人交代?"

阿茹再开口,声音就带了点哭腔:"那么,啥人又向我交代过了?"

"你要啥个交代?"

"当年霍文沧追我,满嘴的花好桃好。结了婚,新鲜劲头一过,原来的白雪公主就变成一个可有可无的黄脸婆。我在他眼里,大概还没有一局桥牌要紧。生了毛病,更是跑到十万八千里外去了,连张明信片都没有。现在,你又是动不动给我看脸色,凶得要命。就是屋里养只猫,也不可以随随便便就踢上一脚的。我上辈子到底欠了你们霍家什么?"

文桑嘴上还是犟:"不管你怎么说,这个样子总是不对的。"

"那你说哪能办?叫时光倒流?还是一根绳子上吊去?不要忘记当初你自己说过的话。"

文桑愕然:"我说了什么?"

阿茹一根指头点牢了他,咬牙道:"你说过的:不管三七二十一,阿茹,我只要跟你好。这是你说的,是吗?是吗?忘记了?"

文桑一声不响。

腊月廿八,文珠一家到了西浔,放下大包小包的年货之后,先去徐宅拜望父亲家人,吃了晚饭后,再转来霍宅歇息。

第二天早饭时间,文田才有机会跟妹子一家聚首。

"啊呀,小妹,你去上海才几个月,好像又胖了些,方晦喂了你什么好饭食呀?"文田一面逗弄着他两岁多的小外甥,一面跟他妹子打招呼。

文珠没说话,只是白了她丈夫一眼。

方晦期期艾艾地说:"不是胖。嗯,嗯……是,她又有了,三个多月了。"

文田惊诧道:"这么快?"又笑道:"好事情呀,好事情,我又要多添一个外甥了。"

文珠抱怨道:"真叫一个手忙脚乱,搬去上海,啥都还没安顿停当,想不到又有小囡要来轧闹猛了。"

"这叫双喜临门,乔迁之喜加上弄璋之喜。爹爹晓得了吗?"

文珠道:"昨日到家已经晚了,又马上要赶去公公处。不过,方晦倒是跟他爹爹说了,过一歇公公会过来,由他来告知爹爹好了。"

文田感叹道:"霍家的四个男丁,到现在都还没有生养。倒是两个女将,真叫争气。爹爹肯定开心的。"

文珠说:"这次啊,身子觉得特别沉重,人一直懒洋洋的。怀头胎倒没怎么吃力过。"

正好送茶上来的阿香听见了,插嘴说:"啊呀,六小姐,看样子是个女儿呀。"

三人一起转头望向她:"何以见得?"

阿香说:"我也是这样的呀,头胎是个男小囡,九个多月还没啥动静,突然就肚皮痛了,一盏茶的工夫就生了下来,倒把我自己吓了一跳。第二个是女小囡,从三四个月起人就不想动,只想吃酸叽叽的物事。"

文珠就讪讪地道："啥地方来酸的物事？现在正月还没到，梅子也要等到三四月才上市呢。"

阿香笑笑，转身去厨房拿来一碟糖醋藠头："这是个好物事。六小姐，你尽管吃，尽管够。"

阿香退下去后，文珠夹起一颗藠头，放进嘴里，说："这个新来的厨房间大嫂，倒是蛮会做人的。"

文田想起什么，问妹子："哎，大嫂和文桑没说要来？"

"来过信的，说大嫂冷天出门，身体吃不消。文桑呢要赶功课，也不来了。"

"你们在上海常常碰头吗？"

文珠摇头道："也就那么一两次。刚到上海时，大嫂请我们吃过一顿饭，是在外面吃的，叫啥个法国总会。吃没吃着点啥，规矩倒蛮大的，坐要坐端正，不好大声讲话，碗盘又不可以弄出声音来，真个叫受罪死了。结果一顿饭吃下来，腰酸背痛，我连吃了点啥都忘记了。"

方晦在一边帮腔："菜叶子是生的，牛肉呢也是生的，我都下不去嘴。鱼倒是没骨头的，但是没骨头还吃啥个鱼？不鲜的。我也算是领教了传得天花乱坠的法国大菜啊，就这点花头，啧啧。"

文田笑道："两个乡下老倌开洋荤。后来呢？"

"看在大嫂的面子上，只好捏牢了鼻头吃下去呀。一回家，方晦马上烧了一锅泡饭，过着酱菜和腐乳，味道真比法国总会好多了。"

"就见了这一次？"

"嗯，还有一次，要过中秋节了，我和方晦送两盒月饼过去，大嫂开的门，不过没让我们进去，说屋里太乱，不好意思请我们进去。文桑也没见着。"

方晦打圆场，说："大嫂是外国派头，跟我们是不一样的。"

文田微微摇头，不过没说什么。

文珠又问道："大哥呢，有音讯吗？"

"最近的一封信，还是半年前来。说在伦敦天天吃炸弹，跑防空洞。爹爹蛮担心的。"

三人一起唏嘘，文田说："本来说好只去两年的，一打仗，就回不来了。"

文珠叹道："唉，断命的打仗，弄得一份人家不像份人家。"

门口传来霍父的声音："文珠，囡囡回来了？"

文珠赶紧起身去搀扶父亲，几月没见，霍父好像更显苍老，伸出来的手抖个不停，脚步也变得蹒跚了。不过看见了心肝宝贝的小女儿还是蛮开心的。文珠搀扶了他到餐桌边坐下，阿香就把燕窝粥端到他面前，同时帮他系上一个缎子围兜。文田跟妹子解释道："爹爹手抖，有时会捏不住勺子，已经一阵了。"霍父神色木然，拿起勺子吃粥，抖抖索索好容易才送到嘴边，还是有一半洒了出来。方晦低了头装作没看到，文珠惊诧道："我走时，老爹还是可以的呀。"文田说："时好时坏，最近变得厉害些。"说着，起身接过勺子要喂霍父。大概是不肯在小女儿女婿面前示弱，霍父坚持："我可以，我可以。"努力自己吃粥，但是手却不听使唤，一碗粥洒掉小半碗。

早餐后，兄妹俩到文田的书房来说话。文珠忧虑道："真是想不到，才年把工夫，爹爹好像老了十岁不止。"

文田道："何尝不是呢。我也跟你公公

说过爹爹的情况,他说爹爹六年前的中风,脑子里的一根血管破裂,很多人就这样去了。虽然救了过来,但病根还在那里。只会变坏,不会变好。家人要非常当心,不得过劳,不得激动,也不得思虑过度。你也晓得爹爹的脾气,战争,局势,家中的种种变故,叫他不激动是不可能的。"

"这些日子就你一个人在撑着?"

文田苦笑:"还能如何呢?我也是尽自己的责任而已。阿香倒是帮了不少忙,没有她,我更是焦头烂额了。"

"那要不要我搬回来,好相帮你一手?"

文田想了想,说:"算了,你好容易在上海搬家搬定当,现在再搬回来,前功尽弃。再说,你又要生小囡了。这里还是让我来抵挡吧。"

"小阿哥,谢谢你了。"

文田笑笑,若有所思道:"我家六个兄弟姐妹,像一把种子一样撒在四面八方。最后一粒,从手心里滑落,原地发芽,开花。我就是这粒留在手心里的种子。"

文珠没听懂:"小阿哥你说啥呀?"

"我说种子撒得越开,存活的概率也越大。"

文珠还是一脸懵懂,文田就岔开话头:"上海还好吧?"

"上海还蛮好,就是铜钿不经用。刚去的时候,爹爹给了我一笔铜钿,我公公也给了些。租房子,是要缴顶手费的,四条小黄鱼缴出去,再添置些家具,请个奶妈,余下的就所剩无几。在上海,连得买一把青菜都比这里贵了不少。"

文田笑道:"这可是你自己寻上门去的呀。"

"是呀。不过我跟方晦都不后悔,上海到底是个大地方,见识到的人与事,在西

浔这儿是不可想象的。还有,上海的确好白相,天蟾大舞台,大光明电影院,还有大世界,我跟方晦去白相过一次,哈哈镜,变戏法,唱滑稽,走钢索,大木桶里溜冰,上天入地的,看得人眼花缭乱,进去了就不想出来。"

文珠说得眉飞色舞,察觉到文田脸上浮起一丝寂落的神色,连忙说:"小阿哥,下次你到上海来白相,我陪你去。"

"再说吧。"文田淡淡说道,"你们今后有啥打算?"

文珠踌躇了一下,说:"我也不晓得,总归不能坐吃山空,早晚要去寻个事做的。但是现在市面不好,我们新来乍到的,又能做点啥呢?噢,对了,方晦有个熟人黄蛤蜊,想跟他一起开爿饭店,说让方晦做厨,他外面招呼。被方晦回掉了。"

"为啥?方晦不是很喜欢烧小菜的吗?"

"方晦说,为自家人烧小菜是开心,为不认得的人烧菜是苦刑。他情愿去开爿烟纸店的。"

文田笑道:"还有这种说法?闻所未闻。开饭店虽然辛苦,但也是条安身立命的路子啊。"

"我也看不上那个黄蛤蜊,讲一句闲话,眼皮子要眨个十几下,人家说这种人心眼太多,防不胜防。你晓得方晦是个没心眼,直筒子肚肠到底的人,跟他合伙,肯定要吃亏的。"

文田笑笑,没有置评。

十六

在去西北的途中,由于预定送他们去西安的交通员被捕,霍文海在汉口羁留了三个礼拜,等待上级通知。他在靠近汉江

畔的牛皮巷里找了一间小旅馆住下来。

他对外还是用叶文新这个假名，身份是收购大宗茶叶与生漆的行商。汉口，从明朝中叶起就是长江中下游一带的大宗商品集散地，茶叶、生丝、布匹、木料、药品及粮食的市场在这儿很是蓬勃，也有着大城市藏污纳垢的场所，烟馆、娼寮和赌档，龙蛇混杂。

每日一早，文海一身跑码头商人的打扮，头戴半旧宽檐礼帽，藏青棉袍外罩件玄色薄丝棉马褂，一双厚实的蚌壳棉鞋。在集市上挤在人群中，先跟货主寒暄上几句，蹲下身子从敞口大麻袋里掂出一小把生茶，放到鼻子底下闻闻，再放一片在嘴里嚼嚼，站起身来，头头是道地说出自己对货色的看法。他在福晟钱庄的经历使他对各类大宗商品所知甚多，所以货主们都晓得这位叶老板是个行家，轻易不出手，一出手肯定是大手笔。

文海在集市里盘桓上个把钟头，便走去灯笼巷拐角处的一家茶馆，叫上一壶黄山毛峰，再来一客煎豆皮，几件小食，自斟自饮，一派自得其乐之态。其实他是来等通知的，如果有人在茶馆里戴顶插了鹅毛的礼帽，阅读一份隔日的《汉江日报》，那么就是交通来了，要准备上路了。

一个多礼拜下来，他每日报到，但茶馆中并无此等人物出现，他心中忐忑，面上不动声色，吃完饮毕，踱回旅舍打个中觉。黄昏时，他会去汉江岸边走走，正值涨潮时段，江面在夕阳下水天一色。大概是要过年了吧，近晚时分，码头上仍旧忙碌非常，驳船、运货船、小火轮、大小舢板来来往往，暮色中江鸥翻飞，码头上也人声鼎沸，小商小贩叫卖声此起彼落。间或有挂了太阳旗的水警汽艇突突突地开过，

水面上拖了一条长长的黑色油迹。极目望去，在地平线的远处，一帆孤影，影影绰绰地融入天际暮色。

在此孤寂无人之际，思乡之情会油然而生，才六七年前，霍文海还是个剪了个偏分头，穿着西装短裤，跟弟弟在后院蹦蹦跳跳打羽毛球的少年，对外面的世界可说是一无所知。六年多，两千来个日夜，所经所历，竟是换了全然不同的人生。他舍弃了家庭，化装出走，隐姓埋名做地下工作，突然被捕与忍受酷刑，如今为了革命的需要，再次远走他乡，这些变化都是与他所设定的人生轨迹背道而驰的。这一切的付出和奉献都是为了他所认定之理想：一个更完善，更开明，更人性化的新世界，他相信这个目标会实现的。

此时此刻，他伫立在三江交汇的堤岸上，夜幕沉降，大水森森，面庞上感到强劲的中原朔风吹拂，凛冽如刀。对岸三二点渔火却勾起他莫名的乡愁，温润的江南景色，就算在冬季也是柔软近人的。年关在即，镇上阖家团聚，最忙碌的地方是厨房，笑语喧哗，蒸汽弥漫，向晚之际端出热气腾腾的美酒佳肴，人们慵懒，放松，烧香祭祖，互相说着吉利讨喜的话语，平安的希冀寄托在时光流逝中。室内的炭火炉子刚燃起，爆出噼啪轻响，开始有点呛人，很快就释放出融融暖意。案头上的水仙，是特意在冬季保存下来的绿意，仅靠了几颗卵石和一掬清水，叶片挺拔舒展，小小的花蕾三二，将绽未绽。

除夕之夜，在睡意蒙眬中还听得零落的鞭炮声，清晨开门，昨夜竟下了场雪，薄薄一层，点缀着鲜红的鞭炮碎屑。空气冷冽清新，众兄弟姐妹们去门前贴春联，一串大大小小鞋印印在新鲜的雪地上。回

来经过中庭,一股暗香袭来,众人寻去,发现墙角一株虬枝老梅,昨夜盛开了半树金黄色的蜡梅。

回忆轻软如梦,现实沉重如磐,他现在是个革命者了,不能陷入小资产阶级的多情善感中去,他如一头卧虎,潜伏着,准备着,为掀翻这个旧世界而蓄力,抖擞起精神来吧。

他转身缓步踱回旅馆。

文海下榻的旅馆在一条小巷里,叫盛三栅大旅舍,其实上下才十六间客房,倒是坐落在汉口闹市中心,离渡轮码头不远,四周街区皆是热闹去处,面馆饭铺,布庄裁缝,货仓票号,各种商家铺头琳琅满目,汽车车站也在半个街口之外。他选中这里是为了出行既方便,小巷又僻静,可进可退,可动可隐。旅馆的格局是中西混合式的,门前置放了一对石狮子,门楣上挂一块黑底描金的牌匾"盛三栅大旅舍"。进去是个L形的两层建筑,上下各八间客房,最末端楼下是旅客共用的水房,楼上是老板宿处兼账房间,看起来是后来加建的。面对旅舍的空地上长了一排柏树,虽是冬季,仍然青翠。

文海的房间在楼上,他拾步上了楼梯,正要开门,忽然听见旁边的房间传来一声很凄厉的哭喊声,好像是女人或小孩的哭声。文海站定脚步,仔细听去,哭声好像被遏制住了。他踌躇了一下,开了门进入自己的房间,和衣倒在床铺上想着心事。隔壁房间似有动静,有隐隐的抽泣声,有人压低的声音在讲话,听不大分明。他是见过隔壁的房客一二面的,一个四五十岁的男人,干瘪,羸弱,面色蜡黄,带了一个十一二岁的女孩子,这女孩子平时见了人,一直是垂着头,他未曾看仔细过。不过,正所谓相逢何必相识,他几天之后就要远离此地的。

睡意上来了,他感到有点寒意,便起身拿了个脚盆去水房里打点热水来泡个脚,夜里可以睡得暖和些。经过楼梯口时,见到有个瘦小的身影蹲坐在那儿,见有人路过,女孩子便抬头瞥了一眼。文海已经走过去了,却被这一眼看得停下了脚步。这女孩儿的相貌竟然跟他的小妹文珠有几分相似,不过小妹是天真烂漫,这孩子却是一脸的愁苦惊惶,像一只被人踩躏过的小猫。他返回身来蹲下,好言相问:"小妹妹,你怎么啦?"那女孩子见有人来,便把脑袋埋在臂弯里,不言不语。再问,就暗自哭泣,不肯抬头与人交谈。他耐心地等待着,一俟女孩稍微平静些,再次问道:"你还好吗?要不要回房去,这里风蛮大的。"小女孩嘤嘤地说了一句,他没听清,低头再听是:"肚子饿。"声音低得如腹语。文海想了想,回房去穿了鞋,拿了些零钱,携着女孩的手,出了旅舍。

文海找了一家还开着门的饭铺,坐下后却被告知:菜肴都卖完了,只有稀饭和包子。他想了想,点了两碗红薯稀饭和六个包子。那女孩坐在他对面,还是一直垂着头不肯抬起来,对他的问话也不大愿意回答,多用点头或摇头来表示。直到食物上来了,女孩才抬起头来,睁大的眼睛里充满着饥渴之情,即刻埋头喝稀饭,大口地吞食包子。他几次要她慢点吃,小心噎着。这女孩大概是饿狠了,依然快速地吞咽着食物。有几次还真的噎住了,憋得脸通红。文海帮她拍背,隔了棉袄,也可以感觉到这孩子是多么地瘦弱,背上肩膀上满把的骨头。

女孩喝完了稀饭，吃了两个包子，便停下筷子不吃。眼睛却还望着盘里剩下的几个包子。文海温言说道："还能吃吗？吃得下就再吃点吧。"女孩先是点头再是摇头，嗫嚅道："叔叔，我能不能把这些包子带回去？我爸爸已经两天没吃东西了。"文海大为触动，随让掌柜的把包子用荷叶包了，一块回到旅舍。

躺在床上，东想西想，思绪难平，一直到三更左右才睡去。

第二天早上，文海梳洗完毕从水房回来，却看到隔壁的男人和小女孩等在他房门口。男人点头哈腰地向他道谢，他邀请他们进房坐坐，房里只有一把椅子，男人坐了，女孩子站在窗下，文海坐在床上，唤女孩过来一起坐，却无论如何不肯。再看那个男人，该是五十上下，头发大半灰白了，脸上沟壑成行，一张嘴，满是乌黑焦黄的牙，门牙还缺了一颗。看他神态举止，倒不像是粗人，言行谈吐都还在规矩上。聊开了话头，果然，男人以前是沈阳的一个小学校长，九一八事变后逃难出来，辗转天津，郑州，再来到汉口，本想是来投奔一个远亲，找上门去却发现这家人早已搬走了。在汉口，爷俩是举目无亲，好歹在旅舍住了十来天，盘缠已经用尽，真是叫山穷水尽了，从大前天起就没吃过一餐饭，要不是文海给买的几个包子，爷俩就要饿死了。

男人说话漏风，咕咕哝哝地说道："我实在是走投无路了。没盘缠，没吃饭钱，眼下又是寒冬腊月的，看样子我爷俩只有死路一条啊。"

说来道去，讲到心酸之处，男人涕泪俱下，再举起污脏的袖口去擦眼泪，擤鼻子。文海实在看不得男人这样，便劝道："天无绝人之路，看在你女儿的分上，大哥你也要振作起来。"男人苦着脸道："没钱的话，在世上寸步难行，一餐没吃，这丫头就对着我哭鼻子，叫我怎么振作得起来啊。"文海想了想，从内袋里摸出一块袁大头，递给男人："大哥，这些钱你拿着，先带了姑娘去吃个早餐，大家再想想办法，别做傻事，啊。"

男人看到银洋，收起了眼泪，双手接过，千谢万谢地出门去了。

文海一走进茶馆，就瞥见联络人坐在靠窗的一张桌子上，戴顶插了羽毛的礼帽，却穿件中式对襟的褂子，手中是一张《汉江日报》。他在相邻的桌上坐下，叫了茶水和点心，在等候时，他不经意地问邻桌："是今天的报纸吗？"那人把报纸放下一些，说："哦，是昨天的，忙了一天，还没来得及看。"两人再无交谈。过了一阵，那人起身离去，却把报纸留在椅子上。文海拾起，一面喝茶，一面浏览报纸，他看得非常仔细，连小广告启事栏也不放过。在报纸的最后一版上，他发现一个用铅笔写下的日期，就是明天。他心中有数，动身的日子终于来到了。他喝完茶，把报纸折叠好放进口袋，施施然地走出茶馆。

是夜，文海正在打点行装，突然听到门上有轻啄声，他犹豫了一下，还是过去开了门。门外站着隔壁房间的女孩，依然是一脸的愁苦。文海让女孩进房来，问她父亲怎么样了，女孩一直不作声。问她吃过东西没有，女孩又是摇头又是点头。他正在疑惑，女孩突然开口说道："叔叔你能不能带我走？"文海大吃一惊，忙问是怎么回事。女孩却抽抽泣泣地哭了起来。文海从她断断续续的话语中晓得了大概的情形，原来女孩的父亲是个吸鸦片的，今早一拿到银洋，立即就去了大烟馆，下午回来倒头就睡。女孩中午吃了一个昨日剩下的冷包子，晚餐又不知在哪里了。女孩抽泣着说："叔叔你带我走吧，我爸爸早晚会把我卖掉的。"

据女孩说，前几天已经有过一次了，是旅馆老板介绍的，来的是一男一女，女的很凶，扯她的脸蛋，看她的牙齿，还捏她的胸脯。说太瘦了，卖不出价钱。就在这对男女要带她走时，女孩抵死不从："我晓得他们是要把我卖到窑子里去。"

"后来呢？"

"我又哭又叫，躺在地上不肯起来。旅馆老板来拉我，被我咬了一口……"

女孩捂住脸痛哭，文海想起来前几天似乎听到隔壁有些动静，却想不到是这样不堪的情形，他尽力抑制自己的情绪，掏出手帕递给她："慢慢说，别哭，慢慢说。"

"他们走后，我哭，我爸爸也哭，他对我说：'我已是半截入土的人了，你跟着我，早晚也是一个死。还不如跟了他们走，至少还有口饭吃。'我说：'爸爸求求你不要把我卖到窑子里去呀。'爸爸说：'人说好死不如赖活，如果有活路谁愿意走这条道？'我说：'爸爸你别抽大烟了。'爸爸说：'我办不到呀，烟瘾上来那比死还难过，百爪挠心似的……'"

文海一声不响地听着，心中涌起无限同情，这女孩的遭遇真够惨的，但是他不可能带她走，明天就要北上，路途遥遥，前景未知。再转念一想，如果是他的妹妹文珠陷入如此境地，他会怎么办？

不知道，他茫然，心里绞痛。

女孩怯怯地看着他，嗫嚅道："叔叔，我能侍候你，我会煮饭，洗衣服，收拾房间。我不要你工钱，只要给我一碗饭吃就行。"

文海觉得自己鼻腔酸酸的，生怕自己控制不住也快要哭出来了，他很重地咳嗽了一声，再清了清嗓子，说："小妹妹，叔叔我明天就要走了，到很远很远的地方去。所以，我不能带上你。但是……"

他离开上海时，顾掌柜给他结了一季度的薪水，再额外地送了他一小笔盘缠，大概总共是二十多块袁大头，一路上花去的车费，旅馆钱，再加上吃喝用度，还剩下十二圆和一些零钱，这笔钱需要支撑到他到达目的地，不算匮乏，但也不算富裕。他拿过自己的挎包，取出五个银洋，用手帕包好放在女孩面前，说："这是叔叔能帮你的，拿了这些钱，去租一间房，多余的钱，想办法去做点小生意，卖瓜子炒货，卖香烟水果，或者卖花，养活你自己。"

"还有，这个钱不要让你父亲知道，他会拿去抽大烟抽掉的。"

女孩睁大眼睛看着手帕里的银洋，又看看他。五个袁大头，在当时可是很可观的一笔钱，一个壮劳力，一月也就赚了两块银洋，一个中等人家一个月开销，也只不过两到三个银洋。在荒年期间，穷人家卖儿鬻女，也只不过一两个袁大头。小女孩前几日还为吃不上饭而哭泣，突然看到这样一笔钱放在面前，不由先是惊愕，再是不敢置信。

他温和地看着女孩，说："快收起来，早点儿回去，啊。"

女孩的眼泪无声地淌下，蹲下去哭泣。他赶紧去搀扶。女孩子顺势跪下，要给他磕头。他拦住了，扶起女孩，送出门去。

文海整理完行装睡下，辗转床榻，一夜难眠。

十七

最终，方晦和文珠在曹家渡附近的极司菲尔路上开了一家药房。

说是药房，其实还是说是爿大点的烟纸店更为确切些。店招是徐记大药房，但只有四分之三开间的门面，另外四分之一是一条过道，让住在后面弄堂的居民进进出出。店铺大概有二十来个平方米，靠左手一排中药柜子，柜子上有上百只小抽屉，各贴着不同的草药名称。正中是西药柜台，卖些酒精药棉、紫药水痧药水、维生素鱼肝油，西药呢只有一些阿司匹林、咳嗽糖浆、开塞露之类的商品，吃不死人也医不好病。右面却是个卖各种日用杂货的柜台，从肥皂牙膏草纸香烟蜡烛蚊香缝纫机油发蜡花露水蛤蜊油雪花膏，应有尽有。柜台上置了十来个大口径玻璃缸，卖奶油瓜子小胡桃咸桃板加应子盐津枣陈皮梅金橘饼山楂片杨桃干青豆笋干。店门口冬天挂一条棉门帘，夏天挂一条竹帘，顾客一掀帘子，就看到年轻白净的老板，笑脸迎人。

开店时间从早上八点到夜里八点，赚的是蝇头小利。方晦亲力亲为一应事务，进货出货算账打扫整理货物接待客人，只有要到外地去办货时，才由文珠到曹家渡来看一天店。半年下来一翻账簿，除去吃用开销水电店租，竟没有多少剩余。不过小夫妻心态还蛮平和的，在如此的急景凋年，吃过用过不欠饥荒，还要怎样？

文珠怀孕有八九个月了，有次在店里搬动一箱肥皂，动了胎气，有点流血。徐医生特为赶到上海来，给儿媳妇诊了脉，跟儿子说："还好，这次没有什么大碍。只不过要注意，一直到临盆不能再劳累，最好卧床静养。"这样一来，方晦只得雇了个半工，住在后弄堂里的江北阿施，每天做四个钟头，早上卸排门板，打扫店堂，接待客人，中午一点钟，方晦料理完家务之后，来接他的班，一直做到打烊。

江北阿施十七岁，梳个飞机式发型，脸上有些痤疮。原来在一爿绸缎庄学生意，后来不晓得为啥不做了。一直闲荡在家里，没事就立在店旁边的过道口，两只手插在裤袋里，向走过的路人望野眼，吹口哨。方晦雇用他时，也有邻居悄悄地提醒他：这个小囡有点喇叭腔的，你要当心点。方晦想着都是邻里邻舍的，兔子还不吃窝边草呢，还是雇用了他。

方晦一向是与人为善的，除了开两块洋钱的月薪，每天夜里总会在柜台上留六个铜板，给阿施吃油条粢饭豆腐浆，中午来接班时，带一饭盒自己烧的小菜给阿施吃中饭。阿施做错了事情，也不会给脸色看，总是说下次要注意些。一个月下来，还算太平，方晦得以抽身出来照顾即将临盆的文珠。

文珠在这年的七月初一，在上海圣玛丽亚医院生下他们第一个女儿，生产还算顺利，但产后一直有小量出血。医生说不要紧的，过一阵就会好的。听到宝贝女儿生了外孙女，霍父一定要亲自来上海探望。实在拗不过，于是在湖州雇了辆出租汽车，由徐医生和文田陪着，一并前来上海探望。文桑也难得一见地抽空过来探访妹妹，只是忙坏了方晦，又要照顾产妇，又要订旅馆，安排接送、餐饮，人消瘦了不少。

奶妈抱了新生儿出来给祖父们看，小女婴雪白粉嫩，头发微微卷曲，睡着了，肉嘟嘟的小小手掌还张开合拢，整个人像一枚粉红色的花骨朵。霍父看得热泪盈眶，连口水都挂了下来。文田悄悄地帮他揩去。徐医生也是很激动，平日散淡洒脱的风度也不见了，双手颤抖，老花眼镜几次从鼻梁上滑落下来。

看了一阵，奶妈抱了小婴儿回房去，大家始围桌坐定，方晦逐一将菜摆上席来，霍父问方晦："你家里有没有好酒，我今天一定要跟徐医生喝一盅。"方晦疑惑道："好酒，屋里倒是有几甏的，但是爹爹您身体吃得消吗？"徐医生笑说："开心的辰光，吃一点酒是不碍的。"霍父道："是呀，喜酒喜酒，正是开心了才要吃酒呀。"

房门一开，文珠走出来，众人惊讶道："哎呀，文珠你怎么起来了？"文珠说道："我来陪两位爹爹坐一歇呀，天又热，整天窝在床上，厌气死了。"方晦说："你呀，总是不肯听话，月子还是要坐的。"徐医生打圆场道："在屋里厢起来坐一歇，不吹着风是不碍的。"众人遂入席，方晦开了一坛二十年陈的善酿，温过，给两位老人斟上，说："天热，弄不出什么小菜，大家随便吃些。等小囡满月了，我再好好地弄一场。"

文田看看桌上，冷菜有酥炸烤子鱼，白斩鸡，盐水虾，四鲜烤麸，凉拌莴笋，葱油海蜇皮，热菜有糟熘鱼片，韭芽炒什件，面拖六月黄，糖醋小排，再有一只大砂锅，是熬的老母鸡汤，汤面上铺满了蛋饺。便笑说："方晦啊，真有你的，一头要照顾产妇，一头眼睛一雾，还能弄出这么多小菜来。"

方晦答道："晓得你们要来，厨下都准备好的。下锅一炒就是，无啥麻烦的。"

众人笑道："能者不难。文田你就放开肚皮吃吧。"

文珠喝了一碗鸡汤，吃了几粒盐水虾，转头问她老公："有没有菜泡饭，我倒想吃一碗。"

方晦一向奉老婆的话为圣旨，即刻起身到厨房去烧泡饭。不多时，一碗碧绿生青的菜泡饭就端上来了，再加一碟黄泥螺，一碟醉腐，文珠吃得很是惬意，搁下碗说："我就想吃点汤汤水水的，天天大鱼大肉，真吃伤了。"

众人笑："文珠你是有吃福的啊，有人想吃大鱼大肉还吃不到啊。"

席间说起小囡的取名，霍父道："不是说好叫徐青徐红吗？清清白白，红红火火的，蛮好的呀。"文珠说："原来的意思是蛮好，可是眼下报纸上天天骂红色恐怖，红军，赤匪，我倒要再想想。"徐医生道："青天白日满地红，不也是有个红吗？"文珠道："这红不是那红，这当口，小囡起名字倒要慎重些的，弄不好……"

文田把一块白切鸡放进嘴里，说："你也不要钻牛角尖了。我看就叫徐虹，天上彩虹的虹，既谐了音，又避开了那个红。"

大家都说好，彩虹当空，喜气东来。文珠笑道："小阿哥，你脑子真快。我怎么就没想到呢。"徐医生也喜上眉梢："虹的意思好，雨过天晴，七彩俱全。"霍父则一脸宠溺地看着小儿子："哦，田儿这点小聪明还是有的。"

霍父来到上海，再怎么避人耳目，还是传了出去。过去的同僚和部下，纷纷邀请吃席听戏。开始霍父邀了徐医生同去，不多久，徐医生就不肯去了，说："亲家翁，我本是一介布衣，看到这些达官贵人，手脚都无处放了。而且，他们讲的市场行情，官场秘闻，我都不懂。来上海一趟不容易，您就让我多陪陪小孙子小孙女吧。"

如此这般，陪同霍父出行的差事就落到文田头上。像他这般年纪的，吃喝倒并非是最要紧的，再好的鱼翅筵席，山珍海味，吃过几次也就没了兴趣，听戏也是这样，再好的戏目，也听不出大名角唱得跟一般角色究竟有啥区别。他倒是对上海光怪陆离的花花世界大有一探之意。于是方晦百忙之中抽空陪他去逛了大世界，看飞车走壁，空中飞人。文桑也难得地在星期日抽了空，陪着他又重游了城隍庙和豫园，观鱼吃茶，看吹糖人，变戏法，还有山东人摆摊子卖拳头。文田平日得了闲，也自个去到市中心热闹处走走，看场好莱坞电影，在外滩吹吹江风，行去二马路逛逛古玩店，旧书铺，再到霞飞路喝杯咖啡，倒也自在。

一日文田突生奇想，要到方晦开的药房里去玩。方晦苦笑道："最不好白相就是店里厢，只有豆腐干大小一块，卖的又没什么稀罕物事，都是些可有可无的东西，白相不出啥名堂来的。"文田笑道："啊呀，我本来就是乡下老倌一个，半年三月也见不到几个人的。所以开爿店对我来说真的蛮好玩的，麻雀虽小五脏俱全，货色进进出出琳琅满目，红男绿女来来往往。既解了厌气，又赚了钞票。"方晦苦笑道："我的小阿哥啊，看人挑担不吃力，做一行怨一行，开爿店实在是头痛死了，一百个人一百个样子，你要吃糖他要吃酸，一天对付下来烦也烦死了。"

看文田还是纠缠不清，方晦便说："屋里厢大大小小一大堆事情，实在是没空陪你。要么，等你有空时自己过去？"文田点头称好，遂给了他地址。

一日早上，文田从玉佛寺烧香出来，想着这里离曹家渡不远，于是叫了一部黄包车，真的探店来了。下了车，先打量了一下门面，徐记大药房招牌下面是窄窄的店门面，旁边一条甬道，甬道里有几只马桶搁在那里。店堂里门可罗雀，一个瘦刮刮的后生站在店门口，手插裤袋，往马路上望着野眼。看文田要进店堂，阿施遂问道："喂，侬要买点啥物事？"文田笑笑："我就随便看看。"阿施也跟着进了店堂，面孔铁板，有点不耐烦的意思。这时店里又进来了一个后生，两人在那里交头接耳，很鬼祟的神情。看到文田背身向着他们，阿施快速地从柜台里拿出一包东西给那个后生，这一举动正好被文田从玻璃橱柜的反光上看到。

文田回去后跟方晦说了，方晦疑惑道："不会吧，阿施会得吃里扒外？我待他像自家人一样的。"

文田说："我只是给你提个醒，害人之心不可有，防人之心不可无。你有空的话，不妨去对对货。"

方晦被他这么一说，心里忐忑，真的熬了个通宵点货。赫然发现漏洞大大的，刚进货的十瓶花旗国鱼肝油，卖出去两瓶，却只剩三瓶了。维生素好像也少了好几瓶。再看中药柜子，毛病更多了，麝香只剩下几片，冰片也是。一盒子的西洋参，只剩下几根须须。比较贵重的药材，大多有所缺失。再去轧这段日子的每日流水账，没一日的账是对得上的，总是短斤缺两，少则几毛钱，多则两三块。方晦不禁颓然，只是两三个礼拜的事，店里竟然出了如此大的纰漏。更使他寒心的是，他一片好意对人，却换来如此不堪的回报。

回去也不敢跟文珠说，怕她烦恼。只是背地里跟文田说了，文田一声不响地听着,末了问道:"你打算怎么办?"方晦苦着脸道:"我一片真心待他,想不到他真的做得出来……"文田打断他:"你这是用人不慎,现在再抱怨也没用了,还是想想如何善后。"方晦说:"就此回了他?"文田说:"你要小心行事,这个人的吃相不像是个善茬。"

文田他们回去之后,方晦便找了个缘头回掉了江北阿施,他还是给阿施留了个面子,绝口不提他手脚不干净之事,只说是生意不好。哪晓得小人难惹,隔了一个礼拜,方晦早上去开店,赫然发现两只马桶踢翻在店门口,遍地屎尿横流,连只脚也踏不下去。整条街面恶臭熏人,街坊邻居掩鼻而过,自然也没有客人上门了。接下去几个月,这样的恶心事件又发生了好几次,恶徒们直接用屎尿泼洒在排门板上,再流淌进店堂里。几次下来,弄得四周邻舍也颇有怨言。去警察局报告,一点屁用没有。方晦每天早上去开店,都提心吊胆,生怕再次见到不堪入目的一幕,脏臭不说,一天的生意全部报销了,心情也大大地坏了。

最终,方晦还是吃不消了,跟文珠说:"这爿药房生意大概是做不下去了。"文珠晓得了缘由之后,也是气得七窍冒烟:"怎么会有这么恶煞鬼般的人,做出这样伤天害理的事情,就不怕天打雷轰?"方晦怕老婆气坏了身子,反过来安慰她:"也是怪我用人不慎,只好当作吃进了一个教训。"夫妇俩商量了半夜,想过请青红帮里的白相人来摆平阿施,也想过出一笔钞票叫江北阿施罢手,想下来都不妥,最后决定月底就关门。文珠说:"趁着没有弄出更大的事情出来就收摊,如果人有个三长两短就更不值得了。这些恶煞鬼是做得出来的。"

接下来,方晦把货物低价盘给同行,好好的一爿徐记大药房,开了一年半不到,关门大吉。

十八

文海是一九四二年底到达延安的,正好赶上轰轰烈烈的延安大整风运动。新来学员被分配到不同的学习小组。他被编入经济文化组,天天开大会小会,开始时,大家互相作自我检讨,再下来发展到互相揭发,名曰"抢救运动",气氛一下子紧张起来。

从汉口到西安,路上走了十来天,倒是没有啥大阻碍。只是他一路上恍恍惚惚,旅馆隔壁房间小姑娘的身影老是在眼前晃荡,他给她银圆时,小姑娘被惊到的表情,使他想起如一只小兔子刚被从狼口里救下来。但是他此举有用吗?她真的会用这笔钱去做小生意吗?她还只是一个不懂事的小姑娘。或者,那笔钱最终还是会被她大烟鬼父亲软硬兼施地拿去,挥霍在汉江旁肮脏的大烟馆里?有时候,他恍然觉得是应该带她走的,一同去延安,她可以读书、学习,做妇女工作,她将有一个新的人生,也为建设新世界出一份力。但是他不敢违反组织上制定的计划,贸然带了一个不在计划中的人上路。他晓得一路上要经过各种敌对势力的地区,既危险,时间又紧凑,节外生枝是不会被组织所容许的。

在西安等待的几天是一年中最冷的时候,整个城市荒凉,冷寂,风沙很大。文海住在一个交通的家里,靠近西城城墙根处。是那种非常简陋的土坯小院房,泥地,夜里要烧炕。房里是没有厕所的,解手要走上一段路去街上的茅房。他的肠胃不太适应北方粗粝的伙食，一天要上好几次茅房。夜里上茅房时更要小心，既要提防一脚踩空，还要提防别踩到前人拉下的粪便。出恭之后来到街上，夜风入衣，不禁打了一个哆嗦。抬头一望，一轮晕月高高地悬在凋敝的古城墙上，朔风凄厉，暗霜浸地，城头夜半惊鸟突然腾起，绕城楼几匝之后，重新隐入黑暗的林间，远处传来打更人笃笃的梆子声，空旷而苍凉，使人徒生天地悠久，人世匆匆之感。

　　文海的同室是个四川彭州来的年轻人，以前是个小学教师。外表却很显老相，戴副很厚的近视眼镜，二十七八左右已经鬓生白发了。在小组学习会上，他介绍自己叫王纾晟。但大家听不懂他浓重的四川口音，都说："别绕口了，就叫你王书生吧，样子也像。"王纾晟笑眯眯地点头："要得，要得。"别的组员问及他怎么会来延安的。王书生说："现在的社会不公平，我想求个天下公平嘛，人与人是公平的。你一个鼻子两个眼睛，我也是一个鼻子两个眼睛，大家都要公平待人嘛。"别的组员就跟他开玩笑："公平不了，我们两个眼睛，你书生老倌有四个。怎么个公平法？"王书生也是呵呵一笑。

　　王书生喜欢舞文弄墨，常写一些七七八八的古体诗词，但押的韵总是押错。别人如果给他指出来，那么王书生绝对是不服的，举例谁谁谁也是这样押的韵，每每跟人为了一字之争吵得脸红耳赤。王书生平时也常写点小文章去投稿，如延安的宝塔啊，大西北的春天啊，小路边的野花啊之类的抒情文字。投出去的文稿石沉大海的居多，有次一篇小散文在《延安日报》上发表出来了，王书生直如范进中了举似的，笑嘻嘻地到处拿了给人看，说是请人批评指正，其实就是想讨两句好话。可怜的文海跟他同屋，被王书生逼着看了五六遍。直到没人再肯看了，一见他拿了报纸凑近来，就像见了赤佬一样拔脚就跑。王书生就把剪报剪下来，端端正正贴在炕头上，自己看得喜笑颜开。

　　王书生的烟瘾很大，好像是一天二十四小时从不间断，嘴唇上永远有截长长短短的烟卷粘在那儿，连吃饭时也不肯放下。王书生还有一个特点，非常贪吃，人瘦刮刮的，却一顿可以吃三大碗高粱米饭。吃管吃，但他对延安的伙食是有抱怨的："没得辣子，屙屎都屙不出来。"人说延安也是有辣子的啊。王书生就嘴一撇："呵呵，我们大四川的鸡蛋都比这里的辣子要辣上几多。"

　　正如王书生自己讲的，公平是首要的。如果学员们偶尔打次牙祭，王书生会紧紧盯着组长分配到每个碗里的菜，估量着菜肴的分量，肉多肉少，连肥肉瘦肉都要分配平均才行。否则就要在小组会上发牢骚："大家都是来干革命的，为啥子他有三片肉，我只有两片半？不公平呀！"被他惹毛了的组员就怼回去："书生老倌你吃三大碗饭，我只吃一碗，公平吗？"

　　王书生嗨嗨一笑，朝地上吐口痰，不响了。

　　这些都算是无伤大雅的小事，但是在召开正式的大会小会上，如果王书生还是这样口无遮拦地乱说，就会有麻烦上身。身为学习小组副组长的霍文海，很婉转地提醒过他几次："开会是件很严肃的事，特别是我们从白区来的同志，本来觉悟就没根据地的老同志高，要借这个机会来提高自己，所以要注意自己的一言一行。"王书生好像是听进去了，又好像没有听进去。开会时嘴巴张啊张的，看得出他在控制，可是最后还是没控制牢，一句怪话脱口而出。也许并不是他的本意，但他说话的腔调，所用含讥带讽的词语，总令人不舒服。

文海为此专门找他谈过，王书生的道理十足："不是要人人发言嘛，讲又不好，不讲又不好。"

文海耐了性子，尽量平和地说："不是叫你不发言，但是要注意态度。"

王书生一句话顶了回来："我们四川人讲话就是这个样子的。我跟我爸我妈说话都是这样的。"

文海不禁皱眉，但他不好多说什么，学习小组副组长不是领导，仅仅是负责做些记录啊，布置一下会场啊这些杂务。况且，王书生又跟他是同屋，早上一睁眼就要见到的，多讲是会得罪人的。

但他下意识地晓得，王书生的脾气不改改，那张嘴巴不收敛些，终归会出毛病的。别说在纪律严明的延安根据地，别说在整风运动关节点。就是在住家邻里之间，说话老是毛毛躁躁，想怎么说就怎么说，长久下来也会把人得罪光的。

两个月之后，学员们分配工作。文海被分配到延安南部的驻军的财务处，负责整个旅部的明细支出收入。走之前有关领导专门找他谈了话，先是表彰了他在白区工作经受了考验，没有辜负组织的期望，希望他今后处处以一个革命者的标准来要求自己。接着说："这次组织打算把你分配到更重要的岗位上，虽说财务工作看起来是幕后工作，但自古以来兵马未动粮草先行。你的工作不但关系到我们军队是不是吃得饱、吃得好，还关系到整个延安根据地的财政是否健全，党中央毛主席是否放心。所以说你的责任重大，组织把这么重的担子放在你肩上，也是对你极大的信任。"

文海有点紧张，听起来是非常重要的职务，他不知道自己是否能够胜任。

领导很有把握地说："我们的每一个任命，都会事先作调查，你在福晟钱庄做事的经历，你的工作态度，使上级在很多候选者中选派了你。具体的工作，旅部首长会给你交代的。"

在他起身准备离开时，领导又叫住了他："还有一件事，必须跟你提个醒。关于你具体工作的性质，所见所闻之事，一概不得跟外人谈论，任何人都不许谈及，不该问的不要问，不该看的不要看。这是纪律，也是命令，明白吗？"

他当然表示服从。

文海去的地方叫南部湾，旅部在一片半山腰的窑洞里。他的顶头上司后勤部副部长姓宋，满脸胡子的山东人，文海估计他有四十多岁了，后来才知道宋部长才三十四岁，是个有十六年军龄的老干部了，没读过什么书，人却是非常老实憨厚，对文海也很热情，让勤务兵给文海腾出一间向阳的窑洞，收拾得很干净。宋部长说："俺就住你隔壁那个窑里，也算是邻居了。你别老叫部长部长的，就叫俺老宋吧。都是为人民服务的嘛。年轻人有空到俺窑里来拉拉家常，说些大上海的事情咱听听，也让咱山里人开开眼界。"

文海的办公处就设在他住的窑洞里，墙上贴着黑白的马克思和列宁木刻画像，一张白木桌子上堆满了各种账簿卷宗，一盏煤油灯，一副笔墨纸砚。文海先查阅了一下以前的账目，发觉账做得完全没有章法，前后日期混乱，入账出账写在同一页纸上，有的收款单据上只是按了一个拇指印，也没有收款人的名字和日期，有的金额涂改几次，分不清到底是哪个数目。文海花了两三个礼拜的时间，晚上有时通宵达旦地工作。最终把个头绪整理出来，端端正正地用毛笔誊写在毛边纸上，再用扎鞋底的粗棉线装订成册，在封面上标明用途、日期、明细分类。当他把一摞账本捧到老宋面前时，老宋倒是吃了一惊："就这些油盐酱醋瓶瓶罐罐，还编成册子了？小年轻真有你的！"文海很是高兴，他还记得顾掌柜说过的那句话，账目清楚是做账的底线。他现在为自己的队伍工作，更是要做到每一笔账的来龙去脉分明，数目毫厘不差。

很快，文海发现他所做的没起什么作用，财务处还是收到很多空白的条子，除了一个拇指印别的都没有，钱款的数目也是前后不符。他去找了老宋反映，老宋摸着满脸的胡茬子听着，听完了却说："这个是老规矩了，你只管入账就是了。"文海本以为宋部长会站在自己这边的，听到这话大吃一惊。看到他不解的神色，老宋说："你是做过地下工作的，应该晓得有些事情是不能留下实据的，很多都是党的秘密，你知我知就可以了。"文海说："这个我是懂的，但我们是在咱自己的根据地呀，有这个必要吗？"老宋严肃起来："这个嘛，文海同志你就有些和平主义的想法了，远的，国民党的几百万大军不说，近的，阎锡山、胡宗南的几十万大军就在眼皮子底下，时时刻刻虎视眈眈。战斗随时可能爆发，根据地随时可能转移。年轻人，说得不好听点，搞革命，就是提着脑袋扭秧歌，我们脑子里要始终有根打仗的弦啊。"

文海还想说什么，这时想起了临行前领导对他说的话：不该问的不要问。于是说："我服从宋部长的指示，尽我的努力来做好工作。"

宋部长很高兴："告诉你一个好消息，前天，后勤部的党组织讨论了你的入党事宜。年轻人，要加把劲啊。"

十九

药房生意结束之后，方晦在家赋闲了半年。最后还是跟朋友黄蛤蜊合开了一家饭店。

怎么办呢？一个有手有脚，年轻力壮的男人，总不好终日孵在家里吃老米饭的。况且，开药房已经赔进去不少钞票，现在市面上物价又贵，屋里厢有四个人要吃要用，要付房租，小囡还要请奶妈，买奶粉。方晦几次跟文珠商量，开饭店是他唯一有把握的营生。

文珠开始是不赞成的："哎呀，老公你烧点小菜是没问题的，但你真不是做生意的料，开药房的事情忘记了？贴人工贴钞票，结果白忙了一场。"

方晦说："的确，我是不大会跟人打交道。但是，这次说好了让黄蛤蜊管外面，招待客人。我只要管好厨房就可以了。"

文珠说："黄蛤蜊这个人啊，面相不大好，我总归是不太信得过。"

方晦道："老婆啊，真不好以貌取人的呀。黄蛤蜊他这个人还是很能干的，头脑活络，嘴巴会说，外面朋友又多，市面上蛮兜得转的。"

文珠哼了一声，说："人精一个呀，你弄得过人家吗？不要又是买了炮仗给人家去放喔。"

方晦道:"我们说好了的,饭店每天的账也是由我来做。想来他是出不了什么花样的。"

经不住方晦几次磨说,家里也实在需要进账,文珠拿出了一部分的私房钱。这笔私房钱是她母亲临终时关照过:只留给女儿文珍和文珠的,包括一些珠宝、金器和现洋。文珠变卖了一些珠宝和金器,凑够了顶下店面的租金,以及开饭店必要的先期费用。

饭店开在大自鸣钟附近,起名叫鸿庆酒楼。店面有两层,楼下是吃面吃点心吃小炒的,楼上可以摆个四到六桌圆台面,足够举办小型的生日、婚礼、满月、豆腐羹饭之类的席面。饭店的菜式是介于本帮菜和杭帮菜之间,首重一个新鲜,再重一个实惠,开张三个月下来,回头的老吃客不少,方晦总算松了一口气,苗头看起来还不错。

方晦每日五点钟就起身,六点半赶到店里,菜贩、肉贩及鱼鲜虾蟹的捐客已经等着了。方晦亲自检验货色,跟菜贩子们讨价还价,进货付账。然后拟出今日特色菜单,关照厨房做准备,如果缺了啥,还要亲自跑一次小菜场。十点钟,厨房里就忙碌起来,炸鱼,做蛋饺肉圆,划鳝丝,杀鸡拔毛,包馄饨,中午的客人多是来吃面、吃点心的。虾腰面熏鱼面大肉面三鲜面鳝丝面,咸菜肉丝炒年糕,荠菜大馄饨,鲜肉小馄饨,黑洋酥猪油汤团,都要卖出上百碗。一直忙到两点多钟,方晦才有空闲坐下来吃碗馄饨,稍微眯一下,夜里还有一场仗要打呢。生意好的时候,大师傅来不及,方晦只好围兜一系亲自上马。一直忙到饭店打烊,方晦指挥伙计上好排门板后还要结账,轧清今天的收支,把账簿钱钞放进银箱,关门落锁,才拖着疲惫的身子回家来。

文珠有次要帮方晦洗衣服,一掏口袋,竟摸出半包香烟来,就去寻方晦:"要死了,老公你怎么抽起香烟来了?"方晦说:"做饭店太吃力了,偶尔抽支烟解解乏呀。"文珠低下头闻了闻老公的头发,嫌弃道:"一股烟毛气。臭死人了,你给我少抽点。"方晦没有像平时那样对老婆唯唯诺诺,只是轻声地噢了一声。

文珠也晓得老公身累精疲,原来的方晦,不管白日多忙,晚上是一定缠着她要那个的。自从做了饭店之后,方晦到家已近半夜,洗了头脸汰了脚,一上床就呼呼睡去。有时候倒是文珠打饥荒了,先行整好了头脸,抹了香膏,到床上挨近了男人,推推方晦:"哎,老公,我们好久没有那个了呀。"方晦便叹一口长气:"那么就来吧。"真的上得身来,倒像是交差般,虽然也上上下下地耸动,喘气,叫唤,但以前行房时那种孩童般的嬉闹,黏稠热烈,亲密无间的感觉却没有了。一旦完事,方晦一个翻身就呼呼入睡。文珠却躺在黑暗中久久不能入睡,来上海三年多了,小家庭虽然是站住了脚跟,但某种东西像是慢慢地融化掉了,融化在琐琐碎碎的日常中,融化在一晃而过的年月中,惆怅却无奈。有时文珠会想:当初为啥煞了要搬来上海的?如今却无论如何想不起理由来了,好像是冥冥中有个声音告诉他们:赶快搬到上海去呀。一家人就懵懵懂懂地赶来了。大概人生就是这样的吧,陌生的,没有来由的向往,像风中种子一样无意识地迁徙,艰难地扎根,再艰难地生存下去,繁衍后代。花开花败,既有其道理,但有时深想一下，竟然也毫无道理。

　　在上海的日子久了，新鲜感就消失了，大世界去过两次，便再也没了兴致。公园、跑马厅也是如此。文珠原来还蛮喜欢看电影的，但是没有人陪伴，一个人去看电影也没啥意思。过日子变得就只是过日子，倒是两个小囡慢慢地长大了，阿青差不多五岁了，皮得像只小狗，一个不盯牢就会闯穷祸。阿虹一岁半，生得粉雕玉琢，正在咿呀学语，抱出门去，邻居朋友见了都想抱一抱，亲一口，夸赞几句，是文珠心头的骄傲和柔软。有时恍然回忆起，跟老公约好了要生四个，现在只完成了一半。也许要等到饭店上了路，方晦没么忙了，届时再考虑生小囡吧。

　　有次文珠得闲，抱了阿青，坐三轮车去了大自鸣钟。走进饭店，黄蛤蜊一眼看见，很殷勤地迎了上来，一口一个大阿嫂，请她上楼坐。文珠说："我就弯过来看一看，阿青说他肚皮饿了，想吃些点心。我们就坐楼下好了。"黄蛤蜊哪里肯，一手接过阿青抱着上楼，一面吩咐堂倌备茶。方晦闻声也出来了，还是系着围兜，笑道："你们怎么来了？想要吃点啥？"文珠说："我只要一碗小馄饨，多放些虾皮紫菜。"阿青却大叫："阿爸我要吃八宝饭。"黄蛤蜊把手里的小男孩耸了耸，逗他："八宝饭吃八宝，我们这块有一种九宝饭，比八宝饭还多一宝，吃了就饱，你要吃哪一种？"阿青雀跃道："九宝饭，我要吃九宝饭……"

　　方晦回厨房去准备，文珠一面跟黄蛤蜊寒暄，一面看店堂里。楼下大概有八九成客人，楼上也有五六成客人，两个堂倌穿梭来往，生意看起来还可以。靠窗有一桌坐了四个客人，穿着举止跟别的客人有些不一样，黄蛤蜊轻声说那一桌是日本人，喜欢吃中国菜，常常来的。不料这话被阿青听了去，便挣脱了黄蛤蜊的怀抱，自个跑到那桌客人前，好奇地盯着人家看。其中一个日本人，微笑着弯下身来，嘴里叽里咕噜说着日本话，作势要来抱小孩的样子。阿青怔怔地站着，手指头含在嘴里，呆立不动。就在日本人凑过来，将要抱起他时，他突然一个别转身子就跑。说时迟那时快，正好过道上一个堂倌托了一只砂锅迎面而来，阿青一头撞了上去，砂锅砰然落地，汤水四溅，伴随着小男孩吃痛的大声哭叫。

　　文珠惊跳起来，奔过去抱起大哭不止的儿子，一眼看去，阿青的半条裤腿都湿了，看样子烫得不轻。黄蛤蜊大声训斥那个堂倌，整个楼面都被惊动了，客人都窃窃私语，只有那四个日本人端坐不动，照吃照喝，甚至连头也没转过来看一眼。方晦也急急地奔上楼来，看到儿子被烫得不轻，狠狠地给了文珠一个白眼。文珠虽然觉得委屈，但现在不是解释的辰光。众人七手八脚地把男孩抱下楼，叫了三轮车，送去医院看急症。医生剪开阿青的裤腿，只见左面的大腿小腿，脚背上一串燎泡，文珠心疼得直流眼泪，而方晦则铁青着一张脸。医生挑破燎泡，上了药，再用纱布包起来，说是要防治感染，过两天再来复诊。

　　坐在回家的三轮车上，方晦平生第一次对老婆发了脾气："真是莫名其妙，饭店又不是幼儿园，带了小囡来，又不看牢。闯出穷祸来弄得大家不太平。"文珠说也说不清，又心疼儿子，只是抹着眼泪不响。夫妇俩一肚皮气恼一肚皮委屈地回到家中。

是夜，阿青吃疼，哭了整整一夜，夫妇俩也如惊弓之鸟，爬起睡落，一夜不得安宁。早上，方晦面色灰败地上班去了，文珠守了倦极而睡的儿子，心里不禁一阵后怕：昨日，正当阿青撞上去之际，那个年轻堂倌本能地一侧身，砂锅摔在地上而溅起的汤水烫伤了儿子。如果是正面掉下，那么，整个砂锅会正好砸在阿青的头上，那个后果将不堪设想。想到这儿，文珠不禁浑身颤抖起来，儿女都是做娘的心头肉，他们受到的任何一点点伤害，都会使做父母的痛彻心扉。但是，这个世界上有太多预料不及的事变，人算不如天算，就算时时刻刻盯牢了，还是会有意外发生，还是会来得措手不及。

文珠想得头疼欲裂，再接下来脑袋里一片空白，无常，是太过巨大的一种威胁，芸芸众生没法预防，没法应对，也没法忘怀。文珠心里冒起了一个动物般的原始念头，毫无来由，也毫无逻辑：只有多生几个小囡，像一生就一窝的兔子一样，多子多孙，来抵御倒悬在头上的无常之铡。

二十

文田在乙酉年阴历七月二十二日之日记：

十四天前，东洋人终于投降了，报纸标题飘红，举国欢庆。八年漫长的日月，竟记不起是如何地捱过来的，只记得日子一天天过得纷乱、惧怕、屈辱、忿恨却毫无办法。我们家虽然没人失去性命，但是心上暗伤却也是留下的，隐隐作痛，难以忘怀的。

近一年来，爹爹的身体完全垮了，他现在已经走不了路，勉强还能坐着。在天气好的时候，我和阿香把他放在藤椅里，抬到中庭去晒太阳，他的体重大概只有七十几斤，所以我俩还可以抬得动。夜里就比较麻烦了，他不能自己起来上夜，必须有人把便壶便盆塞在他被窝里，否则的话会尿湿床席。阿香在他床前搭了一张小床陪夜，听到爹爹叫唤就要爬起来侍候的，寒冬腊月也是如此。这样的劳累，就是亲生子女也不一定做得来。有时，他在晒太阳，我坐在一边陪他说点闲话，讲着讲着他就睡过去了。在一片静穆中，我满心伤感地注视着这个生我养我的男人，我还记得他的腰杆是多么挺拔，一套挺拔的军服穿在他身上是多么英武，他的手臂是多么有力，一只手吊着文珠，一只手吊着九岁的我，能把我们平地举起来。如今，岁月嬗递，他的活动范围只限于卧房到中庭，饮食只限于半流质食物，还常常要呛到。他右边眼睛里有一层白翳，据他说仅能看见人影的晃动。此时此刻，秋阳淡淡地照映着他稀疏的白发，可以看见头皮上的老人斑。我与他，曾经叱咤风云，现在垂垂老去的前军人，和他注定没有出息的儿子，像被一滴巨大琥珀封住的两只蜘蛛，遗落在西浔河边。

时光轻浅，年月残酷。

兄弟姐妹们都疏落了，我还记得不过十多年前，这幢大宅子里充满了生气，就是母亲故世也没有遮蔽了其蓬勃活力。岁月竟是如此迅疾，连记忆都变得淡如秋水。大哥终于离开了英国，现在派驻在香港公司做经理，说是战后香港经济起飞，要造大批的房子，是赚钱的机会，他实在走不开，总要到年底才会回来。二姐在马尼拉安了家，时常有信来，二姐夫开了爿印染厂，雇了八百多个工人，说虽然人工便宜，但是工人很懒惰，拨一拨动一动。这跟那儿天气也有关系，夏天可以热到四十六七度。文桑在这几年中只回来过两三次，每次都是来去匆匆。据他自己讲已经不读书了，在一个公司里做事。但是否毕了业，现在做些什么，都语焉不详。他说起为了上海房子紧张的缘故，还是跟大嫂住在一起。我说这样总不是个办法，你总归要自己独立出来的呀。他看着我，眼神闪烁，沉默无语，再坐了一歇就离去了。跟他谈话使我有不太好的感觉，但又说不出来是什么地方让我不舒服。自从文海失踪伊始，文桑就像变了一个人，变得阴郁，内向，跟家人疏离得很，心里有什么话也不跟家里人讲，跟他相对而坐，常常找不出话头来，我会诧异坐在我面前的这个半陌生人真的是我兄弟吗？但是，他是的，他是我一母同胞的亲生兄弟，想到这里，心中会泛起一阵莫名的悲哀。

小妹文珠过两三个月总会过来看爹爹，一手抱一个，再一手牵一个。带来一堆上海凯司令的奶油点心，爹爹吃不了多少，就权作是便宜了我。爹爹现在已经不能像以前一样跟人交流了，只能说些简单的日常，比如问小囡几岁了。而且讲过就忘，过一阵又问起，阿青几岁了？怕小囡吵到爹爹，文珠叫奶奶把阿青阿虹带到另外的房间去玩，自己坐在床头陪老爹说话。没过多久，爹爹又困着了，文珠帮他盖了被子，退出来到我房里来说话。

也许是年龄相近，我与文珠从小就比较投契，她有什么事也愿意跟我讲。泡好了茶，我们坐在临河的窗边，下午的阳光从西面斜照过来，河面反光，一片银白，对岸的村舍，有几缕炊烟袅袅而起。文珠双手捧杯，盯着窗外，久久不语。但我看她的神色，应该是有些心事的。我们说起爹爹的衰老与失智，都是唉声叹气，束手无策。文珠她更是从小在爹爹宠溺下长大的，更是神伤不已。我自己也受不了这个话题，便问道："方晦还好吗？总有半年没见到他了。"

听到我的问话，文珠没有立即回答，还是望了窗外出神。我望了望她的侧影，突然发觉她神色中带了苦涩，眼皮沉重，嘴角也往下耷拉，像是添加了十来年的年龄，要知道她才二十四岁。良久，她回头一笑："他还好，天天忙得脚都要跷起来了。"

我感觉到她话语里的一丝抱怨，作不得声。文珠说饭店生意还不错，但屋里厢总像是缺了一只角似的。我说现在谋生不易，大家都要体谅。文珠踌躇着，欲言未语。末了，大概是怨屈憋在心里太久，文珠终于和盘托出：自从阿青被烫伤之后，夫妇俩就没有像以前那么融洽，吵过几次了。方晦就是闷了头，进进出出没一句话。跟他说也不作声，骂也不作声，这种郁塞可以逼得人发神经的。她急起来，

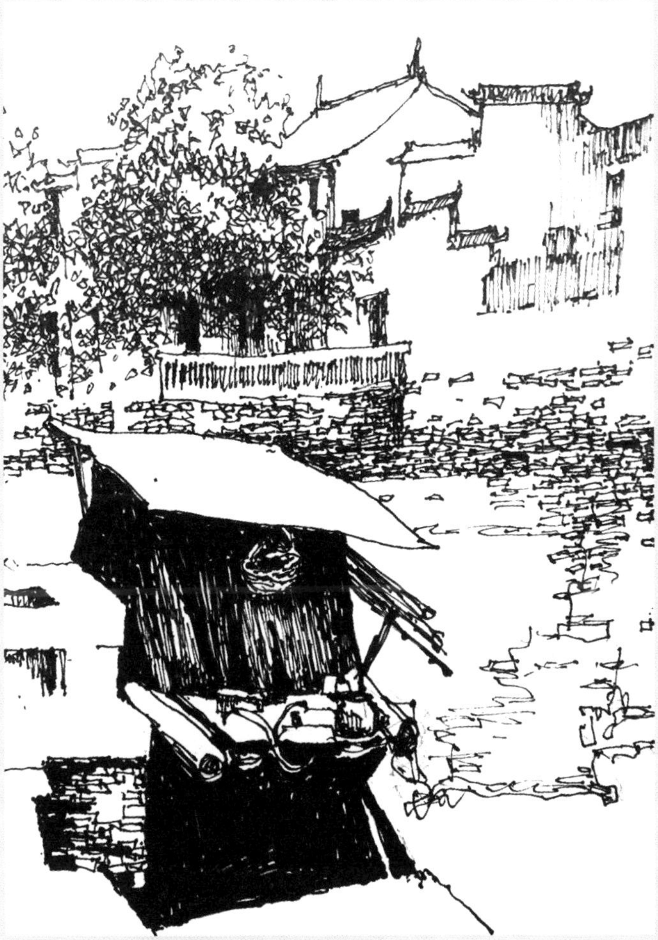

也会摔碎一只杯子茶碟,不但无济于事,还只有更加坏事。方晦推说要轧账,睡在饭店的账房间里不回家来。

文珠说:"我是错了呀,不该带阿青去到饭店。看到他腿脚上烫起的一串燎泡,我心疼得要从楼上跳下去。但事情也已经发生了,还要我怎么样呢?去坐牢呢还是枪毙?要晓得阿青也是我的儿子,是我痛了一天一夜把他生下来的呀……"

文珠掩面泣泪。我又能说些什么呢?只好陪了她默坐着。过了会,她停止了哭泣,我去了灶间绞了把热水手巾,让文珠揩面,又斟了茶:"小妹,静一静吧,过一歇要吃夜饭了。"

夜饭是阿香烧的,因爹爹不能吃较硬的食物,家里常常吃粥。今夜阿香买来只一斤半左右的小母鸡,鸡腿鸡翅鸡胸肉做了醉鸡,鸡架子就烧粥。再蒸了一块鳗鲞,扯碎了蘸酱油醋,一碟切好的高邮咸鸭蛋,清炒一碗红米苋,再是一碗凉拌莴笋。文珠胃口倒蛮好,吃了两碗粥。阿香一面帮大家舀粥,一面说:"六小姐,不晓得你来,匆匆忙忙没啥准备,真是怠慢了。"文珠放下碗筷,说:"阿香,你过来,我有话要跟你讲。"阿香有些疑惑,但还是走过去立在文珠身边,微微地弯着腰。文珠褪下手指上的一只金戒指,抓起阿香的手就要帮她戴上。阿香大惊,连忙缩回手来:"不可以,不可以的,六小姐。"文珠说:"阿香,拿着呀。这不是我给你的,我是代表了我姆妈,谢谢你照顾爹爹。"阿香被文珠捉牢了手,戴上了戒指,满面通红道:"罪过呀,真的罪过死了。六小

姐,我要怎样才能谢你呢。"文珠说:"是我们要谢你。你照顾好了爹爹,我们兄弟姐妹都要谢你的。"

在一旁颤颤巍巍喝着粥的爹爹,茫然地抬头问道:"你们都在说些啥?"

入了夜,七月半的月色皎好。安排好爹爹和小囡都睡下了,文珠和我到后面的水陆码头上赏月闲话,小桌子上搁了盏风灯,桌底下点了盘蚊香。我们喝着淡淡的新茶,嚼着酱油瓜子和烟熏笋干青豆。夜色清亮,硕大的月盘从水面上升起来,开始是温润的暗黄色,像女人妆盒里的一块粉饼,升得越高就越是皎洁,最后白得透亮。河岸,水流,村舍,在月色下历历在目。极远处闪跃着一点暗红,是夜泊的渔舟。四周很安静,蝙蝠贴着河面滑翔,河水缓缓流淌,水波轻拍码头的青石阶梯,空中间或有只夜鸟无声地掠过。

文珠很感叹地说:"好久没在这里乘风凉了。你还记得小辰光,爹爹不许我们走近水边,怕我们掉下去。可是你还是用细竹竿缚了根棉纱线,用熏青豆作鱼饵,偷偷地带我来此地钓鱼?"

我说:"不记得了,结果钓上鱼了没有?"

文珠窃笑:"从来没有过。不过,有一次倒钓上来一只乡下人穿的烂草鞋。"

我讪讪地笑道:"啊,你的记性可真好,我是一点都记不得了。"

文珠的神情有点寂寞:"我现在记性也不好,常常前讲后忘记。只是搬

到上海之后，这儿乡下头的记忆倒是活起来了。五六岁时各种好白相的事情，都记得清清爽爽。有时候做梦，也总是做到这儿的场所，最稀奇的是，第一夜做过的梦，第二夜还会接着做下去，像煞了一台戏那样，你说好白相吗？"

"我也常做梦的，但是醒转来后大多数不记得了。只有一次，在梦中看见姆妈，还是年轻时的模样，穿件天青色竹布衫旗袍，盘扣上戴了朵栀子花，对我笑了笑，就不见了。就这次的梦，我忘记不了。"

文珠有些失落："我一次也没有梦见过姆妈，她跟你说了话吗？"

"好像是说了，又好像没有说。或者是说了我没记住。你晓得，梦里都是这样的。"

文珠带出了点哭腔："小阿哥，我已经记不大清姆妈的样子了，虽然屋里厢有照片，但总跟我记忆中的有些不一样……"

"姆妈走的时候你还太小，六岁不到。"

"我总归觉得，姆妈是生了我，才得着了病。所以她不肯见我。"

我急忙打断她："瞎话三千，姆妈最宝贝你了。她最后一张照片，就是抱了你，在中庭里看桃花。我记得她常常跟你和二姐，在一块玩挑绷绷，抓毽子。你太小，不会玩，输了，常常嘴一咧要哭的，要小赖皮。"

文珠用手帕掩面，四周煞静，只听到河水流淌潺潺之声。过了一会儿，我说："我们不谈这个了，换点开心的事情说说吧。"

文珠渐渐安静下来，用手帕擤着鼻子，过一阵笑着说："小阿哥，你记得吗？从前镇上有个卖梨膏糖的小贩，是个瘸子，总是在下午三四点钟挑了担子来叫卖，敲着两片竹箅爿。一听到竹爿声，我们几个小囡就跑出去，用零钱、牙膏皮，或者空瓶子跟他换糖吃。那个梨膏糖，圆圆的一块盛在箅箩里，用脏兮兮的布盖着，上面有一层白粉。瘸子很小心地切下一条放到我手里，滋味不晓得有多好。"

"我当然记得，黑乌乌的，吃在嘴里有点粘牙的。"

"其实我们家里并不缺糖果，爹爹的同事常常送给我们家五颜六色的日本软糖，小小巧巧的豆沙糯米果子，还有荷兰的太妃糖，花旗国的杏仁巧克力。可是不晓得为啥，小辰光就是馋嘴那个龌里龌龊的梨膏糖。"

"这个瘸子总有年把没见着了。不晓得人还在不在。"

"现在当然不会再去买来吃了。有辰光想想，做小囡时，乐趣真是蛮多的，人长大了，乐趣也就一点点没有了。"

"是呀，最好不要长大，一直做小囡做下去。"我有点倦意上来了，漫不经心地答道。伸了个懒腰，抬头见月，已升到中天，隐隐约约罩了一层薄云，正是七夕笼纱之月，码头和对岸的村庄都显得朦胧起来。月中天，人初静，再坐上一歇歇，文珠和我也将散去，各自回房歇息，一日将尽，昼夜将替……

突然，"小阿哥，小阿哥，你看呀……"文珠急迫地叫我，声音中带了

67

一丝惊吓。

　　我转头一看,码头在通往中庭的甬道上,一条石凳底下,有两个绿莹莹的光点,应该是只什么动物。

　　我说:"大概是只猫。"

　　文珠急促地说:"不是猫,你再看,再看呀。"

　　我定睛看去,的确,不像是猫。要比猫稍大些,皮毛比猫深些。那只动物与我们隔了十来尺的距离对视着,不动,也不逃走。正在此时,遮蔽月亮的云层移开了,在银白色的光照中,我们俩都清晰地看出来,那是只两耳尖尖的狐狸,一身褐红色的皮毛。

　　下一秒,狐狸转身就不见了。

　　我俩都说不出话来,好久,文珠才说:"宅子里面怎么会有狐狸?"

　　我听见她牙齿轻微打战的声响,试着安慰她:"你去上海久了,忘记了乡下头啥动物都有,有黄鼠狼,有刺猬,有獾,还有各种蛇虫八脚。不过不碍的。"

　　"但是从没见过狐狸呀。还有,这么高的围墙,狐狸是怎么跑进来的?"

　　"哦,靠西面院墙的一扇门栏上,有块木板烂掉了,大概是从那里钻进来的吧。"

　　看到文珠紧张的神情,我说:"我明天叫花匠快点把门修好。好了,不早了,早点回去困觉吧。"

二十一

　　文桑在三次考试失败之后,终于放弃了学业。他对自己说,现在的世道是静不下心来完成学业的,等将来情况好转,他会补修没完成的学分,一样可以拿到毕业证书的。

　　但他对谁都没有透露,包括与他同住的阿茹。每天早上他还是照常出门,先去图书馆坐上两个钟头,面前摊开着一本机械制图书,却在拍纸簿上画蝴蝶,各式各样大大小小的蝴蝶。从图书馆里出来,他毫无目的地在街上闲逛,站在人家后门口看乡下人弹棉花胎,修棕绷,看补碗匠箍一只破碗。在菜场里看鱼贩杀鱼,鱼被开膛破肚后,鱼嘴还是一张一合,鱼眼木然地大睁着。或者走很远的路到苏州河边上,看船上蓬着头的江北女人,在窄窄的船帮上行走自如,蹲在船尾用一只小小的黄泥炉子生火做饭,白烟顺着河道袅袅飘散出去。看两艘载重木壳驳船如何在拥挤的河道里惊险地相向而过,在污脏的河水里,有许多船民的小孩在水里嬉戏玩闹,把一枚物件扔进水里,再从水底捞起来,上扑下潜有如水生动物,充耳不闻船上大人的厉声器骂。文桑木然地看着这一切,一无所思。河上的热风吹在他脸上,鼻孔里闻到石碱、粪便,和城市下水道混杂着的污秽气息。他不知道为什么要到这里来,这些人又与他有什么关系?不过他有的是时间,怎么捱过去都是捱过去。

　　中午他在小饭店里吃面,总是挑最角落里的座位。食不知味,面吃完了还对着空碗出神。下午路过某个电影院,便买张便宜的后排座位进去,开始还看着,但总是沉浸不到电影情节中去,看了一阵就打起瞌睡来。电影结束后随着人群出了影院,外面正是一天中最闹猛的辰光,夕阳西下,街上人流汹涌。邮差在送最后一趟信件,报童在串门走户叫卖夜报,老头子们坐在弄堂口抠脚趾,往地下吐痰。老祖母携了

68

小孙子,摇着蒲扇,无所事事地站在十字路口望野眼。过街楼上一个女人晾出湿淋淋的亵衣裤衩,水正好滴到楼下烟纸店前买香烟男人的头颈里,一场口舌大战即将展开。生计紧迫的主妇们,提着小菜篮子急匆匆地从一个摊位赶到另一个摊位,专拣落脚货买。熟食店门前排了长队,一个老年乞丐向排队的人乞讨。菜场里鱼贩用水龙头冲洗杀鱼的砧板,血水在石子路上流淌。绸缎庄的伙计在上排门板,隔壁弄堂口的裁缝铺头上,吊了一只小灯泡,生意还蛮闹猛,好几个家庭妇女拿了旧衣物来改,老裁缝忙得老花眼镜几次从鼻梁上滑下来。再过去水果店门前竖了一捆紫皮甘蔗,苹果生梨堆成金字塔形状,老板挑出即将腐烂的果子,剜去腐烂处,再削皮切块,放进一口大玻璃缸中,旁边垃圾桶里腾出一股甜腻腻的馊气,引得一群绿头苍蝇乱飞。不宽的马路当中黄包车、脚踏车、三轮车、老虎榻车挤成一团,一筐番茄掉在马路上,被人踩得乱七八糟,猛一眼看去像是谋杀现场。一辆黑色的奥斯汀汽车被堵得不耐烦了,司机长按喇叭。一个红头阿三巡捕走过来维持秩序,讲一口七跷八裂的上海话,人群围拢来看西洋镜,在推推搡搡中,阿三的头巾突然松开,落在地上像一条血蛇似的被人踩来踩去。红头阿三几次想俯身拾起无果,突然就发脾气了,掏出哨子大吹特吹。一群鸽子被惊起,斜斜地掠过城市参差不齐的天际线,消失在黄昏的余霭之中。

在这幅五光十色、生机勃勃的图画旁边,一个两眼无神的年轻人,如苍白的影子般飘过。

文桑推开公寓的房门,一股浓烈的尼古丁烟味冲进鼻腔,他不由得打了个喷嚏。阿茹站在落地钢窗前抽烟,背对着他。文桑见这个阵势,晓得阿茹又有啥事情不如意了,他可不想做她的出气筒。本想悄悄地溜到自己房内去,却被阿茹叫住。文桑惊奇地看到阿茹泪流满面,问道:"出啥事体了?"阿茹哽咽得说不出话来,只是递过一页信纸示意他看。文桑接过来展开,信纸已被泪水洇湿大半,很多字迹模糊不清,最后的落款是他大哥,霍文沧。文桑的心急跳起来,一目三行地看下去。

雅茹:

你我已经有五六年没见面了,固然是由于战争,时空的阻隔,这是不可掌控的事情。但长期的分居两地,不可避免地带来夫妇间感情的淡漠,这也不是谁的错,而是时局造成的,试看这许多年来,多少家庭分崩离析,我们只是其中的不幸者之一。由于公事繁忙,我近年来不大可能再回到上海,所以我想与你商量,与其这样两头吊着,不如我们都放手,趁还不太晚之际重新开始人生。

如果我们能协议离婚,我也不会亏待你。在上海的财产都归你所有,其中包括五根大黄鱼、珠宝、恒生银行的债券,以及我在国外购买的英国壳牌公司的股票、美国花旗银行的股票(我把股权证书寄回来你想必都收到了),仅靠这些股票和债券的利息就可以保证你能过一份像样的生活。你还年轻,只要养好身体,你还能再寻到如意的配偶,过好你的人生。

如果你同意我的建议,那么手续很简单,你只要签署一份协议离婚的同意书，去英国驻上海领事馆证明一下寄给我，然后我们双方登报声明一下，整个手续就可以完成。

如果你还有任何问题也可提出，我会竭力满足的。

霍文沧拟于民国三十六年八月十九日

文桑看了两遍，才看明白大哥是要跟阿茹离婚，震惊得说不出话来，以前一点迹象也没有，怎么会突如其来地提出离婚呢？莫不是跟他有关，想及此处又匆匆地浏览一遍信件，全无一处提及他的名字，心里才宽松些。他拿了信，走到还是背身而立的阿茹身边，问道："怎么会？怎么会弄到这个样子？"

阿茹猛然回过身来，脸上带着泪痕，表情狰狞："我早就料到他这一着了，我以前曾怎么说来着，全给我料中。"

文桑只会喃喃道："但是要离婚……事情也太突然了呀。"

阿茹把半截香烟扔在窗前的花盆里，又点上一支，嗓音嘶哑地说："我早也听到些传闻，说是他去香港时带了个女人，是个瘦刮刮的中英混血女子。我还替他往好处想，以为是他的秘书什么的。男人都是畜生，什么污七八糟事情都做得出来。"

文桑不作声，这句"畜生"虽然不是针对他，但很显然地把他也囊括进去了。他不想在这个时候跟阿茹吵架。

阿茹掩面道："我真笨呀，当初怎么就答应了他，其实当年追我的人一大把，他在这些人中根本算不上什么，也不是大富大贵，人也长得一般。我真是糊涂虫王伯伯一个，竟会嫁给了他。而现在落了这个结果，我怎么可能甘心的呀……"

房间里静默无声，只听到阿茹的抽泣声，擤鼻子声。半晌，阿茹停止了哭泣，脸望着窗外，苍白如鬼。一转头，看到文桑怯怯地看着她，便鼻子里哼了一声："没有这么便当，我是不会让他称心如意的。"

"他就是要离，也要跟我当面讲清爽。就这么突然来了一封信，轻飘飘地说句要离婚，像是办小人家家似的。说什么财产都给我，那五根大黄鱼本来就是我陪嫁过来的，股票的利息付了你的学费跟家用也就所剩无几，亏他还以为是施舍我呢，热他的大头昏。"

见阿茹这副剑拔弩张的样子，文桑心里忐忑，脱口问了一句："那么，你准备要怎样呢？"

"我不会签字的。霍文沧他真的要离，那么到上海来跟我当了面谈清爽，不要做个缩货。"

"何必呢？"文桑嗫嚅道，"吵起来大家都难堪的……"

阿茹的眼睛突然放出光来："文桑，事体真的到了这个地步，我问你呀，你是帮我呢还是帮你家的霍文沧？"

"我，我，我……"文桑支吾着，眼睛也不敢直视阿茹。

阿茹冷笑一声："白白地对你好了这么多年，现在碰到事体了，就做缩头乌龟了？你们霍家的人都是一只袜筒管的货色。"

"阿茹，你也要讲点道理，文沧是我大哥，再怎样，我也不见得帮了你跟他吵相骂。再说，你们离婚，我一个局外人，再说什么也没用的呀。"

"一口一个大哥，你跟我要好的辰光怎么没想到他是你大哥？"

文桑晓得阿茹在气头上是什么话都听不进去的，便借口上厕所，关在里面不出来。一直到外面没动静了，才蹑手蹑脚地潜回自己的房间。

是夜，文桑翻来覆去地睡不着，竖起耳朵听着客厅里的动静，生怕阿茹半夜发起神经来，拿他来做出气筒。只听到客厅里落地大钟沙沙地走着，阿茹房里倒是一反常态地静寂无声。又想着在这个纷乱局面中自己怎么办？是否尽早地搬出去？但是他又能搬去哪里？想得头昏脑涨，还是一无结果。想到明天又要面对阿茹无尽无休的纠缠，他决定暂时回西浔乡下去住一阵子，能避则避，三十六计，走为上计。

二十二

秋日的阳光淡淡的，稀疏的树影映在青砖围墙上。文田拿了卷《曾文正公家书》随手翻阅，看了一歇，目光转到躺在廊下藤椅上的父亲，霍父双目紧闭，眼眶凹陷，脸庞上的皮肤都松弛下来，颧骨高耸，在这个角度看去很像一具骷髅。原来五尺半高的身材，现在最多就是五尺左右。搁在藤椅扶手上的手肘，露出一截很大的尺骨骨节，垂下的手掌指节干枯似虬枝。距上次文珠来访不过两月，霍父的身体状况更是愈下，一天十二个时辰倒有七八个时辰是在打盹和酣睡。文田清晰地看到，与他相依为命的老父，像一株日益干枯的老树，树干中的汁液被一点点地风干，树皮脱落，虽然枝头还有几片叶子，只等寒冬一来，也就会随风而逝。他不无悲哀地想到，像现在这样跟父亲相伴晒太阳读书的日子，是过一日少一日了。

手上的《曾文正公家书》，是光绪年间的版本，已经被翻阅得很破旧了，黄裱纸的书页，边角都已起毛，装订线也有些松脱了。在书页的空白之处，有父亲用小楷写下的一些感语、评注。霍父生平最为敬仰曾文正公，晚年曾多次感叹：平生以曾文正公为人生楷模，无论国事家事，敢不尽心用力。只是天不假我，一生碌碌无为，立身、立功、立言，一件未竟，悲乎。文田通读此书，也不下三四遍了，读到后来，却生出些另外的想法：一个国家，一个朝代，一个民族，都有其兴旺的定数，也有其消亡的定数，就如一个人生老病死那样。都说曾国藩是中兴之臣，就如一个中年人得了重病，就是一时医好了，也不能返老还童，其内部的骨骼、神经，依旧在衰退，不可避免地走向朽坏。曾国藩自己大概也晓得这点，从大乘趋小乘，修身养性，管好自己一家一户。而父亲从军从政的民国时代，虽政治格局与晚清有极大的不同，承传方面却是连着骨牵着筋的，好比一个生在旧式世家的孩童，却按了新式的教育，脱胎未换骨，本性与方法自然而然地冲突。一个是本能，一个是理性，不是说不能相容，但两者打磨融合需要时日。父亲的宦途正好处在这个夹生时段，当本能和观念拧着来的时候，天王老子来了也是没办法的。可怜父亲那一辈人看不清这点，不管多大的付出还是无济于事。

正在无边遐想之际，忽听前面热闹起来，有人在喊四少爷。文田心中诧异，是文桑回来了？怎么一点都没说起过。起身迎了出去，就见花匠拎着一个大皮箱进来搁在前厅。大门口，文桑背对着他，正在付车夫的车费。及转过身来，兄弟俩互相叫应了一声，文桑看上去显得劳累，满面油汗，抱怨说已经入秋了，这里怎么还是这么热。文田让他先去洗漱，一面叫阿香安排房间，等到都弄妥当了，再与他一起到中庭里来看爹爹。霍父已经醒了，依然半躺在藤椅里。看见两兄弟过来,挣扎着要坐起,文田赶紧把一个靠枕塞在霍父的背后,这样霍父可以坐直些。文桑俯下身去,握了霍父干枯的手,说:"爹爹,我来看你了。"霍父睁大了蒙有白翳的眼睛,盯了文桑的脸,好像在思索,回忆,突然一下子扯住文桑的袖管,嘶声说道:"文海,你跑到哪里去了?我们全家找你找得好苦啊。"

此言一出,两兄弟都怔住了,文田看到文桑还要试着解释,就跟他不住地使眼色。文桑会过意来,就顺水推舟地说:"是呀,爹爹,我从外国读书回来了。"霍父满怀期盼地说:"好,回来好,那不会再走了吧。"文桑说:"不走了,我要陪爹爹住一阵。"

霍父一高兴,身体状况也好了些,可以被人扶着走几步。特为关照阿香晚上不要吃粥了,他要喝点酒呀,儿子回来了嘛!

晚餐时,徐医生也被请来了。文桑下午小睡了一下,晚餐时分气色看上去好了很多,一面跟霍父和徐医生闲聊着上海的花边新闻,一面胃口很好地吃酒吃菜。阿香忙了一个下午,弄出四冷盆四热炒:冷盆有盐水鸭,素鸡,花生苔条,白切猪舌。热炒是清炒鳝糊,爆炒腰花,清蒸鳜鱼,甜酱瓜露炒蛏子。另外有一碗蛤蜊蒸蛋,是霍父专用的。文田开了一坛善酿,温了上桌。文桑夹了一块鳜鱼肚档,说:"讲起吃鱼腥虾蟹,还是乡下这里新鲜,可以清蒸。在上海,都是红烧,新鲜不新鲜就吃不出来了。"徐医生问:"你平时在上海都吃些啥?"文桑苦笑一声:"做学生仔嘛,早上一副大饼油条,中午一碗盖浇面,晚上稍好些,可以在饭摊头上叫一盘炒菜,或者来只什锦小砂锅。差不多天天如此。"

徐医生道:"干吗不去找方晦呀,你是他大舅子啊,他请你好好吃一顿也是应该的。"文桑笑道:"方晦这么辛苦,我跑去吃白食,怎么好意思。"徐医生说:"都是自家人,不要客气啊。"

正在用调羹吃蛤蜊蒸蛋的霍父,突然抬头问道:"文桑是跟你住一起吗?"徐医生不知就里,笑道:"这就是文桑啊。"霍父盯着文桑看了一阵,摇头道:"这是文海呀,老四文桑呢?"文田赶紧给徐医生使眼色,老先生会过意来,三人联通一气,总算把霍父安抚下去。

翌日午后,待霍父午睡之际,兄弟俩在书房喝茶说话。文田说:"你总有年把没回来了。昨日你进门,我也是一见之下,差点把你错认了文海。"

文桑正在剥食一个文旦,他把籽吐在桌上,笑了一笑,说:"其实,我曾见过文海一次。"

这话对文田说来既是意外,又不是意外,他停顿了几秒钟,问道:"这是几时的事?"

"约莫有四五年了吧。"

文桑把与文海见面的经过大略说了一下,文田听得很仔细,末了道:"你应该给家里说一下,你晓得,爹爹的病有一半是由文海而起的。"

文桑摇了摇头:"我见到他也是时隔两年多了,是爹爹中风之后的事了。而且,他再三关照谁也不能说,包括家里人在内。我想他也是避免引起大家不安吧。"

文田用指关节轻轻地敲着桌面,自言自语道:"西北,唉,大西北……"

兄弟俩对坐无言,良久,文田才开口道:"吉人自有天佑。哎,文桑,说说你自己吧,一年多了,也没你几封信的。"

文桑耸耸肩："其实，也真没什么好说的，在上海日子过得忙乱，眼睛一霎一天就过去了，也没什么大的不同。写信也是那么几句，上海嘛，还是那么老一套，翻不出什么新花样来的。"

文田笑笑："久经鲍肆不闻其味。上海这么一个热闹场所，被你说得跟我们西浔差不多，总有些大大小小的新鲜事吧。"

文桑不响，开始剥食第二只文旦。文田看出他有很重的心事，欲言不语，也就不追问下去，跑去厨房间跟阿香商量晚上的膳食。过了半句钟回来，文桑的人影不见，桌上一堆文旦皮旁边有张字条，展开一看，赫然写着：文沧要跟他老婆离婚了。

文田看后呆立半晌，这个文桑，要么不说，要么说出来的事让人惊掉下巴。坐下喝了盅茶，才渐渐回过神来。心想文海之事，原先自己也有那个猜测，今天文桑说出来只是证实了而已。在他印象中，文海并不是一个一条道走到黑的个性。他晓得有些人，在做学生仔时，被别人一鼓动，也热血上头，上街游行喊口号，散发传单，但是风潮过去后还不是回学校里好好读书，毕业了再去谋一份正当的职业。像文海这样义无反顾地抛下一切，跑到苦寒之地大西北去的，倒还真不多见。

不过，跟文海的消息比起来，文沧要离婚更使他心烦。从长期的迹象来看，文沧久居外国不归，把个老婆丢在上海，本身就有了些蹊跷。沈雅茹可不是那种逆来顺受的童养媳，可以苦守寒窑等待夫君归来之辈。文沧不归，虽说是战时，英国是交战一方，旅行不易，但也有人辗转归来的。抛开这些不说，更为匪夷所思的是还让文桑跟沈雅茹住在一起，文田不敢往深处想，只是本能地觉得事情不对头，一旦出问题，整个家庭的名誉会粉碎殆尽。

但心烦又能怎的？他又没有可以左右任何事情的能力，连个商量诉说的人都没有，老父不去说了，文珠也不是可以商量的对象。本来如果二姐在的话，倒是可以掏掏心事的家人，可她远在天边，一封信路上要走两个月。文田此时的心情，有点像一个三尺童子，在家人都外出的时候，发现家中的墙壁开裂，屋瓦掉落，整幢房子摇摇欲坠。但是喊人也喊不到，自己更是无能为力，只好眼看着房子一点点地塌陷，倾倒。

当日晚餐，徐医生要给人看诊，没有来。就他们父子三个。霍父精气神不如昨日，胃口也不佳。文田心情被下午的消息搅乱，也是食不知味。只有文桑，对阿香烧的鳝筒烧肉大加赞赏："到底是乡下的鱼虾新鲜，味道跟上海就是不一样。"阿香客气道："我们乡下人，只会烧些土菜，不对胃口的话，四少爷多担待些。"霍父听了，脸上有丝疑惑，不过没有说什么。文桑喝了点酒，吃了两碗饭，喝汤时对文田说："我想明日要回去了。"文田吃惊道："不是说好要住一段时日的吗？怎么说走就要走呢。"文桑说："原来是想住上一个礼拜的，但突然想起周五还有个医生的预约，不去的话不好。"文田道："怎么去看医生了，没什么不舒服吧。"文桑说："我每年都要去照一次X光片子的，你知道大嫂有那个毛病，我不想被传染到……"文田点头道："身体倒是要紧。只是来去太匆忙了。"文桑说："上海到此地也不是太远，三个多钟头就到了，今后有空，我会常常来看爹爹的。"

二十三

文桑急着回去，其实还是放心不下阿茹，她这么一个心高气傲的人，刚接到丈夫的离婚书，恶劣心情还没平复下来，他又不告而别，受刺激是可想而知的。文桑深知阿茹的性格，极端起来时啥事情都做得出来的，她曾经说过，自杀是自己掌握了生死大数，再大的烦恼，再过不去的难关，只要一瓶安眠药，一切都解决了。文桑反驳道："别瞎说。真死了，就再也不能复生。"阿茹咯咯轻笑："复生干吗？做一世人足足够了，真有来生，我去投胎做一只小小的翠鸟，吃花蜜，沐清风，自由自在，不好吗？"阿茹说这些话时，眼睛里有坦然的神情，还有一股嘲笑的意味。

一个年轻的女人不怕死，那么，这个女人本身就有些可怕的了。

文桑回到静安寺是下午四点多钟，一路上想着见到阿茹怎么跟她解释这不告而别的三天，也做好了准备，如果阿茹对他做出任何暴烈举动，都要隐忍下来，他不想在这个关头闹出更大的事件来。走上公寓的台阶，他心里怦怦跳，上楼梯打开房门，照例是浓厚的尼古丁味道，还混杂了一股古巴雪茄烟的香气。他诧异地走进客厅，见到阿茹和一个男人在说话，男人约莫五十来岁，风度翩翩，戴副金丝边眼镜，穿一套三件头的西装，料子和手工都很考究，抽着一支粗大的雪茄。见文桑进来，阿茹为他俩作了介绍："这位是何叔叔，我爸爸的老朋友，也是我们家的世交。"又向那个何叔叔说："这是我先生的弟弟，国立交通大学的大学生。"阿茹的表情平静，甚至还带点微笑，文桑一颗吊起的心总算放下。那个何叔叔站起身跟他握手："啊，这么精神的小伙子，真是年轻有为。"文桑没有准备，一下子语塞，含糊应了几句。

阿茹在旁又介绍道："何叔叔是新开张的股票交易所的董事，上海滩上的大好佬。"何叔叔摇手谦辞道："大好佬称不上，不过上海滩上人头还比较熟的。无锡荣家，颜料大王周家，先施公司郭家兄妹，还有铺社杜先生都是许多年的朋友，常常一起打牌吃饭的。"看文桑还在懵懂，阿茹就给他解释："杜先生就是杜月笙，上海滩上真正的大亨。"文桑是听说过杜月笙的，晓得是上海滩上有名的流氓头子，不过跟他没什么关系，敷衍两句就想回到自己房间去，却被阿茹叫住："何叔叔正在跟我讲怎么做股票，你也过来一块听听吧。"

难得今天阿茹好脾气，文桑也不想拂了她的兴头，便在餐桌边的一张椅子上坐下，听何叔叔说他二十多年的赚钱之道。

何叔叔抽了一口雪茄，慢条斯理地说："上海人做股票，也有蛮长一段历史了，前清的辰光就有了。但总的看来，赢的人少，输的人多。为啥？做股票不能是白相相，而是要像打仗一样的，既要心细如发，更要杀伐果断。机会来了，不会坐在那里等你，这时你就要很快地权衡利弊，利与弊的可能性各是多少，有没有可能互相转化？这个决定要很快做出，因为大家都看出来的话，就会一拥而上，你本来可以分到半个蛋糕，现在只得到一小块，或者是些蛋糕屑屑。"

阿茹问道："万一做错了决定怎么办？"

何叔叔不动声色地说："那只好吃进损失，更要紧的是，吃进教训。跟做人一个道理。"

阿茹说："那不就是跟赌博一样啰？"

何叔叔说:"有其相似的地方,但在根本上是不一样的,做股票需要大量的知识,对产品的熟悉,对市场的敏感,对时机的把握。赌博只是碰运气罢了。"

何叔叔端起茶杯想喝茶,发觉杯里没水了,阿茹要帮他去添水,文桑在旁说:"我来,我来。"接过茶杯去厨房,心想阿茹这个饭来张口、衣来伸手的人怎么对做股票感起兴趣来?不过也好,让她有些事情做做,否则一天到晚作天作地的。端了茶杯出来,也插嘴问道:"那么,何叔叔对上海股票的预测是怎样的?赚与输的可能性各有多少?"

何叔叔摸着刮得光光的下巴,胸有成竹地说:"股票跟国运有关,一个国家如果蒸蒸日上,股市再坏也坏不到什么地方去。但是一个国家辘辘乱,老百姓吃了今朝没明朝,没盼头,那么股市也好不到哪里去。现在日本人投降了,在蒋总统的领导下,国家要重新振兴了。上海是只领头羊,欧洲人美国人也会来投资,我看今后的三四年,是一个不可多得的机会,错过这个机会,下一趟就不知什么辰光再来了。"

没人会对巨大而美妙的前景无动于衷的,何叔叔说得那么全面,由小及大,再由大及小,说得条理分明,也入情入理。文桑不由得也心动了,只是他晓得自己没有相应的资金,也没有任何经验,所以一个多小时说下来,文桑还是抱着听故事的心态,并没有把自己代入进去。

晚饭是到法国总会去吃的,何叔叔很熟练地用刀叉切着T骨牛排,小口地抿着红酒。谈话也天南地北,何叔叔在香港生活了多年,也去过英国、印度和锡兰,以及大部分的南洋地区。他的人生阅历丰富多彩。说在中国,他只看好两个城市,一是上海,二是香港,而上海远在香港之上。上海人到了香港,就是一无所有,发达也是很快的。因为上海人有着与生俱来的精明头脑,会加减乘除,会审时度势,融会贯通,有着这样的内蕴的人,把他放到世界上任何一个地方都能生存下来,发展自己。

阿茹却抬杠说:"我在上海出生长大,怎么看到身边都是小市民,能让人眼睛一亮的,一个都没有。"说着有意无意地瞟了文桑一眼。何叔叔呵呵一笑:"阿茹啊,你的话中有话,把我跟文桑也包括进去了?是不是今天你的牛排没对胃口?"阿茹红了脸否认:"何叔叔你不算是上海人,是世界公民。"何叔叔宽容地笑道:"玩笑,玩笑。不过话讲回来,看人不好看死的,美国有个大名人叫卡内基,年轻时一无是处,但到了三十几岁就突然开窍,生意越做越大,还写书,开演讲会,办慈善,很多大老板、大学者都是他的学生,连美国总统都对他赞扬有加。"何叔叔放下刀叉,点起一支雪茄,转向文桑,说:"你们晓得一个人最大的财富是什么?不是金钱,也不是学识,更不是门第,而是年轻。年轻,就有无限的可能,就有各种机会,命运总是惠顾年轻人的。"

晚餐后,何叔叔坐了出租车离去。文桑和阿茹安步当车一路走回家去,初秋的夜晚很惬意,路灯光从稀疏的梧桐树枝桠中透下来,光影迷离,有微微的凉风,撩起阿茹长丝围巾的两端。晚餐时喝了三四杯红酒,微醺的阿茹现在的情绪很好,她挽着文桑的胳膊,身子贴着他,叽叽喳喳地说个不停,在街角看见一个老年乞丐,还从包里拿出一张钞票来施舍。文桑又是欣慰又是疑惑,三天前那个咬牙切齿的阿茹到哪儿去了？不过他晓得阿茹变脸很快，上一分钟是春阳和煦，下一分钟就是寒冬萧杀了。他小心翼翼地陪着阿茹说东说西，路上还停下来买了一包糖炒栗子。走到家出了一点微汗，但是情绪是平和的，气氛也是和煦的。

　　阿茹倒了两杯白兰地，两人在沙发上坐下，阿茹点起一支烟，缓缓地说："文桑，我倒是想过了呀……"

　　文桑心中忐忑，但装出随意的样子："怎么呢？"

　　"关于离婚的事情……"

　　文桑低头剥着糖炒栗子，没作声，心里是七上八下。

　　"我想好了，决定跟霍文沧离婚。俗话说捆绑不成夫妻，何况我跟他分开这么多年了，夫妻关系也是有名无实。不如就此称了他的意。"

　　文桑松了口气，阿茹这话是用非常通情达理的口吻说出来的，看来一场两败俱伤的离婚大战可以避免了。

　　"怎么就突然想通了呢。"文桑把剥出来的糖炒栗子放到阿茹面前的碟子里。

　　阿茹没有回答他的问题，自顾自说下去："不过，要离婚不能按他的条件，按照中华民国的婚姻法，他霍文沧是要付我赡养费的。他不是在给英国人做事吗？那就每个月两百英镑好了。所有在上海的资产都归我。"

　　文桑怯怯地问道："那么，他要付你到几时？"

　　阿茹喝了一口白兰地，恨声道："哼，我活着一天，他就要付这个铜钿。或者，有一天我比他赚得多了，就早些放他一马。"

　　文桑无言。

二十四

　　小徐虹长到三岁时，还不大会说话，方晦和文珠开始没注意，有些小孩子开口说话很晚，也是有的。倒是祖父徐医生起了疑心，让他们带了小囡去看耳鼻喉科医生。检查下来小徐虹的右耳基本上没有听力，左耳也只有一点点听力，也就是说这个小囡是半个聋子。夫妻俩接到这个噩讯之后大受打击，开始时不肯置信，再接连看了不同的医生，诊断下来的结果也是差不多。再追究原因，医生说有可能是先天的，也可能在怀孕时受了药物的影响。还有一个可能是小囡用多了抗生素，当时没发觉，但在一段时期后便损伤了听觉神经。病情确诊之后，夫妻俩非常焦虑、沮丧。细究下来，两边的家族里并没有先天性耳聋，文珠在怀孕时也一切正常，并没有用过什么虎狼之药。倒是徐虹一岁多时，患了急性喉炎，病情有些危急，所以打了两个疗程的链霉素，看来毛病大概是出在这里。晓得了原因，夫妇俩非常自责，文珠哭了好几次，方晦也懊悔那段时期放太多的精力在饭店里，而没有更好地照顾家人。在人生道路的磕磕绊绊中，在不可抗拒的压力下，夫妻俩惊觉到当真正危机来临时，可依靠的只有家人，可倾诉、可分担的也只有家人，不由得各自放下心结，又和好如初，只是没了以前那种热情如火的缱绻，而多了些患难与共的亲情。

　　徐医生也用了种种办法来治疗他的小孙女，开始时试用针灸，但小徐虹会晕针，每次不但又哭又闹，过后还会反胃呕吐。徐医生只好使用民间偏方八珍汤，又嘱文珠多喂她胡桃与黑芝麻拌糖粉，可以补肾提气。文珠又听人说蒸猪腰子也有益耳聋病症，所以方晦常做好了清蒸腰片带回家来，女儿也蛮喜欢吃。经过多次研究改良，他做出来的凉拌猪腰片又嫩又脆又鲜美，不经意间倒成了店里一道名肴，此乃后话。

晓得了人生无常，方晦夫妇下意识地想要再生一两个孩子。但由于生计、忙碌、育儿，再加上前次青儿被烫伤事件引起的口角，使得夫妻生活也荒疏了一段时日，虽然夫妇俩都有这个想头，但身体不像以前那么放得开了，要亲热要行房时，竟会觉着处处笨手笨脚。以前是一切如水般的顺滑，如蜜般的黏稠，现在竟然像老木匠对榫头一样，对来对去对不上。

事情慢慢地有了转机。

一日午后，方晦回家了，先睡了个午觉，起来后提着篮子去菜场买小菜。文珠诧异道："你晚上不去饭店了？"方晦说："歇个半天也不要紧，天不会塌下来的。"文珠说："怎么，今朝太阳从西边出来了？"方晦有点赌气道："我烧点小菜，本是为了老婆小囡，总不见得为了赚几个断命的钞票，一直委屈自己下去吧。"听老公这样说，文珠也有点感动，于是抱了虹儿一旁陪着说闲话，或帮着打些下手，厨房里气氛融洽，菜香满盈。晚饭开出来了，全家四人围坐在餐桌前的景象是长久没有的了，两个小囡也很开心。方晦今晚做的菜不算最丰富，一道荠菜豆腐羹，一道青鱼划水，一道糖醋小排骨，一道凉拌腰片，再是一盘清炒塌棵菜。都是上海人家吃的平常菜肴，但全家人聚在一起吃饭，味道就是不一样。小囡们胃口也好许多，青儿添了两次豆腐羹，啃了好几块小排骨，阿虹也吃了半碗饭，大半盆腰片。方晦还温了些女儿红，跟文珠都喝了些。文珠喝得脸红扑扑的，眼睛闪耀着。

饭后，方晦说要去混堂里汰个浴，文珠下意识地晓得今晚会有点名堂的，便早早地把小囡哄睡了，自己洗漱完毕，又把床单枕套换新，穿了睡衣靠在床头，心不在焉地翻阅着一本《紫罗兰》杂志。近十点钟，听到门锁哒一响，文珠竟然会浑身一抖，背脊上有闪电划过，像是憋不住要尿尿的感觉。方晦蹑手蹑脚地进了房，压低喉咙说了一句："小囡们都睡了？"也不等文珠回答，径自脱衣上床，拉灭了灯，一把抱住老婆。女人心里还想矜持一二，身子却已经像朵花一样自动打开。失而复得的热情，像灶底的余烬，添进了大把的柴薪，猛地蹿起了新火，烧得噼啪作响。兴到浓处，文珠也放了肆，不管不顾地拉直了嗓子，咿咿啊啊地叫个不停。床架子也是一直叽叽咯咯作响，合拍着同一个节奏。方晦今晚竟像是吃饱了枪药，不依不饶地鏖战了一两句钟，才浑身大汗地翻身下马。

黑夜深浓，远远传来苏州河上一声汽笛，把小夫妇从淋漓性爱后的薄眠中唤醒。方晦抬手打开台灯，点上一支烟。文珠浑身酥软，半睡半醒地像只猫似的蜷偎在他身边。方晦帮她理了理汗湿的额发，逗她道："喂，老婆，你刚才怎么叫得那么大声，一条弄堂都听见了，也不怕邻居们去叫救火车？"文珠闭着眼，狠狠地拧了他一记："十三点，你怎么不讲你自己，楼板都要被你捣穿了呢？"方晦长叹一口气："好久没有这样尽兴了。做个断命的饭店，跟自己老婆都生疏了。"文珠没作声，一只手却往下伸去，轻轻地抚弄方晦的那活儿。方晦又调笑说："我记得你是很喜欢叫的，刚结婚那时，在西浔老宅子里，也总是大呼小叫,叫得娘姨们都不敢起夜去上茅房。"文珠说:"你不喜欢我叫?要我闷声不响?那又有啥个味道?"方晦道:"喜欢是喜欢的,只是呢……"男人说到此处就不说了,一脸的坏笑。文珠追问道:"说呀,只是什么呀?"方晦笑道:"只是明朝左邻右舍们要说闲话了:廿一号里的徐师母喜欢在半夜里唱山歌,唱得老好听的。"文珠抬手打了老公一记,赌气地凶他道:"哼,徐师母也是常要唱唱山歌的,不唱山歌花亦不开的。"方晦便低头笑问:"今朝夜里花开了几朵?"文珠羞道:"开了造造泛泛,数也数不清的……唉,你怎么又来了?慢点,慢点呀,这个人真是不要命了。"

　　灰青色的晨光,如缓缓上涨的潮水,一点点漫溢进上海滩上大大小小的街道,弄堂,支弄,花园洋房,石库门和矮平房。漫溢了外滩的楼群,徐家汇的天主教堂,闸北狭窄的过街楼和苏州河边的滚地龙。漫进晒台上的鸽子笼,依偎在一起的鸽子们咕咕地低语。漫溢进无数深深浅浅的梦境之中。也漫溢进方晦和文珠正在熟睡的前厢房,再漫溢到他们眠床上。他们年轻的身体,在晨光中影影绰绰地显现出来,线条柔和,肤色洁净,还未被年月摧残殆尽。这是一日中最为安宁的一刻,肢体慵懒地舒展着,呼吸均匀,将醒未醒。而新的生命刚刚着床,微小的胚胎在朦胧中无意识地流动,向虚无渺茫的将来奔跑而去,向不可知的命运迎面撞去。

二十五

　　整风运动进行了一年多,文海所在的部队因为是军事与生产的前沿,没有受到太大的波及,不过也常常开会,首长们在会上说现在形势非常紧张,日本人投降之后,国民党反动派从来没有放弃对我们的军事围剿,胡宗南正在调兵遣将,步步进逼延安,看来,一场战斗在不久之后就会打响。因此要求所有的单位作好战前动员,同时精兵简政,做好随时转移的准备。文海手边最重要的就是几大册账簿,他让后勤部的木工师傅打了两只木箱,配上褡裢,转移时可以搁在骡马的背上,说走就走。

　　这天文海去后勤部取褡裢时,突然听到有人叫他的名字,诧异之际四下寻找,喊声是从木工作坊院落里的一间小屋中发出来的。他好奇地走近前去,装有木栏的窗前浮现出一张人脸,似曾相识。他仔细端看了半晌,才认出是做过几个月室友的王书生,满面胡碴,瘦了不少,那副厚瓶底眼镜不见了,睁着一双无神的眼睛,眨巴着说:"我看着好像是你老哥,就喊了一声,果真。"文海诧异之余,问他怎么到这里来了。王书生叹了口气:"唉,犯了错误关禁闭呗,都是我这张嘴给惹的麻烦。"

　　据王书生自己说,自从那次给发表了一篇小文之后,他写文章的兴头大涨,前前后后写了二三十篇文字,有小说散文诗歌杂文评论,连续不断地给文艺报送去。人家大概是被他轰炸得吃不消了,发了他两三篇文字。王书生就得了意,自认为一个大作家就要横空出世,于是更卖力了。内容也更广泛,从文艺小品到针砭时弊,再到偶感随发,五花八门地直抒胸怀。不料其中一篇竟然引起高层注意,说这文章是污蔑我们的革命根据地,矛头直接向党进攻。责令有关部门和人员深刻反省,检查。王书生开始还不以为意,不就是写了篇小文章嘛,写错了也没什么大不了的,在大会小会上一直持着吊儿郎当的态度。"你老哥是晓得我的脾气的,心里不服嘴上也不会服。几次顶牛、还嘴和争执之后,一次在会上领导突然宣布,王某人是敌我矛盾,予以逮捕。已经关押了好几个月了,前两个礼拜才被押送到这里来,哪知这么巧就遇见了你。"

文海听着王书生唠唠叨叨的絮说,沉吟不语。以他的直觉,这个书呆子肯定是触犯到什么禁忌了,而犹不自知。想到这里,心里不觉沉重,便说:"听我一句,老兄,你是犯了错误的人,这一点要认识清楚,别满不在乎。二要虚心接受组织对你的帮助,千万别对抗,共产党是纪律严明的,你也来了不少时间,不会不知道的。三,你我都是敌占区来的,身上有着很多落后面貌而不自知,要趁这个机会好好地改造自己,取得组织上和同志们的原谅,早日回到革命队伍里来。"

王书生面无表情地听着,文海也不知道他听进去多少。看在做过一段时期室友的份上,他告诫他的既是台面上的话,但也不仅仅只是台面话。一个正在全力夺取政权的政党,必须从上到下高度一致,执行铁与血的纪律,才有可能抵御强大得多的敌手,才能在瞬息万变的形势下生存下来。队伍中凡是有松散的,不满的,说怪话的,散布异端的,都需要纠正和压制的,而绝不能手软的,俗语说千里之堤毁于蚁巢。这是文海参加革命之后,所见所遇所思所想后得出的结论,也是他能给出最苦口婆心的劝告。

文海讲完了,看出王书生并没有真正听进去,于是叹了口气,转身正准备离去,不料又被叫住,王书生露出一副讨好的面孔,说:"老哥啊,你能不能给我弄点吃食来?我饿啊。"文海记起他是个贪吃鬼,胃口奇大,这拘留所里的伙食肯定填不饱他饕餮之腹。时值午后三点钟,他为难道:"现在又不是饭点,我从哪儿去给你搞吃食啊。"王书生眼巴巴地看定了他,只说一个字:"饿!饿!"文海不忍,遂去到伙房,大师傅是熟人,文海向他要了几个冷的苞米窝头,携了返回小屋。王书生见了窝头,抓过来就往嘴里塞,喉头一耸一耸地往下吞。文海看着他那副饿急相有些心酸,说:"慢点,小心噎着。"王书生吃得满脸的苞米渣子,一眨眼,三个窝头就下肚了,抹了把嘴,意犹未尽地说:"老哥,有烟吗?"文海说:"你知道我不抽烟的。"王书生低下头去,咕哝道:"啊,没烟抽真比死都难受。"

文海走回宿地,一路想着王书生的事情,他实在不是一个坚定的革命者,既管不住自己的嘴巴,也管不住自己的口腹之欲,像他这种人不适合来延安,还不如在老家种一亩三分地,老婆孩子热炕头。像他这种个人意识很重,又不肯好好地改造自己的,早晚会被革命队伍所淘汰。

他摇了摇头,王书生那张胡子拉碴的脸又浮起在眼前,很奇怪地混杂着倔强和卑微,说起他写的那些文章时,满脸的固执,听不进人家一句意见,一副老子天下第一的神情。但为了一点吃食,或者一口烟,神情又是那么讨好。文海心中好奇,王书生当初是怎么会千里迢迢地跑到大西北来?他是怎么一块料自己心中没点底吗?

文海回到旅后勤部,惊讶地发现上上下下一片忙乱,一些战士正在把各种装粮食的麻袋、炊具和弹药箱装到驴马背上,窑洞前的空地上烧起了一堆火,宋部长正在把一些文件扔进火堆里。看见文海，宋部长招手让他过来，说："情况紧急，你赶快去把重要文件整理一下，其余的拿到这里来烧掉。"看到文海询问的表情，说："上头的命令下来了，今夜就要转移。先头部队已经出发了，中央机关居中，我们后勤部断后。"

　　文海急忙赶回他的宿处，把账本装进木箱，其余的发票、收条、单据归成一大包准备烧掉。又匆匆地打了个行军包，一床薄被，一套棉军衣一件单军衣，一双布鞋，一套牙具，这些差不多是他全部的家当。门外，几个战士在空地上把连队养的猪杀了，隔壁炊事班窑洞里传出一股久违的肉香，有人欢呼也有人笑："今晚打牙祭啰，大家伙敞开肚子吃肉啊，什么也不留给国民党龟儿子。"文海烧完文件，也去打了一大盆猪肉炖粉条子，配上苞谷米饭。只是时间急促，火候欠到，猪肉没怎么煮烂，筋筋拉拉地嚼不动，不过再嚼不动也是肉啊，平时要半年三月才能吃上一回，文海敞开肚子，把一大盆毛都没拔干净的猪肉吃得精光。

　　半夜出发，天上没月亮，部队严格执行不许点灯照路的命令，在黑沉沉的夜空下，庞大的行军队伍望不见首尾，像一条巨蛇般蠕动着，蜿蜒向西北方向而去。耳中听到急促的脚步声，偶尔听到有人低语、咳嗽，指挥员压低嗓音发出短促的命令声。后勤部的小警卫员牵着背负着文件箱子的毛驴，文海在一边扶着。队伍出发不久之后，他就发现自己在黑暗中视力变得很差，几乎看不见任何东西，只有一片模糊的影子在眼前晃动。他曾听说过有些南方人到了西北地区，长期吃不到鱼和新鲜蔬菜，缺少维生素，因此患上了夜盲症，想不到自己也会患上同样的毛病。但现在在行军途中，一无办法，文海只有抓紧了箱子上的皮带，以防走失或摔倒。

　　但是这终究不是个办法，文海如果要到路边解个手，回来可能就找不到毛驴和警卫员了。只好跟警卫员说明情况，小警卫员是个从黄河上游大山区里来的小伙子，参军已经有四五年了，人很憨厚，说："大账房先生，没问题，俺可以等你，但你拉尿屙屎要快点，如果掉了队，俺可担待不起。"

　　文海之所以未雨绸缪是因为肚子真的不怎么舒服，可能是晚上那碗猪肉粉条作的蛊，太油腻，常年没有荤腥的肠胃一下子受不了，加上肉还没完全煮透，他吃得又猛，现在肚子已经开始千转百回了，他极力忍住，希望到了休息的时候再去解决。

　　半夜两点钟，原地休息的命令传达下来了，文海赶紧去找了一个土墩后的隐蔽处解决人生之急。正当他一口大气呼出，突然听到不远处有人在喧哗，一个咕噜不清的声音在说："不管好歹，我还是这个队伍里的人吧，为啥你们吃肉而我没得吃。"一记响亮的脆响之后，有人厉声叫他闭嘴，那个声音反而更大声了起来："不是说一视同仁吗？革命队伍里还有高低上下之分吗？那还搞个锤子革命。"文海分辨出：这不是王书生的四川口音吗，心里不觉顿脚，什么时候了，这书呆子还惦记着一口猪肉，真是够混账的，这样不分时间不分场合地胡搅蛮缠，绝对没他的好果子吃。如果不是肚子还没拉干净，他要过去踢他一脚，叫他赶紧闭嘴的。安静了一阵，好像有人去报告了，再过一会儿宋部长的山东嗓音传了过来："什么事，谁他妈的在队伍里喧哗?"有人报告了情况,宋部长恨声道:"上头一再命令在行军途中要保持肃静,你他妈的是不是想给国民党军队通风报信?什么?你想吃猪肉,哼,我看你是想吃花生米了。"王书生还在嗫嚅地分辩什么,只听到一声断喝:"警卫员,把他的嘴给堵上。"

黑暗中传来挣扎声,击打声,同时队伍中传来低沉的口令:准备出发。黑鸦鸦的一片士兵站起,开始移动。文海赶紧提起裤子,下坡找到毛驴和警卫员,小警卫员已经等急了,见面就是一通埋怨:"啊,大账房先生,你这泡屎可真够长的,我们队伍已经走得差不多了。"文海赶紧赔不是,一面加快脚步跟上。正在这当口,万籁俱寂中突然响起一声沉闷的枪声,几只夜鸟被惊飞,拍翅从队伍上空掠过。文海也是一惊,转身向枪响处望去,但他什么也看不到,只见世界一片漆黑。

他问身边的小警卫员:"你听到那声音吗?"

"枪声。"小警卫员很肯定地说,"大概是枪毙逃兵吧。你说声音闷?那是枪口紧贴着脑袋打的,'砰,噗',就是那声音。"

二十六

在动荡不安的年代,新生事物难以持久,其兴也勃,其亡也速。

在民国三十五年九月九日,上海证券交易所隆重开幕,市长剪彩,报纸上说是全套照搬美国纽约股票交易所的样板,由海上闻人杜月笙担任理事长,许多名人大亨担任理事。一时上海滩上趋之如鹜,大有今日买了股票,明日就顺顺当当发财做百万富翁之势。由于太多人要申请开户,证券交易所设了名额限制。亏得何叔叔照应,阿茹才顺利地开了户头。她拿了五根大黄鱼抵押给钱庄,手上有了一笔资金。在何叔叔的指点下,买进了大通纱厂、五和织造、中国水泥和丽安百货的股票,这些股票都是有着殷实的资本,长期的盈利历史,是前景看好的蓝筹股。不到半年,买进卖出,阿茹手里的股票价值翻了差不多一倍。连何叔叔都说看不出呀,阿茹你倒像是个天生做这一行的,看得准,落手狠,杀伐果断,进退自如。说也奇怪,阿茹原本是个天天要睡懒觉的,现在清早就起,乘了三轮车到汉口路上股票交易所去看开盘的价格,落单买进,再落单卖出。中饭时分回家来,带回好几份报纸,下午就埋首研究某只股票的走势行情,看准明日的目标。阿茹本是个极聪明的女子,但这聪明长久以来一直落不到实处,直到做了股票,才总算物尽其用,连脾气都好了许多。

文桑也常常帮她跑跑腿。如果天下雨落雪,或者阿茹研究股票太兴奋了,夜里睡不着,文桑就代她去交易所看行情,把所见所闻打电话报告阿茹。阿茹就在电话中告诉他买进哪只股票,抛掉哪只。赚到了钱,阿茹也很大方,让文桑也吃些红利。阿茹手风顺的话,常常带他去一些高级场所,如去华懋饭店听爵士乐,在法国总会参加七月十四日庆祝会,到先施公司楼上的东亚俱乐部去吃摩洛哥羊排,也算是犒劳他的跑腿费。在这年春节,阿茹送了他一只欧米茄手表作礼物。文桑的父亲也有同样牌子的一只手表,不过已经戴了许多年,表面已经发黄发暗,而这只新手表精光锃亮,弹眼落睛,文桑很是喜欢。

一次文桑在喝咖啡时对阿茹说:"自从

做了股票后,你人都变了。"

阿茹扬起一条眉毛,问道:"喔,变在哪里啊?"

文桑笑道:"你变得比较讲道理了。"

阿茹咬着嘴唇不做声,文桑正在想是不是说错话了,阿茹却幽幽地说道:"其实真正使我改变的是离婚这件事,我人生中第一记大教训。当一个人向你表示爱你,宠你,要一辈子呵护你,也能够容忍你所有的缺点,虚荣,懒散……你信以为真,觉得人生有靠。突然一下子面孔就翻过来了,以前的甜言蜜语都像是放屁一样。正是霍文沧那封信,使我猛醒过来,痛定思痛,这世界上是没有谁可以交托的,每个人都是孤独的,到死也是孤独的。"

阿茹点上烟,沉默一阵继续说道:"既然没有谁是可以依靠的,霍文沧不能,你也不能。能靠得住的只是自己,和手上的钞票,这就是我为什么要做股票的缘故,生和死都捏在自己手里。但是股票比女人更加女人,更加喜怒无常,你跟她发脾气是没用的,只会鸡飞蛋打的。只有冷静对待,因势顺导,有张有弛,才能收服这个不讲道理的女人。"

文桑笑道:"我怎么觉得听起来是说你自己。"

阿茹皱了皱眉头:"我,也许吧。不过那是以前的我,那个阿茹死掉了。如今我是另外一个阿茹,长大了,看透了的阿茹,只为自己而活的阿茹……"阿茹说着伸出一根手指着文桑:"你给我小心点,这个新阿茹也是翻脸不认人的。"

文桑背脊上一阵发凉,阿茹的话虽是笑着说的,但语调中透出一股凶狠,和隐约的凄凉之感。

何叔叔常来他们处做客,他是很受欢迎的客人,每次都带来最新的股市动静,独家消息,使得阿茹大大受益,当天买进,隔日就赚。

何叔叔问道:"你那只丽安百货又赚了?"

阿茹说:"区区一千六百股而已,每股赚了三块不到,正好够我买件貂皮大衣。"

"一天工夫?"

"嗯,丽安这两天上下蛮大的,落袋为安。"

"乖乖,真是叫作后生可畏,阿茹,你每次出手都有斩获,连我这个股市老鬼也要甘拜下风。"

阿茹就咯咯地笑:"何叔叔你是股市老鬼,我是股市女鬼,我们一起来大闹股市阎王殿啊。"

每次来做客,何叔叔总是带他们出去吃饭。何叔叔是个真正的老吃客,晓得上海所有的特色菜肴,哪一家饭店的菲力牛排最好,是从加利福尼亚空运过来的。哪家的淮扬菜做得最正宗,因为厨子是张之洞家的家厨一脉传承下来的。四月里要到老半斋去吃刀鱼,上海滩上烹饪刀鱼的独一家。哪家名不见经传的潮汕小饭店,黄焖鱼翅做得比谭家菜还要好。席间闲谈,何叔叔感慨道:"你们晓得吗,我白相股票,但我在大学里读的是哲学,最信奉古希腊伊壁鸠鲁的学说:人生就是一场狂欢,我们要把每一分钟都过成节日,这样才对得起我们来之不易的肉身。要知道人生快得像风一样,二十年代我去南洋时,还是个二十几岁的小年轻,嫩得挤得出水来的。眼睛一眨,已经头也秃了,肚皮也大了,胡子也白了。"说着一声长叹。

阿茹就拍他的马屁:"何叔叔虽有了年

纪，但男人风度更足了。我记得你和我父亲合影的相册中，是个瘦刮刮的小年轻，像只皮球没打足气。现在人面前一立，标准的一副大亨的气度，女人缘肯定好得不得了。"

何叔叔眼角笑出很深的鱼尾纹，说："为啥呢？"

阿茹一笑："何叔叔侬是人中之龙，要风度有风度，要见识有见识，要钞票有钞票，这样一个精品男人，女人缘怎么会不好？"

何叔叔哈哈大笑："阿茹啊，你真有一张蜜糖嘴，还好我上了些年纪，把持得牢些，否则也要跌进你的甜言蜜语中去了。"

阿茹一脸天真："我问侬呀何叔叔，老实交代，侬的过房囡收了不少吧？"

"有几个，有几个。不过都是老实人家的女小囡，阿茹你不好另作他想的。"

阿茹笑得花枝招展："啊呀，是真的呀。我没讲错吧，像侬这种男人是最讨女小囡欢喜的。"

何叔叔涎着脸道："阿茹你真眼热的话，我多收一个也没关系的。"

阿茹笑道："算了吧，侬的后厢房里大概早就挤得扑扑满了，我么，就不来轧闹猛了。"

每逢这种场合，文桑就装作对食物兴趣大于对谈话的兴趣，低了头专心致志地切他的牛排。大概是从小受宠的缘故，阿茹骨子里有一种天生的骚情，不管阿狗阿猫啥的男人，只要落进她的眼里，都要施展出十二分媚功来的。倒不一定是要轧姘头，但是要成为这个男人注意力的中心，建立起在这个男人心中不可动摇的地位。直等到下一个目标出现，阿茹再故伎重施。

阿茹股票做得顺风顺水，胃口日益增长。何叔叔又教了她一招，用马琼。就是把手上的股票押给交易所，以此问交易所借出钱来，虽然要付利息，但跟每日的收益比起来，就是九牛一毛。何叔叔说："其实呢，这就是中国人的借鸡生蛋，用别人的钞票来赚钞票，何乐不为！"阿茹本是个玲珑心肝的女子，略一尝试，便晓得其中巨大的剪刀差能产生何等的利润，遂把手上的股票全部抵押，借出钱来，在股市上腾闪搏杀，获利不菲。

文桑生性谨慎，看到阿茹这样孤注一掷，不免心中忐忑。有一次两人闲聊之际，话题转到股票，文桑开玩笑说："平时看你哆得很，一碰到股票，怎么就变得比男人还凶，还不要命。"阿茹疑惑地说："你是啥意思？"文桑故作轻松道："你做股票的那股劲头，使我想起人家白相沙蟹，每一把都是 all in，虽然你一把接一把地赢了，可是你想过没有，如果这一把输了的话，就再没有下一把了？"

阿茹不响，点上支烟，深吸一口之后才缓缓地开口："我当然想过。但是你不晓得，在输赢未定那一刻，正当你心提到喉咙口，突然发觉你赢了。那种舒心销骨之感难以形容，上一分钟是地狱，下一分钟是天堂。巨大的刺激贯通全身，好几次我都差点要尿了出来。你不要笑，这种感受是会上瘾的，你经历了一次，庆幸自己死里逃生，但下一次机会出现时，你会渴望着再冒险一次。"

"像赌博？"

"啊，人生处处是赌博，一个法国大作家说过：La vie est un jeu. Peu importe si le pari dans la vie est gagnant ou perdant, tant qu'il reste une livre de viande à jouer, je parierai dessus."

"你说什么呀?"

"翻译过来,就是:人生是一场赌博。不管人生的赌博是得是失,只要该赌的肉尚剩一磅,我就会继续赌它。"

"是个亡命之徒吧?"

"才不是呢,是个儒雅的翩翩君子,名叫罗曼·罗兰,写《贝多芬传》的。"

"真不敢置信。"

"有什么不敢置信的,霍文沧以前有一个打桥牌的牌友,看起来文质彬彬,打起牌来却穷凶极恶。霍文沧他们笑他:我们晓得你是好人家出来的,别人还以为你是强盗胚子出身。前一阵突然听说他死在牌桌上了,是心脏病发作,四十岁还不到。"

文桑只会啧啧。

阿茹抽了口烟,又说:"其实也没什么不好,死在自己欢喜的事情上,又很快地过去了,没有什么痛苦。我也情愿这样走的。"

文桑阻止她:"你不要瞎三话四。"

阿茹置若罔闻,自管自地说下去:"我最恨活不得,又死不掉。但看看周围,大部分人是这样过的,跟活死人没什么区别。我没做股票之前,也是这样过的。"

二十七

民国三十七年五月,文田的日记写道:

这是一个不祥的春天,报纸上天天是不好的消息,政府已经丢掉了东三省,看来北平也保不住了。从宣布对日抗战胜利至今才不过短短三年左右,国民党政府怎么会落入这样一个糜烂透顶之局面的,真是天晓得。我平时尽量不让父亲看报,以免他心烦。前日有个父亲的军中同僚来了封信,那就不得不交予他。他看了之后神色黯然,颤抖着手把信递给我,自己一声长叹,颓丧地倒在藤椅上。我展信阅之,心中忐忑。信是从锦州寄来的,靠近沈阳那地方。信中说:他们曾经的一个同僚,在段祺瑞政府中做过少将高参,不过是个闲职,从未领过兵,打过仗。段祺瑞政府总辞之后,这位同僚也就回了锦州老家,经营祖上留下的几十亩地,跟一般乡绅并无两样,安分守己过活。东三省政权易帜之后,这个同僚被抓了起来,审判后便被枪毙,罪名是地主,反革命,镇压学生。"我等一干同僚,都已白发皓首,看淡生死。但也不愿引颈就戮。望兄早日未雨绸缪,避其锋芒,安度晚年。"

我惊愕抬头,正好遇见父亲的眼光,昏暗的瞳仁里有一股决绝的光:"人终有一死,我死不足惜,只是社稷动荡,百姓遭难,而我竟无一丝余力可以奉献,真是悲从中来。"随即眼光暗淡下来,说:"我是行将就木之人,无所谓了。但田儿你……是否去你二姐处避一避。"

我故作轻松地说:"那还不至于吧,战事离此地还有上千里,国军不见得如此不堪一击吧。何况爹爹您晓得,再怎样,我是绝不会让您无人照管的。"

爹爹没说什么,闭上了眼睛,我看到一颗浑浊的泪珠聚集在皱纹纵横的眼角。

其实,我也收到二姐的信,信上说菲律宾今年经济也不好,还有瘟疫流行，她和家人也都染上了，人消瘦了十几斤，总算痊愈了，现在还在慢慢恢复之中。人生总有不如意处，但今年的不如意似乎没有间断过，一个接一个地来。上个月，徐医生摔了一跤，跌断了左手腕，至今还绑着夹板。因此我得以遇见从上海过来探望的文珠夫妇，从交谈中晓得他们在上海也是各种不顺，做饭店辛苦却赚不了多少钱，也不晓得是哪个地方出错。文珠他们住了两个晚上就要返回上海，说离开一天饭店就会辘辘乱，不放心，要早点回去。临走之际，方晦把我拖到一边，告诉我文珠又有了，大概在明年春天。这可算是百花齐黯中的一抹光亮，老桩新芽，子孙后代生生不息。中国人几千年来，再吃辛吃苦，总想着小囡们的日子总会比我们更好。这是人生希冀所在，也是荆棘途中继续前行的动力。

　　文珠这次怀孕，感觉比上两次都累。肚子倒也不见得更大，但就是感觉吃力。而且胃口也特别好，一顿饭能吃两块大排骨。方晦就天天早一点回家，烧些时鲜小菜，跟老婆一块吃夜饭。这天方晦买了半只酱鸭，一大块杜六房的酱汁肉，回家后炒了只虾仁滑蛋，再炒一盘酒香草头，就可以开饭。文珠对那块红彤彤的酱汁肉情有独钟，一个人吃了大半块。还嘲笑自己："不晓得怎么搞的，现在看到肉就嘴馋，而且越是肥越是好。奇怪，我小辰光并不是很要吃肉的，平时吃饭也就是挑几根肉丝，或者两片火腿而已。"方晦就笑道："这要问你肚皮里的那个小人呀，肯定是个吃肉的祖宗。"文珠低头看了看自己的肚皮，说："我想这次大概是个男小囡，从三四个月起就动个不停，当然要多吃点肉的。"方晦说："你喜欢的话，把这块酱汁肉都吃了吧，我明朝再叫店里的伙计去买两块来。"

　　饭后，方晦搁下碗筷就要出门。文珠道："这个天看起来要下雨，还一定要去店里吗？"方晦说："还是去一下好，我放心些。"文珠道："黄蛤蜊呢？"方晦说："这个人是只猢狲屁股，坐不牢的。有时饭店还没关门，人就不见了。"文珠问："去哪里了？"方晦说："打牌去了呀，人家一只电话过来说三缺一，即刻抓头搔腮，坐立不安，像是屋里天火烧的。"文珠递过一把雨伞："那么，早去早回，昨日夜里你只有睡了四个钟头不到。"

　　到了店里，果然，黄蛤蜊人影也不见。问伙计，说是跟你前后脚就出门了。方晦按捺下气恼，打点完毕晚餐善后，再打开抽屉，准备结账。发觉不对，抽屉里都是小票。方晦就生了疑，对了一下今日进货账，有不小的差额。再翻翻账簿，也没人赊账。这就是说，有人动了今日的营业账的钱。这是合伙做生意人的大忌，黄蛤蜊拿走了抽屉里的钞票，但没留下字据。合伙人如果互相之间没了信任，那么一切免谈，接下来生意倒闭也是为期不远的事情。

　　翌日来到店里，黄蛤蜊像是没事人一样，照常迎来送往。方晦便也忍着，直到做完午市，才与黄蛤蜊坐下来谈话。黄蛤蜊倒没有否认，说是昨晚走得急，没留下字据。方晦沉了脸，说："规矩是规矩，不好随便破的。"黄蛤蜊摆出一个苦笑，说："方晦老阿哥，我晓得是我不好，但人家盯着屁股后面逼债，我出此下策，也实在是没有办法啊。"方晦晓得他输钱了，便问道："窟窿捅大了？"黄蛤蜊一声不响，把个额头埋在手心里。方晦逼他："多少？"黄蛤蜊闷声答道："总有好几千吧。"方晦看了他半晌，牙缝里迸出几个字："你这个赤佬在作死。"

黄蛤蜊被方晦训了一顿之后，老实了几天，两个星期之后又故态复萌，接着又来了好几次。方晦晓得这样下去饭店会鸡飞蛋打，跟他好好地谈了一次，提出两个方案：第一是把股份卖给他，或者买下他的股份。第二就是饭店清盘，关门大吉。黄蛤蜊苦着脸说："现在我身上二十只洋也摸不出，只有把股份卖给你了。"方晦回家和文珠一商量，觉得饭店做起来不容易，现在有不少回头客了，盈利也马马虎虎过得去，就此关掉可惜。但他一人应付不过来，所以黄蛤蜊还是要留着他的，只不过钱柜的钥匙不能再拿了，要交出来。

交割完毕，黄蛤蜊即刻请了两个礼拜的假，说是要回杭州看看两年没见的老娘。方晦忙了前面就顾不上厨房，没办法，文珠只好拖了五个多月的身孕来店里坐镇，招呼客人，算账结账。到打烊后，再和方晦一同坐黄包车回家。这样子只好是临时抱抱佛脚，再过三四个月，文珠就要临盆了，要来也来不了了。

二十八

如突如其来的山崩地裂，民国三十八年初的股市下跌令人瞠目结舌。

其实也不是无迹可寻，很多细微但诡异的迹象从三十七年秋季就已经显示出来了，某几只大股如中国水泥、新亚制药、中国纺织都是连跌三日，再回升一日。再仔细追究一下，就可以看到卖出的股票数量巨大，而买进的股数却都是零敲碎打。如此反复不已，民间就有各种各样的传言出来：说是因为经济特派员蒋公子在上海打老虎，打击投机倒把，这些公司都是事关国民生计的商家，要收收他们的骨头，不许再操纵市场。也有传闻说啥个打老虎，根本就是政府跟股票交易所联手，要把资本转移出去。众说纷纭，市场就如过山车一样，悲观情绪一来，全盘下跌。明朝有条消息说某东南亚财团要注资，股市又像发神经似的飙涨。

阿茹手上有两只股票差不多占了她所有股票的百分之七八十，一只是大通纱厂，另一只是信和纱厂，两只都是纺织界举足轻重的领头股。阿茹从民国三十六年底开始买进，获利不错，所以她一直加码，尤其是去年底股票上下波动之际，她吃进不少。何叔叔曾经告诫过她："阿茹啊，股市中有句话：所有的鸡蛋不要放在同一只篮子里。股市是今天不晓得明朝的，如果万一崩起盘来可不是好白相的。"阿茹表面上笑嘻嘻的："多谢何叔叔提醒，我会注意的。"背转身就跟文桑说："你晓得他（何叔叔）做了廿多年股票，为啥还要天天跑证券交易所，小打小闹地五十股买进，五十股卖出？我告诉你——患得患失！就是这句话，所以到今天还只是个咪咪小的富翁，吃吃饭跳跳舞倒是够了，但买幢小房子还要想半天，最后还是落不下手。"

文桑说："小心点总是好的。"

阿茹说："我哪能不晓得，但是法国人有句话：À chemin battu, il ne croît pas d' herbe.意思是行人太多的路上不长草。人人小心翼翼，人人不死不活。我才不要那样呢。"

在大通纱厂继续下跌时，阿茹却坚定不移地买进："中国人说衣食住行，衣是排第一位的。更何况是在上海这样一个衣帽鉴人的城市，春夏秋冬，一般的女人家里哪个没六七十套衣裳？就是个纺织女工，吃辛吃苦一天做下来，顿顿吃泡饭萝卜干，发了工资还是要去裁件旗袍。纱厂是不会有问题的，上上下下只是暂时的。"

不得不说阿茹眼光是准的，上海是个只重衣帽不重人的城市，人人衣着光鲜，连得叫花子也比别处看上去要登样些。阿茹的策略也是对的，市场恐慌之际，我逢低大口吃进，像这种民生实业股总有一天回升。阿茹胆量也是够大的，看准了，伤其十指不如断其一指，很多老股客也做不到这点。但是阿茹有个致命之处，她如果把做股票的精力分个十分之一出来，关注一下报上共产党粟裕军队在长江北岸集结的消息，也许会对她的股票交易稍作考量。但是只要是人，都有固定的盲区——事情的确是不怎么乐观，但房子不会烧起来的，天也不会塌下来的，毕竟不是每个人在一生中都会碰上改朝换代变动的。

上帝什么都给了女人，就是没给她相应的政治判断力。在一般的情况下这个缺陷无足轻重，在某些时刻可是要了命的。

在股市第一波海啸山崩式地下跌时，阿茹卖掉手上的零星股票，全力吃进大通纱厂。第二波下跌来临时，阿茹用足了她全部的马琼。她的设想是：照以往股市的规律，跌上两波之后一定会迎来一波上涨，就像海水的潮汐一样，是属于自然规律。如果这波涨幅正常的话，阿茹至少可以打平。如果涨幅超出预期，阿茹还可以稍许赚一些。毕竟，一连几大波的跌势撼动了所有人的信心，就连阿茹这样的死硬派也不例外。

两天之后的确有反弹，只不过像是臭水池塘里的涟漪，打了几个圈就无影无踪了。接下来的是更深的跌势。放眼望去，在市场上所有的票券都跌，纸钞、股票、债券，连房地产都大跌，法租界里的花园洋房一再减价，还是卖不出去。只有金银美钞嗖嗖地上涨，还有柴米油盐物价，上午还可以买一斗米的钞票，下午只够买一升米了。

眼看大厦将倾，人心惶惶，所有人都像是泡在水里的老鼠，推挤着，攀爬着，争先恐后地寻找逃生之路，而水面在一天天地上涨。

在民国三十八年四月中旬，《申报》以大幅版面报道了两条重大消息：一是共产党军队突破国军的长江防线，直逼安庆，从西面威胁首都南京。第二条，是英国军舰紫石英号在靠近镇江的长江江面上，与岸上的共军炮战，英国军舰受了重伤，几近沉没。这两个消息如两枚巨大的航空炸弹从天而降，直接摧毁了原本就半死不活的股市。所有的股票像瀑布一样下泄，无一幸免。证券交易所内，满地是被废弃的归零股票，原来的发财凭证被弃之如敝屣。人涌进涌出，像是被开水浇灌了的一个巨大蚁巢，乱成一团。在下午两点多钟，阿茹在交易所厅内碰见何叔叔，老头子领带歪了，金丝边眼镜上蒙了雾气，头发散乱，双手颤抖："阿茹啊，要死了要死了。我的账户跌掉了十分之九，早晓得抛掉买房子了。"阿茹用一种很特别的眼光看着他，像是看一个讲着昏乱呓语的濒死之人，一言不发。何叔叔见阿茹没有反应，茫然地摇了摇头，嘴里喃喃自语地向交易大厅深处走去。

阿茹八点多钟就到了交易所，她也想把手里的股票尽量抛掉，打平盈利等等，想都不要去想了，能剩多少算多少。但是再低价也没人接盘。过了中午，阿茹彻底绝望了，扣除马琼，她账户里已经是负数了。她还留在这儿，倒不是还存有指望，她只是想看看大厦真正倾倒的那一刻，房梁折断，门窗脱框，砖瓦掉落，一起砸死也是一了百了。彻底的绝望中自有一丝安静，一切都到头了，一切都不重要了。黑夜将临，无波无浪无声无色无边无际的黑夜。

阿茹平静地离开交易所，坐了黄包车回家。她直视着前面，下午三点钟的阳光刺眼，琳琅满目的街市如幻灯片似的迤逦而过，满街闭店大甩卖的布招在风中飘扬，报童在街沿上叫卖着号外——今日上海股市崩盘。黄包车夫的光脚板啪啪地拍击在柏油路面上，如一声声催眠木鱼般。她木然地看着车夫佝偻的背影，麻秆似的小腿上青筋毕露，以及脚跟上的丝丝伤口，心想这也算是一种人生，不由得轻笑了一声。在啪啪的脚步声中，阿茹恍然觉得这趟回家的路特别地漫长，无穷无尽似的。而她三十一年的人生却这么急促，但这又如何呢，百年浮生，千年老龟，也不过是南柯一梦。

到了家，阿茹付了车钱，抖抖挎包，看里面还剩了一枚银角子，就一并赏给了车夫。转身之际，只听到一个苍老的江北口音喃喃道：你勒个好心肠的少奶奶，玉皇大帝保佑你生意兴隆，日日发大财哟。

二十九

民国三十八年，可谓地球中轴移动偏斜的一年，搞政治的人感到了，搞金融股票的人也感到了，小民百姓也感到了，虽然他们都说不出即将到来的究竟是什么？但内心的不安和紧张是确确实实的，始终像块石头搁在那里，移不走，猜不透。

江南四月，灰色的云层低垂，长阴未雨，粉白色的杏花开过又谢了，一地的零落。这年西浔镇上发生了几件细微但离奇的事情，从新年伊始，镇上及四周村庄的公鸡母鸡，不分昼夜地引吭鸣叫，此起彼落，像是发了神经病。二是西浔河的水流变得高涨湍急，日夜轰鸣着向东而去。一些离乡已久的人突然在镇上出现了，尘封的宅门打开了，邻舍们费了好大劲才认出曾经的熟人街坊。如果不识相地上前寒暄询问，得到的只是闪烁的眼神和语焉不详的托辞。还有，在万籁俱寂的暗夜里，镇人依稀听到天边似有雷声滚过，延续不断。上了年纪的人便晓得了，是大炮声。上次听到这声响还是当年日本人军舰炮轰吴淞口。虽然晓得炮声离此地还远，心里放不下，披衣起身，前门后门巡视一遍，才返身进屋睡下。

但是睡得不踏实。

霍宅里蓄养多年的三笼鸟雀，从四月伊始，在一个礼拜中死了两笼。只剩下那只倔头倔脑的八哥，也终日不发一声，闭

88

了眼蹲在鸟笼的一隅，任凭怎么逗它，只是沉默地背转身去，间或，给人一个大大的白眼。

霍父的病情每况愈下，现在他一天中有十七八个钟头是在床榻上度过的，垫了几个枕头，半卧半躺。眼帘下垂，眼球间或颤动着。文田注意到他那双搁在被窝外面的手，肤色无泽，指甲发青，已经拿不住一个小碗，吃食喝水都要阿香用调羹喂了。说话愈加含糊，有几个常用的音节发不出来了。这日徐医生来访，跌伤的胳膊上还系着吊带。他先给亲家搭了脉，看了舌苔，然后坐在床边与病人说话，一丝一毫也无关病情，只说些闲话，昔日梨园忆旧，镇上谁家婚娶，谁家新添了子嗣。你我运气也不差，下个月文珠又要生了，看样子是个男孩，等等。半个时辰后霍父沉沉睡去，徐医生悄然起身，到前厅来与文田交谈。文田当然晓得爹爹来日无多，只怕从徐医生口中证实了这一点。果然，徐医生说病人的脉象非常微弱，心象肺象都很不好，大概就在十天半月。"你可以先准备一下后事，届时不至于手忙脚乱。"文田心中悲切，徐医生劝道："有生必有死，你还是要看开些。"文田垂泪道："我很小的时候就没了母亲，多年来与父亲相依为命，他再怎么病着，我终究还有个至亲。他如走了，我就是孤单单的一个了。"

徐医生端坐不语，等文田稍微平静些了，才开口道："生而为人，生、老、病、死这几个关隘是一个也逃不过的。我们作为亲人，伤感是必然的，但更为要紧的是，看清生死大数，互为依靠，互为参照，而以平常心待之。你读书甚多，这些都是懂的。"

廊下的八哥多日来第一次开口，在笼里跳着脚，叽叽喳喳地叫道："懂吗？懂吗？你懂吗？"

两人都是一笑：这只鬼鸟儿成精了。

徐医生又说："霍翁眼下是非常煎熬的，心经疲弱，血脉不达，身体如陷冰窟，肺经不畅，气息如丝，似土埋身。一口气吊着，是心中还有未竟之事，究竟是什么事，旁人难以知晓。如果能令他宽慰些，舒服些，也许是我们能为他做的最好的事情了。"

隔了两日，天竟放了大晴，一扫黄梅天的隔宿气息。满镇上人家都在晒衣裳，晾被子，文田也跟花匠一起把霍父抬到中庭，放在藤椅上，盖了一床毯子。半旬没见天日，霍父今日精神像是好了许多，也许是新鲜空气的缘故，言语清晰多了，胃口也好，阿香在街上买来一篮白沙枇杷，颇大个，汁清甜。文田洗净果子，剥去皮，剔掉核，用调羹切碎了喂父亲，霍父竟然吃了五六个之多。吃完，文田用热水毛巾帮父亲擦干净手和腮帮，父亲竟把个额头抵在他的臂膀上，像他小时候生病时，把头抵在父亲胸口那样。文田鼻腔一酸，差点掉下眼泪，只装作被尘土迷了眼，遮掩过去。

四月春阳下的回廊上，父子俩相伴而坐，享受着温暖的天气。庭院新绿，几棵海棠正在结苞，绽出星星点点的嫣红。枝桠间两只白色蝴蝶上下蹁跹。文田正在出神，听见父亲哑声地叫他，急忙趋近，只听得父亲嗫嚅道："田儿啊，好久没听你弹过琵琶了。"

爹爹可是想听？

霍父点点头。文田即去书房取来了琵琶，轻轻吹掉琴面上多日结起来的灰尘，

89

调整了弦线，活动了一下手指。略一思索，先奏起一阕"柯亭遗韵"，再接下来弹的是"汉阳五行"，这两阕唐代名曲空旷悲凉，追古抚今。琵琶乐声幽远清冷，如孤雁影映寒潭，如夕阳牡丹凋零。文田本来童子功深厚，虽多日没练过琴，奏来还是驾轻就熟，曲子如行云流水，一气呵成。

霍父一声不响地听完，向文田招了招手。文田放下琵琶，凑近身来，霍父哑声道："田儿，还是弹个《十面埋伏》吧，能弹吗？"文田一笑答道："爹爹如想听，孩儿自然遵命，只是多日荒疏，如果弹错一二，也望爹爹不究。"

霍父微微颔首，再次闭上眼睛。文田抱起琵琶，轻拨两三，散弦独蹋，余音伶仃。

随即凝神领心，手腕微颤。突然，眼见他十指翻飞，乐声遽起，如风过长洲，如雨落岗峦。宽广处如雷霆万钧，摄人魂魄。细微处如春暖雪融，入地淙淙。急挫时如悬崖奔马，夜临不复之境，从容时又如晴朗秋阳，历数南雁点点。一曲终了，天高地迥，满庭寂然，只有那两只白色蝴蝶，依然在庭院里花木间上下缠绵缱舞。

文田抬起头来，见老父端坐藤椅中，一动不动，像一具木乃伊。再看看四周，花匠和长工坐在花圃的石阶上，凝神屏息。而阿香系着围裙，倚在餐厅的门内，眼中似有泪花。文田放下琵琶，转向阿香问道："是已经到吃中饭的辰光了吗？"随即招呼花匠和长工："来呀，帮把手，把老爷抬到饭厅里去。"

众人一阵忙乱，总算坐定。霍父端坐在餐桌上首，阿香端来鸡粥，在一边坐下，用调羹舀起吹凉，准备喂食。霍父却极力躲闪着那支调羹，眼里闪着亢奋的光，侧转了脸要跟文田说什么。文田见状，示意阿香且慢喂食，自己把耳朵凑向父亲："爹爹您慢慢说，儿子听着呢。"

"楚……楚楚……"霍父挣扎着，无力的手紧紧地抓住儿子的手腕，困难地一个字一个字吐出话来，"楚霸王无颜见江东父老……自刎乌江，心中那个痛啊。我，我我……"一句话没说完，身子一歪，扑倒在餐桌上。随着阿香一声尖叫，手中粥碗掉下，青砖地上一片狼藉。

当夜，湖州特为请来的比利时医生到了，诊视了昏迷不醒的霍父，微微地摇头。随后走出房来，一脸凝重地与文田说话，老先生已经病入膏肓，也就是在一两日之间的事，家属请准备后事吧。文田整个人已经木了，一下午忙着去请徐医生，抓药，请特别护理，拍电报给所有的家人，到现在粒米未进。比利时医生的话在耳朵里嗡嗡地响着，却不明其意，其实是他内心拒绝接受这个事实，父亲终于走到了生命的尽头，他如一只失怙的鸟儿，从此将面对一片陌生的天空。

霍父在隔日的清晨五点多钟，魂归太虚。此时上海的家人刚刚赶到长途汽车站，天空一片青灰色，这又是一个阴天。

文珠夫妇赶到西浔镇上已经过了九点钟，文田脸色灰败地迎他们进门，文珠的眼睛肿得像两只桃子，方晦也眼眶通红。两人换上了孝服，进房去凭吊磕头。文田见妹子的身形笨重，跪下站起都显得吃力，才想起她差不多八个月了。再到厅里坐定，方晦凝视着他，说："文田你的面色极差，不要把自己也拖倒了。"文田说："一整夜没合过眼，要不是阿香叫了她老公和两个儿子来，帮了料理前前后后诸事，恐怕我人已经要瘫倒了。心里硬撑着，只希望气喘毛病不要在这个时辰再发作。"方晦说："我已经贴出告示，饭店关门一个礼拜，你能歇就歇着吧，跑腿办事之类的事情就交给我好了。"文田问方晦有没有回家看视一二？方晦说他们下了长途汽车就过来了，还未曾回去过。文田便让他先回家去看看父亲，徐医生也上了年纪，自从摔坏胳膊之后，身体也是每况愈下。

方晦一走，厅里文田和文珠兄妹相对而坐，桌上供了一幅霍父身穿戎装的照片，一个景德镇香炉里插了几支迦南线香。文珠点上了香，又哭了："小阿哥，我们没有爹爹了。他一直是最疼爱我们两个的。"文田静默不语，让文珠哭了一阵，才说："你肚里的小囡快要生了，还是要自己保重为上，我想爹爹也会是如此作想的。"文珠听了这话，渐渐地不哭了，用一块手绢很响地擤着鼻子，说："文桑应该也快要到了，我们乘最早班，第二班车是中午到的。"文田只是点点头。文珠又说："大哥二姐看样子是赶不来的，不晓得大嫂是否会来？"不见文田搭话，便又说："她应该要来的，为人媳妇，这点礼数总应该尽的吧。"

三十

文桑当日并没有接到文田的报丧电报。

阿茹说要过生日，已经在国际饭店订好了晚餐，要他在下午五点钟直接到国际饭店一六一八房间去吃大餐。

文桑有点疑惑，阿茹好像没多久之前才过了生日，这么快又要过生日了？不过女人总是名堂多多，先过阳历生日，再过阴历生日，过啥个纪念日，过七七八八的节日，一个也忘不了的。男人不可能有这个记性的，反正是逢场作戏，唱支生日歌，跟着吃吃喝喝就对了。

文桑临行前刮了胡子，打上一根玫瑰红的领带，穿上一件蓝灰色的培罗蒙西装，这件西装是阿茹在股市上赚大钱时送他的，还亲自陪了到店里去量尺寸。西装剪裁得非常合身，细羊毛华达呢，肩上垫了薄薄的垫肩，收腰，铜质双排扣大翻领，后面开衩，好莱坞电影的男主角都穿这个式样的西装出席酒会跳舞会，纽孔里再插一朵粉红色康乃馨，看起来又挺拔又潇洒，文桑很是喜欢。阿茹说过：我喜欢看到身边的男人登登样样的，女人的心情也会好许多。

难得阿茹有好心情做生日，最近上海真是百事不顺，逼近的战争，工人罢工，物价飞涨，股市崩盘，弄得马路上的行人一个个佝头缩颈，偶尔抬起头来，也是眼光茫然，一副隔夜面孔。当文桑在静安寺站头上等公共电车时，一辆血红色的救火车拉着汽笛开过去，文桑因此注意到了沿街成排的法国梧桐树已经展出了巴掌大的新叶，好似一片嫩绿色的华盖，笼罩了城市的黄昏。

国际饭店一六一八房间是个套间，两扇大窗面朝外滩方向。文桑到达时正好仆役在起居室里摆桌子，铺台布，放置鲜花蜡烛。文桑见了阿茹，道了声生日快乐。阿茹今天打扮得格外亮丽光鲜，一件桃红色的紧身裙，纤腰一束，上面穿着镶黑色滚边的淡灰色小外套。头戴一顶法国最流行的黑色小圆帽，帽檐前垂有一帘黑色的透明面纱。飘逸的黑色面纱正好压住了桃红色的艳丽和跳跃，相得益彰。阿茹化了淡妆，轻扫蛾眉，薄薄的粉底，唇膏的颜色也是桃红色的。文桑心想，都说法国人引领世界潮流时尚，阿茹平时的法国式作风虽有不少弊病，但论起穿着打扮，的确是没有话说。比起上海滩上那些穿金戴银的艳花俗草，实在是要高明不少。

仆役一出门，阿茹走上前来，轻轻地给了文桑一个拥抱："你来了。"

"还有谁会来呢？"

"就你我两个，没别人。"阿茹退开一步，伸手帮文桑整整领带，抬头看他："哦，你穿这件西装蛮神气的。刮过胡子了？别动……"阿茹伸出两根手指，拈住文桑下巴上一根没刮净的胡子，用力一拔。文桑不防，痛得一声轻呼。

"你真是没轻没重。"文桑抱怨道。

阿茹笑嘻嘻地说："哎呀，我平生最看不得有一根胡子没刮干净，或者是蛋糕上有一根蜡烛没点亮，或者，房间里有一只苍蝇我就受不了。我想我大概是有强迫症的吧。"

"我看也是。"

这时仆役送餐进来了，阿茹和文桑在桌边坐下，看着仆役送上来的餐食和酒，第一道是新出炉的面包和一盘十二只香草焗蜗牛，再上来的是沙拉和汤，等到上了主菜烤小羊排，仆役领班为他们打开酒瓶，弯腰说道："两位请慢用，先生小姐要用甜点时，打个电话到餐食部就可。"然后鞠了个躬退下去。

文桑举起酒杯："阿茹，祝你生日快乐。"

阿茹若有所思道："是呀，祝我生日快乐，祝我离婚快乐，还要祝什么呢？祝我经久不愈的痨病，祝上海股市崩盘，祝大梦一场……祝我开开心心地过好这一天。"

文桑皱起了眉头，打断了她："阿茹，过生日就好好地过生日，说这个干什么呢，没意思。"

阿茹嬉皮笑脸道："说说又没关系的。不是说人生得意须尽欢吗，人生不得意也要尽欢的。"

文桑放软了语气，说："阿茹，生日嘛，不要说这些不开心的事，说些吉利的吧。"

阿茹喝了口酒："你这个人真是的，我说什么也要管住我，今天是我生日，就让我放肆一下吧。"

文桑不响，埋头切着羊排，心想阿茹又要发神经了，这个晚上不会好过。

阿茹没动盘子里的羊排，喝了口酒，说："文桑，你大概在心里想我是个不讲道理的女人吧。"

文桑笑笑，说："的确，有的时候你是不太讲道理。从小被宠坏了。"

阿茹转过头去："真的有人宠，倒好了。从小爷娘死得早，阿哥又是个不争气的。嫁了人，又像是守了活寡，我再不宠宠自己，啥人会来宠我呀？"

阿茹的声音里带了点哭腔，文桑便不再说什么，伸手把她放在桌上的一只手握住。

阿茹让他握了一会儿，把手抽了回来，拿出一块手绢擦了擦眼角，点上支香烟，直视着文桑："我碰见这么多人中，你算是对我最好的。"

文桑喃喃答道："你也对我很好的呀。"

阿茹吐出一口浓烟，说："刚开始那几年，如果不是你陪着我，我也许真的就要上吊去了。我晓得这不是一件什么光彩的事情，阿嫂偷小叔子。但是我一个人实在太孤单了，想到霍文沧就这样扔下我跑到外国去，我真的要发神经了。你不晓得一个生病的人，最害怕的是孤单，没人管，怕啥辰光死掉了也没人晓得。你陪着我，帮我跑腿，忍受着我的坏脾气，不嫌弃我的毛病……"

"阿茹你不要想得太多了，还是有很多人在意你的。"

"哼，我太晓得了，我以前要好的同学，晓得我生了肺病，打电话来慰问，热情得不得了，说啥辰光约了见个面呀。到了约好的关口，总是推三阻四有借口的。我以前还蛮天真，人人都会生病的，一生病，情谊就没了？想不到还真是这样的，我早就看穿了。"

"所以呢，我把你紧紧地抓在身边，过一天算一天，我晓得这样对你不公平。但是谁又对我公平过呢？我晓得你几次想离开，但到最后你又回来了，我也晓得的——你霍文桑并不是有多少爱我，你是可怜我，牵挂我，对我放不下心，也许你自己还不晓得……"

文桑打断她："不要瞎说了，我还是蛮喜欢你的。"

阿茹苦笑了一下，若有所思道："谢谢你，文桑。不管怎样，我这一生人，看起来蛮光鲜，风头十足，但真正得到的，少之又少。花团簇拥下面是一堆败絮，我没有父母，没有丈夫，没有子女，没有朋友，也没有爱情。所以，你这一点点——喜欢，也算是非常可珍贵的了。"

阿茹又点起一支烟，不看文桑，像是自己对自己说："珍贵管珍贵。不过呢，终有一天也是要走掉的。"

文桑放下刀叉，说："阿茹，你今天怎么啦？尽说些不着边际的话。你看你的羊排都冷掉了，要不要叫人给你热一下？"

"不要了，我已经饱了。"阿茹道，顺手把烟灰抖在动也没动过的羊排餐盘里。

"那么，我叫他们把甜点送上来吧？"

阿茹点点头，文桑转身去打电话。阿茹站起身，走到窗边抽着烟。

文桑走到她身边，说："去吃甜点吧。是热的舒芙蕾，你最喜欢的。"

阿茹没动，文桑顺着她的目光看出去，朝向东边夜空是暗红色的，没有月亮，可以看见外滩楼群的零星灯光。再往下看去，南京路上街灯昏黄，隔壁华商总会的屋顶乌黑一片，马路中央有一辆有轨电车，像蠕虫似的，慢吞吞地迤逦而行。文桑摇了摇阿茹的肩膀，再次说道："阿茹，去吃甜点吧。"

阿茹转回身来，很顺从地说："好吧，吃完了你就先回去吧。"

文桑吃惊地看见她满面泪光。

文桑独自回到公寓已经是十二点钟左右了，他感到非常非常的疲累，虽然晓得阿茹喜怒无常的脾性，但事到临头他还是应付不了。他下意识地觉出今天的阿茹有些奇怪，说出来的话有些莫名其妙。只是阿茹就是阿茹，思维跳跃，天性是喜欢出花样经的。他真的累了，只想上床睡觉。

文桑摸出钥匙正要开门，对门公寓的门却开了，邻居穆先生穿了睡衣走出来，招呼他道："啊，霍先生你终于回来了。电报公司的人来了两趟了，说是特急电报。我就冒昧帮你签收下来，希望你不要见怪。"说着递给他一封薄薄的电报。

文桑谢过穆先生，进入公寓，先松开领带，揉了揉脸，然后坐下来拆开电报信封，是文田发来的，共五个字，触目惊心——父病危，速来。

三十一

文桑是下午三点多才赶到西浔镇的，霍父已经穿好了寿衣，等待入棺。文桑换上了孝服，独自在书房里耽了十来分钟，看着父亲的遗体。在他童年的记忆中，父亲是很高大强壮的，现在竟然萎缩得厉害，身躯如十几岁的童子般瘦小干瘪。他再望向父亲的面容，老人脸上皮肤塌陷，两个颧骨和牙床骨突兀地凸了出来，整张脸看上去就是一个骷髅。文桑心里黯然，在死亡面前，管你是统领千军万马的将领还是卖苦力的黄包车夫，全都如败絮一样。他下意识地碰了碰父亲的手，死人皮肤上那种冰冷僵硬的触感使他马上缩回手来。他环视了一下房间，所有的家具陈设是他熟悉的，但房间里却有一股说不出来阴冷的死亡气息，使人感觉压抑得慌，他匆匆地向父亲的遗体鞠了个躬，退了出来。

外面又下起雨来。在中厅里，烛火闪耀，香烟缭绕，灵堂已经设好，棺木打开着，等待吉时入殓。正中的香案上供奉了霍父穿戎装的照片，双眼炯炯，神态威严。前门上不断地有人送花圈和奠仪进来，文田和方晦就不断地迎出去，跟来人鞠躬，道谢，收下花圈挽联，并且坚拒奠仪。文桑来到文田的房间里和文珠说话，文珠眼睛红肿，人显得很憔悴。文珠的两个小囡也带来了，在他们这个年纪，显然还不晓得死亡的意义，并无一点悲伤的感觉，又是在调皮的年纪，一刻不停地在嬉玩。阿虹在捉迷藏时，常常会撞到家具什物上，撞疼了，就哭哭唧唧来找姆妈。所以文珠一面心不在焉地和她四阿哥说话，一面要看顾着两个小囡，不要在这个关头再闯出穷祸来。

文桑看着妹子沉重的身子，问道："下个月要生了吧？"

文珠疲惫地答道："医生说预产期应该在下月底。但不晓得的，这一阵，肚皮里的小囡动得厉害，我真怕他迫不及待地要出来。"

文桑笑了："性子像你呀，做什么事情都是风风火火的。"

文珠说："我吗？早就过了那个阶段了，现在总觉得日子怎么过得这么快，多想慢下来些，可是一点都慢不下来。"

两人沉默，过一阵文珠问道："大嫂还好吗？"

"她还是那个样子，肺病嘛，现在有雷米封，链霉素，死倒不会死，但是要好起来，也是蛮牵丝扳藤的。"

"她这次不来吗？"

"我接到电报就即刻赶来了，走之前也给她打过电话，但是没人接。"

"你不是还跟她住在一起吗？"

"是的，不过，昨日晚上是她生日，在外面住旅馆，没回来。"

文珠觉得奇怪："一个人去住旅馆？干吗呢？"

"你晓得，大嫂她是读法国文学的，跟我们平常人不一样，常常会有些稀奇古怪念头的。"

文珠嗤之以鼻："生日嘛，要请客，要聚会，都正常。没听说过生日一个人去住旅馆的。"

文桑没说话，做了个无可奈何的表情。

"我说呀，四阿哥，你……这样下去也不是个办法，总要搬出来呀，自己有一份人家。"

文桑刚想说话，只听到嘭的一声，阿

虹又撞到什么了,哭声遽起。文珠赶忙起身安抚,一面责怪阿青:"叫你看好妹妹,又白相得疯了。两个小讨债鬼。"阿青委屈道:"是她自己要撞上去的呀,我有什么办法?"说着嘴巴瘪啊瘪的,也要哭了。文桑把阿青拉到身边,抱起他放在自己的膝盖上,边让外甥把玩手腕上的欧米茄手表,边问文珠:"阿虹这小囡怎么老是撞东撞西,看不见还是怎的?"文珠轻抚着女儿撞疼的地方,说道:"小囡眼睛倒没问题,是耳朵听不见。医生说听力不好的人,方向感也不好,容易撞到。"文桑觉怪了,这个倒是第一次听说。文珠心疼地撩起阿虹的裤腿,给文桑看:"四舅舅看呀,脚上都是乌青块,我们的阿虹作孽死了。"

这时文田进来了,一脸的青灰,对他俩说:"庙里的和尚已经来了,准备做法事,爹爹要入棺了,再去看一眼吧。"

三人鱼贯进入正厅,霍父的遗体已经被安置在红木棺材里,十来个和尚着灰色袈裟,光头闪闪,分列左右两旁,开始咿咿啊啊地念经。三个到场的子女,以文桑为首,率先磕了头,再是文田,方晦夫妇,然后是阿青阿虹。须发皆白的徐医生也到了,鞠了躬,扶棺凝视逝者良久,一脸的悲切。最后,阿香带了三个儿子也上来磕了头。两个仵工抬起棺盖,缓缓地合上,厅中哭声遽起。这当口,外面的雨势大了起来,天色昏暗下来,众和尚的咏经声突然拔高了八度,笃笃的木鱼声也急促起来——此界坏时,寄生他界。他界次坏,转寄他方。他方坏时,辗转相寄。此界成后,还复而来。无间罪报,其事如是。

文桑一夜没怎么睡好,车旅劳顿不堪,再加上和尚们喁喁念经之声如催眠,此时就不免有些幻觉出来了:烛火飘摇,白幡翻飞的大厅里,来吊丧的众宾客一个个面目模糊,如戴着各自前世的面具。走起路来好像离地面半尺,飘飘荡荡如凌波微步。一拨又一拨前来吊丧的人流,如潮来潮退,他突然就在人群中看见了阿茹,还是穿着那件桃红色的裙子与套装,头戴垂着面纱的黑色帽子,一声不响地站在人群中。

阿茹?她怎么会来的?哦,也许是从旅馆回到家里,看到他留在大餐桌上的电报,后脚就赶来了?只是人到了,怎么就没人通知他?他正在恍然遐思,耳边只听到锵一记铙钹声大响,声震屋宇,供桌上烛光一阵乱抖,果盘里一个叠放着的苹果滚落下来,骨碌碌滚到他脚边。文桑弯腰拾起,放回果盘里。再次向吊丧人群中望去,已经不见阿茹的人影。

文桑掐了一下自己的大腿,也不觉得怎么痛。他告诉自己,阿茹是绝不可能到这儿来的。他刚才只是出神了,看花眼了。赶快别胡思乱想了,今晚还有很多事要料理,要守夜,要记录来送礼的亲朋好友,要招待来吊丧的人吃豆腐羹饭,接客送客一大堆事情等在那儿。而且,文珠大着肚子,带着两个小囡,也帮不上什么大忙。更令他紧张的是老五文田,他脸色看上去比躺在棺材里的爹爹好不到哪里去,脚步飘摇,神思恍惚。如果他在这个关头再发起哮喘来,那就没人知道怎么收拾场面了。

时过半夜,吊丧的客人都离开了,和尚们也回庙里去了,宅子里总算是安静了些。照规矩,文桑三兄妹要守夜,但兄弟俩怕文珠有意外,逼着她先去睡了。偌大的奠仪厅里就只剩下穿着孝服的文桑文田兄弟俩,伴着父亲的棺材守夜。灶下的阿香也没去睡觉,送了两盏参汤过来:"吊吊精神,少爷,否则人要吃不消的。"

喝下参汤，兄弟俩稍微缓过点劲来，文桑说："三日后出殡，二姐是不可能回来的，大哥不晓得能否赶回来？"

文田摇摇头说："二姐的回电下午到了，说是看样子回不来，争取明年清明一定回来上坟。大哥呢，连个回电也没有，也不知道他接到电报没有。还有，大嫂你告知她了没有？"

文桑刚想说他好像在吊丧的人群中看到阿茹，话还没出口就意识到那只是幻觉。于是说："我把电报留在屋里了，她应该会看到。至于来不来，我就不晓得了。"

文田说："现在天热起来了，出殡是不能等的。"

文桑说："现在打仗时期，从上海过来一趟真不容易。我乘的长途汽车在好几个关口都被挡下来，军警凶得要命，人人要下车接受检查。平时两个多钟头的路跑了五个钟头才到。"

文田长长地叹了口气："唉，到处都不太平。"

文桑沉默一阵，问道："老五，爹爹走了，你准备怎么办？"

文田被问一愣，文桑说："难道你还想一个人住在这儿？"

"房子总要有人看着的呀。还有佃租，不去收的话，佃户就拖拖拉拉不缴上来。"

这倒是的。文桑晓得爹爹一死，那份退休俸禄就没了。现在佃租是霍家唯一的收入，要用来修葺老宅，补贴文珠一家。文桑自己也每季度收到汇票，虽然数目不大，但真的没了，上海的日子就要难过不少了。

"爹爹的意思怎样，他生前有没有想过要出售宅子，搬去上海呢？"

文田疲倦地撸了一把脸："爹爹年纪大了，一动不如一静。再说，近两年来，湖州跟此地，都是卖出的多，买进的少之又少。据买卖牙行里的人讲，市面上十幢宅子九幢在等买家，还有一幢是宅子主人已经不在当地了，三钱不值两钱地出手的。"

文桑说："我看报纸，说是北面被共产党拿下的地方，第一件事就是土地充公，地主被斗争，游街，甚至枪毙，真是蛮吓人的。"

"我也看到了。爹爹以前有个北洋政府里的同僚，在东北，就是被枪毙了的。所以，我想这件事，对爹爹的打击蛮大的。"

文桑也长叹一口气："唉，乱世呀，想也想不到的事情都发生了……"

正在这时，通往中庭的门上突然传来一阵奇怪的声响，像是有什么动物在搔爬门扉。此刻是半夜二点，万籁俱静，室内两人不禁寒毛竖起，面面相觑。

良久，文桑镇定下来，问道："是只猫吧？"

文田不响，拿起一支蜡烛，径自站起身来打开门，外面一片漆黑，雨倒是停了，一轮昏朦的月亮投下蜡黄的光晕，照得庭院里树影幢幢。门前的青石台阶上，没有任何影踪。文桑跟着也来到门边，张望一阵，说："没有东西呀。"

文田吹熄手中的蜡烛，轻声说："有的。"用手一指。

文桑顺了他的方向望过去，看到黑暗的树丛下面有两小点绿光闪动，遂放下心来："我说是只猫的。"

"不是，"文田摇头，"是只狐狸。"

文桑诧异道："不可能吧，宅子里怎么会有狐狸？"

"是的，不晓得哪来的。我以前见过一次，文珠有一次回来，也见过的。"

"喔，这真是奇了怪了。"

掩上门，两兄弟回到厅里坐下，都累得够呛，但为了避免瞌睡过去，尽量找些话来说。文桑的意思是：爹爹走了，自己和文珠也不会常常回来了。西浔镇的大宅子也没必要再保留着，虽然市面不好，但只要价钱合适，总会有人感兴趣的。现在是非常时期，不能再以过去的价码为准了。

文田说："等丧事办完，你们回上海，大宅子里就留了我一个，空空荡荡，我心里也发毛的。但是，不住这里，我又能住到哪儿去？"

"去湖州，杭州，或者上海，都可以的。你一个人，又不需要多大的地方。"

文田好像有点被说动了，沉吟着："要么，到时候再看吧。"

文桑喝了口茶，说："一过了头七，就可以着手了，看现在这形势啊，趁早不趁晚。"

文田苦笑："爹爹尸骨未寒，我们就要变卖祖产，他心里不晓得会怎么想。"

"我想爹爹是不会怪罪我们的，宅子，田地，这些都是身外之物。如果子孙能避凶趋吉，好好地过日子，他在地下只会高兴。"

文桑的意思是田地和宅子都尽快出手，不计价钱，所得款项分为六份，兄弟姐妹之间也有个交代。

文田好像想起了什么，问道："你说过六七年前三哥跟你见过一面，后来再有过联系吗？"

文桑好像被触动了，眼睛里起了一层雾，半晌才道："一点消息也没有。仗打得这么凶，不晓得人还在吗？"

霍家老爷子终于入土为安，坟是做在湖州的一个外国人公墓里，绿草茵茵，紧邻着一座天主教堂。一场丧事下来，霍家三兄妹累得几乎瘫倒，接下来还要做头七。不过不用守夜了，也没有日日盈门的吊客了，总算可以喘口气了。大家说好做完头七再回上海，文田的任务是马上跟土地牙行联系，委托他们把二十几亩水田和霍家大宅出售。

翌日早上，三兄妹正坐在早餐桌前说些闲话，看样子文田有点心动了，向文桑打听，上海房子好找不好找？住哪个区域比较便利？找事做容易不容易？文桑说："老五，上海嘛，既是天堂又是地狱，你如果荷包满满的，就去租一间高级公寓，电梯水汀热水汰浴打蜡地板样样具备，门口还有穿制服的看门人，可以帮你拎行李，叫出租车三轮车。如果你口袋里瘪答答，也可以寻一间本地房子，出门就是小菜场，方便是方便，但公共厕所就在贴隔壁，熏都熏死你。而且落雨天，外面落大雨里厢落小雨。或者借人家一间亭子间，天冷冷煞天热热煞。上海嘛，一切丰俭由人，关键看你口袋如何？"

文田笑了："四阿哥你说了等于白说，我肯定是不会去住人家亭子间的，高级公寓么也住不起。最好能寻个安静点的小房子，有个小院子，有一口井，一架藤，对我也就够了。"

文桑也笑："老五啊，别发梦了，在上海是做不成陶渊明的，寸土寸金，啥地方来小院子？法租界里倒是有大花园洋房，大草坪，花木扶疏，但是一般人住不起呀。"

文珠打抱不平了："小阿哥，你别听他的。再怎么难，我那儿总可以挤一挤的。"

文田刚想说什么，只见老花匠走进来，

交给他一份电报。接过来仔细一看,随即递给文桑:"哦,是发给你的。"

文桑诧异道:"我的?奇怪,怎么会发到此地来?"

展开电报,竟是邻居穆先生发来的,上面只有九个字:贵宅有大变故,望速回。

文桑茫然地抬起头来,见文田兄妹都望着他,便把电报展示给他们看:"不晓得家里发生了什么事,看样子蛮急的。我大概是等不到做头七了。"

文桑赶回到上海,已经是傍晚六点多钟了,先进了自家的房门,三四天不开窗户,房间里有股很呛鼻的灰尘味道,仔细看去,房内的一切与他离去时没有任何改变,阿茹并不在,电报也还留在大餐桌上。文桑心中惴惴不安,去敲穆先生的房门。穆先生开出门来,惊呼道:"啊呀,霍先生你终于回来了。出大事情了,前两日连警察也来过了。"见文桑眼中的询问神色,便回头向房内喊道:"哎,达令,把大前天的《申报》拿过来。"文桑双手颤抖地展开报纸,上面头条新闻竟是:昨夜有粉衣女子从国际饭店十六层跳楼,香消玉殒。

第二章　大道如轨

三十二

民国三十八年五月十三日,已经升任第三野战军第二十二军后勤部副部长、财务主任的霍文海,在靠近淀山湖边的一所小学校里清点作战物资。四年来,从西北伊始,战略转移,逐鹿中原,扬鞭华北,饮马长江,夺取南京,驻军江南,马上就要挥军大上海。这一切的变化迅速得使他不敢相信。今天,他双足已经踏在熟悉的土地上,如果以这间小学的操场为圆心,西浔镇的旧居和他曾居住过的上海诺曼底公寓,都在八十公里的半径之内。作为一个土生土长的南方人,他敏锐地感受到脚下土地透出的春天气息,湖上温润的微风吹拂在脸上。小学是大户人家祠堂改建的,庭院新绿,空气滋润。哪里飘来了乡下大灶头烧稻柴秆的呛鼻烟气,夹杂着一股蒸制桂花糯米点心的清甜气味,这是一个延续了几千年妩媚的江南之春。但是他晓得,这一切在须臾之间就可以全部颠覆掉,二十二军已经接到作战命令,将在近期内从西南方向朝上海市区发起进攻,届时大炮轰鸣,部队发起冲锋,身穿土黄色军装的士兵将用血肉之躯向一个个暗堡和鹿寨扑去。糯米糕团若有若无的清香,将被火药浓重的硫磺味所掩盖,将有大量的士兵会倒在田埂边,村落前,年轻的身体里涌出的鲜血将浸润渗透江南的沃土。从来,历史的脚步是沉重的,坚不可摧的。他,霍文海,一个曾经是江南大户人家的子弟,如今作为一颗螺丝钉,紧紧地拧在这辆历史大战车上,向东海之滨隆隆驶去。

自从与双生兄弟文桑在徐家汇小饭摊上一别之后,他就再也没有与家人联系过。转移,打仗,行军和工作,占满了他全部的精力和生活,他无暇顾及任何的私人事项。霍文海在四七年最艰苦的时刻入了党,而党信任他,把重要的担子放在他肩上,他也极尽所能地完成了党组织对他的信托。

但是,就在眼下,他突然涌起一股难以名状的思家之情,曾在这个季节,他和文桑换上短衫裤,在新起的沙土场地上打羽毛球,而父亲兴高采烈地给他们做裁判。在端午节的前夜,他们全家人在屋后的码头上放船灯,以吊念他们早逝的母亲,在黑暗中,一列纸折的小船载着微微摇曳的烛火,顺流而下。全家人或立或坐,静默着,直到微弱的烛光消失不见。也是在差不多这个季节,他和文桑从学校走回家来,路上看见馄饨摊子,嘴便馋了,掏出零用钱来各叫了一碗。不一会儿馄饨在锅里浮起了,小贩把煮好的馄饨舀到碗中,一口咬下去,一股荠菜的清香鲜美之味弥漫开来,哦,江南温润的春之味,深藏在浪迹天涯的江南子弟记忆之中。

他转了个身,朝西面望去,十来年未见,父亲不知怎样了,身体痊愈了没有?从这里到西浔镇上才六十四公里,如果乘坐吉普车两个小时左右就可到达。霍文海是军后勤部里有权调动车辆的干部之一,但他不愿这样做,大战前夕,箭在弦上,部队枕戈以待,岂可为了私人事宜去调动车辆。革命者为大家而舍小家,等到胜利之后,再做安排去探视父亲和家人吧。

他收敛心神,继续做他的清点工作,检视着装满弹药的木箱,木箱上印着英文字母,这是从淮海战役缴获来的战利品。毛主席说过蒋介石是运输大队长,如今我军就要用这些炮弹送回给国民党守军。他曾见过这些山炮炮弹的威力,着弹点炸出一个直径七八米的大坑,在炮弹爆炸的五十米半径里很少有活物能生存下来。他想到这些炮弹如果落在人流密集的南京路或者霞飞路上,将会是怎么样的一幅景象。的确,历史的前行总是伴随着浓厚的血腥味,这是不以人的意志而转移的。作为一个唯物主义的革命者,这点觉悟是必需有的。

霍文海信步来到后院,炊事房设在这里。一进来就听到人声鼎沸,这才想起今晚后勤部要开战前动员会,总部首长要来检查工作并做动员报告。一般的情况,在动员大会之后总会安排一个聚餐会,犒劳军士,鼓舞士气。此刻炊事房里正忙得不可开交,大灶上蒸馒头的蒸汽弥漫,大锅里炖着猪肉,香味四溢。

他转了一圈出来,院子里一个年轻的炊事兵正准备杀羊,那只羊死命地用前脚抵住地面,不愿引颈受戮。炊事小兵使出各种方法,压住它的脖子,用脚把它绊倒,羊四脚乱蹬一阵,又挣扎着站了起来。霍文海看了一眼,正要走出门去,突然见到在院子的角落里,还缚了一头小羊,两个前膝跪在地上,看着眼前的景象一声不响,只是浑身抖个不停。霍文海走过去,说:"不是已经有猪肉了吗,还杀羊?"那小兵直起腰来,说:"报告主任,司务长特别关照的,这羊是专为总部首长们准备的。"文海想说什么,但最后只是挥了挥手,走出门去。

动员会开得很顺利,士兵们的情绪很高昂。会后聚餐的气氛更是高涨,年轻的士兵们从伙房里端出大锅炖的肥猪肉,白面馒头管够。文海非常意外地发现前来作动员的首长竟是他老上级宋部长,宋部长已经升任了野战军专管后勤的副政委,还让军后勤部部长给霍文海捎个话,要他晚上一块参加军部的聚餐会。一般来说,文海是不大愿意去参加高级干部们聚餐的,他虽然也算个财务主任,师团级干部,但是文职的干部与野战军、军分区、军师级的作战军官们比起来，是没有什么说话的份的。但是宋政委是他的老上级，对他多有提携，而且是他的入党介绍人。老首长有招，文海说什么也得服从。他回到宿舍先刮了胡子，换上一套干净的军装，看看时间差不多了，便往军后勤部的驻地而来。

一进门，厅里已经摆好了四张大圆台面，二十二军的主要领导都出席了，还有各师的师长政委们，济济一堂。宋政委作为野战军的领导，坐在主桌上，见了文海，招手让他过去。他过去敬了个礼，寒暄几句，就想退回自己的那桌去。宋政委却不肯："总有三四年没见你小后生了，就在这桌一块坐吧。警卫员，在我这儿加把椅子。"这一桌都是军部的主要干部，坐在他们中间，文海只觉得浑身不自在，但宋政委发了话，他只得坐下。

酒菜上来了，有猪肉有鱼虾，也有南方特有的菜蔬、竹笋、豆腐，其中有一大碗红焖羊肉，上菜的司务长特别介绍，这是地方特产湖州羊，肉质肥美细嫩，没有膻味。大家尝尝。文海夹了一块，咬了一口，却怎么也咽不下去，只得乘勤务兵换盘子时悄悄地吐掉。酒桌上的氛围很轻松，出席宴会的都是身经百战的骁将，上海是个一马平川的城市，没有天然的地理屏障，而我军的钳形包围圈已经形成，国民党汤恩伯部队插翅难逃。席间没人谈论即将到来的军事行动，大家都在说着过去的战斗经历，互相敬酒，欢声笑语。这时餐厅门打开，司务长带了四个炊事兵，每人手里捧着一个大砂锅放到餐桌上。揭开来，竟是一只连头带尾的大甲鱼，静卧在冒着热气清澈的汤中。酒桌上的气氛顿时活跃起来，有人大呼："哇，王八炖汤，好东西啊。"也有北方干部从未吃过甲鱼，面露难色："这东西怎么吃？怪怕人的。"先前说是好东西的人就把甲鱼头夹下来，放到不敢吃的人盘中，笑说："你不知道？这东西对于男人是大补，来，好来。"

那个甲鱼头在盘中乌黑的一截，眼睛半闭着，看上去煞是狰狞。从没吃过甲鱼的北方干部犹豫着不敢下筷，懵懵懂懂地问道："这东西，到底好在哪里？"

桌上几人一起大笑："这东西嘛，你咋不自己试下，这家伙啊，咬住了就不肯放。"

北方人赶紧扔下送到口边的甲鱼头："真的会咬？"

桌上几个人笑得七荤八素："你没听说过'被鳖咬一口，三年不松口'？"

满堂皆欢，宋政委说："也不是没办法，万一被咬住了，把它的头拉出来，在脖子后面一点，用筷子插下去，甲鱼就会松口。"

有人问道："宋政委的家乡也吃甲鱼？"

宋政委喝了一大口酒，满脸是笑："吃。怎么不吃？山东的汤鳖是有名的，有一道清炖甲鱼加火腿，那个滋味简直绝了。"

酒席进入了高潮，每个人都在大声说话，但每个人都不听别人说话。宋政委的酒有些多了，满脸通红，坐在那里用牙签剔着牙齿，不时扑一声吐出食物的残渣。突然，他倾过身来，跟文海说："你还记得在南部湾时那个书呆子吗？"

文海一愣："您是说那个关起来的王书生？"

"对，就是他。"

"我记得，他好像喜欢写点杂七杂八的东西。"

"他还喜欢咬人，他妈的就像只老鳖一样。"

"真的？他咬谁了？"

"咬我。"宋政委撩起衣袖，前臂上有浅浅的两排疤痕。

宋政委说那天夜里转移，听到有人在队伍中闹了起来，赶过去查个究竟。一问之下，竟然是一个书呆子为了没吃到肉而闹事，不由得心中火大，命令警卫员把他捆起来，嘴里塞了块破布。哪知那家伙不知怎的弄掉了口里的破布，一下子蹿到他身边，狠狠地一口咬在他前臂上。任凭警卫员扑上去把他按倒在地，用枪柄揍他的脸，掐他的脖子，就是死不松口。

其实，文海那天夜里是在现场的，只不过距离稍远，加上黑灯瞎火，并不清楚事情的来龙去脉。听宋政委这么一说，他倏地回想起那夜的情景，伸手不见五指的黑夜，没有星光，前面传来急迫的口令声，庞大队伍行进中的脚步声，压低的嘈杂声，沿途危机四伏，随时可能发生遭遇战。以及走出一段路之后，突然听到一声闷闷的枪声。

"人咬人是最疼的。"宋政委说，"狗咬人是四个犬齿，咬下去是四个洞。人咬人是一整排牙齿，切到肉里，那个疼啊，撕心裂肺，我他妈的一辈子都忘不了。"

文海牙缝里嘶了一声："结果呢？"

"警卫员急了，拔出枪来顶着他脑袋：'松口！你这个混蛋。'突然枪就响了，我脸上一热，血溅到我脸上了。过了几秒钟，那家伙的身子才软下去，牙关也松开了。我的手臂上已经鲜血淋漓，但那时是什么情况，我们在紧急转移途中，敌人随时都可能出现，包围上来。只好草草地包扎了一下，跟上队伍就走。"

"我每次看到王八老鳖，就会想起这家伙。"宋政委指了指放在他面前满满一碗，一口也没动过的老鳖汤，说道，"阴雨天，手臂上的伤疤还会隐隐作痛。"

文海看了看宋政委，他显然是有些醉了，眼神恍惚，嘴里喃喃自语着，身子也坐不稳了，几次差点从椅子上跌下来。文海招手把宋政委的警卫员叫来，附耳轻声道："首长喝得差不多了，你看什么时机合适，就请首长早点去休息吧。"

宴会尽兴而散。文海作为南方人，自小喜欢鱼虾蟹鳖之味，在席上不觉多吃了一碗老鳖汤。回到宿舍后，竟翻来覆去地睡不着，浑身躁热，看来甲鱼这东西果然像人们所说的，功力强劲。折腾到半夜，总算睡着了，却是乱梦连连。梦中总有一只巨大无比的鳖，不声不响地跟在他身后，他走到东跟到东，走到西跟到西，甩也甩不掉。他突然一个转身，那只鳖却化身为王书生，露出残缺发黄的牙齿，笑眯眯地问他是否能搞些吃食来。

一夜纠缠，醒来就神思恍惚。

这天下午，对上海发起总攻击的命令颁布下来了。

三十三

阿茹大概是在清晨四点钟左右跳楼的。隔壁东亚大楼的看门人说，他在那个时间段听到一声大响，还出去前后左右视察了一圈，并没发现任何迹象。直到第二天上午十点来钟，清扫妇进入房间打扫，见窗门大开，本能地向外望去，只见东亚大楼的屋顶上有个人俯卧在那儿，大惊之余叫了饭店经理来。消息一传出去，一瞬间新闻记者就涌进国际饭店的大堂里来了，闪光灯啪啪地亮个不停。警察局也来了两个包打听,在窗口探头一望就说:"哦,已经是这个礼拜第十二个跳楼的了。"最后,殡仪馆花了好大劲才把尸体从屋顶上弄下来运走,据说阿茹从这么高的地方跳下去,人的样子倒没怎么变,只是两只高跟鞋飞了出去,口角上有一丝血迹渗出,神态安详,像是睡着了一样。

阿茹被安葬在万国公墓里,只有文桑和少数几个亲友出席了落葬仪式。阿茹以前工作过的法国领事馆里同事们,合资为她捐了一块墓碑,白色的大理石,上面有个浮雕,长着翅膀的小天使在托腮沉思。短短几天之后,粉衣女子跳楼的新闻,就被上海市民忘了个精光。

的确,市民们有更重大的新闻要关注。上海已经被共产党的几支野战军合围了,从大场、南汇一带传来的炮声白日也清晰可闻。市内的气氛更是肃杀,汤恩伯将军誓言要与上海共存亡。美式十轮大卡车满载着武装士兵在街道上飞驶,涂着青天白日标志的飞机在低空掠过。沿着苏州河外白渡桥一带筑起层层叠叠的工事和掩体,炮口朝向西方。大楼屋顶上有成群的士兵,用机关枪瞄准了进出市区主要的道路。夜里在某些区域宵禁,全副武装的宪兵小队在大街小巷里巡逻,盘查行人。就是在白昼,市内大部分的商店也上起了排门板,路上人迹杳渺。半夜三更,遽然响起刺耳的警笛声划破居民的梦境,妈妈们赶紧把奶头塞进婴儿嘴里,生怕孩子的啼哭声招来不测。时值五月,春意正盈然,上海市民却大有噤如寒蝉之感。

从西浔回来几天后,文珠就有了胎动的迹象,于是方晦饭店家里两头跑,既要照顾生意,又要当心老婆小囡。好在这是个非常时期,大家龟缩在屋里,饭店的顾客寥寥无几。两个月来人影也不见的黄蛤蜊总算回来了,人蔫答答地像只煨灶猫。明明晓得他手脚不干净,方晦此时也没有别的办法,只好把饭店生意暂时交托给他。

文珠是在五月廿号夜里开始阵痛的,方晦赶紧去叫三轮车,在这个风声鹤唳的辰光,三轮车也极其难叫,还是邻居们帮忙,兵分几路去交叉路口截拦,才把产妇送往圣玛丽亚医院。医院里挤满了断腿缺胳膊的伤兵,大声地吵闹叫嚣,一片乌烟瘴气。医生护士们大概是负劳过重,一个个都火气十足,讲话像吵相骂一样。方晦跑前跑后,鞠躬打揖,好不容易才给文珠安排了床位,一间原本是双人间的病房里挤了五六个孕妇,女人临盆时喊爹叫妈的呼痛声,护士们不耐烦的斥责声,新生婴儿刚发出第一声像猫叫似的啼哭声,空气恶浊,混杂着浓重的消毒水气味、血腥气、屎尿的臭味,充满了这间不大的产科病房。

医生做了检查后,神色凝重地对方晦说:"你太太的胎位不是很正,可能生起来会很吃力。你要有个思想准备。"方晦就急了,说:"医生,我老婆已经生了两胎了,怎么会胎位不正?"医生说:"以前是以前,这次就是不正。"方晦脱口而出:"不可能的。"医生白了他一眼,凶他道:"你什么意思?究竟你是医生?还是我是医生?"方晦便苦了脸恳求医生:"对不起对不起,医生,请你无论如何要帮帮忙了。"医生皱了眉头,训斥他:"生小人,本来就是有风险的。去,去,在外面等着。不要来缠手夹脚。"

文珠最终还是吃了一刀,小囡的肩膀卡在产门处,生了十几小时还生不下来,产妇差不多要虚脱了。最后医生在产妇的会阴处割了一刀,才把小囡取了出来。

方晦不敢相信这次又生了个女儿,自从文珠刚怀孕起,他就认准了是个儿子,直到护士把襁褓里的小囡交到他手上还是这么认为。新生的婴儿差不多有六斤半重,胎发很少,寥寥几根贴着饱满的脑门。圆润,甚至有点方正的脸蛋,看上去有点虎头虎脑的样子。哭起来的声音很是响亮,不依不饶的,直到文珠把奶头塞给了她之后,就狠狠地一口叼住,闷声不响地大口吮吸着。方晦在一边狐疑地问:"真的是个女小囡?不会是抱错了吧?"文珠狠狠地白了他一眼:"抱错侬个头啊!的的刮刮的亲生骨肉!真是十三点一个。"一面抚弄着小婴儿的脸蛋:"看看,这张圆面孔,跟你们徐家人一模一样。"方晦仔细端详了一阵,便点头认可:"仔细看看,倒是跟我大姐小辰光有点像的。"文珠赌气道:"你大姐?唉,你怎么专门喜欢瞎比较,她已经老得烧不酥了。我的囡囡比她好看多了。"

原来还应该在医院里多住几天的,文珠实在吃不消病房里的嘈杂,就提早出院了。三轮车一路回家,看到马路上到处是游行队伍,拉着横幅大标语,敲锣打鼓喧哗震天。偶尔,还看到一班穿黄布军装的士兵,唱着歌列队走过。看到文珠困惑的神情,方晦"噢"了一声道:"忙昏头了,忘记告诉你了,前几天。上海说是解放了。"文珠诧异道:"啥个叫'解放'了?"方晦道:"是报纸上的新名词,照戏里的说法,就是改朝换代了呀。"文珠吃惊道:"真的?这么快?"接着又担心地问道:"我们要紧吗?"方晦搔搔头皮,做出一副无所谓的表情,说:"管它去改朝换代。我们小老百姓,饭,总归还是要吃的。我想饭店开下去是没有问题的。"

屋里多了个新生儿,全家人忙得七荤八素,对外面世界的天翻地覆也就关注少了。小婴儿倒是很好带,吃饱了就睡,睡醒了就吃,就是胃口特别好,除了文珠亲自哺乳,还要加三顿奶粉,一罐十六盎司的克宁奶粉,也只够她吃三四天的。方晦找了个熟人,买了两打二十四罐克宁奶粉放在家里,以备不时之需。

只是三个多礼拜,小婴儿的胎发都褪去了,长出密密麻麻的新头发,乌黑锃亮。两个月后就会笑了,一逗她就眼睛弯弯地笑,煞是可爱。小手很有力,握住了一件东西很难使她松手。脾气也很犟,想要什么而得不到的,她会眼睛亮晶晶一直盯着,嘴里不住地发出咿呀哇啦之声,直到要求被满足才罢休。可以看得出来,文珠对这个小女儿特别地上心,虽然请有奶妈,但大部分时间还是亲手带着。晚上小囡一哭,她比奶妈更早警醒,抱着在房间里悠转,一晚上喂两三次奶也毫无怨言。方晦劝说道:"夜里就让她喝奶粉好了,你自己身体还没有完全痊愈了。"文珠就说:"喂饱了她,我放心,也好睡得踏实些。"有时,方晦刚抽完了烟,要来抱小囡,被文珠好一顿训斥:"啊呀,老公侬香烟吃得臭死人了,囡囡要被熏坏了。快点去揩个面孔再刷个牙呀。"

满月酒,还是去西浔做的,主要是因为徐医生年迈不便,怯于旅行。还有就是夫妇俩都有一种说不出口的预感,今后,西浔那里是去一次少一次了。方晦出了大价钱,包了一辆汽车,带了老婆和三个小囡,再加上奶妈和文桑,挤得满满当当的来到西浔。途中先去了霍父的坟上,抱了新生女儿祭祀了一番,才返回家来。

徐医生见了新生的小孙女，自然是喜欢。小女婴见到陌生的祖父，眼睛眨巴眨巴的，竟然伸出手，去摸他雪白的山羊胡子，还一把攥住。大家都说这小囡跟爷爷有缘。徐医生问儿媳妇："小囡的名字想好了没有呀？"文珠说："这次来就是要请爹爹定下来，青红皂白，还是叫徐皂吗？"徐医生道："女小囡叫'皂'不怎么好听，就起个谐音字吧，叫徐朝。你们觉得呢？"

大家都说好，文田说："朝字好，朝气，朝阳，给人一种蓬勃初起的感觉。也跟这个小囡的性格蛮配的。"

在席上，谈话间说起西浔镇上即将开展的土地改革，徐医生对自己可能会被划为地主很是忧虑。文田宽慰他说："地主是完全靠出租土地为生的。而您是个医生，应该不在此列。"徐医生满面忧色地说："一旦划为了地主，就等于打入另册。我有朋友来信说：北面有些地方，对地主没收全部财产，被监管，被斗争。财产倒还算了，我一把年纪了，只是不想受人羞辱。"文田道："您几十年来行医送药，好善乐施，镇上人都晓得的，人都是有良心的，断不会有人来羞辱您的。"听他这一说，徐医生开怀些了。方晦也说："我们现在有三个小囡了，我正在想要换间大些的房子。这样，爹爹也可以过来跟我们一起住。"

三十四

阿茹自杀之后，文桑内心一直很自责，那个晚上他如果留心一下，就可以察觉到很多事情不正常，也许他多加劝解和陪伴，阿茹就可以走出阴影，不至于做出无可挽回的事来。

但是人生中没有"如果"两字。

是文田，写信给方晦让他来西浔时带上文桑，让他出来散散心，不要总一个人闷在家里。但大家聚在一起时，文桑虽然也跟大家说话吃喝，但文田还是看得出来，文桑有点恍惚，有点神不守舍。一日文珠阖家大小去徐医生家看亲戚，吃过早夜饭，文田就拉了文桑出门散步说话。

天色尚早，他俩沿着镇上蜿蜒的青石板路信步走去。认得的街坊们和他们打招呼："四少爷回来啦？"兄弟俩也站定跟人寒暄几句。行到水边，两人找了一块僻静的地方坐下来，黄昏渐渐降临，水面上有微风吹拂，天上几只鸟无声地飞过。暮色里有人家灶头上蒸梅干菜的气味，夹杂着一丝鱼腥味和柴火气。河岸对面住家的后门叽呀一声开了，一个女人走出来，把一桶水哗一声倒入河里，然后一切又归于寂静。

两人安静地坐着，眺望着河水在脚下向东流淌而去。半晌，文田说："四阿哥，我想过了。我要搬去上海。"

文桑把一颗小石子扔进河里，说："是吗？"

文田说："昨日，牙行里的人找到我，把委托书退了回来。"

"为啥呢？"

文田苦笑了一下："这个辰光没人会买田地屋宅。你没听徐医生说的，就要划分成分了，啥人会去弄个地主的帽子戴戴？没事找事？"

文桑不甘地说："这么大的一幢宅子，就这样算了？"

文田若有所思道："时代变了。听说在俄国，地主和富农都被枪毙掉，有钱人被送到西伯利亚去做苦工。所以说，如今的田宅财产反而是个负担。"

文桑不相信地说："大概是以讹传讹吧。报纸上总是把捕风捉影的事情说得惊心动魄，以此增加读者。"

文田摇头道："之前，就有不少消息从北面传过来，土地改革是确实的，佃户斗东家，弄出人性命来，也是听说了不少。你不想一想，所谓的共产主义，就是要均贫富。我们再换一个角度来看，世代轮回，贫富交替，也是常态，佛经上也曾讲过的。我们现在看到的是：历代的业报在现世中呈现出来了。"

"老五你这个话讲得没道理，我们霍家一向善待佃户，租子只收三四成。而江南一带普遍都是五五开。佃户交不出，我们也从不去催逼。过年过节总有馈赠，佃户家有了生死丧葬事宜，爹爹总有份子钱送过去。霍家如此诚信待人，哪来的业报？"

文田沉默良久，最后叹了一口气，说道："我的四阿哥啊，你不想想，覆巢之下岂有完卵？"

此话一出，文桑也不响了。

天差不多全黑了，河对面的住家点起了煤油灯，窗户上摇曳着莹莹一团，昏暗却温馨。河中有桨声传来，桥下，一艘扁平的小船荡过，是夜归的捉鱼人。小船渐渐荡远了，月亮的倒影却还在水面上晃动不已。夜色渐浓，墙角石缝中传来蟋蟀断断续续的鸣叫，气温也凉了下来。文田打了个冷战，说："哦，已经蛮夜了，回家去吧。"

回到家里，文桑来到灶间里烧水准备泡茶，却见阿香坐在灯下吃夜饭。见了他，阿香招呼道："四少爷，要不要再来一块吃点？"文桑看了看桌上，阿香吃的是一大碗菜泡饭，下饭的小菜是半个咸鸭蛋，几块咸带鱼，一小碟毛豆子炒萝卜干。这些乡下人吃的最寻常的饭食，却勾起了他的馋虫，于是道："好啊，帮我也盛碗菜泡饭好了。"阿香帮他盛了泡饭，切了咸蛋。两人边吃边说些家常。阿香的二儿子新近在西浔镇政府里做事情，消息蛮灵通，说上面的红头派司已经下来了，下个月就要分田了。不过西浔镇人多田少，满打满算，每户人家大概分到六七分。阿香扁了扁嘴，说："真说起来，这点田啊，吃不饱，也饿不死。但人心不足呀，你看好，好田坏田，到辰光也要抢破头的。"文桑不响。阿香又说："四少爷，你今后也不会常常来西浔了，这次就多住几天吧。"文桑说："有空的话，我还是会来看你的。"阿香说："我一个乡下老太婆有啥个看头？只要你们在外面好好的，我就放心了。"

文桑觉得阿香在跟他暗示些什么，就私下跟文田说了。文田一声不响地听着，末了文桑提议道："要么，这次就跟了我回去，到上海去住几个礼拜，等风头过了再回来？"

文田道："真走的话，就要做好准备不再回来了。"

文桑沉吟道："上海之大，不会少你一口饭吃。我只是有点担心你的老爷身体……"

文田说："哮喘，这两年倒是没怎么发过。再则，上海好医院多，专科医生也多，条件总比乡下这儿好。"

文桑说："你真打算要在上海常住的话，还是要找份职业的，你想想能做点啥？"

文田不太有把握地道："做个小学教师总是可以的吧。再不然，做个书店伙计也未尝不可。"

文桑一笑:"霍家金枝玉叶的五少爷,放下身段去做店伙计,放在一年前谁都不会相信。"

文田不以为然,说:"佛陀说:人来世上,这辈子做杀人将军夺人性命,下辈子做下等妓女卖身还债。大象万千,都是来觉悟一段人生。我做个伙计,甚至去做个乞丐,也不会有太多的想法。命中该有的,逃也逃不过。"

文桑摆摆手,道:"这些都只是说说,不好当真的。老五,你从来没有在外面独自生活过,我不是要吓你,只是要你有个思想准备,上海虽大,但谋生不易。"

文田点头道:"这个我晓得。"

三十五

方晦回到上海,当晚赶去店里查看,惊讶地发觉黄蛤蜊叫人煮了一大锅肉丝菜汤面,正装上平板车拉出门去。问了,说是要去犒劳当地驻军。黄蛤蜊振振有词道:"人民解放军为老百姓站岗放哨,我们商家也应该表示一下感谢,请他们吃个宵夜呀。"方晦嘴上没说什么,心里却怪黄蛤蜊自作主张,用店里的东西去做好人。不料半个时辰之后,平板车原封不动地拉了回来,黄蛤蜊吃了个软钉子,当地驻军同志说人民军队不拿老百姓一针一线,但这份拥护人民解放军的心意还是要肯定的。一来一回,肉丝菜汤面都糊掉了,只好全部倒掉。

方晦回来跟文珠发牢骚:"这个黄蛤蜊倒真是蛮会借花献佛的,拿店里的东西去做好人,反正糟蹋了他也不心痛。"

文珠说:"早就跟你说过了,你弄不过黄蛤蜊的,他是个人精。"

"哪怎么办呢?我一个人管了后厨就没办法顾到前面,外面总归要有个人打点的呀。"

"我只怕他吃准了你好话头,今天这样明天那样,一步接一步地蹬鼻子上脸,总有一天你会吃不消的。"

"这倒还不至于吧。"

"你怎么晓得?"

方晦道:"我是以己度人,只要我待人好,人也会待我好的。"

文珠刺他道:"徐记大药房的教训还没有吃够啊。"

方晦不响,过一阵闷声道:"要我像防贼一样防备身边人,我是办不到的。"

文珠太晓得老公的脾气了,也懒得去跟他争,只是白了他一眼:"你喜欢自作自受,吃了亏别来跟我抱怨,我又有啥办法?去去去!"别转身去喂朝儿了。

小朝儿是个人见人爱的小婴儿,抱在手上,眼睛亮晶晶地看着你,你笑她也笑,伸手去逗逗她,更是笑得咯咯的,像一只小猫咪般吐着小舌头,两边脸蛋上各露出一个小小的酒窝。头发长得很快,文珠帮她在头顶扎个冲天小辫子,额头上再点了块胭脂,抱了她坐到镜子面前,小婴儿认真地看着镜子里的自己,看着看着,突然就绽开一个大大的笑脸,像一朵花盛开一样。

所有人都可以看得出文珠很偏心这个小女儿,虽然阿青阿虹也是很宝贝的,但朝儿却像有根线牵在文珠的魂灵上,心连着心,魂连着魂,肉连着肉。一只元宝篮,铺了丝绵小被子,上面罩了块乔其纱,里面放了小婴儿,到处带着,吃饭时放在桌边,打中觉时放在身边,连上个马桶间,也要带进去放在浴缸里。朝儿一哭，文珠即刻六神无主，手上再要紧的事情都可扔下，抱着哄着直到小囡安静下来。好在朝儿算是很好带的，不怎么哭，吃饱倒是第一要紧的事。五六个月之后，夜间也只醒一次，喂饱之后可以一觉睡到天亮。不认生，性格也很好，只是脾气有点急，有点固执。方晦笑说这个小囡是属牛的呀，所以犟头倔脑的。文珠就帮祖女儿："侬不看看自己，一副碰鼻头不转弯的牛脾气。还要来说我们囡囡，我们的囡囡最乖了。"

日子过得飞快，朝儿六个多月会在大床上爬来爬去，九个多月会自己坐着玩耍，一岁不到会发出声叫"姆妈"，虽然含糊不清，但是落到文珠耳朵里如天籁一般，直教她心花怒放。跟阿青阿虹不同，朝儿在婴儿时被叫作"囡囡"，后来一直被全家人称作"妹妹"。文珠虽然跟老公说过要生四个小孩，但是经历了那次可怕的生产之后，心里便有了畏惧，下意识地把朝儿当作关山门女儿来养育。

到了一岁半，眼睛一霎，妹妹已经满地跑了，大人看都看不住。文珠虽然处处留意，也不免有疏忽之际。一次有同龄小朋友上门来玩，妹妹太过兴奋，玩着玩着从三级楼梯上倒栽葱跌了下去，文珠吓得心都要跳出来了。妹妹却只是哭了两声，额头上起了个包，又和小朋友玩在一起了，唔哇痛痛也忘记了。还有一次，小姑娘刚洗完澡，文珠还在清洗浴缸，人却一溜烟地跑开了，不料赤着脚踩在一根木档上，而木档上有根钉子，直接穿过脚心从脚边沿突了出来。家人赶忙送去医院处理伤口，打破伤风针，文珠在急诊室里心疼得直掉眼泪："小讨债啊，姆妈真要被侬急死了。侬就不能稍微太平点吗？"但是，等到哭累的小女儿依偎在她的怀里睡着了，像一只乖巧的小猫咪。文珠的心又融化了："囡囡啊，囡囡，姆妈的心肝宝贝，只要侬一生一世平平安安，姆妈再吃苦吃累也是情愿的。"

到了三岁半，妹妹的牛脾气完全表露无遗，倒不是难以相处，只是认定了的事情决不回头。比如说她晓得了自己属牛，就坚决不肯吃牛肉，方晦烧的蚝油牛肉滋味鲜美，牛腩萝卜砂锅香气扑鼻，小姑娘虽然馋得流口水，却决不下筷子。哪怕文珠哄劝方晦逼迫，说不吃就是不吃，喂进嘴里还吐出来，再逼的话就要哭出来了。还有一件奇怪的事情，妹妹不肯穿印花布的衣裳，红的可以，蓝的绿的可以，白色是她最喜欢的，但是只要印有图案或花样，就不肯穿了。照理说凡是小姑娘，都喜欢花花绿绿的服饰，鲜有例外，妹妹是个不多见的例外。

文珠注意到，妹妹很小的时候就对小人书感兴趣，一本《三毛流浪记》可以翻个半天，一个人坐在那里笑，嘟嘴，或自言自语。文珠为她买来《白雪公主和七个小矮人》，以及《匹诺曹历险记》《渔夫和金鱼的故事》，妹妹爱不释手，看得入迷。有次中午方晦回家来，赫然见到母女两个在沙发上挤成一团，文珠捧着本童话书，而妹妹则口齿不清地点着书页上的图像，一脸严肃地跟姆妈说："我讲给侬听呀，这个老太婆不是个好人……"文珠也是一本正经地问："为啥呢？"妹妹转头看着姆妈："这个老太婆要给白雪公主吃毒苹果，侬晓得吗，人吃了有毒的苹果会死掉的啊。"

方晦不禁笑道："太阳从西边出来了，三岁的女儿给姆妈读书。"

文珠照例是祖护女儿："侬不要说喔，

妹妹讲得头头是道，我还不一定讲得比她好呢。"

方晦说："那么等妹妹长大了，去做一个教书先生，好不好？"

小姑娘眼睛亮晶晶的，看着阿爸，严肃地点了点头。

不过有件很诡异的事情，文珠一直憋在心里，对谁也没讲过。

有一次，文珠也是跟女儿一起看小人书，看的是阿哥小青的《三国志》连环画，这么小的孩子看连环画，多是看个热闹，好人坏人，骑马打仗，对内容却不甚了了。《三国志》中人物众多，文珠自己对书中人物谁是谁，也是搞不大清楚的，更不要说一个三岁小囡了。正在随便浏览之间，妹妹突然把翻过去的一页再翻回来，指头点着其中一个人物说："这个人就是我呀。"文珠读了连环画下面的文字，晓得这个人叫杨修，但是杨修又是谁，心里一点数也没有。于是便说："不对，这个人长胡子的，妹妹又不长胡子。"不料小姑娘一本正经地说："我在那个时候是长胡子的。"文珠只当是小孩子乱说一气，还是用逗她的口气："那么，后来呢？"妹妹再用手一点，说："我被他杀掉了。"文珠心中一惊，再去看文字，这个人应该是曹操，曹操倒是晓得的，家喻户晓的大奸臣。赶紧再看下去，的确，杨修是被曹操杀掉的。但是一个三岁的小孩怎么晓得的？她还不识字，连环画是四阿哥文桑带小青去买的，昨日才拿回家来的。文珠大为诧异，问道："是不是阿哥小青跟你讲过的？"妹妹一脸懵懂地摇头。想想也是，昨日文桑舅舅送小青回来时，妹妹已经睡了。于是再问："那么，妹妹你怎么会记得的呢？"

小姑娘眼睛睁得大大的，看着文珠，说："姆妈，侬晓得吗？杀头是很疼的呀。"

三十六

文田在一九五〇年底来到上海，开始是跟文桑住在一起。他天性敏感，总觉得这间公寓的氛围不对。他是晓得阿茹自杀的事情，但兄弟俩从未深谈过，一谈起，文桑总是变得阴郁，态度也很抗拒。文田也只好闭口不响。虽然公寓里提供不错的居住条件，但天天处在一股阴沉沉的氛围下，是很难住得舒坦的。三个月之后，文田在戈登路上找到了人家一间后厢房，搬了出去。

上海是新鲜的，虽然他以前也短暂地逗留过，但真正住下来的感受就不同了。房东一家住楼上，前厢房住了个退休的老头子，广东人，是房东的远亲，据说以前是外国轮船上的二副，到过许多外国大码头。文田住的后厢房，朝着一条小巷，还算安静。但由于朝北，房间里很冷，在十一月里晚上就要冲汤婆子了。出脚倒是很方便，朝南走两个街口就到最摩登的南京路，到静安寺、大自鸣钟也就是几站路。文田更愿意走路，早上出门，在雾气弥漫的小马路上信步走去，穿街过巷，不徐不疾，闲看市井百景。熙熙攘攘的小菜场，一日之计在于晨，主妇们头上戴了卷发器，好像面孔都没揩过，眼泡虚肿地就跑出来了，一窝蜂地挤在生鲜摊前讨价还价。鸡鸭贩子当场宰杀，把宰好的鸡鸭浸在热水里拔毛，一股血腥气弥漫开来。鱼贩子从蒲包里捉出活蹦乱跳的黄鳝，用一根钉子固定在砧板上，先一刀下去砍掉鳝鱼的头，再用一根竹签开膛破肚，而无头的鳝鱼还在扭动不已。卖葱姜的老妇人大概总有一百岁了,老得眼睛鼻头嘴巴缩成一团,还中气十足地扯开嗓门跟人吵相骂。菜场周围也是热闹所在,早点摊,茶馆,老虎灶,豆腐坊,酱油店,烟纸店,煤球店,也陆陆续续地开门营业。乡下人的粪车拖进狭窄的小弄堂,拎起马桶哗一声,秽气四溅,居民掩鼻匆匆而过。小学生背了书包,啃着大饼油条上学去。几个三轮车夫在拐角上等生意,一面用江北方言大声交谈,一面不住地往地上吐痰。

这生机勃勃的城市即景对文田说来是令人兴奋的,看也看不够的。他走累了,中午就在路边小饭店里泡一壶茶,叫一客煮干丝,吃完还饿,那么再来一屉小笼包,索性中饭与点心一并解决了。下午出门,看场电影,或在仙乐书场听一场评弹。散场出来正好华灯初上,人潮汹涌。随了人群,东荡荡西看看,在报栏看刚出的晚报新闻,再荡荡船模店、集邮店、花鸟市场,玩具店里也走进去看看,里面很多玩具都是他小时候从未玩过的。最后在转弯角上的南货店里买一瓶桂花陈酒,一些香炒花生米,再到杜六房买一包熟菜,走回家来吃夜饭。他像一只长久被禁锢在笼里的鸟儿,一旦飞出鸟笼,处处是新鲜,处处是愉悦。

文田常常去看望小妹文珠,她现在完完全全是个家庭主妇,为了三个小囡忙昏了头。文田想帮忙也不晓得如何着手,所能做的,只是陪了三岁的小外甥女看小人书。很快地,文田发觉这个小囡有点特别,她对书中的故事和人物有自己独特的看法。比如说,在读《渔夫和金鱼的故事》时,她会冷不丁地来一句:"我阿爸,就像煞是那个老渔夫呀,一天到晚做死做活。"文田惊愕地看着外甥女清澈无比的眼睛,里面既有孩童的天真,还有一股说不清道不明的年月沉淀,像一道穿越远古的目光。

文田也像文珠一样,心里感到这个小姑娘有点奇怪,特别,说出来的话不像是她这个年纪应该懂得的。但吃不准,也从没跟人谈起过。

逢到过年过节,方晦一定是要请文桑兄弟俩到家里来的,好饭好菜款待一番。席间文珠感叹道:"爹爹走了快两年了,六个兄弟姐妹,现在只剩下我们三个了。真是人间沧桑啊,所以我们要常常碰头的呀。"文桑与他俩虽然是一母同胞,但始终有些疏离冷淡,有时请了他,也推说忙。文桑不来,文田倒反而自在些,逗逗几个小外甥,跟方晦吃吃小酒,天南地北说些闲话。文珠弄妥当小囡之后,也来参加他们。不知不觉聊到深夜,方晦又去烧夜宵,菜汤烂糊面或者是煎馄饨,文田吃饱喝足,再乘末班车回家来。

文田也有隐隐的烦恼,经历了土改运动,西浔的霍宅和租田已经没有了。也好,本来就是四大皆空。文田出走,只带出了些自己的积蓄,那是父亲帮他存在银行里的,幸好还能取出来。在上海年把住下来,日常开销比他计划中要消耗得快,虽然还没到囊中羞涩的地步,但也是不远了。文桑说过:"如果你要常住上海,必须要有个工作。"他也为此加以留意,却一直不得要领,不是需要这个证明那个文凭,就是要行业内的人士介绍才行。

碰到下雨天,文田便整日躺在床上看书,饿了就泡壶茶,吃几块饼干对付过去。日记已经好久没写了,近年来发生了太多事情,在他头脑中搅成一团,理不清头绪,索性就搁笔了。装琵琶的盒子，搬过来之后就没打开过，搁在樟木箱上已经积了一层灰。这一天又是连绵阴雨，文田书也看不进，日记也下不了笔。百无聊赖地在房内踱步踟蹰，眼光落到琵琶盒子上，拂去灰尘。轻轻一拨弦，琵琶发出一声呜咽，竟然像个女子在那儿抱怨被人冷落了。他心里触动，调好琴弦，稍一凝神，一阕《浔阳夜月》从他指尖流淌而出。

这首清人谱写的曲子非常契合他此时的心境，清冷，内敛，孤寂，在一个接一个的琶音中，月亮缓慢地升起，蒙着一层薄雾，天空一片青黛色，硕大的月盘温润如玉，带着一丝粉红。色彩分秒变幻，一抹暗蓝色浸染开来，繁星闪耀，夜空呈现出多种层次，翠绿深蓝浓紫。风过树梢，一瞬间月轮已当空，俨然如仙女莅临，冷峻，静穆，银辉泻地。空中淡淡的一层云飘过，月色转为迷离，亮若明镜，湮若晕玉。湖上波光粼粼，山峦树林起伏迤逦，大地沉睡，万物宁静。东方渐渐地透出一丝鱼白色，也就是一凝神之际，日月同辉，换了人间。

他完全沉浸在乐曲中，心中憋了长久的郁闷一泻而出。他忘了自己从一个少爷变成无业游民的辛酸，忘了日子过得碌碌无为，也忘了前途茫茫。此时只有音乐，高低婉转的韵律把他带入一个通明的境界，身外的一切俱是虚幻，是朝生暮死，是露是电是幻影。

文田全然没听到门上的叩门声，直到声响再次响起，他才猛然惊觉，放下琵琶走去开门。门外站着隔壁的广东老头，文田恍然记起他姓邝，于是招呼道："邝先生，是否打扰侬了？这前后房间好像不怎么隔音的。"

邝老头精瘦，精气神倒都很旺。他搔搔头皮，用带很重的广东腔的上海话道："我在隔壁听了一阵了。小弟啊，侬弹得太好了，实在太好了，真叫作一饱耳福啊。我也蛮喜欢国乐的，还有几个同好，大家一块白相些小乐器。小弟有空的话，大家认识认识，交个朋友。"

文田当然客气一番，但邝先生隔日就带了他去参加了一个乐友会，与会大部分是中老年人，也有一二个比较年轻的，这些乐友有的是拉二胡、敲扬琴、弹月琴的，也有职业的琴师，在某个地方剧团里做伴奏的。经不住邝先生的大力劝说，文田弹奏了《玉堂春暖》《丹凤朝阳》等几个传统的琵琶曲子。众人对文田的演奏表示了极大的赞赏，热情地邀他多来参加他们的聚会。文田也很高兴，自从他到了上海，少有交际，这是第一次认识了许多同好。

三十七

在进城三年之后，霍文海已经升任上海一个大区的计委会主任，兼区党委副书记。在同等资历的干部中，他升迁算是快的。一是他工作细致勤勉，从没出过大的差错。二是他对上面政策执行得不折不扣，理解的执行，不理解的也照样执行。特别是在抗美援朝时期，他作为区里主管物资调配的负责人，很好地完成了上级交待的任务，还得到了市里有关部门的褒奖。他在两年前也完成了终身大事，经组织的介绍结了婚，妻子是个中学教师，相貌一般，但性格温文贤淑，也很要求进步。只是他们结婚两年了，妻子一直没怀上孕。

文海曾经微服私访过西浔旧居，发觉

父亲已经故世三年多了，兄弟姐妹也四处流散。霍家祖宅一半被改为镇政府办公处，一半是西浔镇供销社的仓库，变得相当破败了。以前他和文桑合住的房间，地砖破碎残缺，堆满了农具和杂物，花园里晒着稻谷和菜干，天井里晾着麻袋，假山崩塌了，荷花池也干涸了，前园中一些名贵的花木都枯死了。他回到上海之后，通过内部调查，晓得了文桑、文田和小妹一家的地址和生活现况。但他一直拿不定主意是否要与他们见面，在什么样的情形下见面。贸贸然地来往，也许会给他带来意想不到的麻烦。但是久违的亲情，又使他难以割舍。

文桑好几年来一直没有正式的工作，他靠着偶然做些家教，抄抄文件，以及变卖家中的旧物来度日。阿茹生前炒股失败，没留下什么存款，但她很多衣物首饰都还蛮值钱的。每过半年三月，文桑就拿些东西去寄售商店，所得款项用来补贴家用。但是坐吃山空，长久下去也不是个办法。文桑也试过去找个事做，一般性耗费体力的工作他不愿意做，专业的机械工程工作呢，他又没有正式的毕业文凭。高不成低不就，光阴却一年年地蹉跎过去了。

一九五三年的春节前夕，公寓的看门人带了一个陌生人来敲门。等看门人退出去之后，陌生人自我介绍道："霍同志，我是××领导的秘书，这儿有一封信交给你。"文桑拆开信笺，先看落款，心就急跳起来。信写得很简单，只有两行字。大意是来上海之后一直工作很忙碌，无暇得见，却常常思念。这次春节，如方便的话，请来舍下一聚。秘书是个小年轻，像是刚从学校里毕业出来，对文海的称呼是一口一个领导。他跟文桑确定了见面的时间地点之后，就告辞了。

文桑一整个下午神不守舍，十来年了，文海像只断线的风筝，讯息全无。突然在一个阴霾的冬日下午冒了出来，而且已经是领导了。他晓得凡是有秘书的"领导"，必定是有着一定的级别的。当然，居委会主任是不会配秘书的，一般的干部也不行，只有区委一级或级别再高的干部，才有可能被配秘书。而今，他的失散多年的双生兄弟文海，竟然是领导干部了。

同时又惴惴不安，在文桑的记忆里，文海是个梳偏分头，穿着运动衫裤，蹦蹦跳跳的青年，爱说话爱笑，现在竟然一下子成了个领导干部，他将怎么去面对？还有，上门去要如何穿着？见了面要说些什么？他全无概念。直到临行前一刻还拿不定主意，最后还是穿了那套培罗蒙西装，擦亮了皮鞋，出门去见他的双胞胎哥哥。

春节期间，公交车班次减少。霍文海住在靠近淮海路的南昌大楼，走过去也并不是很远。看门的确认了他要找的住户，开电梯把他送到四楼。他按电铃时心跳得厉害，来应门的却是一个不认识的女子，自来熟地笑着招呼他："是四弟啊，你来啦。"把他引进客厅，抱歉地说："老霍在接一个很重要的电话，你先坐。"再转头向厨房喊道："阿姨，客人来了，快上茶呀。"文桑便晓得了这妇人是文海的妻子，第一次见面的嫂子。他在沙发上坐下，环顾四周，这套公寓很大，客厅宽敞明亮，落地钢窗外面有个大阳台，望得见南昌路上落尽树叶的梧桐树枝条。房间里有一股刚上过地板蜡的气味，家具倒很简单，一张大型铁皮写字台放在窗下，上置红蓝墨水瓶，还有一些卷宗和文件夹。客厅中央一张三人沙发和两把单人沙发摆成凹型，茶几上放着《人民日报》《支部生活》等报纸杂志，几个果盘里装了些瓜子花生糖果。抬头望去，墙上挂着列宁和斯大林的黑白肖像，另一面墙上是一幅很大的全国地图，文桑还不经意地留意到茶几上有一个用油漆喷上去的编号，再看看写字台、靠背椅上都有号码，整个客厅氛围有点像机关办公室的样子。

文海的电话讲了很长时间，当他走进客厅时，文桑有了一瞬间的错觉：这是个陌生人，大概什么地方搞错了。但文海一笑，走过来与他握手，双胞胎具有的身心感应又回来了。没错，站在面前的文海，一身藏青色呢料干部装，胖了，显得矮了些，脑门上发际线也后退了，一颦一笑有大人物的派头了，但确实是他的双生兄弟文海。文桑只觉得口干舌燥，手足也无处安放，重新落座时差点把茶几上的茶杯打翻。

文海倒是泰然自若，像是他们只分开了几个礼拜。他寒暄几句，询问了些兄弟姐妹们的近况，说到文桑和文田都还没有正式工作时，文海板着脸，没有任何表示。只是在说起文珠已经有三个小孩时，才露出些感兴趣的神色，指着陪坐在一旁的妻子说："我的爱人很喜欢小孩，什么时候倒要去会会我的小阿妹一家。"当文桑表示自己可以去通知他们时，文海又摆手阻止，说："一过完节，工作将会很忙的。我看吧，等抽得出空时，我再让秘书去通知你们。"说完看了眼手表。在一旁的三嫂，陪着说了些七七八八的闲话，这期间文海又看了一次手表。文桑会了意，便站起身来，说："文海，那你忙吧，我先走了。"

文海脸上露出一丝歉意："就在你来之前不久，接了个电话，说是要去开个重要会议，是市委临时安排的。要么，你留在这儿，等我开会回来，我们一道吃夜饭？"

文桑说："你工作要紧。我下次再来吧，反正也离得不远。"

文海也没做进一步挽留，说："好的，好的。"把他送到电梯口，摆了摆手。

一九五三年四月清明，方晦全家再次回到西浔镇为霍父扫墓，顺便看望老父徐医生。

虽然多次申辩、抗争，徐医生还是被定了个地主成分。镇上的干部说：上面的政策如此规定，我们都没有办法的。但是徐医生你放心，我们心里都有数的，不会把你真正当地主看待的。到了要紧要命的时候，还要仰仗你徐医生妙手回春的。

徐医生不平，郁闷。但又有什么办法？他变得不大肯出门见人，常年自己一个人关在家里，不说话，也不大吃东西，整日面壁枯坐。与他同住的大女儿写了信给方晦，方晦便与文珠商量，想把老父接到上海来住一阵。

妹妹是第一次出远门，四岁的小姑娘兴奋得不得了。小镇，狭窄的青石板街巷，过街楼，拱桥，潺潺流淌的河水，河里母鸭带着一队小鸭子在游水，河当中慢悠悠荡漾着的乌篷船，什么都新奇好玩。一个没看住，人就不见了，遍找不获，文珠真是快要急煞了。过一歇，隔壁的大嫂牵了手来家，小姑娘衣襟上挂了一枚新鲜的栀子花，而嘴巴里嚼个不停，口袋里装了满袋的笋干熏青豆。

到吃饭辰光，乡下头大锅大灶里烧出来的饭菜，小姑娘吃得很香。大孃孃买来新鲜的猪肉，烧了一大锅梅干菜红烧肉，妹妹把满满的一大碗肉汁拌饭吃得精光。小小的人儿爬下吃饭桌，捧了只空碗，噔噔噔跑到厨房里要求再加饭添肉。大孃孃笑道："隔灶头饭特别香，妹妹是吧？"文珠说："这个小囡从小胃口好。你看呀，饭碗刚放下，眼睛眨巴眨巴，又馋上大孃孃的桂花糯米糕了，妹妹是吧？"

徐医生见到儿子儿媳，还是淡淡的，不言不语，照样把自己关在书房内。两个大小囡看到板着面孔的爷爷都有点害怕，不敢太接近。只有妹妹，不管不顾地一把推开书房门，自说自话地坐在老祖父的膝盖上，爬上书桌，捏了管毛笔在处方笺上乱涂乱画，再把老头子的印章盒打开，一枚一枚的印章拿出来把玩。方晦看到不禁捏了一把汗，他晓得老头子把这些印章视若珍宝，从不容许小孩子碰一碰。此刻却见到一老一小、一白一黑两个脑袋凑在一起，把一枚印章先按在印泥盒里，再按在一张白纸上，最后再按到老头子的脸上、额头上。书房里传来妹妹开心的咯咯笑声，方晦假意训斥道："妹妹，又在发人来疯是吧，下来呀，别把阿公的东西弄坏了。"老头子却护着小孙女："没关系的，让她玩好了。"

清明前夜，方晦隔夜烧好一桌菜肴，用提盒装了，准备明日去给霍父上坟。妹妹看到阿爸烧好了小菜却没有端上桌来，便缠了文珠问道："阿爸烧小菜要给啥人吃呢？"文珠道："是给姆妈的阿爸——你的外公吃的呀。"妹妹像个小大人似的皱起眉头："外公？我见过吗？"文珠说："你没见过，他在你生出来之前就死掉了。"妹妹瞪大了眼睛："人死掉了，怎么还会吃东西？"文珠有点为难了，想一想后才答道："人死了，魂灵头还在的呀，不过我们看不见就是了。"妹妹紧盯一句："那么魂灵头会不会吃东西呢？"文珠道："会的呀。不过魂灵头不叫吃东西，叫斋一斋，意思跟吃东西是一样的。"

妹妹似懂非懂地点头。

清明那天是个阴天，欲雨未雨，扫墓的人很多，墓园里东一处西一处升起烧纸钱的黑烟。方晦和文珠先用清水把霍父的墓碑擦拭一遍，拔去周围的杂草。再点上香烛，摆开祭品。时光倏忽，想到老父辞世已经四年了，而方晦和她忙于生计和小囡，也就来祭拜过两次。再想起父亲生前对她种种的关爱宠溺，如今已经不可得了，文珠不禁悲从中来。人生实在是没多大意思，人们操劳，忙碌，忧心，渐渐衰老，病痛缠身，然后死亡。一辈子草草地就这么过去了，再逐渐被人淡忘，躺在墓园里与乌鸦和枯叶为伴。文珠抬头看了看在四周玩耍的三个孩子，他们正在互相追逐嬉闹，完全沉浸在难得来到野外游玩的乐趣中，全无半点悲切之情。由此再想到，他们这一代小囡，生在一个全新的时代，他们将有自己的人生，与文珠这一辈殊然不同的人生，他们也会有各种犯难和坎坷。的确，老一辈人和他们没有多大的关系，他们是不会记得祖辈的。同样，文珠自己，也会被再下下一辈所忘怀。

"长虫，长虫呀。"一声惊恐至极的尖叫声传来，打破墓园里的肃静。文珠听出是阿虹的声音，赶紧循声寻去。受了惊的阿虹见了她，赶紧跑过来拉了她的衣襟，转身指着妹妹，面色发白："姆妈，你快看妹妹呀！"文珠循向看去，妹妹半蹲在一座荒芜的坟墩头旁边，脸上、膝上都有着泥土的污迹。再仔细一看，四岁的小姑娘手里竟然拎着一条小青蛇在玩，那条蛇大概有尺把长，青绿间杂。只见蛇卷曲着身子，仰头向上，蛇信子还一吐一吐的。妈呀，看得文珠的魂灵头都要吓出来了，赶紧叫道："妹妹快扔掉，快点呀。"小姑娘却扭来扭去地躲闪着，不肯放手。文珠又不敢上前去抢，急得大声叫唤老公。方晦赶过来一看，急忙劈手夺过蛇，往远处一甩，再一巴掌搨在小姑娘屁股上："小讨债，真昏头了，啥物事都可以白相，竟然白相起蛇虫八脚来了。"妹妹挨了一记，嘴巴瘪了瘪，要哭了、但看到父母都是一副凶巴巴的样子，便没有哭出声来，只是用污脏的小手擦了擦面孔。

三十八

文田在一九五三年春末写的日记：

到上海已经两年多了，今朝是第一次提起笔来，续上中断多时的泛泛记载。

第一件大事：我竟然找到了事情做，可以养活自己了。这是邝先生的功劳，他所介绍的曲友中有一人是越剧院的琴师，说越剧院原来弹琵琶的老先生中风，缺人，我可以去试一试。我忐忑不安地去应试，竟然过了，叫我下月初可以去上班了。

人生真是不可预料，早时对世界的看法一片灰暗，对自己的人生也无甚眷恋，只想活到三十岁便一了百了。现已届而立之年，几番浮沉，却贪恋起生之乐趣，哪怕是浮华的、浅薄的乐趣。比如说用极廉宜的价钱买到一坛好酒。只想随便填饱肚子，却不意吃到适口充肠的一餐好饭。下雨天几位乐友相聚，各显身手，很普通的曲子却在雨天中显得别有风味。或者，在茶馆里买了卖花小姑娘的一枝栀子花，听到她稚嫩而婉转的一声：谢谢侬。恍然像是前世曾邂逅过的一只夜莺，再次在你耳边一声鸣啾。

这些都是很细微的生之乐，随处可以遇到的，却暗暗地触动了我。

蝼蚁贪生，人也贪生，因生而有知觉，进而有缤纷之感念，毕竟是好的。

与小池塘西浐相比，上海的确是大江大海，所有的大鱼小鱼虾米都可以自顾自地游动，鸡犬相闻而老死不相来往，在闹市里擦肩而过，互相看一眼，下一秒就物我两忘。在西浐的话，山墙根里的两只青蛙都是互相认识的。小隐于野，中隐于市，大隐于朝，我们能做的，不外乎在巨大的人流中，觅得自己一块方外之地，一日一日地数着自己的余生。

二姐曾说过：小弟，不好这么悲观的呀。

我倒并不认为自己是悲观，鸡笼里的鸡，羊圈里的羊，被牵出去宰杀之前也是岁月静好的。命运诡测，生命易逝。我只不过看到半满水杯中空的那部分，性情生来如此，我对此也没有什么办法的。

一个圈子又兜回去了，好了，不说这些了。

邝先生是个开朗的人，也是个精力极为充沛的老先生。近七十岁的人，每日黎明即起，提了只竹篮上菜场买菜。身为广东人,邝先生对一饮一食都极为讲究,为了一口新鲜的时鲜货,从不吝啬钞票,但汗衫背上腋下都是破洞却没关系的。他常笑说上海人看看蛮聪敏,其实最笨了:穿得好,是被别人看的,吃进肚皮里才是为自家的。每天他花费大量时间在灶间里,精工细作地烹饪他的餐食。随后端进自己房内吃独食。不管中饭夜饭,每餐四菜一汤是必定要有的。如某道菜肴不合他口味,即刻全部倒掉,绝不会勉强吃下。除了吃喝,邝先生的兴趣繁多,是粤剧的爱好者,也喜欢京戏、越剧和各种曲艺。他有一台老式的徕卡相机,相簿里都是他和各式名角的合影,如周信芳、梅兰芳、红线女等名人。他每周五天到公园去打太极拳,夏天一个礼拜去游三次泳,冬天在公园里打羽毛球。他常说:哪天我吃不下了,也不想动了,那么我的死期也不远了。

出世与入世,也是镜像的两面,取决于人的心境、感受和参悟,人生本就百味杂陈。

我有点担心徐医生,据文珠说,自从被划定为地主成分之后,他的状况不是太好,想不开。我听了有点诧异,徐医生这么通透的一个人,看尽了朝花夕拾,人生无定。借古可鉴今,又有什么好想不开的呢?文珠说方晞曾和他父亲关起门来谈过一次话。过后,方晞也显得忧心忡忡,问他也不肯说什么。我倒是很想回西浔去探望徐医生一次,当年是他几次救下了我性命的。可是,文珠说最好是缓一缓再去,西浔那儿现在变得不认识了,原来蛮亲近的左邻右舍,经过土改运动之后,现在有了很大的隔阂。原来有些被认为不成器的人,现在却成了镇上的头面人物。文珠说:小阿哥,你当年跑出来是对的,贸贸然回去了,要小心再也出不来。现在那儿的人都变得红眼睛绿眉毛了,眼乌珠盯牢了别人的口袋身家。我真不明白,世道怎么变成这个样子了。

文珠显得心神不定,从她口中得知:方晞的饭店做得很是吃力,现在人比较少出来吃饭了,政府说提倡节约,各种婚丧宴席也少了很多,生意只是勉强维持着。更让方晞头疼的是:原来饭店的黄姓合伙人,现在成了一个积极分子,仗了有后台撑他腰,常常跟方晞作对,最近又在鼓动什么公私合营。文珠说,真是不明白,啥个花头经叫作公私合营,从来没听到过的。

其实文珠不说,我从报上也看到要开展公私合营的运动了。先从比较有名望的大公司开始,无锡的荣家纺织,先施公司姓郭的老板,就在报上登了大幅启事,双手拥护共产党号召,带头实行公私合营。我只好劝文珠看开些,世事如此,小老百姓也只能随大潮流了。

唯一使人宽慰些的是,文珠三个小囡都渐渐长大了,青儿十一岁了,读小学五年级,据说功课还不错,好动活泼,喜欢打乒乓球,做船模。阿虹八岁,细长条子,开始有些大姑娘的模样了。因为耳聋的关系,在教室里坐第一排。她个性很是内向,也没啥朋友，放了学就回家。文珠说这样也好，也省却了她不少心事。

最头疼的是五岁的妹妹，一点点大的小囡，顽皮得不得了，拆天拆地，主意又大，脾气又死犟。上个礼拜，文珠被幼儿园老师叫去，说妹妹跟一个班里的小男生打相打，还把人家的脸抓出血来了。文珠一听就急了，女小囡打相打？这样下去还了得？当了老师的面要帮她做做规矩，先叫妹妹向人家道歉。小姑娘死都不肯，说是那男生先动手的。文珠便气急败坏，拖过来打了两记屁股。回家后小姑娘竟然一连两天绝食，文珠方晔哄了半天也哄不过来。

我说："最好还是不要打，好好地跟她讲道理。"

文珠说："我哪是真的要打，真的打疼了我也不舍得的。但这个小囡脾气实在太犟，我害怕她今后会吃亏的。"

"结果是如何解决的呢？"

"讲出来真要把我自己气死。妹妹当天夜饭没吃，我想饿她一顿没啥关系的。第二天接连两顿不吃，我自己就先吃不消了。放下身段去求她吃东西，啥人晓得小姑娘一口咬定，姆妈你打我打错了，要道歉。我说做爷娘的，怎么不可以教训一下小囡？她说如果小囡做错事侬打是可以的，但我没做错。我说你把人家的脸都抓破了，还说没做错？小阿哥你晓得她说了啥？"

"说啥？"

她说："这个男生专门趁午睡的辰光，把手伸进被窝里来摸我的屁股。我早就想打他了。"

文珠说："我大吃一惊。赶紧问道：你有没有告诉老师呢？小姑娘说：告诉过了，但没用，那个男生还是照样摸我，你说要不要打他？"

"小阿哥，你说我哪能办？打人不好，女小囡被人吃豆腐更不好。我要怎么办呢？"

我说："如果告诉老师没有用的话，我倒情愿妹妹打回去的。"

文珠不由顿脚道："要命了，女小囡去打相打？那不变成野蛮小鬼了。小阿哥侬也真想得出的。"

我说："只有两个解决办法，要么老师管，如果老师管不了。那也只有打个明白咯。难道你愿意女儿一直被人轻薄下去？"

文珠不响了，过一歇叹气道："唉，我头也疼煞了。现在再想想，结婚做啥？生小囡做啥？真是叫前世作孽！"

我笑道："现在想明白了？当初小小年纪便吵着闹着要结婚的，又是啥人呢？"

三十九

文海说要与兄弟姐妹见个面，过了一年多才实现。一九五四年国庆节前，文海写信给文桑：

……与弟妹们见面之事，虽不曾忘却，由于工作繁忙，一直未能成行。你嫂子也几次提起，我想不如趁这次国庆假期，大家出来吃个便饭。主要是聚一聚，不要铺张浪费。我让秘书订了一号十二点在梅龙镇饭店,吃个简单的午餐,请你通知文田和文珠一家。

方晦跟文珠说:"太阳从西边出来了?你三哥要请我们吃饭?他真的是你亲哥?"

"当然咯,你又不是不晓得,我兄弟姐妹六个,除了我大哥,其余都是一奶同胞。"

"喔,我大概是记错了。"

"哎,你这个人怎么变得阴阳怪气的。明明晓得的,还要来明知故问。"

"分开有十多年了,解放到现在也差不多五年了,连个面也没见过。啥人家的兄弟姐妹是这个样子的啊?"

"三哥现在是区里的领导干部了,工作忙,也是情有可原的。"

方晦鼻子里"哼"了一声,文珠有点恼了:"你哼啥哼!"

方晦道:"我说啊,你三哥真的看重你几个弟弟妹妹,也不会几年不通音讯的。还不是地位不一样了,你不要剃头挑子一头热。"

文珠真的火大了:"你不要来瞎三话四,我三哥从小对弟妹都很好的。不管他现在怎样,当官也好,不当官也好,我总归当他是亲阿哥的。"

方晦不响了。

阖家见面并不如预想的那么皆大欢喜,除了多年隔阂的陌生感,还有文海的身份,虽然他已经刻意避免带出干部腔调,但见面时的称呼,用词,交谈的语气,都带了一种普通市民不熟悉的严肃感。比如介绍妻子时,说"这是我爱人张同志"。大家一时都愣住了,不晓得应该怎么称呼。还是文珠反应快,先叫了一声"是三嫂啊",然后让三个小囡叫"三舅妈",才化解了这场尴尬。

三个小囡都穿了新衣裳,两个大的小囡有些懂事了,因此也显得拘谨,在饭桌上规规矩矩地坐着,问一句答一句。只有妹妹,一个看不住,就溜到文海身边。文海正在跟文田说话,突然有人拉他衣襟,低头一看,只见妹妹仰了头,睁着一双大眼睛,好奇地问道:"喂,侬是啥人啊?"文海笑着答道:"刚才不是说过了吗,我是你的三舅舅呀。"妹妹歪着头,好像在辨别他是不是真的三舅,说:"是真的还是假的?"文海忍住笑,反问道:"妹妹侬讲呢?"妹妹歪着头想了想说:"我看大概是假的。"桌上人都笑,想要纠正她。文海向大家做了个眼色:"为啥呢?"妹妹一本正经地说:"因为我从来都没看见过侬呀。"文海也笑:"妹妹侬几岁了?"妹妹瞪大眼睛,一根手指点着文海,很认真地说:"我已经虚岁六岁了呀,不要再当我是小小囡哦!"桌上人全部大笑起来,三舅妈笑着把妹妹搂进怀里,说:"你三舅舅工作太忙了,没有来看你,真是不好意思啊。"文珠打圆场道:"这个小囡从小就皮,没规没矩的,三阿哥、三阿嫂你们不要在意噢。"文海把妹妹从妻子手里接过来,让她坐在自己腿上,低下头问道:"妹妹侬没见过我,就说我是假的三舅舅啊。"妹妹有点害羞,不过马上就活跃起来,凑在文海耳边悄声说道:"三舅舅侬晓得吗?连孙悟空也有真的假的呢。不过,我是看得出来的,假的孙悟空有六只耳朵。"文海大笑:"那么妹妹你来数一数,我有几只耳朵?"于是妹妹很认真地把他的脸拨过来拨过去,说:"只有两只呀。"文海说:"那么,这下子你可

117

相信了？我真的是你的三舅舅了吧？"妹妹羞涩地笑着点点头，然后把头埋进文海的怀里。

幸好有妹妹这一出戏，文田得以有个冷眼旁观的机会。这次会面给他的感觉是复杂的，刚走进梅龙镇时，文海站起身来与他握手，一刹那的感觉不像亲兄弟见面，倒像是小老百姓被大领导接见。文田也看出，文海尽量做出平易近人的姿态，但多年的隔阂，以及长期当干部养成的谨慎和自律，使得几个兄弟姐妹在他面前不由自主地战战兢兢。只是在童言无忌的妹妹面前，文海才露出发自内心的微笑，久远的回忆回来了，那时的文海年轻阳光，和蔼可亲，笑容真诚。文田再看了一眼坐在身边的文桑，小时候他俩简直一模一样，不但是相貌身形，连谈吐举止、精神气质都一般无二。现在，虽然还看得出他们是双生兄弟，但已经有很大的不同，文海沉稳自信，文桑寡言谨慎。文海侃侃而谈，文桑难得开口。文海短发，穿着蓝色哔叽呢的中山装，身形微胖，举止中带着权力的自信。文桑梳了个分头，穿了件拉链夹克衫，脸色苍白，多少有点畏畏缩缩。

文海正与文珠夫妇说起关于公私合营的话题，方晦好像是有点怨气的，开始还有所克制，谈着谈着就忘记分寸了，也不顾文珠一再跟他使眼色。说公方派来的税务局人员如何不讲道理，说饭店里的积极分子都是些好吃懒做的家伙，还说就是当年做生意，青红帮收了保护费，也会给你一个太平，现在政府收了税，还想要拿走你的老本。文海的脸色一点点变了，没了笑容，表情变得非常生硬。文珠和文田都看出来了，文田在桌下不住地踢方晦，意思叫他不要再说了。哪知方晦借酒上头，说："文田啊，你踢我做啥？我只是跟三阿哥说说心里话而已，又不犯啥法。要么，去拿块橡皮胶来贴我嘴上好了。"

此话一出，全桌寂然。只有妹妹依在三舅妈怀里，一面翻着小人书，一面叽叽咕咕说道："三舅妈，三舅妈，你晓得孙悟空打了几记白骨精才死掉？打了三记。我翻给你看哪。"

文珠赶快去抱妹妹："过来，不要去烦你的三舅妈。小人家没规矩。"

妹妹哪里肯听，咯咯地笑着往舅妈怀里躲。三舅妈也说："就让她坐我这里好了，不碍的。"

文海清了清嗓子，对方晦说："方晦啊，既然说起了这个话题。那么，我要劝你一句：千万不要违抗政策。公私合营是社会主义政策的一部分，目的是要消灭不平等，人人要自食其力。共产党对于既定的目标，从来是不打折扣的，说到做到。解放全中国，国民党蒋介石那么多军队，还有美国人撑腰，挡得住吗？谁也挡不住的。所以啊，关于公私合营这件事，你心甘情愿也好，心不甘情不愿也好，国家政策，一定是会贯彻落实的。我还要多劝你一句，与其大发牢骚，引来不必要的麻烦，还不如好好配合主管部门和店里群众工作，让自己留下个好印象。你是有家庭的人了，你就是不考虑自己，也要多考虑一下几个子女，不要影响到他们的前途。"

这席话从文海嘴里说出来，是有震撼力的。桌上人都沉默着，文桑为了缓和气氛，说："方晦呀，文海是为了你好。你要听嘛，头颈嘛就不要再犟了。"文珠也说："他这个牛脾气不晓得惹过多少麻烦了，说过多少遍，说也说不听的。"文田没说话，他看着方晦的面孔由红转白，由白转灰，太阳穴上一根青筋卜卜地跳，真害怕方晦会说出更为出格的话语来，这个一根筋的妹夫是做得出来的。还好，方晦没有再开口，只是一杯接一杯地喝酒。

大家期盼已久的兄弟姐妹重聚，就在一丝尴尬的气氛中收场。

回家后，文珠不免要数落老公："你又是何必呢？三阿哥十多年没见了，大家开开心心的，你去说这些，不是自讨没趣吗？三阿哥是政府面上的人，你要他怎么说？总不见得帮了你去反对政府，可能吗？真是一个拎不清的。"

方晦闷声道："好了呀，我已经头痛煞了，你就少说几句好不好？"

文珠哪肯罢休："还要我少说几句？真是的。三阿哥没讲错，你如果管不住自己的嘴巴，总有闯穷祸的一天。我看你啊，真是要拿块橡皮膏来贴嘴上的。"

四十

文田在剧团里呆了半年，就发觉这工作并不如他当初想象的那么简单轻松。

作为一个琵琶伴奏员，他要伴奏的曲目都是些民歌类的小调，如陕北民歌、信天游、《浏阳河》之类的地方小调。这些曲子并不是很合适琵琶演奏，多一把琵琶少一把琵琶没什么区别，坐在幕后，在整台戏中只是拨了几下琴弦，往往使他有南郭先生之感。其二，在剧团中，伴奏员是从属性的，多一个少一个没关系，社会上有的是会吹拉弹唱的闲人，都想着法子要混进剧团来。剧团真正的大腕是在台前有名气的演员，观众就是奔他们来买票的。所以这些人脾气大得很，在排演时颐指气使，大声呼喝。对待伴奏员像是对待仆人一样。但最不能使他忍受的，却是单位里开会，无尽无止的开会。报纸上的一篇社论可以开一个月的会，一个号召，一个运动来了，会可以开到地老天荒。开完大会还要开小会，开完小会还要分组讨论，直开得人人口干舌燥，开得人昏昏欲睡，开得人一魂出窍，二魂涅槃。

连住在家里也不得安宁，一有啥风吹草动，居委会的几个老头老太婆就登上门来，捏了鸡毛当令箭，啰里吧嗦一通，满口的新名词讲得七颠八倒。文田不禁又好气又好笑，从小没被这样地管头管脚过，而且是被一批胸无点墨的人管，他只有唯唯诺诺的份。

文田告诉自己要忍耐，有份工作，总比失业在家要好，有一份收入，哪怕是低微的收入，总比坐吃山空要好。开会，不单单是剧团里开会，全国成千上万的单位都在开会，无一例外。他也晓得自己从小是自由散漫惯了，时代转变了，像他这样浸染旧文化、旧习惯极深的人，必定会有一段痛苦地收骨头的过程。在这过程中，任何的抱怨、赌气、消极对抗都是没意义的。因为个人小如芥子，对时代潮流毫无作用。

怔忡之际，他偶尔会想起还在西浔的日子，一清早被叽啾婉转的鸟鸣唤醒，西浔河上飘荡着一层浅蓝色的薄雾，望去如玉带生烟。吃过早餐，他在书房里捧了一杯热茶，漫不经心地翻阅着书报。江南春秋两季多雨，庭院里竹林摇曳，景色浮动，像是一幅水墨酣畅的写意画。一早上翻阅几页书，临一会儿碑帖，替父亲代笔写一两封信，匆匆几个时辰就过去了。近午，厨下传来了蒸荷叶粉蒸肉的香味，引人食欲大开。春季有各种新鲜蔬果上市，枇杷、杨梅、水蜜桃、春笋、马兰头。文田最怀念的是立春后第一茬鲜嫩的荠菜，带有南地独特的风味，用来烧豆腐汤羹、炒春笋，或是包馄饨都极为美味。夏日傍晚，洗过浴之后，来到后面的水陆码头纳凉，佣人把竹凳藤椅都擦拭过了，地面也用河水冲洗过。一天溽暑之后，河上的微风带来一丝凉意。放在井里沁凉的西瓜被吊上来，一刀切下，瓜汁淋漓，清香弥漫。不知怎的，在秋日，总是有点困倦，午后便在书房小憩，一觉恬畅，在满室的桂花香气中醒来，一时不知身在何处。再晚些，双胞胎兄弟从学堂回来，带来路上买的糖炒栗子，旧报纸做的纸袋还烫手，众兄弟姐妹一起剥壳分食。转眼就到了年关时分，是家中最为热闹的几天，大哥从上海回来了，带了南货百味和奶油点心。二姐夫妇在年初二带了稚子从无锡回娘家团聚，总不忘带来他最喜欢的无锡肉骨头。这种酥烂的肉骨头说是肉食，不如说是甜食，他一顿可吃下半多斤，却不料吃倒了胃口，晚餐便恹恹的。直等放完烟火炮竹回来，厨下端出白切羊羔，清蒸鳗鲞，咸鸡腊鸭，再是一盘雪菜冬笋炒年糕，温了上好的花雕，众人聚在一起吃宵夜。越夜，他兴致越好，谈兴勃发，胃口极佳，直到众人倦极散去，他才穿过中庭回自己房间，夜色明洁，空气滋润而冷冽，带有一丝放炮仗的硫磺余味。他酒意上来，一夜睡得地老天荒。

往事如烟，他如今是个最不起眼的小市民，住在人家阴冷的后厢房里，在剧团里滥竽充数，领着一份微薄的工资，不时地要忍受大牌们的呵斥和臭脸。看多了世事起伏，他变得通透了，晓得人活着没啥意义，仅仅是感受当下，奢华和舒适都是转瞬即逝，如水流淌过指间，什么都存留不下来，除了日渐淡薄的记忆。

时日一久，跟兄弟姐妹们的走动也疏淡了。文海，当然是不能随便去打扰的。文桑，就是见了面也相对而坐无言。来往较多的就是文珠夫妇了，方晦常常叫小舅子去他家吃饭，当方晦在灶间里忙碌，文珠就跟他捧了杯茶，说些家长里短，同时一只眼睛还要盯了几个小囡做功课，说的也就是些闲言碎语，有头无尾的，文田也姑且听之。

文珠常常带了朝儿去三阿哥家走动，不过很少见到文海。

文珠絮叨道："三嫂说：'老霍常常要工作到半夜才回家。我一个人在家也厌气得很，很欢迎你们来玩呀。'我想妹妹上小学二年级了，这个小囡实在太皮，功课也时好时坏。三嫂是做老师的，正好让她帮了管教管教。不过呢，也许是我想多了，管教不管教不晓得，倒是每次妹妹回家来，衣袋里总装满了糖果，书包里再带了点心。看样子三嫂比我还要宠她宠得厉害。"

文田笑道："三嫂她这么喜欢小囡，为啥自己不生一个呢？"

"我也暗地里问过她。她说结婚已五六年了，就连一次也没怀上过。曾去看过医生，也说不出个所以然。三哥自忖早年被伪税警队捉进去受过刑，大概被打坏了。"

两人一阵唏嘘。

文珠说："三哥说要以革命事业为重，个人事情并不是那么要紧。三嫂说近年来连夫妻生活都很少有的。"

文田暗忖道：人生难求万全的。

文珠又轻声说道："三嫂悄悄地告诉我，三哥要升官了，大概是兼任市里的计委副主任什么的。叫我不要跟人说。"

文田笑道:"所以说女人家是没有秘密的,看,当面说不讲不讲,一转头就说出来了。"

文珠嗔道:"啊呀,小阿哥你是自家人呀,说给你听不要紧的。"

文珠又说道:"计委主任也不是什么大不了的官,爹爹当年还做过总参谋长呢,那真是叫一人之下,万人之上。"

文田说:"此一时彼一时,过去的事,最好不要多提,容易招来麻烦。"

文珠撇撇嘴道:"其实啊,三哥升官也不关我们的事。共产党的官,六亲不认的,哪怕三哥做了正区长、正市长,方晦的饭店还不是照样要公私合营?文桑不是照样寻不着一份工作?"

"我好些日子没见到文桑了,他近来如何?"

"不大好。方晦说,前两个礼拜文桑去店里,说是路过,来看看方晦。方晦便烧了两个菜请他吃饭,说文桑一副饿急相,连吃了三碗饭,还意犹未尽。"

"作孽。不过,文桑也是个大学生,怎么会七八年下来都寻不着一份工作?"

文珠说:"他这个人真是有点孤僻,你看,我们兄弟姐妹聚会,他也很少说话的。噢,差点忘了告诉你,听方晦说,居民委员会一直在动员文桑报名去新疆。"

"啊,那他答应了没有?"

"当然是不答应的咯,新疆那么远的地方,风吹草低见牛羊,真的要充军去啊。"

文田沉思着,文珠又道:"我要写封信给文桑,叫他千万不要报名去新疆,上海现在户口多吃香,迁出去就回不来了。我们霍家六兄弟姐妹,还能常常聚在一起的也就只有我们三个了。"

文田不语,过一阵问道:"小囡都好吧?"

文珠说:"唉,我这世人,最可宽慰的也就是这几个小囡了。老大阿青,近来热衷做船模,做的鱼雷快艇,巴掌大小,纤毫毕现,不但甲板上有机枪大炮,屁股后面有螺旋桨,连桅杆上手指甲四分之一大的一面国旗都做出来,手是真巧。说将来想考交通大学,要做个船舶工程师,我说蛮好呀,男小囡学好数理化,走遍天下都不怕。老二阿虹,你好久没看到她了是吧?现在跟我差不多高了。乖得不得了,人样子也生得蛮好,只可惜了耳朵还是听不大见。"

"妹妹呢?"

"唉,不谈了,这个小囡真是天晓得。"

"怎么啦?"

"才八岁大的人,已经要做我的主了。我却拿她一点办法没有。"

文田笑道:"这么厉害?"

文珠的表情有点困惑:"我也真不晓得怎么说才好,说她讨人欢喜吧,她会靠在你怀里发糯米嗲,可以把你骨头都嗲得酥掉。说做出来的事情叫人光火吧,她可以气得你只想把自己的头发拔光,怎么我会生出这么一头犟牛来。我常常被她气出眼泪水来,过一歇她又像只小猫咪爬在你身上,又是帮你揩眼泪又是吧嗒吧嗒地亲你,我被她哄得连自己姓啥也不晓得了。我只会说:妹妹啊,你真是我的前世冤家啊。你晓得她怎么回答我?"

"说啥?"

"她说:不对,你是我前世的姆妈,辛辛苦苦把我养大。然后说:姆妈你让我想想。闭了眼睛想了一歇,然后像煞有介事地看着我说:再往前一世,你也是我的姆妈，不过，那一世啊我死得蛮早的，你很是伤心。所以我又找你投胎来了。"

文田大惊："这些话，不像是一个八岁小囡说得出来的。"

"是呀，我被她说得汗毛管都竖起来了。再看看她，不就是一个平平常常的小姑娘，扎两根小辫子，一面孔的天真。我想这些话也没人教她的，怎么就会从她嘴里说了出来？"

"这个小囡的确是有些特别，我记得在她三岁多的辰光，跟我讲三国志故事，说的话也是同年龄小囡说不出来的。"

"是呀，她也跟我讲过杀头什么的，吓人倒怪，我都不晓得怎么回答她好。"

文田问道："这些事情，方晦晓得吗？"

"哼，方晦他才不管这些了。一早上就出门，回来小囡们都睏觉了。偶然休息一天，要么睏个懒觉，要么人来疯发作，跟小囡们没大没小地瞎白相。买点好小菜烧顿好夜饭，他就觉得尽到了对家庭的责任。"

文田笑道："方晦已经不错了，一个男人勤勤恳恳的，外面做屋里做，你也不好要求太高的。"

文珠转过身来道："我说啊，小阿哥，你书看得多，道理也懂得多。有机会的话，你去跟妹妹讲讲，讲讲做人的道理。"

文田苦笑："我？我自己做人还做得七颠八倒。文珠你不晓得，读书多是没啥用场的。"

文珠逼他："你是舅舅呀，舅舅讲的话，小囡会比较肯听的呀？"

文田说："我去跟妹妹讲讲是没问题的，问题是，我要跟她讲点啥呢？"

四十一

经不住街道居委会小组的阿姨大婶们一再上门来动员，把个自己从来没去过的新疆说得花好桃好，什么那儿广阔天地大有前途啊，什么年轻人不好在家吃闲饭啊。絮絮叨叨，文桑开始不胜其烦，但是实在吃不消婆婆妈妈们的水磨功夫，最后心劲一松，报了名去新疆石河子军垦农场。

文田一听到这消息，马上就赶去文桑住处，想劝他改变主意。

文桑穿了类似军装的新制服，新剃了头，整个人看起来倒显得精神了些。文田一进门就开门见山地说："四阿哥啊，怎么搞的，真的要去新疆了？"

文桑只是点点头。

文田跌脚道："啊呀，四阿哥，去不得的呀。"

文桑微笑着反问道："为啥去不得？"

"几千里的路啊，人生地不熟的。况且，你今后再要回上海就很难了呀。"

文桑冷笑道："上海有啥好？回来又怎样，不回来又怎样？"

文田一时语塞，过一阵才说："上海住惯了的地方，各方面总归方便些。还有，至少家人都在这儿。"

文桑有些感伤道："没有工作，没有进账，是最大的不方便。你不晓得一个人七八年来寻不着事情做是啥个感觉，就算买一包一角五分的檀香橄榄，都要想一想。还有你说的家人，你说我们一年才见了几次面？"

文田不响，过一阵问道："三哥晓得你要去新疆了吗？"

"当然咯。他很支持的。"

文田踌躇道:"难道三哥不能帮你安排个事做吗?他手下管着好几万人,总可以找到一两个空缺的。"

文桑决然地说:"我不会去开这个口的。"

"要么,我帮你去说说看?"

文桑忽然暴躁起来,大声道:"喂,老五,不要!"

看到文田受惊,文桑的口气缓和了些:"文海也有他的难处,共产党的官,最怕的是被人说公私不分。我又何必要去为难他呢?"

文田镇静下来,说:"我听说新疆那儿的劳动强度很高,你的身体吃得消吗?"

"新疆过来招人的同志对我说,像我这样懂机械,上过大学的,一般都会被安排到农机站、机修厂里去做技术员,不会让我去下大田的。何况,新疆也不是天涯海角,乘火车也就是三四天的工夫。等我有了假期后,会回来看大家的。"

文田看他主意已定,便不再劝说,只问道:"什么辰光动身?"

"下个礼拜三就要走。"

"我来送送你吧。"

文桑动身那一天,阴霾天气,像是要下雨,文田和文珠送他到北火车站。安放好行李之后,三个人在月台上话别。大家都不提新疆,只说些家常话题,文桑这时倒显得有些感伤,说:"我昨夜做梦做到西浔的老宅,还是跟从前一样,爹爹姆妈都还在。文珠你还只有这么一点点大,扎一根冲天小辫子,跟老五两个在后码头官兵捉强盗,疯得差点跌进河里去。"

文珠叹口气说:"提起这个我就伤心,去年回去看我公公时,弯到老宅里面看了一下,实在是败落得不像样了。"

文桑说:"其实,我应该在走之前去看一次的。下次回来,就不晓得是什么时候了。"

文田安慰两人:"爹爹当年也不希望我们守着老宅,人总归是要走出去的。"

文珠说:"如果那些人好好地照护老宅,我也没啥意见。但是被糟蹋成啥样子了,四阿哥,小阿哥,你们没看到那个光景,看到了只想哭出来。"

三人都不响了。最后文田道:"现在许多事,不能再回头去看了。只要人平安就好。"

火车鸣了一声长长的汽笛,月台上人群骚动起来,乘务员在催乘客上车了,送行的家属们挤在车窗前,都有说不完的叮嘱话语。文桑说:"好了,你们都回去吧,我到了地方就写信回来。"文珠眼泪汪汪,只顾着用手帕擤鼻子,说不出话来。文田跟文桑握手,说:"四哥,出门在外,你千万保重自己。"文桑的眼眶也有些发红,闷声道:"我晓得的。你们也保重。"

走出北火车站,外面淅淅沥沥的开始下雨了。十四路公共汽车站头上,来了一部车子,等车的人就一拥而上,前胸贴牢后背,文田兄妹挤了好几次都挤不上去。文珠说:"小阿哥,算了。也是快到吃中饭辰光了,我们一块去吃碗面再说吧。"两人穿过马路,走进一家小饭店,叫了两碗盖浇面。等面的时候,文珠轻声说:"刚刚四阿哥说,做梦做到爹爹姆妈,我就在想,一定是爹爹姆妈也晓得四阿哥要走了,特为来送送他的呀。"说着眼圈又红了。

文田心里也是发堵,闷闷地说不出话来。盖浇面上来了,几根肉丝,一些豆角和胡萝卜乱七八糟地炒在一起,两人都吃得无滋无味。

回家之后，文田一直在想文桑说的话，应该要回到老宅去看看。他从解放初期出来之后，六七年没回去过了。主要是不想看到原来的家被外人占据，还有，他也害怕当地政府把他当作地主分子捉了去。许多年了，土地改革、成分划分等都早已过去，现在回去大概不要紧了吧。他一直牵挂多次救治过他的徐医生，总要七十岁出头了吧。还有厨娘阿香，一直善待他与他的家人，也应该要去探视一次的。他算了算，如果乘早班车去西浔的话，一天应该可以打个来回。

文田在周末起了个大早，五点钟就赶到长途汽车站，第一班车子六点十分出发，他买好票，看看时间还早，就到车站旁边的早餐摊上吃早饭。

暗淡的夜色依然笼罩着街道，黎明前的薄雾飘荡在鳞次栉比的屋檐下，车站四周的小弄堂里已经有了响动，大门砰一声被带上，一个睡眼惺忪的女人穿着拖鞋和花睡裤，提了竹篮上菜场去。早起的老太婆在弄堂里生煤球炉，薄暗中火光闪耀，青烟袅袅而起，乡下人拖着沉重的粪车从狭窄的小弄堂里出来，上早班的女工在车站上等候公共汽车，一面啃着手上的粢饭团。一个青年工人骑着自行车，双手脱把，一歪一扭地迤逦而过。

文田买了一碗豆浆，一副大饼油条，找到个桌位坐下。对桌坐了一个老头，带了一只鸟笼，布罩半开。老头一面喝豆浆，一面把大饼上的芝麻撸下来，放在指尖上喂笼中的鸟儿。文田看去，那只鸟的羽毛呈暗棕黄色，眼睛后面有一条白痕，应该是只画眉。不禁想起了在西浔养过的几笼鸟雀，跟老头攀谈起来。老头说这鸟儿养了半年多了，专门买了小米谷子喂它，还未曾开口，听人说喂些芝麻有用。文田建议道：如果能喂些活虫，对鸟儿来说更好。正在攀谈间，突然有人拉他袖管，转头一看，后面站了一个蓬头散发的妇人，穿着污脏的褂子，手上还抱了一个一二岁的小孩，也是脏得不成样子，头发稀疏，脸上横一道竖一条，结满了干涸的鼻涕。妇人急促地用他听不懂的方言说话，但意思是明白的，小孩子挨着饿，讨要施舍。文田最后一次看到乞丐还是许多年前的事，那时日本人还没投降，秋收过后，许多河南安徽的穷人跑到浙江一带讨饭。阿香总是把厨房里剩有的饭菜给他们，有时还特为找出些旧衣服给小孩的家庭。她回屋来就唉声叹气道："真是作孽死了，拖儿带女的。这么冷的天，老天爷要收人了呀。"

文田摸摸口袋，刚才买早餐还剩一毛角票和几个分币，就全给了那妇人，妇人面无表情，也不道声谢，转身走去另一桌乞讨。吃豆腐浆的老头子抬头道："最近讨饭花子多了起来，夜里睡在小菜场的案板上，白天出来乞讨。"文田随口问了一句："安徽来的？"老头子说："全国都有，还有从湖南，四川来的。"两人再无话，各自吃完离去。

长途汽车很是颠簸，车厢里充满着刺鼻的柴油气味。文田坐在最后一排靠窗的位置，窗外深秋的景色萧瑟荒芜，大群的黑鸟在田野里盘旋，地里的庄稼已经收割完了，裸露出灰褐色的土层，树木掉光了叶子，沿路的房屋看来是久未修葺，七歪八倒一副衰败模样。一些年老的村民，三五成群地蹲在打谷场上，面无表情地看着路过的长途汽车。偶尔经过一些以前的高宅大院,粉白的外墙上刷着大标语"总路线好人民公社好大跃进好"。车子进入水乡地区,有人赤了身子在水里摸鱼,河水死绿,水面上漂浮着大量的垃圾,隔着车窗都闻得到一股植物发酵的酸败味道。

到了西浔九点多,文田下车,车站出口处围着人群,有衣衫褴褛的乞丐,也有本地农人,在角落里偷偷摸摸地做买卖,不外是些本地的土产和鱼虾。文田快步走出车站,望了一下四周,一种熟悉又陌生的感觉袭来,心里咚咚地跳着。他决定先去看望徐医生,然后是阿香,再有时间的话,去看一眼老宅。

天阴着,他走在青石板小巷中,觉得路面怎么这么窄,两边的民居也是破旧不堪。半敞的屋门前,放置了各种杂物,桌椅炉灶,农具竹匾,痰盂罐和没收回去的马桶,巷子更是显得逼仄。头顶伸出横七竖八的晾衣竹竿,各式衣物还在淋漓滴水。这个时候镇上人不多,大概都下田去了。他走过一座拱桥,桥旁有几格青石台阶往下通到河面,一个浣衣的农妇挽着淋淋漓漓的洗衣篮走上堤来,睁着狐疑的眼睛看着他。他含含糊糊地点了个头,快步走了过去。

文田穿了件半旧的中山装,戴了顶蓝色的人民帽,手里提了个帆布包,里面装了带给徐医生和阿香的糕点礼品。他不认识刚才遇到的那个女人,也不希望被人认出来,他的穿着像是小镇上某个走街串巷的供销社职员,这种人在每个南方乡间小镇上常常能见到的。

文田推开徐宅大门,这是一间两进的宅子。前面天井里堆了不少杂物。从前厢房里走出来叼着香烟的中年男人也是不认识的,文田不禁怀疑自己走错了门户,还是问了一句:"这里可是徐医生的住处?"中年男人斜眼看了他,然后指了指后面那一进:"姓徐的?住那里边。"文田于是穿过窄窄的甬道,来到后面的天井。

后面的天井里也是杂乱无章,原来天井中央有一口井,井水沁凉甘甜。现在井边搁着一圈洗衣盆,几把竹椅,角落里还有一只泔水桶,散发出恶臭,几只过冬的苍蝇营营飞舞着。墙边堆着建筑废料,缺轮子的小推车,陈旧破损的农具。走廊下堆着生火的稻柴秆,檐下挂着空的鸟笼,早已破损,覆盖着厚厚的灰尘。门窗都油漆剥落,地砖开裂,整幢房子像是荒僻了很久的样子。

文田看到这幅景象,脚步便犹豫了。徐医生原先是个多么清高的人士,居住的宅院,虽然建筑年代久远,但收拾得窗明几净,家具和摆设都很古雅,并无一丝杂乱荒疏之象。院中竹林摇曳,时花妍放,天井中摆放着大盆的太湖石盆景,廊下鸟鸣婉转。不过十来年间,竟凋敝成这番模样。

灶披间里有些动静,一个中年妇女探出头来,眯起眼上下打量着进院来的不速之客。文田认出这妇人是方晦的长姐,便叫了一声:"大姐姐,我是文田呀。"那妇人显得手足无措:"啊呀呀,真是再也想不到的。五少爷,你怎么来了?"文田嘘了一声,轻声说:"千万不要叫我少爷,我是来看看徐医生的。"妇人噤声,然后像是做贼似的左右巡看了一下,抓了文田的袖子,蹑手蹑脚地把他带进灶披间后面的一间屋子。

屋子里极暗,文田记起这间屋原来是徐宅的库房,堆放柴草旧货等杂物的,只有开在高处的一扇盈尺小窗，现在这扇窗用旧报纸糊了，房内更是乌漆墨黑一片。大姐姐擦了根火柴，点起一盏油灯，如豆之光照出了屋内景象，十来个平方的空间塞得满满当当，进门一张杂木吃饭桌子，桌上放着酱油瓶、盐罐、热水瓶，一堆未择的鸡毛菜，以及隔夜的饭菜，用一个纱罩罩着。墙上挂着放杂物的提篮，笋匾，墙角里放了个马桶，还未曾倾倒清洗，满室的秽气可闻。房间中央拉了根绳子，挂着一块布帘，两边各置放了一张棕绷床。撩开布帘子，恍然见有一个骨瘦如柴的人影躺在床上。

大姐姐走近床头，轻声说道："爹爹，五少爷来看你了。"床上人懵懂地问道："啥人啊？"文田赶上一步，弯身道："徐伯伯，是我呀，霍家的老五。"床上的人"噢"了一声："文田啊。"便想撑坐起身来。文田马上按住："徐伯伯，您躺着就好，我陪您说说话。"

大姐姐把油灯移近些，文田看到半躺在床上的徐医生两颊完全塌陷了下去，牙床骨突出，皮肤像层旧报纸似的蒙在颧骨上，整个人已经差不多是个骷髅头了。头发掉了许多，头顶心露出大片的老人斑，一只眼睛蒙上了白翳。文田弯身凑近说话，一股老人身上的恶浊气息扑面而来，不由得熏得他退避三舍。

不过徐医生神志还很清醒，说话言语还清晰如昔："文田啊，老远地跑来，难为你。家里人都好吗？"文田轻声细语地说了些上海诸亲友的近况，又说："我一路进来，西浔镇大变样了。踏进徐宅，我还以为走错地方了。"徐医生说："你也看到了，徐宅，已经是个垃圾桶了。"大姐姐在旁说："前前后后搬进来了好几家人家，把我们赶到这间柴房里，已经六七年了。"文田心中酸楚："当时不是说过，不会为难你们的吗？"徐医生冷笑道："留你一条残命，已经算是法外开恩了。"文田嗫嚅着说不出话来，最后道："不应该把您划成地主的，您是个救人性命的医生啊。"徐医生只是朝天翻了一记白眼，没答话。大姐姐在一旁轻声说："听说当年几个开会做决定的人，十个里至少有五六个是爹爹的病家，还不是一样地把人往火炕里推的啊。"说着努努嘴："喏，有一个就住在前一进的房子里。断命没良心的。"徐医生摆摆手，让大姐姐别说了。文田感叹道："早知今日，不如当时就抛了这里，远走高飞，也没了这些折磨。"徐医生叹道："走不脱的，有名额的。当时土改工作组跟我说，徐家有十几亩地，总要划出一个地主来的，不划你，就要划你家的方晦。我已经是个老头子了，方晦还有大把的人生要活了。所以定我地主就地主吧。"文田感叹道："真是想不到还有这样一桩公案啊。"又说："要么，让方晦接您去上海住一段时日，养息养息？"徐医生连忙摆手："不要，不要，他有三个小囡了，千万不要去影响他。"过一阵又悠悠说道："唉，我现在只求早点死掉，但苦于死不掉呀。"文田无言以对，只好岔开去说："徐伯伯，我帮您带了些上海点心，要不要叫大姐姐去蒸一块来给你吃？"徐医生睁开眼睛，微笑着说："哦，倒是许多辰光没吃过了，好呀，吃一块吧。"

文田跟了大姐姐来到灶间，在灶头前轻声交谈。大姐姐说爹爹已经卧床两年了，以前还能起来走几步，晒晒太阳，上个茅房啥的。近两年是越来越差，下不了床，大小便都在床上。三餐都要喂，还要小心不能让他噎着。说着说着大姐姐的眼泪水就下来了:"我真是苦透苦透,想不到这世人竟做成这样。不要说爹爹想死,我都真想死掉的啊。眼睛一闭,啥烦恼都没了,多少好。"文田也是眼眶发涩,强忍着,从口袋里摸出两张十元的钞票,塞在大姐姐手中:"这些钱拿去给你自己买件衣服,再弄只鸡来熬锅汤,让伯伯补一补。"大姐姐开始不肯收,推诿道:"你也晓得爹爹是要强的人,拿了你的钞票,被他晓得了要骂我山门的。"文田顿脚道:"啥辰光了,还跟我客气。拿着呀,我还会再寄些来的。"大姐姐终于收下,解开裤带贴身地把钞票藏起来:"不好被前面几个恶鬼看到的呀,否则又是这个费那个费,最终弄我一场空。"

徐医生胃口还不错,一连吃了两块豆沙糯米点心,吃得喉结上下滑动不已。吃太急了,一不小心被噎住了,额头青筋暴起,眼乌珠弹出。大姐姐连忙帮他拍背,一面抱怨:"慢点呀,又没人跟你抢的。"文田看得伤心,这是人长久吃劣质伙食,一旦看到好些的食品(其实几块糯米点心也算不上什么好东西)必定会呈现出来的急相,便说:"伯伯喜欢的话,我下次再给您带些。"徐医生费力地咽下嘴里的食物,哑声说道:"文田你啊,千万不要再来了,被那些积极分子看到,报告上去,又是一场麻烦。真的,我跟方晦也是这么关照的。"

文田又坐了一会儿,要告辞了。徐医生说:"慢点,我要送样东西给你。"随即叫大姐姐把他的药箱拿来。文田看他在药箱里翻来翻去,箱子里并没有什么药,而是一堆杂物,如称中药的小秤,生锈的钥匙串,干结的毛笔头,几段残墨,一些霉绿的铜板,等等。徐医生最后翻出一个纸包,打开是一枚椭圆形的鸡血石章,比一颗鸭蛋还要大些,石面上鸡血饱满,鲜红一片。再翻过来看底部,三个阳文篆书——天有疾。徐医生把石章包好,放到文田手上:"权当做个纪念吧。"文田推辞:"徐伯伯盛情,只是太贵重了,我是不敢拿的。"徐医生叹道:"原来存有的六七十枚石章,十失其九。余下的也被我卖的卖,送的送,这最后一枚,就交与你手上,拿着吧。"文田只得收下。

大姐姐送出门来,悄声说阿香的两个儿子现在都是党员,大队里的干部。你跑去看她,不晓得是不是会尴尬。文田想了想,来也来了,阿香儿子以前与他相处得也比较友善,再怎样进步,也不至于赶他出门吧,还是去了镇西头的阿香家。

阿香独自一人在家,见了文田,一开始也没认出来,认出后倒是满面欢喜,拖他进屋,泡茶让座,问候家人。又去煮了一大碗酒酿潽鸡蛋,一定要他吃下,自己拖了把小竹椅,在灶台前陪了絮絮叨叨地说话。文田听出阿香也对当前诸事多有不满:两个儿子是老实人,当了干部,要执行上面的政策,但常被镇上街坊抱怨,真叫吃力不讨好啊。干部要以身作则的,阿香养了几只生蛋鸡,儿子也要逼着她杀掉,说是上头的精神。阿香不无怨气地说道:"历朝历代,还没有听到过不许老百姓养鸡的条律,现在怎么会弄成这样。"文田听多说少,说起徐医生的境遇,阿香也是连连叹气,说:"作孽啊,徐医生当年可是治好了不少人毛病的。恩将仇报,啊呀,现在人心都坏了,心坏了,再高明的医生也治不好的。"文田吃完酒酿潽蛋,天已过午,就要告辞,阿香到后院摘了些丝瓜茄子要他带回去:"乡下头真没什么东西拿得出手的，好在你五少爷是自家人，断不会嫌弃的。"一直把他送到巷子口。

从阿香家出来，过一顶拱桥，再穿过两条小巷，一个拐弯就是老家霍宅了。记得文珠说过，老宅早已改成西浔镇政府的办公处了。所以文田越是趋近，心里越是忐忑不已。站定了第一眼看过去，住了十几年的老宅变得陌生了，两边丈余高的青砖山墙上，各刷了一条威风凛凛的大标语"毛主席万岁，共产党万岁"，写的是直骨铁硬的仿宋体。老宅的门廊上，左边挂了中国共产党西浔镇委员会招牌，右面挂的是西浔镇人民政府的招牌，白底黑字。大门敞开着，门廊上有一个看门老头子，正坐在长凳上吃香烟。文田站在对街，偷眼望去，老宅的黑漆大门已经斑驳，门扉上一对铜制的狮头大门环没有了，大概是被送去大炼钢铁了。前院中，吉羊大照壁被拆掉了，看进去一览无余。院子里原来竖着的太湖假山石、葱茏的花木全无踪影，变得光秃秃的一片。东边的廊下停了几辆自行车，堆放着一些杂物。文田几番踟蹰，还是不敢进去。随后他沿了西浔河北岸，走到横贯河面的石板长桥上，从这儿可以看见老宅房宇一部分侧面，以及房宇后部的水陆码头。

午后出了点太阳，光线从西面映照过来，河面上还是一片水汽蒙蒙，沿岸屋宇好像在河水的波光中沉浮不已。他看到老宅斑驳的后山墙上，秋天的爬山虎依旧青翠。他看到水陆码头底下的木头基座已经倾圮，木桩倾斜倒伏，上面生满了大片的青苔。岸边，高低参差的大丛芦苇从屋基的间隙中蹿出来，在河风回荡中摇曳着，嗖嗖作响。

这座百年老宅曾经是他的月光童话，他的深柳读书堂，是他浑然不知魏晋的桃花源。而惊鸿一瞥的红狐狸，如不可言说的夜之精灵，悄悄地出没在月色之中。在一个深秋的午后，暮色渐渐西沉，文田伫立在跨越百年逝水的石桥上，有如隔世恍然。他怀着喜悦与悲伤，追缅着日渐轻淡的回忆。老宅与他，于一水之隔互相眺望着，安静、忧伤地眺望着。

四十二

五十年代将要过去之时，一场突如其来的饥荒席卷了整个国家。

在这场饥荒中，上海还算是全国首善之地，没饿死人，但也是够呛。任何民生用品都要凭票供应，粮票油票肉票禽蛋票水产票豆制品票糕点票香烟票火柴票布票肥皂草纸票，虽然每人有二十几斤的定粮，但由于副食品的缺乏，根本不够吃的。饥饿扼紧了人的咽喉，吃饭变成人生的首要大事。

文珠家里有三个正在长身体的小囡，饭桌上也是吃紧。好在方晦凭了过去开饭店时的一些老关系，隔三差五总能买到一些紧俏货，聊慰无米之炊的困境。文珠则不时跑去寄售商店，出售一些衣物首饰，拿到售出款子之后就跑去黑市，花大钞票加几个小菜，毕竟小囡的身体最要紧。此时阿青考进了坐落在闵行的上海中学读高中，平时住读，周末才回家来。阿虹刚刚考进市三女中初二，也是住校。妹妹则在愚园路民办小学读五年级。每逢礼拜日，方晦一早出门，跑小菜场、熟食店，或是跑到苏州河边上，高价向乡下人购买活鸡活鱼，想尽了一切办法补充食材。

这个礼拜天早上，方晦从小菜场回来后，就一头扎进厨房间里烹煮煎炸。十点多钟阿青回家来了，个子拔高不少，已经比文珠高出一个头了，人却精瘦。文珠心疼地端详了半晌，拉着手没说几句话，就被阿青挣脱，跑去灶间里跟阿爸说话。方晦笑道："阿青啊，我晓得的，你又不是来看我，是专门来看这锅红烧肉的吧？"阿青就不好意思地讪笑。方晦嘴上揶揄着儿子，还是盛了一小碗肉先给他过过馋瘾。看到儿子狼吞虎咽地吃下后，眼睛还是盯牢着砂锅，方晦就说："喂，留点胃口喔，中午还有蛮多好吃的东西了。"

中饭开出来了，计有一砂锅浓油赤酱的红烧肉，焖得酥烂。砂锅里还有四只肉汁卤蛋，三个小囡一人一只，文珠夫妇分食一只。有家常豆腐，茭白炒猪肝，清炒鸡毛菜。还有一碗葱烧河鲫鱼，方晦先用油煎透，再放了姜片葱段酱油黄酒冰糖用文火焖烧，连鱼骨也焖得酥透。此菜一上桌，鱼头就被两个小姑娘抢了去，筷子一挑一翻，鱼眼睛就被剜了出来。阿青不解："真是弄不懂，鱼眼睛有什么好吃？上面又没啥肉的。"朝儿就怼她的阿哥："人吃了鱼眼睛聪敏呀，阿哥你连这个都不晓得？"阿青笑道："喔，虽然我不吃鱼眼睛，不是也考进上海最好的中学了。"两个妹妹一齐怼他："呦，稀罕死了，有种再考进清华大学。"阿青踌躇满志道："清华算个啥？请我去还要考虑考虑。我的志愿是考进交大船舶系，造出中国第一艘远洋轮船。"

这是方晦夫妇少有的舒心时候，一周未见的小囡们团团围坐在一起，分享难得的丰盛食品，一面听他们说一礼拜来的见闻。多数是阿青跟朝儿两个在说，而阿虹，像只猫咪般在静静地享受她的鱼头，偶尔插几句话。阿青说上海中学虽是上海最好的学校，但食堂里伙食糟糕透了，大师傅肯定是喂猪出身，顿顿是卷心菜炒洋山芋，十天半月才能吃上一次肉，肉皮上的毛还没拔干净，也只好闭了眼睛吃下去。家里有钞票的同学，家长烧好了小菜，装在饭盒里送来。条件不是那么好的同学，只好流口水。有个同学叫任大伟，高一进校时是一米五四，几学期下来，还是一米五四。营养跟不上，人长僵掉了。

方晦道："阿青啊，你姆妈叫我烧了一只八宝辣酱，里面有肉丁香肠丁豆腐干香菇虾米扁尖笋丁花生米。你和阿虹各人一瓶，可下饭可拌面，吃泡饭也不错，晚上走时不要忘记。"

阿虹说："我不要，我们是女中，带小菜去宿舍吃影响不好。我如果真的嘴巴馋，乘两站公共汽车回家来吃就是了。都让阿哥带上好了。"

吃过中饭，方晦带了儿子去浴德浴池汰浴。文珠则和两个女儿一起包夜饭要吃的馄饨，妹妹把一本书放在膝盖处，包两只馄饨，低头去看一页书。引得文珠抱怨道："你看你，馄饨包得七歪八倒的，究竟是什么书，看得如此入迷？"

阿虹探头看了一眼："《牛虻》，外国小说。她晚上钻在被窝筒里也看的。"

文珠撇嘴道："又不是啥正经书，有必要这样废寝忘食吗？"

妹妹头也不抬，又翻了一页。文珠不禁嘀咕了一句："读正经书也这样卖力就好了。"

阿虹倒给妹妹打抱不平了："姆妈，你不要这么说，妹妹算是非常聪敏的学生仔了，我的代数作业，我自己还要演算两遍才做得下来,在她那里是吃豆腐一样,三下五除二就做了出来。我翻了翻她刚发的五六年级的课本,都还没教到那儿。也不晓得她是怎么就学会了的。"

妹妹轻描淡写地说:"这有什么难的,看看演习题,再动几下脑子就会了嘛。"

文珠是看不懂三个小囡功课的,从读小学起一直是放手的。而三个小囡倒都很争气,读书从来不要父母担心。只是不晓得他们到底聪敏到啥个程度。听阿虹这样说,文珠心里很是欣慰,嘴上偏偏要说几句:"饭桌上的鱼眼睛都被她一个人吃去了,不聪敏还得了!"

姐妹两个都笑了:"姆妈你当真了?其实吃鱼眼睛没啥用场的。主要是你聪敏,我们做女儿的才会聪敏的呀。"

文珠笑着啐道:"你们两个给我戴高帽子吧。明明晓得我没读过多少书,啥个代数物理都做不来的。"

两个女儿齐声道:"姆妈你就不要谦虚了。我们家就数你最聪敏了。"

文珠道:"我一个家庭妇女,再聪敏有个屁用。男人家聪敏点,才是最要紧的。像你们的阿爸,脑袋瓜子一根筋不会转弯,自家替自家寻了多少麻烦?"

阿虹一直跟父亲很亲近,便帮了方晦说话:"姆妈你不要讲阿爸了,他是个老实人。难道你希望他像饭店里的黄蛤蜊,油头滑脑八面玲珑?"

文珠呸了一声:"如果他像黄蛤蜊那副贼里贼腔,我老早就把他一脚踢出去了。"

妹妹打断她两个,说:"馄饨包得差不多了。要不要先去下几个,我们三个人先尝尝味道?"

文珠笑道:"妹妹啊,你真是个天吃星,中饭才落肚没多久,又要吃了?"

说是这样说,一面就去烧水,准备下馄饨。正在这时,听到有人敲门,开门一看,却是个面生的乡下人,说是要找方晦。来人是阿香的小儿子,当年还是个小后生,现在长得又黑又粗,当然不认识了。一听是从西浔来的,文珠心里便有个不好的预感,她把客人让进屋里,给他盛了一大碗馄饨,一面吃一面等方晦回来。

徐医生是前日夜里突然昏迷的,水米不进。大姐姐手足无措,要照顾病人又走不开,只好请阿香儿子帮忙跑一次上海,说是老头子看样子过不了一两天的。

方晦四点多回家来,一听消息马上跟文珠去了长途车站,最后一班五点三刻发车,赶到西浔已经是九点多钟了。徐医生依然昏迷着,面色发青,嘴张着,呼吸急促。方晦文珠衣不解带,陪护了一整夜。第二天早上,徐医生似有醒转,眼睛张开了,方晦连忙上去握住了父亲的手,说:"爹爹我来了,已经叫人去请医生了,你安心点,好生养歇。"徐医生摆摆手,吃力地说:"不必了,大限到了,我是晓得的。"一面四下里张望。文珠见状赶快上前:"爹爹我在这里,你安心。"徐医生不响,又闭上了眼睛。阿香来了,里里外外帮着打点。镇上卫生所的医生来了一次,进屋五分钟,略略搭个脉,翻开眼皮看了看,便走出来跟方晦说:"大概就在这几个时辰了,你最好做些准备了啊。"

屋内的徐医生显得有些烦躁,频频地往门口看,问他是否在等谁?也不作答。下午二点钟刚过,突然听到天井里有人在说上海话,文珠一激灵,开门出去一看,竟然是阿虹跟妹妹两个,急问:"你两个怎么跑来啦?"妹妹说:"阿香的儿子说,阿

130

公快要死了,我们向学校里请了假,赶过来送送他的。"文珠心想,公公从今晨起,一直一口气拖着,像是等什么人来送他。难道真是心有灵犀?随即又问道:"你两个还是蛮小的辰光来过此地,许多年了,怎么会被你俩寻着的?"阿虹笑道:"可以问路的呀。"妹妹加了一句:"徐家人总归寻得到徐家门的。"这时方晦也出来了,说:"啊,来了正好,快点进去,阿公要见你们。"

姐妹俩急忙进屋,徐医生已经说不出话来了,眼睛却亮晶晶的看着两个孙女。阿虹显得有些骇怕,畏缩着不敢上前。妹妹走到床边,看着床上的病人,说:"阿公,我们来看你了。我是朝儿呀。"徐医生定睛看了小孙女一会儿,眼角上滚下一颗泪珠来,随即闭上眼睛,再也没睁开过。

文珠怕两个小囡受惊吓,就把她们带出房间去。阿香在灶间里折锡箔,两姐妹在一旁做帮手。阿香絮叨道:"日脚真是过得快,我最后一次见到你们,阿虹你才这么一点点大,妹妹呢,还裹在蜡烛包里的……"一句话没说完,后面库房里就响起了哭声,阿香脸色一紧:"阿弥陀佛,你们的阿公走了。"又自言自语地喃喃道:"老头子一口气足足吊了两日,见到了两个孙女,总算心定了。"阿虹胆小,不敢去看死人,怎么拖也拖不动。妹妹就一个人进了房,昏暗的房间里有股说不出的难闻味道,像是墙角里烂山芋的霉蒸味,又像是阿青出脚汗的球鞋臭味。看到阿公直挺挺地躺着,眼睛闭了,嘴还微张着。妹妹也霎时紧张起来,躲在文珠的身后,又好奇地伸出半个脑袋来张望。被她看到床头上方有一只过冬的苍蝇在嗡嗡地飞舞,几次停在死人的身上,方晦无意识地伸手去赶,

苍蝇飞走绕了一圈又返回,停在死人的鼻尖上,方晦也就没有再去驱赶。

人死了,照例是要做场法事的,但镇上干部上门来说,以死人的地主成分来看,丧事越简单越好。如果弄出太多的动静来,传出去的话,对镇上影响是不大好的。方晦本想力争,众人都说不妥,大姐姐还要在此地过下去的,方晦只好算了。

徐医生在第二天傍晚落葬,送行的除了至亲家人,只有阿香和小儿子前来帮个手。在渐渐黑下来的野外,焚烧锡箔的火苗忽高忽低,一闪一闪地照得人脸直如鬼面。锡箔烧完,火盆里的明火熄了,青烟却久久不散,上下盘旋复回。转头一望,广袤的星空下是无边的寥寂,远处的村庄黑灯瞎火,万籁俱寂,偶尔传来一两声狗吠。西浔河在看不见的远处淙淙流淌着,大音希声,大象无形,星辰年月的钟磬永不停歇。而人世匆匆,譬如蚍蜉,朝生暮死。

四十三

年月嬗递,时光清浅,饥荒年代渐渐过去,生活也恢复了常态。

徐家三个小囡都长大了,阿虹读高二,再有一年准备要考大学了,有时连周末都不回家,在学校里复习。朝儿上初三,也是功课很紧。两月前,阿青考大学,他志得意满地填了上海交通大学、清华大学、哈尔滨军工大学,意外的是竟然都没被录取,被录取的两所学校一所是西安交通大学,其二是南京工学院。接到录取通知,阿青很是失落,他高中的成绩在上海中学也算名列前茅,自觉在考场上也发挥得不

错，想不通怎么会是这么一个结果，闷闷不乐了好几天。方晦文珠劝慰的话语他也听不进去，只好请来了文田，让他来家劝劝外甥。

文田进了门，看见阿青蒙了头睡在床上，唤了好几声，才勉强坐起身来。文田说："阿青，我是来跟你贺喜的，你就这样躺在床上不给我面子？"阿青苦着脸说："小舅舅，我的第一第二第三志愿都没被录取，还有啥个喜可贺的。"文田说："我这一辈子，连个中学都没有上过，读大学，对我来说是件不可高攀的事情。你爸你妈也是没上过大学的，你是你这一辈第一个大学生，当然是要庆贺的。"听小舅舅这么说，阿青脸色活泛了些。文田拍了拍他的肩膀："哎，小懒虫，好起来了呀，我带你吃点心去。"

两人换了两路公共汽车，来到南京路的王家沙。周日下午，食客蛮多的，文田让阿青等位置，他去柜台上买了筹子。等了一刻钟，点心上来了，一人一碗虾肉小馄饨，一客蟹壳黄，一客鲜肉小笼，再是一客肉丝两面黄，两人分食。阿青这般年纪的大男孩，有再多的食物也是吃得下的，并且，一旦面对了喜爱的食物，再大的烦恼也是可以丢开的。阿青的嘴巴里塞满了食物，还能腾出空隙来跟小舅舅讨论——到底去读哪一所学校比较好？文田道："大学，是人生选择的起点，别人的意见只能是参考，最终还是要你自己做决定。"阿青说："我是想去西安交大的，也是交大，虽然不在上海。可是我阿爸姆妈希望我去南京工学院，离上海近些，乘火车四个半钟头就可以回来的。"文田说："我嘛，还是那句话，这要你自己去做决定。在人生重大选择关头，是很难两头都兼顾到的。"

话音刚落，突然听到店堂里有人大声争吵起来，满座的食客都被惊动了。原来是一个站在桌边等位置的客人，叼着香烟，哪晓得香烟灰落下来，正好落进坐着吃点心的食客衣领里，食客被烫得惊跳起来，转身就骂骂咧咧，出口成脏。吃香烟的人本来倒还有些歉意，不料祖宗八代都被人数落出来，忿不过，便也还嘴了。两人的嚣骂声浪之大，用词之促刻，火药味之浓烈，连柜台里刚出笼的蟹粉小笼都被骂得瘪了下去。旁人有劝架的，帮腔的，起哄的，连柜台里白衣白帽的大师傅都走出来看热闹，王家沙店堂里嘈杂成一团。

难得出来吃一顿点心，就此被败坏了胃口。舅甥俩匆匆吃完点心，回到家里。却见一房间的人，众人又是兴奋又是好奇。原来是朝儿从同学家抱了一只猫回来，此猫浑身雪白，两只眼睛碧蓝一线，体态苗条，神情高傲。朝儿说："这么漂亮的猫咪，我同学家里竟然不要了。姆妈，我们把它留下来好不好？"方晦在一边说："啊呀，屋里养只猫，要添多少麻烦，还要天天为它买鱼肚肠来吃。"文珠倒有些心动，说："倒也不用天天去买，你从饭店里顺手带些鱼头鱼尾巴回来好了，举手之劳呀。"朝儿哀求父母："如果我们不要它，它变了野猫，会被街上的野蛮小鬼弄死的啊。"朝儿很少向父母要求什么，文珠又从小宠得不像话。本来，这种年月是不太适宜养狗养猫的，三年多来，食物匮乏的记忆犹新。

方晦伸出手去撸猫，一面问道："这只猫倒是蛮好看的，不晓得是啥个种？"朝儿刚说了半句："人家说是波斯猫，多……"说话间，大概是嫌方晦重手重脚，撸得不得法，那只看来很优雅的猫"嘶"了一声，一爪子向方晦的手抓去。好在方晦的手缩得快，只在手背上留下几个白痕。"这么凶啊！"周围人都吃了一惊，朝儿赶快上前把猫抱起来："它胆子小，怕生人呀，过一阵就好了。"文珠疑惑道："再过几年，你们都要上大学去了，到那辰光谁来养？"朝儿笑道："姆妈你呀。我们走了，留它在家里陪陪你呀。"文珠笑骂道："喂喂，好像我这么有空闲似的，服侍了你们三个小鬼头还不够，接下来还要服侍一只猫？"听文珠这样说，朝儿便晓得姆妈已经肯首了，便上来抱了文珠的脖项，扭着身子撒娇道："好姆妈呀，这个猫咪很好养的，一天只要喂一顿，自己会上厕所，弄只硬板纸盒子，里面放些炉灰就好了。"

徐家就此多了一个猫成员，大家叫它咪咪。咪咪是只很聪明的猫，吃得不多，喜欢干净，并且爱憎分明，家中最喜欢朝儿，只要朝儿在家，咪咪就一步不离，或者依偎在她膝盖上，或者在她脚边蹭来蹭去，晚上朝儿做功课开夜车，咪咪就陪在一边打呼噜。对文珠和阿虹也颇为柔顺，容许她们给它洗澡，肥皂沫子辣了眼睛，也只是轻轻低爬搔一下，意思说小心点。对方晦就没这么客气了，只是走得近些，也没惹它，就会莫名其妙地弓起了背，嘶声不断地恫吓。方晦受了无名委屈，指着它道："册那，没良心的小畜生，今晚的鱼头是谁给你带回来的？"三个女人就讥笑他："阿爸啊，你男子汉大丈夫跟一只猫过不去，不难为情吗？"咪咪最怕阿青，见了他就逃。因为阿青虽然读大学了，还是一派顽童心思，常常去捉弄它。比如说在咪咪尾巴上打个蝴蝶结，咪咪既捉不到，又取不下，急得团团转。最过分的一次，阿青拿支炭笔，帮咪咪画了两根眉毛，猫身人脸，怪里怪气的，猛一见到，把文珠吓得差点厥过去。

三舅妈多年来没有生养，早已不存指望。女人又有天生的母性，她把外甥女朝儿视若己出，妹妹每到周末，必定要带了书包去南昌路公寓过一夜的。如果礼拜六五点钟还见不着人的话，三舅妈会坐立不安，一个接一个的传呼电话打到愚园路来。还自说自话地要朝儿不要叫她三舅妈，要叫她小姆妈，说是她家乡诸暨都是这样叫的。这个称呼还惹来文珠背地里的抱怨："人家听了还以为是大小老婆生的哩，什么大姆妈小姆妈的。"再想想，三舅妈是真心疼惜朝儿的，也就默认了。

朝儿在学校里很是活跃，除了上课，还参加了多种兴趣小组：地理小组、诗词小组等，又加入了篮球队，每个礼拜要训练三次，或者是去跟别的学校篮球队比赛。精力一分散，功课就落后了，不过朝儿自己不是很在意，她觉得这些初中课程实在太简单了，只要她抓紧一些，随时都可以拿满分的。

小姆妈是市里的一级教师，对教学生有她的心得。她对朝儿疼惜是疼惜，但对朝儿的学习还是蛮认真的，以她多年执教的经验，晓得成绩下降容易，要追上来就不容易了。因此她要朝儿每个周末上南昌路吃夜饭，饭后小姆妈帮她检查功课，有什么不懂的地方，小姆妈再给她做讲解。不过，小姆妈发觉，这个小姑娘是极聪明的，功课她都懂，而且远远超出同年纪的学生。正因为如此，所以做功课不上心，小错误、小疏忽处不断。小姆妈不无可惜地对朝儿说："你啊，就像童话故事里的那只兔子，自以为跑得快，就可以睡大觉。结果被人家乌龟跑到你前面去了。"

朝儿周末要过来，对三舅妈说来是件大事。平时文海忙于工作，就是在家，夫妇两人也常常是白板对煞。小姑娘一来，南昌公寓里即刻就有了生气。三舅妈隔日就关照好阿姨，明早要买些外甥女爱吃的时鲜小菜来：朝儿要来吃夜饭的。此刻厨房里正散发着烹煮菜肴的香味，文海也难得地放下手中的公文，捧了一杯茶，坐到桌边来跟家人共同消磨两个时辰。吃晚餐时，朝儿会讲述许多学堂里的趣事。小姑娘讲得绘声绘色，餐桌上欢声笑语不断，平时冷冷清清的公寓里，这一刻才有了温馨的家庭气氛。

三舅妈曾私下跟文海说过好几次，要他去跟文珠夫妇说说，能不能正式把朝儿过继过来。文海虽然心中也很欢喜这个聪颖活泼的外甥女，但本能地觉得此举不妥，朝儿也是她父母心尖上的宝贝，怎么可以去夺人之爱？他劝慰老婆道："老张啊，像现在这样子，妹妹也算是大半个屋里人了。又何必去在乎过继不过继呢？"说是这样说，文海下意识地受到老婆影响，心下也把朝儿视为家中的一分子。

四十四

去了新疆三年之后，文桑亦患上了肺结核，久久不愈，在六四年底请了长病假，回到上海来休养。他原来在静安寺的住处已经被房管处收回去了，只好暂时住在文珠家。文珠的两个女儿周末回来，文桑就去文田家借宿两夜。

从新疆回来的文桑显得消沉、寡言。文珠平时忙于家务和小孩，除了供应一日三餐，对他也没有过多的关注。文田为了兄弟来过夜，特为去买了一张帆布行军床，平时可以收起来，在周末再张开。而文桑，精神萎靡得很，常常是蒙了头一睡一整天。文田本能地觉得这个兄弟的状况不是很对头，也不好多问，平时有空的话，就拖了他去走路散心。

一日初雪乍晴，午休起来，觉得室内阴冷，文田便提议出门去走走。兄弟俩沿着江宁路往武定路桥方向而去，途经玉佛寺，文桑说从来没进去参观过，两人便进去兜了一圈。寺里只有三三两两的香客，前庭里还有没融尽的残雪，肮肮脏脏地堆在墙角里，台阶上到处是湿漉漉的鞋印。两人掀开棉门帘，走进大雄宝殿，里面光线晦暗，闻得到一股浓烈的蜡烛和线香的焚烧气味。大殿的正面，如来佛高居莲座，眼睑下视，拈花未语，普贤文殊合掌，侍立两边。供桌上一排烛火摇曳飘忽，光线从下面仰射上去，在青烟缭绕之中，三张佛面显得怪异突兀。

他俩走到中庭，在香积厨门前，两个中年和尚的手笼在袖管中，一蹲一坐正在讲账，满口叽叽呱呱的苏北土话。两个和尚都个子矮小，面容和神情都女里女气的，穿着灰色对襟僧服，圆口僧鞋，打着绑腿。和尚圆滚滚的脑袋上，一段时间没剃过的头皮长出短短的头发，很像是两颗毛芋艿。穿过中庭便是卧佛楼，他俩进去，楼里竟是空无一人，卧佛侧卧在莲花宝座上，一手撑头，双目下垂，神色内敛，像是在做梦一样。洁白晶莹的佛身却蒙了一层细细的尘埃，也没人去清理。周围的布幔经过长年烟熏火燎，已经都陈旧褪色了。兄弟两人正不经意地走动观看，突然立定脚步，惊愕地看到玉佛身后面的围幔抖动了起来，还发出窸窸窣窣的响声。两人不由得汗毛管都竖了起来，动弹不得。眼看着布幔下面钻出一只硕大的老鼠，爬到供桌上，想偷取灯油，看见有人，一个转身逃去无踪。

从玉佛寺出来，他们来到武定路桥下面的一爿饮食店，文田叫了两客生煎馒头，一人一碗油豆腐线粉汤。文桑吃得很急，头上冒着细细一层汗珠，一下子噎住了，自己拍打着胸口，好一阵才缓过来。看到文田望着他，便解嘲地说："我在新疆，有时会在梦里吃生煎馒头，醒转来只听见同舍的人磨牙打呼噜，就很是惆怅。人说到底还是比较习惯于家乡的食物。"文田问道："新疆有没有你喜欢的食物？传说中在新疆，顿顿大口吃牛羊肉，水果更是多得吃不完。"文桑摇头说："我们军垦农场的职工都吃食堂，饭菜跟别处也没什么不同，只是更单调些。当然啰，也没有生煎馒头之类的小吃。"

文田看文桑放松了些，就想引他多说说话，问道："这次回来，有些啥打算？"

文桑喝完了碗里的汤，放下碗，很颓丧地说："一无打算，混到哪一天是哪一天。"

文田皱起了眉头，说："哎，四阿哥，不好这样消沉的。"

文桑显得很是失落，说："你叫我怎么不消沉？痨病鬼一个，要工作没工作，要户口没户口，回到上海连个住处都没有，只好在弟弟妹妹屋里打秋风。"

文田安慰他道："我那儿你尽管住，文珠那里，我想也没啥问题的，你总是我们的亲阿哥啊。"

又说："先把身体养好，总有办法的。"

文桑道："也不晓得是怎么搞的，原来跟大嫂住了好几年，也没染上。到了新疆一年多，一次重感冒之后，咳嗽个不停，我就怀疑了。体检时一查，果然……"

文田说："大概是水土不服？"

"大概吧。还有过分劳累，营养又跟不上。"

文桑垂下头，闷闷地说道："唉，你当初劝过我不要去，是对的。"

文田说："回来了就好，不要去多想了。医生怎么说？"

"前几天我到静安区结核病医院去拍片子，肺里的病灶倒没扩大，但也没有结钙。医生说要做长期休养的思想准备，可以做些不太劳累的工作。所以我向居委会要求给我分配点工作，就是里弄生产组之类的也没关系。"

"有啥结果吗？"

"居委会的李主任大概晓得我跟文海的关系，倒是还蛮客气的，叫我不要急，说有啥工作机会的话会考虑我的。"

文田说："回来也好，你一个人在新疆，文珠和我也常记挂你，回来后，不管如何，总有人可以叫应得到。"

文桑目光下垂，若有所思道："唉，我这个人啊，一辈子没作过一次正确的决定。"

文田安慰道："其实呢，人生在世，大部分人是身不由己的。我们能决定的事情，真是少之又少。所以呢，真没必要去责怪自己。"

回家的路上，看见马路上有辆高级轿车驶过，车窗拉着黑色窗帘，文田便不经意地问起："你近来见过文海吗？我总有年把没跟他联系了，去年春节说好要大家碰头的，文海临时有会议，来不了，一晃就是一年多了。"

文桑点点头："我回来后，也只见过他一次，十分钟。"

文田道:"他还好吗?"

文桑说:"忙得要死,十分钟内电话响了五六次,秘书进来出去两三次。这还是礼拜天呀,平时真不晓得要忙成什么样了。"

文田摇摇头,笑道:"你看,文海就是做了大官,还是身不由己,倒还不如我们小老百姓。"

文桑哼了一声:"他呀,也许是乐在其中。"

文海的确是百事缠身,身兼多职,作为大城市的计委主任,他负责整个城市的经济事宜,而经济事宜最是千头万绪,如一个大家庭的当家娘子那样,巨细无遗全部要管,大到今年要上缴给国家的财税收入,中到拟定地区工业煤炭燃油粮食棉纱的批发价格,小到某个中学要建立一座新的教学楼,再小到今年居民春节副食品供应有没有活鸡活鱼,都要送到他的办公桌上来等他解决。

今年工作更是繁忙,根据上面要求的全面开展社会主义教育运动,市委决定市里每个领导干部都要带队下乡去做调查研究,他也不例外,负责带队去近郊川沙某公社三个礼拜,住在社员家里,同吃同住同劳动。虽然身在乡下做调研,但办公室里的工作一件都放不下。白天跟公社基层干部开会,晚上还要阅读批示公文,回应各部门秘书们的种种请示,或者拍板决定某项重要决策。一天下来只能睡上三四个小时,而他的老毛病胃溃疡一直没有好透,加上出门在外,饮食不规律,常常有便血。

三舅妈来川沙探望他时,看到他面色很差,问下来是他大便里常常有隐血,便警觉起来,催促他早点去看医生,文海叹口气说:"老张啊,你看我的事情多得连脚也要跷起来,平日里想多睡一个钟头,也都办不到,哪里有时间去看医生呀。"三舅妈苦口婆心地劝道:"老霍啊,你自己一直说身体是革命的本钱,如果没了这个本钱,那革命也革不成了。"文海撸了一把脸,疲惫不堪地说:"你不晓得,现在是特殊时期,等过了这一阵再说吧。"

文海忙管忙,爱人难得过来,一起吃顿饭还是挤得出辰光的。用餐时问起妹妹近来如何,三舅妈告诉他,小姑娘这两天忙着复习准备高中考试。填了几个志愿——上海中学,市三女中,延安中学,最后一个志愿填了在华山路上的复旦中学。文海道:"哦,我还记得这个学堂,原来在南洋模范中学读书时,有一个同学就是复旦中学转过来的。"

三舅妈说:"是个老学堂,总有六十年了,听说校址原来是李鸿章的祠堂。"

文海问道:"教学质量怎么样?"

"质量还算过得去的。"三舅妈不无自豪地说,"不过,家里放了个一级教师是干什么用的?就是最差的中学,我一样有办法教学生考上清华北大。"

文海笑了,说:"喔,骄傲了。"

三舅妈说:"难道不是吗?天地良心,从小学一年级起,妹妹哪一道数学题不是我批的?所有功课都是我督促下完成的。"

文海道:"人家不是叫你小姆妈的嘛。"

三舅妈委屈道:"那么,她自己亲生爷娘只要做甩手掌柜就可以了?我这个小姆妈做得真是天晓得。"

"你既然是心甘情愿,就不要抱怨了嘛!"

一九六五年夏天,高中升学放榜出来

了，朝儿被上海复旦中学录取。

原来大家觉得朝儿应该考上更好的学校，如上海中学等重点高中。据朝儿自己私下对阿虹说，考试那几天，正好她的大姨妈来了，肚子难受得要命，大概在考场上没发挥好。文珠倒一点不在意，说不碍的，上海中学太远了，还要住校，女小囡嘛，还是住在家里好，家长也比较放心。三舅妈也说："复旦中学也不错啊，正好在愚园路和南昌路的中间点，从学堂出来，一部九十六路公共汽车直接到建国西路南昌路口，多少便当。只要你好好温习，将来考进重点大学，没人会在乎你读的是哪个中学。"

复旦中学离家大约一里半光景，八点钟上第一节课，朝儿七点钟就离开家，背着分量不轻的书包，先从愚园路走到江苏路，途经熙熙攘攘的诸安浜小菜场，在大饼油条摊头上买二两粢饭团，夹一根油条，边走边吃。一直走到江苏路尽头，向右转，再走个十来分钟，就到了复旦中学。早上赶时间，走得快也要半个多钟头。最后一节课四点钟下课，就可以走走荡荡，路上停下来买包加应子，到区图书馆里翻翻《大众电影》杂志，跟同学说说笑笑，回到家里差不多正好吃夜饭。

复旦中学，据坊间说是李鸿章祠堂旧址。清末重臣李中堂是安徽合肥人氏，中国人做官为发财，清风不过朝，浑水捞横纲。一俟混到了年限，便可告老还乡，广置田宅，颐养天年。李合肥也不例外，上海著名的丁香花园，传闻就是李老头子一掷千金蓄养小妾的私宅。但祠堂又是另说，一般都是修建在祖籍地的。为啥要在上海建个李鸿章祠堂，已难以考据。专家一般认为不是正式的祠堂，最多只能算个临时家庙。

走进校园，右手东北角上有座灯光球场，后方原是祠堂里的一座土地庙，四四方方的一层建筑，飞檐和盔顶已经缺角破碎，绿色琉璃瓦发暗，现在是堆放体育器材的仓库。紧邻着土地庙南面，一幢颇具规模的徽式建筑，倒是比较完整地保存下来了，青砖高墙，黑木大门。进门是个五六丈见方的天井，中间辟有一块花圃，置放了几块嶙嶙角角的假山石头，种了些应季花草。房舍是两层挑高的砖木结构，回廊上一圈粗大的圆柱，青砖铺地，木制的楼梯和护栏，以及雕花门窗都颇有古风。这座徽式建筑是校长室、总务处，以及各年级的教研室的所在地。在整个占地三亩多的校园中，教学楼共计有三幢楼房，呈品字形，中间围了一小块绿地。原来的李鸿章祠堂已改成大礼堂、图书馆和学生食堂。再往南面去是大操场，每天上午九点三刻，第二节课下课后，操场上排满了做课间操的队伍，大喇叭轰隆隆地响起来，学生们随着广播弯腰踢腿，展臂扩胸，握拳前击，再上上下下地跳动十来次，就散了。

中午铃声一响，食堂里挤满了捧着钢精饭盒的学生，仰着饥渴的面孔审视当日菜单。虽然三年自然灾害已经过去，但食堂里的饭菜还是乏善可陈。洋山芋是不削皮的，青菜是乱刀斩的，可以想象，猪肉上的毛也是不可能拔光燎净的。上千人的大锅菜中，偶尔有只蟑螂也是正常的。反正饥肠辘辘的学生们照单全收，年轻的身体需要食物，需要热量，下午还有三节课要上呢。

徐朝家不算是锦衣玉食之家，但阿爸既然是做厨房这一行的，自然在饮食方面不会亏待家人的。朝儿吃过各种饭店里的招牌佳肴，也见识过什么是适口充肠的家常饭菜，需要多少耐心和工夫去烹饪。但是学堂里像喂猪一样的伙食，她也可以照吃不误。她买三两蒸饭，打一勺大锅菜，盖在米饭上，菜肴一般都是中档菜色，肉片炒四季豆，芹菜炒豆干肉丝，黄芽菜烩肉片等，再打一碗漂着几片菜叶的清汤。但是菜单上一旦有新鲜鱼虾的话，她就一定要打上一次牙祭，情愿第二天再吃白水煮青菜。照例说，这种食堂大灶头上是很难烧得好鱼的，不是给烧得烂糟糟的，就是腥气十足。朝儿还是细细地抿着，吐出干干净净的鱼骨头。

饭菜虽然普通，但在学校里吃饭，有一种家里没有的氛围。同学们三三两两地聚成一圈，一面吃一面说话，从厕所里偷听来的小道新闻，东家长西家短的流言：哪个班级出了个三只手，好几个同学的饭菜票被窃了。哪个男老师和高三某班的女学生可能有暧昧，被人看见在一起荡马路。谁谁谁开了两门天窗，大概又要留级了。谁谁谁又在跟社会上的不三不四人有来往，被派出所同志找到学堂里来了。闲言蜚语虽然不为正经人所齿，但不可否认，飞短流长的确是一道神经松弛剂。说说讲讲，伴着劣质的饭菜，一早上绷紧的神经得以缓解。

食堂里有的是捉不尽的老鼠，于是用泔水养了猫，猫又生了小猫。学生们吃饭之际，桌下总有三四只猫蹑足潜行，悄悄地捡拾人的残羹剩饭。和善些的学生会扔下一根鱼骨头，几许碎肉。不喜欢猫的学生就用脚去踢，猫们便嘶叫一声逃得老远。学生们大多数年轻无邪，但其中也有性子残忍的，朝儿班上就有一个叫姜一华的男生，常常把猫捉了吊起来虐待，以此把人生中的不如意发泄在比他更弱小的对象身上。猫如果被这种恶人抓住，非死即残。所以食堂里的猫都警惕性很高，从不跟人亲近，瞪着大眼注视着走近身来的人类，一旦到了触手可及的距离，猫即刻跳起身逃走，钻进厨房箱柜的夹缝里，案板下，藏匿着好久不出来。

其中有一只花斑母猫，黄白相间，长得雍容华贵，体态丰满，一双大眼睛通达人意，不知怎的也沦落到做了食堂猫。它并不跟猫群厮混，吃饭时很少在桌底下看到它，而是静静地卧在食堂通往操场的台阶上，用平静的眼神看着捧饭盒的人们。喜欢猫的女生们有时喂它一个鱼头，它低下头小心地闻了闻，很有吃相地吃下，然后用爪子洗脸，一遍又一遍。

朝儿常常会去喂它，有时与猫咪的眼神对上，一人一猫对视良久。朝儿在心里说道：我好像认识你的，只是不晓得在哪一时哪一世。猫咪的瞳仁细细一线，定定地注视着她，然后放出一股慵懒的神情：也许吧，你也有些面熟。随即侧身躺倒，一副爱理不理的样子。朝儿笑了，蹲下来去撸她的毛：小美人，是不是前世作了啥个孽，这一世罚来做只猫？猫咪微微地抬了抬头，作势要咬她的手。朝儿也不躲，只是动作越发轻柔，猫咪便一歪头又躺倒，伸展开四肢，眯了眼享受朝儿的抚弄，喉咙里还发出呼噜呼噜的声音，直到下午上课铃声响起，朝儿起身离开，猫咪半支起身，目送她走远。

四十五

阿虹很忧虑地对文珠说："姆妈，我听

一个同学讲，妹妹在跟一个高三的学生轧朋友，是外校的。"

文珠大惊失色："啥？你同学怎么会晓得的？"

阿虹说："我同学她的妹妹，跟朝儿一个班的。"

文珠顿脚道："要死了。妹妹她才只有十五岁多点喔。"

阿虹很困惑地说道："是呀，影响太不好了，同学们都在背后指指点点。"

"老师晓得吗？"

阿虹皱了眉头："反正在学堂里大家都在传，传到最后，老师终归会晓得的呀。"

文珠狠声道："等她晚些回来，看我怎么收拾她！真是天晓得，小小年纪不好好读书，竟然轧起男朋友来了。"

朝儿天生聪明，只要用心些，加上小姆妈的督促，高中的课程对她说来毫无困难。朝儿天性活泼，除了完成课业，还有许多空暇参加各种课外活动，打篮球，到愚园路上的共青游泳池去游泳。周末还跑去旁听复旦大学的哲学讲座，参加上海图书馆的文学阅读小组。阿虹说那个男生就是在上海图书馆里认识的。

文珠一整天心不定，方晦一到家，老婆即刻告状："你看看，妹妹这个小姑娘像什么样子，才一点点大的人，竟然轧起男朋友来了。"方晦听了，"哦"了一声，只是贼忒兮兮地笑。文珠气急，挥手打了他一记："哎，十三点，笑啥笑，这个小姑娘就是被你宠得无法无天的。"方晦还是笑嘻嘻的，一面挡住老婆又拍过来的巴掌，一面说："天晓得的，怎么怪到我头上来了？老婆啊，你怎么不想想，你当年跟我要好的辰光，才多大？"

文珠一下子怔住了，对呀，当年自己跟方晦卿卿我我时，不也就是十四五岁的年纪？想到这儿，文珠自己也不禁笑了出来，随即又板起面孔："那是旧社会呀，现在又是啥个辰光？学堂里不会容许年纪这么小的学生仔谈恋爱的。"

方晦也严肃起来："那么，你就好好地跟她说一说，不要凶她，这个小囡脾气蛮犟的。"

文珠想不到朝儿一口就承认："是呀，在上海图书馆里认识的。不过不算什么轧朋友，就是通通信而已。"

文珠心里嘘出一口长气，但嘴里还是不放过："没轧朋友？人家说看见你们一块荡马路的。"

"那些人真是十三点透顶，啥个叫荡马路！有一二次阅读会结束后，一起走到公共汽车站，这也算是荡马路吗？"

文珠放下心来，嘴上还是说："你不要去管人家怎么说，小姑娘总要当心点的，社会上各种人都有，吃了亏，到辰光哭都来不及。"

妹妹回嘴道："我才不哭呢，哭，有啥个用场？眼泪水就这么不值钞票？"

"一个女小囡，被人欺负了，你还能做啥？"

"姆妈呀，你真的想多了。第一，这世界上能欺负我的人还没生出来了。第二，这些书呆子男生，碰鼻头转弯，还想欺负我？嘻嘻，不被我欺负就蛮好了。第三，这个男生不是那种油头滑脑的小流氓，人家是格致中学的学生会主席，人蛮正派的。我看人是不会错的，姆妈你放心好了。"

文珠完全放下心了，但又好奇地问道："哎，你们通信谈点啥？"

"我们吗？我们讨论黑格尔。"

139

"谁？黑哥儿？隔壁煤球店里做煤饼的老师傅？"

妹妹哈哈大笑道："姆妈，说你聪敏，真是太聪敏了，我怎么没想到这个。不过，黑格尔不做煤饼的，他是马克思的老师。"

文珠似懂非懂地噢了一声："马克思的老师？年纪很大了吧。"

"总有两百岁了吧。"

"死掉了？"

"早就死掉了，但他的思想还活着。"

文珠挥挥手："啥个马克思牛克思的，我听到外国人名字就头疼。一个死掉了的黑哥儿，有啥好讨论的？真是吃饱饭了。"

话是这么说，但在那个男女授受不亲的年代，虽说是通信，但总有些青春懵懂的情愫在内。两个异性，互相欣赏，愿意倾诉心中所思所想，小心翼翼地建立起信任，假以时日，如果双方的好感不坠的话，那么，也许会发展出一段情缘。如初春的种子，还未发芽，但已有萌动勃发的因素在内。

摘几段朝儿与程元清的信函。

程元清同学：

您好！

昨日深夜，终于把黑格尔的"逻辑精神学"看完了，虽不免有些囫囵吞枣，但还是开启了我深一层的思考。书中给我最大的启示是，从哲学的角度来看，这个世界的因果都是一环套着一环，我们所见到的现象，都是历史长久酝酿后最终呈现出来的结果，社会的形成是各种因素交叉混杂之后的必然显现。对我来说，学习哲学，就好像面对一部复杂的机器，手上有了工具，能把生锈的螺丝一颗颗拧下来，看到机器内部哪个部件发生了故障，接下来就可以考虑如何修理和改善。

黑格尔最主要的一个论点就是万物不停地在转换，外部在变，内部也在不停地变异。个人如此，社会如此，国家也如此。所以，观察是必要的，思考也是必要的。

以上只是我的粗陋的浅见，请不要见笑。毕竟我还接触哲学不久，希望通过与您的探讨使我对哲学有更好的认识。噢，讲个笑话给您听，我的姆妈以为黑格尔（黑哥儿）是隔壁煤球店的老师傅，那么马克思就是煤球店的小伙计了（笑）。

握手

敬礼

徐朝

一九六四年某月某日

徐朝同学：

您好！

黑格尔有句名言：凡是存在的都是合理的，凡是合理的都是存在的。的确如此，我们的认识论是有限的，这个世界早已存在了上亿年，而我们人类对世界的认识只是沧海一粟。没有哲学的辅助，我们难以理解这世界上发生的种种事情，特别是很多看来不合理的事情。但深究下去，你会看出事情如何从微小的因素开始，渐渐地膨大，以致形成某种不可控的局面。有人说，哲学只是属于书斋里，是不切实际的形而上学的知识。我倒是觉得哲学是一种思想的训练术，逻辑推理使人看问题不至于一叶障目。一个人如果能看透世事，明白自己所处的位置，试问还有什么比这个更好的人生教育？

但是哲学浩瀚如海，黑格尔只是其中一道山峰。如果要更进一步地了解黑格尔的思想体系，我建议你不妨再多看些他前后期的哲学家，如康德、费希尔等人的著作。

你母亲其实没说错，颇有佛教中的众生平等意味，书斋中的哲学家，和满脸乌黑的体力劳动者，都有一个共同的称呼，就是"人"，要吃要喝要生存。有一个哲学家叫斯宾诺莎，他就是白天磨镜片养活家人，晚上写哲学文章。所以说哲学是最高深的，也是最平淡的。

握手
敬礼

程元清
一九六四年某月某日

程元清同学：

您好！

我去上海图书馆查了，一共只有两本康德的《纯粹理性批判》，而且都借出去了。图书馆员要我留下姓名地址，等书还回来时会通知我。

最近半年，我好像长大了许多，很多以前模模糊糊的想法也渐渐地廓清了。反过来看自己，知识的层面还是太窄，很多必要的认知缺失。自从和您通信以来，我察觉到人的主观能动性是非常重要的。如果随波逐流，固守陈规，人生的前途可想而知。现在的社会对人的抑制难以摆脱，教育平庸，思想僵化，完全没有自主的空间。而人的青年时期是非常重要的，我不愿意就此白白荒废掉。

我想，接触到哲学对我是非常有帮助的，否则我就会陷在日常生活的小圈子里，像我们上辈人一样懵懵懂懂地走过一生，读书工作成家生子，然后死亡。完全活不出一个人生的真正意义。在这点上，还要谢谢你对我的启蒙。如果你知道什么地方有好的讲座或研讨会，请通知我，我很想进一步提高自己的哲学修养。

握手
敬礼

徐朝
一九六四年某月某日

徐朝同学：

你好！

我找了找我父亲的书架，正好发现有一本一九二九年商务印书馆出版的康德《纯粹理性批判》，竖排本，书页都有些发黄发脆了，可以借给你，但请你小心阅读。我父亲生活简单，只痴迷于收集各种书籍。我母亲每次上街看到他踏进书店总是要顿脚的，因为他会几个小时站在书架前，一本一本地翻阅架上的书籍，最后非得把口袋掏空，买下一大摞书，再叫了三轮车，踏板上放满了书回家来。我记得小时候常常在他书房度过，把一本本新买的书递给他，他再根据书的分门别类贴上标签，在书架上放好。父子俩乐此不疲，父亲会一面整理书籍，一面跟我讲述这本书的特别之处，这些与父亲相处的经历促进了我的求知欲，学海无涯，而哲学是一切知识总汇的总闸门。

　　这个礼拜天在华东政法学院有一场哲学研讨会，据说有复旦大学的教授来做关于黑格尔哲学的演讲。你有兴趣吗？你去的话我还可以顺便给你介绍几个笔友，其中有大学教师，也有自学成才的青年工人，读书很多，思想也很活跃，跟他们通信交谈常常使我获益良多。

　　如果你想去听，那么我们两点钟整在中山公园门口碰头，我顺便把康德的书带给你。

　　握手

程元清
一九六五年某月某日

四十六

　　文海兼任新职之后，责任加重了，工作到了废寝忘食的地步。哪晓得身体就出了大问题，一连几日大便有黑血。文海只当是痔疮发作，也没去看医生，直到有一天突然昏倒在办公室里。医生说主任同志您的十二指肠的溃疡已经有一段时日了，主要原因是饮食、作息不规律。人的机体长期处在紊乱的情况下，分泌胃酸时，如果没有食物可消化，胃酸就会腐蚀十二指肠或是胃壁。鉴此，当文海的病情稍微稳定之后，市里安排他去莫干山疗养所疗养一段时期。文海觉得没这个必要，他病好了之后还可以继续工作的。但组织上说身体是革命的本钱，疗养也是为了更好地工作。文海只得服从组织的安排。

　　莫干山竹海林涛，清泉潺潺，更加之气候凉爽，山居幽静，的确是上好的疗养之地。安排给文海的住处是一整幢别墅小楼，有个庭院，遍植翠竹，很是幽静。楼下客厅、餐厅，楼上有三间卧室。文海说这屋子太大了，他一个人用不了这么多房间的。接待人员说照规章制度，什么样的级别就安排什么样的住处，他们不好私自调换。文海无奈，想想妻子也已经放暑假了，就写信让她带了朝儿来莫干山住上几天。

　　朝儿是第一次出门旅行，就像鸟儿出笼似的。对她说来，莫干山中的景色风物处处新鲜，既有千年古迹，又有自然风光。她与舅舅舅妈一起游览了芦花荡公园、干将莫邪铸剑的剑池，还爬上观瀑桥，看了云海和竹林。文海夫妇跟着她同行了几天，山路蜿蜒曲折，上上下下，颇为吃力。三舅妈抱怨说，这个要命的山路看看不高，走下来人浑身骨头都要散架了，我老太婆是实在吃不消了。文海就说："年轻人嘛精力充沛，你我是不好跟她比的。所以我们也不要处处跟着了。"

　　没了长辈跟着，朝儿更加自在，一个人徒步去了六里路外的莫干湖。清晨的雾气缭绕不散，山谷里竹林在雾中摇曳起伏，望去有如缥缈仙境。道路崎岖，两旁草木葱茏，青翠欲滴。远处的田里有人牵了黄牛在耕田。在狭窄的石砌山道上，男人们肩负着沉重的背篓，吃力地一步一步往上跋涉，山上疗养院的物资全靠这些精瘦汉子挑上山来。三五个农家小孩在山坡上放牛，睁大眼睛好奇地看着从城里来的学生仔。

　　朝儿一清早就出来，在野外走了一个多钟头，感到内急，便向放牛的孩子们询问哪里可以上厕所。这些放牛的小孩们听了，嘻嘻哈哈地前后左右地乱指，意思是让她在野地里解决。这怎么可能？最后朝儿跟了一个小女孩到她家去上厕所。途中交谈起来，得知女孩已经十二岁了，个头却非常瘦小，看起来像是只有八九岁的样子。头发稀薄发黄，是营养不良的缘故，身上穿的衣服是补了又补，光着一双赤脚在山路上行走。

女孩家的茅房，是那种农村里用竹子和篾席搭成的棚子，简陋但还算干净。上完了厕所，出来见到女孩的祖母，是个利利落落的老妇人，衣着破旧，人却很是精神，老妇人客气地问朝儿要不要去家里坐坐，喝口水。朝儿见老妇人言语和蔼，的确，早上走了很长一段路，口也渴了，于是就跟了去了。

这祖孙俩住的地方破败低矮，进门都要低头弯腰。墙上仅有一扇小窗，房里黑咕隆咚的。右边是一座砖砌的灶台，烟熏火燎已成了乌漆墨黑的颜色。老妇人招呼朝儿坐下，自己在灶膛里塞了些柴草，开始点火烧水。朝儿好奇地四处打量，这家人真是家徒四壁，脚下就是裸露的泥地，房内连张床都没有，仅在墙角里放着两张草垫子，上面铺了露出棉絮的旧被褥。房里除了两张长凳，几个用稻草编成的草墩子，什么家具都没有，没有饭桌，没有椅子。朝儿看那老妇人，衣衫褴褛，头发灰白，脸上沟壑成行，眼神却透出一股看透世事的通达，还带有一丝认命的悲哀。得知朝儿是住在山上干部疗养院的家属，祖孙两人都变得沉默了，屋子里有一股压抑的气氛。朝儿喝了一杯凉开水就告辞了。

朝儿在村里兜了一圈，发现贫困的人家不少。老人坐在门槛上，眼里满是茫然地看着她。而幼小的孩童全身赤裸地在村里跑来跑去。午饭时间，几个村人捧着饭碗蹲在门前进食，碗里只是一些稀粥和红薯，下饭菜仅是几条腌萝卜。在打谷场上，一个很小的女孩子眼巴巴地看着她，朝儿心中不忍，拿出随身带来的一包饼干给了她。即刻有十几个小孩子围拢过来，伸出脏兮兮的小手讨要饼干，朝儿只好拔脚而逃。

晚上有两个当地的干部过来，关起房门跟文海说了一阵。等他们一走，文海就把朝儿叫到房间里，询问她白天去了哪儿。听了朝儿的叙述，文海沉思了一阵，最后说："年轻人想要了解社会是好的，但是脑子里要有阶级斗争的观念。"看到外甥女惊诧的神情，文海又说："你晓得不晓得这家人是干什么的？她们是地主，反革命的家属。"

文海说，当地的干部是警惕性非常高的，朝儿去了这家人家之后，即刻有人汇报上去。因为牵涉到首长的家属，才没采取行动。

朝儿惊愕道："要采取什么行动，这两个，老的老，小的小？"

文海按捺住不快，说："哎，我的小同志，你晓得什么啊？阶级斗争可以以任何形式出现的。"

朝儿没说话，但文海可以看出她心里是不服的，于是挥挥手道："朝儿啊，我并没有责怪你的意思，只是跟你提个醒，社会上很复杂，各种各样的人都有。而阶级斗争是不以人的意志为转移的。作为你的舅舅，我希望你有这个认识。你今年十六岁，喔，马上就要十七了，我和你舅妈对你的期望很高，希望你人生有个好的开端，而不要误入歧途。"

等朝儿回到自己房间去之后,三舅妈不无抱怨地对文海说道:"老霍啊,又不是什么大不了的事情,妹妹就是去上了个厕所,喝了碗水而已。何必弄得大家心情紧张,蛮好的一个假期……"

文海若有所思地说:"老张你不晓得……"

三舅妈说:"不晓得什么呀?"

程元清同学:

您好!

我从莫干山回来了。这次的假期虽然只有短短一个多礼拜,但却使我想了很多。我们从小生活在大城市里,理所当然地认为我们的生活形态是普遍性的,住房是能遮风避雨的,食物基本上是有保证的,自来水是打开水龙头就会流淌出来的,去远一点的地方可以乘坐公共汽车,你如果学习好的话,一定是可以一路初中、高中、大学升上去的。这一切在我们看来都是司空见惯并且理所当然的。但这次我在莫干山的见闻,使我觉得以前的认知是多么地片面,多么地幼稚。

浙江自古以来是鱼米之乡,莫干山上建有大量的高级度假别墅。但普通老百姓的生活还是很贫困的,小孩子们连鞋都穿不上。住的地方是破烂的老房子,大概几十年没修理过了。房子里既没电也没自来水。更为糟糕的是,农村的小孩子大都不读书,或者读了一两年就不读,回家干农活去了。这样的话,农民儿子长大了还是做农民,绝无可能掌握自己的命运。

我之所以说这些,是因为这次旅行中所见所闻跟我所想象的差距实在太大。这些事情使我感到莫大的困惑,连学习也不能集中精神。也许跟你讨论一下,能解开我心中的疑问。期盼你的来信。

徐朝

一九六五年某月某日

四十七

文田在一九六五年底的一篇日记,没有注明具体日期:

这个即将过去的冬天发生了很多事,最使人不安的是三哥的身体状况,在十月底,在四清调研回到上海后不久,三哥突然病倒,病势来得凶险,大口大口地吐血,三嫂快被吓煞,赶紧叫了救命车送去华东医院。我在接到三嫂电话之后也赶到医院,在病房外的等候区里见了三嫂,她说三哥人还在抢救室里,医生已经抢救十多个钟头了。三嫂看上去很憔悴,面色煞白,但还是强打精神张罗着所有的事情。据三嫂讲,三哥的胃疾有好几年了,发作过好几次,总是稍稍平复就回去工作。这次更严重了,我从来没看见人肚皮里可以吐出这么多的血来,真是吓煞我了。正在说话间,医生出来了,我俩赶快上前。医生脸色凝重,一面说话一面不自觉地摇头,我和三嫂的心都被他悬吊起来了。医生说,病人送进来时,血压低到非常危险的程度,经过输血抢救,现在血压已经趋于平稳了。我们刚刚透出一口长气,医生却说:"慢着,还有一件事要跟你们讲一下。"三嫂和我都噤住了,医生抬了抬眼镜,斟字逐句地说:"我说了有可能,注意,是有可能……"欲言又止,这番话说得我们刚放下的心又紧缩起来。半晌三嫂才鼓起勇气问道:"医生,老霍怎么了?不要紧吧?"医生说病人的胃镜检查下来,胃里可能有肿瘤,已经把切片送去化验了。跟你们家属讲,让你们好有个思想准备,希望不是,但是任何情况都有可能发生的。

我和三嫂心情忐忑地进病房去,见到白被单覆盖下的三哥脸色灰败,身上插了一大堆管子,说话声音极其微弱。我摸到他的手,软软的,冰凉。三哥软弱地微笑了一下,安慰我们道:"没事的,现在医疗条件这么好。你们不要紧张,我很快就可以出院的。"三嫂眼有泪光,说:"老霍,你呀……"却再也说不出话来。我赶紧说:"三哥,既来之则安之,你先养好病,别的都缓一缓再说。"三哥道:"啊呀,文田你不晓得,我还有很多工作等着我呢。真的等不起呀。"三嫂终于发作了:"老霍啊,你就是不想自己,也要为我想想吧。工作,工作,就是为了工作而没有及时看医生,才弄到现在这个样子。早听我的话,何来今日。"说罢掩面抽泣。三哥苦笑一下,自嘲道:"说得也是,地球离了我还是照样会转的。"正在这时,两个护士推了一堆仪器进来做心电图检查,要家属到外面等候一下。我刚要出门,听见三哥声音很轻地叫我,我回到病床边,弯下腰去,听见三哥很轻地嗫嚅道:"小弟啊,这些年来,三哥我没有更多地关心你,心里很是不安。"我连忙握了他的手说道:"三哥你安心养病,我能照顾自己的。"三哥没接着说下去,但这时三哥微笑着看着我的样子,就如小时候兄弟姐妹相处得亲密无间的样子。我鼻子一酸,赶紧退出房来。

我去了趟厕所,用手帕接了凉水擦了把脸。心里五味杂陈,既担忧三哥的病情,又欣喜重获兄弟之情,三哥还是我的三哥。更是感叹我们这一代人的命运多舛,三哥他很早便跳出旧家庭的羁绊,走上革命的道路,虽身居高位,但因工作过度而拖垮了身体。看来只要生而为人,不管高低贵贱,总要承受某种苦厄,真是半点也逃不过的。

跟三嫂聊了些三哥发病的经过,三嫂说:"三哥是昨夜十点多回家的,问了说还没吃饭,我说:'给你下碗面,或者馄饨?'三哥说不要麻烦了,给他弄一碗泡饭就好了。拗不过他,我给他煮了泡饭,煎了两只荷包蛋。他吃完就把自己关在书房里。到了十一点半左右,我已经睡下了,突然听见他从书房里叫我,我听得好像声音不对,急忙过去,一进去却看见满地满桌子的血,而老霍的面色白得像死人一样。我真吓坏了,急忙问哪里出毛病了?老霍已经说不出话来,只是一口一口不间断地吐血。我一看不对,即刻打了电话叫救命车,差不多是半夜十二点钟送进医院来的。"

三嫂脸色很疲倦,我说:"三嫂你一直到现在还没吃饭吧?我给你去买点什么吧。"三嫂说她什么也吃不下,只要一杯热水就好。我跑到护士室，讨要了一杯开水。又走出医院，华东医院附近没什么吃食店。我一直走到静安寺，在一家食品店里买了些面包糕点，再返回医院来。

到了医院病房门口，却见文桑、文珠和朝儿都等在那里，却不见三嫂。文珠说，来了一批市里和区里的领导探望，三嫂和他们在病房里，护士不许太多人进去的。我们于是等着，我上一次见文珠还是半年前了。朝儿好像又长高了一些，透出大姑娘的神情来。在我和她母亲说话时，她在一边静静地看书，我翻了翻书的封面，是法国大文豪雨果写的《悲惨世界》。以前在西浔老家的书房里也有一本，是商务印书馆出的，竖排版的。我已经忘记了大部分书中的情节，真要说悲惨，世界上谁人不悲惨。

一刻钟后，探病的人员出来了，华东医院的院长和内科主任陪着，有个护士悄声说其中一个戴眼镜的中年矮胖子是副市长，他正皱着眉头跟院长说些什么，院长和主任一个劲地点头，说他们一定尽最大的努力。等领导们离开等候室，我们才进入病房，床头柜上多了一篮水果。三哥看到文珠和朝儿，虚弱地微笑了一下，说："喔，今天我这儿宾客盈门，真闹猛啊，看来生病也有好处的。"文珠拉了他的手，说："三阿哥，你千万不要说这种话，健健康康的比什么都要紧的呀。"三哥看着朝儿，说："啊呀，妹妹也来了。你今天不上课吗？"朝儿走上前，说："三舅舅，我是请了假的，你要快点好起来呀。"旁边的三舅妈则一脸的爱怜看着朝儿，说："妹妹吃苹果吗？市委领导送来的山东特等国光苹果，说是专门供应中南海的。"文珠说："这是给病人吃的呀，三舅妈快不要忙了。"三哥却说："你看我现在这个样子，连流质也不能吃，只好打点滴。你们就算帮我个忙，消灭掉它，放在这里还碍手碍脚。"于是三个女的削皮，切块，送了一盆去护士室，我也吃了几块，虽说是特供的高级苹果，我也没吃出什么特别的味道来。

在探病期间，文珠和我聊了一会儿，青儿还有一年就要大学毕业了，不晓得会分配到啥个地方去。阿虹则即将要考大学了，据她自己说想去读考古专业。文珠不无伤感地说："这个小囡心思细，从小到大，这个耳聋的毛病给她带来不少困扰，但是她都默默地承受着。选择考古专业，也是为了不用与人交流。方晦吗？他还是老样子，你晓得他的臭脾气，撞到南墙也不肯拐弯的。前几天为了点小事又跟黄蛤蜊吵相骂，黄蛤蜊现在是公方副经理，积极分子，上面的红人。方晦说就是看不惯他人前一套，人后一套。原来我还讲讲他，我现在也看穿了，人生煞的脾气，再怎么样说也讲不好的。方晦他愿意做恶人，硬出头，都让他去，总要吃到大苦头才会明白过来。"

我注视着文珠的脸庞，才四十三四岁的女人眼角竟然有了蛮深的鱼尾纹。她原来是笑口常开，倒头就睡，不知忧愁为何物的一个小姑娘。仅仅十来年的辰光，销蚀了她的青春，变成了一个忧心忡忡的中年妇女。兄弟

146

姐妹互为镜像，如果我面前有一面镜子，那我在镜中的相貌一定是个神色疲惫、眼神畏缩的半老男人，佝头缩颈，唯唯诺诺，一步一惊心地活在这个世上。

回到家里躺在床上，医生说的关于肿瘤那席话，心里总有块阴影，祈祷不会，癌症是老年人才会得的毛病，三哥才四十多岁的人，还远着呢。可是老是胃出血也不对头的，一个人身上有多少血可以出？三嫂说这已经是三哥第三次大出血了，病一次，人更加虚弱一次。哎，三哥也太不注意自己的健康了。

文桑总算分配到了工作，在新闸路上一家废品回收站里做记账，想想他也是读过名牌大学的大学生，却被派去做这种事情。我曾去他上班的地方看过他，小小的一间门面，到处都是各种垃圾，瓶瓶罐罐放在一个铁丝筐里，废铜烂铁堆在破面盆里，废纸旧报纸堆到天花板，发出一股难闻的霉味。文桑穿了一套旧工作服，戴了口罩和袖套，缩在屋后一张小桌子后记账。两个中年劳动大姐在门口收废品，过秤，扯起喉咙跟人大声争执。卖出了废品的人拿了一张字条走到屋子的后部，文桑接过字条，很仔细地看清数目，然后数出几张毛票和零钱交与卖废品的人。不过文桑的情绪还可以，说这个工作还有很多人要抢，毕竟在上海，每月有二十八块的工资。记记账也不累，就是工作环境有点龌里龌龊。接下来就要向房管处申请住房，现在他的要求也不高，只要能遮风挡雨就可。走出废品回收站，我心里多少有点悲哀，倒并不是为自己，我们属于处在时代夹缝中的一代人，不上不落，前景真的渺茫，人生所有的期望、理想都粉碎殆尽，只求在最低限度中活下去而已。

四十八

也许房管所考虑到文海的关系，文桑总算分配到房子了。这在住房紧张的上海简直是个奇迹，别的新疆病休青年回沪，只能与家人挤在一起，上海大多数居民的住所都狭小，十来个平方要住五六口人，很多家庭矛盾也由此产生，兄弟姐妹同室操戈，弄得鸡飞狗跳，亲情大打折扣。

文桑分到的房子在胶州路上，离他上班的地方不远。后弄堂里笃底的一幢，沿了黑洞洞的楼梯上去，爬上三楼，穿过几家房客共用的灶间，来到晒台上，再爬上一段扶梯，进入一个三层阁，大概有十五六个平方，朝西有一扇开在屋顶上的老虎天窗，天花板是斜的，以致房内一部分地方是站不直人的。这房间是屋顶跟二楼的一个夹层，原来用作堆放杂物，后来改成了住人。房管所的周同志说："这是我们手上最大的一间房了，有些大学毕业生，来上海工作好几年了，到现在一家四口还挤在七八平方的亭子间里。"文桑本来还有些想法，此时就觉得自己还算幸运，房子好歹算是独门独户，离上班又不远，比起一家人挤在亭子间的，真要知足了。

但是一年半载住下来，冬夏两季是非常难过的，顶层吃风，天冷时房间里像冰窟一样，夜里尤甚，他只好把绒衣卫生衣都穿在身上睡觉，再盖了两床被子，两只脚还是像结冰一样。热天更是难过，一天太阳暴晒下来，头顶上没有夹层的西晒房间，就像烤箱一样，触手可及的屋顶上瓦片、墙壁、天花板都是烫的。所以一整个夏天，文桑整夜都是敞门而眠的，还是辗转难眠。只有在清晨之际，才能勉强地睡上一二个小时。文桑由此想到曾居住过的诺曼底公寓以及华山路房子，冬天有水汀，夏天有电风扇，当时也没觉得怎样，现在才晓得能够住在那种洋房里是何等的福分。

但就为了这么一间半吊子房间，也大有人垂涎。有人给文桑介绍对象了，对方是个寡妇，比他小七岁，也三十七八了，带了一个九岁的女儿。介绍人振振有词地说："人家有工作赚钞票，看样子还能生养，人样子也不错，配配你足够有余了。"文桑端详着递到他手上的照片，女人穿件春秋两用衫，方脸盘，大眼睛，薄嘴唇，相貌还算端正。文桑踌躇了，他已经四十好几了，对成家结婚早已不抱希望了，现在突然这个机会出现在面前，心又活动起来。

他没告诉别的家人，只是跟文珠说了说，文珠却极力赞同他结婚："四阿哥，你早就应该成家了。你自己看看，你的日脚过得像啥样子，冷一顿，热一顿，袜子脚后跟一只大洞，胡子拉碴的也不晓得刮一刮。结了婚，屋里有了个女人，至少有三顿热菜热饭。老了也有人照顾。"文桑犹豫着说对方是结过婚的。文珠一只手点着他的脑门子："我的戆大阿哥啊，你不要拎不清爽，结过婚又怎样，你也不自己照照镜子，跟糟老头子就差了一虎口，有人肯跟你，已经蛮好了。"文桑苦笑道："你看你，比我自己还起劲。"文珠便凶他道："啥人叫你是我阿哥呢，换了别人，结婚也好，热昏也好，管我啥个屁事啊。"

介绍人安排文桑跟女人见了一面，在愚园路上的一家点心店里，两人各吃了一碗小馄饨，一碗汤圆。女人看上去比照片上老相些，嘴角有些下耷，因此看起来有些苦相。从女人的言谈中，文桑得知女人守寡之后，也是为了房子跟婆家闹矛盾。因此择偶的唯一条件是有房子，不跟家人同住。文桑心想女人恐怕是看不上他简陋的三层阁，女人却一脸苦大仇深地说："只要能从过去的婆家搬出来，就是住到棚户区我也不嫌的。"

到街道办事处去开结婚证明时，文桑短时间地恍惚了一下，他真的是要结婚了吗？真的要跟一个差不多是陌生人的女人同住在一个屋顶下吗？就仅仅为了屋里有个人作伴，不那么孤单？他人生的要求就这么低了？

是吗？脑中有个声音告诉他：啊，像他这样落魄的中年男子，可说是一无所有，将来也看不到任何的前景。人生，的确是被限制在一个极小的范围内了。有间房，有个女人，有口饭吃，能活下去，还要怎样？他恍然觉得这个嘲笑的声音已经是给他盖棺论定了，心中不禁凄然。

的确，人生譬如一座迷宫，有许多门扉敞开着，你走进一扇门，别的门就此关上了。你沿着门内甬道走下去，又有几扇门出现在面前，你犹豫着，估量着，最终还是推开一扇门走进去，别的门再次关上。反复以往，你就被限制在一个极小的范围内，选择越来越少。到最后，便没有了选择，端到你面前是什么，你只能接受是什么。

中年人结婚，本来并无多大热情，更像是各取所需。新婚之夜，女人就不肯跟他交媾，说屋里厢还有小囡，影响不好，夫妇之道也不在一时一刻。大喜之日被迎头一盆冷水，文桑不由得很是郁闷，思忖着女人不是嫁给他的，而是嫁给这间十五平方米的三层阁。再一想，对方所有的动机在第一次见面时就显露出来，而他总是后知后觉。

不过他隐忍了，他折腾不起了，也不想折腾。

家里多了两口人，十五平方的房间即刻显得拥挤起来。一张大床，一张小床，再加一只吃饭桌子，一架女人带来的五斗橱，几把椅子，就没有多少转身的余地了。房间本来就是斜顶，如果顾了脚下，不小心脑袋就会撞在天花板上。

他们在新婚两个月期间，才做了一次。女人完全是交差的意思，不到三分钟，就说："好了，好了呀。小囡就要回来了呀。"文桑并不是个性欲旺盛的人，但女人这般敷衍行事，感觉还是大受打击。当年跟阿茹那段往事，虽然名不正言不顺，但男女之间还是有真情，也有欢乐的。如今也算明媒正娶，却比鸡肋还不如，不但食之无味，想弃之也不能。

女人还有个不是毛病的毛病，她睡觉时的鼾声特别大，文桑却是个睡眠很轻浅的体质，往往半夜被惊醒，听着身边如雷的鼾声，便辗转难眠直到天亮。这使得他非常苦恼，他的身体还没有完全恢复，睡不好是个大问题。最后实在吃不消，于是他跟女人商量，让她跟女儿睡大床，他独自睡小床。这种情况也没改善多少，毕竟同处一室，鼾声还是阵阵传来。

女人的个性很硬，说什么就是什么，不大肯通融。而她带过来的那个黄毛小姑娘，却像只胆怯的小老鼠，说不得讲不得，常常会无缘无故地掉眼泪。文桑就是想做个称职的后爹，也不晓得从何着手。只好跟她全无交流。就这样，文桑在自己家里都变得缩手缩脚，大的惹不起，小的也是碰不得的。

半夜醒来，躺在斜屋顶下面的小床上，文桑会断断续续地回想着自己的一生，他一生的路，没有一步是走对的。照理说，他从小家境尚可，也受过大学教育，可是活到了四十六七岁，人生目标没有一件是达成的。他有些大学同学，已经是某个大型机器厂的总工程师了，也有同学在大学里教书，他竟然落魄到整天与废铜烂铁打交道。路上碰到熟人，被问及工作单位，头都抬不起来。再说，就算工作一般，但家里琴瑟和谐，妻贤子孝，也是人生荒漠中的一块绿洲。可是他连这点福分也没有。他的人生苍白而疲惫，支离破碎，像一幢即将散架倾圮的老宅子。

在清晨断断续续的梦境中，他回到西浔的老宅子里，老宅已经面目全非，到处断垣残壁，花木枯萎。他站在水陆码头上放眼望去，在铅灰色的天幕下，水流汹涌，奔腾而下。水面上漂浮着各种垃圾杂物，有散掉的淘米箩，有残破的油布伞，还有一只女人穿的高跟鞋。

他偶一抬头，发现挂在高高的屋檐下的鸟巢竟然还在，不过更加摇摇欲坠，一只黑鸟从巢穴里飞出来，在他上方盘旋几圈，随即隐入水天之间不见了。

第三章　人间忽晚

四十九

一九六六年春季开始，一股不安的气氛暗中涌动，就如雷阵雨来临的前夕，燕子低飞，大群的飞虫在水面上原地打旋。河水反射着天光，阴晴不定。人群、牲畜都显得无名地烦躁不安，但又说不上来为何。报纸上刊登了评论三家村的文章，普通人根本不晓得是啥来头。有消息灵通人士私下传说，好像又要搞运动了，飘到众人耳朵里也没引起太多注意。

真相常常被不经意地说出来，有时是小孩子的一句戏言，有时是家庭妇女的一句抱怨，有时是精神病人的两三呓语，他们是局外人，直觉反而更为清晰，也暗合了世情起伏。

从去年底起，《人民日报》上一篇论《海瑞罢官》的文章，被全国大范围地讨论、学习。文田所供职的剧团，各种会议学习明显地多了起来。文田虽不胜其烦，不过也没得更多的他想。一阕戏出了毛病，势必影响到整个文化界，必然有个走过场的阶段。就像个疖子有红肿、化脓、结痂、平复的过程。文田自忖他在剧团里是小得不能再小的角色，只要他不讲错话，随了大流，该学习就学习，该批判就批判，过上三五个月，运动就会过去，生活也将恢复原样。

大部分老百姓也是如此作想，他们错了，文田也错了，都错得离谱。即将来到的是颠覆他们整个人生的一场巨大风暴，无人不置身其中。

一夜之间，在大街小巷中贴出了无数的大字报，指名道姓地揭发谁是万恶的资本家，谁是逃亡地主、历史反革命，谁又是漏网的国民党军官、一贯道道友，谁是文化特务、反动文人、腐化分子。连得住在隔壁弄堂的邻居，看来是人畜无害的某某师母，原来也曾经是个交际花、狐狸精。再连带着，狐狸精的子女也做过流氓阿飞，被揭发曾经烫过头发，穿过奇装异服，听过黄色唱片。这些人不但统统要打倒，还要踏上一只脚，叫他或她永世不得翻身。

一时间社会上风声鹤唳，被点到名的人家噤若寒蝉，惶惶不可终日，甚至也有胆小者因此自杀的。还没被点到名的人战战兢兢，不晓得第二天早上醒来，大门上是否会出现一张杀气腾腾的大字报。

文田本能地感到恐惧，他晓得以他的家庭底细，是经不起挖的。父亲曾是北洋政府的要员，家里曾有田地出租，仅仅这两条就够呛了。还有大哥和二姐的海外关系，虽然他有十多年没跟他们联系了。照运动发展趋势来看，被揭发出来只是早晚的事情。但他又能怎么样？躲无可躲，避无可避。只能惶惶然地等待着一记霹雳打到头上来。

这记霹雳错过了他，打到前厢房去了。大门口贴了张大字报，聚集了一整条弄堂的邻居们驻足观看。住在前厢房里的邝先生竟然是个国民党少校特务，他那架徕卡照相机就是特务工具，专门用来拍摄我方情报的。这个暗藏的特务常年潜伏在上海，暗地里招兵买马，准备在蒋介石再一次反攻大陆时里应外合。面色铁青的邝先生跑出门来，看了一眼上前就撕，嘴上还骂了一句广东话："特务？你个老母扑着街了。"这下可就闯了大祸，当日下午派出所民警连同居委会一起上门来，后面还跟了街道上的一群闲人，美其名曰革命群众。众人七嘴八舌地把个七十多岁的老头子训得像灰孙子似的。还勒令他把撕碎的大字报照原样贴回去，少一只角也不可以。

文田在剧团里开了一天的会回到家里，正在洗脸洗脚，门上响起敲门声，文田像只惊弓之鸟般赤了一双湿脚跑去开门。门外站着邝先生，才两天不见，老先生脸上的腮帮皮都挂了下来，双目无神，哑了嗓子问文田："你看了前门口的大字报吗？"

文田是从后门进屋的："喔，还没来得及看。怎么了？"

邝先生干笑了一声："我变成了国民党少校特务了，真是滑天下之大稽。"

文田不晓得说什么好，一股凉意在他背脊骨上蹿起。

邝先生又说："我晓得是啥人在背后搞的鬼。"

"谁呀？"文田嗫嚅地问了一句。

"隔壁九号里姓马的赤佬，一天到夜要求进步，专门给居委会打小报告。"

文田不作声，这时候无论说什么都不合适的。

邝先生眼神空洞，自言自语道："我老了，无所谓了。姓马的赤佬也不想一想，逼急了，啥人不是烂命一条？他这么做会有什么好结果。"说罢也不看文田一眼，转身回房去了。

文田关上门，回到床前，再次把脚放进水盆，洗脚水已经凉了，他也毫无感觉，就这样怔怔地呆坐着，脑子里一团乱麻。外面隐隐约约的有锣鼓声传来，据说现在贴大字报是要敲锣打鼓地送上门去的，目的是使牛鬼蛇神们更加感受到革命的震撼。从邝先生的来访，文田想到自己差不多年纪的父亲和徐医生，心中暗暗庆幸，还好这两个内心清高的老先生早走一步，不会面临如此的境地，那样的羞辱是会要了他们的命的。文田内心惶棘至极，躺在床上想东想西，一夜数惊。早上走去剧团上班时，看到街上，弄堂门口的大字报多了起来，白花花的一片。

剧团已经无任何演出，全员学习《人民日报》社论，深挖封资修的毒草。剧团里的老艺人，多多少少都排过旧戏的，一个个坐在那里，沉了脸不出声。结果剧团的党支部书记下午做报告，要求每个人向组织汇报自己的过往，包括家庭出身、海外关系、社会关系，参加过哪些宣扬四旧的戏文，演的什么角色。支部书记一再强调要如实汇报，不得有所隐瞒，否则后果自负。支部书记抽了一口香烟，又说道："还有，据内部掌握的情况，我们剧团里的牛鬼蛇神是不少的，欢迎广大群众检举揭发，深挖隐藏的阶级敌人，让他们无处遁迹。"

这些话听在台下文田的耳朵里，像是句句都针对了他说的，台上书记的眼光扫过来，也大有深意，好像在说，我们什么都晓得的，就看你老实不老实了。他回家之后连晚饭也没吃，脑子里只转着一个念头：要不要交代？要不要交代？他当年被招聘进剧团时，手续简单，填了一张表格就办妥了，在剧团里没人晓得他的家庭背景。这十多年来，他与同事的关系一直保持着君子之交淡如水的原则，没有走得太近的朋友，也没有冤家。最主要的，应该没人晓得他的家庭底细。

一夜下来还没有想定，第二天去剧团时，赫然见到进门的报栏上贴出了好几份自白书。一个演老旦的演员交代说自己曾经给大流氓杜月笙唱过堂会，吃过他的筵席，收过他的谢银。另一个武打演员交代了曾经参加过三青团，参加过军训。另有几份大字报，揭发某某大牌借了自己的名望，跟好几个女票友有着不正当男女关系，还有揭发剧团总务处某人贪污饭菜票的。大字报栏前站了不少人，惊诧但饶有兴味地观看着，低声谈论着。文田厕身在人群中，面上镇静，心中却急跳。被人贴大字报侮辱，已经是难以忍受了，这些自白书则更进一步，要你自己污辱自己。文田心一横，他实在做不出这种事情，就让人来揭发好了。

下午回到住处，文田看到了一幕使他终生难忘的场景。在弄堂里挤满了看客，众人的头颈都伸得像鹅一样。弄堂里原有一口井的，老早有个小囡跌进去过，从此这口井就加盖封死了。现在井盖上站了邝先生，被人从后面抓住双臂摁住了头，几个街道积极分子带头喊口号。文田询问了身边人，得知邝先生早上跟隔壁贴他大字报的姓马的邻居起了冲突，拿了张小板凳把对方的头砸破了。派出所马上来了，把邝老头子捉了起来，罪名是破坏运动，反攻倒算。说话的邻居摇摇头说："老甲鱼胆子也蛮大的，也不看看现在是啥辰光，里弄干部说阶级敌人顶风作案，枪毙也有可能的。"

差不多是吃夜饭时分了，人群渐渐地散去。积极分子们见状又喊起了口号：打倒国民党特务邝××！打倒现行反革命邝××！站在邝先生身后的两个闲汉，把他的头发往后一拉，好让大家看清楚这个现行反革命的面孔，一束夕阳正好照射过来。文田清晰地看见邝先生那张苍老的脸庞，双目紧闭，老泪纵横。

没过多久，借了破四旧为名，社会上兴起了抄家，只要是有钱的，历史上有问题的，政治上有污点的，一无例外都遭到抄家，由北京来的红卫兵和本地的造反派执行。再到后来，有问题和无问题已经没有啥区别了，只要单位、居委会看你不顺眼，就可以组织起一帮人敲锣打鼓地跑到你家来抄。说是抄家，更多的是毁坏。人的恶性在此时表露无遗：你有我无，毁掉。你优我劣，毁掉。你多我少，毁掉。一时间，上海大大小小的街道、弄堂里狼烟四起，大批的文物书画、古籍、家庭相册、结婚照片、毕业证书被当街烧毁。不能焚烧的，则被砸碎丢弃。洋气些的衣裳服饰被剪破，打蜡地板被撬起，红木家具被捣毁。

文珠家是最早被抄的一批，先由方晦的单位来抄过一次，再由街道上来抄过一次。单位里那次是黄蛤蜊带人来的，文珠拦在门口不让进："姓黄的，凭什么抄我的家？"黄蛤蜊打呵呵："上头布置下来的啊。地富反坏右，都要抄的。"文珠大喝一声："慢着，地富反坏右，我家一个也轮不着，抄啥个抄！"黄蛤蜊道："资本家也要抄的。"文珠顶回去："啥个资本家，饭店十多年前就被公私合营去了。徐方晦不是一天到夜在厨房里做事体。算啥个资本家！"黄蛤蜊冷笑一声，转身问跟来的打手们："大家说说，开过饭店的是不是资本家？"人群喊道："是呀！怎么不是？"黄蛤蜊问

152

道:"你们说,徐方晦是不是资本家?"人群起哄:"是呀。"黄蛤蜊又问:"资本家要不要抄家?"人群大喊道:"当然要抄家的。"黄蛤蜊转身对文珠喝道:"你听到了吗?革命群众说要抄家,快点让开。"文珠气得两眼冒火,还要上前阻拦。身后的阿虹抱住她,轻声道:"姆妈,就让他们抄好了,我们不要吃眼前亏。"

这次抄家,抄去了文珠的结婚戒指,文珠姆妈留给她的几件金器和首饰,还有十几块银洋。屋里厢被翻得乱七八糟,大橱镜子被撞碎了,床头灯也摔坏了,席梦思被剪刀割开,棉絮撒得满地都是。抽屉被扔得东一只西一只,四季衣物丢在地上被人踩来踏去。一房间乱哄哄的人,咪咪吓得逃了出去,直到夜里还不见踪影。

抄家的人走后,文珠一面收拾残局,一面骂着杀千刀的黄蛤蜊。方晦下班回来,看到屋里这副乱相,火冒三丈:"姓黄的说要去搞运动,原来是跑到我屋里抄家来了。"文珠恨声道:"早就跟你说过,姓黄的是恶鬼一个,你还一门心思当作他是好人。"方晦发狠道:"这真叫作欺人太甚了,我明朝去弄包老鼠药来给这个赤佬尝尝味道。"阿虹连忙劝开:"阿爸你不要乱来,金银财宝被抄去就算了,弄出人性命来不值得的。"

看到方晦平静些了,阿虹又说道:"我班里的同学们,十家之中总有六七家被抄过家了。就是没有这个黄蛤蜊,也会有张蛤蜊、沈蛤蜊带人过来抄家的。眼下的形势,身外之物被抄去就抄去罢了,人平安就好了呀。阿爸姆妈,我说的对吗?"

文珠也说:"是呀,方晦你不要乱来,你要想想,还有三个小囡了。"

方晦默然,最后长叹一声:"册那,我是个最没用场的人,打落牙齿也只好咽进肚皮里。"

五十

随着运动深入,越来越多的牛鬼蛇神被挖出来,几十年前的老账随之也被翻了出来,巨细无遗。看到这些人凄惨的境遇,文田终于吃不消了,天罗地网看样子是逃不过去的,最后,还是向剧团交代了自己的出身和背景。

支部书记赵同志吸着香烟,面无表情地听着文田的交代,不时地在本子上记些什么,最后抬起头问道:"那么,你的父亲是个大军阀,而你的三哥却是我们以前的区领导霍文海同志?"

文田嗫嚅地答道:"是的,但是我的父亲很早就从北洋政府中辞职了,一直闲赋在家。而我三哥很早就参加了革命,许多年没见过面。解放后也忙于工作,他跟我联系并不多的。"

赵书记有好一阵没作声,指关节无意识地敲击着桌面,最后说:"我曾经跟霍文海同志一块开过会,怎么就没想到他是你的兄弟呢?哎,你看我这脑筋。"

文田默不出声,等待赵书记的下文。

"你能如实地向组织交代自己的问题,虽然晚了些,还是正确的,对自己负责的。你回去写一份材料,越详细越好,不要有半点隐瞒。然后等待组织对你的处理,晓得了吗?"

文田只有唯唯点头。

往后的几个礼拜,文田是在惶恐中度过的,不晓得剧团里会怎么处理他。他家庭出身不好,但他自己并不是地主,最多定个地主子弟。他工作十多年来也没有犯过任何差错。就算如此，大概总是要做个检讨的吧，看赵书记的态度，也没有太过逼迫的意思。反正在运动中要人人过关，是怎样就怎样吧。

但在心中总有一丝隐隐的不安，始终挥之不去。三哥自从去年因胃疾住院后，一直没有完全恢复。虽然也回去上过一阵子班，也是处在半工作半休养的状态。三嫂曾跟文珠抱怨过：文海一进办公室，就忘记自己是个病人，常常会工作到很晚，然后一脸病容地被司机送回来。三嫂哭丧着脸道："如果他一病倒，我的生活就全部乱掉了。学校里要请假，天天跑医院。吃不好，睡不好，一直提心吊胆。"文珠只好尽力安慰她："三嫂你定定心，有啥情况你一个电话过来，我会即刻过来帮忙的。如果医院里要陪夜，我也可以跟你轮班的。"三嫂掏出手绢蒙住眼睛，幽幽地说道："小妹呀，我的命真苦啊。外人看着我嫁了个领导干部，老革命，住高级公寓。但啥人晓得我过的是啥个日子，守活寡不说了，连个小囡也没有。"文珠连忙道："三嫂，千万不要这么想，我屋里的三个小囡，就跟你自己小囡一样的，妹妹更是你看着长大的。将来他们都会孝敬你的。"文珠反复安慰劝说，三嫂这才好了点。

据文珠讲，医生几乎可以确定文海是患了胃癌，好在还是在早期，考虑动手术切除病灶。但目前因运动的关系，医院里人事也动荡得厉害，几个老医生，都被戴上了反动学术权威的帽子靠边站，年轻的医生又对这样的大手术没经验，于是就吊在那儿。

最使文田不安的是，现在报纸上号召要揪出走资本主义道路的当权派，好些名声显赫的领导人都被点名批判。在这个时间段上，他的交代会不会牵涉到三哥，会不会有什么不好的影响？中国人所谓的鸡犬升天，并不多见。但一旦出了问题，鸡犬跟着倒霉却比比皆是，在这个风雨飘摇的年代，每个人，每个家族都是动一发而牵全身。

在这种特殊时期，他跟兄弟姐妹也不能多见面，以避免有串通之嫌。他跟家人唯一的联系，是在早晨提个包，到文珠常去的诸安浜小菜场买菜，碰巧遇见了，两人走到偏僻处说上几句，有人过来了，就像做贼骨头一样赶快分开。文珠原来是个大大咧咧的性子，现在也变得谨慎小心，毕竟这是个人人自危的时代，一人有了麻烦，亲眷朋友都会像一串大闸蟹，全部被牵连进去。

隔壁的邝先生被关了两个多月，放回来后，被戴上一顶坏分子的帽子，他被勒令每天在弄堂里扫地。原来那么精神的一位老先生，如今变得像只煨灶猫一样，终日低了个头，嘴巴紧闭，文田在无人之处碰见了，悄声跟他打个招呼，也是一句不回应。邝先生早上五点钟扫一遍弄堂，下午再扫一遍。里弄干部们可以随便差使他去做最肮脏的活：化粪池淤塞了，他要去疏通。弄堂里的垃圾桶满出来了，他要去清理。邻居们可以随便辱骂他，他不回一句嘴。平时走进走出，一群顽童向他扔石子，他也视若无睹，偶尔一抬头，眼睛里满是羞辱、木然和悲愤。仔细看去，其中还掺着一丝如动物被逼到墙角，下一刻就要豁出去的凶光。

报上的社论说：套在阶级敌人脖子上的绞索越来越紧了。社会上发生了越来越多的乱象。各种造反组织纷纷成立，除了抄家，还兴起了抢房子风潮，造反队、居委会勒令黑五类腾出他们的居所，让劳动人民搬进去。这劳动人民往往就包括了他们自己。一时间，住花园洋房的资本家被赶到汽车库里，而某个工人造反队的头头从棚户区搬了进来。上海的好房子有限，而住在棚户区想要翻身的劳动人民实在太多了。僧多粥少，那么，宽敞些的石库门房子也行。

坏分子邝先生被勒令腾出他的前厢房，搬去小菜场旁边的一间六个平方米的陋屋，紧靠着一只臭烘烘的公共小便池。老头子死犟着不肯搬，街道里几次上门催逼，结果就弄出了大事情。文田清楚地记得那天是礼拜二，他出门上班时正好看到邝先生扫弄堂回来，满面乌黑，似乎还向他点了个头。那天单位里开批斗大会，斗争剧团里的几个大角色。他回到屋里已经九点多钟了，只见前门后门挤满了人群，小孩子们窜来窜去，兴奋莫名，喊着："看死人，看死人去啊。"公安局也来人了。文田心里一颤：莫非是邝先生想不开了。再听旁边看热闹的人讲，死在邝先生房内的并不是他本人，一个是隔壁邻居姓马的，还有一个是居委会工作人员姓蒋，抢房子最积极，逼人最甚的。两人都是被菜刀斩死的，那个姓马的被斩了二十几刀还想爬窗逃走，结果死在窗台上。姓邝的老头子却不见人影，据说，通缉令已经连夜贴出去了。

由于过于震惊，文田关于那晚的印象有点模糊了。只记得他和楼上原来的房东，以及好几个左右邻舍，几个里弄干部，都被带到派出所里去做笔录。文田一整天不在家，说不出什么线索来。而原来房东跟邝先生是有点亲戚关系的，被派出所重点审讯，所有的社会关系要全部列出来。一直审讯到半夜两点多钟，才放他们回来。回到家里，看到前厢房的门被封条封住了。文田回到自己的房间，长夜未竟，惊骇莫名，想到一墙之隔，竟出了这么血腥的事情，整个人就不住地颤抖，根本无法入睡。

隔了一天，有消息传来，在苏州河那里，发现了一具自杀的尸体，经证实是畏罪自杀的现行反革命分子邝××。里弄干部们松了一口大气，不用担心突然面对着一把亮晃晃的菜刀了。楼上的房东也如释重负，派出所不会再向他一遍一遍逼问社会关系了。前门口破碎的大字报还是在风雨中抖索着，呜咽着，大字报上的字迹已经模糊不清，用红笔打上的邝××字样，还是如鲜血般触目惊心。再过两个礼拜，一切都消声灭迹，新的风暴来临，没人再提起江宁路石库门弄堂里的惨案，自运动伊始，死人的事情太多了，老百姓已经完全麻木了。

这个夏天，上海酷热无比，烈阳烤炙着柏油马路，滋滋冒烟，蓝紫色的氤雾飘浮在半空中。气压极低，一丝风也没有。满耳听得一片悠长的蝉声起伏，叫得人心慌意乱。说也奇怪，这片并不见多少树荫的街区，从初夏伊始，人们耳边就听到聒噪的蝉鸣声不断，嗡嗡地颤动着，不停不息：知了了呀，知了了了了呀。如城市的呻吟，又如热昏头的人发出讨饶似的呓语声。老一辈的居民在私下讲：知了这种虫子，其实是一缕鬼魂。凡是自杀死去的人，阎罗王不肯收，魂魄无处可去。只得从地下爬出来，化身为知了，耽过一季苦夏。等到秋冬之际，再死一次，魂灵钻入地下，去阎罗殿前等候发落。

黄浦江两岸，暑气蒸溽，蝉声连绵。

发生了重大凶杀案的前厢房，劳动人民也是害怕的，暂时没人要抢着搬进来了。但凶杀案并不妨碍天不怕地不怕的造反队，住人可以，作为存放器具的地方总归可以了吧。一个礼拜后，前厢房被某个街道造反组织征用为仓库，存放横幅标语、锦旗和高音喇叭，以及锣鼓家什。夜深人静之后，一墙之隔的文田，会依稀听到空寂无人的隔壁房间，铜锣铙钹自动发出一声嗡鸣，颤动不已，久久不息。平时对鬼神持有平常心的他，也不禁头皮发麻，自己告诉自己大概是老鼠弄出来的动静吧，但再也睡不着了。

文田作为被鉴定人员，还在等待单位里的结论和处理。只是剧团里的权力机构变幻不定，以前是支部书记说了算，后来又被造反队夺权，再是三结合，现在到底是谁说了算也不晓得。于是他陷入妾身未明的状况，既不是人民内部矛盾，单位里都晓得了他出身于大军阀、大地主家庭。但也不像把他当敌我矛盾处理，至少他还没被拖到台上去批斗。现在不管你是阿狗阿猫，或犯了点微小错误的人，都有押上台被批斗的可能。文田自己安慰自己，大概是单位里也不晓得怎么定他的性吧，反正能混一天是一天吧。

近日剧团里流传着一个令人心烦意乱的传言，说是整个剧团都要解散了，劳动人民不喜欢封建迷信、帝王将相的靡靡之音，所有的人员都要安排到工矿企业去，接受工农兵的再教育。心思活络的人已经开始托关系，走门路，想转业到比较好的工厂企业去。也有人不相信，说这个剧种也延续了几百年，不可能说取消就取消的。众说纷纭，文田既没有关系可托，也只能是听天由命了。

事实证明，这批人确实不怎么受欢迎，除了会吹拉弹唱，实际的工作和生活技能一概全无，企业收了他们不啻于接受了一个包袱，多有推诿。两个礼拜之后，最后分配的名单出来了，好一些的去近郊的工厂，大部分人员分配到服务行业。最差的是遣送回原籍，文田便是其中之一。

造反队负责人恶狠狠地向几个被遣送的人训话："你们这些人，屁股都是不怎么干净的，或是有历史问题，或是在历次运动中漏网的，或是刻意隐瞒了自己剥削家庭出身的，这次运动就是要狠触你们肮脏的灵魂。现在给你们一个重新做人的机会，回到原籍去接受广大群众的监督，在劳动中改造自己，争取人民群众的宽大，这是你们唯一的出路。"

话刚落音，下面一个女人高声喊道："不行啊，我原籍已经一个人也没有了。求求你们，让我留在上海，扫弄堂也可以，拉老虎榻车也可以啊。"负责人眼睛一瞪："×××，不要扰乱会场，不要抗拒改造，那样的话没有你的好果子吃。"女人已经匐下身去，以头抢地，口中不断地哀求着："不要啊，求求你们了。"负责人不为所动，手一挥，几个造反派过来把披头散发的女人拖了下去。

文田斜眼瞥去，认出这女人是一个小有名气的旦角，当年也曾经半红不紫过，平时在剧团里气焰也蛮盛的，不大搭理人的。如今竟然如此地不顾尊严，呼天抢地，只为乞求留在上海。文田原来还想跟剧团里申诉一下，争取一丝留沪的机会。眼下这支插曲，彻底打消了他的念头。

五十一

西浔河依旧浑浊、激越，站在桥上向西望去，灰绿色的水流迅急地流淌着，冲刷着年代、岁月和时辰。文田所站的桥面上，如历史之瞭望哨点，十五年之前的记忆，十五年之后的今日，都一一被水流冲刷漫浸。深藏的记忆被激活了，风中的气息，熟稔的风景，市街上的乡音，十多年来只在他梦境中出现，如今厕身其间，恰如隔世恍然。

文田被遣回到西浔镇已有两个礼拜了，阿香的二儿子现在是西浔公社贫下中农革命委员会的负责人。在他的暗助下，镇上也没有太为难文田，并给他安排了住处，是靠在西浔河南岸边上的一间小破屋，一面临河，一面朝街。房子的进深很浅，开了门走几步就是后窗，探出头去，下方是一掬绿水。清晨时分，河面上缭绕着白色的雾气，望之如玉带生烟。这条小河是西浔河的支流，平日安静，偶尔有艘小船叽呀叽呀地摇过。房子旁边有一道石阶下到河面，傍晚时分，文田携了面盆，走下阶梯去洗脸洗脚洗衣衫，要十分注意脚下，青石板台阶很是湿滑，跌进水里去可不是好玩的。石阶旁是临河小屋的木桩子，多年没加固了，七歪八叉，生满了苔藓。屋子大概有十二三个平方，内部是矩形的，一面宽一面窄，邻舍们讲这是当年多出来一块边角地，就用来盖了这所房子，原是让外来做零工的人歇脚过夜的。房子已经空关了很久，遍地的灰尘和蛛网，门窗也朽坏了。镇上派了几个劳动力，花了两天工夫打扫出来，旧报纸糊了墙，泥地上铺了煤渣灰。文田用两张板凳，架了一扇门板，铺上了上海带来的被褥，阿香也送来了各种锅铲瓢盆日用品，以及一顶旧蚊帐："靠了水旁边，夜里蚊子蛮多的啊。"

文田用一只火油炉煮饭，饭锅里蒸一块咸鱼，再用白水煮点青菜，拌点酱油麻油，就可以吃饭了。黄昏时，提了两只热水瓶，去转弯角上的老虎灶，打两瓶开水回来泡茶，洗脸洗脚。夜深人静，文田躺在硬板床上，骨节处感到身下硬邦邦的门板，心里却很平静，如多年倦鸟归巢，再怎么不堪，总是回到熟悉的地方。夜里，河水流动声响入耳清晰，淙淙不绝，古有"天一生水"，而水生万物，也连带滋润了他的梦境。在偶有的失眠之夜，文田披衣而起，开了窗透透气，望出去于薄暗之中，河水正在无声地涨潮，如天地间悠长的一吐一息。再抬头望去，天色是黯淡微红，薄云遮住了月亮，只有一个隐隐约约的光晕。一阵潮气袭来，不禁打了个寒噤，再爬回到床上，被褥依然微温，他在一阵轻微的颤抖中渐渐沉入梦乡，一觉睡到天光乍现。

于史无前例的运动中，乡下头也是乱了日常程序，生产队里开会比出工还多。镇上安排文田给一群老头老太读报，在千篇一律的话语中，众人皆打起瞌睡，鼾声高低起伏。散养的鸡群在人们的腿缝里穿梭来去，一只狗也跑进来，东嗅嗅西闻闻，突然蹲下，在众目睽睽之下拉出一堆屎。猫无声地跳上窗台，用爪子一遍又一遍地洗脸。天井里，晒着萝卜干的篾箩被风掀翻在地上，一个老太双手拍膝，啊啊叫着，跳起身来收拾。等到读报结束，老头老太们自己捶着腰背，打着悠长的哈欠离去。

在初冬散淡无事的日子里，西浔镇不仅在夜里，白天也像是要睡着了。街上行人杳迹，沿街的门户半敞开着，一个二三岁的孩子放在草虎子里，拖了两龙黄脓鼻涕，正昏昏欲睡。一个戴包头巾的女人在堂屋里扎鞋底，一脸漠然地抬眼看着外面。供销社商店前门可罗雀，店员伏在柜台上打瞌睡。黄昏时，夕阳西斜，青紫色的阴影渐渐地拖长。街市上终于有了动静，女人们端了箓笋去河边淘米洗菜，河的两岸炊烟四起，邻里间锅铲声可闻。小巷深处，一个女人的本地嗓音响起：屋里厢的死鬼哟，不要再挺尸了呀，快点去帮我打瓶酱油来，夜里厢要焖红烧大头菜呀。于是一阵跶着皮鞋的脚步声响起，迤逦地往街拐角上的供销社而去。

文田常在此际出门散步，沿着西浔河，走走停停。走到无人的田野间，一弯新月悬在天边，鸟雀盘旋，村庄、树林都渐渐地隐没在暮色之中。风里有人家蒸煮梅干菜的气味，夹杂着大灶头上烧稻柴秆呛鼻的烟气。再兜兜圈圈地走到河边，在渐渐暗下来的天色下，水面发亮，波平如镜。远处有几只鸟还在上下翻飞，这些不知停歇的生灵。文田由此想到了他的三哥，匆匆离沪，没来得及与三哥见上一面，不晓得他都还好吗？

独自厕身在此半明未暗的时空中，世界对他呈现出另一番意象，万物流转，时光匆匆，来去不定。所有的人、事、物，都在天地间辗转翻腾，身不由己。不管你是达官贵人，失意书生，升斗小民，一概如是。

他悟到范蠡在灭吴后交还相印，泛舟江湖的心境。悟到陶渊明田园情怀中一丝落寂的余韵。更是悟到人生正如苏东坡所咏的，也无风雨也无晴。

他也悟到了为什么曾国藩在功成名就之后还是小心翼翼，如履薄冰。他曾在父亲案头文牍中阅览过曾文正公写给胞弟曾国荃的一封书信，因信写得太过悲催沉重，给他留下深刻印象，以致今日还记得大部分内容：

弟军逾五百里外，声援进退两难也。皖北之贼虽多，吾坚守庭郡安庆，代为三城挡兵，若调江达川，由桐城进兵，或当可挽救徽德。近日贼愈进逼，初三日陷太平，初六日至黟县，去祁门仅六十里，不知王黔峰唐桂生能速由徽援祁否，祁若不保，则皖南全局立坏。此等无奈局面，只靠天意主持，吾日内寸心如焚，牙疼如割，实乏生趣，虽守城尚属认真，弟可放心，即问近好。国藩手章，十一月初九日

彼时曾国藩率民团守备安庆，被太平天国军队层层包围，内患粮荒，外无援军，城下太平军日日鼓噪：活捉曾贼，剖心送酒。被困多月，城几摧破，实是九死一生。此等危局非人力可挽，只凭天意。曾国藩撑了过来。此番经历，曾国藩晓得了天意难测，世情会在你猝不及防时兜底翻转，在种种困境中突然柳暗花明，也可以在不经意间一步踏错，一生的努力就此付之东流。

同样的，他曾阅读《红楼梦》不下五六遍，原是当闲书看的。直至经历了人生起伏，才晓得为什么贾宝玉放下一切出家去。从欣欣向荣到世道崩塌，家族支离。从金石坚守到镜花水月，一切尽是幻象。看过了世情诡谲，昨是今非，正反互转只

是一步之遥。人在迷障中摸索前行，直至行到山穷水尽之处，只需一刹那间，便洞穿了人世间种种的无谓，此时繁华隐去，空相毕现。你不放下也得放下，半点不由自己。

他更悟到霍氏家族，由盛及衰，父亲年轻时入世心旺炽，想着为国为民，愿凭了一己之力整理经纬。只是世间诸事自有轨迹，善恶难测，人事鲜能撼动半毫。再反观他自己，自小体弱，患有顽疾，原想是不久天年。然而，大概被遣来世上一趟，功课未竟，菩提未明，他竟然跌跌撞撞地走过了人生四十六个年头，依然踯躅在人间。

万物之恒，万物之变，万物之不测，上天必有其意。

放眼望去，世道恒变，不变的只有天空和水流。连他脚下码头上的青石板，都不知道是从哪个高山大谷里漂流至此。江南的土地柔软，冲积而成，并不出产多少石料。这些沉重的青石，在远方某座大山里被开采出来，凿成长方形的石料，千里迢迢地用船运来，再横平竖直地铺出了这个小镇，砌起河道，架起拱桥、码头，竖起牌楼，辟出了街陌市井，连绵民居。于是便有了这一片山清水秀，有了世世代代西浔人的繁衍生息，有了他人生驿站上的菩提树，也有了他在人世间的修炼场。

乡间的生活，跟上海相比多有匮乏，缺米少面，糖油肉食亦是很稀罕的。乡人多食咸货，咸鱼、咸蟹、腌萝卜、咸菜苋，为的是以少量的菜肴就可下饭。好在镇上的豆腐作坊还开着，沿用了传下来的古法制作豆腐，用卤水点出来的豆腐嫩白似软玉，豆香扑鼻。卖得也便宜，两三分钱可购得手掌大的一板。用薄盐腌过的雪里蕻煮了，鲜美又下饭。豆腐铺里还做豆腐干，白干熏干皆有，也是三分钱可购四块。文田买来，细心地切成幼丝，用咸菜汤头慢火焖吊，放一小把干虾米，俨然是西浔版的大煮干丝，浇上老醋及几滴香油，滋味不亚于淮扬馆子的出品。

他常食粥，为的是节省米面。火油炉上搁一小砂锅，半碗米，浸泡一个时辰，加两碗水，慢火焖煮。看着粥汤在砂锅里翻滚，渐渐地变得黏稠，米粒融化，起泡，飘出一股淡淡的米香。从硬米粒到粥汤，似乎有一种禅意在内，虚实转换，软硬兼施，实相非相。

阿香常赠送给他一些自家晒的干菜，有腌大头菜、萝卜干、小酱瓜、苋菜干，其中的萝卜干最为他所喜，香，脆，咸淡适宜，有嚼头，用来炒新鲜的毛豆子，是配粥的佳肴。如果还有一个咸鸭蛋，敲开青色的蛋壳，用筷子挑出冒着红油的蛋黄，拌在白粥里，那简直是极品了。就是没有咸蛋，用一小块醉方乳腐来代替，慢慢地掭，也是滋味无穷。西浔地处水乡，虽肉食匮乏，小鱼小虾还是有些的。左邻右舍捉来了鱼虾，有多的话也送他一些。鱼小骨刺多，文田用一点点油把鱼煎透，再放些葱段姜片酱油白糖去焖，焖得酥烂，一餐吃不完，隔夜凝成了鱼冻，吃饭送酒都蛮相宜的。

出身于富贵家庭的文田，走过人生四十多年之后，才进入了一个通透的境界，禅在日常，禅在当下。而这个醒悟，是在他悟出了——世上一切事物在流逝过程中所产生的美学意义。曹雪芹写出《红楼梦》这部皇皇大作，就是在家族地位、财产呈几何级数减少的基础上写成的。在不断失去的过程中，生存的本质就日益显得清晰。当世相被洞穿之后，心性亦跌落了出来，一切都是可有可无，一切都是无增无减。我们只活在当下这一秒钟，前一秒后一秒都不算数的。

但是，禅境无远弗界，一堂课修毕，前面还有万重高峰峡谷，等待着他去跋涉。

五十二

外面有人敲门，文珠小心翼翼地问道："是啥人呀？"门外是三舅妈微弱的应答。门一开，三舅妈跟跟跄跄地一头跌进门来。文珠连忙一把扶住，一叠声问道："三阿嫂，出啥事体了？你先定定心，定定心。"

三舅妈面色如灰，哽咽得说不出话来。文珠又是倒水又是拍背，三舅妈好容易才镇定下来，说："这次，他们可真是要了老霍的性命了。"

三舅妈哭着说，文海他刚刚第一期化疗做完，头发掉得厉害，人虚弱得站都站不直，只好在家里休养。谁晓得昨天一早，南昌公寓来了一批造反派，翻箱倒柜，说是要找什么黑材料。屋里的电话线也被他们剪掉，说是不让你们这些黑帮分子私下串联。临走，还要把老霍带到单位里去批斗，说他是计委里最大的走资派。三舅妈上前阻拦："老霍他才刚做过化疗，身体吃不消的。"这些人却说走资派装病，想逃避运动。老霍见此情景，撑起身来对她说："老张，不要紧的，我就跟他们走一趟好了。"还没走到电梯口，一口血就吐了出来。这些人也有些怕了，骂骂咧咧地说："走资派装死一只鼎。你逃得过今朝逃不过明朝……"

文珠急问道："真是要命了。三阿哥现在怎么样了？"

三舅妈哭出声来："小妹啊，我实在是吓煞了。一方面要照顾一个重病人，一方面要对付这些催命鬼。我已经好几夜没合过眼了……"

文珠急了："三嫂你讲呀，三哥他怎么啦？"

三舅妈说："老霍现在躺在华东医院急诊间走廊里。医院里也在闹革命，先抢救武斗中受伤的造反派。"看到文珠疑惑的神情，三舅妈又说："医院里的造反派把我赶出来，说我在那里影响他们工作。"

"这样不行的。"文珠果断地说，"我去陪，三哥身边没有人是不行的。"

三舅妈环视了一下屋内，问道："朝儿呢？"

"阿青和朝儿都出去串联了，阿虹在同学家做功课。"文珠匆匆地收拾了一下，给阿虹留了个字条，就跟三舅妈一起往医院赶去。

医院急诊室门前也贴满了大字报，医生护士都是一脸的疲惫，语气中带着不耐烦的神情。文海已经被送进病房去了，文珠和三舅妈找了一大圈才找到。文海的胳膊上吊着输液瓶，看到她们进来，文海似乎也松了一口气，虚弱地问道："小妹啊，屋里都好吗？小囡们都好吗？"

文珠晓得，在这个家家户户都受到冲击的时候，三哥问的是大家是否都还平安，遂答道："都好的，阿青跟朝儿出门串联去了。三哥你好好安心养病。"

"方晦呢？"

自从第一次见面交谈不愉快，方晦似乎就避着这个舅子。平常三哥也很少提起妹夫，今天文海问起，是恐怕方晦的戆头脾气发作，在运动中吃苦头。文珠心中明白，嘴上道："他还好，就是喜欢无事忙。"

"能够忙就好啊，你看我，想忙也忙不了。"

三舅妈在一边抱怨地说："哎，老霍啊，你还是多想想自己的病吧，等好了再忙也不迟啊。"

"人生病是没办法的事。不好一直去想的。"

文珠赶快接口道："三哥你说的是，啥都不要去想，身体好起来最要紧。"

文海疲倦地笑了笑，没作声。

在走廊上，文珠跟三舅妈商量："三哥这样虚弱，要给他补一补的。"

三舅妈苦着脸道："我也是想给他补的，可是他什么都吃不进啊，吃进去的都吐掉。"

文珠坚决地说道："就是吐掉，也比什么都不吃的要好。我等会去菜场跑一次，看看有没有老母鸡买，熬点鸡汤，人活着，好歹是要吃一点点的。"

文珠临走时说："三阿嫂，我叫阿虹下午来接你的班，你回去小睡一下，吃点东西。你看你人都困得脱形了。"

文海夫妇不晓得的是：文珠自己也是心力交瘁，家里已经被抄了两次了。虽然没更多的东西可以抄去，但每次的折腾、惊吓，都使得全家人寝食难安，筋疲力尽。方晦饭店里的黄蛤蜊，现在是个造反派的头头，专门跟方晦作对。方晦三天两头被羁留在单位里，逼着写交代。可怜方晦一辈子就做个厨子，想交代也交代不出什么花样经。笔头子又不灵光，写来写去就是那么几句话。于是造反派说他顽抗，要处理他。

文珠跑了好几个小菜场，最后在苏州河边的船民处，花了十块钱买到了一只老母鸡，这种地下交易像是做贼般，被人查到会有麻烦。赶紧回家杀鸡、熬汤，到了晚上十点多钟，阿虹回来了，文珠问她医院里情况如何。阿虹说三舅妈九点多就来了，催她回家去，说你们小人是不好熬夜的。文珠问道："三舅舅怎样了？好点了没有？"阿虹说："他一直在睡，看起来很虚弱。"文珠叹了一口气，安排阿虹吃了点东西，一宿睡下无话。

第二天一早，文珠把温热的鸡汤灌进空的果酱瓶里，外面用小的棉花胎包好，放进提包，赶去医院看望文海。文海看起来比昨日还要虚弱，话都讲不动。文珠和三阿嫂扶起他，用调羹喂了半瓶鸡汤。文海摆摆手，意思是够了。文珠看到三嫂累得脸色发青，眼皮都抬不起来，就说："陪夜最吃力了。你先回去睡一下，下午来换我好了。"

三嫂走后，文珠在床边收拾东西，突然听到文海叫她，凑过身去，听到三哥用微弱的声音幽幽地说："小妹啊，我从很年轻时就离家出走，回上海后也忙于工作，没有好好地照顾你们。现在倒反而要你来照顾我了。"说完一声长叹。文珠心头一酸，赶忙说道："三哥你千万别这么说。你是我嫡亲的亲阿哥啊。照顾你是应该的。"文海闭了眼睛不作声，眼角上似乎有一滴泪珠闪着，过了一会儿才缓缓地说："小妹啊，还有一件事要拜托你了。"文珠拼命地点头："三哥你说呀，我听着哪。"文海等了一阵才说："万一，我说，万一我走了。你让朝儿她们常常去看看三舅妈，老张她一个人，也蛮可怜的。"文珠禁不住落下泪来："三哥你别东想西想，你会好起来的呀。"文海闭着眼睛，缓缓说道："毛主席说过，人固有一死。我在战争年代，看到过十几岁、廿几岁的人为了共产主义理想死去。我活到四十九岁了，也可以了。"文珠哭出声来："三哥你别这样说了。我真的好难过呀。"文海睁开眼来，微笑了一下："好，不说。我们不说了。"

三嫂下午来医院，刚跟文珠说了几句话，病房的门被推开，医院造反队负责人陪着几个穿军便服的人走进来，说外调人员要跟霍文海调查一些事。三嫂上前阻拦道："我爱人刚做完化疗，你们就不能让他歇歇吗？"文珠也在一边帮着腔："我三哥是三十年代就参加革命的老干部，他身体这么差，你们到底有没有一点阶级感情？"来人一脸严肃道："我们受中央文革的委托，千里迢迢从北京到这儿来调查大黑帮宋某某的一些问题。现在中央两条路线斗争激烈，站在哪条战线上是个大是大非的问题。再说，调查清楚了，对霍文海你本人也是有好处的，放下包袱，轻装上阵嘛。"文海在床上听了，晓得这些人是来调查他老上级宋部长的，于是对三嫂和文珠说："没有关系，我吃得消的。你们先出去一会儿。"

姑嫂两个提心吊胆地等在走廊上，竖起耳朵想听病房里的声响，偶尔听到一句北方口音的粗嗓门："霍某人，什么时候了，直到现在你还给他打掩护……"文海的回答却听不甚分明。过了半个多钟头，这些人总算出来了，一个个都绷着脸。两个女人忐忑不安地进房去，看到文海半坐在床上，脸色灰白，眼神也黯淡无光。姑嫂俩也不敢多问，扶着文海躺下，喂水擦脸，一阵忙乱。

这日文珠在医院里陪护到很晚，到家已经是近九点钟了，整个街区一片漆黑，又是停电。听说发电厂工人也分成两派，鸡争狗斗互不买账，因此停电变得是家常便饭。文珠摸黑开了门，放下提包，想找支蜡烛点起来。这时有个东西在蹭她的裤腿，文珠背上汗毛一下子竖了起来。接着是一声"喵呜"，文珠心里一松，就地蹲下，一个毛茸茸的物体就跳进她怀里。

逃出去两个多月的咪咪回来了。

五十三

朝儿出门一个多月了，当时方晦夫妇是不放心她一个女孩子独自去串联的。正好阿青与几个同学要到北京去，同意朝儿跟他们结伴。方晦夫妇这才勉强答应，一再关照阿青要沿途照顾妹妹。

可是兄妹俩在第一站南京就走失了，雨花台上人山人海，排队上厕所的人成百上千，等朝儿从厕所出来，就再也找不到阿青他们了。朝儿倒也不慌，一个人在雨花台上游玩，捡了几粒晶莹的雨花石做纪念。下午去了中山陵，没见到阿青他们，倒是碰见了一个复旦中学的同学，也是跟同伴们走散了。这同学叫王红珍，高三二班的，平时在食堂里见过面。两人一商量，决定结伴爬火车到北京去。

朝儿穿了一件细亚麻布的黄军装，挎了一只军用书包。军装和挎包都是三舅妈特地问文海的战友讨要来送给她的，这种军装是在五五年为授衔的将官和校官们配备的，到了六十年代初部队换装之后就停产了。军装的剪裁和质地都很好，收腰，小垫肩，扣子是黄铜制的，镂刻着五角星和八一两字。洗过多次之后布料还是很挺刮，同时草绿颜色褪成一种优雅的淡黄色。这是当时最为流行的款式，满大街都是惨绿色的仿制军服，剪裁得粗枝大叶。懂的人一眼就可以看出两者之间的区别，晓得穿着这身军装的人所具有的军队背景。

火车上塞满了全国各地来的学生们，一排三人座位上挤了七八个人，男女授受不亲也顾不得了，女生就直接坐在男生的大腿上。过道里，头顶上的行李架上也有人躺着。随着沿途停站，上来的人越来越多，连座位底下都有人钻进去，厕所里也有人占了，门被反锁着。此时车窗是绝对不能开的，一开的话，会有人陆续不绝地爬进来。车厢里比沙丁鱼罐头还要拥挤，列车员是没有的，有的话也不可能在如此拥挤的场所行使职责。学生们并不在意，兴致高昂地一遍一遍地唱着毛主席语录歌。全国各地的铁路线，就这样把一满车一满车的年轻学生送到北京去。

时值九月，天气已经转凉，但在密不透风的车厢里，温度至少比外面高了七八度。人身上的汗酸味，各种自带食物的气味，呼吸中的大蒜味、烟味、尿骚味，还有人不断地在打嗝放屁，车厢里的气味一言难尽。好在开车后可以开开窗，驱除一下浑浊的空气。最为头疼的还是上厕所。满坑满谷的人群你根本挤不过去，而且有可能上完厕所回来，位置就没有了。所以大家都憋着，直到憋得实在不行，女生都哭出声来，男生们才发扬阶级感情，从人群头上把人托举过去，到了厕所门口，还须求爷爷告奶奶地向霸占着厕所的人求告，才得以完成人生最大的大事。到了后来，厕所里没水了，秽物都满溢了出来，连只脚都踏不下去。男生们干脆就在车厢连接处拉开裤裆直接撒尿，尿水随风飘至下一节车厢开着的窗口，引起一阵惊呼。到了实在憋不过去之际，女生们也如法炮制，

一手拉着扶杆，一手脱下裤子，半个白花花的屁股对着田野，释放人生之急。这是当年铁路沿线老乡们所看到的特殊风景。

刚离开南京时，朝儿有幸被托举过一次。她感到非常不舒服，因为有一两只手放在不应该放的地方。从此，她能憋着就尽量憋着。上了火车的第三天，朝儿的大姨妈来了，从初潮开始，她就时有时无地会痛经，痛起来脸色煞白，蜷在床上直不起身。这时姆妈就会给她泡一杯浓浓的奶粉，再送来一个热水袋。此时她身处人满为患的车厢里，连转个身都非常困难。她弯下腰捂住小肚子，现在她只想要一杯热水，但这一点最起码的小需求，都万难办到。她咬牙忍着痛，只希望能早点到达终点站，找到招待的地方，喝口热水，再好好地睡上一觉。

火车走走停停，又磨叽了一天半才到达北京西站。随着蜂拥下车的人群，朝儿站在乱哄哄的月台上，脸色惨白，脚步蹒跚。月台上到处都是标语口号，成千上万的穿着蓝绿两色的亢奋的人群，像蚁群一样蠕动着。高音喇叭轰鸣作响，一遍遍地咏颂着毛主席语录。朝儿身不由己地随着人流从出口处拥去，刚走出车站门口，一辆烧煤大卡车喷出一大股浓黑的烟雾，笼罩了刚出站的人群，朝儿只觉得头昏目眩，喉头一紧，蹲在路边就吐了出来，吐到后来全是清水。站起身来，无数只黑鸟在眼前扑翅飞过，遮蔽了刚刚亮起灯的车站广场。

到处人满为患。接待大厅里，无数焦渴的眼神盯着负责分配住宿的人员，此人看起来三天三夜没睡觉了，眼睛通红，嗓音嘶哑，极不耐烦地分发着住宿处的纸条。如果多问一句，会引来他的暴怒，牛头不

对马嘴地反问提问者："喂，我问你，是个什么成分？"被问者嗫嚅地答道："俺家是小业主呗。"只听得一声北京口音的叱喝："他妈的狗崽子，滚一边去。"

朝儿和王红珍摸到住宿处已经是半夜了。在南池子七拐八弯的一条胡同里，是一间黑咕隆咚的大仓库，通间，地上铺了横七竖八的体操垫子，是男女混居的。她俩再也折腾不动了，领了两条脏兮兮的军用棉被，倒头就睡。仓库里空气恶浊，还混杂着霉味、烟味、臭球鞋味，棉被里散发出来陌生人的头油味，还有不知什么地方传来的蒸碱气味。朝儿在睡梦中还感到火车有节奏地摇晃着，小肚子还是一抽一抽地绞痛，她只好把身子蜷起来，希望睡着了可以稍微舒缓些。迷迷糊糊地睡到早上四五点钟，被一阵奇怪的声响惊醒，声音是隔了两个铺位传过来的，既像是忍痛的呻吟，又像是被扼紧喉咙喘不过气来。她推了推身边的王红珍："哎，你听听那是什么声音，是不是有人生急病了？"王红珍半抬起身听了听，朝那方向看了一眼，对朝儿耳语道："要死了！是两个下作坯呀，不要去管他们。"

第二天在领饭处听到一个大好消息，毛主席要在礼拜四第五次接见红卫兵。北京的天气渐渐冷了，老人家的年纪也大了，今后这种机会可能不多了，大家都要抓住啊。王红珍兴奋得要命，说有的同学等了一个多礼拜还没见到毛主席，怎么就被我们赶上了呢。

下午她俩去清华大学参观，校园里贴满了大字报，从教授到校长，再到教育部长、中宣部长的名字都打上黑××，都是要被砸烂狗头的。朝儿一面浏览着，一面想起阿青当年发誓要考上这所全国最优秀大学的旧事，现在也是淹没在一片腥风血雨之中。校园中到处可见一群群的红卫兵，穿着洗白的军装，戴着绿军帽，神色骄横，骑了黑色的自行车呼啸而过。校园既深又广，草坪枯黄，大字报一路延伸着，像是巨大灵堂里成千上万的白幡。王红珍还想到北大去看看，一转身，只见朝儿伫立在一片大字报栏前，正看得入神。王红珍瞥了一眼，是批判一个畏罪自杀的哲学教授。自杀在北京的学术圈里已经见怪不怪了，一会儿是这个专家，一会儿是那个教授。都是自绝于人民，都是不齿于人类的狗屎堆。王红珍拉了朝儿一把："赶快走了呀，再晚的话，食堂里要没饭了。"

朝儿是晓得这个教授的名字的，他翻译过不少西方古典哲学的专著，也写过哲学入门导言。在朝儿的心中，哲学家们都是看透了世情起伏，通晓人性社会的智者，怎么也会走上自杀这条不归路呢？大字报的内容已经不重要了，触目惊心的是一只画上去大大的草绿色解放鞋，狠狠地踩在教授的名字上，鞋帮子上还写了几个大字——×××自绝于人民，死不足惜。

一股寒气从脚底升起，一个坐在书斋里研究十八世纪哲学的教授，能有多大的罪大恶极？朝儿曾在一册哲学通讯上看见过这位教授的照片，还很年轻，大概就四十出头些吧。戴着一副秀郎架眼镜，前额有点冒顶，神色有点羞涩，从他的面容看来，应该是南方人氏，那种潜心读书的读书郎。跟她的小舅舅文田有点像，不敢惹事，更不敢抗争的中年人，为人待物处处小心翼翼，还是逃不过运动的狂飙。

如果没有十八世纪的古典哲学体系，没有康德、黑格尔的开拓，马克思主义又从何而来？把一棵大树砍倒了，一根枝桠岂又能独活？她晓得，那些把教授送上绝路的学生是不会去想这个问题的，他们被狂热的红潮驱动，冲击一切，打倒一切，砸烂一切，不分良莠，泥沙俱下。

去北大参观时，朝儿显得心不在焉，运动狂飙扫荡之下的校园看起来都差不多，巍峨的建筑楼群被大字报贴得千疮百孔，撕碎的白报纸随风飘散，与各色传单，散碎的书页，写满演算题的草稿纸，并各种垃圾，散落在草坪上，淤塞在下水道里。朝儿心中突然冒出一个大不敬的词语——什么最高学府，真叫作斯文扫地。刚到北京来时的心情，莫名地坏了起来，以致她走下北京大学图书馆的阶梯时，一个不小心，扭到了脚脖子。

第二天，接待站所有人在四点钟就起来了，等待着来接载红卫兵的大卡车载他们去天安门广场。王红珍用木梳沾了口水，把头发梳了又梳，一边用口水揩拭着假军装上的污迹，一边说："徐朝，卡车随时会来的，你怎么还不作好准备呢？"

昨天从北大回来，朝儿就显得闷闷不乐，晚饭只吃了一个馒头，夹了些咸得要死的酱菜。晚饭后想去打点热水洗脸，也顺便泡泡脚脖子。只是遍寻不着，无奈之下只得去睡了。早上起来后发现脚脖子疼得厉害些了，脚背上按下去一个白指印。心里就懒懒的，只是在王红珍的催促下才做好了出门的准备。

大卡车是近六点才到的，等急了的人群一拥而上，车厢里挤得水泄不通。朝儿和王红珍身薄力弱，一直没能挤上去。朝儿心里已经作罢，想到要前胸贴着后背做沙丁鱼，再闻着别人身上几个礼拜没洗澡的气味，她实在鼓不起多大的心劲来。

卡车已经发动了，随车的两个军人抬胳膊抬腿地把王红珍塞了上去，再回头要来抬朝儿，人却已经不见了。车不等人，一声口令之下，卡车离开集合处，向刚刚透出曙色的天安门广场驶去。

朝儿从厕所出来，看着空荡荡的集合处，心里反而感到一阵轻松。她转身进了大统仓，坐在被子上把鞋袜脱下来，揉了一阵。又去了食堂里吃了一个馒头。食堂里有个中年阿姨看上去蛮和善的，朝儿试着向她讨要热水，阿姨给她端来了一大盆。朝儿喜出望外，端了水盆进女厕所，先洗了头发，拭擦了身体，趁水还温热着，赶快把脚泡进去。从脚底升起的温暖舒缓的感觉，使她微微地发抖，原来人可以为这么一盆热水而心满意足。

朝儿去还水盆时，顺便问阿姨这附近有什么地方可以逛逛。阿姨说："地方倒是很多，只是今天毛主席检阅红卫兵，一早起，长安街从头到尾都封了，总要到下午才开放。要么，你出城去，从这里后门出去，乘五十四路车到北大下站，再换一趟车就可以到香山了。"

北京市民在周日很少来这儿，来串联的学生们都聚集到天安门广场去了。香山公园的上山步道上空气新鲜，行人稀少。朝儿就晓得今天来对了地方，经历了两个多礼拜大集体人挤人的日子，处身在空旷的自然环境中，心情不由为之一畅。脚脖子还是有点酸痛，朝儿便走走停停，惬意地浏览着山峦风光。在无人处，她放开嗓子喊了一声，山谷里传来了嗡嗡的回音。香山素以红叶出名，现在才九月中旬，还不到季节，不过有点意思出来了，树林在朝阳下呈现出一层暖色，近处也有一些零

165

星的树叶开始转成金黄殷红。再往上走去，转过一个弯，光线从东面映照过来，在逆光中，山谷里一片紫色的氤氲，一层如纱般的薄雾，在谷中缓缓飘荡。在看不见的林间，有碎碎的啾鸣声传来，空谷鸟声，显得四周更是幽静。

山上的风景是这样舒缓安静，山下的人群却是那样狂躁激动。

朝儿回宿处差不多是五点钟了，王红珍已经在那里了，面色不是很善的样子，开口就问："徐朝你跑去哪里了？"

"你们的车开走后，我想等下一班，可是车一直没来。"

"那你没去天安门广场接受毛主席的检阅啰？"王红珍一脸狐疑地问。

"没去成。"

王红珍不可置信地说："我们千里迢迢地来北京，就为了见到毛主席。你倒好，白白放过了这个大好机会。"

"没车来接，我怎么去？天安门广场又不是随随便便就能进去的。"

过一会儿王红珍又问道："那么你这一整天都去了哪里？"

朝儿不想告诉她去香山的事，便说："就在附近逛逛嘛，你说我还能去哪里？"

"我说吗？我说你大概是搞破坏去了。"王红珍脸上露出了诡异的神情。

此话一出，朝儿非常反感，在当下人人神经紧绷着的时刻，这话是不能随便说的。被人听到一句半句，追究起来会是麻烦无穷，当即沉下脸来："王红珍你不要胡说八道，讲话要负责任的。"

"开个玩笑嘛，你紧张什么？"王红珍嬉皮笑脸道。

"谁跟你没事开这种玩笑啊。真是吃饱了撑的。"

一晚上两人没讲话，晚饭也是分开吃的。朝儿本能地晓得不能再跟这个人搭伴下去了，倒不是开不起一句玩笑，而是这玩笑里带着一股阴险的气息，在这个特殊年代里会置人于死命的。但朝儿也不想跟王红珍翻脸，毕竟她俩是一个学校的学生，以后还要见面的。夜里睡觉时，朝儿尽量缩在离王红珍较远的一隅，背对着她，不想跟她说话，不想有所接触。想不到王红珍挨过来，碰了一下她的肩膀："哎，生气了？"

"没。"

"那怎么不说话？"

"累，脚脖子痛。"

王红珍不响了，过一会儿才说："那你还出去乱逛？"

朝儿说："也没逛多少地方，走的时候不觉得，停下来反而一点点疼了起来。"

两人没说话，过一阵，王红珍说道："徐朝，跟你说件事噢。"

"什么事？"

"借五块钱给我。"

朝儿出来时，身上带了些钱，是她平时存下的储蓄，小姆妈再给了些。虽然串联中吃饭住宿不要钱，但女孩子总有些小用处，抹手的蛤蜊油啊，月经期间的用品啊，买个纪念品啊，有时还要吃个小零嘴。两三个礼拜下来，朝儿身上所剩余的钱也不多了。一路上要买什么，王红珍总是说："徐朝呀，你先帮我垫了好吧，回去就还你。"可也没见她还过钱。一次两次，朝儿还不觉得什么，但长此以往，事情就变了味道。以前为了方晦跟黄蛤蜊饭店里的银钱纠葛，文珠常挂在嘴上的一句话：欠账不还的人，人品绝不会好到哪里去。以朝儿不多的社会经验来说，同学朋友之间频繁地借钱，弄到最后一定会出毛病的。

"我不知道还有没有，明天再说吧。"朝儿背对着王红珍，没转过身去。

"你怎么会没有？你家里有钱，解放前是开饭店的呢。"王红珍在身后阴阳怪气地轻声嘀咕道。

就因为这句话，朝儿做了决定，不借。不但不借，而且要尽早地跟王红珍分道扬镳。

朝儿的个性，是比较宽容随和的，心底里也总是想着要与人为善的。但有些东西碰不得，碰着了她就会转身而去，不再回头。这性子跟文珠年轻时的脾性很像。钱不是个主要问题，虽然家里经济逐年吃紧，但吃穿住行都是没问题的。加上小姆妈的舐犊之情，常常会塞点零用钱给她。所以，朝儿对钱财上一直持着平常心。

王红珍刚才的声音虽然很轻，但其中有着暗暗的威胁，你竟敢不借？不怕我揭你老底？家里是开饭店的资本家，神气点啥。

出来三个多礼拜，朝儿也想家了。跟这个臭烘烘的，挤了七八十人的大通间比起来，家里她和姐姐阿虹合用的房间像是天堂了，虽然房间有点暗，但收拾得干干净净，被子是白天晒过的，散发着好闻的太阳气息。在雨季，躲在被窝里，听着雨水从落水管滴到小天井里的声音，滴答滴答，绵绵不绝，在朦胧中沉沉睡去。还有，北京的吃食实在是乏善可陈，跟串联学生们的伙食比起来，复旦中学学生食堂的饭菜可以说是美味了，至少看得出碗盘里的肉片是肉片，豆角是豆角，黄瓜片是黄瓜片。这儿什么都给你煮成一锅大杂烩，萝卜大白菜土豆冻豆腐，烂糟糟的一坨，吃在嘴里都一个味。朝儿很想念阿爸烧的家常小菜，红烧肉百叶结，干煎带鱼，蒸蛋羹里放几只蛤蜊，炒素里有腐竹和木耳丝。也想念上海的小吃，小馄饨皮子薄如蝉翼，汤里有紫菜和虾皮，放一小勺猪油。还有小菜场路口的油墩子，面糊裹了萝卜丝、葱花，在沸油里煎得金黄，一口咬下，香味四溢。还有油豆腐线粉汤，还有刚出锅的锅贴，还有五分钱一碗的咸豆浆，里面有剪碎的油条，有榨菜末和虾皮，还有，还有……

朝儿承认自己软弱，承认自己向往舒适的小资产阶级生活，虽然她穿着时髦的旧军装，也跟大家一起振臂喊口号，也被当下各种思潮和潮流卷裹。但她内心深处知道人性不是这样的，读过的哲学和文学书籍也告诉她，人的转变是个漫长的认识过程，革命图一时之快，解决不了根本的问题。但在时下，你必须掩藏这些想法，不要露锋芒，不要给自己带来无妄之灾。这是当下最基本的自保常识。

你可以戴上革命的面具，但你必须对自己真实，朝儿才十七岁，人生刚刚开始，年轻的身体自然而然地向往家庭亲情，熟悉的环境，合适的饮食口味。从任何意义上来看，这不过分，不求奢华，不求特殊，只是正常人类所需求的一点舒适与合意。过分吗？一点也不过分。

在狂飙席卷的北京城里，在离天安门广场一箭之遥的旧胡同里，一个十七岁的女孩子想家了。

五十四

九月底的一天傍晚，朝儿回到了上海。推开家门，房间里黑洞洞的，家里人都不在。只有咪咪，从沙发上跳下来，喵喵地急叫着，拱起身子，热情地蹭着她的裤管。朝儿跌进沙发，把猫咪搂进怀里，一人一猫都狠狠地发了一阵嗲，互相诉说衷肠：呜呜，你回来啦。呜呜，真是想死我了呀。宣泄够了之后，朝儿跳起身直奔灶披间，碗橱里有剩下的半碗白饭，还有一碟水芹菜炒香干，两块红烧带鱼。朝儿把剩饭加点水烧了泡饭，风卷残云地吃光了剩菜剩饭。然后提了两只热水瓶出门，去老虎灶上打来热水。痛痛快快地洗了头，洗了澡。在近十点钟时，文珠回来了，看到出门个把月归来的小女儿，自然是喜出望外。女儿缩在被窝里，姆妈则坐在床边，东一句，西一句，说不完的话题。说完北京再说上海，

文珠说："上海也是碌碌乱呀，隔壁弄堂的殷先生殷师母被批斗得吃不消，开煤气自杀了。一条弄堂的人都跑去看。作孽死了，人走了，还有两个小囡呢，哪能下得了手？叫我，再怎样也要撑下去的。还有，你晓得吗？小舅舅被遣送到西浔原籍去了，他们的剧院解散了。你三舅舅住在华东医院里，造反派还不放过他。"

朝儿问道："三舅舅的毛病好点了吗？"

文珠脸色暗了下来："住医院还不能安心养病，你说能好得了吗？三舅妈、阿虹、我三个天天在医院轮流陪护，所以到现在才回家呀。"

朝儿问道："现在是谁陪在医院里？"

文珠说："阿虹呀，你三舅妈十一点钟来换她，现在大概是到了。"

朝儿闻言，随即起身穿衣。文珠道："你要去医院？刚回来，还是明日再去吧。"

朝儿说："我去看看三舅舅，很快就回来的呀。"说着带上了门。

晚上过了十一点，医院里还是灯火通明，急诊室里挤满了人，吊盐水的，洗胃的，跳楼跌断脚骨的。呼痛声、呻吟声彼起此伏。医生护士黑了脸，态度很凶地呵斥着心慌意急的病人家属。大概有个病人挺不住了，家属的号哭急叫声突然在人群中拔起，所有的人都转过头去观望，一片鸡飞狗跳。

朝儿穿过急诊大厅来到住院部，正好看见阿虹从楼梯上下来，诧异道："朝儿你回来了？三舅妈刚才还问起你。"两人一块来到病房，房内已经熄了灯，借了走廊上的灯光，可以看到病床上躺了一个身影，床边地上铺了一条席子，一个身影蜷缩在毯子底下。阿虹让妹妹等着，自己蹑手蹑脚地进房，推醒了躺在地上的三舅妈。三舅妈出病房，看见朝儿，眼泪就扑簌扑簌落下来了："妹妹你啥辰光回来的啊？"朝儿过去环了三舅妈的肩膀，说："小姆妈，我晚上才到家，听说三舅舅不大好，过来看看他。"三舅妈上上下下端详着朝儿："瘦了呀，晒黑了呀，真是作孽死了，囡囡啊。"这时房内响起三舅舅嘶哑的嗓音："是朝儿吗？你们进来好了。"

三人鱼贯进房，阿虹拧开床边的台灯，在一圈惨白的光线下，三舅舅瘦得不成人形，鼻子变尖了，脸上的肉也垮了下来，头顶上斑杂一片，有些地方头发脱光了，有些地方秃了一半。朝儿如不是心里有准备，都要不敢相认了。三舅舅朝她伸出手来，朝儿握住，三舅舅的手很凉，都是骨节。小姆妈在旁说："妹妹刚回来，就赶来看你了。"朝儿也说："三舅舅，你好吗？"病人的嘴角牵动了一下，嗓音还是嘶哑："我蛮好的。妹妹你到北京去兜串联一圈回来了？"朝儿点头。三舅舅又说："我去过

北京三次,一次是五六年,两次是六三年,都是开会,也没有机会好好地兜过玩过。"阿虹在旁看到三舅舅说话吃力,喘气得厉害,就说:"三舅舅,已经蛮夜了,你还是休息吧,我们明天再来看你。"三舅舅道:"好呀。"轻轻地摆了摆手,三人就退了出来。

到家后,方晦也回来了,看见小女儿很是开心,问道:"野小鬼总算回来啦?夜饭吃过了吗?"朝儿道:"一回来就把碗橱里扫荡干净了。不过呢,现在好像又有点饿了。"方晦闻言便起身到灶间里去弄夜宵,母女三个在房间里说闲话。半个钟头,有香味出来了。方晦端出一大盘蛋炒饭,一大碗开洋紫菜汤。文珠盛了小半碗汤,坐在桌边看两个女儿吃饭,一边叮嘱朝儿:"妹妹你慢点吃呀,不要噎着了。"朝儿满嘴的食物,一面狼吞虎咽一面问道:"阿爸,你这个蛋炒饭怎么炒得这么香啊。"方晦说:"这最普通了,一碗冷饭,打两只鸡蛋,一把葱花,一点猪油渣,没啥名堂经的。"朝儿啧啧道:"跟沿途吃的伙食一比,这一碗蛋炒饭像煞是山珍海味了。"方晦被女儿夸赞,笑得眯了眼睛。文珠在旁说:"在家千日好,出门时时难。饭菜再简单,总归是屋里吃惯的口味。"

朝儿过了一礼拜闲散的日子,早上睡个懒觉,起来到诸安浜小菜场的早点摊头上吃豆腐浆,配一团粢饭,夹一根油条。吃完心满意足回家来,先把串联中穿过的内外衣衫全部泡在温水里,花一上午洗出来晾好。小姆妈有电话来叫她去南昌公寓吃中饭,饭桌上一大堆菜肴,有第二食品商店买来的酱鸭、小排骨、百叶结。小姆妈坐在一边,夹了只鸭大腿往朝儿饭碗里塞,眉开眼笑地看着她吃。吃完中饭朝儿去医院跟阿虹换班,三舅舅大部分辰光是闭眼养神,讲话对他来说太吃力了。朝儿就拿了本小说书阅读。文珠六点钟来换她,顺便带点家常小菜给三哥,因为医院的伙食实在是难吃。不过三哥也吃不下多少,一般是吃小半碗粥,一点肉松,就不吃了。

晚上如果两姐妹都在家,就会说些只有在姐妹间才说的,连父母都不能说的悄悄话。阿虹当下最关心的事是还能不能考大学?她为高考已经准备了一年多。如果运动搞了几个月半年之后结束,大学再招考还是可能的。朝儿却觉得高校招生在两三年之内是不可能的:"你没有看到清华、北大都成了什么样子。有些教学楼里玻璃窗一块不剩,做实验的烧瓶和仪器扔得满楼道都是,几乎每个教授都被批判。还有,学生的心也野了,只想打打杀杀,满校园里,只见要砸烂这个的狗头,而又要誓死捍卫那个谁,完全是一团糟。就是开放招生,也不可能好好地上课的。"

阿虹失落地说:"我真是想不通,当年日本人打进来的辰光,政府撤退到四川去,但学堂还是办的。现在说一句停课闹革命,全国的学堂统统关门。怎么会有这种事情的?"

朝儿说:"毛主席说,不破不立。革命就是一种破坏。你从这个角度去想,也许就能想通了。"

"我还是想不通。"

"黑格尔说过:事物形成的过程是漫长而复杂的,当最后结果呈现出来时,就没有什么力量可以阻止得了。会发生的,就一定会发生。"

阿虹笑了一声:"小鬼头,怎么跟我掉起书袋来了。"

朝儿也笑:"否则怎么说服你这个准大

学生？"

两人安静了一会儿。朝儿问道："阿虹你为啥这么想读大学呢？"

阿虹拧紧了眉头，不作声，过一会儿幽幽地说道："你晓得的，我耳朵听不大见，先天就比别人吃亏。接受好一些的教育，是我唯一能做到跟别人齐肩的。如果没书读，人生实在没啥意思。"

朝儿蹲到阿虹的面前："我的好阿姐啊，你真不好这么想的呀，耳朵听不见又不是你的错，就是读不了书，也不是你的错。你为啥要跟别人比肩？我看你啊，比啥人都好。"

阿虹笑了："好在啥地方呢？"

朝儿脸上显出活跃的神情："我来数给你听噢：第一，你好看，从小就被人家说像是个洋娃娃。第二，你聪明，这是比好看还要不得了。你晓得吗，大部分好看的人不聪明，就像俗话说的，聪明面孔笨肚肠。你又好看又聪明，照《红楼梦》里的说法：好一个水晶心肝玲珑人儿。"

阿虹笑得咯咯的："妹妹啊，你在三舅妈家吃了什么好东西，花言巧语来寻我开心了？"

朝儿竖起一根手指："哎等等，阿姐，我还没讲完呢。你不但聪明好看，你还坚强，你从不诉苦，任何事情都自己担当。最后，你最最最大的优点，是好心。你心肠软，看不得别人吃苦，尽自己所有去帮人家。"

阿虹轻轻地推了她一下："哪有啊。"

"但是，你最大的毛病也是心好，耳朵皮太软，吃了亏也学不乖。"

阿虹若有所思道："你说的又有道理又没道理，做人哪能一点亏不吃？如果吃了一点亏就改变自己，那就是自己对不起自己了。"

"是呀，所以阿姐不管你读不读大学，你都是最好的。"

阿虹转开了话题："不说这个了。妹妹，等三舅舅稳定些了，我跟你一起去看看小舅舅好吗？"

"好呀，他真是蛮可怜的。一个人孤零零的。"

"他的身体也不是很好，不晓得他还能习惯乡下的生活吗？"

朝儿道："小舅舅看起来羸弱，但他还是蛮想得开的。等一歇，我先给他写封信，看看他有什么需要，我们可以捎给他呀。"

"对的，还是你想得周到。"

小舅舅，我是徐朝呀，你好吗？我们大家都很想念你。

我从大串联回来了。到过苏州，无锡，南京，北京。回来前还去承德和天津去兜了一圈。在北京呆的辰光最长，去了长城，天安门，东交民巷，后海，景山，天坛和香山。可惜故宫和人民博物馆都没有开放。天安门广场气派很宏伟，人在广场上显得特别地渺小。香山的树叶还没红透，已经是很美丽了。但给我印象最深的却是景山，我特地去看了那棵崇祯上吊的树，树并不高大，一点也不起眼。但它却是一个朝代消亡的象征。我想象崇祯临死前的那一刻，他的追悔莫及，他的万念俱灰。所以，我一下子明白了罗曼·罗兰的一句话：我将死于不是恶死之时。我以前一直没能懂得这句话的含意。死亡是所有人的终端答案，但是用什么方程式来解开这个终极命题，却有千万种选择。

170

北京气象沧桑雄浑，是个充满历史遗迹的城市。我知道一点关于我外公的事情，为此，我特为去了一次东交民巷（现在已经改名为反帝路），走进那些遗留着西洋风格的街道，我的情绪是迷茫的，我想象着当年游行的学生大概跟我差不多的年纪吧，他们面对枪口和警棍是什么样的心情？我也想到我外公，他虽不是主要决策者，但毕竟是深度参与了整个风潮，我也晓得他为此而精神上承重一生。我站在那里心情极其复杂，沉重。既沉重于历史的不可预料，沉重于矛盾的尖锐和无解，也沉重于错误一旦铸成，无以追逭。

这是我第一次出远门，在北京东跑西跑时不觉得，但回来后种种想法都浮起来了，我自己也觉得不是很成熟。等三舅舅好些了，不用陪夜了。我和阿虹想到西浔来看看你，届时有什么新的想法再向你汇报。噢，阿虹要我问你一声，有什么需要的吗？如日用品、食品之类的。你千万不要客气，上海总归还是方便些。

我爸爸妈妈，阿虹，三舅妈都问你好。

甥女徐朝
一九六六年十月廿九

朝儿你好，很高兴接到你的来信。

你这次跑了这么多的地方，不但长了见识，也有了不同寻常的履历和见解。我真是羡慕你们年轻人，生在新时代，体验了我们这辈人从未经历过的事物。我这辈子只是在西浔和上海生活过，最远是去过一次无锡看望我的二姐，也是差不多三十年前的事情了。限于地域，眼界也受限，思想也比较迟钝，真是要向你们年轻人多多学习的。

信中你对历史的思考，给我很大的触动。历史是股巨大的洪流，不可预测，不可阻挡。我们个人只是其中最细微的水滴，但我们千千万万的个人组成历史，影响历史，反过来也被历史所影响。历史又是诡谲多变的，不可预料的，某时某刻的一个决定，看起来是非常合理的，深思熟虑的。但在时间的推进中会显出某种不足之处来，会影响一个朝代，好几代人。王安石变法就是一个例子。从二十世纪以溯，中国历史的复杂和多变是几千年来少见的。而我们身在庐山之中，难以看清全貌。也许等你们这一代人或再下一代，会得出一个比较全面，比较公允的见解来。

我也一直挂心着三哥的身体，祈祷他早日摆脱病痛，恢复健康。请代我向他多多问候。

我在这儿一切都好，生活虽然没有上海那样便利，但日子过得相对平静。人到了一定的年纪，需求也变得简单了。一粥一饭，一床一榻足够了。请不要麻烦，我什么都不需要。喔，如果你一定要带什么的话，那就给我买一包檀香橄榄吧。

问你父母，还有阿青阿虹外甥们好。

小舅文田
一九六六年×月×日

五十五

阿虹这天来换班时，跟朝儿说："中午辰光，有个女的叫王红珍的，跟几个男的一块，到屋里厢来寻过你。"

朝儿道："喔，她跟你说了什么？"

"她说是跟你一块到北京去的。叫你回学校去参加运动。"

朝儿哼了一声："我不是很想跟这个人打交道。"

阿虹问道："怎么啦？她说她也是复旦中学的。"

"说来话长，我晚些讲给你听。哎，今早医院里讲，三舅舅的情况稳定了些，可以回家了。医院里的病床也紧张，三舅舅自己也蛮想回家，说家里还清静些。"

"这倒是的，三舅妈晓得了吗？"

"还不晓得。她屋里电话线被剪断后，一直没有修复过。"

"那怎么办？"

"等歇我去南昌路跑一次，让三舅妈先做些准备。"

自从那次跟王红珍言语不合，第二天去东交民巷时，朝儿碰见一个熟人，是住在隔壁两条弄堂里的女生。连名字都不晓得，只是在上下学的路上见过。在异地见了，倒是觉得亲密了。女生叫沈莉，她告诉朝儿她住在北京航空学院，在海淀区的学院路上。她们那儿还有很多床位，就是离市中心稍远些。朝儿听了决定即刻搬走，她回到宿处，王红珍不在。朝儿把自己的东西收拾一下，也没留下一言半语，就跟着沈莉去了北航。安顿好了之后，两人一起去了天坛和景山，接下来一个礼拜，两人又去了长城、承德和天津。然后一起回了上海。

王红珍比她高了两届，是要考大学或等分配的应届毕业生。相差两届的学生平时在学校里也没多少交流。朝儿原想两人在北京分道扬镳之后，大概是再也不会见着的了。想不到她竟然寻上门来，还带了人来。不过朝儿也没有细想，先要把三舅舅接回家里，安排妥当。

当天下午，四个女人把虚弱的文海从医院接到家里。文海进了家门，坐在沙发上，看着妻子、文珠和她两个女儿上上下下地忙碌，不由得叹了一口气，说道："总算到家了。这一阵真是辛苦你们了。"文珠说："这都无所谓，只要三哥你好起来，一切都值得的。"文海说："近来这阵子，大家都还好吗？"文珠露出幽怨的神色："我家里抄过两次了。方晦呢，常常被单位里逼着写交代，他真没读过啥个书，翻肠刮肚，也写不出啥名堂经来。"文海沉思不响，最后说："你回去跟他讲，就说是三哥对他说的，在历史上有过多次这样那样的运动，千万不要去顶撞，保持良好的态度，运动早晚会过去的。"文珠点头答应。文海又问道："老四和老五有啥消息吗？"几个女人面面相觑，最后还是文珠道："四阿哥已经好久没碰头了，我想目前的形势，多一事还不如少一事，也没去寻过他。小阿哥，他……"文海紧张起来："啊，文田他怎么样了？"文珠说："你在病中，怕你烦恼，也没敢跟你说起。他们的剧团解散了，小阿哥被遣送回原籍去了。"文海松了口大气，缓了一阵，说："也好，也好，现在文艺界是首当其冲。塞翁失马，焉知非福。"朝儿在旁说："三舅舅，过几天我跟阿虹要去看看小舅舅，你有什么话要带给他吗？"

172

文海想了想，说："毛主席说要搞好群众关系，也就是睦邻关系，非常非常重要。老五他是个聪明人，一定晓得水可载舟，亦可覆舟的道理。还有，老张啊，你去拿些钞票给妹妹，要她带给老五，叫他好好保养身体，眼下这个是最要紧了。"

朝儿他们到西浔差不多是中午了，一路问过去，总算找到了文田的住处。文田倒是吃了一惊："怎么也没写封信说要来，我好去车站接你们的呀。"两姐妹笑笑，说："倒是并不难寻的。"随即把带来的东西放在桌上，计有十二只老大房的鲜肉月饼，一包黑洋酥糖，两听红烧猪肉罐头，一听糖水橘子，一盒泰康苏打饼干，一罐光明牌奶粉，一斤黄豆，一小包龙井茶叶。文田在一边跌脚："啊呀，说过了我这儿什么都不缺，还是带了这么多东西来。"朝儿笑道："我们只是借花献佛呀，是三舅舅出的钞票，我们不过跑跑腿而已。"说着又从提包里拿出一包东西："喏，檀香橄榄，这倒是我们给你买的。"

两姐妹还没吃中饭，文田到镇上买来切面，在火油炉子上烧水下面，开了一罐红烧猪肉，舅甥三人吃罢了中饭。带了六枚鲜肉月饼跟糖水橘子罐头，走过桥到北岸来看望阿香，阿香正在喂鸡，不停地在围裙上擦着手，简直都不敢相认："上次来，还是两个小囡囡，眼睛一霎，成大姑娘了，不认得了。"遂眉欢眼笑地让进屋里，前前后后张罗着，倒水倒茶，还要去煮酒酿鸡蛋来。两姐妹一起阻拦："阿香婆婆，快别忙了，我们才刚吃过中饭来的。"阿香哪里肯听，还是煮了一大锅，每人满满的一碗。说东说西，盘桓了句把钟才告辞出来。

文田又带了两个外甥女去看望她们的大姑，大姑一辈子没成家，伺候老父直到过世，如今孤身一人，既患有风湿症，心脏也不好，牙齿也掉得只剩几颗，实在是老景堪怜。看到两个侄女，忍不住大叹苦经，絮絮叨叨地说了半天，出来后三人都很沉重，文田说："我是应该多去照顾照顾她的。明天，我把这些东西转送给你大姑吧。"

下午四点三刻左右，文田送两个外甥女去车站，赶五点半的车次。沿了水边徐步走去，走到霍家大宅的对面，三人不约而同地停下脚步，隔水眺望。大宅翘起的飞檐挂角，映在黄昏黯淡的天幕上，如一阙戏台上的布景。屋脊上有鸟群在盘旋，落下又掠起，久久不散。年久荒废的水陆码头，已经倾圮，立柱歪倒，总有三分之一部分的码头垮塌了，半陷进水里，像是一个牙疼的人半咧着嘴。三人都不作声，最后，朝儿说道："我从来没进去过。其实，我们刚才应该进去看看的。"文田叹了一口气，说："没什么看头的。早已是一塌糊涂了。"

买好了票，还有点时间，三人说了一会话。文田叮嘱两个外甥女："我蛮好，你们不用特地来看我。倒是要常去看看三舅舅，他在病中，三舅妈一定压力很大的。也带个口信给你们父母：不管碰到什么事，一定要想开点，事情终归会有缓转的时候。"两姐妹说晓得了。文田又转向阿虹："阿虹啊，你这次来一直都不怎么说话。开心点嘛。"朝儿在一旁插嘴道："我阿姐想死了要去读大学。"文田叹了一口气，说："命中有时终归有。阿虹，你也想开点。"

送走外甥女后，文田慢慢地走回住处。天差不多全黑了，转角上，镇上唯一的一家饭店，门可罗雀，一群鸡在桌下啄来啄去，捡拾饭粒，服务员已经在擦桌扫地做清洁了。小巷尽头，青石拱桥上挂起一钩新月，淡得几乎看不见。对岸人家的窗口里亮起了灯烛，暗暗的暖黄色，像煞是一枚枚汪出红油来的咸鸭蛋黄，烛光的倒影映在水里，微微地晃动着。空气里有籼米饭蒸熟了的香味，以及人家灶头上炒菜，锅里哗地一声爆起的油香。一户临街人家的大门被打开，一个男人正在把自行车推进去，门内传来一个女童跳着脚的欢快语声："姆妈，姆妈，阿爸回来了呀！"大门叽呀一声被关上，但可以想象，接下去一家人说笑着，和睦地坐上桌子一道吃夜饭。

就是在如此动荡的年头，夜色中的江南，也是莫名的温馨和静谧，像一阕无声的小夜曲，飘荡在这个临水小镇的上空。

这次两个外甥女的来访，带来了兄弟姐妹的牵念，给予文田极大的抚慰，就像无边旷野中的一株独木，看到身边长出两株小树，虽然还不足以支撑，但柔嫩的枝条叶片拂过树身，许下将一起抵御风雨的承诺。回到住处，文田的心绪还起伏着，他自小熟读史书，晓得江南虽然丰沛富饶，但也是历劫之地，近代从清军入关伊始，江南经历了江阴之屠，嘉定之屠，苏州之屠，昆山之屠，海宁之屠，金华之屠，十室九空。及至咸丰年间，又遇太平天国战乱，几经杀戮劫掠，万民倒悬。这几十年来就不用说了，南京屠杀，日寇扫荡，南北交战。每当战鼓停歇，硝烟散去之后，江南的土地上还是滋生出新绿，居民耕田种地，筑屋建筑，人口繁衍，老枝新叶地延续着那份安宁和诗意。文田想这大概是老天设定的一个生死循环，如季节交替，年月轮转。文田晓得时光薄如蝉翼，自己已经轮转到了黄昏之时，可是他年轻的外甥和外甥女们，应该会有个明亮的春夏之季。

五十六

社会上彻底乱套了，一夜之间，冒出无数个自封的造反司令部，有产业工人的，红卫兵的，街道上的，闲杂人员的，造反司令部的成员们佩戴着半尺多宽的自制红袖标招摇过市，那是不受质疑的权力标志。不管你是阿狗阿猫，只要在臂膀上箍了一块腈纶布缝制的红袖章，便可以任意地发号施令，贴大字报，揪斗资本家，占据他们的房屋，组织抄家，勒令阶级敌人和黑五类分子做这做那。或者，并不为了任何事情，只是想要残酷地殴打他们，以此取乐。打人者为这样的私刑起了个正义凛然的新名词，叫作"触及阶级敌人的灵魂"。

偌大的一个上海市，完全陷入了无政府的状态。

一般的市民们，抱着多一事不如少一事的心态，毕竟谁也不晓得哪一天运动会搞到自己头上来。最好姿态就是冷眼看戏，而戏目是天天有新的上演的，令人目不暇接。四旧破过了，地富反坏右也被斗争过了，资本家也被扫地出门了。翻开《人民日报》，最近斗争的矛头好像有所转变，竟然对准了党和政府的领导干部，这些昨日的"首长"们，"革命干部"们，今日的称谓是"一小撮走资本主义道路的当权派"。市委机关门口出现了大字报，然后是晓得内情的人开始揭发，揭出来的内容越来越惊悚，原来身居高位的某位领导干部一直与毛主席的革命路线对着干，起到了连国民党反动派都起不到的破坏作用。群情激愤了,激进的造反派们跃跃欲试,要揪走资派来开斗争会了。但也有不同派别站在昔日的领导一边的,是所谓的保皇派。两派人马各不相让,内查外调,竭尽所能地辩驳对方。如果说公理的边界是战争。那么,口舌辩论的边界就是拳头。如果单用拳头还解决不了,也罢,上海各大工厂仓库里有的是杠棒和梭镖。不时有消息传来,哪一支造反派与对立派别干了起来,连日械斗,互有死伤。

老百姓在骨子里有一种如何在乱世中生存下去的本能。第一是随大流,大众做什么说什么我也做什么说什么,绝不做出头鸟。第二是减少抛头露面,人多的地方少去,尽量把自己隐藏起来。第三是学会服软,好汉不吃眼前亏,绝对是绝境逢生的不二守则。连方晦这样一个憨人也把交代书写得滚瓜烂熟,新名词一大堆。只要家人无恙,日子能过下去,我徐方晦多骂自己几句乌龟王八蛋又算得了什么呢。

一天文珠来南昌大楼探望,进了门面色就不对,偷偷盘盘地跟三嫂道:"我刚进门时,楼下一堆邻居在看大字报,我瞥了一眼,好像是关于三哥的。你晓得吗?"三嫂惊诧道:"真的?写了点啥?"文珠说:"我也不敢多看,只见什么三哥是市计委里最大的走资派等等,还打了许多××,总归不是啥好话。"三嫂面色煞白地下楼去,过一会儿上楼来,浑身发抖。两个女人惶惶然了一整天,既担心文海的身体,说了怕他受刺激。但又晓得纸包不住火,也不敢不跟他说。最终,三嫂还是战战兢兢地跟文海说了楼下出现的大字报。文海皱了眉头听着,一声不响,最后虚弱地说:"我总归是相信组织相信党,该说的我都说了,没有什么好隐瞒的。你们也不要紧张。"

文珠回到家里,把事情告诉了两个女儿,叮嘱道:"你们去看三舅舅时,尽量避人耳目,最好不要乘电梯,走上去好了。"朝儿说:"就是乘了电梯又怎样?难道他们会少贴一张大字报?"文珠跌脚道:"特殊时期呀,总归是小心点为好。"朝儿总算勉强答应,可是还忍不住说了一句:"姆妈,你变成一只惊弓之鸟了。"文珠眼睛一瞪,凶她道:"年纪轻轻,走几层楼梯又怎样。你不晓得现在人心险恶到了啥个程度。"

第二天是阿虹过去,帮三舅妈做些家务,跑跑腿买东西,进出之际看了大字报。回来说:又有了新的大字报,说三舅舅是隐瞒大地主出身,混进革命队伍中的阶级异己分子,是刘邓黑藤上的一只瓜,大搞经济挂帅,对抗毛主席的革命路线。文珠不禁哀叹道:"唉,你三舅舅十几岁就参加革命,没有功劳也有苦劳。现在身体又这么差,造反队难道就不能放他一马吗?"两个女儿都不作声。文珠又问阿虹:"三舅舅、三舅妈他们都怎样了?"阿虹说:"三舅舅倒是蛮镇静的,坐在沙发上捧了张《人民日报》,翻来覆去地看,只说一句话:相信组织相信党。但是三舅妈紧张得很,魂都像不在身上,一歇是切菜把手指切破了,一歇是把饭烧焦了,一歇又是什么东西打碎了。蛮作孽的。"

朝儿说:"我明早早些过去,陪陪她。如果需要,就在南昌公寓住上几天,你们不要等我。"

文珠叹了口气:"三舅妈从小宝贝你,现在也是你回报她的辰光了。"

朝儿住到南昌公寓来,帮了小姆妈做了不少杂事,买菜烧饭,去医院配药,做清洁，到楼下去拿报纸拿信，顺便看一眼有没新的大字报。最主要的是，安抚小姆妈的情绪。在外甥女的陪伴下，小姆妈面色好了些，话也多了许多，她对朝儿说："守了个病人，已经是五内俱焚了。再来个里外夹攻，我有辰光真想从四楼跳下去。"朝儿于是就拥了她肩膀，安慰她说："不会的，小姆妈，你比你自己想象的要坚强多了。我常常会过来看你和三舅舅的。"文海在一边问："妹妹，学堂里没问题吧，不去上课没啥问题吧？"朝儿不以为然地答道："当然没问题，学堂里现在就像马戏团一样，斗校长，斗老师，或者是各派人马互相斗来斗去，搞七廿三透顶，去了也没有任何的意思。"

文海经过了两个多疗程化疗，据说癌症已经基本上控制住了。可是人也虚弱到了极点，头发秃得只剩鬓边和脑后稀疏的几根，身上瘦得只剩一副骨架，腮边的法令纹像是七八十岁的老人。精力也差，坐在沙发上就会不知不觉地睡过去。思绪也难以集中，读完一页报纸，完全想不起来这篇社论说了些什么。但奇怪的是，早年间的某段记忆会突然浮起，没来由的，微小得不能再微小的事情，会在他小憩时飘然而至，读中学时一个同学的脸容，在西北行军途中倏忽而过的一处荒凉风景，某个场合中的一句对话，说话的人忘了，前言后语也忘了，但这句没头没尾的话语会暗暗地浮起来，像滔滔江水里的一只扬子鳄突然地逼近。有时在幻景中会出现一双似相识非相识的眼睛，困惑地望着他，不言不语，无声地问道：这一切究竟是怎么回事？文海被这双眼睛盯得很难受，同时也困惑起来：是的，我们走过的人生，在某个角度看上去是那么地正义合理，而在另一个角度看上去却显得极其荒谬。你不禁怀疑，究竟是这个世界错了，还是你自己错了？

文海年近半百，人生已经走过大半，如果在这个年龄段承认自己错了，等于是一生全然被否定。文海下意识地否定这一点：我相信组织相信党。我们在历史上也走过不少弯路，最终都纠正过来了。这个意念支撑着他走到今天，也将支撑着他继续走下去。

朝儿在三舅妈家住了一个礼拜，每天晚上下楼去看大字报。天已经蛮凉了，南昌路上的法国梧桐树叶子差不多落尽了，在昏黄的路灯光晕下，黯淡的马赛克墙面上新旧大字报斑驳陆离。前天落过一场大雨，一些大字报已经字迹模糊，部分已被风雨浸湿撕碎。破碎的白报纸混合着落叶，被秋风卷得东一堆，西一摊，像煞是在一座荒废的灵堂里，白幡和纸花满地狼藉。开始几天，朝儿看得还蛮仔细，但是新贴出来的大字报并没有多少新的内容，只是翻来覆去地炒冷饭。朝儿也没了兴趣，每次下楼只是匆匆地浏览一下，便上楼向三舅舅小姆妈报平安去了。

南昌大楼层高有八，进门处设有电梯，送高层住客上楼。箱笼式的电梯是有专人操纵的，电梯操作员也兼看大门和收发。管电梯是个中年女人，短发，终年戴副袖套，长相是过目即忘的那种普通面容。在大厅侧面有一间仅可容身的小房间，这女人就二十四小时待在那里。街坊们叫她电梯阿姨。运动前，电梯阿姨对大楼住户们很是客气，见面总是打招呼："曹先生上班去啊。王师母侬回来啦。"看到你提了重物还会得上前帮把手。自运动开始后，电梯阿姨的态度也有微妙的变化，张先生李师母不再随便叫了,在电梯里板紧了一张面孔。毕竟劳动人民觉悟提高了,大楼里的住户不是资产阶级就是走资派,划清界限是警惕性高的表现。

朝儿小辰光到南昌大楼看望舅舅舅妈,喜欢乘电梯,小小的空间里装饰着木质护墙板,三四个人就要贴紧板壁而立。如果人太多,电梯阿姨就会叫道:"再等下一趟吧。"铁格子门拉上,电梯阿姨按下楼层,把一只铜制扳手往上一拉,电梯就晃晃悠悠地向上升去。到了指定的楼层,电梯阿姨把扳手往下一压,电梯就嘎吱嘎吱地停住,铁格子门徐徐自动打开,四〇一室的门开了,三舅妈已经等在门口了。

平日进出,碰见了板着面孔的电梯阿姨,朝儿当然也不会去主动打招呼,风浪面前,多少只面孔变了,多少人的态度前恭后倨,已经见怪不怪。朝儿穿过门厅总是脚步匆匆,就是看到了电梯阿姨也只当没看见,三脚两步地登上楼梯。

在朝儿离家的一个礼拜中,家里又被黄蛤蜊带人抄了一次。这次一清早六点多就上门了,文珠和阿虹还在睡梦中,被急迫的敲门声惊醒,穿了睡衣裤去开门。面对黄蛤蜊的那张隔夜面孔,文珠尽管跟自己说:要忍耐,要忍耐,事情么二不过三。结果还是忍不住:"姓黄的,已经抄过两次了,一家一当已经底都朝天了。你为啥还要纠缠不休?"黄蛤蜊哼了一声:"你自家心里明白。"文珠道:"你要我明白个啥?"黄蛤蜊道:"当年你爷老子留下的黄货呢?自己识相点缴出来。"文珠道:"几只金戒指、金镯头上两次不是已经被抄去了吗?"黄蛤蜊一脸的鄙夷:"我相信你个大头鬼。大军阀,大地主,只有这一眼眼鸡毛蒜皮?"文珠怒极反笑:"你寻黄货吗?喏,马桶间里再去觅觅看,我都忘记了,说不定是有点啥的。"黄蛤蜊疑惑地看了她一眼,真的钻进马桶间去了。出来后铁青着脸,摔锅打盆地乱翻乱扔,临出门还踢翻一只痰盂罐,弄得满地污水横流。文珠气得浑身发抖,还想追出去跟他理论,被阿虹一把拖牢:"姆妈,不要跟这种人计较,气坏自己不值得的。"文珠捂住了心口:"真是欺人太甚了。外面已经没听说啥个抄家了。他还是一次次地上门,真的想要逼出人性命来是吧。"阿虹苦口婆心地劝道:"你越是气恼,他越是得意。真的不值得的。"文珠一口长气叹出:"我前世作了啥个孽了?要被这个恶鬼这样纠缠不休。"阿虹道:"你没作啥孽。黄蛤蜊才是在作孽,作孽多了,下辈子投生做一只下水道老鼠,吃垃圾过日脚,暗不见天日。"文珠倒是气得笑了:"阿虹,从不听见你咒人的,世道真变了。"阿虹咬牙恨道:"正因为是从不咒人的,一旦咒起来,句句都咒到实处。黄蛤蜊不会有好下场的,你看着好了。"

朝儿一跨进家门,就见满地的狼藉,惊问道:"难道又来抄过家了?"文珠道:"可不是?"朝儿问:"是啥地方来抄的?"文珠说:"还不是那只姓黄的恶鬼带人来的。你阿爸自从认得了这个人,真是倒了八辈子大霉。"朝儿不响,帮了阿虹收拾。下午文珠去南昌路,阿虹去同学家里,朝儿独自留在家里,给程元清写信。

程元清同学:
你好!
我从大串联回来了,到了不少地方,南京和北京,也见到不少大场面,总体的感觉是复杂的,至今还没理清

177

楚，容我日后整理好思绪，再来跟你谈论途中所见所闻。不过有一点是感触蛮深的，我们所学习的哲学理论，跟当下庞大而错综的现实相比，显得是那么地苍白无力。存在和理性是那么地脱节，很多事情无法解释。在我看来，人类并不是睿智的生物，在非理性的冲动之下，一天可以毁掉十年或百年的积累。革命这个词语常常被滥用，以此掩盖某些不可告人的目的。我也晓得，我们现在正处于风暴的中心，因此不可能看清这段历史的全貌。但我又想，等风暴停歇之后，我们的青春、人生也被摧毁得差不多了。就是晓得了事情的来龙去脉，又有什么意义呢，除了一声无奈的叹息。

我的情绪的确不好，我的家庭受到重大的变故。当然，全国都在一个动荡时期，受冲击的家庭不计其数。要知道他们绝大多数是遵纪守法的老百姓，国家的责任是保证人民的安居乐业，自亚里士多德时期起就形成完善的概念，如今是面目全非。

你都好吗？希望你父亲安好。有空的话，写个三言两语，让我知道你平安。

徐朝
于一九六七年某月某日

五十七

阿青出门了四个多月，他与五六个同学跑遍了差不多整个中国，北到哈尔滨，南到海南岛。再往西绕了一圈，途经广西云南四川湖南湖北，最后从武汉扒了闷罐子车回到上海。一进门，阿虹差点认不出他来了，乱蓬蓬的头发长到肩膀，人变得又黑又瘦，身上散发着汗水、头油，不新鲜的食物气味，以及处身于装猪猡的车厢里而染上的臭气。阿虹捂着鼻子，阻止他进屋，把他推到天井里："臭死人了，赶快先把外面衣衫脱下来。"阿青只顾嚷嚷道："大阿妹，我饿死了呀，快弄点东西来吃。从前天起就没有一粒米下肚，真要饿瘪掉了。"

只是家里什么吃的也没准备，阿虹便端了只钢精锅子，走到转弯角子上的饮食店买来八只冷掉的生煎馒头，一客油豆腐线粉汤。回到家里，却看到阿青坐在天井的台阶上，背靠了墙壁，已经睡着了。阿虹叫醒他："你先喝汤，我把生煎馒头去热一热。"话音没落，锅里的生煎馒头已被阿青抢去两个，不管不顾地往嘴里塞。阿虹把他又伸过来的手打掉，嗔道："要死了，这两只手龌龊死了，跟乌龟脚爪有什么两样？等一歇，我帮你去拿双筷子来。"阿青塞了满嘴巴的食物，咕哝不清地说："要啥个筷子，你没看到过，外地的卫生条件要比这个差一百倍。也不是没病没灾的。"阿青风卷残云地喝完汤，吃完生煎馒头，好像还意犹未尽。阿虹便嗔他："哎，留点肚皮吃夜饭啦。"

阿青打了个饱嗝，从衣袋里摸出一包劳动牌香烟，点上一支，吐出一大口浓烟。阿虹诧异道："阿哥，你啥辰光吃起香烟来了？不学好样。"阿青笑道："就是这次串联呀，外地有些厕所，恶臭熏人，不叼一根香烟是根本踏不进去的。"阿虹唾他："瞎三话四。不要寻借口。"阿青笑道："真的，真的，不要说我们男人，那地方连得大姑娘小媳妇都是人手一枝长烟管，人蹲在茅房里，烟管伸出来，吧嗒吧嗒地直冒

178

青烟,兼带熏苍蝇熏蚊子。"

说了些闲话,阿青问起家里人。阿虹说:"阿爸被关在单位里,一礼拜只可以回来一次。姆妈去看三舅舅了,他刚做完第二次化疗,情况不大好。"阿青沉默不语,抽了口烟,问道:"妹妹人呢?"阿虹说:"不晓得呀,我中午从同学处回来,就没见到她。"过一歇,阿虹问道:"你们怎么会走散的呢?当时接到你的信,姆妈真急死了。"阿青说:"唉,你没看见那个人山人海,涌过来涌过去,像浪头一样。眼睛一眨,人就不见了,寻都没地方寻的。"正在说话间,文珠回来了,看到三个月没见面的儿子,自然是欢喜不尽,嘴上还是要说几句的:"喔哟,野小鬼总算想到要回来啦。我以为你在外面还要白相一阵了。"阿青只是戆兮兮地傻笑。说说讲讲,天就暗下来了,阿虹去菜场买来了烧晚饭的小菜,三个人聚在灶间里,一面烧小菜,一面听阿青讲路上的见闻。晚饭端上桌了,阿青又问了一句:"朝儿怎么还没回来?"文珠道:"也许去南昌路了吧,她常常去陪你三舅妈的。"

第二天,文珠在家陪儿子,心想反正三舅妈那儿有朝儿在陪着。但傍晚时,有三舅妈的电话来了,说朝儿并不在那里。文珠有点急了,让阿虹去朝儿比较相熟的同学家里寻找,回来说走了好几家都没到人。晚上方晦也回家了,听说朝儿一整天不知去向,跳起来便要出去寻人。但天也这么晚了,没头没绪的,又能到哪里去寻呢?一家人心急如焚,一筹莫展。

第二天一清早,突然来了个朝儿的同学,很紧张地说:同学们中有传说,徐朝被关押在学校里了。具体为啥?又是哪个红卫兵组织关押的?那同学却一概不晓得,说罢匆匆告辞而去。

方晦文珠即刻要去学校,却被阿青拦住,说:"你们俩过去,目标太大。还是我去跑一趟吧。"

文珠忧虑地嘱咐道:"阿青,好好说话,不要跟人起冲突。尽早把妹妹带回来。"

阿青道:"我晓得了。"

复旦中学跟所有的学校一样,校园里贴满了大字报,没人上课,大批的红卫兵忙着斗校长,斗老师,或者互相攻讦,说对方是保皇组织,要砸烂狗头。不同的派系各自占据了校园的某处建筑,作为司令部,一帮红卫兵二十四小时吃喝拉撒都泡在那里。如果一堆火药桶没人监管,革命的导火线又近在咫尺,必然的后果就是随时失控,然后是破坏与毁灭。

阿青在校园里找了一圈,到处乱哄哄的,毫无头绪。最后还是问了一个工人师傅,师傅说高一六班的学生们一般都聚集在总务处那座楼里。阿青来到这幢位于校园中部的徽式青砖楼房,一进门就被两个红卫兵截住。两个人都戴了军帽,穿了自家缝制的绿军装,腰间扎了牛皮武装带。其中一个叫姜一华的,个子矮小,目光阴沉,脸上有条疤痕,袖章似乎比别人的宽了些,好像是个带头的。

一听阿青是来找徐朝的,姜一华便解开腰间的皮带,逼上前来,满面凶相地呵斥他:"哦,原来你就是反动学生徐朝的阿哥?大军阀、大资本家的狗崽子。喂,滚出去。"一面用皮带抽击着走廊上的柱子。阿青心里虽然紧张,毕竟是年长了几岁,稍成熟些,当下便说道:"毛主席教导我们:要有成分论,但不是唯成分论。你们有什么事情可以讲,但把人关起来是违反

179

政策的。"姓姜的眼睛一瞪:"喂,喂,这儿轮不到你狗崽子说话,赶快滚出去。"听到他们的争论声,有几个男女红卫兵从楼上咚咚咚冲下来,吆吆喝喝地把阿青团团地围住。这个剑拔弩张的场面可以令任何人发悚,阿青心里怦怦地跳,但还不肯放弃:"毛主席教导我们,要文斗,不要武斗。我再跟你们强调一遍,你们这样的做法是违背毛主席革命路线的。"

姓姜的冷笑一声:"喔,他妈的狗崽子很猖狂啊,上门卖嘴皮子来了。告诉你,无产阶级的铁拳不是吃素的。"说着嘴巴一努:"给他触及触及灵魂。"

话刚落音,阿青后背上就挨了一记皮带的抽击。他跳将起来:"你们打人?!"

姓姜的上前一步,目光凶狠地盯着他,从牙缝里狞笑道:"嗯,是的,打你又怎的?"

说着抬手就是一记耳光。这记耳光力道很重,即刻阿青嘴巴里有鲜血的味道涌了上来。几个红卫兵把阿青逼到墙边,一边不住地推搡着他,一边冷不防地抽他耳光,踢他,用拳头击打他的肚子和腰部,用带着铜扣的皮带抽击他。阿青蹲下身去,后背靠牢着墙壁,双手护头,恐惧在他心中升起,曾经听说过红卫兵打死人的传闻在脑中闪过。皮带扣子打在手指关节上,疼彻心肺,以致额头被打破流血也不察觉,直到血流进眼睛,阻碍了视线,看出去是一片模糊的橘红色。皮带的抽击还在继续,死亡的阴影遽然笼罩。阿青不由得放声大喊:"别打了!救命啊,救命!"他的呼救声并未阻止红卫兵的殴打,零星的抽击依旧落在头上身上。姓姜的狞笑着,后退两步,一个助跑,一记飞踢正中阿青的太阳穴上。他眼前一黑,便失去了知觉。

在半昏迷中,透过红红白白的血雾望出去,头顶上徽式建筑天花板上的檩子错综交叉,其间悬挂着巨大的蛛网,蛛网在旋转着,一张一合地向他笼罩下来。一道阳光突然射进眼帘,眼前除了橘红色,别的景物、人群都慢慢地退入远处。庭院深深,哪里有一扇窗子没拴好,砰的一声,再是砰的一声,声音连续不断,越来越弱,直到消失。在他陷入深度昏迷之际,留在他记忆中的就是,一扇老式的木窗,在寂静中一开一合,一开一合。

很多年之后,阿青一旦想起当年挨打的场面,心脏就会一阵阵紧缩起来。这是他人生中最为接近死亡的一次体验。平白无故殴打他的,是他素未谋面,也无冤无仇的一群年轻人,都不过十六七岁。这些年轻人生在和平年代,从没有真正吃过苦,还接受了十多年的正规教育,考进区里名列前茅的复旦中学,他们从任何意义上来说是人类社会文明中的一员。突然之间,就变成了一只只凶恶的野兽,对一个从未招惹过他们的同类,陌生人,下了死手地殴打。没有理由,没有冲突,也没有前因后果,只是被生死予夺的权力所驱使,被嗜血的恶质所驱动。这些与年轻人的残忍和顽劣,时代的极度失控,社会上流行的歪风邪气都有关系,也都没关系。敬畏生死,敬畏天道的戒律一旦被打破,生物的恶,原始的恶,人的恶,千年社会积聚起来的恶,在一瞬那间全部呈现出来,见神杀神,见佛杀佛,荼毒苍生,无穷无尽。

阿青不记得是怎么走出复旦中学的大门的,也不记得是怎么回了家。他半清醒半昏晕的第一眼,是姆妈极为惊惧,心痛欲摧的脸容。他躺倒在沙发上,由姆妈和阿虹清洗料理他的伤口。阿虹说道："阿哥头上的伤口蛮深的，还有，手指头也肿得厉害，看样子要去地段医院缝针的。"到了医院，人满为患，一直等到傍晚，才有医生接诊，拍了X光，头皮开裂了七公分左右，左手无名指第二节骨头骨裂，医生说病人可能还有轻微的脑震荡，要继续观察。最终，阿青头上缝了六针，手上用绷带包扎了，弄到半夜一点钟才回家。

文珠第一眼看到儿子满头鲜血，跌跌撞撞走进家门的一刻，心里的血像是即刻凝固了似的，双腿软得要坐下地去。但作为一个母亲的本能告诉她，要撑住，无论如何要撑住，要救儿子。阿青在半昏迷中，根本不能描述事情的经过，直到从医院回来，阿青稍微清醒点了，才说起了他所见所遇，但讲得断断续续，前后不能连贯。文珠和阿虹听得满心疑惑：这些天，朝儿连学校里都很少去的，怎么就成了个反动学生？这些红卫兵又是谁？谁给他们的权力拘留一个在学的学生？到今天已经第三天了。还有一个不敢问出口但始终在心里盘绕的问题，就是红卫兵会不会像殴打阿青那样地殴打朝儿？想到此处，文珠只觉得天旋地转，不敢再进一步深想下去。

缝针时打的麻醉药发作，阿青昏沉入睡，阿虹跟母亲却一点睡意也没有，两人商量下来决定明日一早就去派出所。文珠不由自主地一阵阵颤抖，几次掩面抽泣。阿虹一直是家中最柔弱的一个，文珠从小就对她诸多保护，此时却哭软在女儿肩膀上。阿虹环着母亲，安慰道："姆妈，无论再怎么搞运动，国家还是有法律的。我们明天就到派出所去报案，要人民警察把朝儿救出来。"文珠用手绢擤着鼻子，泪眼婆娑地说："到底是啥个样的恶鬼，把阿青打成那个样子。我真怕呀，真正是怕死了。他们如果也这般地打朝儿怎么办？"阿虹也是心里忐忑不已，但还是极力安抚母亲："姆妈，不会的。男生们之间会打来打去，一般他们不会对女生动手的。"

第二天一早，母女两人就到了江苏路派出所去报案。柜台后的值班民警一眼就看出这两个苍白的女人不像是劳动人民，态度就变得十分冷淡。听完阿虹的叙述，值班民警道："红卫兵内部的事情，我们公安机关不好去干涉的，不但不好去干涉，还要大力支持，支持他们就是支持毛主席的革命路线。"阿虹也急了："民警同志，这是关系到人身安全啊。他们无缘无故把我妹妹扣住，我阿哥到学堂里去寻人，他们把他打得头破血流，这样是要出人性命的啊。"警察的脸黑了下来："小姑娘，我们公安机关有自己办事的原则，不用你来告诉我该怎么办的。"阿虹急得哭了出来："民警同志，我妹妹已经两天两夜没回家了，真的是很危险的呀，请你无论如何要去学校里看一看，保证她的安全。"警察眼睛一瞪："喂，我说你这个女的，听不懂话还是怎的。不要到这儿来哭哭啼啼，这儿是专政机关。你看看你自己，像个什么样子！"文珠急得差点要跪下来，好说歹说，警察还是不为所动："已经跟你们说过了，深挖自己的灵魂，配合当前的运动。不要再来这儿无理取闹了啊。"

母女两人从派出所出来，丧魂落魄，心如死灰。秋日早晨，愚园路上两排法国梧桐萧萧落叶，树干上染了淡淡的阳光，斑驳迷离。二十路无轨电车拖着两根辫子驶过，售票员伸出手，用小旗杆嘣嘣地敲着车身："进站了，汽车进站了，大家让开点噢。"路边的早点摊上，几只冷掉的老虎脚爪搁在白色搪瓷盘里。十字路口，幼儿园小朋友穿着小小的绿军装，稚声稚气地唱着毛主席语录歌，排着队过马路。弄堂口，一个戴红袖章的老头端了只茶缸，木然地看着街景。文珠走着走着，突然就身子软瘫了，蹲下身去，把面孔埋在膝盖处哭泣。阿虹弯下身子去扶，文珠却不肯起身，反而更向地面坠去，嘴里嘟囔着："让我先去死掉好了，让我去死掉好了。"阿虹急得没办法，只好在母亲身边坐下，一手环着她的肩膀，轻轻地拍抚着她的背。路上行人匆匆而过，转头投来诧异的一眼，又脚步匆匆地离去。市声营营中，树上最后一只秋蝉一声鸣叫——知了呀，知了。声线尖锐而薄，切入蓝灰色的天空，像一枚切入掌心的刀片。母女俩昏昏然地坐在人行道上，不知年月时辰，不知身在何地，周围的一切如幻景般地移动着，漂浮着，话说人生如梦，真的是梦倒好了，总还有醒转的一刻。

约莫坐了有十分钟之久，文珠止住了哭泣，吃力地站起身来，拍掉裤子上的灰尘，用手帕擦干眼泪，再擤过鼻子，对阿虹说："你回去看看阿青，如果真的有脑震荡的迹象，就快点送医院。不要耽误了。"阿虹答应着，又担忧地说："姆妈，你要到哪里去？"文珠晓得大女儿是怕她想不开，说："不要担心我，我是不会去寻死的，我还有你们三个小囡呢。"阿虹坚持道："姆妈你要去哪儿？"文珠说："我去寻你三舅舅，让他想想办法救朝儿出来。"

文海听了小妹的叙述，眉头紧皱，长长久久地一言不发。文珠和三舅妈两个女人，心急如焚地等他拿出个主意来。文海毕竟参加了革命几十年，见过大风浪。他既有一定的职务级别，也有一定的各方面关系，如果他能出面，或者通过一定的关系，说不定马上可以把朝儿解救出来。

最后，文海开口了："照目前的情况来看，我这个身份出面，可能比不出面还不利。朝儿的事情，也许只是红卫兵派别之间的冲突。我看人民日报社论，中央要求各个派别团结一致。如果冲突平息了，朝儿也会被放回家来。我们再耐心等等吧。"

两个女人大失所望，但是鉴于文海身体状况，也不好给他太多压力。三舅妈试探地说："朝儿一天不放出来，小妹和我就一天不得安宁。老霍，你不是有个姓龚的老战友，在上海警备区当师政委的吗？能不能去跟他说说，如果部队出面说话，红卫兵还是要听的。"

文珠什么也没说，两手交叉着，捏得指关节咯咯作响，眼泪汪汪地看着她的三哥。

文海沉思良久，长叹一声："妹妹我是看着她长大的，就像我自己的小囡一样，我心里也是很着急的。但是，你说的只可能更加坏事。"

"为啥？"

"你不想想，目前全国上下政治挂帅，不管地方上，部队上，走错一步就是万劫不复。人人要表现，人人眼睛盯着人人。我的战友，已经有好几年没联系了，现在突然地贸贸然去寻他，人家拒绝你，是正常，是公事公办。如果再起了什么疑问，那就不好说了，只会把事情弄得更复杂。"

"那么怎么办呢？"两个女人不约而同地哀号。

"静观其变，镇静，耐心，不要让事情扩大化，不要再让人捉住差错。希望妹妹能早点回家。"

五十八

文珠回到家里,也不吃东西,闷闷地想心事。过了一歇,她把阿虹叫来,关照道:"你照看好阿哥,我要出去一趟。"

阿虹晓得姆妈去了三舅舅那儿没啥结果,见文珠又要出去,担心问道:"姆妈你要去哪里?"

文珠平静地说:"我到学堂里去。"

"去做啥?"

"我要去把妹妹带回来。"

看到阿虹噤住,文珠又说:"他们要打人的话,就让他们打死我这个老太婆好了。我要去把朝儿带回来。"

阿虹两手捉住文珠的臂膀,不让她出门,一边眼泪不停地淌下来,最后哭出声来。听到哭声的阿青也出来了,晓得了事由,也劝道:"姆妈,那些人是无法无天的,被打了也是白打。我在北京亲眼看到过年纪小小的女红卫兵,拿整壶的开水往一个老太婆的头上浇,老太婆头皮被一扯一大块地扯下来。人嘛,当然是死了。跟他们是没有什么道理可讲的,你去了,非但帮不了朝儿,那些畜生反而更可能把气出到朝儿头上。真的,一动不如一静。"

文珠听了,就没有再去抢夺门把,由阿虹把她带回房间,在床上坐下,怔怔地一言不发。突然,她俯身扑倒在床上,双手双拳死命地拍打着床铺,间或又死命地捶打自己的脑袋,嘴里发出非人般的号叫:"天杀的,还我女儿来啊,天杀的啊。"阿青阿虹都趋上前来,一左一右摁住母亲的双手,怕她伤害到自己。同时也不敢声张,阿青的脸色煞白,阿虹则是满脸泪痕。直到天色暗了下来,文珠力竭瘫软,这才安静些了。阿虹扶了她,半卧半躺在沙发上,盖了一条毯子,气如游丝。

黑夜如河,切断了白日,切断了人间。黑暗之河翻腾着,卷舔着,吞噬着,无数的幽灵在黑夜的分分秒秒中呈现,又无声无息地流逝,河面上只留下一片无边无尽的忧伤涟漪。梦境是散碎的,枝叶丛生,而变异无穷的。在梦中,我们赤了脚走在独木桥上,平视着前方,张开双臂,努力保持着抽象的平衡,脚底下是黑黝黝、深不见底的现实之渊。在梦中,灵魂不安,时睡时醒,灵魂也有痛感,会号叫,伴随着身体不由自主的抽搐,像黑夜中一根被风撩拨着的琴弦。都知道生而为人是苦的,只是真不晓得会苦成这样。还不如托生为草木,为清风,为碏石,为尘土,无知也无感,无伤也无痛。

在清晨的薄暗中,文珠听到轻微的唧呀一声,门扉被推开了,一个熟悉的身影进了屋。文珠本能地叫了一声:"妹妹,是你吗?"那身影并不言语,在屋里走来走去,像是寻找什么。文珠又叫了一声:"妹妹,你没事吧。"那身影转过来,朝她露出一个笑靥,是她从小婴儿一直看到大的,只属于她心爱的小女儿独有的笑靥。文珠一下子放下心来,伸出双臂,那个身影就软软地依进她怀中。

文珠猛地睁开眼睛,房间里影影绰绰,灰白色的光线勾出大橱与五斗橱的轮廓,饭桌上耸立了一只热水瓶,昨夜的饭菜用纱罩盖着,还没收起来。靠屋角的床上,阿虹拥着被褥蜷了身子,在睡眠中轻微地磨着牙。后房间传来一股烟味,阿青在睡梦中咳嗽了一声。

妹妹呢?妹妹人呢?文珠下意识地四下寻找,只听见轻轻喵的一声,蜷缩在她怀里的咪咪抬起头，一双像人似的眸子悲哀地盯牢了她。

第四章　绵绵若存

五十九

朝儿是在三天前的早上，被一个姓蔡的女同学叫去了学校的。

她没有察觉到任何的异象，蔡姓女同学说大概是传达运动精神的会议吧，她也不是很清楚，反正你去了就晓得了。朝儿自从大串联回来，已经两个多礼拜没去过学校了，本来下午还要去三舅舅那里，那么，不妨先去学校一趟，报个到，等会开完了，再乘九十六路公交车去南昌路好了。

进了高一六班的教室，大概有三分之二的同学都来了，气氛有些奇怪，没人打招呼，大家都避开了她的视线。六班的同学，有三分之一是根红苗正的工人子弟、干部子弟，现在都参加了红卫兵，气势凌人。剩下的都是家庭出身有些问题的，或是高级职员、小业主、资方代理人，或是有海外关系的，等等，当然，他们的家庭都无一例外地受到过冲击，原来活泼外向的同学，也变得微小拘谨，不苟言笑。朝儿也晓得这是当下的大气候所致，怪不得同学们。何况，实际上也没什么可以谈笑的。

门开处，姜一华和一群红五类同学走了进来，都穿了黄绿色仿军装，束了武装带。教室里空气一下子凝固起来。姜一华是这批人中为首的，他眼神阴狠地环视一圈，开了口："人到齐了吗？"旁边有人点着人数："某某没到，某某某没到，某某没到……一共缺席十六个。"姜冷笑一声："都是些他妈的狗崽子，想要逃避运动？做梦，会有他们好看的。"

姜一华转向同学们，挺了挺胸，开口道："知道为什么把你们叫来吗？我们六班出了一个现行反革命，反对文革，反对毛主席的革命路线。"此言一出，教室里人人噤若寒蝉，面面相觑，只听姜一华厉声喊道："把大军阀、大资本家的狗崽子，反动学生徐朝给我押上来。"

早已悄悄地等候在朝儿身后的两个女红卫兵，当即把她两只手向后一剪，另一手按住她的肩膀，迫使她的身体向前倾去，推推搡搡地押送到讲台上。徐朝何时受过这种人身侮辱，当然拼命地挣扎，蓬乱了头发，一张脸涨得血红。她平时常参加体育运动，身体状况不错，又加上羞怒交加，身后的两个女红卫兵并不一定按得住她。姜一华铁青着一张脸，阴沉地看着台上三人的纠缠推搡，一言不发。突然间，他一根阔大的牛皮皮带在手，抡圆了向朝儿迎头抽去。啪的一声脆响，像一块大玻璃被击碎。所有人都吓了一跳，再往台上看去，朝儿的额头上起了一个大包，一只眼睛已经肿了起来。恐怖的气氛一下子弥漫了整个教室，有几个女同学吓得哭了起来。姜一华恶狠狠地用皮带指着众人："毛主席教导我们，革命不是请客吃饭，不是绣花，不能那样温良恭俭让。反革命分子对抗运动，对抗红卫兵小将，打死也是活该。"

那一记抡圆了抽击过来的皮带，真的把朝儿十七年的人生打了个翻转。朝儿从小是被捧在手心里长大的，父母对她连句重话都没有，更遑论下重手打她了。一兄一姐，对她也是友爱有加。身边的亲戚朋友，哪个不是对她喜爱宠溺。当然朝儿自己也当得起这份爱宠，聪明、阳光、乖巧、体贴，相貌又长得讨人喜欢。她哪曾想过有朝一日这份宠溺，连带着最起码做人的尊严，在全班同学面前被粉碎殆尽。跟这相比，肉体的疼痛倒不是那么明显了，虽然脑袋里嗡嗡作响，一只眼睛看出去已是模糊不清了。这是她拼了命也忍不下的奇耻大辱。突然，她双臂猛地一挣一甩，先摆脱了身后一个女红卫兵，又朝另外一个一头撞去。在众人的惊愕之中，她一个箭步向教室的门口冲去。

几个红卫兵这才反应过来，七手八脚地一拥而上，揪头发的揪头发，扯衣服的扯衣服，扳手指的扳手指。一个男的红卫兵从后面扼住朝儿的脖子，四五个人强力地把她从门边拖开，教室里已经乱成一锅粥。窗口也有过路人扒着窗子看，有个穿着绿军装的女生，推门进来，附耳跟姜一华说了几句。姜随后宣布道："我们复旦中学红卫兵司令部宣布对反动学生徐朝进行拘留，勒令她老实交代问题。明日同一个时候，在座的每个人必须来一〇六教室参加批斗大会。不许缺席，缺席的人将被视作与徐朝同流合污。"

红卫兵司令部设在那座皖式青砖楼里，校长和总务处都被赶了出去，各派系的红卫兵抢占了楼上楼下每一个房间，二十四小时灯火通明，别的学校的红卫兵，外地来的人员进进出出，是完全没人管辖的一块法外之地。姜一华那些人抢占了二楼总务处的三个房间，两个房间放了架子床，作为宿舍，男男女女的战友们就在那里过夜。一个大些的房间作为办公室，也作为拘押室、审讯室，是红卫兵们深挖阶级敌人，做出成果来的地方。

朝儿在上午十一点多被押进那间办公室之后，就再也没出来过。在皖式楼里进进出出的人听到紧闭的门后传来呵斥声，嚣骂声，拍桌声，喊口号声，突如其来的皮带抽击声，女人猛然吃痛的尖叫声。听者若无其事地走过，去忙他们自己的事。

据派出所的事后调查宗卷显示，姜一华及几个高一六班的红卫兵连续三天三夜殴打朝儿，有其下几个缘由：第一当然是朝儿的家庭成分，外祖父是大军阀，祖父是地主，父亲又是开饭店的资本家，虽然有一个舅舅任职市委某高级干部，但也是个与毛主席党中央对着干黑线上的人物。用红卫兵的流行术语来说，徐家就是一窝子乌龟王八蛋，是班上所有黑五类家庭中最不堪，最反动的，不斗争你还斗争谁？第二个因素是和朝儿一起去北京的高三同学王红珍，此时成了复旦中学红卫兵联合司令部的一个主要头目，和姜一华那批低年级的红卫兵走得很近，姜一华对王红珍更是一口一个"阿姐"。王红珍对朝儿在北京时不告而别是非常恼火的，跟姜一华说了不少徐朝的坏话。姜对徐朝下狠手殴打，也有个为"阿姐"出气的想法在内。第三，被姜抓在手上的唯一证据是，跟朝儿通信的程元清由于家庭关系被红卫兵抄家，他与徐朝通信的一部分信件辗转落到了复旦中学的红卫兵手里，其中有些内容被认定为恶毒攻击马克思主义。事后，据说派出所并没找到原来的信件，不过事情发展到这个地步，一切都不重要了。

第二天来到一〇六教室的同学，只有昨天一半的人数，有些人托同学带了病假条来。姜一华看都不看，揉成一团向地上一扔。厉声喊道："把反革命分子徐朝带上来。"等到两个女红卫兵押了朝儿进门时，下面的同学不约而同地发出一声惊呼。只见原来被同学们称为"小苹果"的徐朝，头发乱七八糟地被从中间剃出了一条大沟，露出伤痕累累的头皮。两边的脸颊都肿了起来，右边的脸颊青肿得更厉害，看起来脸颊一边大一边小，很是怪异。右边的上眼皮耷拉了下来，嘴角上好像还有结痂的血迹。如果不说这就是徐朝，同学们根本认不出来了。徐朝显然没有了昨天的反抗与挣扎，被两个女红卫兵按着头，或是拉了头发让她仰面朝向全体同学，她都没有任何反抗。她脸上没有表情，这样一张伤痕累累的脸也不可能有任何表情。当几个红卫兵七嘴八舌地审问："说！你是不是反马克思主义，反党反毛主席？"她只是低着头不做声，或是轻声地嗫嚅："没有。"姜一华在一边没有说话，眼神阴沉得可怕，手上的皮带折叠成两截，不时地在讲台上抽击一下。每抽击一下，徐朝就不由自主地浑身一颤。台下同学们的心也吊到喉咙口上，没人敢说话，或表示出半点异议。众人都晓得，姜一华这个班上的差等生，从心底里仇视班上每一个出身优裕、学习好的同学，他完全有可能找一个茬子，把他看不上眼的同学也拉出来殴打一顿。这是一个人人自保的年代，一旦惹上了麻烦，被牵涉到的可不仅仅是你一个人，你的原生家庭，你的社会关系，七大姑八大姨全部都会卷入进去。这是一个沉重到不可承担的后果，没有人敢于以身尝试的。同学们最多就是不作声，胆小者在台上红卫兵喊口号时，微弱地跟着喊两声。斗争会开了一个多小时，几个红卫兵不断上前推搡，用手掌扇打着默不作声的徐朝。从早上虐打到中午，并没有什么新的罪名列出来，只是极大地满足了这些人的施虐心理。最后姜一华宣布："明天照常，每个人都要出席。大家看到，反动学生徐朝的气焰已经被我们红卫兵小将打下去了。阶级敌人不投降，就叫他彻底灭亡。"

会散后，几个红卫兵仍旧把朝儿押回到那幢灰色的徽式楼房。

没人确切知道接下来的十六个小时，被关押在徽式小楼里二楼的朝儿是怎么度过的。在这幢楼里进进出出的人们依然听到女人的尖叫声，号哭声。没人想到要去干涉，学校里的教职员工已经吓破了胆，心中想的只是红卫兵小将的拳头和皮带不要落到自己头上，哪里还敢出头。在别的派系红卫兵看来，往死里揍一个牛鬼蛇神或者是反动学生是天经地义的，他们自己也干过不少。没必要大惊小怪。所以对朝儿的殴打依然在徽楼二层中继续着，惨叫声依然不时传来。据当时在场的人透露说，在傍晚时，红卫兵联合司令部的副司令王红珍来了皖式小楼一趟，为了向"阿姐"邀宠，姜一华连续不断地扇了朝儿十几个耳光，逼问她在北京不去受毛主席接见，而去搞了什么破坏活动？朝儿此时已经被殴打了整整两天，已经有点神志不清，脸肿得可怕，两只眼睛都睁不开了，好几次小便失禁，但依旧没作声。看着已经不成人样的朝儿，王红珍冷笑了一下，对姜一华说："茅坑里的石头，还死硬。看样子还没触及到灵魂，明天的斗争会布置下去了吗？"姜一华道："早就布置下去了，今晚我们再加加班，阶级敌人就是再顽抗，终有被粉碎的一刻。阿姐你放心，这件事就交给我了。"

深夜十点，白日闹哄哄的校园里基本上没啥人了，教学大楼的灯东一盏西一盏依然亮着，只有在徽式小楼的院子里，还有很多人进进出出，有些是红卫兵联合司令部的成员，听王红珍说了过来看热闹的。有些是精力充沛的闲杂人等。在黑夜里，在交头接耳的私下传闻中，有着浓重的血腥的味道，很多人心中的兽性苏醒了，一个颇好看的女生在耳光、拳头和军用皮带下受虐，被暴打，被凌辱，在某些人眼中是件赏心悦目的事情。女生的哀号声听在他们耳朵里是刺激的，使得心脏频率加快，肾上腺素激涌的。虽然他们大部分人跟这个女生并不认识，也从无过往。但是，打狗崽子，是他们贫乏生活中的一大发泄，是文化大革命赋予他们的特权。听说，有些不相干的人也进入房间动了手，不打白不打。大部分的闲人扒着门口，津津有味地观看着，惊叹着，互相交换着被打女生的家庭背景，以及犯事的缘由，嬉笑着，舔嘴咂舌地品尝着人血馒头的滋味。直到过了午夜，人群才渐渐地散去。

姜一华和几个打手也累了，几天来的高度兴奋，动手打人时的竭尽全力，暴虐的刺激点飙到了最高点之后，呈抛物线般地下坠。打手们需要养精蓄锐，革命是持久战，明天不是还有一场斗争会吗？为了更好地投入新的战斗，打手们需要去睡个好觉，养足精力。

已经是遍体鳞伤的朝儿，被扔在审讯室的地上，她已经走不动路了，小将们不怕她逃走。况且，晚上徽式小楼的大门是上锁的，钥匙只有几个红卫兵头头有。在午夜之后，这幢青灰色的百年古宅终于沉寂下来了。

这天的下半夜有月光，秋天的月亮，在子夜时分升得很高，洒下银白色的光亮，照得这幢徽式小楼的庭院里暗影幢幢。喧闹了一整天，校园终于沉沉睡去，白日的骚动已经平息。打手们在睡梦中打鼾，磨牙，还断断续续地做着打人的梦，并且在梦中遗精。有这样那样"污点"的老教师们在午夜惊醒，梦到自己被押上讲台去批斗，心脏怦怦大跳。惊醒之后，辗转难眠，必须吃下一粒安定才能再次入睡。华山路上，一辆夜间调动的公共汽车隆隆驶过。在复旦中学对面低矮民居的屋顶上，野猫如冤鬼似的嘶声嚎叫。一扇临街的窗户亮起了灯，传出一个婴儿的哭闹声，声音很尖锐，不止不休的，像是被什么东西惊吓到了。做母亲的便起了身，抱着婴儿在房间里来回踱步，轻轻地摇晃着她，嘴里哼着一支上海滩上古老的催眠曲：笃笃笃，卖糖粥，三斤胡桃四斤壳，张家老伯伯，问你讨只小花狗……噫。无意义的曲调含糊不清地唱下去，唱下去，像是黑暗中的一条地下河流淌，又像是黑白混沌的梦呓。婴儿最终安静下来，窗口的灯光复灭。万籁俱寂中，距离西面十来个路口的法华镇路的方向，传来夜行火车轮子与铁轨有节奏的摩擦声，滴哒滴哒滴哒，像一部加过了油的缝纫机。再远处，飘来一声汽笛长鸣。

下半夜有雾了，雾从地下升起，渐渐地弥漫开来，月光下的树丛飘渺起来。屋顶上黑色的瓦片在雾气的浸淫下，闪着微微的光亮，二楼走廊上有一盏孤灯亮着，灯泡的寿命大概到了尽头，时暗时明地闪烁着。

一只黄白色相间的食堂猫，在徽式小楼的屋脊上蹑足潜行。不时地停下，抬头望月，又俯视着地下。在一片静寂之中，它看到一个人影在二楼的走廊上出现，蹒跚地，艰难地走到楼梯口，倚在栏杆上。食堂猫好像是认识这个人的，但又好像不太认识。奇怪，在这个下半夜时分，只属于猫们，属于老鼠们和夜鸟们，在某种程度上，也属于李鸿章祠堂里的鬼魂们。但这个出现在午夜三点多钟的人站在那里干什么呢?

猫本是具有极端好奇心的动物，它在屋脊的阴影里蹲下身子，睁大眼睛向二楼的栏杆处注视着。

月亮在云端里穿行，清光洒下，如水般地灌进这座井字型的庭院，而雾气在地下渐渐铺开，像是一席柔和的软垫。走廊上的人缓慢地抬起双臂，缓慢地，整理了头发。那张脸抬了起来，浮肿，青紫，苍白，但依然可以看出这曾经是一张很好看的脸，横一条竖一条的伤痕也掩盖不了女性天生的柔美。现在这张脸上的表情变幻不定，伤痛愤恨与决绝，踌躇不甘与留恋，犹豫，再决绝，复而再三。食堂猫注视着，注视着，不知怎的起了一股怜悯之感，而猫们素来是以不动声色著称。世界上的事情一旦走到了最终极的那个点上，人类和动物原是相通的。时间一分一秒过去，天光开始隐约显现，校园深处传来第一声鸟鸣。猫已经平静下来，夜晚的帷幕开始卷起，无趣的，闹哄哄的白天将要来临。

突然，猫拱起了背，瞳孔由于惊骇变成细细一线，它看见那个人影越过栏杆，像一朵坠落的沉重花朵，向楼下的一小块绿地飘去。以猫的速度观来衡量，那飘落是缓慢的，极其缓慢，过了好久才落到地面。猫远远地看到那个女孩侧卧着，双腿蜷起，双手合十，放在下颔处不远，就像一个婴儿躺在母胎里的姿势一样。

落花犹如坠楼人。

六十

一年，两年，若干年……

六十一

十年沉寂。

对徐朝的家人来说，任何的笔墨对于噩梦来说都是苍白之至，难以描述，也没必要描述。那种深沉的痛苦使得提起朝儿的名字都是多余的，除了又一次地撕开血淋淋的伤口，没有任何意义。

学校里开宣判大会时，阿青和阿虹都去了。公安局的车辆停在灯光球场上，曾几何时，朝儿还在这个篮球场上打过球。从警车里下来了当时的姓谢的副校长和王红珍，两人都戴了手铐，由几个民警押送着，经过徽式小楼的甬道，走去大礼堂里开宣判大会。谢姓副校长是个中年女人，剪个短发，穿一身灰蓝色的人民装。她是如何卷进这个案子的确有些莫名其妙，据说她的责任是监管不严，没有及时地阻止案件发生。在她身边的是王红珍，穿件绿军装，梳两根小辫子，眼白朝天，一脸满不在乎的样子。路过徽式楼房时，还在笑嘻嘻地跟围观的人群打招呼。阿青阿虹站在教学楼的台阶上，看着一长列队伍闹闹嚷嚷地走过。两个戴手铐的女人并没有半点后悔的样子，跑前跑后的围观者们也没有显出任何愤怒的情绪。在他们说来这只是一场热闹，如近年来上演的千万场热闹一样，永远也不缺闲人和看客。阿虹在王红珍走过他们面前时，紧张得浑身发抖，

188

只好死死地攥住阿青的衣角,生怕自己腿一软跌倒在地。阿青则紧盯着队伍中,前前后后地寻找着那个满面横肉的打手——姜一华,他从自己挨打的经验中晓得这个恶徒的凶狠和残忍。可是押送罪犯的队伍中并没有姜和其他打手的影踪。为什么他们都逃脱了罪责,没有出现在被宣判的名单中?阿青悲愤难抑,真想仰天长啸:那个殴打我妹妹的凶手呢?为什么没有被抓起来?为什么他能逃脱了罪责?为什么?

看着人群说说笑笑地进入大礼堂,阿青的一颗心沉了下去,眼前这一切都是走过场,并不能弥补一丝一毫。就是这几个凶徒被判处了死刑,或者无期徒刑,我那活泼可爱的妹妹也不会回来了,我的家庭再也不会回到原来的样子了。眼前的一切都如流水般地逝去,伤痛却如磐石永远留下。

时间无情,人间无情,这个世界是没有意义的。

阿青转身,对着脸色煞白的阿虹哑声道:"别看了,回去吧。"

在校门口还不断地有人潮涌进来,他俩一前一后,头也不回地走出了复旦中学的大门。

全家人最担心的是文珠。

文珠不哭不闹,只是完全拒绝承认现实,她对任何人都说:"妹妹又去大串联了,过两天就要回来的。这次出门真是蛮久了,小姑娘心野忒了。"

说这话时她眼神空洞,直视着虚空。语调却非常坚定,一点也没有怀疑自己所说的任何一句话,一个字。就像不敢惊醒一个走在悬崖上的梦游者一样,家人们不敢把她从幻境中唤醒转来,不敢告诉她案子处理的结果,也不敢提起或回避任何关于朝儿的话题。

她常常对方晦说道:"老公啊,我猜妹妹大概明日,最多后天就会回来的。你要么去准备些小菜?小姑娘在外面跑了这么久,一定是馋煞了。"

方晦就会说:"是呀,那么我去小菜场跑一趟,看看有没有新鲜蹄髈卖,放点黄豆焐焐汤,让小姑娘加点油水。"

第二天,方晦真的烧了许多小菜,夫妇两人围桌而坐,等待着小女儿归来。小菜热了一次又一次,还不见人影。

文珠喃喃说道:"也许是火车脱班了,现在工人师傅都去搞运动了,火车常常脱班的。"

方晦便安慰她道:"是呀,现在啊没一样事体不脱班的。大概妹妹明后日就可以到家了。"

夫妇俩随便吃了几口,把原封不动的黄豆蹄髈收起来。第二天又照常来一遍,直到黄豆蹄髈有馊潲的气味出来了,夫妇俩才勉强吃掉了些,大半只蹄髈最后还是丢掉。

这样的戏码一次又一次上演,夫妇俩都非常认真,前一天晚上拟菜单,回忆着妹妹喜欢吃的菜肴。方晦一清早起来跑小菜场,回家后认认真真地烧好小菜,然后一心盼望地等待着。等待着久未见面的小女儿风风火火地推门进来,一声"姆妈哎,阿爸哎",声音还是那么地娇俏,全家人当然喜欢不尽,再是诉说不尽的埋怨和思念,最后一起开开心心坐下来吃饭。

直到了深夜,弄堂里家家户户关门熄灯,全无声响。文珠还是开门出去探看了好几次。最后回来叹口气,落寂地说:"啊呀,小姑娘出门在外,一点不晓得爷娘在屋里厢等得心焦。真的是心野了,心野忒了。"

方晦在一边闷声不响,眼神活像只挨了毒打又发不出声音的老狗,哀伤又无奈。直到有一天,方晦在厨房里斩排骨,一刀下去把自己左手的两根手指斩断,两根断指掉落在红红白白的猪肉堆里,还在哗哗啵啵地跳,血像喷泉一样地直飙。旁边做工的人都吓坏了,扑上去七手八脚地包扎止血,再用老虎榻车连人带断指一起送去第六人民医院。方晦仰面靠在老虎榻车上,闭了眼睛,脸色像死人一样的白,神情却像是无所谓似的。

最后,第六医院断指再植手术没成功,伤口由鲜红变成暗红,再从暗红变成紫红,医生摇头说病人的血里缺了点什么凝血的机制,再不好的话,可能就要截肢了。亏得阿虹,一日两次帮了阿爸清理创面,消毒换药,几个月下来从不间断。有时方晦吃疼,烦躁了,耍老人脾气了,犟来犟去不肯好好地配合。阿虹就眼泪汪汪地说:"阿爸,不要这样呀,我也是你的女儿。你也要想想我们呀。"方晦凝视着大女儿良久,一颗浑浊的泪珠挂在眼角上,他也不去擦,任其滚落面颊。父女对视良久,都看到对方眼中满满的苦涩。终于,方晦抹一把脸,再次慢慢地伸出手来。在阿虹的细心照料下,拖延了年把的伤处终于收口结疤,留下两根平整但丑陋的半截指骨。

缺了食指和中指,方晦的一手刀工废了,抛锅也抛不起来,厨房里很多事都做不利索。单位里的态度也有所松动,方晦索性请了长病假,在家里陪着文珠。两夫妇像过小人家家似的,每过一阵就要排演一次"妹妹就要回来了呀"的戏码。在家待业的阿虹默默地配合着他们,帮厨打下手,收拾桌子,陪着说些闲话,如:"妹妹现在大概到了常熟或苏州了。"长夜寂然,一直陪他们坐到深夜。收拾停当后,读几页书,自己再打了一盆热水洗脚,独自偷偷地擦拭着眼泪。

街道上来动员阿虹去上山下乡,被文珠一口回绝:"你们难道不晓得?我女儿耳朵聋的呀。谈也不要谈,绝对不会去的。"街道上人都晓得徐家的事情,又看到文珠直别别的眼神,也不敢太过紧逼,最后给阿虹分配了一个做鸡毛掸子的街道工厂。阿虹每日带了一只钢精饭盒、几本油印的大学讲义上班去,六点钟下班后,再顶了一头一身的鸡毛碎屑回家来。

所有人都对阿虹还抱着上大学的念头感到不解,包括哥哥阿青。原想做船舶设计师的阿青分配到了金山的一家机器铸造工厂做钳工,整天跟灰尘和铁锈打交道。原来的雄心大志早已丢到太平洋里去了,上班磨洋工,侃大山。下班后,在宿舍里跟几个小青工打扑克,下军棋,大呼小叫直到深夜。阿青前一阵谈了个女朋友,是当地镇上的商店售货员,谈了几个月后准备要结婚,又忙着打制家具,什么捷克式、北欧式的,到处寻木料,请油漆师傅。以前做的六七艘船模,放在愚园路家里的五斗橱上吃灰,阿青平时走进走出,连眼角也不会去瞟一下的。

有时周末,阿青回愚园路来探望父母,碰到阿虹在家,兄妹俩会说说闲话。阿虹好奇道:"阿哥啊,你真的要结婚了?"

阿青说:"啥真的假的,我也快廿八岁了呀,结婚,也不算早了。"

阿虹若有所思地"嗯"了一声。阿青道:"你有意见?"

"没意见,只是我觉得蛮可惜的。"

"为啥?"

"你结了婚就转成金山户口了,回不来了。"

阿青叹了口气:"我哪能不晓得。但她家里房子蛮大的,又是独养女儿,这一点就比较难得了。"

"就为了房子?"

"人,总要结婚的。房子也是蛮重要的呀。"

阿虹笑得眉欢眼笑:"好啊,阿哥你去做个乡下老倌,住大房子,生他五六个大胖儿子。"

阿青讪讪道:"还不是为了你。愚园路房子留一间给你做新房呀。"

阿虹收敛起戏谑的语气:"给我?我才不要结婚呢。"

阿青不以为然地撇嘴:"讲讲罢了,到辰光看你嘴还硬。"

"做啥一定要结婚?"

阿青默然良久,最后摸出香烟点上,喷出一口浓烟,颓丧地说:"唉,我们这代人也就是这样了,没有啥个前途的。做人,还能怎样?不过是跟大家一样过日子,读书做工结婚生子啰。"

"度死日了?"

阿青似乎被触痛了:"啥叫度死日?这才是脚踏实地呀。你还真的想着有机会上大学?"

"不管能不能上大学,我总归是不会放弃的。"

"你的脾气跟姆妈的一样,就是撞了南墙也不肯回头的。"

阿虹把手指竖到嘴边,"嘘"了一声,然后轻声道:"阿哥,我真怀疑……姆妈,她其实是晓得的。"

阿青点点头,也是轻声道:"是呀,大串联已经结束很久了,所有的人都回来了。"

文珠似乎是活在时间中,又活在时间外,她记家里的小菜账,日常开销,账算得一笔不错。她收拾房间,做家务,照顾丈夫孩子,日常流水,都像是一个尽职的家庭主妇。她坚信不疑:妹妹过几天就会回家来的。从她语气、神态、身体动作都看不出有半点佯装,毕竟没人可以二十四小时,三百六十五天地一直保持佯装下去。只有方晦,还有阿虹,偶尔会瞥到她在独自一人时,抱了猫咪,喃喃自语地对它说着谁都听不懂的话语,而眼神中流露出一股深深的悲哀。这种悲哀吓住了他们,如果点破这层屏障,后面必定是个无尽的深渊,深不见底的深渊,可以吞没他们的家庭,吞没文珠自己,吞没整个世界。

还是这样让她有个盼头最好。

出了这桩重大事情之后,家族间的来往少了,也许是怕触动彼此间的伤痛吧。像山火浩劫之后的鸟兽,各自躲起来舔伤口,整理羽毛。三舅妈是一看到文珠就要哭的,又不敢放肆发泄,只好少见面。三舅舅的老上级宋部长最终没事了,官复原职。连带霍文海也被结合进区里的革委会,名义上还是第二把手。但他的身体已经完全垮了,胃切除了三分之二,要靠流管进食,根本不能去上班。自从外甥女朝儿出事后,文海精神状态也有了微妙的变化,不再把工作放在第一位了。他会长时间地枯坐,出神。常常看报看到一半扔下,长叹一声,脸上出现从未有过的困惑神情。也许晓得自己来日无多,更考虑到三舅妈老来一人孤独,文海夫妇到诸暨乡下去领养了一个女婴,刚来时才一岁十一个月大。

这几年来，忙于育婴和照顾文海病体，三舅妈平日尽量抑制住自己，没有太多辰光去追缅朝儿。但有时会被小女儿的一句话语，或一个不经意的动作所触动，回忆突然袭来，伤痛把她从头到脚地卷裹住，三舅妈像是丢了魂似的，在屋里茫然地兜圈子，手足无措。末了，躺倒在妹妹曾经睡过的床铺上掩面痛哭。

六十二

文田迁回西浔原籍已经六七年了，一直居住在那间沿河的小屋里。冬天，他戴一顶棕色的毡呢帽子，当地捉鱼人种田人戴的那种，前檐耷拉后檐翘起，粗呢制成，天冷时拉下护檐盖住耳朵，倒很是保暖的。穿一件对襟的中式老棉袄，里面棉花弹得不均匀，东一块西一块鼓起，布料则是农家手工织出来的，蓝灰间杂。为了贴身和保暖，腰上束了一根布带子，两只手往袖管里一拢。夏天，他也会赤了上身，身板瘦削，皮肤倒要比乡下人白皙些。穿一条长及膝盖处的旧裤子，肩上搭一条褪色的毛巾，摇着一把蒲扇在河边歇凉。或在昏黄的路灯下看人下棋。从外表上看，这是一个地地道道西浔镇上的普通乡民。但是你如果看进他的眼睛，就会察觉到这个乡下老倌肚里应该是有些墨水的，藏而不露。而且瞳仁深处有一股看透世情的隐忍和无奈。再与他交谈几句，他话语中有着淡淡的宿命感，是那种经历世事，看透了，但又愿意尽力好好地活下去的认命者。镇上人说他是弹琵琶的一把好手，但要请他弹一曲，却无论如何不肯，不是说手骨节有关节炎，就是推说琵琶弦断了两根，一直没空去配来。

镇上对他算是不错的，没有叫他下田劳作，而是让他去做些抄写文牍方面的事情，读报啊，写大队里的宣传材料啊，帮了撰写大队书记的汇报啊。他总是尽力去做，文田晓得以他的身份，能够有这样的待遇是非常难得的。镇上颇有几个成分高的，那真叫做死做活：开春伊始，翻土犁田插秧挑肥沤青，夏秋两季，毒日头下割稻晒谷脱粒归仓，在冬天农闲之际还要帮大队里做事，过年过节也不得歇上一天。

文田原来觉得这世做人已经看透，没有什么事情可以撼动他的人生观了。但这次外甥女朝儿的事情，却像是当胸一拳，令他心疼欲摧，六神俱失。不管你怎么地看淡，怎么地无谓，人生还真是有其死穴的。在《红楼梦》中，玉宇广厦可以没有，住一间陋室依然可以活得自由自在。高官爵位可以被剥夺，作为一个小民也可以活得如闲云野鹤。不吃山珍海味，菜根也能嚼得很香。但是遇到重要的亲人离世，人生即刻崩塌。也可以说，我们来到人世，只是专为某几个人而来的。一旦这几个人不在了，人生从此也失去了意义。

是三哥写信通知他出事的，他从未见过三哥如此地悲伤，已经瘦脱了相的脸上老泪纵横，双手抖个不停。三嫂整个人则是瘫了，已经好几天没有下过床了。他们都不敢去面对文珠，不知道会面临什么样的风暴。那真相可以把一个人摧毁得连渣渣都不剩的。但文珠对事情的全盘否认，又使得他们不知所措。最后商量下来，还是听其自然，只希望文珠能渐渐地走出来。

这一年江南多雨，入了冬，更是几个礼拜淅淅沥沥地下个不停。文田已经记不得，西浔镇上一次出太阳是什么时候。本来就很衰败的镇子，在雨雾中更显得凄惨和阴冷。屋瓦破碎，老旧的白粉墙泥灰脱落，砖缝里滋生着青苔和蚰蜒。墙上的大字报标语，一片片湿答答地挂下来，看过去如招魂幡般丧气。人家门前准备造房子的砖坯和黄沙，被雨水泡成泥浆汤，一路流淌到街上，脚都踏不下去。天空是深灰色的，落尽叶子的枝条把天空切割得支离破碎。青石板道路变得极其湿滑，入冬以来，已经有好几个老头老太在街上跌跤，摔断了脚骨。文田常告诫自己：你自己年纪也不小了，千万不要跌跤，真的跌不起了呀。

在小寒那天，方晦的大姐姐突发心脏病，等文田赶过去，人已经走了。方晦在第二天赶来了，两人里里外外忙了一整天，总算料理了大姐姐的后事。当然任何落葬仪式都是没有的，那个年代连烧几支香烛都是要犯规的。只是请了大队干部们和几个来帮忙挖坟的村民，在镇上的饭店里吃了一顿豆腐羹饭。

是夜，方晦宿于文田的小屋，两人抵足而眠，说些家里的情况，说得都睡不着。方晦的香烟一支接一支，抽得小屋里如烟熏火燎般的。文田被熏得咳嗽不已，不由劝道："哎呀，方晦你年纪也不小了，身体要紧，还是少抽点香烟吧。"方晦长叹一声道："现在呢，我也只有吃几根香烟解解烦，活人是一点没意思的。"文田劝道："你是屋里的主心骨，不好去东想西想的。"方晦说："是呀，在现当口上，我还要看牢了文珠，暂时还不好去寻死的。其实呢，真的像大姐姐这样，也蛮好的，心脏病发作，一瞬间就过去了，不要吊命，不要受罪。"

文田虽想要反驳，竟是无言以对。

将近子夜时分，雨停了，文田开门出去透口气。空气凉爽，头上天空是暗红色的。整个镇子黑灯瞎火，一丝声音也无，连狗吠都不闻一声，像是在远古空域。水声却清晰可闻，哗哗地，急促地在黑暗中流动。偶尔，薄云后面的月亮冒出头来，微弱的月光澹淡地映照着寂静的大地。身后门扉叽呀一响，方晦也披衣走出屋来，趿拉着鞋，一个暗红色的烟头叼在嘴上。方晦喷了口烟，又往墙角吐了口痰，再走下台阶去河里撒了泡尿。两人一言不发，立定了，听屋檐下滴水，滴答一声，再是滴答一声，天地时光在滴答声之间一点点流失。

落霜了，在屋檐下，窗棂上，台阶旁凝聚起白花花的一层，文田不由得打了个寒噤，说："进去吧，天就要亮了。"

或许是劳累，或许是悲伤，再或许是被方晦的烟熏得吃不消了，文田已经几十年没发过的哮喘再次发作了。突然间喉头紧缩，下一刻就喘不过气来。面色发白，心脏接受不到氧气，怦怦地狂跳。赤脚医生来看了，开了些草药，麻黄甘草之类，托阿香的孙子去从湖州买来。吃下去稍平复些，但不能根治。接下来好几个月，哮喘一直反反复复。前一日看样子好多了，喉头放松了，呼气自如了，面色也红润些。可以步行去镇上邮政局领汇票了，开始是三哥，后来是三嫂，每过一段日子，总要寄些钱钞来，让他改善一下生活。过了三四天，一艘装运农药的驳船停泊在他窗下几个时辰，气味熏鼻，当晚哮喘又被诱发，这次来得格外猛烈，胸前像是压了一块大石头，他下意识地用手去推，越推，压得越紧，越加沉重。文田心里不由得一阵惊慌闪过：我这是要死了吗？是的，一只无形的大手紧紧扣住他的咽喉，一口气与下一口气之间是断断续续的，要得要不得的，挣扎了半天，喉头才漏进一丝丝空气。当这口气与下一口气接不上之际，心脏便会衰弱下来，浑身上下由于缺氧而动弹不得，连呼救声都喊不出来。

他清楚地看到死亡的阴影在盘旋，就在头顶上，像老鹰捉小鸡一样，下一刻就会俯冲而下。而他比一只小鸡还要羸弱，小鸡还会奔跑几步，找个树荫下隐蔽一下。他连叫声"救命"的力气也没有，双脚又软得下不了床，只好听天由命。

他静静地躺在床上，河水的反光透过窗子投映到天花板上，微微地晃动着。死亡真的要来临了吗？也罢，来就来吧，他活了五十四岁了，见过识过经验过承受过遭难过获得过也失去过，最后还能死在自己的床上，也不算太差了。从生到死的那段距离，说长也长，说短也短，唐人元稹曾说过：百年多是几多时。想一想真的是，再长的寿数，也只是如电如露，转瞬即逝的。如果生死大数真的来临了，那么就平静地接受吧。

水声涌动，天花板上的光斑有规律地晃动着，如一吐一息，如生成朽坏，如星辰明灭，如宇宙初生。

生的意义何在？死的意义又何在？文田抑制住自己不要去想这些，这是个太大的问题，千古之惑，不是他这样苟延残喘的人想得明白的。

在半昏睡中，眼前不断地出现一幅幻象，对岸人家的后门，一个面目模糊的女人，端了一盆水出来，再哗一声把水泼进河里。他几次试图把这幅无意义的画面从脑海里驱赶走。可是如巡回飞镖那样，这个幻象一次次地回到他的思绪中，萦绕不去。

窗外水声一波一波地传来，起，灭，起，灭，循环不已。水流自己会察觉到这个起与灭的过程吗？不，水是无意识的。既无生也无死。我们人类正是因为有了自我意识，才被生死胁迫。不是吗？我在，死亡就不在。死亡在，我就不在。

不知过了多久，文田感到胸口的重压渐渐退去，呼吸，只有在自身没有呼吸这个概念时才是呼吸顺畅之时。文田脑子一旦放松，也不觉得气喘得厉害了，朦胧的睡意渐渐地升起，席卷了他疲惫不堪的肢体，他跌入无明无感无黑无白无生无死的混沌之中。

晨光清亮，文田醒来，意识到自己还活着，还处身于这个流水潺潺的人间。而且思绪平静，人还是很虚弱，但哮喘已经平复，喉间涌入的空气清新而滋润。一霎间，生的喜悦传遍全身。他举起手臂，细细地观看着苍白而干瘪的手指，指缝间透进光线，带着一丝殷红血色。这意味着他活着，意识着，自如地呼吸着，晓得此刻空气被无阻碍地输送到肺部，再输入心脏，而心脏衰弱地，但绵绵不绝地把血液泵送到全身的血管和神经。这再也平淡不过的小小发现，竟会给人带来那么大的喜悦。

文田走出屋子是一个礼拜之后了，再歇了几天，他搭乘长途汽车去了趟湖州，买回来两根琵琶琴弦。

六十三

时光是有腐蚀性的，消融着往事，至少在表面看起来是这样。家里人很少提起朝儿，文珠也不再说"妹妹明天要回来了"

这类话了。不过，方晦和阿虹会发觉文珠坐在沙发上，木然地抱了家里的猫咪，一面轻抚着猫咪的脖项，一面叫它"妹妹"。父女俩晓得这种辰光不好去打断她的，最好当是啥也没听到。否则，文珠会得眼睛发直，脸上一副做错了事情被发觉的神情："喔，我说了些啥？喔，我真的不记得了。"接下来会情绪低沉好几天。

方晦在五十三岁那一年，好像是一夜之间变老的。前一夜，全家人还聚在一起吃夜饭，没人注意，没人说啥。第二天早上，文珠发觉老公的头发几乎变得全白了，以前方晦虽也有白发，只是鬓边和后脑勺上有小片的斑白，现在整颗脑袋是雪白一片，连眉毛都变得白了。方晦自己并不在意："本来就是老头子了。黑点白点又有啥关系？"

阿青做了金山农户的上门女婿，在当地人羡慕的眼中，这个上门女婿蛮金贵的，既是大学生，又是上海人，岳家也蛮当一回事的。老婆很贤惠，个子不高，长得还可以，两颊红通通的。文珠偷偷地跟方晦讲：像是个刚从田里拔出来的红萝卜。丈母娘是个很老实的家庭妇女，整天操弄家务，喂鸡种菜。老丈人却是个既巴结又精明的农民，看上去似乎很爽朗，很是拎得清，但是在实际利益面前，肚皮里算盘打得一清二楚。女方结婚只有一个条件，不要彩礼，不要房子，也不要三大件。只是生了小囡，不管是男是女都要跟女方的姓。照理说，阿青也是徐家的独苗，照中国人传宗接代的观念，在子裔承续方面总要争取一下的。不过阿青自己并不是很在意，方晦夫妇也不好多说什么。

结了婚，阿青平时上班磨洋工，做私活。下班回家后摊手摊脚等着吃夜饭，家务是一个手指头都不动的，没过几年人就胖了许多。在结婚第二年，生了个女儿。岳家虽有些失望，但小囡蛮可爱，很快成了全家的宝贝。平时周末一清早，阿青骑了永久牌加重自行车，带了老婆女儿来愚园路看望父母。白头翁方晦叼着香烟在厨房里忙碌，烹饪全家六口中晚两餐。阿虹一大早就人影不见，说是复习功课去了。晚餐时分总算碰了头，阿虹在餐桌上不怎么说话，要说也只跟了父母说话。看到小侄女，也只是浅浅地抱了下，逗一逗。吃完饭又钻进自己房间里去了。阿青老婆在回家路上抱怨："你这个阿妹啊，真是蛮骄傲的。大概是看不起阿拉乡下人，闲话都没一句的。"阿青便打圆场："阿虹她一向是这样的，时间宝贵，要复习功课，考大学。"阿青老婆嘴一撇："廿八九岁的人了，还想考大学？捏鼻头做梦吧。"

新嫂嫂说得不错，虽然彼时也有推荐工人农民上大学，但大学里也是政治挂帅，教学质量却很差。其二，就算是教学质量很差，也轮不到像阿虹这样出身不好，又不会钻营拍马的青年。所有人，甚至包括阿虹的家人，都觉得她想要上大学是异想天开。家人不说什么，但四周的人闲言闲语总是有的：现在读书有啥个用？真是拎不清爽。徐家大女儿的脑子也是有毛病的，钻进牛角尖出不来了。一个小姑娘，读书读糊涂了，再这样下去真要嫁不出去了。阿虹偶尔也会听到这些风言风语，她除了给人家一个白眼之外，依旧是我行我素。

文海的胃癌拖了四五年，经过化疗，手术，化疗，终于到了药石不达的地步。医生私下对三嫂说癌已经转移到全身各器官了，大概就在一两个礼拜之内，要她作好思想准备。接到三嫂的信之后，文桑文田、文珠一家都赶到了医院。在敞亮的高干病房里，已经很久没见面的霍家三兄弟和文珠又聚在一起。文海看上去还算可以的，还能被护士扶着坐起来，还能断断续续地讲话，思维也还算清晰。只有文田看出，文海此时的状况，面容、骨相、神态、眼神，都跟他父亲去世之前的样子很是相像，虽然他们患的是不同的疾病。文田有点悲哀地想到，人走到了最后一步，大概都是这样的吧，生命之源已经流失殚尽，剩下的只是一副皮囊，而这副皮囊原来贴上去的标签，高官、富翁、能人、小民，都一一被撕去，只留下一堆即将腐坏的蛋白质。

文田不禁为自己这个冷酷的念头战栗不已，但生与死，就是这么冷酷和决绝。

文海的头发全部落光了，戴一顶绒线帽子御冷。由于长期的化疗及营养缺乏，他的鼻子变尖削了，太阳穴上，头颈里的青筋和静脉都历历在目，手臂上全是针眼和淤血，讲一句话就要喘好几口气。虽然大家说好不要在病人面前透露出悲伤的情绪，但病房里气氛还是很压抑的。众人都强颜欢笑，互相说些言不及义的事情，心里却都明白，这大概是最后的告别了。第一个撑不住的是文桑，原来倚坐在床边的他，突然就滑下地去，抓了文海的手，把个头埋在床单里，开始时是低声地抽泣，渐渐地就止不住了，变成大声地恸哭。文桑平时是不大在人前表露感情的，现在如此放恣嚎哭，是伤疼到了极点。众人一个个手足无措，也不好去劝。再看看文海，仰靠在枕头上，眼睛紧闭着，两股清亮的眼泪淌下面颊。房间里有了低低的哭声，三嫂和文珠都在抹眼泪。几人之中只有文田还算稍微把持得住些，先是劝住了两个女人，再把文桑扶起来，在他耳边低声说了些话，引他到病房里唯一的一把椅子上坐下。又让三嫂去厕所绞了把手巾，给文海擦了脸。房间里这才安静下来。

护士进来帮病人抽血，调整心电图。一众人暂时退出房来，文田趁此机会，跟三嫂和文珠讨论了一下后事的安排。三嫂说追悼会什么的，单位里大概会安排的。我们要考虑的倒是火葬呢，还是土葬。文珠说："现在啥地方还有土葬？"三嫂说："如果要葬到诸暨乡下那儿去，想想办法还是有可能的。"文田也拿不下主意。护士出来后，几人又进房去。奇怪的是，三哥好像晓得他们在外面商量什么，招手让文田和文珠过去，以极其微弱的声音说："不要土葬，烧掉拉倒。"文田文珠含泪答应了。文海又对文田说："也可以带一部分，撒在……"后面听不清楚，文田把头再凑近些，听到的是"撒在西浔的河里"。文田拼命点头，强忍住不让眼泪落下来。

到了夜里，情况没多少变动。于是兄妹们商量了，这儿留两个人，其余的去南昌路休息。反正那儿电话线已经接通了，有事情可以电话通知。文珠的意思是她和三嫂留下，文桑文田去南昌路打个瞌睡。哪料到文桑一定不肯，说啥也要留下。众人拗不过他，只好让他留下。

在二十路电车上，文田兄妹俩身心俱疲，都没怎么讲话。电车在静安寺庙门前靠站时，电车的小辫子脱落了，司机下车去接驳。从车窗里看出去，对面正好是静安寺的土黄色粉墙和黑漆山门，从"文革"伊始，这两扇山门就被贴上了封条，平日很少有见到打开的。今天这么夜了，静安寺却山门洞开，里面灯火通明，还有人进进出出。车上的乘客都觉得很是诧异：难道静安寺要开放了？也有人说：接待外宾呀，前两天不是有个东南亚代表团来我国访问吗？东南亚那一带都是信佛教的……

文珠把额头贴在车窗玻璃上，一街之隔地望着这两扇洞开的黑漆山门。她记得刚来上海时和方晦抱了阿青去庙里烧过香，那时她青春年少，整个人生刚在脚下展开。她烧香时祈求佛祖保佑，保佑她一生顺利，家族平安。时至今日，才晓得世界翻覆，人事无定。就算是佛祖，连自己都保不了，更别说保佑她了。

她恍然想起老辈子的人把这无常叫作"遭劫"。不但升斗小民遭劫，佛祖也要一次次历劫的。

劫，是一种逃无可逃的命运，前世注定，此世领受。劫不动声色地潜伏在人生之中，何时呈现却毫无征兆，常常在你毫无防备之际像一记霹雳般地打在你眼前。劫又是无序的，随机的，一个微小的事件可以引发革命，启动战争，颠覆社稷，改变一代人或几代人的命运。劫是天地之间矛盾激化和消解的一个过程，短至几秒钟，长至上百年。有多少人认识到，劫会平复，会消解，会被忘怀，但劫一定会重来，会以一副新的面貌猝不及防地出现，而我们始终是措手不及。

在某种意义上来说，劫是我们这个世界的神学、哲学、未来学最为精辟，也最为简练的总结。

六十四

夜深了，三嫂支起一张折叠床，对文桑道："四弟，你也熬一整天了。你要不要去歇一会儿？我来陪着老霍，有事再叫你。"

文桑摇摇头，说："我不累，三嫂还是你先去歇一会儿吧，到时候我来换你。"

好几天的熬夜陪护下来，三嫂的人累脱了形，面孔蜡黄，眼圈发青，走路都有些摇晃，也实在是难以硬撑下去了。在文桑的坚持下，三嫂在小床上和衣躺下，没多久就睡着了。

在半暗微明之中，文桑下意识地打量着这间一一六号高干病房，大概有十四五个平方，呈L形，在走道上亮着一盏低支光的顶灯，映得房间里暗影幢幢。在病床与窗户之间有一座白色的屏风，三嫂的小床架在屏风后，已经响起了低低的鼾声。靠近床头是几台仪器，此时正嗡嗡地低鸣着，闪烁着红色和绿色的幽光。病人被一大堆枕头撑起半个身子，一条青筋毕露的手臂袒露在床单外面，上面连接着各种各样的橡皮管子。一个硕大的输液袋挂在吊架上，轻微的滴答之声在寂静中延绵不断。

文桑去上了个厕所，回到床边，他弯下腰，仔细地看了看文海的状况，病人因为胸腔积水，躺平了不能呼吸，所以这几个礼拜下来都是半卧半坐着入睡。文桑凑近了看去，文海的眼睑下垂，下嘴唇也耷拉下来。呼吸很急促，很浅。他脸上的皮肤紧贴着颧骨，看上去发着绿莹莹的光，也许是仪器表盘上的反射。每隔几分钟，文海的躯体、手臂，或脸颊上的肌肉会不由自主地抽搐一下。文桑在此时很清晰地看到，他的双生兄弟正处在生死之间的那条线上，辗转不已。也许是几个小时之后，也许是下一秒，这个跟他一块来到世界上的骨肉将会离他而去。从此，他就真正是孤零零的一个人了。想及此念，文桑不禁悲从中来，胸口一口气憋不过去。但此刻夜深人静，他既不能放声号啕，也不能去惊扰临终之际的病人。

文桑双手掩面，仰靠在椅背上，黯然神伤。

在生死交界线上，时间的沙漏永不停歇，分分秒秒漏过，沙，沙沙，沙沙沙。

在半暗不明之中，在生命监察仪器的嗡嗡作响中，文桑的思绪万千，无远弗届。自他有记忆伊始，他就跟文海是形影不离的，两兄弟总是穿同样的衣装，梳着同样的发式，共用一个卧室。他俩有同样口味，喜欢各种腌制的肉食，喜欢厚味的菜肴，特别是兄弟俩都嗜食各式各样的糯米糕点，而文海总是把最后的一块留给他。他还记得在八九岁之前，自己是个非常胆小的孩子，怕黑房间，怕鬼，怕水，怕会咬人的大虫子，怕孤独，也怕一个人去应付外界的种种麻烦事情。虽然文海只比他大了不到两个小时，但从小是文海带着他玩，去涉足未曾见过的世面，就是闯下了穷祸，也是文海挡在前面。有文海在，他心底里就有一份安宁和笃定。当年文海离家出走，毫无音讯之际，他也能凭着双生儿特有的内在感应，晓得他没事。多年来对文海的信任，在他心里更是下意识地认定，就算文海不在身边，一旦有什么事故发生，文海就是在天涯海角，也还会即刻出现在他面前，一如既往地照看他的。

但现时现刻，文海病入膏肓，而双生兄弟与生俱来的心灵感应似乎消失了。文桑什么也感应不到，这使他感到恐慌，无措。

突然，有人轻轻地触碰他的肩膀，文桑愕然地睁开眼睛，只见文海端坐在床沿上，微笑地看着他，文海还是穿着病号服，但身上的橡皮管子都不见了。而且，他的脸色也好了很多，眼睛有神，脸带微笑，不像是久病卧床的人。文桑刚想要开口询问，文海嘘了一声，意思轻点不要打扰别人。又做了个手势，要他跟着来。

他俩站在西浔老宅子的水陆码头上，河面宽广，视野良好。他俩的脚下是一堆鹅卵石，大大小小，扁扁薄薄，灰灰白白，呈椭圆形或菱形，特地在河滩边上捡回来的。仙人过河，这是他俩童年时代最喜欢玩的游戏，俯身弯腰，用力一甩，小小的石子如活物般地在水面上跳跃，总要弹跃个十几丈才沉下去。最远的一次，文海扔出的石卵竟然跃过了河的中央，差一点就到达对岸。轮到他了，文桑用足了全力，还是赶不上文海，石卵子跳跃了七八下，仅仅五六丈远的光景，最远的也只是刚刚过了中线。天色渐渐暗下来了，朔风在高空中呼啸而过，河水变得激越起来，兄弟俩还在码头上兴致勃勃地玩耍。他们没有年纪，没有种种烦扰的事情来分心，有的只是孩子般的好兴致，发泄旺盛精力的欲望，以及享受双生兄弟互相陪伴的时光。

终于，文桑扔出的一块石卵子在河面上跳跃了几十下，最终落到了中线以外的三四丈远。文桑开心地大喊："文海，看呀，我扔的这块肯定是赶上你了。"喊声在河水上空回荡——文海，赶上你了，赶上你了。但身后一片静寂，文海没有作声。文桑疑惧地转过身来，头上乌云密布，四下水声浩荡，在空无一物的水陆码头上，就他自己一个人站在广袤的时空之中。

文海呢？文桑用足力气大喊一声："文海……你在哪里？"

四下没人回应，只听得脚下的河水澎湃而过，头顶上风声愈加急促，以及"在哪里？""在哪里？"的回声，飘荡不已。

文桑遽然醒来，第一眼看到的是床头的仪表荧幕，一条绿色水平状的直线，一动不动。

"文海！"一声凄厉的叫喊打破黎明前的寂静，正在柜台后面打瞌睡的护士惊跳起来，向一一六号病房疾奔而去。

六十五

这个冬天下了很大的雪，西浔镇上只见黑白两色，黑的是高低参差的屋瓦檐角，落光叶子的树杈枝条，天空偶尔飞过的鸟影。白的是掩盖一切湿漉漉的雪，茫茫无际的一片。但因江南的地层暖热，雪落下了地，没多久就硬化，结壳，半日就化了。融雪在黑白两色中再辟出一片灰色的层次，粉墙上洇下的淋漓水迹，地上踩出参差的脚印，民居原来褚黄色的旧板壁受了潮，变成了深褐色。在冬季水位降低的河面上，灰绿色的水流缓慢地流淌着，岸边停泊的乌篷船倒影映在水里，天地静止，浑然一色。

在这种天气里，镇上居民们都龟缩在家里，捧只茶缸围了一个煤球炉子。手笼在袖管里，说说闲话纳张鞋底做些针线活计，不时伸出头去察看门外的天色：看样子明天还是会下雪，唉，这个冬天是难过了。年关在即，镇上也没有多少喜庆的气氛，不能祭祖不能拜年不能铺张浪费不能放鞭炮不能这样不能那样，上面说要过个移风易俗的新春节。既然年已不年，居民们所能做的，一年一度地把年夜饭弄得稍丰富些，肚皮里补充些油水，聊慰一下口腹之欲。

小年夜那天，文田正在火油炉上煮粥，他的碗橱里还有两块豆腐干，半碗腐乳，一棵黄芽菜，板壁上还吊着一根咸鱼，心想这点存货过个年也够了。这时有人敲门，开门一看是阿香的大孙囡，急忙让进门来。小姑娘乳名叫阿妮头，十二岁了，阿妮头提了个竹篮子，上面蒙了块布。揭开来是一块自家腌的咸肉，四枚新鲜鸭蛋，一个花鲢鱼头，一板冻豆腐，一些自家种的葱姜蒜，还有几条自制的水磨年糕。阿妮头的脸蛋冻得通红，进了屋，忙不迭地在手上呵气，又不住在地下跺脚，说道："五阿舅，我婆婆说要过年了呀，要我把这些东西给你送过来。"文田急忙道谢："这么冷的天，还难为你跑一趟。"又环顾了家徒四壁的屋子，感叹道："啊呀，我这儿竟无一样东西可以带给你婆婆的。只有请你代我多多谢你的婆婆了。"阿妮头是第一次过来，在屋里好奇地东看西看，看到挂在墙上的琵琶，说道："五阿舅，我阿婆常说你弹得一手好琵琶，我却是从来没听过的。"文田叹道："喔，那个琵琶呀，已经荒废好多年了，手也生了。"阿妮头便央求道："啊呀，五阿舅莫客气了，好歹弹一段嘛，还看在我落雪天过来的份上。"

文田推却不过，只好先说了："阿妮头你要晓得，我是不大会弹那些时兴曲子的，只会弹些老曲子老调子。"看到阿妮头点头，于是取下琵琶，吹去上面的积尘，再在火油炉子上烘暖了手。咳嗽一声，随手轻拨三两弦，先弹了一首《汉阳五行》，再弹了一首《昭君出塞》。琴声在这寒天里听起来格外地伶仃，清越、薄脆，忧伤。天寒地冻，一个女子远离家园、亲人，一个人面对荒川大漠缅怀故乡，抬头望几行大雁南飞，地上女子伤心欲断肠。一曲弹罢，满室静寂，只听到火油炉上粥汤微微的翻泡轻响。阿妮头蹙着眉头，一脸专注，好像还沉浸在曲子里。

文田也没说话，若有所思地看着窗外，琵琶还抱在怀里，手指下意识地拨动琴弦，轻响一二。

阿妮头站起身来，先去到火油炉前把火头调小，让粥慢滚，再转身说："五阿舅，你弹得真是蛮好听的，弹的是啥个曲子啊？"

文田犹豫了一下，说道："这曲子叫作《昭君出塞》。不过阿妮头啊，你千万不要外面去说，老曲子了，会被人讲是封资修糟粕的。"

"怎么会？婆婆一直讲你是我们的自家人，我们家都晓得的。"

文田的喉头有点哽咽，说："我晓得，我亦晓得的。"

阿妮头是阿香大儿子长根的独生女，虽然长在小镇上，但阿爸二叔都是镇上捏大权的干部，家里条件不错，从小生活优渥，没做过农活，一双手伸出来又长又软，手指灵巧，看在文田眼里就是双天生弹琵琶的手。他不禁问道："阿妮头啊，你如果愿意学琵琶的话，我倒是可以教你的。"

阿妮头大吃一惊："我吗？这我倒从不曾想过，真的可以学吗？"

"可以的。"

阿妮头在犹豫。

在文田想来，阿香一家十来年一直在照顾着他，而他并无一点东西可回报。唯一可做的是，以自己的一技之长教阿香的孙女学琴。另外一点想法是，琵琶也是传承了上千年的乐器，现在却越来越式微了。如果有个徒弟，不管学得怎样，至少这门乐器没有在他眼前消失。如果阿妮头真的肯学的话，他是会尽一切来调教这个晚来徒弟的。

可是阿妮头好像不大起劲，推脱道："五阿舅啊，我可是连五线谱都不识的。"

"那个学起来很快的。"

阿妮头还是犹犹豫豫："我要去问问我阿爸，看他怎么说。"

"当然，你阿爸姆妈同意了我才可以教的。"

隔了一日，阿香儿子长根就荡到文田的屋里来，长根读过高小，在镇上也算是个文化高的。他面貌憨厚，少言寡语，做事情却非常实在。出身又是贫雇农，因此从小队长、大队会计、大队长一直做到西浔公社副书记，也算是官运亨通了。文田被遣送回乡之后，两人只见过两次，没怎么交谈过。但文田晓得长根在暗中帮了不少忙，刚要说些表示感谢的话，长根摆摆手，示意不要提起。随即说起阿妮头学琵琶的事，说："现在的小囡，在学堂里也不怎么读书，也学不着点啥。我正想着让她学一点别的啥，将来不至于一事无成。既然你肯教，也是她的福气，关于束脩，五阿舅你也不要客气，该怎样就怎样。"

文田急忙解释，他如收下阿妮头学琴，并不要一分钱的学费。一是希望有个技艺传承，二是阿香婆婆常照顾他，只想尽一点心意，钱是决计不要的。

长根也没跟他争，只是一笑。两人说好每礼拜一次，到阿香屋里学琴。邻居们如有啥闲话，长根自会去摆平的。

只是阿妮头本人对学琴不是很上心，小姑娘不笨，五线谱教她两三遍就学会了。文田手把手教的几首入门小曲子，个把月下来也能上手弹了。只是小姑娘没啥常性，在她那个年纪，跟练琴比起来，玩乐更是重要。所以当一段辰光教下来，进一步退两步。一段简单的小曲《琵琶语》，阿妮头还是弹得断断续续的，不成个调子。下课辰光一到，小姑娘如释重负地放下琵琶，一溜烟地奔出门去。那个蹦蹦跳跳的身影看在文田眼里，真使他怀疑当初自己是否用错了心思。

每次来上课，阿香总要留文田吃顿中饭，准备了不少菜肴，这日桌上有梅干菜红烧肉，有猪油渣炒菜薹，还有一碗家常小虾烩豆腐。阿香帮他盛了一大碗米饭，自己只吃一碗山芋薄粥。阿香今年七十六了，独自一人过活，身体倒还是很硬朗，但牙齿掉得只剩几颗了，因此只能吃些粥汤之类的半流质食物。说起阿妮头学琴，阿香说湖州地区要选一批少年参加部队的文艺兵，长根想送阿妮头去报名，否则再怎么样内部照顾，还是永远跳不出农门。文田说这是好事情呀，阿妮头真要加把劲练习才是。阿香却不以为然，撇撇嘴说："小姑娘被她娘养得太娇贵了，学琴嘛，白相相是没问题，真要叫她吃苦犯难，我看，是蛮难的。"文田晓得阿香跟她儿媳妇之间是有些龃龉的，也不好说什么。

文田回到住处，抱了琵琶发呆，指尖无意识地在弦上划过。这把琵琶是清人制作，算下来也有近百年了，漆面已经剥落，弦板磨出白痕，但音色还是清亮。想着这把琵琶跟了他也已有四五十年了，见证过他人生的起伏，慰藉过他的心灵，也曾被他荒疏冷落过。如今老了，手指也僵硬了，早年灵动的乐感也停滞了，这才惊觉到：终有一天，连这个精神寄托也会离他远去。当生命到了某个阶段，会下意识地寻找传承，无论是物质的，还是精神上的。物质上他可说是一无所有，人生中还稍有些价值的，尚可追忆的，也就是这些琵琶曲子

了。他自己苦笑了一声：一时兴起，找了个农家小姑娘来继承他的技艺，多少有点病急乱投医。文化传承需要年月的沉淀，需要心灵上的融会贯通，更需要一种身临其境的感悟。没有这些，手法、技巧再好，也是及表不及里，难以达到至臻境界的。

六十六

十年过去了，一切终于回归平静。

伤痕还在，但人们有意识地不去触动，那经历太过惨痛，令人唯恐避之不及。

徐家抄家的物资发放回来一部分，包括金器首饰，但文珠对这些变得毫不在意，两克拉的火油钻戒忘记在马桶间的洗面台上，邻居给送回来，她谢过人家后，也只是随手在吃饭桌上一搁。方晦的定息和工资补发了有十几万，但除了给阿虹买了一台收录两用机学外语，家里也没有添置新的东西。方晦的香烟瘾头越来越大，一天至少要吃两包多。文珠也不去干涉他，只是叫他不要再吃一角三分一包的劳动牌香烟了。方晦却说："我也试过大前门、牡丹、中华，吃口都太软。我就是欢喜那股辣蓬蓬、熏巴巴，一口吃进去呛喉咙的味道，这样肚皮里的酸水才压得下去。"文珠当然听得出老公的话中之意：毒药，也只能用别的慢性毒药来消解。经过失去女儿的那一场噩梦，人生已经枯竭，一切意义都消失了，钞票不再是钞票，生活也不再是生活。不管水面如何地平静，伤痛的暗潮永远涌动，永不消退。

如果人生如此这般地痛苦，那么为啥还要活着？

方晦说："一只碗，虽有条裂缝深入碗底，但是箍好了还能盛物事的。小囡们就

是那条箍,我是打在碗上的箍钉。"

十年了,文珠已不再说妹妹明日就要回来了这种话。家人还是避免提起任何关于朝儿的话题,那样的话文珠会陷入一种恍惚的状态,接下来情绪低沉好些天。但不提并不等于不存在,这个朝儿生活了十七年的家,有着太多的沉浸,太多的回忆,以致现实跟虚无混沌不清。

直到有一天,文珠突然说她要出去几天。方晦问她要去哪里?文珠说没有定规的,就想一个人出去走走,旅游旅游。

方晦不放心地说:"那么我陪你一块去好吗?"

文珠定定地看了她老公好一会儿,踌躇着,末了还是摇了摇头,说:"老公啊,我们结婚三十几年了,从来没有分开过。这次,你就让我独自待个几天吧。"

方晦也定定地看着她,问道:"你会回来的吧。"

文珠说:"当然会回来的,我只是出去散散心呀。"

方晦眼神复杂,一言不发。

文珠原来是打算去西浔的,总有一两年没见着小阿哥文田了。想到乡下物资匮乏,便去买了一大堆东西,有鸿运斋的叉烧,杜六房的红肠,有老大房的松子糖和蜜饯,一斤大白兔奶糖,还有大发南货店的肉松。想着还可以顺便去爹爹坟上祭扫一下,于是也买齐了香烛锡箔。通通装进一只大旅行包。

在初冬一个礼拜一,文珠乘了长途班车往西浔来。到了终点站,文珠提了大包小包下车,一抬头,就像是被定身法定住了,移动不了半步。身后的旅客们不耐烦地催促她往前走,也是置若罔闻。结果被人群挤到站台的马路沿上,文珠转过身来,痴痴地望着对面一排即将出发的长途汽车,像是灵魂出窍般。

对面一辆长途汽车旁,侧身站着一个年轻女子,大概是二十五六岁年纪,梳了两只牛角辫子,身穿一件米色春秋两用衫,戴了两只袖套。肩上背了长途汽车公司的售票袋,正在跟身边的同伴说话。第一眼看去,文珠认定她就是十年没回家的妹妹,几乎要叫出声来。正在这时,年轻女子转过脸来,文珠心下即刻晓得认错人了,那女子面孔要比妹妹稍圆一些,眼睛也要小一些。但是当女子再侧过身去时,那侧面的轮廓线又神奇地跟朝儿重合了,活脱脱就是那个腔调,那副笑容,连嘴角上的小酒窝也生在面颊的同一地方。

一刹那间,时空和意识都混乱了。文珠身不由己地,一步,再一步地往对面的车队走去,目空一切,只盯牢了长途汽车旁的那个女子,以致她差点被一辆准备出站的长途汽车撞到。一声喇叭急鸣,所有人都转头来看,包括那个女子。她跨前两步,走过来扶了文珠的胳膊,说道:"老妈妈,不用急的呀,我们还有五分钟才出发了。"那一声"老妈妈"叫得文珠脚都软了,意识也不清了,昏昏沉沉地就被女子搀扶着上了车。

文珠全然不知道自己上的是哪一路长途汽车,将开去何处。她全然忘记了自己此行的目的,只顾盯着售票女子看。当售票女子帮她补票时,她手抖得厉害,找回来的角票和硬币落到地下,女子蹲下身来帮她捡拾,肩膀和脸部轻微碰触到文珠的膝盖。在一恍惚间,文珠好像看到妹妹俯伏在她膝上,就跟小时候那样,后颈上的短发毛茸茸的,清晰如昔。文珠不由自主地伸出手去，想要触摸一下这些柔软的瞬间，但就像在梦里一样，怎么也够不着。时空紊乱，记忆和现实重叠。面前女子的形象变幻着：一下子是至亲至爱的小女儿，蹲在她膝前，仰起一张甜美的脸庞，朝她微笑着。一下子又是一个不知姓名的陌生女子，与她只是萍水相逢。再一下子，听到那女子凑近身来，喃喃地对她耳语：老妈妈，我是你前世的女儿呀。你不认得我了？

车行三个多小时，文珠完全处在云罩雾绕之中，她不曾往窗外眺望过一眼，她也没听清车上报出的一个个站名，她不在乎何去何从，在这个荒芜的人世间，任何目的地都是目的地。她的肉身已经进入冬眠，沉静如河。而灵魂却分外活跃，在她的前世今生中自由地游走。那个她梦中召唤了无数次的女子，此时正在咫尺之遥走动着，说着话，自己对自己微笑着。她几次伸出手去触摸，看似触手可及，却永远咫尺天涯。眼前突然闪出一道光亮，天人永隔这个词来到她脑海，心中紧缚了十年的绳结开始松动，剧痛之际似有所悟，但仍然不舍。

下午三点钟左右，车子到达终点站。"下车了，这是本次客车的最后一站，请大家收拾好自己的物品下车。"在售票女子的呼叫中，乘客们鱼贯而下。文珠懵懵懂懂地跟了众人下车，抬头望了售票女子，问道："喂，喂，小姑娘，这是在哪里啊？"

"苏州呀。"居高临下的窗口里，售票女子探出头来，一抹似曾相识的笑容浮现在脸上，"老妈妈，再见啰。"

站在初冬苏州街头上，文珠全然不晓得为啥来到这里，也不晓得下一步要怎么办。她恍然记起，在她还是小女孩时，为了二姐的相亲，曾跟了父母短暂地来过这个城市。此刻她已经记不起当时的场景，记不起二姐夫长相如何。记不起当时两家人在松鹤楼吃的宴席，只记得饭后那道银耳甜羹，竟被她吃出一颗极为苦涩的莲心来。人生记忆链条上一个微小得不能再小的缺口，现在却代表了苏州这两个字，浮了起来。

人依然恍惚，长途汽车早已不见踪影，但那售票女子酷似朝儿的面容还在眼前飘荡，心里不由得一阵阵惆怅。文珠揉了揉眼睛，试图从怔忪中清醒过来。她抬眼看了一下站牌，"虎丘站"三字映入眼帘。她听过老戏里关于西施和夫差的故事，对虎丘这个地名还有点印象。那么，既然来也来了，不妨进去看一看吧。文珠背了旅行袋，向不远处的山门走去。

虎丘的山门年久失修，门钉铜锈斑斑，剥落的粉墙上还有打倒四人帮大标语残迹，沿路的树木在冬季掉尽了叶子，景色更显萧杀，园内零零落落没几个游人。虎丘塔和千人石坐落在一座小山丘之上，进了山门不远处就是断梁殿，文珠一看这个殿名就不想进去了。断梁，断肠，断魂，人生中已经有太多的断裂了，不看也罢。文珠沿着平缓的步道继续向上走去，迎面而来的都是出园的游客，还在往里面走的就她单身一人。文珠一直走到千人石处停下歇脚，四下环顾，竟如在荒山野岭，不见一个人影，天地静穆，耳中只听得涧水流淌的淙淙之声。

青褐色的千人石如刀砍斧凿，凿出一盘巨大的桌面，立于幽深的古潭剑池。文珠踞坐在石壁一隅，一无所见，一无所思。四周一个人也没有，在灰色的天空下，在亘古的磐石和万年的流水之间，就她一个朝生暮死的渺小人类。

突然，一记钟磬声响起，空气嗡动，声音回荡。

耳边一细小的声音呢喃着："姆妈。"

在渐渐弥漫开来的暮色中，文珠的眼前浮起多年前的一幕，那时妹妹只有两三岁，在一个炎热的夏天午后，文珠在前天井里放了一个大木盆，注满了自来水，让小姑娘玩水洗澡兼消暑。但妹妹哪是个肯安安定定好好洗澡的孩子呢，简直白相得要疯了，手足飞舞，水花乱溅。泼得在一旁的文珠满头满身都是水，一面还拍手跳脚："姆妈一块来汰浴，快点呀，姆妈一块来汰浴呀。"文珠也是脑子一热，脱掉上衣，只穿了一条内裤，就一屁股坐进了澡盆。一个小小软软的身子立刻挨了上来，钻进文珠的怀里。细细的小胳膊环绕着文珠的头颈，温热的小身子紧紧地贴在文珠的肌肤上，文珠不由得起了一阵阵的战栗。这个小身子原来是住在文珠的身体里，整整十个月里两人是合二为一的。现在脱离了母胎，长成了一个活蹦乱跳的小姑娘。小姑娘把文珠的脸抬起来，细细地审看着，专注的大眼睛里透出一种隔世恍然之感。妹妹柔嫩的小手指头拂过文珠的脸颊，眉毛，嘴唇，帮她撩开额前的湿发。绽开一个笑脸，随即又一头扑进文珠的怀里，耳边传来一句软软的低语："姆妈侬晓得吗？侬是我的姆妈哎。"

一切都历历在目，声音，形象，母女湿淋淋的肌肤相偎相依，你中有我，我中更有你。在盛夏午后的低气压下，暑热像烘过的膏药似的贴在身体上。一双小手撩起冰凉的水珠，一点一滴，溅落在皮肤上，如白雪覆盖在遥远的山峰上。在药皂清冽刺鼻的味道中，混有一丝栀子花的香味。

隔壁弄堂里传来西瓜小贩高昂的叫卖声："西瓜要吗？平湖西瓜啊，包侬熟，又是沙来又是甜。"而绵长的蝉声在黄昏来临之前，声嘶力竭地鸣叫着："知了，知了呀。"彼起此伏。一切的一切，在一个陌生之地，在初冬的暮色之中，鲜活地，纤毫毕现地重现在文珠的眼前。

"姆妈——"

细微的声音还在耳边低语。

文珠站起身来，茫然地向四处张望，一只手向前伸出，像是要去触摸什么，捉牢什么。

"妹妹，是你吗？"

四下寂静，天地无声。

声音还在低低地呢喃着，如蜂鸣，如梵音，如心语："姆妈，姆妈呀。"

文珠随了声音来到一处潭边。在暮光之中，对面的石壁千仞，脚下之寒潭深幽。空中掠过一只归鸟，把影子投射在静止不动的水面上。

"姆妈，侬斋斋我，斋斋我呀。姆妈啊。"

文珠下意识地打开旅行包，取出香烛，依次插在石壁嶙峋的缝隙之中。青烟袅袅而起，随身带来的各种食品，一包一包地被投入水中。在空无一人的千年史迹边上，在峭壁和寒潭之间，在渐渐掩上来的浓黑夜色之中，一小团焚烧锡箔的火焰，如一颗心脏般地跳动，颤抖，抽搐。

六十七

文珠在三天后回到家里，从她踏进门之际，方晦即刻看出她有什么地方不一样了。

但方晦又说不上来，什么地方不一样？

文珠神色平静，举止言谈也蛮正常。问她去了哪些地方，回答是："哦，不记得了呀。我这个人，老是记不住地名的。"那天她很早就上床睡了，一觉睡到天亮。但是早上方晦醒来，发觉妻子正蒙了头在哭泣，静静地，眼泪沿了面颊淌下来，枕巾也浸湿了一大片。

方晦大惊，抱起了老婆，一叠声地问道："老婆啊，怎么啦，有啥地方不舒服吗？"文珠把头埋在老公的肩窝处好一阵，再抬起头来时已经收住了泪，有些嘶哑地说道："我晓得的……"方晦急问道："你晓得点啥？"文珠等了一会儿才答道："我晓得妹妹不会回来了。"

方晦闻言脸色大变，嘴唇抖簌着，一句话也讲不出来。耳边只听得文珠幽幽地说道："妹妹已经陪了我十年了。再不舍得，也是到了要放她离去的辰光了。"

文珠又说："我晓得的，老公。你也是苦透了，说也说不出，提也不敢提。"

方晦哽咽了，文珠轻抚了男人的面颊："不哭，老公，不哭。我们好好地斋斋她，送她走。"

方晦再也忍不住，索性放声大哭。哭声惊动了后房间的阿虹，过来敲门："阿爸姆妈，你们怎么啦？"

房门一开，文珠走了出来，一把抱住女儿，在她耳边嗳嚅地说道："乖囡啊，我们想起你妹妹了，她已经走了十年了。"

妹妹啊，是阿爸姆妈呀，今朝特为来斋斋侬，快点过来呀。

喏，乖囡侬看呀，阿爸特为为侬烧了酱汁肉，红烧划水，四鲜烤麸，蚝油双冬，还有一大砂锅腌笃鲜汤，汤里有刚刚上市的冬笋，有小排骨和自家腌的南风肉，还有百叶结。阿爸还帮侬蒸了一碗蛤蜊蒸蛋，烧了十七只茶叶蛋。再做了十七只蛋饺，蛋饺可以蒸来吃，也可以下在汤里的。现在还未到春天，买不到侬最喜欢吃的马兰头，侬阿爸用蓬蒿菜，烫熟切细，跟五香豆腐干切碎拌在一起，放了味精和麻油，味道倒还蛮像的，侬吃吃看呀。姆妈帮侬包了大馄饨和小馄饨，大馄饨的馅子里厢放了虾仁、鲜肉和一点黑木耳，汤汤水水都有了。小馄饨的馅子用精肉泥和虾酱蛋白打成泥，皮子薄薄的，用老母鸡鸡汤下出来，当夜宵来吃是很惬意的呀。姆妈还帮侬烧了咸肉猪油菜饭，当然，当然是用新上市的大米烧出来的，现在的青菜落了霜，吃起来有一丝甜咪咪的味道，咸肉是你阿爸腌的，放了花椒，蛮香的。还有烧卖和小笼馒头，还有蟹壳黄，本来还想烧咖喱牛肉线粉汤，想起来侬不吃牛肉，阿爸烧了百叶包线粉汤。晓得侬喜欢吃糯米点心，姆妈为侬准备了水晶八宝饭，豆沙桂圆杏仁莲心胡桃蜜枣葡萄干糖冬瓜，侬看，八样一样不少。还有酒酿小圆子，还有赤豆糕、条头糕和双酿团，都是在乔家栅买来的。只是青团要等到四月里清明节才有，到辰光阿爸姆妈会去买了来斋侬的。说起清明节，荠菜也上市了，到时姆妈再包了荠菜馄饨来斋侬。乖囡啊，侬还有啥想吃的，托梦给姆妈，姆妈好帮侬准备呀。

妹妹啊，人生是没啥意思的，眼睛睁开到眼睛闭上，然后是一团漆黑。乖囡是侬，还有阿青阿虹，给我们平淡的人生带来了光亮。是侬，使我们家平常的日脚也过得五彩缤纷。我们家也算是最普通的人家了，阿爸姆妈，都是没啥本领的。但是我们有你们三个小囡，全家人坐在一起，就是一碗最普通的蛋炒饭加一碟炒青菜，也能吃得滋味无穷。饭桌上一句笑话，一个赞赏，或者是一个心满意足的饱嗝，就使得原来没有意义的日常变成永久的回忆。一团漆黑中有了光亮。

乖囡啊，我一直在想，一家人之所以成为一家人，不会是无缘无故的，一定有着前世的联系和牵绊。侬在茫茫人海中一次又一次地寻到我，我真是蛮开心做侬姆妈的。只是我这个姆妈真没啥用场，连自己的儿女都保护不了。但是我晓得侬不会责怪我，每次侬出现在我眼前总是笑意盈盈的，搂住我头颈，抱牢我，亲亲热热地叫我姆妈。有辰光我自己想想，我一生人最开心的是做了侬十七年的姆妈，最痛苦的是整整十年寻来寻去寻不着侬。

不管怎样，我终于寻着侬了，此岸彼岸，姆妈再也不会和侬分开了。如果人世真的是一次次地轮回，那么，我们现在就约定好了，侬一定要再来寻我，再一次地做我的心肝宝贝。来呀，乖囡，我们勾勾小指头。

六十八

文田六十岁生日那天，他独自一人去了趟湖州的万国公墓。父亲坟上的墓碑已经遗失不见了，整个墓园的情况都差不多，很多墓碑都是从底座上被砸断的，据说是被附近的村民拿去填猪圈。文田绕了墓址看了一圈，地面还平整，没有被破坏的迹象。于是蹲下身来，把地上的杂草拔去，清理一番。再拿出香烛来点上，鞠了三个躬，陷入沉思。

六十年前，这个躺在地底下的男人给予了他生命，文田得以来这世上走一趟。原想人生是一次潦潦草草的走马观花，辰光一到即潇洒离去。老天却意外地把他寿命延长了一倍。文田自己觉得像是个不及格的小学生，上课不专心，只想着下课，结果被留了一级。如今又到了一个关口，那么，他学到了些什么呢？

六十而耳顺，耳顺的意思是？

对生命不再想当然，认识到我们所处的世界是变幻莫测的，全然不在我们掌控之中的。在这个世界上活到了六十岁，你会惊觉到我们漫长又短促的一生，不但被这个"世"所限制——我们的生命有限，不可能有足够的历史长度来全面审视当下。同时也被我们所处的"界"所限制——囿于我们的生活范围狭窄，不可能参透这个大千世界。因此，我们的人生无时无刻不处于困境之中，走出这一个困境，立刻陷入另一个困境之中。

那么，耳顺的意思是？

晓得了无人不处在困境之中，无时不在困境之中。从而把这个困境当成一段修炼，一层觉悟，不焦躁，不抱怨。人生如蚍蜉，朝生暮死。与其浪费时日在自哀自怨中，还不如享受短暂的阳光和朝露。

还有呢？

一切有为法，如梦幻泡影。

还有呢……？

唯亲情和内心平安不可辜负。

使文田觉得庆幸的是，十年之后，小妹文珠终于走出了丧女之痛，恢复到正常生活了。文田去上海看望她，两人去庙里拜祭。文珠第一炷香烧给父母，烧第二炷香时，文珠自言自语道："这是烧给我囡囡的。"文田在旁又是心酸又是宽慰，这道又深又长的伤口，终于结了疤，虽然还会不时地抽痛一下。

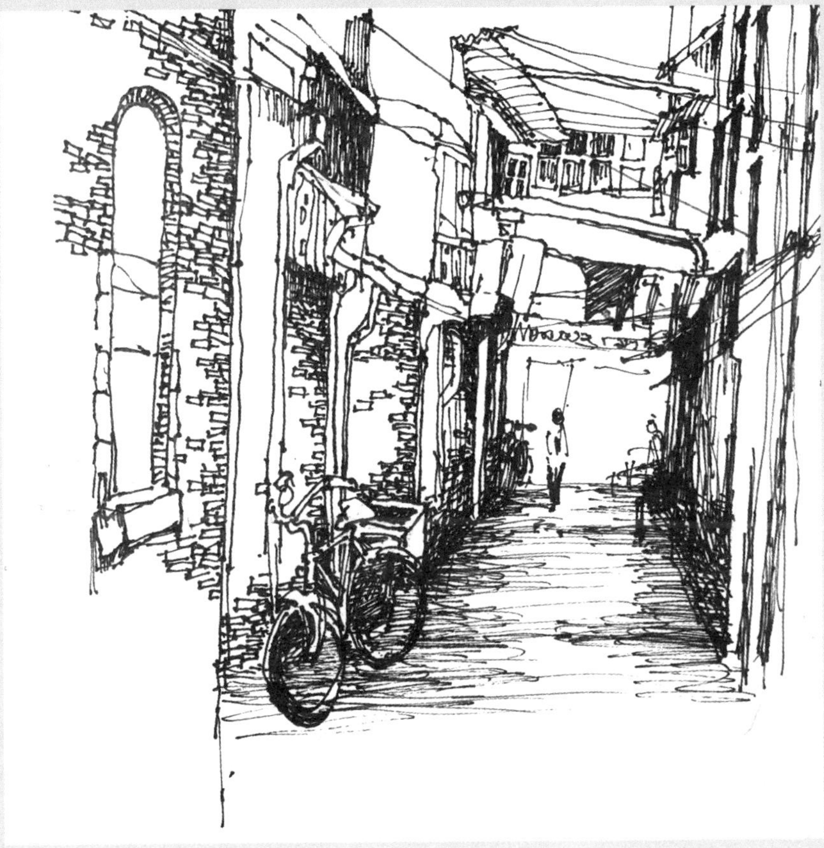

文珠告诉文田，前两天，她非常意外地接到大哥文沧的信，是通过上海华侨事务办公室转来的。她把信递给文田："喏，信里面还有照片，我已经认不出大哥的样子了。"

文田先看照片，一共有五六张，都是彩色的。一个西装笔挺的男人在各种场合照的，或是在参加酒会中，或是戴了安全帽在工地上巡视，或是在新落成的公寓大楼前剪彩。有一张是和一个女子、两个男孩在一起，应该是大哥的家人了。文田仔细端详着照片，文沧的头半秃了，鬓边的头发从一边梳上去，盖过头顶，以遮掩一二。脸上皱纹纵横，金丝边眼镜后面的眼皮也耷拉了下来，看上去有点不认识了。与他在一起的那个女人，显然不是中国人，但也不完全是西洋人，大概是混血儿吧，身边两个男孩也是如此。翻到最后一张，一个胖女人却是文田不认识的，他随口问了一句："这个又是啥人呢？"

文珠道："你猜猜？"

文田又看了一眼，摇摇头："猜不出。"

文珠挥手拍了他一记，嗔道："要命了，是二姐呀。"

文田大吃一惊，再拿起照片仔细端详，照片中的妇人眉毛细细地描过，面孔上抹了腮红，嘴上涂着很突兀的大红唇膏。穿件南洋风格的大花图案丝绸衬衫。猛一看，细皮嫩肉的很是富态的样子。但再仔细看去，这妇人比大哥还要老态，头顶发际退得很远，发量也很稀少。皮肤松弛，两个腮帮子都挂了下来，挂着金项链的脖子上，也布满了一圈圈赘皮。如果不是辨认出照片中妇人一抹似曾熟悉的眼神，文田打死他也不肯相信这照片上的女人就是他二姐。

文田一叠声地感叹："想不到，真是想不到。"

文珠说："大家都老了嘛。大哥二姐看到我们大概也要认不出了，小阿哥，你今年六十整，我也毛五十八了。眼睛一眨，日脚怎么过得这么快。"

两人唏嘘一阵，文田接着看信。

文沧的信写得很简短：各位兄弟姐妹，全家人一别就是四十多年，真是再也想不到的。终于等到可以回来探亲了，准备在今年下半年，去上海出差一趟，有点生意上的事情要商洽。但最主要的是探望众兄弟姐妹，并去西浔祭祖。待拟定行期之后，即会通知诸位弟妹们。

文田摇摇头，搁下信道："差不多半个世纪了，大哥就只有这么几句话？"

"啊呀，有些事情，大哥他不好在信里说的呀。人回来了，终归有机会说的呀。"

文田还是摇头："唉，我不晓得，真见了面，要说点啥，又能说点啥。这几十年间发生的事情，真叫天晓得，我们就是说了，大哥他又能了解多少，能体会多少？"

文珠也沉默了，过一阵说道："是呀，实在是分别的辰光太长了，兄弟姐妹也陌生了。但这是没有办法的呀。"

文田回到西浔，日子照样过下去，只是觉得时光如梭，人老了，日脚过得特别快。

差不多半年过去，大哥那里一无消息，文田也就把这一折事情忘掉了，偶尔想起那个又老又胖的妇人竟然是他二姐，不免暗自唏嘘。

阿妮头并没有当成部队文艺兵，落选了。长根想通过关系安排她去湖州市里的文化馆。所以阿妮头还是跟着他学弹琵琶，有了压力，小姑娘比早前是用功些了。而教琴倒成了文田最认真的一件日常功课，竭尽全力地把一个全然不通音律的乡下丫头，调教成还拿得出手的琵琶演奏员，以此报答阿香一家多年对他的照顾。

阿香虚岁七十六了，还是一个人住，不过精力也不济了，牙齿更是落得只剩一两只了。原来性格活跃、话语淌淌的妇人，变得沉默了，慵懒了。文田有时过去探访她，两人一人一把竹椅，坐着晒晒太阳。说些老古早远的事情，微小的，琐碎的，无足轻重，前后不相连贯的，只有走过那条时光隧道的过来人，才体味得了。有时两人就对坐无言，或者在阳光下打个瞌睨。江南和煦的秋阳抚慰着垂垂老去的女人和半老的男人，他们头发斑白，他们的心脏已经变得很疲弱，血管里的血液也流淌得非常缓慢了。时间滴答而过，他们像酣睡在时间之舟里的两个老婴孩，顺流而下，不知不觉地蹚过星辰日月，再不知不觉地蹚进永恒的黑暗之中。

睡着睡着文田会突然醒转，望着还在屋檐下打着瞌睨的阿香，旧绒线帽下露出干枯的白发，头歪在一边，半张脸处在阴影中，嘴巴一瘪一瘪的，嘴角上流着一丝丝口涎。搁在围兜上的一双手，布满了凸起的青筋和老人斑，掌指关节突出变形，指甲污黑破碎。这是一双操劳了一生的手，这双粗糙的手抚摸过那个动荡的年代，照拂过他父亲。并且在他最为难捱的时光里，这双手保护了他，给了他莫大的抚慰。他恍然觉得阿香是他另一种意义上的母亲，无关血缘，只为慈悲。

阿香是在这年二月初二，河岸上杏花初绽时分走的，无声无息，一觉就睡了过去。大殓时他站在角落里，触景生情地想起已经作古的亲人，父亲母亲，三哥，徐医生，还有他的人生未竟、风折花落的外甥女，心中悲伤不已。到了要行入棺大礼之时，阿香的两个儿子，以及几个孙子孙女，都跪下磕了头。一般的亲友邻舍，只是鞠个躬，包括一直跟阿香不对付的儿媳妇。轮到他时，刚要跪下，却被阿香的大儿子搀住，低声在他耳边说道："五阿舅啊，鞠个躬就可以了。"他挣脱长根，跪下磕了三个头。

阿香过世后，镇上的熟面孔一日少过一日，西浔镇，也显得老迈龙钟了，河水水位长年低落了，流速也变得慢了，似乎连阳光也变得澹淡了一些。有时，文田出门散步，会无意识地踏上熟悉的老路去探访阿香。走到一半，突然想起来老太太已经不在了，便意兴阑珊地回家来。这样的事情发生了好几次，他不禁怀疑自己是否得了健忘症。是呀，白发催年老，青阳逼岁除。浮生如寄，最后在生命中留下痕迹的，也就是那几个人，几件事。

一日，长根叫人把文田请到镇上。办公室里已经有几个干部模样的人坐着在吃香烟吃茶，长根恭恭敬敬地介绍这几位都是市里和省里的领导，特为过来看他的。文田不免诚惶诚恐，不晓得他这个最最底层的无业游民，触犯了啥个天条，竟惊动了这些大佬倌？官员们一一跟他握手，称他为霍文田老同志。文田听在耳朵里又是滑稽又是辛酸。草民不胜惶恐，只是不晓得怎么表示，只好哼哼哈哈地应着。

领头的官员姓陈，众人尊称他为陈秘书长。陈秘书长多少有点降尊迁贵地跟他说话。这号召那政策讲了半天，文田总算听出些名堂来了。原来是经过几十年的隔绝，大哥霍文沧已经成了香港建筑与地产界的大亨，财力雄厚，名动一方，也是国家要着重统战的对象。从大局出发，上面决定将霍家在西浔镇上的老宅发还。不但要发还，还要里外修葺一新。这次让你霍文田老同志过来，就是要想请你做个顾问，当初宅子里是怎样布局的，有些啥个特色，都可以跟施工单位讲一讲，提些建议，务必要做到原汁原味，让从香港回来探亲访问的霍文沧先生满意。

文田心中五味杂陈，自从被遣送回西浔的十多年间，除了偶尔路过，他再也没踏进老宅子一步。三十多年后，印象已经很是淡漠了，他差不多忘记了那座大宅子曾是他的家。宅子里面的布局，除了父亲和他的书房，别的房间都不大记得了。还比较清晰地记得起的，却是宅子后面的水陆码头，西浔河青青绿绿地在脚下流过，河面上的晨雾和霞照，鸟雀翻飞，掠过头顶。

文田摇摇头，像是自言自语地说："人老了，不灵光了，许多事情都记不起来啰。"

"多少总有些印象的吧，那曾是你的家啊。"

家是一种感受，而非某幢宅子，生生地断开了三十多年，家的印象早已破碎不堪。

不过他不敢把这惆怅的感觉说出来，在座的都是些大人物。文田只是喃喃地嗫嚅道："不大记得了，真的不记得了。"

秘书长微微地皱了下眉头，这个老头子好像有点不识抬举，不过还是耐住了性子，说："我们都调查过的，你不是还有一个哥哥一个妹妹？要不，把他们都接过来，你们一块回忆回忆？"

老去的三兄妹在阔别已久的大宅子里碰了面，感慨万千。文桑的头发全白了，并且腰背弯曲得厉害，整个人呈二十五度向前倾斜。据他说是患了严重的腰间盘突出："已经有好一阵了，也跑过不少医院。医生说这个年纪不大好动手术了。唉，反正也老了，一辈子也就这样算了。"

文田常年住在水边，也是患上了类风湿关节炎，常常腰酸背痛。最令他失落的是，手指不灵便了，按不准弦了。一首《十面埋伏》，他至少弹过千百遍了。如今再弹，竟错误迭出，自己也不忍卒听。相伴了一辈子的琵琶，好像也跟他生疏了。文田只好安慰自己：生命就是从无到有，再从有到无的一个过程，包括健康和乐感，一切都会逝去，一切都会被遗忘。

三人之中，倒是文珠看上去还好，除了有点眼袋，额前有一大缕白发，手脚还算灵便，思维也蛮敏捷。站在她身边的方晦却有些异样，看人眼睛发直，面无表情，兄弟俩跟他打招呼，反应也很迟钝。文珠偷偷地告诉两个阿哥，方晦他这是患上了老年痴呆症："还好，是在早期。不过呢，人变得像个老小囡了，弄不好就要发趟戆头脾气，要哄着的。"文珠抱怨道："这次过来，他一定也要跟着来，说是怕我走丢了，回不了家。真是天晓得。"

大家不由得唏嘘一阵。旁边陪同人员在催促了，三人缓慢地穿堂过室，原来的镇政府虽然已经搬空，大宅子里还是面目全非。三兄妹走走停停，极力去回忆当初这儿是哪个厅堂，大灶小灶是设在哪里？哪个房间是姆妈生前住过的？佛堂呢又在哪里？心里却晓得，屋宅架子虽还在，灵魂却已没有了，霍家大宅再也不可能完全恢复到原样了。

一路行去，三人发现书房的雕花窗棂已经生虫朽坏，窗玻璃也缺了好几块。天花板上布满了水迹，墙壁上有大片大片的霉点子。有几处房间的地面，由于堆放过化肥，水磨石子地板腐蚀得很厉害。园子里更是不要说了，吉羊大照壁早已拆掉了，假山只剩了个底座。甬道的地面坑坑洼洼，以前园中几株老的梅花树桩，开起花来一园清香，已经不见影踪。书房前的一排柳树跟海棠花也没有了，中庭的竹林还在，但是一派枯黄。再走到后面的水陆码头，陪同人员提醒他们，不要太走近水边，那儿的基座已经垮塌了，不大安全的。

于是三人站定，临水遥望。

河面上还浮荡着一层薄雾，对岸的景色飘渺，如梦中所见。三人都不说话，各想心事。最后文珠重重地叹了口气："现在再发还又有什么用？人都老得烧不酥了，还能住上个几日？"

一直跟在身后闷声不响的方晦，突然扯住了文珠的袖子，急促地说道："老婆，我们不要住这里，我们回去。"

文珠急忙安抚他："不住，不住，送给我住也不住。我们看完就回去。"

文桑文田兄弟对视了一眼，文桑问道："老五，你要搬过来吗？"

文田的神色很是复杂，过了一会儿，他缓缓地摇头："我那小屋子住着还蛮好的。不想搬。"

"你呢？"

"唉，人老了，不想动了，我也不搬。"

两兄弟转身往外走，遇到送方晦出去又转来的文珠，说："要走啦？再看一眼吧，下次不晓得啥辰光再来了。"

三人立定了四下环顾，天穹高敞，水声浩荡。在天空和流淌不息的河面之间，三个子子身影站在颤颤巍巍的水陆码头上。突然，文珠指着屋顶下方说："看呀，屋檐下的那只鸟巢还在。"

的确，鸟巢还在，摇摇欲坠，但还是悬挂在那里，不晓得是否还是原来的那只。鸟巢里似乎有动静，三人屏息仰望，只见一只黑鸟探出头来，下一刻，就斜斜地翱翔在水面上空。

在回去的路上，文珠突然想起了什么，对两个阿哥说："哦，差点忘记告诉你们了，大哥为她报了名，我家的阿虹，被香港中文大学录取了，这个秋天就要去了。"

[特约编辑：余静如]
[插　图：范　迁]

我忧伤地与生活对视

戴瑶琴

十面埋伏，是环伺的危机，也是英雄的末路。

小说是一部线性的家族史和时代史，又是一部私人史。它记述了霍家在历史中的沉浮，主人公霍文田从世家公子下沉为越剧团琴师，他总有心气与定力，将一团团恶意从生活中剥离，只留下良善的部分，支撑自己日复一日地活下去。

我们读过太多乱世儿女的故事了，时空跨越、家族沿革、人性交战，都是这一主题下最常规的叙事因子。《十面埋伏》在相似题材域，脱颖而出的特点是什么？我认为，它叙述着普通人示范性的各种活法。范迁借霍氏父子的人生经历告诉你，当无法抵抗命运的残酷和人心的虚妄时，那么可以选择放弃无效抗争，干脆顺应它、适应它、接受它，当你同事与愿违狭路相逢时，承认作为普通人的无能为力。

一 千姿百态的活法

范迁在《收获》长篇小说2017秋卷上发表小说《锦瑟》，作品以李商隐《锦瑟》为主线，围绕"锦瑟无端五十弦，一弦一柱思华年"展开，讲述各种苦难都是"华年"的平常遭际。小说《十面埋伏》里再度埋设这首七律，"霍二代"名字呼应"沧海月明珠有泪，蓝田玉暖日生烟"，四个儿子连缀沧海桑田，两个女儿联结珍与珠。我想，"珠有泪"隐喻文珠的命运，丧女之痛如灭顶之灾，"日生烟"则隐喻文田的命运，他不随波逐流，只随心而动。两部作品的共同意涵为"此情可待成追忆，只是当时已惘然"。"行到水穷处，坐看云起时"，《十面埋伏》中各种活法都是百姓的应变之举。

霍父的活法。霍秉郴厌倦仕途，对政局失望。他很少正面出场，西浔人认定其非富即贵，小说也一直对其真正背景秘而不宣，直到霍文田发现书桌上一封父亲给玉帅（吴佩孚）的回信，信中披露他坚持退隐的原因：军中勇毅之士只是掌权者晋升的垫脚石，芝帅（段祺瑞）尚且深陷泥潭。吾是读书人，为"做守自身，不堕污浊"，更为不祸及子孙，归隐自保是最为稳妥的选择。霍父完全不同于封建家庭大家长，他希望晚辈如星子散落，无需囿于家中，都能在年轻时去闯一闯。

文沧的活法。他为自己而活，成家与立业两件大事，都考量自利的最优解。作为长子，文沧不仅抛下发妻阿茹，而且抛下整个霍家。在伦敦和香港，他开拓新的事业，并组建新的家庭。待其衣锦还乡时，已径直绕开了弟弟、妹妹、妻子最艰难的时期。小说并未触及文沧的域外奋斗史，或许也是一番不易，却以缺席的怀乡恋土，展现他与故乡的某种疏离——这是不同于中国传统家庭伦理的独立意识。大姐文珍与其有相似之处，两人皆主动选择移居海外，且扎根异域。范迁揭示海外华人的一种事实处境，即人的能力也仅限于顾及个人与其小家。

文海的活法。他一直积极探索国家与民众的出路，为此舍弃了亲情。当最疼爱的外甥女徐朝惨死，他积攒的为恶开脱的一切理由瞬间溃败。回顾一生，他穿行于各种恶行和恶念，依次推开了曾向其求助者，如受赌徒父亲压榨的少女、部队里永远消失的"逃兵"、失去产业的妹夫、被囚的外甥女。他对世道充满了质疑与不解，可仍不断说服自己，这些只是鲜见个案。文海的创造力被事业一点点吞噬，其心灵的挣扎反噬了同胞兄弟文桑。

文桑的活法。梦想在他惯性的委曲求全中悉数破灭，文桑勉力接纳他人的一次次安排。读书时寄居于大哥公寓，未能抵挡大嫂阿茹的引诱，但当她生的欲念愈发微弱时，他又一再后撤。冗长的叔嫂恋，消耗着文桑的学业与爱情，新疆军垦农场的劳作直接将其拖入中年，又一次，由家人潦草地布置了他的工作和婚姻。文桑很具典型性，半生岁月里，竟然一切都不是自己想要的，每一条人生路径皆于不经意间偏离其被期待的轨道，他百无聊赖地顺着新路走下去。"他的人生苍白而疲惫，支离破碎，像一幢即将散架倾圮的老宅子。"个人和时代的内外合力毁掉了一个原本热气腾腾的生命。

文珠的活法。她受尽父亲宠爱，拥有青梅竹马的爱情和婚姻。文珠和方晦本可在小富即安中度过一生，可时局变化和家庭变故不断催促其从幻梦中清醒，她立刻考虑多生子，以对抗生活的无常之铡。小女徐朝的死亡，令文珠自我封闭以逃避真相。十年后，她终于自主决定走出伤痛，意外来到虎丘，她感应"失踪"的女儿正迎面而来，"在空无一人的千年史迹边上，在峭壁和寒潭之间，在渐渐掩上来的浓黑夜色之中，一小团焚烧锡箔的火焰，如一颗心脏般地跳动，颤抖，抽搐"。文珠一生最大快乐就是孩子齐齐整整围坐其身边，一家人共享简单餐饭，这就是一个平凡女人的全部生命意义。

阿茹的活法。阿茹是霍家的另类，她从一只追慕法国文化的自由鸟变成诺曼底公寓的笼中雀。身患肺疾，又常年与丈夫分居两国，她被缺爱烧灼得歇斯底里。霍文沧猝不及防地越洋抛来一纸离婚协议，令她从醉生梦死中清醒。阿茹开始如飞蛾扑火般地活着，首先不再纠缠霍文桑，她看淡了情爱，深知小叔更孱弱。接着，她跟随何叔叔学炒股，迅速实现财务自由。股市多番大起大落，野心和勇气助其屡次化险为夷，她准确预测了股市，却漠视了时代变量。股市崩盘吸走她的全部身家，家翁葬礼，是她与夫家的诀别。阿茹特别清醒，她明确知道不会出现拯救者，于是坦然地纵身一跃。她留给世人一个慵懒的身影与缠绵的咳嗽，只有霍文桑知道她压抑着多么深厚的伤痛。阿茹是行动者，敢于跨越横亘在理想和现实中的鸿沟。

徐朝的活法。她出生于历史的转折点，外公以朝气蓬勃之意为其取名，她着实对世界充满期待，对未来充满热望。她与程元清通信，表达对人生意义的一再追问，而莫干山旅行让她第一次感受到民生疾苦。徐朝的死，是全文最令人伤痛的部分，她为理想付出生命的代价，也带给霍家永远挥之不去的钝痛。

文田的活法。青春期后，霍文田就开始熬日子。他自弃做时代弄潮儿。文田在1965年底写下日记："我心里多少有点悲哀，倒并不是为自己，我们属于处在时代夹缝中的一代人，不上不落，前景真的渺茫，人生所有的期望、理想都粉碎殆尽，只求在最低限度中活下去而已。"彼时，三哥霍文海已胃癌晚期，三次吐血，时日无多。文田无比怀念西浔的闲散日子，既无力在上海竞争，又无念担起振兴家族的重任。这类人物其实是海外华文作家较少触及的，文本往往惯性地将人物向躺和卷两个极端拉拽，事实上，庞大的凡人群体，没有做出这两种指向明确性选择，他们走折衷路线，基本应时而变。这并不纯然是一种明哲保身的取巧，而是按个人节奏和心绪顺应被生活推着走。

诗人郑敏在《我不停地更换驿马》中写下："童年时纵身而上，少年时呼啸奔去，壮年的急不可待，现在，我缓步走向山崖，望着脚下无际的大海，解下缰绳，我强壮的黑马，瞬间消失在来时远山中。""我曾经不停地更换驿马"，霍家三代人的各种活法都在为个人目标而换马飞奔，只有文田在青年时代率先"解下缰绳"，彻底放弃"和朝阳正午比赛"。

二 琵琶曲

"十面埋伏"是小说的题眼。霍文田十岁就精通琵琶，乐曲《十面埋伏》跟随其一生。很有意味的是，因忧心琵琶失传，他匆促选立继承人。阿妮头可以苦练出《昭君出塞》，却练不成《十面埋伏》，因为情动和心动才是突围的经络。中国古曲有文曲和武曲之分，前者专事抒情，后者倚重写实。古曲入文主要体现两项艺术功能：一是乐曲与故事的印证，令两者主题的延续及变调保持同步；一是调和抒情、写实的层次和节奏。卢梭认为音乐家的高明是以事物在观赏者心中激起的活动的形象代替事物难以察觉的形象，它不是机械式表达，而是激起听者宛如亲见的感受。①"宛如亲见"，强调音乐以听觉调动视觉的特殊性。

中国绘画中"雅集"主题作品里，都出现乐器，如琴、瑟、阮、琵琶等。著名的"西园雅集"，它是北宋驸马都尉王诜在自家宅邸操持的文士聚会，更是中国古代文化史上的一场盛事，历代出现多幅同题画作。宋李公麟《西园雅集图》中柏树下闲坐拨阮的是道士陈碧虚，听者为秦观。陈道士抱的阮，是中国自创的四弦弹拨乐器，又称长颈琵琶，得名于"竹林七贤"的阮咸。北宋文人雅集以阮入画，佐证文人集团对魏晋风度的崇尚。若观清代石涛《西园雅集图》，依然是陈碧虚拨阮，画中李公麟展长卷运笔，内容似山水孤舟行，呼应了魏晋文人纵情山水的潇洒况味。在李公麟《西园雅集图》上，米芾作序："水石潺湲，风竹相吞，炉烟方袅，草木自馨。人间清旷之乐，不过如此。嗟呼！汹涌于名利之域而不知退者，岂易得此哉？"闻乐以得清旷之乐、以退名利之域，强调了中国古典音乐里"演""听"关系的精神性特质。

文学作品常将琵琶与美好的女子联结，范迁小说《十面埋伏》以同名琵琶曲命名，琵琶却与男子联系在一起。文中三次集中描写琵琶。一是霍父弥留之际，要求儿子文田为其弹奏三曲：《柯亭遗韵》《汉阳五行》《十面埋伏》；二是霍文田离开西浔后定居上海，终日无所事事，深感前路迷茫，家中被冷落的琵琶象征其被放逐的人生，他于月夜弹琵琶化散心结；三是霍文

---

① [法]卢梭：《论语言的起源》，李平沤译，北京：商务印书馆，2022年，第69页。

田收下小徒弟阿妮头,亲自调教,盼其继承琵琶技艺。

　　随即凝神领心,手腕微颤。突然,眼见他十指翻飞,乐声遽起,如风过长洲,如雨落岗峦,宽广处如雷霆万钧,摄人魂魄。细微处如春暖雪融,入地淙淙。急挫时如悬崖奔马,夜临不复之境,从容时又如晴朗秋阳,历数南雁点点。一曲终了,天高地迥,满庭寂然,只有那两只白色蝴蝶,依然在庭院里花木间上下缠绵缱舞。

文田为父拨响《十面埋伏》,引文描述的应是该曲"九里山大战""项王败阵""乌江自刎"三部分,两只缱绻的白色蝴蝶隐喻项羽和虞姬。这位退隐军阀沉浸曲中,回望一生,半生戎马,半生隐士,临终向儿子吐露心声,即心痛楚霸王无颜见江东父老而自刎乌江,实则抒发其悔恨与伤感:对乱世无能为力,对苍生无所作为,对世道无法激浊扬清。

　　这首清人谱写的曲子非常契合他此时的心境,清冷、内敛、孤寂,在一个接一个的琶音中,月亮缓慢地升起,蒙着一层薄雾,天空一片青黛色,硕大的月盘温润如玉,带着一丝粉红。色彩分秒变幻,一抹暗蓝色浸染开来,繁星闪耀,夜空呈现出多种层次,翠绿深蓝浓紫。风过树梢,一瞬间月轮已当空,俨然如仙女莅临,冷峻、静穆,银辉泻地。空中淡淡的一层薄云飘过,月色转为迷离,亮若明镜,湮若晕玉。湖上波光粼粼,山峦树林起伏迤逦,大地沉睡,万物宁静。东方渐渐地透出一丝鱼白色,也就是一凝神之际,日月同辉,换了人间。

上述引文是小说音乐化的一则例证,范迁以语言转化了音乐,令读者能够真切感知琵琶曲《浔阳夜月》的在场。原曲又名《春江花月夜》,分为十段,即江楼钟鼓、月上东山、风回曲水、花影层叠、水云深际、渔舟唱晚、洄澜拍岸、桡鸣远濑、欸乃归舟、尾声。范迁聚焦月上东山与水云深际两个乐章,同时以月影、月色、天光为意象,呈现出油画质地的六幅月夜图,分别为月、天、风、云、山水互映、日月同辉。乐曲的意境与文田的心境十分契合,音乐令其从现实(实境)步入幻梦(虚境),累积半年的郁结随之逐层消散。

中国古典音乐孵化客观环境与主观心境的"虚静"。《文心雕龙·神思篇》说:"陶钧文思,贵在虚静。"[1]"虚静是构思之前的必要准备,以便借

---

[1] [南朝梁]刘勰著,周振甫译注:《〈文心雕龙〉译注》,南京:江苏教育出版社,2006年,第396页。

此使思想感情更为充沛起来。"① 我认为，中国古典音乐还同时提供与"虚静"伴生的虚境，它是创作时承载虚静的空间、心理容器，与瓦格纳界定的"幻境"具有一定相似性。阿多诺提出瓦格纳以产品的表象来掩盖生产，假象的完美是艺术作品的幻象，它在绝对表象领域构建自身，又不放弃摹像性。幻境，是一种非实质的境界，人会失去经验性的时间定位，幻境产生作品的运动，音乐以空间化方式停顿，故而日夜在瞬间中彼此交融，把瞬间想象为永恒。② 从这一层面上看，幻境和虚境相似，同为非实质，都将瞬间凝固为永恒，在音乐表达上，是由实入虚的过程。幻境是现实以幻觉形式的重新演绎。如果说瓦格纳幻境是唯物主义的音乐转达，那么中国式"虚境"更接近道家太虚境界，即大道的世界。然而，从虚境抵达虚静存在一个自我清洗的过程，创作者先摒除杂念，静心修性，再进入艺术创作。中国虚境在音乐世界里是"去欲望"。琵琶曲《十面埋伏》对霍秉郴、对霍文田的意义即在于此，它不是以"垓下之围"的紧迫感催促他们以实际行动解围，而是以音乐成全其心灵放空，他们得以自在地徜徉精神世界，可以冲锋陷阵，可以清心寡欲，可以令时空停滞，可以令未来可期。

三　以画入文

"以形象之丰富论，画不如生活，以笔墨之精妙论，生活决不如画。"③ 绘画在视觉与触觉之间寻找平衡，从色彩、形质到观念，创造视觉触动或经验辨识的感性审美元素。中国绘画有托物抒情传统，"见青烟白道而思行，见平川落照而思望，见幽人山客而思居，见岩扃泉石而思游"④。范迁是画家，我们在阅读过程中，会不时感受到画面从其文本中跳脱出来，小说的艺术性体现在以图像语言构思文学语言、以文学语言复现图像语言。

中国画有三只眼睛：一只是人间之眼，描绘日常百态，如《簪花仕女图》《捣练图》《斫琴图》《韩熙载夜宴图》；一只是作者之眼，记录所见所感所愿，如《瑞鹤图》《蓬窗睡起图》《柳下眠琴图》；一只是宇宙之眼，情之所至、念之所转、心之所归，如《早春图》《溪山行旅图》《千里江山图》。对于作家而言，文字就是画的笔触，修辞就如技法，他们用皴笔写景、用工

---

① 王元化：《文心雕龙讲疏》，上海：上海古籍出版社，1996年，第119页。
② [德] 阿多诺著，彭蓓译：《论瓦格纳与马勒》，上海：上海人民出版社，2022年，第71—73页。
③ 谢稚柳：《中国古代书画研究十论》，上海：复旦大学出版社，2004年，第9页。
④ 俞剑华编著：《中国历代画论大观》（第二编 宋代画论），南京：江苏凤凰美术出版社，2016年，第44页。

笔写人。

高居翰欣赏晚明"吴门画派"张宏的《止园图》,他认为其对于"止园"(位于常州武进)是框选结合写生。同样面对素材,其他画家会让自然屈服于行之有年的构图与风格,而张宏则逐步修正既有陈规,直到它们贴近视觉景象为止。进而,观者的视界与精神完全被画中内容吸引,浑然不觉技法与传统的存在。与董其昌"无一笔无出处"相比,张宏选了一条相反的道路。① 文学正是有类似的写作思路问题,高居翰对画提出的"贴"字,对作家也有启发。如何不看着生活写、跟着生活写、猜着生活写,是创作的问题;如何表达出能令人感到真实的情感,是创作的难题。很多小说具有较强的表现欲,急切地想说出主题、技巧和立场,表明各种新发现和新探索,无形中造成作品十分紧张,"真"也都被"急"给逐级剥离了。"创作中最痛苦的是找到你想表达的内容与成品间最短的路径。"② 刻意经营的繁复,熟能生巧,而举重若轻的虚构,着实不易。

《十面埋伏》和《锦瑟》保持一脉的创作思路,即"贴"着生活写,因而小说细节特别结实绵密,在常规的日常书写——衣食住行中,范迁对食和住的描摹最为尽心,全力以典型性"物"重现时代的真实性。读者很难不被小说中活色生香的菜式打动,寻常人家厨房升腾出的才是人间烟火气。

> 这个冬天下了很大的雪,西浔镇上只见黑白两色,黑的是高低参差的屋瓦檐角,落光叶子的树杈枝条,天空偶尔飞过的鸟影。白的是掩盖一切湿漉漉的雪,茫茫无际的一片。但因江南的地层暖热,雪落下了地,没多久就硬化,结壳,半日就化了。融雪在黑白两色中再辟出一片灰色的层次,粉墙上泅下的淋漓水迹,地上踩出参差的脚印,民居原来褚黄色的旧板壁受了潮,变成了深褐色。在冬季水位降低的河面上,灰绿色的水流缓慢地流淌着,岸边停泊的乌篷船倒影映在水里,天地静止,浑然一色。

这段文字展示出作者以中西绘画技法实践的小说图像化。黑瓦、白雪、枯木、鸟影的意象组合,营造出萧瑟、清冷又孤寂的西浔雪景。黑白被中国水墨视为宇宙的原色,形向线、色向墨的还原,彰显道禅。文中黑白对应着家宅与自然,家被安放于天地间。继而,作者在水墨的基础上,刻画出油画的色彩和光影,融雪翻转着黑白灰三色,板壁在褚黄色中叠加深褐色,灰绿

---

① [美]高居翰、黄晓、刘珊珊:《不朽的林泉》,北京:生活·读书·新知三联书店,2012年,第23页。
② [俄]安德烈·塔可夫斯基:《雕刻时光》,张晓东译,海口:南海出版公司,2016年,第123页。

色的水流与黑棚顶的乌篷船辉映。雪景立刻活跃起来，如果说颜色充实了静态美，那么水迹、脚印、流水营造出动态美。雪融与水流，喻示困境中闪现生机。确实，此刻独赏雪景的文田，惦记着要抓紧为琵琶寻一位传人。

视觉图像具有两重功能，一是呈现可名之物，一是命名不可名之情。柯律格通过分析《古文正宗》的插图，指出中国图像存在一定的约定俗成性。"通过这些文学和/或视觉修辞手法，对于读书人来说，林逋的形象足以使人联想到一整套与品行高洁、避世隐居有关的典故，而苏轼则始终代表那些蒙冤的正直官员，最终定会得以昭雪。"[1] 他实际提出了一个非常重要的论点，即中国诗画有预设的抒情性共鸣，而这种共鸣还是"难以抗拒"的，观画者自然会产生一种"拟态式联想"。因此，中国画常用的物像，都有面向个体、群体的所指，其隐含义同时关照着精神性表达与抒情性表达。故而，我们梳理出范迁调动的绘画意象，其聚合出共识性的、模式化的意境，图像通达的道、人物追索的道与作家神往的道，三者保持吻合。

四　余论

小说呈现了一种颇为典型的江南型人际相处模式：不打扰。虽然是兄弟姐妹，但霍家人始终有明显的界限意识，自己为一个小家，不让他人为难，不介入他人生活。一旦亲人遇事，大家又迅速集结谋划对策。文海当权时，文桑竭力阻止弟弟、妹妹找兄协助解决工作，申请去新疆劳动以养活自己。文沧发迹后，弟弟、妹妹不屑于沾港商大哥的光，未与其过分热络。文珍在南洋生活优渥，弟弟、妹妹无论怎样困顿，都不求大姐伸出援手。文田日记是范迁特意安排的家族史文献，它既是个人心路又是个人记忆，实录出"不打扰"处世哲学，同时，日记珍藏着霍家依次发生过的温暖与幸福。

范迁在《十面埋伏》圈定出一块块个人天地，他为一切"宏大"卸力。小说解决了两大核心论题。第一，生命意义是什么？"我们来到人世，只是专为某几个人而来的。一旦这几个人不在了，人生从此也失去了意义。"我们虽处于社会网络中，但真正值得自己挂心人极为有限。第二，生命中遇到困厄怎么办？"有多少人认识到，劫会平复，会消解，会被忘怀，但劫一定会重来，会以一副新的面貌猝不及防地出现，而我们始终是措手不及。"危机如影随形，躲不开，抹不去，可行方案就是顺其自然。

老宅挂角鸟巢，在小说中首尾呼应。探头而出的黑鸟，隐喻霍家第三代

---

[1] ［英］柯律格：《明代的图像与视觉性》（第二版），黄晓鹃译，北京：北京大学出版社，2016年，第47页。

又将出发。每个代际的人都会陆续离家,赶往繁华世界走一趟。霍秉郴定的家风就是不捆缚子女,鼓励其振翅飞走,但家永远在,就像挂角的巢不会消失。我们并不需要摆放一个家的实体,它是一种缭绕于心的感受,唯独这份感受才是牵动儿女时时回望家的动力。绵延的忧伤令霍家人逐渐体悟出生存之道:

唯太阳和人心不可直视。
唯亲情和内心平安不可辜负。

[特约编辑:俞东越]

当燃

周宏翔

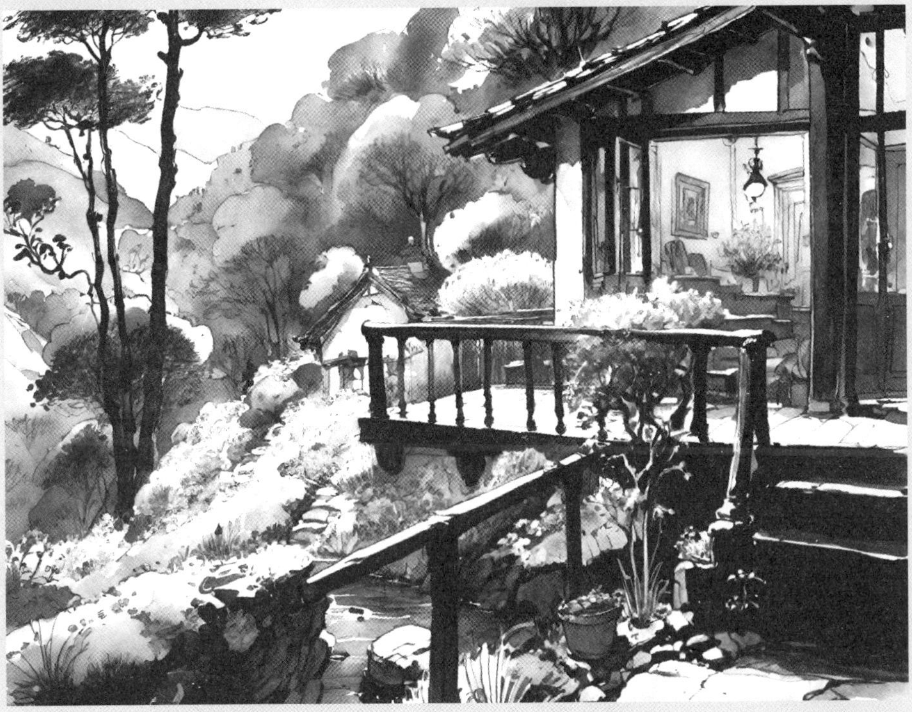

第 一 章

1

隔间虚掩着门，不朝内看，光远远听到便知里面在做什么，轰隆作响的洗牌声有一种未见其人先闻其声的气派感。哪想到这间茶馆夹在二十七楼的夹层里，茶馆外，招牌胡乱横着，一字排开，又是剪头发的，又是卖红油抄手的，上上下下什么店铺都有，左拐往里，女人在做美甲，右拐往里，是泰式按摩。楼下楼层信息牌上周刚更新，又搬来两家外贸公司和一家律师事务所，谁能想到市区一栋三十来层的楼，整一个"大杂烩"。

日光灯把地板砖照得通亮，光线里烟雾缭绕，一到退暑天，老板娘张孃节约钱，多半都不开空调，只开壁扇，麻将桌上的女人个个花枝招展，抵着吹风，就难免叫嚷句："冷死了，转一下嘛。"旁边的人伸手拉一把，风又转起来了，几个女人一边捋耳发一边擦汗。茶馆内热火朝天的都是聊天声，重庆人打牌最爱道东家长西家短，俗称摆龙门阵①，好奇事都是从牌桌上听到的。

过了中午十二点，满屋总是热闹得很，隔壁麻辣小面香味飘荡过来，张孃又拿支笔问："中午哪些吃面？哪些吃饭？"报叫声此起彼伏，这时总有一个声音蹿出来："张孃孃，老规矩二两，我多要点海椒，多放几片菜。"张孃记也不记，只说一声："晓得了。"循着声音望过去，顶头日光灯打在程斐然的脸上，白得耀眼，细长的脸配着微微烫卷的长发，头发丝丝鉴亮，不施粉黛也立体可人，通身水蓝色的连衣裙，一双似醒非醒丹凤眼，跷一双黑皮小高跟，和旁边的市井大妈彻底区分开来，也不管其他人眼色，伸手一个五筒打出去，看右首顿了下，叫道："碰嘛，碰了打给我。"

坐右首的花姐看牌慢，托着下巴犹豫道："哎呀，我考虑一下，不要急嘛。"伸手又调换了下面前的牌，最后还是碰了打了一张三万。

"等一下，三万，我走了。"坐对家的姓杨，和花姐年龄差不多，今天第一天来。杨孃孃瞟程斐然一眼，注意到她光白嫩净的手上空无一物，转话讲："小程皮肤好好哦，不像我们这些，结婚有了娃儿过后，一夜老十岁，以前看港剧，当妈的总喜欢喊娃儿叫自己姐姐，当时觉得矫情，这几年才意识到，有娃儿没娃儿，直接划分出两种女人。还是像你们这种没结婚的好。"

程斐然摸牌，一扣，笑道："自摸！"转手包里摸了电子烟，抽了一口，说道："哪个说我没结婚？早离了，我娃儿都五岁了，马上都要上小学了。"

"你才几岁哦？都有娃儿了。"同桌三人都惊叹地叫了一声。坐左首的大妹妹也不敢相信，"姐姐，真的啊？"

"前两天那个是你男朋友的嘛，看起来比你还小，我以为你们两个都才大学毕业

---

① 重庆方言：聊天、讲八卦。

没好久，想不到你都有娃儿了。"花姐一边摸牌一边说道。

"花姐也是说笑，哪个大学生天天跑到这里来打麻将嘛。"程斐然那张脸，着实一点不像快要三十岁的样子，"人前常讲，不操心嘛，就老得慢啊，和养不养娃儿有啥子关系嘛。"

花姐转头又点了个炮，大妹妹也胡了牌，花姐连忙气道："哎呀，不打了不打了，都输完了！"

张孃把午饭送过来，喊了一声"吃饭了"，随即中场休息。程斐然拿双筷子，捋了捋头发，跷着脚吃面。杨孃孃靠着程斐然坐，忍不住抬头问："你怕是开玩笑哦？"程斐然摸出手机，点亮，一手推给杨孃孃，咕哝一声："嗯唔，我娃儿。"手机壁纸上是她和孩子前段时间的合影，看起来如同姐弟。花姐凑过来看了一眼，问："那娃儿呢？跟哪个？"程斐然喝了一口汤，擦了擦嘴，说："共同抚养啊，娃儿这么小。"花姐又问："哪个在带啊？"程斐然不以为意地说："有时候前夫带，有时候男朋友带，有时候他们一起带。"

"啥子啊？一起带？"花姐和杨孃孃都怕是自己听错了。

"哎呀，大惊小怪。我要打牌啊，哪里有时间带嘛。"

"啥子前夫男朋友哦，我看你是找了两个男保姆哦，妹儿，得行哦。"杨孃孃带有几分嫉妒，想着自己一把屎一把尿带孩子，难得有空才腾出手来打几把麻将，"他们还可以一起带啊，年轻人，搞不懂。"程斐然只听不说，把吃完面的碗端到门口，花姐喊："吃了再来啊。"

程斐然摆了摆手，说："不打了，下午还有事。"花姐输了钱，哪肯放人："啥子事情嘛，非要下午去吗？"杨孃孃应和道："再来两圈嘛。"程斐然伸手拎了小牛皮的包，笑道："真不来了，我要陪我妈去相亲，我不去，她不相，我也觉得烦的嘛？"

"啥子啊？"花姐和杨孃孃又以为自己听错了，程斐然也不理会，露齿一笑，和张孃打了声招呼，走了。

程斐然上电梯，没有直下底楼，而是按了半中半腰的十二楼。这层楼和楼上完全两个世界，有一间画廊和两个咖啡厅，还有个中古奢侈品店，走廊尽头，一片光，有个大露台，刚好可以看见滨江路对岸的高楼，错落有致的水泥房建在山上，穿行的轻轨从其中划过。旁边有家工作室，一直在放周杰伦的新歌，程斐然居然一句也不会唱。

她穿过露台，绕到背后半面楼，看着墙上刚换新的"渝城啤酒"四个字，敲了敲玻璃门。前台出来，问程斐然找哪个，程斐然才注意到前台小姑娘换了，只对她说找钟盼扬。没一会儿，跟着前台走出来一个高挑的女生，一身职业装，有些婴儿肥，浓眉大眼，显得不易亲近，推门出来，问："今天恁个①早就下桌了？"

程斐然说："先不说这个，你帮我搞两箱渝城老啤酒，记账上，回头给你。"

钟盼扬疑惑道："你不是只喝红酒吗？换口味了啊？"

程斐然说："我妈啊，最近看上一个叔叔，就喜欢你们家的啤酒，喝了几十年了，改了口味包装后，他喝不惯。那天念叨了

---

① 重庆方言：这么。

一句，我就记着了。老啤酒在外面彻底买不到，我晓得你们有存货，才问你的。晚上陪我妈去跟那个叔叔吃饭，干脆就带过去了。"

钟盼扬挑眉看了程斐然一眼。"孃孃一搞不定男人都要找你，我有时候都在想，到底哪个是女儿哪个是妈？"边说边拿手机查了下库存，"我去仓库给你找一下，你自己搬得动啊？"

"不是有侯一帆嘛。"程斐然从小包里拿出一支口红，对着旁边的铜板照着涂了涂，钟盼扬突然扯了扯她，说："诶，去露台那边，给你说个事儿。"

"去露台做啥，重庆这个天，热死了，我墨镜也忘带了。那不是有个咖啡店吗，去里面说嘛。"钟盼扬说也行，让她等下，进去和前台交待了几句，出来讲："库房还有几箱，等下侯一帆来一起拖走吧。"程斐然说："要得，但是我送礼还是一次一次送，我妈也好和那个叔叔多接触几次。"

两人进店，要了两杯冰美式，刚坐下，钟盼扬便讲："最近陈松出了点事。"陈松是钟盼扬的前夫，程斐然原本就来往得少。当初他们俩结婚的时候，程斐然就觉得他们不是一路人，后来果真应了她的想法，陈松出去找小姐的转账记录被钟盼扬抓包，第二天钟盼扬就让他净身出户了。钟盼扬继续讲："本来我们现在也没啥关系了，说起也觉得很扯。"见钟盼扬欲言又止，程斐然说："不想说就不说嘛，我也没有很想听。"钟盼扬还是没忍住："他本来要结婚了，结果发现那个女的是小三。"程斐然突然来了兴趣，问："啷个①回事啊？"

钟盼扬搅了搅咖啡，讲："陈松这个人你晓得的，花头多，不安分，离婚过后，先是找了个比他小七八岁的大学生，耍得开心，谈的时候又对一个少妇有想法，好像是手机交友认识的，总之踏两条船，后来应付不过来，一脚踩翻了，就都分手了。这些都是钟头悄悄和我说的。""钟头"全名钟同，日常都当"钟头"来叫，是两人婚后的共友。"最近这一个很离奇，说是在健身房遇到的女教练，身材很好，人也有趣，和他特别聊得来。有一天晚上，陈松准备睡觉，突然有人敲门，他以为是外卖，结果打开门，是女教练站在门口，大冬天的，一身长款羽绒服，脸冻僵了。陈松问她啷个来了，她二话不说，就拉开羽绒服拉链，你猜怎么的？里面一丝不挂。"

"哎哟，这女的厉害。"程斐然笑着也喝了一口咖啡。

"钟头讲，女教练非要进屋，说家里钥匙忘带了，陈松就让她进去了，原本想睡觉，结果被这么一刺激，反而清醒了，想到大部分时候都是他去勾搭人，突然有人主动出击，倒是懵了。那女的说陈松家里冷，想洗个热水澡，陈松给她开了水，找了条毛巾。结果那个女教练去洗澡的时候，陈松站在门口紧张得不行，实在不晓得她啥动机啊，害怕吧。然后等女教练洗到一半，说水不热了，让陈松进去看看，结果叫了半天没人，出来看，陈松不在了。"

"他去哪儿了？"

"吓跑了啊。"说完两个人哈哈大笑起来，钟盼扬接着说道，"过了一个多小时，陈松回来了，想着女教练知趣肯定走了，结果你又猜怎么的？"

"莫卖关子啊。"程斐然一下起劲了。

---

① 重庆方言：怎么。

"那个女教练又叫了一个女朋友过来，两个人坐在沙发上聊天，等陈松。"

"吓死了。"程斐然笑癫了，"这个女的也太牛了。"

"看着陈松这么正经，女教练也不卖弄风骚了，说是女朋友来接她，过去借宿，感谢陈松这么晚收留她。刚要走吧，陈松又舍不得她走了，但是当着第三者的面又不好说，只能摸着头说不客气。后来女教练一走，陈松彻底没了睡意，还是忍不住给那女教练发了信息。"

"简直可以写进都市男女求偶教程里了。"程斐然看了看手机时间，连忙问，"后来啊？"

"陈松算是第一次遇到对手了，越是拿捏不准，越是深陷其中。后来女教练就和他交往了啊，没多久就带她去见了家长，一切看起来顺理成章吧，结果这女教练偏偏不承认他们男女朋友关系，更别说谈婚论嫁了，就这样吊着。开始是陈松想见她了给她发信息，她过来，后来变成了她想见陈松，给陈松发信息，陈松过去。她要没空，十天半个月不理，结果陈松更急了啊，心里想说，要不然就再结一次婚吧，想法说给对方听了，对方只是笑，谁管你啊，一口一个小弟弟叫得陈松一点面子没有。"钟盼扬喘了口气，接着说，"前几天，陈松喝多了，说要见她，她没回信息，陈松就直接找去她家，谁晓得，开门的是个男的，比陈松起码大二十岁吧，裸着半身穿着短裤，陈松一下知道怎么回事了啊，转身就走，结果女教练立马打电话来，哭天抢地要解释，说不是他想那样。陈松不听，女教练当场吞了一瓶安眠药，结果那个情夫给陈松打电话，陈松又急急忙忙跑过去，俩男的一起把女教练送医院去，滑稽不滑稽？当医生问到哪个是家属，结果谁也不敢搭话，你说荒谬不？"

"所以那女的是小三？"

"那女的是小三，陈松就成了小三的小三，等女教练醒了，和陈松说，她和那个有妇之夫在一起七八年了，舍不得的，见到陈松了嘛，也是舍不得的，都是舍不得，都喜欢。"钟盼扬边说边翻了个白眼，程斐然笑道："现在有些大城市流行这种三口之家，陈松不是一直想去上海吗，他应该能接受这种吧？"

"我只想说，他也有今天。大半夜的，给我发了七八百字的信息，说怎么也想不到自己会遇到这种荒唐事儿，这种事也不知道和谁说，只能告诉我，我一句也没回。"

"当然不回！话说回来，男人嘛就是这样，只许自己三妻四妾，就不许女的有三夫六婿，霸道得很，每天呼吁什么男女平等，都是假的，自己真的吃了亏，都不会感同身受觉得女人委屈，只觉得女人坏，不反省自己蠢。"这时，侯一帆电话打过来，说到楼下了，钟盼扬讲去拿钥匙，让程斐然他俩去库房等她。

程斐然跩着高跟鞋啪嗒啪嗒下楼，侯一帆的车已经停在那里了，程斐然刚要走过去，突然一下被抱起来，吓得她大叫一声，转过头来，侯一帆贴着她的脸笑，程斐然拿起皮包一下拍了上去："神经啊，吓死我了，是不是想死？"

侯一帆嘟着嘴："那你莫穿恁个好看啊。"程斐然站定，理了下头发，说："少给我打哈哈，喊你帮我带的东西带了没？"侯一帆问："啥子东西？"程斐然假装凶狠地说："莫给我装，快点哦。"

侯一帆开车门，把一块上海牌的老怀表递给程斐然，程斐然对着手机里的照片对比了下，对了对时间，听了下声响，喜笑颜开，说："还是你靠谱。"说着在侯一帆的脸上捏了一把。侯一帆不解道："现在哪有人还要带上海牌手表嘛。"程斐然说："是怀表，哎呀，他们六十年代的人有情怀，你又不懂。"程斐然记得老妈喜欢的那个叔叔说家里怀表坏了，那是当年领导送他的，有纪念价值。正巧侯一帆去上海出差，程斐然便让他去找找，简直把上海都翻遍了，后来找了个当地爷叔，四处问，才问到还有些库存。

程斐然拉着侯一帆上仓库，钟盼扬交待，一共五箱，也没有多的了。侯一帆看了一眼程斐然，问："这么多啊？"程斐然说："哪里多啊，统共五箱，本来就没啥库存了。"侯一帆无语，嘴上调侃道："又不是茅台。"程斐然轻推了他一下："废话多。"侯一帆脱了上衣，就显得单薄了，但毕竟年轻，上下三四次，不怎么喘气。钟盼扬见侯一帆得劲搬运，碰碰程斐然手肘，说："他最近还在打游戏啊？"程斐然点头，说："好像要代表重庆队去比赛，我搞不懂，打游戏现在也可以赚钱了。"钟盼扬说："还是可以，至少涛涛和他合得来。"程斐然摇头，"就是太合得来了，我才怕涛涛从小就被带着打游戏，娃儿还是少打点游戏好。"钟盼扬说："小侯有分寸。"程斐然说："他还是小，我现在相当于带两个娃儿。"钟盼扬揶揄一句："明明是大娃儿带小娃儿，管你啥子事？"程斐然笑着说："哎呀，你不管我嘛。"钟盼扬忍不住问了句："琛哥啊，最近怎么样？"程斐然顿了顿："他啊……"

来不及多说，程斐然和钟盼扬的手机同时响了，摸出一看，群里方晓棠发来一条语音："你们俩哪个在国际楼啊？烦死了，遇到个麻烦客人，神经病一样的，现在警察都来了。"两人面面相觑，侯一帆刚好上楼搬最后一箱，程斐然说："我们上楼有点事，你好了在车里等我。"

2

国际楼二十三层，其中三间是方晓棠开的民宿，楼下还有四间，分别在七、九、十二和二十楼，全部看江景，吹江风，落地玻璃窗，外面高楼林立，照片打上四个字，"重庆森林"，有电影感，用港式滤镜，学王家卫，网红最爱打卡地。重庆旅游旺季几乎爆满，外地人特别喜欢。国际楼这种鱼龙混杂的地方，一般人不见得上来，当初方晓棠看准商机，用最便宜的价格租了这七间，花了点钱装修，欧式、法式、日式、地中海式，全部做成高端模样，大多时间预约不到。

程斐然和钟盼扬刚出电梯，两个警察站在门口，远远听见一个女人叫嚣，走过去头发裹成丸子头、戴着黑框大眼镜的方晓棠看起来一脸惆怅，女人喊："哪个不可以调监控啊，现在是人口失踪，你们管不管嘛？"

程斐然问怎么回事，方晓棠绕过来，说："她老公前两天订了这间房，结果这女人说他失踪了，找不到人，找到我电话，要我开门，我当然要保护顾客隐私吧，不肯，她就报警了，叫警察来开门，一大早把我喊醒，神经病吧！"程斐然看那女人气势汹汹，不像好惹的，又问一句："那人找到了吗？"方晓棠摇头，"找不到啊，开了门，空空如也，一个人都没有，见鬼了。"

钟盼扬说:"那和你有啥关系啊,没人就说明不在呗。"

这时那女的又泼闹起来,指着警察说:"调监控啊,我老公无故失踪,我没资格调查?"

"女同志,你还是要冷静一点,这个房子太老了,不是每层楼都有监控哦,一般没有发生重大事件,我们也不能擅自调监控。"其中一位稍胖的警察说道。

"我现在报失踪,你管不管嘛,不要和我说这些哦,"女人死皮赖脸指着胖警察吼,转身又冲着方晓棠说,"你也是,喊你开门也拖拖拉拉的,鬼晓得你是不是故意的,我都怀疑你和我老公有问题。"

方晓棠一下激怒了:"关我屁事啊,自己管不住老公,还要怪到别个身上。我打开门做生意,未必还要把每个客人祖坟挖一遍调查清楚唉?"

钟盼扬站出来,横在中间,冷静讲:"楼道监控查不到,电梯监控总有,你也不要在这里闹,报失踪,必须满足二十四小时,从你老公住进来到现在都没有超过一天,你报也报不上,心情我可以理解,但是你诽谤我们,一样可以告你,警察同志不一定要应和你无礼的要求,但是正好可以给我们当人证,大不了法庭上见呗。"

女人被威慑住了,一下转了口风,开始哭闹:"哎呀,我不管,我未必担心我老公也有错嘛,找不到人,我反正不得走。"

程斐然伸手拿起手机,对着女人录视频,女人一慌,跳起来,说:"你在录啥子?给我关了!"程斐然才不理会,自顾自地录,说:"录下来发网上大家帮你一起找老公啊,好可怜嘛。"女人过来抢手机,彻底撒泼,指着喊:"你们欺负我嘛,我就是不走了!"

方晓棠也不管她,说:"你不走啷个得行啊,你老公只订了一个晚上,我下午还要找嬢嬢过来做清洁,晚上还有其他客人来,哪个管你哦。"

双方僵持,警察为难,后来高个儿警察说还是去调监控嘛,带着女人去,查了半天,才在模糊影像里找到一个人头,她说是她老公,身边倒不是别的女人,是个男的。女人又仔细看了看,是她老公新带的徒弟,进了电梯,后来就没看见出了,第二天一大早,两人下楼去了,再没有回来过。女人的脸红了又白,白了又黑,恰好老公来电话了,女人破口大骂,老公在那头又挂了,挂前最后一句,说是心烦,工作压力大,家里压力也大,索性关机一天,找徒弟娃儿来喝酒,不问世事。女人不信,男人说,爱信不信。最后女人大哭收场。

忙活完,三人进屋,方晓棠忍不住吐槽:"现在真的啥子人都有。"她一边检查房间里的东西,一边对着二人说:"不过,这还算好,我遇到过更奇葩的客人,退房走后,家具全部给我移了位置,床单被套扯得乱七八糟,像在做法,后来喊嬢嬢全部给我换了,花了不少钱。"

"喊你开这么多家,累吧。"程斐然吸了一口电子烟,看了下手表时间,说,"我也要走了,侯一帆还在下面等到的。"方晓棠问:"又去哪儿约会嘛?"程斐然说:"约个鬼,我妈相亲啊,五十多了要追求真爱,我不去,又要哭天抢地的,见过这种妈不嘛?"方晓棠立马笑了:"嬢嬢真的是,好羡慕哦,真想和她一样五十岁了还能相信爱情。"

从江北往渝中走,过了渝澳大桥往上

清寺拐，老城区，路不好走，程斐然偏要自己开车，原本是要先去接老妈，突然换了主意，侯一帆看风景不对，问："往哪儿开哦？"这时儿子涛涛打视频过来，问："妈妈，我要的那个乐高，你帮我买了没有嘛？"程斐然看红灯，说："买了买了，回头我喊你爸爸给你带过来，或者这周你过来的时候给你。"涛涛笑了，说："妈妈最好了，奶奶喊我睡午觉了，我不和你说了。"

挂了电话，侯一帆盯了程斐然一眼，问："你啥时候给涛涛买的？"程斐然说："没买啊，哪有时间。"侯一帆说："那你骗他，你这个当妈的，怎么这样？"程斐然下了道，总算平缓一点，看向侯一帆，说："哪有骗，我现在就是开车去买啊。"侯一帆不信："你这个临时抱佛脚也是厉害。"程斐然往右一拐，上坡，一下停在商场门口，然后说："我妈那天闻到我身上味道，死活要我这瓶香水，叫我今天拿给她，那瓶是限量版的，我怎么可能给她，进去买瓶差不多味道的得了。顺道把乐高买了。"侯一帆下车，嘟哝了一句："看来你儿子还是没你妈重要。"

"谁说的，都重要，但是都不如我自己重要。"程斐然锁了车，径直走了进去。

服务员拿了两瓶香水，一瓶二百四，一瓶三百八，程斐然左右闻了下，二百四的味道更像，但还是买了三百八的，侯一帆搞不懂，程斐然说："香水还是买贵一点的好，便宜的，像是工业酒精兑的，吸到鼻子里不好。"

付完款，让侯一帆拎着，刚要往乐高店去，突然刹了脚，一把拉过侯一帆往电梯那边躲。侯一帆问："又啷个了嘛？"程斐然指了指对面那家日料店，说："那不是李叔叔的嘛。"侯一帆看过去，确实是程斐然妈妈喜欢的那个李叔叔，只是他旁边多了一个女人，挽着李叔叔的手在聊天。侯一帆问："是不是李叔叔的女儿回来了？"程斐然反驳道："他没得女儿，只有一个儿。"程斐然也不敢妄下定论，拿手机刚好拍下女人贴上李叔叔的身。侯一帆问："等下还要去和他吃饭，好尴尬。"说着李叔叔朝他们这边走过来，两人立马背过身去，手里的香水晃荡了两下，服务员正好从柜台拿着单据过来，叫了一声，好在李叔叔注意力全在那个女人身上，没有看到他们，才躲过一劫。

"你打算怎么办啊？"回程的路上换侯一帆开车，程斐然望着那瓶香水沉思了半天，还专程让侯一帆跑去上海买那块怀表，简直亏至唐家沱，像她老妈这种不疯魔不成活的女人，可能知道了小三的存在，更是要奋发图强把李叔叔抢过来。

十年前，父母离婚，老妈声声冲着老爸说，看到嘛，和你分开了，我才会越来越精彩！为了赌气，十年来，见人，相亲，谈朋友，攀高枝，就算分手，也非要占个上风，在保养这件事上，用钱越来越多，像是要让那些放弃了她的男人个个后悔。但话说回来，以老妈的年龄和手段，指不定能压对方一筹，说不定到最后赔了夫人又折兵。这事，不能直说，但又不能不说，总不能吃哑巴亏，又怕到时候东窗事发，老妈那颗玻璃心，指不定又一哭二闹三上吊了，之前就闹过两次，最后警车救护车消防车都来了，就差新闻头条没有上她刘女士的脸了。

程斐然思来想去，打开手机，把那张照片发到了闺蜜群里，大致讲了情况，群里却沉默不语，不知道两个人是不是现在手头正有事。侯一帆一停车，已经到老妈楼下了。

"上去吗？"

程斐然看着群里还是死水一摊，无奈道："走嘛。"只好拎着那瓶香水往楼上去，刚开门，就见刘女士一身金黄，头发刚刚烫过了，还故意没有烫中年妇女的那种翻卷，只有前额和发尾做了处理，看起来有够年轻，眉毛修得美，口红也淡雅不夸张，要是和女儿站在镜子前一比，确实像姐妹。

看见程斐然和侯一帆站在门口，却先招呼了侯一帆，声音嘤嘤雅雅，不像一般的重庆女人说话："小侯来了啊！"程斐然瞥了老妈一眼，老妈却像没看到似的，只顾着给侯一帆拿拖鞋。侯一帆冲着程斐然露出一个得意笑容，接过那双鞋。程斐然只得自己开了柜子，从里面拿了一双穿上，走进去，把纸袋递给老妈，老妈才像是回过神来注意到女儿来了，问了句："买的啥子啊？"程斐然说："香水。"老妈坐在沙发上拆了盒子，随便喷了两下，嗅了嗅，微微皱眉道："不是上次你那个味的嘛？"

程斐然指示侯一帆坐过去一点，然后说："这个贵些。"

"好多钱啊？"老妈问。

"六百八一瓶。"程斐然在老妈面前说谎说惯了，眼睛也不眨一下。

"你那瓶啊？"老妈一边左右看了看包装一边问道。

"我那瓶断货了啊。"

"那是好多钱嘛，不说，肯定比这瓶贵啊，你把你那瓶给我就是了啊，还要单独买一瓶，浪费钱。"老妈扭扭捏捏地起来，把香水拿到卧室去。出来的时候，对着侯一帆笑了笑，假装生气地指着程斐然说："看嘛，小气得很，我养她，从小到大花了好多钱哦，老了讨瓶香水都讨不到。"侯一帆不好说啥，程斐然却有点不耐烦了："我那瓶要用完了啊，给你你又要嫌弃，反正正反都是你说。"

老妈不理会，稍微整理了下衣服，说："走嘛，你李叔叔刚刚都发了两道信息来了。"程斐然正要开口，手机突然震动起来，钟盼扬先是发了个省略号，再然后单独把挽着李叔叔手的那个女的放大截图下来，说："这个女的我认得到啊。"程斐然急忙起身说："我上个厕所。"老妈忍不住牢骚："尽是这样，出门前过场多。"

程斐然躲进洗手间，快速打字，"你认识？"很快钟盼扬就回道："就是那个女教练啊！"程斐然一惊，方晓棠也像"活过来"一样，追问了一句："啥子女教练？"钟盼扬来不及和方晓棠赘述陈松的那段香艳情事，只说："是她，你等下。"

说着，一张照片发过来，陈松和那个女人的合照，跟李叔叔这位果然是同一个人。

程斐然一方面不得不感叹世界之小，一方面又忍不住吐槽这些一丘之貉的男人，最后全都化为了对女教练的佩服。程斐然不禁问："陈松那天撞见的，不会就是李叔叔吧？"钟盼扬说："不晓得啊。"程斐然不觉脑补了那天晚上的那出大戏，大概是各色人物都找到了具体的形象，一下子比钟盼扬讲述的时候更震撼了一些。

方晓棠才理顺人物关系，惊叹道："这个李叔叔身体好嘛，这个岁数了还要去健身，那你打算告诉孃孃不啊？"

程斐然瞬间心里有了主意，收起手机，按键冲水，开门出去。两人不知道在说什么笑话，逗得侯一帆哈哈大笑，老妈也跟着捂嘴笑起来，瞧见程斐然出来了，轻轻拍了下侯一帆，说："走了走了，上个厕所上这么久，少喝点水嘛。"程斐然心想，这个时候了，你还笑得出来，到时候看你哭都来不及。

侯一帆自觉坐到驾驶位，老妈偏偏把程斐然坐的副驾驶抢了，说："大小姐你坐后排嘛，让你妈我感受一下兜兜风。"程斐然不好说什么，只能往后排坐下。

车开起来，老妈把车窗降下来，对侯一帆笑道："刚说到哪里了啊？"侯一帆说："那个外卖小哥要加你微信。"老妈笑盈盈接道："对头，那个死娃儿说我长得像他姐姐，我说我女儿都比他大了，怎么可能像他姐姐。他死活说像，偏偏要请我吃饭，我哪个可能和他吃饭啊，简直不像话。"程斐然不觉插一句："现在你这种孤寡空房老太太最容易被盯上，你最好小心点。"老妈假装没听见，继续说："你们肯定都想不到，他说了啥子。"

侯一帆好奇地问："说了啥子？"

老妈欲盖弥彰地笑了笑，说："他说看到我点了份麻婆豆腐，平时他最喜欢吃了。我听他这一说，立马把门关了，回头给了他一个差评。大小姐你以为我不懂啊，麻婆豆腐是用老豆腐做的，怎么，老豆腐也是他能吃的啊。"

老妈说完，侯一帆立马笑癫了，程斐然只觉害臊，平时她怎么疯也就算了，在女儿男朋友面前也一点不收敛。

3

李叔叔在珮姐老火锅订了个包厢，进门口一阵喷香，上下飘着油烟气，到处吆喝连天，人挤人，汗流浃背，空调一点作用不起，只有开冰啤酒降温。老妈挽着程斐然的手，高跟鞋一顿一顿的，生怕弄脏，侯一帆在后面拎了几瓶啤酒，进包厢，李叔叔已经在那里等了。程斐然注意到，他还专程回去换了一身衣服，恐怕是担心老妈鼻子灵，闻到另外女人的味道，如此一来，更像是此地无银了。

老妈见李叔叔，像是熟人又像不熟，招呼介绍道："我女儿斐然，你见过的，这是她对象，小侯。"李叔叔礼貌地点点头，说："坐坐坐，你们看看点点啥子，我刚刚叫了毛肚和鸭肠，腰花要不要？"老妈娇滴滴地说："我不吃内脏的嘛。"李叔叔立马道："对啊，看我这记性，要一盘鲜牛肉嘛。"程斐然看着李叔叔，实属道貌岸然，上楼前侯一帆按程斐然说的，不必拿一箱了，拎几瓶算给他面子了，果不其然，李叔叔看到那几瓶啤酒，像是看到老同学一样亲："哎呀，哪里搞的啊？没得卖的了的嘛？"

程斐然看了老妈一眼，笑道："我妈和我说你喜欢喝老渝城，我就去搞了点来。"

"哎呀，小刘，用心了。"李叔叔带着老干部的关照口吻，一个"小"字就叫得老妈心花怒放的。"哎呀，哪里嘛，你喜欢喝的嘛。"刘女士在桌下拍着女儿的手，她当然懂是什么意思，但想到下午那一幕，她又实在不想把表拿出来了，凭什么啊？老妈又在桌下轻轻踢了她一脚，眼看母女俩沉默，李叔叔问："啷个啊，不好吃啊？"程斐然摆摆手，说："不是不是，我妈今天给叔叔带了一份礼物，又不好意思给你。"李叔叔反倒说："先吃嘛，先吃。"刘女士戳戳她手肘，说："去拿噻。"程斐然心想，啥子都要托我，自己怎么不想办法，但到底什么都没说，只起身道："我现在去拿。"

232

下楼上楼，表递给刘女士，刘女士在桌下简单打开看了看，成色好，不便宜，一下喜笑颜开，拿上桌面，给李叔叔："你看看？"李叔叔接过来，打开，上海牌老怀表，不好找，"哎呀"一声，笑得合不拢嘴。

程斐然心有不爽，打开手机，翻开陈松那张照片，灵机一动，左右叹气。刘女士问："又啷个了嘛？"程斐然扬起手机，凑到老妈面前，说："陈松啊，扬扬的前夫，最近勾搭了个女教练，我不晓得现在这些男的喜欢她啥子，丰乳肥臀吗？"刘女士脸色不好看，说："当着叔叔面说些啥子话？"程斐然说："哎呀，我真的不晓得啊，长得也不好看，就是前凸后翘一点，叔叔，同为男人，你来评价一下嘛。"程斐然把手机拿过去，原本还在琢磨那块怀表的李叔叔，面前突然出现一张照片，心一紧，嘴一撇，眉头紧锁，一下慌乱，咕咚一声，怀表没拿稳，落进红汤里，溅起一阵油星子，全部溅在刘女士的新衣服上。

"哎呀！"刘女士先叫了出来，扯两张纸赶紧擦衣服，接着李叔叔才反应过来，也跟着叫："糟了，表啊！服务员！服务员！"伸手拿起漏勺开始捞怀表，又一阵慌乱，侯一帆和程斐然纷纷起身，服务员急着赶过来，李叔叔说："我表落进去了！"他手又抖，死活捞不起来。刘女士只咂嘴，这件衣服是她昨天才买的，真丝，不好洗，起身往洗手间跑。服务员左右捞，终于捞起来了，打开表盖，油已经沁进去了，李叔叔心疼得不行。程斐然看他惊慌失措，心里却在窃喜，嘴上还是说："哎呀，没事，叔叔，一块表而已。"李叔叔不说话，拎着表摇了摇，看看还能不能滴油出来。侯一帆朝程斐然望一眼，程斐然不接，说：

"我去看下我妈。"

衣服是洗不干净了，表也基本等于废了，这场火锅吃得所有人都不安逸。李叔叔悻悻然结了账，一路和刘女士道歉："小刘啊，不好意思，你衣服弄脏了，我回头买一件新的给你送过来。"刘女士也不好矫情，说："不用了不用了，只是那块表浪费了。"李叔叔本来说送他们多走一段路，当下实属狼狈，刘女士连忙说，车就在前面，不送了嘛。

上了车，老妈坐在后座，憋了一肚子气，半句话不说，程斐然不看她，只顾开自己的车，侯一帆感受到强大的低气压。程斐然伸手拍了拍侯一帆手背，说："你先回去等我。"侯一帆朝程斐然看了一眼，只好点点头。路上靠边，把他放下，程斐然顺道嘱咐了句："帮我买桶方便面，刚刚没吃饱。"侯一帆才走，刘女士立马开腔，直直骂道："程斐然，你今天啥子意思？"程斐然假装听不懂，问："我又啷个了嘛？"

刘女士气愤地把外套丢到一边，说："你少给我装，刚刚你以为我看不出来你是故意的啊？"

"我又故意啥子了嘛？你这人说话尽是不清不楚的，我好心给你买表，给你扛啤酒，你怎么不说我一声好啊？"程斐然一脚踩下油门，车往前面冲了一截。刘女士差点撞到头。

"你想把我甩出去是不是?！"刘女士扯着喉咙讲，"好好吃个饭，你说啥子陈松，啥子女教练，喊你准备礼物，也是催三叫四才去拿，你是对哪个有意见嘛？你是不是和你那个死鬼老汉一样，就是想看到我出丑，孤独终老嘛！"

"哪个又想你孤独终老了嘛!"

"程斐然,有些账我没和你算,你自己心里有点数,你不要以为我不晓得,你现在肯听我话,帮我办事,还不是因为张琛骗了我几十万走,你要管你妈死活了,我才不信!"

"哪个骗你了?!"程斐然终于忍不住了,"我就晓得你心里一直惦记这件事,平常见到我,正眼都不看我一眼。张琛家里做生意,拉投资,是你自己屁颠屁颠地跑过去要投钱,七十万,我都和你说了不要投,你自己不信,后来打水漂,全部怪到我头上。你喊我和他假离婚,先把财产保住,假离婚假离婚,离到后来,真离了,你开心了噻。好不容易保了套房子回来,你还要我卖了把钱还给你,有你这样当妈的吗?"

刘女士冷笑道:"呵,是,是我做错了,我当初投资是为了啥子哦,你在你婆家分到半点好处没有吗?我要不投资给你占点股份,你以为你在张琛家里有啥子话语权,每天还不是被当成保姆打整①!"

"你这会儿又说是为了我好了,张琛家厂子倒的时候,你怎么不过来说为我好啊,每天急匆匆给我打电话,喊我找张琛要钱,上班打,下班打,晚上睡觉也打,那时候个个欠债的跑到家里来要钱,我睡觉都在做噩梦,你安慰过我一句没有嘛?"

刘女士不说话了,程斐然也收声了。深夜的道路上,来往车辆呼啸而过,末了,刘女士叹了口气,说:"算了嘛,你前面靠边把我放下来,手表好多钱,回头我转给你。"

程斐然在前面的拐道停了车,刘女士开门下去,转手转了两千块给程斐然。程斐然望着她,说:"我要你的钱干啥子嘛!"刘女士根本不想多看程斐然一眼,讲:"从小你给我说,你的钱是你的钱,我的钱是我的钱,不得要你半分!"说完,朝前走,伸手招了一辆出租车。

程斐然只觉得太阳穴往上牵着整个头痛,她拿出电子烟,深深地吸了口气。九八年还是九九年,程斐然生日,家里请客,饭吃到一半,刘女士让程斐然给叔叔孃孃表演一段电子琴,程斐然不想,刘女士觉得没面子。叔叔孃孃都说算了,但刘女士非要,把电子琴抬出来,说她刚学会贝多芬。碍于刘女士面子,随便弹了一小段,刘女士一边笑一边说,哎呀,昨天她自己弹还弹得好些,今天又害羞弹不好了。程斐然的爸爸走出来,说,娃儿生日,先吃饭嘛。

刚把蛋糕拿出来,蜡烛突然找不到了,刘女士讲要不然就不点了吧,小娃儿过生日,就是个过场。叔叔孃孃不好说话的,斐然爸爸说,还是要点,去楼下再买一盒上来就是,二话不说下楼了。刘女士拍拍程斐然,让她跟着爸爸去。

当时,程斐然没真下去,躲在门缝后面往里面看。刘女士进屋拿了四百块钱出来,塞回给叔叔孃孃,说:"陈哥,邓姐,钱你们拿回去,娃儿过生哪里要得到这么多钱嘛。"陈叔叔和邓孃孃说:"拿到嘛,斐然怎个乖。"刘女士说:"真的不用,我这次评职称还要你们多多帮忙的嘛。"程斐然站在门口生气,冲进屋里来,一把把钱抓过来,说:"这是我的钱!"刘女士吓到,

---

① 重庆方言:对付,处理。

问:"你不是和爸爸去买蜡烛了的嘛。"伸手要把钱抢过来,程斐然死死拽着,叔叔孃孃看到好笑,说:"哎呀,给娃儿嘛。"刘女士气也来了,说:"小娃儿拿钱做啥子哦!"说完又朝叔叔孃孃赔笑道,"哎呀,死不懂事。"母女俩一抢一拽,钱一下撕烂了,整个屋子瞬间鸦雀无声,程斐然朝着刘女士叫道:"这是我的钱,又不是你的钱!"说完哇哇大哭,刘女士一脸尴尬,赶紧把撕烂的钱捡起来,和陈叔叔邓孃孃赔不是。

斐然爸爸回来的时候,叔叔孃孃已经走了,程斐然自己关在屋子里不出来,刘女士坐在沙发上面哭,用胶把钱粘好,但还是能看出明显的缝隙。斐然爸看着问:"又啷个了啊?"刘女士立马起身,冲着女儿房间嚷:"你身上的肉都是我给你的,你现在给我说啥子你的我的!"程斐然不出来,刘女士回头瞪了斐然爸爸手里蜡烛一眼:"生日?过啥子生日?她啷个不想想,她的生日还是她妈我的母难日啊!点个屁蜡烛,不过了!"说着刘女士把蛋糕直接扔进了垃圾桶里。

最后,蜡烛没吹成,蛋糕也没吃成,撕破的人民币就像是她和刘女士长期以来的关系,即使看起来再完好无缺,也始终带着裂痕。

程斐然下了车,打开后备箱,从里面拿出一瓶渝城啤酒,伸手在旁边的花坛柱子上拍开盖子,然后坐在后车盖上,喝了一口。重庆的晚风拂在程斐然的脸上,身上还残留着刚刚火锅油腻子的味道,程斐然又想起外婆还在的时候,时常说:"吵嘛,吵嘛,母女两个硬是上辈子的仇人,我看你们这一辈子还要吵好久!"后来外婆走了,程斐然突然偃旗息鼓了,不吵也不烦了,大概是长大了,心宽了,也可能是刘女士老了,精力少了。

程斐然和张琛早恋那会儿,刘女士还专门跑到学校去找张琛谈心,说从小到大管不了程斐然,她爱喜欢哪个喜欢哪个,但张琛要敢欺负程斐然,绝对吃不了兜着走。张琛把这句原话告诉了程斐然,事实在多年后,程斐然更相信那句话是张琛为了哄她开心编出来的。

两瓶啤酒喝完,程斐然给刘女士发了条信息问到家了吗,刘女士过了很久才回,到了。程斐然看看表,转眼又是深夜十一点了,她正准备叫代驾,突然看到张琛发来一条信息,问:你和你妈又吵架了啊?程斐然还奇怪他怎么知道,顺手打电话过去,张琛说:"啷个又吵架?"程斐然问:"哪个和你说的啊?"张琛说:"猴子给我说的。"他一贯叫侯一帆"猴子"。程斐然说:"没事了。"张琛像嗅到什么,问:"你又喝酒了啊?"明明隔着那么远,程斐然一句话,张琛就能听出她喝没喝酒,她昂了昂头,尽量让自己不要多想,张琛又说:"要不要我过来送你回去嘛?"程斐然说:"不了,我自己回去就是,又不远。"张琛接着说:"这个时间点,你喝了酒,不安全。"程斐然想说什么,"张琛……"但话到嘴边又含回去了,最后说:"最近有叔叔音讯没得啊?"张琛没说话,顿了好长段时间,才说:"斐然,你好好照顾自己嘛,不要管我了。"

程斐然突然觉得眼睛有点胀,张琛再多说一句她都不能听了。挂了电话,程斐然盯着车牌看了很久,ZC259,提车的那天,张琛说:"你看我选的车牌。"程斐然说:"啥子嘛?"张琛说:"张琛爱我久啊!"

235

程斐然只笑道:"土不土嘛!"说完两个人笑了很久。

程斐然擦了擦眼角,不知道自己什么时候莫名其妙地哭了,车里的音响连了歌,轻轻地唱:也不是无影踪,只是想你太浓,怎么会无时无刻把你梦……

第 二 章

1

自从在李叔的饭局上和刘女士闹翻过后,程斐然也好些日子没去打麻将了。某日早上起来,发现刘女士送的那盆茉莉花事先毫无迹象地变成了"光杆司令",土也干得起裂。都说枯花枯草要影响风水,她立马把花盆端到走廊去扔了,打算开车去渝高花卉市场再选一盆回来。程斐然刚上车屁股还没坐热,方晓棠一个电话打过来,匆匆忙忙地问:"忙不?"程斐然说:"正准备去买花。"只听方晓棠那边火急火燎地说:"哎呀,你先陪我吃个午饭,我有事情和你说!"

程斐然一车开往观音桥,方晓棠已经在面馆等她了。程斐然要了碗豌杂面,直问道:"啥子事情啊?"方晓棠努了努嘴,缓了口气,说:"昨天接了个订单,一次性要在我这里住一周,我一想,大生意。刚付了钱,开始和我说他的要求,七七八八讲了一堆,本想喊做清洁的孃孃应付下,结果孃孃没空,只好自己跑一趟,哪晓得

刚上楼,就撞到鬼了。"

"神经病,白天说啥子鬼!"这时候老板把面端了上来,方晓棠起手和了和,接着说:"你猜我碰到哪个?我撞到朱丞了!"

程斐然也是一惊:"他不是消失好多年了的嘛!"只觉背后一麻,又听着方晓棠说:"那不是!关键是,他就是订了我民宿的那个住客,神不神嘛?!"程斐然已经脑补出了方晓棠提着大包小包日用品上楼撞见自己前任的情景,这个朱丞简直是方晓棠的命中克星,在方晓棠爱得最死去活来的时候突然失踪了,全家人一夜消失,要不是遇到了现在的老公魏达,方晓棠不晓得好久才从那段悲伤的感情中走出来。

"然后呢,他见到你说了啥子?"

方晓棠支支吾吾,程斐然就知道背后情绪复杂了。方晓棠结婚过后,魏达为了多赚钱一直在外地跑,一年到头回来不了几次,算是异地夫妻。好在魏达实在,方晓棠用心,夫妻俩一直没出什么问题。莫不是紧要关头,半路杀出个程咬金?程斐然一算,这不结婚整整七年,是要痒了啊。

方晓棠说:"啥子也没说,他是半天才认出我,我倒是一眼就看清了他,他见我一直盯着他看,才有点惊讶地喊了我一声,那一瞬间,我心都麻了。我假装没事说要走了,他就'嗯'了一声,我心想,这么多年了,你解释一句要死嘛,结果他硬是啥子都不说,烦不烦嘛!"

程斐然一收筷子,说:"行了,说这么多,就是你还放不下他。你那会儿陷得深,爬都爬不起来,我说他失踪算是给自己积德,你烧香拜佛都来不及。你该给他说你结婚了啊,让他死心。"

"都用不着我说,我帮他拿东西的时候,他一眼盯到我手上的戒指,当场就戏

谑一样问我说，结婚了啊？我想说，看哪点儿不看，偏偏看手上。"

"没经验的男人看女人，往往看脸看身材，只有他这种，先看家室背景。方晓棠，我和你说，你还是离他远点！"

"我疯了啊！我们也就是生意往来，我是老板，他是顾客，只是他这突然出现，我就是心慌，才找你。"

"你简直是少女心作祟！"不过程斐然也不能怪方晓棠，那朱丞是长了一副人见人爱的好皮囊，笑起来痞痞的，不笑又酷到不行，窄脸高鼻，浓眉桃眼，眉骨高，眼窝深，一眨一灵气，外号江北陈冠希，一点不夸张。

程斐然说："这样，你也别急，先把他放一边，看下他到底想干什么？随机应变，要是他真的有死灰复燃的心，第一时间打电话给我。"

方晓棠点头答应，但总归心神不宁，一夜失眠，打算回去再补个回笼觉。方晓棠一走，程斐然想不如去趟国际楼，先给钟盼扬说一声，钟盼扬在那里上班，要是上下楼撞到朱丞，也正好警告他一番，只是念及方晓棠的事，去渝高花市买茉莉的事却全忘了。

这事儿摆到钟盼扬面前一讲，就听她理智地说："无事不登三宝殿，还说没认出来，我看他说不定就是故意来的。"程斐然说："好会撩嘛！"钟盼扬说句不好听的："我一直说方晓棠和魏达这种异地夫妻长期下去还是不行，但又没办法。当初晓棠好喜欢朱丞嘛，简直像是瞌睡遇到枕头。"

钟盼扬看了看表，午休还有半小时。"先不说朱丞了，你和嬢嬢和好没有啊？"

程斐然喝了一口水，讲："我妈那个脾气，不晓得要气好久。"钟盼扬想了想说："那明天万芳芳结婚，你们还不是要碰头啊。"程斐然猛然想起这桩事来，叫了声："哎呀，你不说我都搞忘了。"

钟盼扬不经意间翻了个白眼："万芳芳她妈现在得意得很，等东等西，终于等个洋女婿。你看到那个请柬上写的嘛，万芳芳女士，Louis 先生，还故意要用英文名字，也只有她做得出来。"

"那个男的啥子来头哦？"程斐然忍不住问了嘴。

"我也是听说的，好像是万芳芳去瑞士耍，然后住在朋友家，认识了那个 Louis。万芳芳好会追嘛，外国人又不了解她这种绿茶品质，肯定手到擒来。"

程斐然想到万芳芳娇滴滴说话的样子，就浑身发麻。"我倒是一点不想去，但是不去怕是又要遭她妈在外面说东说西，她那个妈比我这个妈还要惹不得。"想到万芳芳她妈妈常年妖精十八怪地穿衣服，还仗着芳芳老汉是个小领导，简直每天提着鱼雷出门一样，哪个惹她就把别个炸得白泡翻天的，讲："我们老万也不是啥子很大的官，但好歹和市长吃过饭嘛。"言外之意，反正你得罪不起。

2

方晓棠睡醒已是黄昏，饥肠辘辘，正想在冰箱里搜摸点吃的，突然看到朱丞打来的电话，一个激灵，手在冰箱门边上划了条口子。慌乱之下，还是接了起来。朱丞说："晓棠宝贝，水不热啊？"方晓棠哽了一下，即使是魏达，也没有这么肉麻地叫她。方晓棠说："不可能哦。"

朱丞说："你要不要过来看一下？"

她深吸了一口气，暗示自己冷静，然后说："我又不是水管工，我来看有什么用，你等到，我喊物业来给你看一下。"

朱丞在电话那头呵呵笑了两声："怎么，你怕我把你吃了啊？"

方晓棠只觉内心像被猫爪子挠得发痒，还是硬撑着说："我怕你啥子啊！"朱丞却反而不催了，说："那你喊物业来看一下嘛，难受死了。"

方晓棠挂了电话，立马给国际楼的物业说了一声，然后猛喝一大口凉水，水喝了，心静了，人也清醒了，还是忍不住多看了一眼朱丞的头像。随即，冲进卫生间，简单洗漱，化了淡妆，特地挑了一条碎花连衣裙，喷了香水，出了门。

半小时后，方晓棠出现在朱丞的面前，朱丞刚刚洗完澡，裹着浴巾，上身赤裸，湿着头发看着方晓棠笑，开门的瞬间，他像是早就预料到这一幕的发生，一把把方晓棠拉了进来，关上了门。

方晓棠神色紧张，只听着朱丞说："真的不热啊，师傅也没来，害我洗的冷水。"方晓棠向左扳动淋浴把手，哗的一声，淅淅沥沥的水声打乱了她内心的节奏，朱丞走过来，两手越过她，几乎把她抱在怀里，伸手摸了摸花洒的水，说："好像又热了。"方晓棠转过身来，刚好和朱丞四目相对，花洒啪地一下落在地上，方晓棠内心和自己说："完了。"

好在门铃骤响，朱丞的手还悬在那里，方晓棠惊觉，迅速把他推开。物业师傅拎着包站在门口问，哪里坏了？方晓棠又不好意思地和师傅说，不修了，又好了。师傅有点生气地说："你以为我很空吗，下次检查好了再打电话嘛！"

朱丞已经换了衣服出来了，方晓棠：

"没事的话，我先走了。"朱丞说："不忙走，喝杯酒摆下龙门阵嘛，好久没见了。"

朱丞试探性摸了方晓棠一把，方晓棠退后一步说："你晓得我结婚了。"朱丞说："我晓得啊。"手却依旧放在刚才的位置，接着说："你结婚之后人更美了，一般男人肯定不敢当着你面这么说。"方晓棠有点疑惑："什么意思？"朱丞托着下颌说："我的意思是，成年人有一种男女关系相当刺激，何况，婚后的女人更有韵味。"

朱丞这么一说，方晓棠瞬间懂了，还以为是金风玉露一相逢，全怪她过于纯情了。朱丞给方晓棠倒了一杯酒，说："今晚上不回去嘛，明天之后，对你我来说，很多事情都不一样了。"方晓棠不理会，一口干完了那杯酒，讲："我要走了。"

刚起身，朱丞从后面一下把她抱住，说："熟人熟事的，非要装生疏。"方晓棠看着朱丞的脸，突然想到自己长久哭泣的那个夏天，跟疯女人一样颓唐的日子，紧接着脑海里闪现出魏达憨厚的样子，瞬间清醒了，往前一进，伸手在朱丞需求的地方用力扭了一下，恰好踩到朱丞的脚，干脆用踝了踝，痛得朱丞龇牙咧嘴，方晓棠说："我要回去了，我老公下班了还在等我做饭。"说完头也不回地冲出了门。

方晓棠怕撞到下班的钟盼扬或者打完麻将的程斐然，索性走了楼梯，弯弯拐拐下了九层楼。脚走酸了，脸上的红晕也散了，方晓棠又看了一眼朱丞微信头像，自言自语道："我简直像个神经病，朱丞是啥子人嘛，呸！"伸手一点，趁着清醒，彻底拉黑。

次日早晨，程斐然早早洗漱化妆，铃声一响，看到手机上"妈妈"那两个字，眉毛都画歪了，只听到刘女士在那边抱怨："现在是我不给你打电话，你就不管你妈死活了是不是？"程斐然用纸擦了擦画歪的部分，服软道："我怕你生气不接啊，想等你气消了去看你的嘛。"

刘女士见程斐然也没犯冲，语气软下来，说："今天万芳芳结婚，你等下来接我，我在屋头等你。"程斐然自然知道是这个原因，刘女士即使再和她有矛盾，也要在外人面前表现母女情深。

再见到刘女士，两母女像是找不到开腔的切口，直到车开出一公里远，刘女士拿出个红包，说："等下礼金我来给，你就不要给了，我包了四百，差不多了。"程斐然回头看了刘女士一眼，说："四百？难听不嘛？两个人吃席，包一个红包，得不得不好哦？"刘女士咂咂嘴，哼了一声，道："我刘红英嫁女儿的时候，她钟志娟一家三口来才给我包了两百块，我回礼回四百算仁至义尽了，难听怎么难听，她还不是只有听到起。"刘女士一吐槽，程斐然倒想笑了，一笑，好像两母女又近了，刘女士瞧程斐然一眼，说："怎么嘛，又笑你妈，帮你节约点钱啊，你现在又没工作，每天耍耍哒哒的，打麻将打一辈子啊？"程斐然不说了，刘女士也噤了声。

万芳芳这场婚礼在喜来登摆了近三十桌，门口又是花篮又是花环，一路金粉落地，闪闪发亮，别人结婚都是新娘新郎的人像立牌，万芳芳和她老公直接做了两尊石像立在门口，程斐然望着石像发了会儿呆，又浮夸又好笑，只是那个新郎横看竖看不像是个外国人。回头，新人迎面走来，程斐然定眼一看，瞠目结舌，刘女士小声问："看着不是洋人的嘛？"程斐然心想说，何止不是洋人，这黄皮肤黑眼睛简直就是如假包换的中国人，什么Louis，这不就是那个挨千刀的朱丞吗？

没等她想清楚，不远处钟盼扬和方晓棠纷纷从出租车上下来，没走两步，都和程斐然如出一辙的表情，特别是方晓棠，一整个愣在那里，程斐然就知道自己是想对了。万芳芳赶紧朝方晓棠跑过去，紧着叫："晓棠，晓棠，快点过来，给你介绍一下。"钟盼扬和程斐然想看方晓棠到底什么反应，结果她只是扶了扶自己鼻梁上的墨镜，大步流星朝着新娘新郎走去。

万芳芳一把拉过方晓棠，介绍说："晓棠算是我远房表姐，Louis，快打个招呼。"方晓棠取下墨镜，目不转睛地把朱丞盯着，朱丞却真跟没事儿人一样，伸手问了一声："Hello, elder female cousin."装腔作势说些倒土不洋的英文。方晓棠没接那只手，淡淡说："都在国内办礼了，还说英文，好见外哦。我和万芳芳也只是中学同学，远房也不晓得远去哪里了。"朱丞像听不懂中文似的，只顾微笑，万芳芳如蝇在喉，实属尴尬，只好岔开话题，又把钟盼扬和程斐然依次介绍了一遍。

眼看他们几个在门口寒暄，万芳芳她妈顷刻从大厅走出来，一身富贵装扮，大红色旗袍，远远地就叫喊道："芳芳你唧个不喊同学进去啊？"再转眼，眼神落在方晓棠身上："晓棠也到了啊，你妈老汉说来不了，真的是忙哦。"方晓棠却也不客气地说："我结婚的时候，你们也没来嘛，好歹我们家今天还有我这个代表噻。"

钟志娟也不好多说，只顾笑，再转头，看见刘女士，换了更亲热的语气："哎哟，红英的嘛，诶，这是斐然啊，几年不见，好像瘦了。"刘女士却没有虚与委蛇地假热

239

情,只伸手把红包拍在钟志娟手上,说:"恭喜恭喜,钟志娟,你女儿终于嫁了啊。"这话一说,钟孃孃的笑容就减了一大半,一边收起红包说谢谢,一边笑道:"红英你说些啥子哦,我们芳芳结婚嘛是晚了点,但千挑万拣好歹找了个好男人嘛。"刘女士只是一阵冷笑,钟盼扬和程斐然彼此交换了个眼神。

陆续有宾客过来,众人也不想一直在门口逗留,刚要进去,刘女士却被万芳芳她妈反手拉住,往外走,指着停在路边的那辆玛瑙色保时捷说:"红英,你不要说这些,你看,我女婿给我买的,我喊他不买,好浪费钱嘛,他非要说送我个礼物,正好,我刚拿了驾照,最近随时带你去兜风。"

刘女士跟着笑,说:"你都会开车了啊?稳不稳哦,两个老太婆到时候翻车了才好笑。"

"看你说的哦,我们老万坐我的车,一直夸我开得好,不信你等下问他嘛。"说完,瞟了程斐然一眼,"哎呀,张家的事情我也听说了,把你们牵连惨了哦。我当时就和你讲,娃儿不要太早结婚了,多挑挑多选选,女儿只有一个的嘛。"

刘女士也不黑脸,粲然一笑,回应道:"我确实不如你想得周到啊,挑肥拣瘦,挑三拣四,我哪有这么多闲时间哦。说牵连也算不上,张琛那娃儿耿直,分也分得仁义,两套房子给我们斐然,娃儿的抚养费也照常出。我嘛,虽然不如你有钱,但是我们程斐然想要啥子想做啥子,我向来支持,她不上班我也可以养她啊,女娃儿这辈子本来不容易,我看她健康开心就好。"

刘女士说到这个份儿上了,钟孃孃也不好继续说了,连忙赔笑说:"哎呀,红英,过逾了啊,走嘛,进去坐到。"程斐然看着刘女士,笑容里多了一丝沧桑,伸手上去挽住她,刘女士却毫不在意,大摇大摆地往里面走。

进了场,下了座,又见万芳芳她妈满场子飞,刘女士一句话不说,程斐然晓得她全听心里去了,还来不及照顾刘女士的情绪,又听方晓棠跷着脚轻嘲道:"万芳芳嫁给朱丞我不晓得是该恭喜她还是同情她,那个死人,昨天晚上还想我去他那边陪他过夜。"程斐然和钟盼扬心一紧,连忙问道:"你没犯傻吧?"方晓棠冷言道:"我疯了?就算不晓得他今天要结婚,我也不会去踩那一摊雷。"程斐然松了口气,刘女士在旁边听得似懂非懂,只问:"你们在说那个洋人啊?你们认得到啊?"程斐然小声说:"他是屁的个洋人,完全就是重庆人,我也不晓得万芳芳是真的不晓得,还是装着不晓得。"刘女士听后,翻了个白眼说:"我就是说,横看竖看都不像是外国人,就以钟志娟那副德行,晓得了也要装不晓得,招牌都打出去了的嘛,而且,说不定就是她要自己女婿假扮的!"说完,三人都咯咯笑了。只是方晓棠始终有点不开心,觉得像是衣服上面沾了屎。

程斐然看着耀目的T台,拱门,花篮,星光,再回头看刘女士的神色,恍然想起当初和张琛结婚的时候,现在想来,二十二岁,就踏上台子在万众瞩目下说誓言,换戒指,泪流满面,是一切都进行得太快了,人生像是翻书,偏偏高潮翻在了前头,余下的故事自然每况愈下。

那时候刘女士也是这样坐在台下,目不转睛地看着自己被程爸爸牵着手交到张琛手里,说了一堆主持人惯例照提的话,程斐然注意台下刘女士的表情,严肃又饱含深情，再回头，就看不见了。

程斐然已经不记得当时张琛念了一首什么诗，说了什么长篇大论的爱情誓言，只记得那天刘女士消失的那十来分钟里，她恐慌而忐忑，担心刘女士就此离场，让一切无法收场。当张琛抱着她深情一吻，她才回过神来，而后请双方父母上台，刘女士才缓缓出现，那种不知名的挑剔和严肃在那一刻消失了，她牵着程斐然的一只手，手心里还有汗，像是做好了十足的准备，才走到这一步的样子。程斐然不知道那一刻到底是被什么触动，泪腺在一瞬间爆破，而刘女士却始终面带笑容，像已经定型的蜡像，一动不动地站在她旁边。而此刻，万芳芳和朱丞也上台了，奏着同样的《结婚进行曲》，在众目睽睽之下步入人生的新篇章。

正值两位新人互说誓言，不知谁家小孩儿摸到个鞭炮，悄悄躲在花环拱门旁边，点燃了往台上扔，"啪"的一声，炸到了花童小孩的手上，花童妈妈连忙跑上去，指着放炮小孩大骂："哪点来的野娃儿，也没人管管！"伸手一巴掌拍上去，刘女士旁边那位家长突然站起来，怒气冲冲走上去，吼："哪个喊你打他的？！你是哪个鬼婆娘嘛！"伸手一推，花童和他妈妈一个跟跄，压在万芳芳裙子上。

紧接着台上一片混乱，万芳芳刚刚站稳，朱丞还没牵好她，钟志娟立马踮着屁股跑上来："哪个又在发疯！哪个敢破坏我女儿的好事！"高跟鞋一下踩空，崴了一下，刚说完，星光璀璨的大堂突然"咔"的一声巨响，灯全灭了，几个娃儿鬼模鬼样地尖叫起来，一问才说好像是隔壁施工电压过高，跳闸了。

黑暗中，人挤人，人拉人，人推人，台子上万芳芳像尊佛像一样站在那里，不管旁边动乱成什么样，她都始终坚挺直立。主持人拿着话筒在黑黢黢的环境里试图维持秩序，无奈话筒没声，只好干吼，接着娃儿的哭闹声，尖叫声，大人的辱骂声，推搡声，像一盘乱炖煮沸了。刘女士害怕被挤着，一下拉住程斐然的手，尽量往边边站，钟盼扬突然发现身边的方晓棠此刻不见了。

趁着黑，方晓棠到了台上，朱丞正好在另一边被推挤，方晓棠轻轻拉他一下，朱丞回头，模糊中看清楚脸庞，微微一笑。方晓棠小声说："嘘，你过来下啊。"说着把朱丞拉到一边角落，一手落在朱丞腹前，伸手去解朱丞的皮带。朱丞捂住方晓棠的手，说："你……要不得哦。"方晓棠不理，笑道："你不是最喜欢刺激的嘛。"一说，扯开朱丞的手放在自己腰上。朱丞还望着万芳芳那边，方晓棠手也是快，一下拉掉了他的皮带，解开了他西裤上的纽扣，扯下拉链。朱丞欲拒还迎，又不好意思，说："要不得要不得。"他还没反应过来，方晓棠两手一抢，已经扯掉了他的西裤，只露出他的四角内裤来。眼看着她蹲下来，朱丞露出了微妙的表情，只身想往里面再走点，却已不见方晓棠踪影，这时候一个女的大吼："哪个龟儿的摸我屁股！"

刹那间，电来了，灯亮了，只听见一个小女孩说："妈妈，新郎的裤子垮了！"众人纷纷望去，才看见朱丞红着脸一手拎着西裤往上提，一脚才到裤腿，西裤扯脱了线，只得狼狈地捂着自己的花内裤，整个场子爆笑起来，万芳芳依旧目不转睛地看着前方，仿佛什么都看不见，什么也听不见，唯独涨红了脸。刘女士突然轻轻地鼓了鼓掌，然后笑了笑说："继续嘛，新娘新郎该交换戒指了。"

3

是日傍晚,三人坐在国际楼的小酒馆里狂笑,钟盼扬说:"确实精彩,不枉费我那五百块钱入场费。本来早上还有点心痛,现在觉得物超所值了。"

程斐然拍了下方晓棠说:"那你以后见到朱丞怎么办啊?你们两家好歹也是远房亲戚的嘛。"方晓棠咂嘴道:"我还怕他朱丞吗,他敢再来招惹我,我让他死得更惨。"眼见方晓棠吃了秤砣铁了心,程斐然不禁笑道:"有些人前两天还不是这个语气哦,我看万芳芳这个婚倒是结对了!"

正说着,刘女士一个电话打来,问方晓棠在不在她旁边,程斐然"嗯"了声,便听到刘女士说:"你快和晓棠说一声,你三舅公隔壁那家村屋打算卖了,上次晓棠不是想盘过来做民宿吗,你问她还想要不?"程斐然把刘女士的话复述了一遍,方晓棠立马拍手叫道:"要啊,肯定要啊,我上次就说那里好的嘛!快点喊孃孃帮我留到!"说罢和刘女士讲个时间,回头再去南山上看一下。方晓棠又叫了一瓶雷司令,兴奋地说:"今天运气真的好,手刃了渣男,房子也等到了。"钟盼扬问:"是上次那套吗?"

大概年初开春的时候,三人开车上南山春游,正巧路过程斐然三舅公的家,说进去看望一下。三舅公家旁有片湖泊,隔壁是间旧村屋,里三层外三层,居高临下,俯瞰山水。方晓棠立马看上,说稍微打造一下,就是网红民宿,无奈常年闲置无人,三舅公也找不到隔壁邻居的联系方式,只好作罢。

正式到出行当天,程斐然洗漱完毕,准备出门,突然电梯响,只见刘女士一身紫罗兰短袖摇曳而出,头上戴了个遮阳帽,拎小包,冲程斐然笑。程斐然惊了下,问:"妈,你怎么来了?"刘女士说:"不是上南山的嘛?"程斐然内心摇脑壳:"我们又不是去耍啊!"刘女士不管,直言道:"那我也想上南山看看啊,你们看你们的,我耍我的,不过坐你的顺风车去都不行啊。"

再说下去,刘女士又要吹胡子瞪眼了,于是四人上车,刘女士坐前排,钟盼扬和方晓棠坐后排,一整车女子突击队,有说有笑,反倒无视了当日的阴雨天气。刘女士说:"还是怪啊,七八月份落小雨,少见。"程斐然说:"见惯不怪,这年头怪事多了去了。"方晓棠又插嘴讲笑话缓和气氛,钟盼扬赔笑,两母女又不说话了,刘女士只往窗外看,接着山重水复疑无路,轻车已过万重山。

行驶至三舅公家门前,众人开门下车,听到三舅公打招呼,恰好站在村屋前的几个人回过头来,彼此一看,万芳芳和她妈拉着朱丞也站在那里,旁边多出来的一个男的穿着制服,像是中介。看见她们几个,钟孃孃先开口:"哎呀,红英!又碰到起了哦。"刘女士只想说,哪点都有你,真的是阴魂不散。朱丞望过来,明眼人也看得出其中带着情绪,方晓棠直接不看他,对着钟孃孃说:"孃孃你们也来爬山啊?"钟志娟拍了拍手上的灰,说:"来看房子的嘛,顺道逛下山,你们诶?"刘女士直接怼回去说:"好巧嘛,我们也是来看房子,落雨兮兮的,未必还真有人专门来看风景哝?"

说话间,一个穿着青布衫的老头开着摩托车缓缓过来,三舅公迎上去,指着刘女士她们说:"徐哥,这就是我和你说的我外甥女和她女儿,之前就是她们想问你这个房子。"眼见三舅公搭桥,中介也紧跟着说:"徐伯伯,钟孃孃也想看下你们的房子。"刘女士忍不住翻了个白眼,小声吐槽道:"别个不要她不要,跟到别个屁股后头追。"钟孃孃立马说:"徐老哥哟,等你等了好久哦,中介说你这套最好了,我们打算买来改了修别墅。"

徐伯没开腔,从包里掏了钥匙,一伙人跟着他往梯坎下面走,钟孃孃急蹿蹿地走在刘女士前面,生怕房子被抢了。

虽然这村屋久未照料,但本身三层楼的格局还可以,加上有个大院子,恰好在山阴处,不热,只是整个房子属于八十年代农村民房修建,笨重又土气,需要大刀阔斧地重新修葺。周围灌木丛生,湖边架有半截木制小桥,等于一个钓鱼台,老桩枯木反倒变成装点,小雨落在湖面上,让人心旷神怡。

钟孃孃拉着万芳芳对着房子指手画脚,刘女士不安逸地说:"显摆啥子嘛,像是只有她一个人有钱一样。"

徐伯点了根烟,开口说:"我儿子把我和老太婆接到成都去了,这边大概率是不回来了,你们要盖这样盖那样,我都无所谓,只是房子我有感情,不想随随便便就卖了,卖就只能卖这套房子,地契我肯定是不转的,就看你们哪样想法。"

钟孃孃转了两下眼睛,立马开口说:"那以后拆迁收地怎么办哦,到时候我们不是亏了哦。钱对我们来说不是问题,但至少要有个保障嘛。"

对于方晓棠来说,倒没想着靠地升值分地赚钱,只说:"徐伯伯,不转地契我可以答应,但是时间要有个期限,不然到时候你突然要收回地,我肯定也吃亏。"

眼见两边态度,徐伯说:"你们打算开好多钱嘛?"

钟孃孃看了朱丞一眼,手一直拽着万芳芳,思来想去,报了个十万,徐伯白了一眼,说:"姐儿,你要是诚心,不至于开这个价。"钟孃孃不服气地说:"你这个地又不转让,我肯定只能出这么多啊。"刘女士忽而笑道:"钟志娟,你不是不差钱的嘛。"钟孃孃呵了一声,说:"那我也不得花冤枉钱嗷,刘红英,你今天对我哪个就阴阳怪气的啊?"刘女士叉着手说:"你才好笑哦,我看你这里要放沙发,那里要放茶几,结果才给别个出十万块钱。"钟孃孃一下气上来了,却也按着不发,转而对方晓棠说:"晓棠,今天这个到底是你要买还是你们刘孃孃要买哦,我看她的意见比你还多。"方晓棠还不及开口,刘女士立马说:"哪个买都是买,你这个也要管。"

听到她们吵来吵去,徐伯耳朵都要炸了,即刻打断她们:"哎呀,不要吵了,十万肯定少了。"方晓棠插过来说:"徐伯伯,你说个价。"徐老头想了想,伸手一个巴掌比了个五,说:"至少也是这个数吧。"钟孃孃一皱眉,说:"五十万?也是有点狮子大开口哦。"方晓棠二话不说立马应道:"五十万我可以。"眼看徐伯就要开口答应,中介顺势给钟孃孃递了个眼神,钟孃孃赶紧抢白道:"五十万嘛五十万,那我也要签个地契时间,至少和商品房时间性质差不多嘛,五十年打底。"方晓棠抢过话来,"徐伯伯,我出六十万,房子产权我只要四十年。"钟孃孃一下急了,一手把方晓棠拉到一边说:"你这个娃儿哦,你在这里和我抢啥子嘛,自己人和自己人在这里争。"方晓棠才不在乎钟志娟,只说:"钟孃孃你又不缺钱，南山上有这么多好的别墅，你就买现成的嘛。"

朱丞在旁边清了清喉咙，装模作样用普通话说："徐伯伯，我出七十万，就不要二价了，四十年产权也没问题，我只想给我岳母找一个养老的地方，这里山清水秀，我很喜欢。"徐伯听到他说普通话，呛道："还有外地人嗦，七十万就七十万了嘛。"

眼见徐伯答应下来，钟孃孃觉得女婿回价回太快了，方晓棠盘算着再往上涨也不划算了，全压在这里也不理智，谁料刘女士一下说："我们出八十五万，徐老哥，你也不要再想了，他们不可能出得比我们更高了。"程斐然愣生生看着自己妈，也不知道她哪来的口气，方晓棠也愣了，哪能想刘孃孃突然杀出来。

钟志娟瞪了刘红英一眼，朱丞二话不说加到一百万，死死盯着方晓棠，万芳芳全看在眼里，有点不高兴，说："一百万你也是疯了，就这么个破地方！"徐伯马上吼了一声："啥子破地方，嘿，妹儿你说话还好笑诶，破地方你们就不要来抢，不要就各人走，走走走！"

万芳芳背过身去，二话不说往外面走，眼看朱丞还要再开口，钟志娟立马制止道："哎呀，让给她们，这么个破房子，晓得争来抢来干啥子啊？简直钱多了，疯逑了。"刘女士笑着看看灰溜溜的钟孃孃说："都说越有钱的人越抠诶，真的是这样。志娟，慢慢走哈。"

眼见钟孃孃拉着万芳芳走了，程斐然才和刘女士嘀咕道："你在干啥子哦，别个晓棠自己都没说话。"刘女士见钟孃孃走远了，才和徐伯说："徐老哥，我三舅和你这么多年邻居了，你好歹还是给我们便宜点嘛，都是熟人熟事的，做事也便当。"徐老

头想了想，价格都抬上去了，又要他收手，多少有点不舒服，看钟志娟那边也不回头了，最后说："怎个嘛，我也不要多了，收你们六十万，产权我只转让三十年，之后可以再续，你觉得如何嘛？"

见晓棠还在犹豫，刘女士却直言道："晓棠，孃孃我帮你出二十万，当作我的投资，就算我一个股东，你这两年做民宿做得好，我相信你，肯定两年内帮我赚回来。"程斐然有点尴尬地说："你哪个又自作主张，也不事先和我说一下？"刘女士突然心气高着说："现在不是当着你面说了嘛，还商量啥子呀！"

方晓棠当然想拿下这个地方，可是对于刘女士突然给出的二十万，她却真不知道接还是不接，赚钱了还好说，要是真的赔了，只怕利益关系扯不清楚要出大问题。大概看出方晓棠心思，刘女士当着程斐然说："晓棠，这个钱，名字不写我的，写程斐然的，算作我给她投钱，也当你们姊妹伙一起做点事，赚了赔了都不用担心我。"

刘女士说完，程斐然更是沉默了，方晓棠更觉为难，钟盼扬插进来开了口："这样好了，我也拿五万出来，孃孃就少拿点，既然入股，总不能不算我吧？"见钟盼扬出来解围，程斐然也不好多说什么了，支了支方晓棠，说："拿到吧，既然你这么看好这里，我也对你有信心。"方晓棠也不矫情了，只说："要的嘛，就姊妹伙一起赚钱！"随着答应下来，与徐伯定了签约时间。

累了一天，刘女士说想先回去休息了，余了她们三人，看表已过了晚饭时间，周围香气扑鼻，钟盼扬说："看到这些街边大爷涮串串，有点想吃火锅，要不然去吃老火锅嘛。"方晓棠说："好想吃黄泥磅'上

品拾陆'门口那家烧烤,好久好久没吃了。"程斐然说:"你们一说我也想吃烤脑花了。"三人彼此看了看,程斐然扑哧一下笑出来,说:"要不然都吃嘛。"方晓棠说:"要得,今天应该庆祝一下啊,这下不算我一个人的事情了哦,虽然你们出钱少,还是要出点力哦。"钟盼扬立马接道:"不然呢,我那五万块钱你以为我是做慈善啊?"

程斐然仰头呼了口气,整个人这才松弛下来,对着汽车天窗,说:"扬扬,今天还是要谢谢你。"钟盼扬说:"谢啥子,我觉得倒是要谢晓棠给我们机会赚钱。"方晓棠立马像是摆开阵来,正襟危坐,说:"以我的经验,这次绝对可以赚钱,但是有一点,必须事先声明。"其他两人望着她,只听她道:"赚钱了,我们分红,赔钱了,当我问你们借的。"程斐然和钟盼扬立马齐声惊叫道:"不得行哦!"方晓棠拉着她们俩的手,说:"我认真的,你们也不要反驳我了,第一是我不想以后因为钱的事情闹不开心,二来我晓得今天刘孃孃的意图,也晓得扬扬你当时的想法,总之,你们听我的!"程斐然和钟盼扬始终不想去占这个便宜,却奈何不了方晓棠,只能随机应变,方晓棠嚷嚷说:"好了好了,我们去吃饭嘛,好饿哦!"

约莫将近九点,三人坐在火锅店大门口,红油在九宫格里沸腾,油碟蒜蓉都蘸散了,三碗冰粉已下肚,一整个杯盘狼藉,还抵挡不住她们空虚的胃,三双筷子在锅里来回攫菜,嘴上吃得辣嘘辣嘘的。眼见吃得差不多,程斐然说:"留点肚皮,我过去烤烧烤。"说着起身,拎着小包朝前走了几步,黄泥磅边上弯弯拐拐,好吃的不少,绕过几棵黄桷树,再下个坡,已经听到烧烤嘶啦作响的油炸声了。

程斐然走过去,周围围了好些人,只见烧烤师傅闷头刷油,刷佐料,忙得不行。程斐然挑挑拣拣了几样菜色,师傅递过来一个缸钵,让她扔里面。程斐然选好,抽手机打算付钱,一下愣住,对方见她迟疑在那里,正要问,却在抬头瞬间也悬住了手,天黑得不成样子,烧烤摊上悬挂的白炽灯把两个人的脸都照得有点可怖,一个大哥突然叫道:"师傅,我那两串茄子多要点葱。"这才缓过神来,两人却也没说话,对方只是简单笑了下,照旧把缸钵接过去,算了下菜品,说:"四十二。"程斐然才像如梦初醒一样反应过来,"哦"了一声,拿手机扫了下挂在灯下的二维码。

张琛从没和她说过他现在在烤烧烤,自从离婚之后,程斐然甚至没有资格认真去关心他的生活,每当她把孩子送回到张琛妈那里去的时候,两人也只是简单打下照面。张琛说他在上班了,具体没说什么,现在基本看来,为了他爸那笔债,应该是早上一份工,晚上一份工,难怪常常看到他深夜还没睡觉。两个人就这样默默地站在烧烤摊的两端,像是从不认识的顾客和卖家,旁边的喧嚣吞掉了他们之间的沉默。张琛很认真地烤着,直到老师傅过来,说:"我来嘛,你去那边收下盘子。"张琛才放下油刷,点头弯腰去做事。

程斐然倚在树边上,抽了两口电子烟,瞥了一眼摊位,只觉天地全非,乌泱泱的黄桷树把张琛的身子彻底遮蔽了。这会儿,老师傅吼:"苕皮剪不剪?"程斐然才猛然迎上去,说:"不剪,多要点海椒。"张琛已经收拾好了,然后钻进旁边的小黑屋去洗手,老师傅麻溜地把烤好的菜品放进一次性饭盒里,问:"这里吃,还是带起走?"程斐然说:"带走。"再抬头看,张琛还在那个黑黢黢的地方，周围的人越来越多了，她拿了烧烤，退了两步往回走，就此没有再回头。

回到饭桌，程斐然把烧烤摊开，钟盼扬和方晓棠立马动手吃起来，程斐然却有点愣，钟盼扬问："你啷个了啊？"程斐然摇头，打开和张琛的聊天窗口，想说点什么，最终还是没说了。她开了瓶雪碧，喝了一口，汽水呲啦在舌头打转，半晌才说："我刚刚去烤烧烤的时候碰到张琛了。"

方晓棠惊叹："这么巧啊？啷个没喊琛哥过来一起吃啊？"程斐然说："他在跟烧烤师傅当学徒。"程斐然一说，两人却不好接什么了，她又接着说："我还以为我看错了，但是想了下，他还能做啥子啊？他老汉把他这辈子都拖垮了，工厂欠的债务都落在他的头上，七八百万，自己倒跑了，死活只有张琛帮他还，征信有问题，哪儿哪儿都不要。"钟盼扬叹气："哎，琛哥这么好的人。"方晓棠说："那他还在负担涛涛的生活费，也太惨了。"程斐然说："不说了，快点吃。"

程斐然对于张琛的情感总是复杂而难以言表的，在遇到侯一帆之前，程斐然也以为离婚是短暂的，不过是两人兵荒马乱生活中的缓兵之计，随着时间的拉长，债务问题的发酵和升温，永远填补不了的黑洞和张琛每况愈下的状态让她陷入了某种怀疑。程斐然终究知道两个人是回不到从前了。

当时已经分居两处的他们，在陪涛涛过完五岁生日的那个晚上，程斐然第一次拒绝了张琛的拥抱，她知道眼前这个男人从始至终没有变过心，但是自己却已经很难找回两人的感觉了。他们俩牵着孩子的手，走了很长一段路，这期间张琛一直在给儿子讲笑话。后来在张琛带涛涛去上洗手间的时候，程斐然站在大街上猛然大哭，因为债主的纠缠和骚扰，她还是丢掉了工作，甚至丢掉了生活，当她看到张琛抱着涛涛回来叫她的时候，她的心在那一瞬间彻底空了。

夜宵散场，行车回家，突然有点怆然，红灯前，她趴在车窗上发了一小会儿呆，想起在去万芳芳婚礼路上刘女士的那番话——你现在又没工作，每天耍耍哒哒的，打麻将打一辈子啊？她当然知道刘女士大方拿出那二十万是什么意思，只是她不想让刘女士总是为自己那么操心和为难。

她重新发动了车，径直往刘女士家开。拿出钥匙开门进去，轻轻推开了母亲房间，然后上床缓缓地抱住刘女士。刘女士翻身，被程斐然弄醒了，差点吓了一跳，只听见程斐然疲惫地说："是我。"刘女士才定下神来，嫌弃地问了句："你怎么睡到我这边来了？"程斐然假装睡着了，一句话不说，刘女士无奈，翻身沉睡下去。

第二天一大早，刘女士买好豆浆油条回来，把程斐然从床上赶了起来。程斐然睡眼惺忪地拿着手机走进洗手间，定眼看到屏幕上有好几通钟盼扬的来电。她坐在马桶上，正打算发信息问怎么回事，侯一帆却先发信息过来，问她去哪儿了。程斐然看着马桶对面的镜子，稍稍清醒了一点，回了一句在妈家里。侯一帆随即发了一张照片，程斐然点开看，是她扔在楼道间的那盆茉莉又发芽了。

侯一帆说，你好聪明哦，这两天下雨又把它带活了。她匆匆起身洗漱，一边刷牙，一边点开闺蜜群，群里已经热闹翻了。钟盼扬发了好几条信息，讲陈松被派出所抓了，她现在正在赶去的路上，如果方晓棠和程斐然谁先醒了，快过来找她。

耳边刘女士再三催促，手机又开始震动了起来，程斐然望向窗外，一片阳光泻了进来，明晃晃的，让程斐然睁不开眼。

第 三 章

1

夏末秋初，气温滚热，程斐然开车到派出所门口的时候，钟盼扬已经在那里等了，眼见程斐然要下车，又推她上去，自己坐到副驾驶上，讲："这个天真是热死了，快让我吹吹风。"

钟盼扬把风调大，像是活过来，程斐然才问："你还要管他啊？"钟盼扬说："他骗警察说我是他老婆，喊我来赎人，做了丢人的事，肯定不想他妈老汉晓得啊，只晓得拿我当挡箭牌。"程斐然拍了钟盼扬一下，说："那你还来！管他死活哦，大热天往这边跑。"钟盼扬说："你以为我来帮忙啊？我来看热闹。"说完钟盼扬两腿一伸，继续讲："我开始以为是嫖娼，结果是诈骗。"程斐然皱了下眉："他还学会诈骗了啊？"

钟盼扬伸手调了下空调温度，说："不是他诈骗，是他被骗了。"

自从那个女教练不和陈松来往过后，他就开始上起了那种交友网站，先交换照片，说下彼此需求，陈松就贸贸然把自己照片发过去了，结果对方用他照片注册了小号，开始去到处诈骗。陈松也是笨，信息被盗用了也不晓得，别人从聊天里旁敲侧击打听他的日常信息，他也是像中蛊了一样，一下子就说出去了，等于偷梁换柱变成了他，结果惹到一个富婆，立马报了警。

钟盼扬紧接着说："次次上当，一点都不长记性。上次团建也是……"程斐然又好奇了，问："啥子事诶？"

八卦一扯，女人之间总是兴奋。只讲三亚团建时候，钟头和陈松同屋。撒进夜晚小卡片，做得精致，陈松嘛，动了念，非要钟头去电问价，说要了解下市场行情。钟头信以为真，真打过去，对方才说价格因人而异，酒店大堂休息区可现场选人。于是约在大堂旁边小隔间，够私密。结果后面便精彩了，妈妈桑真带了人过来，却个个人老珠黄，庸脂俗粉。钟头要走了，妈妈桑说，不急啊，还有呢，而后又来几个人，精神萎靡，陈松也看不上，钟头说真要走了，妈妈桑说，好，一共六百四。钟头和陈松一下愣了，问啥子六百四？妈妈桑说，筛选费啊，看一个人八十块钱，刚刚看了八个，刚好六百四，要是里面有选上的，看人费就免了。陈松晓得被骗了，拉着钟头想走，结果同事正巧下楼，怕被撞见，只能认栽付钱。陈松耐死耐活选了一个稍微看得过去的，妈妈桑一口价，快餐两千，过夜三千。陈松讲价，妈妈桑说，全三亚这个价格了，童叟无欺，要是陈松不给钱，就直接闹到酒店前台去，举报他们。陈松奇葩到让钟头摊了一半的钱，两个人都没有兴致，但又不想浪费钱，结果陈松说，要不然转让给隔壁好色同事，给他打个折。

247

讲到这里，程斐然已经笑到肚子痛了，警察来敲窗，说可以登记了。

填了表，签了字，领了陈松出来。拘留了三天，整个人瘦了一圈，胡子邋遢不成样子，眼神迷离，不像是被关，倒想纵欲过度。警察盯了陈松一眼，把手机还给他，然后说："事情是查清楚了，但是你以后还是少上一些不健康的网站，恁个乖生生的一个老婆，少搞点事情嘛。"钟盼扬对警察说："我不是他老婆，我是他前妻，警察同志，要搞清楚。"钟盼扬这么一说，警察立马问："那你不算家属哦。"陈松马上撒谎道："在闹离婚，还没离。"

钟盼扬懒得解释了，领了人，出了门，陈松死皮赖脸地说："扬扬，你还是要管我。"钟盼扬转身喊陈松停到，然后拿起手机"咔"一下拍了张照，说："首先，我不是管你，嘞，给你拍下来，自己记到自己狼狈的样子。二来，这是你陈松欠我的一个人情。三十多岁了，关到派出所好要不嘛？"陈松申诉道："我是被陷害了啊！"钟盼扬说："为啥子不陷害别个呀？可能全世界就你最好骗。我看你那副德行还要好久才改得到！"陈松自认理亏，又听钟盼扬说："还有，我们已经离婚了，没得关系了，不要一天在外面打胡乱说我是你老婆。"

两人就这样把陈松甩在了派出所门口，钟盼扬长长呼了口气，陈松的德行她早就看穿了，想到陈松被她发现偷腥，最后跪在地上道歉的样子，钟盼扬就晓得，这婚姻，没得救了。

车开了几分钟后，钟盼扬说："你以为我真的是气陈松管不住自己下半身啊？我是气他对我不坦诚！"程斐然望了钟盼扬一眼，"出轨还能怎么坦诚？"钟盼扬说："说句不好听的，他要真的坦诚和我说他想去嫖娼，我还敬他三分。"程斐然嗤笑道："我看你也就是说说。"

钟盼扬说："我说真的啊，陈松这种人，管得住一次管得住一辈子啊？我完全是气他搞这些事情全都不把我放在眼里，我还要从外人那里听到他的事情，这才是真的背叛。"

程斐然像是今天第一次认识钟盼扬，钟盼扬说："婚姻开不开放是另说，但根本的尊重要有吧，要么你做到滴水不漏，点儿都不要被发现，那也是一种尊重，要么你就索性大大方方地摊牌出来讲清楚，也是一种尊重，偷偷摸摸，又蠢又笨，哪里配得上我。"

程斐然不说话了，转个话题说先去加个油，准备找个馆子把午饭解决了，钟盼扬说："饭不吃了，你送我去新光天地嘛，我姨妈给我安排了个相亲。"程斐然好奇："你姨妈也是有点好耍，先在家里捅祸，现在又来献殷勤，你也是，还要领情。"

当初陈松和钟盼扬离婚，姨妈就是背地里嚼烂舌根的那个，钟盼扬说："我才懒得领她的情，每次相亲等于看戏，我小姨介绍那些男的，一个比一个奇葩，你真的只有看到相亲那些男的，你才能坚定对自己说，单身绝对是最好的选择。"

程斐然笑着问："有没得照片啊？给我看一眼。"钟盼扬说："没得，我都不找我小姨要，每次像开盲盒，好耍得很。这次只晓得以前是当老师的，老师最好耍，看起外在为人师表，背地里花花肠子也多。诶，你要不然和我一起嘛。"

程斐然问钟盼扬："我去干啥子啊，万一到时候把我看起了，那才尴尬。"钟盼扬说："尴尬啥子嘛，未必我还会认真吗？我就想拉你一起看看热闹。"程斐然开玩笑说:"是不是要热闹嘛?那不如把晓棠喊起一路,三个女的够不够热闹嘛!"钟盼扬说:"要得要得,我现在就给晓棠打电话!"程斐然立马笑道:"你还真的打啊?"钟盼扬说:"想想就好耍,我也想看到底最后我们哪个被看上啊!"

2

接近三点,方晓棠姗姗来迟,钟盼扬让她特地盛装打扮,扎了头发,化了妆。三人一并坐下,各点了杯冰拿铁,便见前面款款走来一位男士,远远看去,一副金属框架的眼镜显得人特别斯文,一件藏青色 Polo 衫搭了一条香烟灰裤线清晰的西裤,像个老师模样。三人彼此望了一眼,不敢确定来者是不是相亲对象,只见那短发男人东张西望了一番,然后慢慢走来,在三人面前坐下,方才定神看清对方长相,国字脸,下垂眼,皮肤黝黑,看起来比她们仨岁数都大一点,但不沧桑也不颓唐,样貌相当出众。程斐然稍稍多看了一眼,觉得眼熟,钟盼扬也觉得面善,对方礼貌地问了声"下午好",方晓棠却突然咋呼道:"孔老师嘛!"

方晓棠一喊,程斐然和钟盼扬立马惊了,钟盼扬手里的咖啡差点泼洒了,只见对方浅浅一笑:"方晓棠,钟盼扬,程斐然。"一一念出了她们的名字。

定睛一看,果然没有认错,眼前这个人确实是她们仨高中的数学老师孔唯,当年师范毕业就来接了她们这一届高三,那时候已是许多女生私下暗恋的对象,在一帮子老学究里面,有这么一个出挑的年轻人,确实让不少女生春心荡漾。只是钟盼扬怎么想没想到,今天的相亲对象竟是他。原本还打算一起捉弄一下对方,这下程斐然和方晓棠一下都乖得不得了,钟盼扬也一改刚刚居高临下的姿态,问:"孔老师,你喝啥子,我去给你点。"

孔唯看她们一个个拘谨得不行,一下笑了:"不用管我,我等下过去点。你们放松点,我早就不是老师了,即使是,我又大你们不多,当年上课还和我疯扯开玩笑,现在越大反而越放不开了哦。"

方晓棠立马说:"那不是,我们哪个晓得扬扬的相亲对象是你呀,这么多年了,你还没结婚啊?"方晓棠向来直言不讳,这个问题一问,程斐然差点呛到了,钟盼扬轻轻咳了一下。

孔唯却说:"结了,又离了,家里人觉得我单着不是办法,喊我再看看,本来我也没那个心思,那天正巧拿到钟盼扬的照片过来,我开始听着耳熟,后来看照片,才发现不就是,说着来看看也好。"孔唯左右相望:"你们三个从小黏到大,关系还是怎个好,相亲都要一路来。"

钟盼扬一下有点脸红,当年上学的时候,她就有点喜欢孔老师,是那种由下而上的仰慕,没想捅破这层纸。顾忌方晓棠总是一惊一乍的,也只和程斐然讲过。

程斐然喝了口咖啡,试探性地问道:"孔老师现在不当老师了,在做啥子啊?"

"你们毕业之后,正巧有个机会去深圳,我就辞职了去经商了,摸索了几年,后来又回重庆搞了两个工程项目。"孔唯讲得彬彬有礼,和当初上课的样子一模一样。

"那等于是说有钱了,发达了。"方晓棠一语点破,又嘻嘻笑起来,"这么久不见了,那孔老师请我们吃饭嘛!"孔唯连忙说:"发达谈不上,但肯定比当时教书要好。你们想吃啥子？要不然就去吃江湖菜，旁边有家麻麻鱼好吃，看你们喜不喜欢？"三人合意，愉快答应。

水煮麻麻鱼，生意确实好，五点不到已经坐满了，孔老师把菜单递给方晓棠，说："你们看下啊，除了招牌鱼和炒黄鳝，看看还有啥子要吃？"方晓棠接过菜单，又要了辣子鸡丁、烧白和两个小菜，交子服务员，突然听到背后有人叫："孔老师！"众人回头，只见陈松慢慢走过来，拉住孔唯握手，钟盼扬的脸一下沉下去，像是落进水井里的月亮，冰冷无光。孔唯一时没认出对方是谁，陈松立马说："我陈松啊，只记得到女同学嗦。"孔唯想起原来带的班上确实有个调皮捣蛋的男生叫陈松，但比起上学的时候，眼前的陈松憔悴了不少世故了不少，细看却也看得出。

钟盼扬不太高兴地说："你哪个来了啊？"陈松也没有不好意思，就着孔唯旁边坐下，说："孔老师今天请吃饭啊？哪个不喊我啊。"孔唯不晓得钟盼扬和陈松的关系，钟盼扬也不再是刚刚那副和颜悦色了，说："你是跟屁虫吗？你办啥子事办到这里来了？"孔唯立马听出其中微妙的情绪，陈松也是不给面子地说："是不是我耽误你相亲了嘛！"这句话一说，桌上的人瞬间都静了下来，周围人声鼎沸，只看到钟盼扬站起来说："陈松你是不是有病？"陈松轻笑道："是是是，我有病，老师和学生来相亲，我就是想来凑个热闹，可以不嘛？"

这时服务员端了麻麻鱼过来准备上桌，钟盼扬一手端过来就朝陈松泼去，陈松吓得往后退了三步，饭店里一下像炸开了锅，邻桌的人全都站了起来，陈松颤着声指着钟盼扬说："你疯了啊！"油汤滴水在地上漫开，鱼片散了一地，红海椒、绿花椒铺得到处都是。老板站在台子大吼一声："在搞啥子！"孔老师一下愣了，程斐然和方晓棠也立马起了身，方晓棠指着陈松骂道："别个相亲管你屁事啊，你们都离婚了！"

钟盼扬向孔唯说了声"不好意思"，场面实在太丢脸了，她转身就往外走。

程斐然和方晓棠追了一段路，才看到钟盼扬坐在一辆破摩托上刷手机，还不等她们俩开口，钟盼扬便说："也没让你们两个白来，好歹看了出好戏。"方晓棠宽慰道："陈松是哪个来的哦，莫名其妙。"程斐然才长话短说早上和钟盼扬去赎人的事情，方晓棠越听越生气，说："把他放出来了，反而跑过来闹事，啥子人哦，我要回去骂他！"程斐然一把拉住方晓棠说："算了，你还嫌事情闹得不够大。"

方晓棠只好偃旗息鼓，碰了碰钟盼扬说："怎么办啊，孔唯可能刚刚都遭你吓到了。"钟盼扬坦然说："吓到就吓到吧，本来也没打算发生什么。我累了，想回去了。"这时钟盼扬叫的车到了，说先走了，然后关了车门，扬长而去。

随后几天，钟盼扬还在情绪里面，也暂时没见程斐然她们，一来觉得丢脸，二来实在发了脾气。只是没想到孔唯还会打电话来，说上次那顿饭没吃好，等下班了单独请她吃顿好的。钟盼扬原本以为那天闹成那个样子，和孔唯大致不会联系了，没想到孔唯又去找了她的电话，实属用心。

下了班，出了国际楼，孔唯的车已经在歪歪拐拐的地方等她了，钟盼扬向来不是那种扭扭怩怩的人，也就大大方方地应了孔唯的约。

孔唯找了家像模像样的餐厅，刚好玻璃窗外是嘉陵江的夜景。孔唯要了两份牛排，下了单，和钟盼扬说："其实我今天主要来和你说声谢谢。"钟盼扬好奇："谢我？"孔唯点点头："我最近刚好在攒一个商场项目，但是下半年现金流回款慢，差点没拿下来，当时急着集资，我才放出去一部分，你小姨投了点钱进来，说有部分还是你给的，相当支持，我觉得有必要当场和你道个谢。"

钟盼扬这才听明白，小姨前段时间是跑去她妈老汉那边借钱，当时钟盼扬本来不待见小姨，但小姨口口声声说把车抵押给他们，就是急着要去投资，还想拉她老汉入伙。钟盼扬晓得妈老汉都是豆腐心，禁不得说，先断了小姨拉帮入伙的念头，自己拿了五万块借给她。现在看来小姨跟着搞那个项目是孔唯的，心里又稍微踏实了点，但想到孔唯找自己竟是这个理由，不免又有些失落，倒了酒，说："你今天不跟我讲，我也不晓得项目原来是你的，不过也就五万块钱，对于你们这种大项目来说无非杯水车薪。"

孔唯和她碰了杯，说："话倒不是这么说，可能恰恰少了那五万，这个地就盘不下来了。这次回款很快，你姑妈投资眼光还是不错，这次可以赚不少。"钟盼扬对投资倒不是很感兴趣，只说："孔老师才是真的能干，我姨妈也就是蹭个便宜。"

孔唯抬头悄悄看了钟盼扬一眼，又低头笑了笑，忍不住问："我还是想问你一句，作为相亲对象，你觉得我怎么样啊？"钟盼扬呛了口水，孔唯立马起身，帮她拍后背，喊她慢点。待钟盼扬平静下来，才说："我也就随口问下，我想你应该是不想再结婚了。"钟盼扬却看向孔唯："孔老师怎么知道？"孔唯说："我也不想结婚啊，这些年做生意，人情冷暖看多了，常常得不到信任，婚姻等于是另一种信任，谈到钱，大家就要多想三分，所以那天小姨说你二话不说拿出五万来支持的时候，我还是多少有些感动。"

钟盼扬不说话，孔唯继续讲："当时看到你照片的时候，我还在想缘分这件事。几年前，南山那边有个师父算命，说我几年后，遇到故人，要把握机会，可能是人生的另一个转折点。我想着自己还有啥子故人，直到看到你的照片，起了一身鸡皮疙瘩。一般情况下，我也不相亲的，但是这次还是来了。"钟盼扬听着，嘴上一句话没回，心里还是觉得有些温暖，和陈松相比，孔唯成熟、稳重、善解人意，确实是适合交往的不二人选，但钟盼扬心思紊乱，又不想往这方面去多想什么。

吃过饭，孔唯说送钟盼扬回去，钟盼扬拒绝了，一来不想发展这么快，二来钟盼扬还是决定冷静下来好好想清楚。刚到家，方晓棠打电话喊钟盼扬出去喝一杯，顺道把民宿合同签了。钟盼扬晓得那天确实不该给方晓棠她们甩脸色，实际是生自己的气，看方晓棠给台阶，立马下了，说洗个澡就出来。

3

方晓棠定好地方，已是后半夜，国际楼上露台酒吧，因钟盼扬是供应商，啤酒向来对折。钟盼扬径直上二十楼，酒客四座，热闹非凡。程斐然和方晓棠假装那天的事情没有发生，什么也没提，方晓棠拿出三份合同，递给程斐然和钟盼扬，说："虽然熟人熟事的，但是合同还是要签一下，先说断，后不乱。"程斐然匆匆看了一眼，就签了字，说："密密麻麻的，懒得看，未必我还不信你吗？"钟盼扬倒是认真看了一遍，果不其然，查出两个错别字，立马纠正，方晓棠说："扬扬从小到大做啥子事情都这么认真。"钟盼扬笑："我还不是怕你吃亏，你做事情向来迷糊。"

方晓棠打了哈哈，一下抱住钟盼扬的手臂，脸贴在她胳膊上，说："晓得你好！我老公都经常说，要不是有扬扬和斐然在我身边，不晓得要吃好多亏。"钟盼扬才想起，问："对了，魏达好久回来啊？"方晓棠干了半杯啤酒，说："要回来了，昨天还给我打电话，说回来帮我联系装修队，装修这种事情一向是他管的嘛。"程斐然咂了咂嘴："全世界都晓得你老公宠你。"方晓棠放开手，说："只有我老公宠我啊？侯一帆不宠你吗？只晓得说空话。"钟盼扬干了一杯，说："你有老公宠，她有男朋友宠，你们都是世界上最幸福的女人。"程斐然和方晓棠互看了一眼，怕又说错话了，钟盼扬又立马补道："但我有你们，我是另一种幸福。"说完三人举酒碰杯，预祝民宿生意兴隆，门庭若市。

干完了一整箱啤酒，个个面色绯红，侯一帆坐在车里等，三个女人像是吃了含笑半步癫，一路走一路笑，整个国际楼的车库回荡着她们三个的声音。侯一帆正在如火如荼地关注手机里的游戏，结果三个人站在车面前，他抬头像是看见三个鬼，吓得手机都落了，游戏那头语音呼叫："啷个回事啊，每次关键时候掉链子！"侯一帆拿起来，清了清喉咙说："滴滴司机接单了，你们自己耍。"接着三人上车，已是花枝乱颤。

侯一帆依次把钟盼扬和方晓棠送回家，程斐然此刻酒醒了，从车门下面拿了瓶水，喝了一口。侯一帆打着方向盘，说："我妈喊我这周带你回去吃个饭，我想把涛涛带着一起去。"

程斐然侧脸看了侯一帆一眼，问："为啥子要带涛涛啊？"侯一帆说："既然和我妈说了我们暂时不结婚，那至少有涛涛这个孙子在，她也心安一点嘛。"程斐然否定道："好怪嘛，涛涛又不是我们两个的娃儿，又算你妈妈哪门子孙子嘛。"侯一帆瞬间沉默了，程斐然意识到自己说话没过脑，低头想了会儿，说："说来说去，你还是想催我结婚。"侯一帆立马辩解："我没有啊，一辈子谈恋爱对我来说也不是什么难事，两个人彼此也轻松点，不带就不带嘛。"

程斐然第一次去侯一帆家里见家长的时候，侯妈妈还是很认可程斐然，结不结婚的事情倒没有提，后来又去了两次之后，彼此熟络，程斐然还是不自觉地感受到侯一帆父母希望他们组建家庭的渴望。自那之后，程斐然就有点抗拒去侯一帆家里吃饭，好几次家宴她都找借口推掉了。

"你妈为啥子想见涛涛啊？"程斐然还是忍不住问了一句。侯一帆打了两圈方向盘，说："我妈这周五十岁生日，我也是想让她开心一下，带涛涛过去也热闹热闹。"

程斐然反应过来，说："你妈生日你不早说！那明天找个时间给孃孃买个礼物啊。"侯一帆看了程斐然一眼，朝她做了个鬼脸，说："女人变脸比翻书还快，在你身上我真的看懂了。"程斐然一手打过去，说："就晓得对嘴！"

过两天，侯一帆携程斐然去吃饭，还是把涛涛带起了。程斐然一路上叮嘱了涛涛两次，见人要喊爷爷奶奶，还要记得祝寿。涛涛低着头看平板上的托马斯，迎头答应，随后问："妈妈你好紧张哦。"程斐然一下被说中心事，拍了下涛涛的头，侯一帆忍不住在旁边偷笑。程斐然瞪了侯一帆一眼，提着大包小包，准备上楼。

侯一帆爸爸开门，虽然已不是第一次见，还是有些不知所措。和侯一帆不同，叔叔是一个稍显臃肿的中年男人，侯一帆更像妈妈，高挑清瘦。儿像妈，有福，侯一帆常说程斐然就是那个福，程斐然不以为然。

程斐然递过去东西，说是礼物，侯一帆爸爸客气说："来吃个便饭，还要带东西。"程斐然连忙说："孃孃生日，买了点小东西，应该的。"

此时，家里已经有了客人，侯一帆的表姐、表姐夫还有姑妈、姑父悉数在场，侯一帆的奶奶跟着从卧室走出来，八十多的老人了，看见侯一帆还像看见小娃儿一样，要上去摸摸脸，捏捏鼻子，毕竟独孙一个。表姐夫妇也把孩子带来了，大涛涛一岁，是个女孩，叫冉冉。除了侯一帆父母和奶奶，其他人，程斐然也是第一次见到。

程斐然放下东西，还是礼貌地到厨房去问侯一帆妈妈有没有需要帮忙的。看到程斐然来了，侯一帆妈妈只笑着说："不用不用，你难得来一次，过去坐嘛。"这时涛涛跟着侯一帆过来，侯一帆说："妈，涛涛来了。"涛涛乖乖地叫了一声"奶奶"，侯一帆妈妈立马笑开了花，甩下锅铲过去拍了拍涛涛的脸。程斐然又领涛涛过来给其他大人打招呼，大方礼貌，不拘泥，个个喜欢。相反，冉冉就不大爱说话，表姐喊她给程斐然打招呼，她也只对着侯一帆喊了一声"舅舅"，然后就跑开了。表姐吵了冉冉一句，说她点都没得礼貌，冉冉不理，表姐只说："还是你们涛涛乖。"

涛涛看电视柜上有一些汽车模型，走过去仔细看了看，侯一帆爸爸过来，蹲下身问："你认得到这些车啊？"涛涛点点头，说："左边这个是奥迪，第二个是奔驰，后面这个是大众，还有一个是保时捷。"侯一帆爸爸最喜欢车，见涛涛全都说出来，开心得不行，说："娃娃厉害哦，个个都认得到。"涛涛也有些得意，说："我爸爸教我的，所有的车我都认得到。"说完，侯一帆爸爸又收了收笑，侯一帆过来打圆场："涛涛你喜欢哪辆，等下拿起走。"涛涛说："我喜欢保时捷！"侯一帆爸爸一下笑了："人不大，看车还是看得准。"

侯一帆妈妈做菜相当丰盛，人人动筷子，表姐夫看程斐然一眼，说："弟妹要不要喝点酒哦？"侯一帆挡了下，说："我陪姐夫喝嘛。"侯一帆拿酒出来，给爸爸、姑父、表姐夫都倒了一杯，侯一帆妈妈说："今天我也抿一口嘛。"侯一帆爸爸突然说："女人家家的，喝啥酒嘛！"这话一说，气氛冷了些，程斐然赶紧接上说："既然高兴，我也喝点嘛。"才帮忙给侯一帆妈妈倒了一小杯，说："我陪孃孃喝一口。"

众人举杯，给侯一帆妈妈庆生，程斐然向来不管涛涛，让他自己动筷子吃，表姐就不行，一直给冉冉夹菜，然后还瞅涛涛说："你看别个弟弟自己吃饭，好能干。"冉冉筷子在饭里捣腾，不服气，对着表姐说："妈妈，我要吃鱼。"表姐顺手给她撅了一块。大人简单闲聊，表姐忍不住问了程斐然："弟妹现在在做啥子啊？"程斐然说："我最近没有上班。"

表姐略有所思地点点头，笑道："在家带娃儿啊？"程斐然不好说，没回，这时，侯一帆奶奶突然说："带带娃儿也好，以后帆帆的仔仔生了，弟弟也有个伴儿。"奶奶一开口，程斐然更是不知道说什么好，好在侯一帆妈妈善解人意，打断了说话，讲："难得今天人这么齐，我还是说两句……"话刚开口，冉冉嘎叫一声，说是刺卡住了，侯一帆奶奶立马心疼指责表姐道："哎呀，小芹你怎么不帮娃儿看到起啊！"表姐表姐夫纷纷起身，赶紧和侯妈妈进去找醋，让冉冉猛喝一口，还是卡住，表姐夫说："吞饭，大口吞饭！"冉冉只顾哇哇哭，饭也吃不下去，一桌人顿时乱成一锅粥，又是奶奶的叹息，又是表姐夫妇的手忙脚乱，唯独侯一帆和程斐然像是看客，不知说什么。表姐夫说："要不然就去医院吧。"这会儿，冉冉突然停了下来，呜咽道："好像吞下去了。"大人们才松了一口气。涛涛看到这一幕，忍不住笑了一声，程斐然轻轻拉了涛涛一把，小声说："不礼貌哦。"涛涛才又低头吃饭。侯妈妈说："没事就好，吃饭吃饭。"原本想说的话也就忍着没说了。

吃完饭，侯一帆和表姐夫还有他爸坐着聊天，表姐轻轻碰了下程斐然，小声问："你和帆帆打算好久结婚啊？"程斐然看了侯一帆一眼，说："还没想好。"表姐笑，说："我也就是当你自己人才说，你现在这个岁数生二胎正好，再晚点，就有点麻烦了，反正女人啊，上了岁数就各种麻烦，我是过来人。"

程斐然正想说她不打算再生，突然就听到里屋冉冉哇哇哭起来，表姐立马跑进去，只见涛涛拿着游戏机，冉冉倒在地上，表姐也不管了，朝着客厅喊："侯一帆，你过来下！"程斐然听表姐语气，跟着侯一帆过去，看见冉冉一边大哭一边指着涛涛说："野娃儿！你又不是我们家的，你是野娃儿！"涛涛看着程斐然，程斐然一把把他护过来，侯一帆立马责骂道："冉冉，哪个准你这么说的？"表姐不理，只顾说："是涛涛把冉冉推到地上的，还不准冉冉耍游戏机，我刚刚进来看到。"

程斐然看着涛涛手上的游戏机，蹲下身来，看着涛涛问："好好和妈妈说，怎么回事？"涛涛瘪着嘴不说话，程斐然见涛涛没有反应，一下把游戏机抢过来，说："拿给姐姐。"涛涛不服气地说："我才不是野娃儿！游戏机又不是她的。"

这时奶奶闻声进来，看冉冉哭得稀里哗啦，又看着涛涛倔强的表情，说："啷个搞的嘛，来，孙孙儿，过来祖祖抱，不哭了。"说着伸手去抱冉冉。程斐然觉得尴尬，带了涛涛出去，侯一帆看了自己表姐一眼，也不管表姐埋怨什么，听到程斐然和侯一帆妈妈告别的声音，连忙追了出去。

"啷个要走啊，才吃了饭。"侯一帆妈妈还没搞清楚怎么回事，只听到奶奶说："让他们走嘛，帆帆留下来陪奶奶。"程斐然听到这句话，终于绷不住了，蹲下身给涛涛穿鞋，侯一帆妈妈出来说："哎呀，小娃儿扯皮很正常，要一会儿就耍到一起去了。你们大人也是太紧张了。"

程斐然只说不好意思，一手护住涛涛，才听到他说了一声"痛"，挽开袖子，右手臂上是一个咬出血的牙印。程斐然瞬间就明白了，她轻轻拍了拍涛涛的头，说："乖，我们回去了。"侯一帆立马拿车钥匙准备跟她一起走，程斐然说："你留下吧，我送涛涛回去就行。"侯一帆不听，穿了鞋拉着她一起走了，下了楼，程斐然才说："你下来干啥子嘛，还嫌事情不够大。"侯一帆说："我管得他们哦。"一手抱着涛涛，侧脸就看到了那个牙印，不是一般的深，他气愤地说："老子！我要上去找陈小芹说清楚，她是养了条狗吗？"

254

程斐然看他这么护着涛涛,气一下没了,拉了侯一帆一把,说:"算了,我去买点碘酒给他擦一下。"侯一帆看着涛涛强忍住没哭,才说:"你啷个不哭啊?"涛涛嘟了嘟嘴,说:"爸爸说男儿有泪不轻弹。"程斐然却突然湿了眼眶,轻轻推了侯一帆一把,说:"你还是上去吧,毕竟是嬢嬢过生,不然奶奶以后更觉得我是狐狸精了。"侯一帆懒得理,说:"生过完了嚛,他们这么心疼那个曾孙女,就让她们疼嘛。"然后逗着涛涛笑,一边说"下回儿不来了",一边往附近药店走了,程斐然走在后面,一时间内心五味杂陈。

钟盼扬这一天却忙死了,两只脚一整天没落地,刚刚打开电脑,手机又响了,电话号码没见过,她还是接了起来,电话那边孔唯小声地问:"你现在方便不?我有点事想和你说。"钟盼扬十分钟后本来有个会,想着找个理由翘掉了,叫孔唯在观音桥附近找个地方,她马上下去。

即使是工作日,观音桥步行街的人依旧很多,不时车辆上上下下,络绎不绝。钟盼扬出来下了坡,急匆匆地往边上走。国际楼的另一侧,原本明晃晃的阳光被遮住了,天一下阴了下来。孔唯坐在咖啡厅角落的位置,钟盼扬推门进去,和他打了个招呼。和往常不一样,孔唯脸上的笑容看起来有点僵,钟盼扬在他对面坐下,注意力落在了他旁边那个黑色包包上面。

孔唯问钟盼扬要喝点什么不,钟盼扬说等下还要回去上班,问孔唯到底什么事情。孔唯看了钟盼扬一眼,说:"我想你帮我保管下这包东西。"孔唯一手把他旁边那个黑色的包提过来,放在钟盼扬面前,轻轻拉开了拉链的一角,钟盼扬单单看到那个缝,已经倒吸了一口凉气。孔唯立马拉上了拉链,说:"具体原因,我一时半会儿说不清楚,只要你愿意帮我这个忙,我孔唯肯定记住你这份人情。"说着把包推到钟盼扬这边,又补了一句:"当然,你不帮也理所当然,毕竟我们两个也没得啥子关系。"

钟盼扬的眼睛从头到尾没有离开过那个包,就像是孔唯现在提起一包炸药站在她面前,和她说要去炸五角大楼一样。钟盼扬的心是慌的,孔唯的眼睛也一刻没离开过她,像是每一秒钟都在关注她神情的变化。半晌,钟盼扬才回过神来,忍不住问了句:"啷个想到找我啊?"孔唯苦笑道:"我也不晓得,就第一时间觉得这件事找你最可靠。"

钟盼扬摩挲着手指,心怦怦直跳,浑身神经都高度紧张,孔唯说:"主要是我最近要离开一段时间。"钟盼扬问:"那你好久回来?"孔唯说:"我那边的事情忙完就立马回来。"钟盼扬又看了一眼那个包,说:"但是我要上班的嘛。"孔唯讲:"就是因为你要上班,我才觉得安全。"

钟盼扬叹了口气,二十分钟后,她就这样提着那袋装了一百多万现金的袋子回了国际楼。到了公司,她把那个包包放在了自己脚下,小心翼翼地坐在座位上,就像是只要一个不小心,就会拉爆的炸弹,直到下班,她都没有离开过自己的座位。夜里,钟盼扬在淘宝上下单了一个保险柜,想把这袋钱和关于她帮孔唯的这个秘密一起锁进那个保险柜里。

第二天一大早,钟盼扬是被手机闹醒的,方晓棠已经在群里炸毛半小时了。原本这一天该是方晓棠去南山交钱签合同的日子，但却突然出了状况——方晓棠醒来就接到工商局的电话，说有人投诉她非法经营民宿，问她有没有去工商局登记，有没得营业执照，交税没有。方晓棠听也没听完，还以为又是啥子诈骗电话，二话不说就挂了。

方晓棠正在洗漱打算出门，看到房客打来的电话才晓得真的出事了。工商局的人真的跑到她那几户民宿敲门询问了情况，不管不顾就把房客赶了出去，就地查封。隔壁发廊的老板专程给方晓棠拍了两张照片过来，白卡卡的封条在门上贴起的。三四个房客气得冒火，在走廊上接连不断给方晓棠打电话，喊她退钱还要赔偿精神损失费。她三下五除二换了衣服，叫了车就往国际楼赶，南山那套房子今天是签不成了，方晓棠只想非要把这个鬼抓出来不可！

钟盼扬拿起手机，迷迷糊糊看到程斐然在问："你哪个抓得出来嘛？"

方晓棠说："我未必还得罪了哪个嘛？我真的是闭到眼睛都想得到是哪个龟儿在害我！"方晓棠一边说，一边催促司机再开快一点，结果急攘攘的，司机一个不留神，前面的迈巴赫来了个急刹，啪的一声，追尾了。

第 四 章

1

重庆的天气怪，昨天明明还像扑人的秋老虎，一夜之间下场雨，瞬间冷到穿棉衣了。程斐然翻箱倒柜找暖手器，屋里实在太冷，点的毛血旺又一直没送上来，饥寒交迫，心疼自己三分，刚打开手机，看到刘女士发了条信息过来，点开看是房屋出售信息。程斐然没仔细看，以为刘女士又闲来没到处看房子耍，马上刘女士便问："这个不是小侯的那套房子吗？"程斐然才缓过神来，定睛一看，果然是侯一帆在人和的那套。

刘女士见程斐然半天没反应，一个电话打过来："是小侯缺钱了，还是你缺钱了，怎么卖起房子来了？"程斐然好奇，忍不住问："你都没去过，你哪个晓得是侯一帆的房子啊？！"刘女士讲："嘿，我是没去过，但小侯发过朋友圈的嘛，我未必眼睛瞎吗？"程斐然想这刘女士眼睛确实太尖了，平时肯定没少偷窥过她的生活，却又问："你在哪里看到这个卖房子的哦？"刘女士说："中介发在朋友圈的，我正好看到，怎么，你都不晓得他要卖房子啊？"

程斐然没说话，刘女士立马就换了一副嘲讽的语气："你还是多留个心眼哦，到时候小侯跑了，看你哭都来不及。"程斐然冷笑："我看你比我还紧张，跑了就跑了嘛。"刘女士说："你几岁了嘛，娃儿过两年都要上小学了，还小吗？你以为找男人还这么好找？"程斐然懒得和刘女士争辩，挂了电话，正打算把售房信息发过去问侯一帆怎么回事，但是想了下，还是忍住了，反而给张琛打了个电话，问他在哪儿。

和侯一帆在一起之后，程斐然很少单独去见张琛，有时候见面也是三个人，程斐然不知道怎么说，好像侯一帆在，她和张琛反而没有那么尴尬。

半小时后，程斐然下楼，左右没走两

步，正前方见那个穿黄衣服的外卖员取下了头盔。程斐然走过去，才看清楚张琛模样，张琛手机提示又有新的外卖订单，但是他没理，问程斐然吃过饭没有，程斐然说还没有。张琛说："那你上车嘛，走旁边吃个米粉。"

程斐然跨上张琛的外卖摩托，没有和他靠得太近，张琛便故意开慢了点。下桥的时候，程斐然问："你好久学会的摩托哦？"张琛笑道："有段时间了。"看不到张琛的正面，听他说话却是云淡风轻。靠了边，在路边米粉店找了板凳坐，程斐然不看张琛，张琛就自顾自地点了三两麻辣米粉，过来的时候，端了一小盘泡萝卜干。张琛说："先吃点萝卜干嘛。"程斐然心一下揪住了，张琛还是记得她最喜欢吃米粉店的萝卜干，又看他已经带着皱纹的眼角，一笑，就把她心捏紧了。

张琛一边递筷子给程斐然，一边问："是遇到啥事情了吗？不然你也不得给我打电话。"程斐然接过筷子，说："你晓得侯一帆最近有啥子事情不？"张琛摇了摇头，说："他最近也没怎么和我联系，上次送涛涛回来的时候，还和我有说有笑的，不像有什么心事啊。"

程斐然回想前一天晚上，侯一帆还在沙发上组队打游戏，完全不像遇到什么困难的人。张琛又问了一句："你啷个突然这么问？"程斐然把刘女士发信息给她的事情转述给了张琛，张琛想了想说："要不你就直接问他吧……"张琛兀自吃了两口米粉，程斐然见张琛不像骗她，便说："算了。"她哽了一下，说："如果你手头紧张，娃儿的钱不用那么急，我这边还有，你先顾你自己吧。"张琛一边嚼着米粉一边嘟哝道："唔，那不得行，手头再紧张，不能亏待娃

儿啊。你不用担心我，我现在一个月白天跑这个还是能跑不少钱，晚上去烧烤师傅那里学点手艺，以后自己出来做，也是生意嘛。"

程斐然看张琛，说："你自己看你瘦了好多。"张琛咽下米粉，笑道："正好减肥了诶。"程斐然苦笑，张琛又说："有时候我还是多羡慕侯一帆的，你好关心他嘛。"程斐然晓得不能让他继续说了，只说："快点吃嘛，这个天冷得快。"

吃过米粉，程斐然喊张琛先走，张琛说不急，要送她。她想也不好去国际楼打牌，只说想回家。回程的路上，程斐然坐在摩托车后座，看着张琛疾驰在马路上，有点惘然。当时从重大毕业的时候，张琛不止一次和她描绘过两个人的未来蓝图，申请海外学校，计划过在太平洋彼岸的生活，可事与愿违，人生就是喜欢上演这种啼笑皆非的桥段，让人在幸福的时刻失控，又在被现实打倒之后清醒过来。

张琛把程斐然放在家门口，临走时和她说："侯一帆的事情，我想你也不要太担心了，虽然他平看起来点都没长大，但做事有分寸，你应该相信他。"程斐然应了一声，不好再说，只嘱咐一句："你个人也注意身体。"关心的话不好说太多，说多了就变味，张琛只顾点头，发动摩托车，挥手告别。

2

程斐然上楼，开门正准备换拖鞋，抬头看见刘女士叉着手不声不响地坐在沙发上，吓她一大跳。程斐然拍着胸口说："你每次过来也不提前说一声，吓死个人。"刘女士盯了程斐然一眼，显然不高兴，说：

"卖房子这么大的事情，你一点都不晓得，你是点都不着急哦？你想过他房子卖了过后的情况没得哎，是打算彻底住到你这边了吗，还是打算把钱用到哪里去啊，到底和你多少有关系哎！"程斐然坦然道："可能他有他的安排啊，我着啥子急嘛，就算他真的卖了要住过来，只要彼此还喜欢，他想住多久住多久。我也就实话实说，我和侯一帆，只是恋爱，又不是结婚，男女朋友不比两夫妻，也有自己的隐私和空间，毕竟还没有成一家人，我又哪里管得到他的全部事情嘛。"

刘女士看程斐然总是给自己找借口的样子，又说："你现在晓得你管不到他了啊？那你为啥子不结婚啊，长期谈恋爱可能不嘛？半年一年说是恋爱，这都两三年了，你们这个叫啥子，彼此耽误。你要实在不想和别个小侯在一起，就另外单找一个嘛。那种离过婚有过娃儿的，要么有钱有点地位，彼此不用考虑再生儿育女的事情，再凑合，就算过日子了。偏偏你要去找个比你小的，又没结过婚，吊起别个不给个说法，你不尴尬，我都替你尴尬。"程斐然不好说刘女士思想传统又禁锢，怕再引火上身，只说："我也没有吊起他啊，恋爱本身就是一种自由关系，喜欢就继续在一起，要分手也没什么问题，没有家庭财产纠葛，只有感情来往，比啥子关系都轻松。"

刘女士还想说点啥子，只听到开门声，侯一帆回来了，见到程斐然两母女站在门道口，也是诧异。刘女士立马收了刚刚紧绷的脸色，笑道："哟，小侯回来了。"侯一帆笑着打招呼说："孃孃来了啊？"顺势朝程斐然看了一眼，想说是不是有什么事。程斐然却避开了他的眼神，又问："怎么这么早就回来了？"侯一帆说："明天要出差，下午没什么事就回来了，正好收下东西。"侯一帆进了屋，刘女士趁机给程斐然递了个眼神，低声说："你要不方便问，我帮你问。"程斐然一把拖住刘女士，小声说："你不要管了嘛。"刘女士一时觉得女儿懦弱，像她老汉，遇到事不敢出声色，又是生气，但还是给程斐然留足面子，突然转向侯一帆说："小侯，正好你回来了，孃孃有件事正好想你来帮忙评评理。"程斐然望了老妈一眼，不知道她又葫芦里卖什么药。

侯一帆脱了外套，走到客厅来坐，笑着问："又有啥子事了？"刘女士就侯一帆旁边坐下，说："刚刚大小姐和我说起你们这一代年轻人婚恋关系，说我有代沟，就说你们习惯自由恋爱了，只要两个人彼此喜欢，感情稳固，最后其实有没有那个本本也无所谓，你怎么看？"侯一帆一下知道刘女士是在给他挖坑，笑着说："最后有没有那个本本，是不是无所谓，我不晓得，毕竟我也没结过婚，但我觉得，两个人之间的事情最终肯定还是这两个人自己来决定。"

刘女士冷冷一笑，说："所以说你们还是年轻，怎么会真的以为只是有没有那个本本的区别啊，结婚等于是一个良性束缚。作为过来人，看多了荒腔走板的自由关系，说句老实话，感情最好的时候，就是彼此束缚，你每每想起要做一点什么事情的时候，这种束缚就会提醒你，你还有一份责任，也要考虑考虑你另一半的感受，因为对方已经不是可有可无的存在，甚至帮你规范自己，朝更好的方向走过去。我说这些，小侯应该懂。"

侯一帆摸了摸头，说："孃孃说得都有理，只是我和程斐然肯定想要的不是这种束缚的感觉，婚姻也不是只有一种形态吧，我觉得恋爱也是。"侯一帆这么说，程斐然倒笑了，刘女士不好继续劝什么，只能自己心里较劲。程斐然说："我妈是怕我吃亏，偏偏要讲一堆大道理。"程斐然一下点破，侯一帆立马接着说："那孃孃也是为了我们好，我巴不得现在就把你娶了。"两个人故意说开，气氛反而缓和不少，刘女士见他们俩打情骂俏，想说的话一句都说不出了，只说时间不早要回去了。程斐然心里总算松了口气，送她下楼。

走到小区门口，刘女士还是不屈不挠地说："程斐然，不要怪你妈没提醒你，侯一帆他妈老汉不催你们结婚，未必是好事，越是不催，说明心头越有顾虑，想到他们侯一帆还年轻，你却老大不小了，说不定正好骑驴看马，再等看有没得更合适的人选。"程斐然不说话，刘女士这种小人之心时常有之，更不想去和她辩解。她和侯一帆在一起刚半年的时候，侯家软磨硬泡不止一次催过婚，到后来侯一帆奶奶见一次说一次，程斐然都只能躲。相比之下，侯一帆为了她，去说服自己妈老汉，直到他们最终放手不管，这个过程，程斐然比刘女士更清楚，对于刘女士无中生有的猜测，她只能说，到底是刘女士急了。

送走了刘女士，程斐然回到家，侯一帆一下过来抱住她，脸贴过来，说："啷个又和刘孃孃吵架了啊？"程斐然拍了拍侯一帆的脸说："还不是因为你，刘孃孃说你要把你那套房子卖了。"程斐然也不知道为何，就这样轻而易举地把这句话问出来了。

侯一帆有点吃惊地看着程斐然问："啊，我没有要卖啊？"程斐然看侯一帆不像是说谎，松开了他的手，把手机里的图片翻给他看，侯一帆一下骂了句脏话："靠，肯定是我妈！"程斐然还没搞懂，问："啷个回事？"侯一帆说："那天她过完生日没多久，把我喊过去，叫我把我那套小房子卖了，拿去当首付，他们再给我补点钱，然后买套新的，把我和你的名字都写上去，然后去公证处做个公证，就算不结婚，至少有套两个人名字的房子，也不至于散了。这个事情一说，我就和我妈吵了一架。理论上来说，买套大房子，写我们俩的名字，我没有意见，但是另一面，完全是变相施压。这事情，我要说我不同意，对你说不过去，我要说我同意，对你更说不过去。"

侯一帆说得坦诚，程斐然也相信。这个时候如果真照侯妈妈说的那样做了，程斐然确实压力不小，平白无故去占别人半套房子，还要因此招人口舌。但就如侯一帆说的那样，真正两难的反而是他。这事儿要真摆到台面上，旧房卖了，新房不买，他侯一帆里外不是人，上下一说，是他有私心。新房买了，程斐然里外不是人，左右一扯，是程斐然占了便宜。这么一看，简直都是一摊浑水，洗不清白了。

程斐然看侯一帆，说："好了好了，我晓得了，你看你，紧张得哟。"侯一帆反而一脸认真地说："不是紧张，只是我不想让这些事来烦你。"程斐然立马岔开话题，说："你这次走几天啊，我去帮你把内裤收下来，袜子记得带。"侯一帆看程斐然不再提，也不接着说了，反讲："我先给我妈打个电话，喊她把房子撤下来！"

夜里，程斐然和钟盼扬跟方晓棠说起这个事，加上上次吃饭那场风波，不免又让她们俩对侯一帆多了几分好感。方晓棠说："要不是孃孃看到起，说不定那个房子真的就卖了哦,小猴子他妈老汉这次做得确实有点不道德。"程斐然想着又要聊回尴尬话题,转口问方晓棠:"不说我了,国际楼民宿还不能开啊?"方晓棠气愤道:"还在办手续,杂七杂八的,流程慢,办事的人动作也慢。"程斐然问:"查到是哪个举报没有嘛?"方晓棠说:"还能是哪个嘛,肯定是朱丞!那天我还想去找他理论,现在电话直接把我拉黑了,还不是做贼心虚,想搞个死无对证。"

国际楼的民宿,关一天,亏三千,眼下过去快一个月了,方晓棠是真真亏到唐家沱,还好,南山那边合同落定,开始装修,分散了方晓棠一部分注意力。另一边,上周方晓棠的老公魏达回来了,暂时不走,小别胜新婚,两个人又腻歪了一阵,不开心的情绪散了不少。照方晓棠的说法,这次魏达回来,准备把业务往重庆扩展,搭上成都,来回方便,也就不跑远门了,算是好事。最近有空,方晓棠还是拉程斐然和钟盼扬一起看民宿装修方案。方晓棠把杭州上海的网红民宿案例一个个找过来,摆在桌上和她们开会分析,其余时间,魏达陪晓棠实地监工,转眼又过去半个月。

眼见快要年底,公司员工个个盼过年,早就没了心思工作,对于业绩都变得得过且过。钟盼扬也没心思,主要还是心里有事,自从孔老师把那袋子钱交给她过后,就彻底失踪,联系不上。周末和父母上山郊游去拜佛,钟盼扬才小心翼翼把自己苦恼说给佛祖听,希望佛祖听见她的心声可以疏导,问题还是在于孔唯的下落。

下山的时候,突然听到老妈提起程斐然老汉,原本还在走神的她一下缓过神来。钟盼扬疑惑问:"啥子事?"老妈也有点疑惑道:"斐然都没和你说啊?"老妈才解释道下周要去坐席,喝程斐然弟弟的满月酒,钟盼扬还以为自己听错了,程斐然哪会儿多了个弟弟?!

也就是前天半夜,程斐然洗漱完准备喊侯一帆睡觉,刚擦完脸,电话就响了,看到是自己老汉打过来的,半夜三更,必是要紧事。程斐然又套了睡衣出了卧室,到阳台上接听起来。老汉向来不主动打电话,刚开口,声音就有点浓重。程斐然问:"啥子事?"程爸爸在那边吞吐了一会儿,说:"有个事还是要和你商量。"程斐然伸手拿了电子烟,抽了一口,说:"嗯。"老汉肚子里腹稿不晓得打了好几遍,最后才说:"你孃孃上个月生了,是个弟弟,我没好和你说。"

程斐然咬着烟嘴,心里嗡嗡响了很久,一时间不晓得怎么接话,只勉强说了句:"恭喜哦。"老汉那边有点难为情,过了年五十七了,突然老来得子,比自己外孙还小,要叫程斐然"姐姐",说来就好笑。程斐然的语气不好,程爸爸完全听得出,但这事儿也不可能绕开斐然不说,只听到电话那边又讲:"过几天打算摆满月酒,你还是来嘛。"

程斐然看了一眼里屋,侯一帆穿着短裤出来刷牙,和她对视了一眼,程斐然说:"我去好不方便嘛,你们自己办就是了嘛。"心里五味杂陈,嘴上却还是给老汉留足面子。程爸爸叹了口气:"你孃孃年龄也大了,打掉可能有危险,我也不想。"程斐然轻笑了一声,说:"有啥子想不想嘛,现在你也是儿女双全了嚒,应该高兴。"程爸爸说:"我晓得你在想啥子,念到你不喜欢你孃孃,平时我也不喃个叫你过来,这次毕竟不一样。"程斐然笑着问："啷个又不一样了？是他出生的时候多了块肉还是含了块玉嘛？"程爸爸一下沉默了，半响，才说："那到时候看你嘛，我也不勉强你，但还是想你来。"

对于这个继母，程斐然当然是不满意的，除了她市侩自私小气的一面外，更多的是，她在有意疏离程斐然父女之间的关系。

最早的时候，程斐然去看望父亲的频率是远高于刘女士的。从内心天平来说，程斐然确实和老汉更亲近一些，但是随着几次看望，程斐然明显感觉到继母对自己的态度虚与委蛇，明里暗里挑程斐然的刺儿，又常常在老汉面前装出一副被程斐然刻薄过的表情，说自己做得不好，惹程斐然生气了。程斐然实在听不得这些，碍于父亲面子，也不想当面去戳破，后来和张琛结婚，有了自己的小家，便也就更少去到父亲那边了。

时至第二天，刘女士一个电话打过来，说："你老汉和那个女人生娃儿了，你晓得不！"程斐然说晓得了，刘女士便不折不挠地继续讲："说是要摆满月酒啊，你老汉也和你说了？"程斐然"嗯"了一声，显然不想提这个事情，刘女士说："呵，有意思哈，五六十岁了，也不怕脏板子①，到处吃喝，还要办酒，他程国梁现在是脸也不要了，皮也不要了。"

程斐然早饭还没吃安逸，就听到刘女士噼里啪啦一顿讽刺，心里更不是滋味，再啷个说，那也是她老汉嘛！刘女士顺口问："他总不得要喊你去嘛？"程斐然说："喊我了，我不得去。"刘女士说："他真的说得出来！嘿，我真的想当场把他脸撕烂。"程斐然讲："你说这些干啥子嘛，又关你啥子事嘛！"刘女士听到又是一顿火："你只晓得偏心你那个爹，你老汉把我身边的人都邀请遍了，偏偏不敢请我，嘿，他不请，我反而偏要去，我倒想看他那张脸往哪儿搁。"

程斐然心里一紧，晓得刘女士又要闹事了，赶紧说："你去干啥子嘛，神了啊，各人在屋头睡觉不好啊。"刘女士听程斐然紧张，说："那个女的欺负你的时候诶，那口气我现在都没咽下去，凭啥子我刘红英的女儿要受其他人的气啊？她现在耀武扬威得意了，我要她晓得，没得这么容易。"程斐然实在不想搞些乱七八糟的事情来，只顾劝说："你算了嘛，像整到哪个了，最后弄得自己也下不来台。"刘女士这次是认真了，厉声道："你妈在你眼里就是这么没本事是不是嘛，程大小姐，我给你说，这次我还真的去定了。"

刘女士挂了电话，程斐然立马急了，这下，就算她不想去喝那满月酒也不行了，随即在群里把事情和钟、方两人说了一遍。钟盼扬说："那你怎么想，嬢嬢要去的话，估计是拉不住哦。你要不要先给叔叔说一声哦？"程斐然一定神，还是钟盼扬比较理性，只说："我等下就给我老汉打电话，但是我妈估计是去定了。我就想，你们俩要不和我一起去吧，至少多个人，多把手，到时候我妈真的冲动起来，也有人和我一起劝。"钟盼扬和方晓棠都说"要得"。

程斐然心里依旧不踏实，虽然她不喜欢老汉新找这个嬢嬢，但是她也并不想去打扰他们的生活。拿起电话拨过去，响了

---

① 重庆方言：丢面子。

两声，刚接起来，程斐然就说："满月酒的事情……"开口到一半，听到那头不是程爸爸，而是孃孃，只道："斐然啊，你爸爸在上厕所，有啥子事情？"还是那种装腔作势的腔调，程斐然突然就不想说了，只说没什么，随即挂了电话。

钟盼扬回完信息，被叫去开会。最近啤酒生意不好了，市场大换血，竞争对手多，要做分析报告。钟盼扬心想，公司吃老本，原本没意思，好不容易推新，却不做营销，照常旧渠道卖，客群不同，马失前蹄。老板心想，喝啤酒的人，是喝个兴致，从来不是真的喝酒，烧烤摊，KTV，火锅店，朋友聚会，讲究气氛，酒就是那个气氛。理念不同，但从来没人真的提出异议。

这天开会，老生常谈，大家该汇报汇报，该检讨检讨，说完，散会。老板把钟盼扬留住，说："小钟啊，有个事，我和你说下。"等人走完了，老板把门关上，轻声说："最近小陈思想有包袱，工作效率不高，来和我说辞职。我觉得，现在招人也不好招，就想着给她换个岗位，你看，分到你那边，要得不？"钟盼扬心领神会，不是小陈有包袱，是老板有包袱，明眼人都能看出他们关系不简单了。换个岗位，实则掩人耳目，最近风言风语多，好几个人盯着小陈了，又是冷嘲热讽，又是故意排挤。晓得钟盼扬不好欺负，小陈跟到她，等于有把保护伞。钟盼扬说："我倒无所谓，就怕小陈觉得累，销售嘛，事情多。"老板讲："这个我和小陈说一句就好，那就当你答应了。"钟盼扬心里不想当那个挡箭牌，但也看不惯公司的人欺负一个女娃儿。

午间吃饭，几个同事叫着一起，到楼下吃串串。刚坐下，摆起龙门阵，说到最近老板出差都安排小陈跟着，就听到一向大嘴巴的薛飞飞说："哎呀，你们以为啥子嘛，小陈纯属捡漏。这次出差，李总本来是喊我去的，但是我一口拒绝了，次次出差，我完全照顾不好他，反倒他来照顾我，我一个员工，尽被照顾，哪好意思嘛。我才和他说，小陈会照顾人，喊了小陈。"

钟盼扬白眼已经翻上天，同组的老乌也不遮掩地说："等于说你拱手把李总让给小陈了哦？"老乌一开口，饭桌都安静了，串串在锅里扑哧扑哧翻腾，薛飞飞冷笑一声，说："不是让，是照顾老板，老乌你说话也是难听得很。"说着又自顾自哈哈笑了，老乌朝其他人递了个眼神。

吃过饭，准备上楼，钟盼扬去上洗手间，同组的小骆跟过来，洗手的时候，低声说："薛姐真的会装，你晓得她为啥子把老板让给小陈不？"钟盼扬只顾对着镜子整理妆容，没理会，小骆说："薛姐最近傍上更大的老板了，当然就不稀罕李总了，你以为啊？我听说是跟老板出差的时候认识的，姓孔还是姓龚哦，反正还是薛姐厉害。"钟盼扬一下有点走神，也不晓得是不是敏感，听到姓孔就有点紧张，低头看了看日历，孔唯失联已经有个小半月了，确实一点音讯也无，不免又多了几分想法。

下班之后，钟盼扬爸妈家吃饭，假装不经意地问："小姨最近没来啊？"老妈说："昨天还来了，怎么，你平时不是最不待见她的嘛，今天怎么想起来问候她？"钟盼扬说："我就是说，平常感觉想躲都躲不开，结果最近竟然都没怎么看见她。"老妈说："哦对，她还把钱还了，说赚了钱，开心惨了！我等下正好拿给你。"钟盼扬"啊"了一声，筷子差点拿落，老妈看了钟盼扬一眼,"哪个?"钟盼扬连说没什么,又问:"她这次有没有说啥子其他事情啊?"老妈疑惑地看了看钟盼扬,说:"没有啊,她不说事反而是好事,我都怕了她了。"

钟盼扬"嗯"了一声,想着也弄不清楚什么了。她夹了片小菜,说:"哦,对了,斐然爸爸那个满月酒,我跟你们一起去。"老妈说:"诶,我还以为你不想去。"钟盼扬说本来是不想去了,又把刘女士和程斐然那段事情讲了一遍,老妈"哦"了一声,说:"哎,刘姐还是想不开,是我,我才懒得去。"钟盼扬握了握老妈的手,说:"家家都有本难念的经的嘛。"

3

满月酒当天,程斐然一大早就开车到了刘女士楼下,生怕她先走一步,结果上楼的时候,刘女士还在化妆打扮,嘴上哼着小曲。程斐然看她这么轻松,反倒像是暴风雨前的宁静,坐到刘女士旁边又劝一句:"要不然就不去了嘛。"

刘女士瞥了程斐然一眼,两手还在绾自己的头发,说:"你在怕啥子?你觉得你妈我就是去闹事的嘛?"程斐然说:"你未必还是去道贺的嘛?"刘女士绾好头发,拍好脸,说:"嘿,我今天还真的就是去道贺的。"

刘女士起身,对着镜子照了照自己选的衣服,雪青色呢子大衣,怎么看都气派。转过身来,看着程斐然,说:"当年生你的时候,你奶奶提了一只鸡,走到医院,听到说生的是女儿,把鸡扔地上就走了。这件事,我现在都记得。现在好了啊,程国梁终于生了个儿了,你奶奶应该也泉下有知,高兴了嘛。"程斐然说:"人都走了,你还念到起,也是小气。"刘女士"嘿"了一声,说:"我好小气嘛,跟你老汉吃苦的时候,捞到啥子好处没得嘛。呵,满月酒,你满月的时候都没摆啥子满月酒,最多就是一家人在屋头吃了顿好的。今天,我倒要看下他们要办出个啥子花来。"

上了车,刘女士说:"等下见了你老汉,不管我说啥子,你都不要开腔,晓得不?"程斐然一脸愁云地开着车,没有理,刘女士转头来又提醒一句:"听到没有?"程斐然不情愿地说了句:"晓得了。"

车子开到饭店,刘女士不快不慢地往前走,每走一步,程斐然心里就咯噔一下,总觉得刘女士那个小拎包里随时要掏出一把左轮,把不顺眼的人都干了。

程斐然挽起刘女士的手,走到老汉面前,程爸爸才是一下愣住了,倒是后妈活泛,一下拉住刘女士,说:"哎呀,刘姐,稀客,难得看到你哦。"

刘女士咧嘴笑了笑,说:"我看你是怕看到我哦。"

后妈用手捅了捅程斐然老汉,说:"刘姐要来你哪个也不提前给我知会一声诶,搞得我慌慌张张的,好丢人嘛。"程爸爸看了程斐然一眼,说:"我还以为你不来了。"程斐然没开口,话又被她老妈抢去:"你可能巴不得女儿不来哦,不来嘛,你们两口子也不得尴尬嘛,但是哪个叫我们女儿有孝心啊,说好歹嘛是亲老汉的喜事,不得不给面子。"刘女士说完,程爸爸脸色有点僵,后妈说:"哎呀,刘姐,看你说的哦,啥子面子不面子嘛,以前是你帮程哥过生活,现在交接给了我,说来说去,都是一家人。"

刘女士怎么听怎么刺耳,笑道:"你姓王,我姓刘,八竿子打不到的关系,我倒不晓得这哪门子算一家人了。我们今天来诶，纯属是来凑个热闹，想看下老来得子的满月酒有好香？"

刘女士和王孃孃争得火热，这时保姆把奶娃儿抱出来，王孃孃一把抢过来，说怕娃儿招了风。刘女士斜眼看了下，和程国梁有几分相似，又阴阳怪气地说："正脸看下，像是程国梁的娃儿哈。"后妈王孃孃一听，脸色变了，说："刘姐，我最近觉得自己老了，眼神是有点不好，但是好歹也不至于昏花到乱说话噻，所以说，人要服老是真的。"

程斐然晓得王孃孃戳到刘女士的脊梁骨了，再说下去要爆炸，结果程爸爸立马阻止："晓静，你也少说一句，今天好歹是娃儿满月的嘛。"刘女士瞪了程爸爸一眼，王孃孃就立马发嗲了，说："哎呀，我和刘姐开个玩笑，她恁个大度的人，未必还要放在心上唛。"说着就拍拍孩子，换了一副笑嗲嗲的模样。刘女士说："玩不玩笑啊，我不晓得，就看哪些人在笑，哪些人没笑嘛，王妹儿你说是不是？"王孃孃心里堵，又想再说点啥子，结果又来了一些客人，大部分是程斐然老汉以前的同事，看到刘女士站在门口，纷纷打招呼，随后又逗了下王孃孃抱起的奶娃儿，说说笑笑，误认为王孃孃是帮忙带娃儿的保姆，另一个同事才打断说，别个是娃儿的妈！

一下弄得气氛尴尬，王孃孃的脸彻底垮了，刘女士一下哈哈笑起来，说："哎呀，吃席吃席，程国梁你倒是带个路噻，让我和你女儿在这里干站起啊？"程爸爸立马说："走走走，我带你们。"随后把王孃孃丢在饭店大门口，气不打一处。

进门过走廊，程爸爸才开腔说："红英，你又是做啥子嘛，非要把事情搞成这个样子。"刘女士叉着手往前走，边走边说："程国梁，不兴得我说你，办喜事都不敢给我打声招呼，我在你心头是毒辣妇人，要把你娃儿拐起走嘛？"程爸爸说："当到女儿面，你又讲些啥子哦。"程斐然也不想老汉下不来台，拽了老妈一下，说："哎呀，我们进去坐嘛，你说要来吃席，结果尽在门口吹牛。"

说着便拉刘女士往里面走，饭店二楼，天字号包厢，摆三桌，地字号包厢也是三桌，里面的人龙门阵摆得热火朝天。程爸爸安排她们在天字号包厢坐，开门看，都是程斐然老汉这边的亲戚，大姑妈，二姑妈，幺爸，还有王孃孃那边的几个亲戚。程斐然想着自己和刘女士坐进去，横竖都显得突兀。尽管大姑妈一直朝着程斐然喊，叫她坐到一桌去，程斐然还是借口先拉刘女士去上洗手间。走到半路，程斐然说："我都不晓得今天我们来是图个啥子嘛，该讽刺的你也讽刺了，该嘲笑的你也嘲笑了，差不多就走了嘛。"刘女士不以为意："我啷个要走啊，未必我刘红英连来吃一顿程国梁的酒席都吃不得了嘛。你听到刚刚王晓静说的话，你妈我到现在这个岁数还争个啥子嘛，说来说去，最后还不是争那一口气。"程斐然实在劝不住。

回头，看到钟盼扬和她爸妈也上楼来了，刘女士走过去打招呼，两边家长也是好久没见，紧跟着方晓棠也拽起她妈妈的手上来了，过道一下比包厢还热闹。钟妈妈说："刘姐你最近气色好哦。"方妈妈跟着说："我都以为你不得来诶。"刘女士朝楼下望了一眼，说："我倒是不想来，程国梁非要喊斐然来的嘛，她又不好意思，就硬拽起我一路了噻。"程斐然只得苦笑。程爸爸和王孃孃也跟着上楼了，看到个个在走廊站起,连忙说:"哎呀,啷个都在门口站起,进去坐啊。"方妈妈看到王孃孃抱起的娃儿,说:"哎呀,小崽崽都睡着了。"

开席之后,程爸爸说了两句感谢大家的话,随后就开始敬酒,桌上的吃的菜色却是一般,虽是大菜,却无灵魂,接着推杯换盏,觥筹交错。王孃孃也是难得高兴,跟着就喝了起来,刘女士看到那两口子夫唱妇随,脸又垮了一半。特别是几个当时还算要好的程斐然老汉的同事,现在都喊王孃孃"嫂子"的时候,刘女士直接低头吃饭,一句话都不说了。奶娃儿睡着了,还是好几个人去揭开襁褓看,嘻嘻笑笑恭维说:"还是乖。"刘女士"啧"了一声,只顾对着程斐然低声说:"恁个丑,还乖。"程斐然伸手拉了刘女士一把,旁边坐的都是别个王孃孃的亲戚。

刘女士吃到一半,起身说想到走廊站会儿,顺道去找方妈妈钟妈妈她们吹两句。刚拉开包厢门,正好和王孃孃撞个满怀,王孃孃笑着说:"刘姐也喝醉了嗦?"刘女士懒得理,没想多说,结果王孃孃这会儿上头了,兴致来了,说:"我晓得刘姐是嫉妒,女人嘛,那点心思哪个不懂诶,生了儿啊,说话都要抖擞些。"刘女士冷笑一声,说:"我倒是没想到,现在还有想要在男人面前争表现的女人哦,哎,只是怪你生晚了二十年,程国梁的好处,我刘红英都享受完了,现在根本都不用去争也不用去抢了,剩汤剩水,你还当个宝。"王孃孃一下气到了,嘴却像是被封住,刘女士又跩,程斐然看到苗头不对,赶紧起身过来。

不晓得是太闹,还是饿醒了,奶娃儿突然哇哇啼哭起来,保姆赶紧抱过来,想着是要喂奶了。结果不晓得是哪里洒了酒,地上滑得不得了,保姆一个没踩稳,脚一溜,娃儿一下脱了手。

王孃孃那边看到惊叫了一声,满屋的人一下停了下来,只听到"哗啦"一声巨响,桌上的盘子碗筷都打翻到了地上,包厢里面一下炸开了,人人起身。

程斐然一下愣住,大叫了一声"妈",所有人才定了神,看到刘女士整个人扑在地上,眼疾手快,稳稳把娃儿护住了,头撞到了桌子脚,自己两只脚扭到了一起,刚刚卡在椅子脚下面。

大姑妈和程斐然赶紧上去把刘女士扶起来,刘女士都来不及顾脚上的痛,说:"哎哟,快点看下娃儿摔到没有。"王孃孃差点哭出来,一下抱住奶娃儿,看到没事,眼泪一下子涌出来,才赶紧说:"哎呀刘姐,谢谢谢谢,多亏有你啊,真的吓死我了!"保姆连连在旁边道歉,所有人心都捏紧了一把,程斐然老汉闻声过来,看到刘女士撇在地上,一群人帮她扶到椅子上。刘女士歪过头,看到娃儿安全无恙,伸手要抱,突然也跟着笑了,程国梁赶紧说:"斐然,送你妈妈去医院看下,有没有摔到。"王孃孃才反应过来,说:"对头,刘姐,我陪你去医院看下,摔得恼火不哦?"刘女士看自己大腿都青了,但好歹还能走,说:"看啥子嘛,不看了,娃儿哭了的嘛,先给他喂奶嘛。"

动乱平定,程斐然急得都要冒火了:"你刚才真的是吓死我了,我还是带你去医院看下嘛。"刘女士揉了揉大腿,说:"我回去贴两张膏药就好了。"程爸爸这会儿吓得酒醒了,走过来,说:"楼下有沙发,我扶你下去坐一下嘛。"刘女士看着前夫那张脸,点了点头。程爸爸一下扶着刘女士,程斐然怕她老汉还在晕酒,万一下楼踩滑了,更是不可设想,说:"老汉,还是我来嘛。"程爸爸执意说："我来，你去帮你妈妈把包包拿起。"

程斐然站在后面，看着自己父母互相搀扶的模样，有些心酸，又有些感动。钟盼扬和方晓棠这会儿站在她身后，说："看起叔叔孃孃像还是和以前一样好。"程斐然轻轻用手擦了擦略有湿润的眼角，松了口气，说："应该闹不起来了。"

程斐然让刘女士先在沙发上休息，然后准备带她回去，老汉却突然叫住了她，说："斐然，你过来我和你说两句。"程斐然把包递给刘女士，然后走到边上，程爸爸轻轻拍了下程斐然的肩膀，说："你今天来，爸爸还是高兴。"程斐然有些鼻酸，笑道："其实是我妈想来。"程爸爸叹了口气，说："爸爸老了，你也大了。"程爸爸突然有些哽咽，转头说，"涛涛最近还好吗？"程斐然点头，程爸爸"嗯"了一声，又说："其实我一直想和你说，张琛这娃儿其实不错，你们分开，我一直觉得可惜，毕竟涛涛还小，还有你工作的事情……"程斐然立马打断程爸爸的话，说："你就不要管我了嘛，就像你说的，我都大了，我自己有分寸。"

这时，王孃孃在楼上喊程爸爸上去，程斐然推了老汉一把，说："孃孃在喊了，你去嘛，我也要带妈妈回去了。"程爸爸朝楼上应了声，又吸了吸鼻子，说："好了，你好好照顾妈妈，有啥子事情给我打电话。"程斐然点头，说晓得了。程斐然走过去，扶刘女士上车，刘女士说："你老汉又在给你讲啥子小话？"程斐然说："哎呀，他在说你好话。"刘女士一瘸一拐地笑了下，说："哼，他难得说我两句好话哦。"

4

过两日，方晓棠邀约程斐然去南山，场地开始装修了，另说，南山边上落了点雪，难得美景，应该去看下。两人相约各自出发，正要出门，门铃却响了，想着谁这时候会来找她，开门一看，侯一帆的妈妈站在门口。程斐然有些惊讶，问："孃孃你哪个来了啊？小侯今天不在我这里。"侯妈妈不好意思地说："啊，我是来找你的。你现在方便吗？"程斐然说："方便方便，你快进来。"

侯妈妈亲自上门，程斐然大致能猜测到找她什么事，只倒了杯水端过去，问："孃孃今天不忙啊？"侯妈妈笑着接过水，说："不太忙。"她喝了一小口，然后看着程斐然，像是想了很久，才说："房子的事情，帆帆和我说了，怪我，太冲动。"侯妈妈开口，程斐然听语气不对，不像是来逼婚，又觉得有点奇怪了，只听她继续说："侯一帆从小到大就很倔，我向来劝不动他，但是这件事上，我还多羡慕你。"侯妈妈一边说，一边微微叹气，程斐然说："孃孃不要开玩笑，我怕你怪我。"侯妈妈摆摆手，说："其实是误会了。"

程斐然心有诧异，侯妈妈继续讲："今天找你，纯属和你谈心。说来好笑，五十来岁的人了，身边居然没什么朋友，平常围着侯一帆和他爸爸转，等于生活社交完全丧失。最近心里憋得慌，想找个人说说话，思来想去，就走到你这里来了。"侯妈妈讲三句，眼角便有点湿润。程斐然想她是有心事，不像是假装来劝说的，只说："孃孃慢慢讲。"侯妈妈讲："就说房子的事情，前两天侯一帆跑回来和我大吵了一架，我简直郁闷,哪能是你们想那样,真的要用房子来套牢你。我纯属是觉得你们感情好,其实你顾虑的事情,我都懂,喊他换房子,是觉得他到底是男方,应该要为你考虑考虑,最后倒变成我里外不是人了。同样是女人,婚后是啥子样子,心里怎么会没数。"

程斐然看侯妈妈眼神,问:"孃孃心里有事?"

侯妈妈只顾叹气,说:"我和侯一帆爸爸过得不开心。"这还是程斐然第一次听侯妈妈讲他们家里的事情。"实话和你说,其实好几次我都想离婚。侯一帆不理解,但也支持。这些事情,他可能不会和你说。大概你都想不到,结婚三十多年,我和他爸爸的钱至今各管各,他赚多少,花多少,我一概不知,加上侯一帆奶奶在家,大多时候我也不敢多说。十六岁那年认识侯一帆他爸爸,帆帆外婆就让我退学结婚了,当时年轻,觉得有个男人有依靠,纯属老一辈思想了。事实上,真正结了婚,全然不一样。前几天,侯一帆奶奶在家里和我有点小矛盾,侯一帆爸爸就直接和我吵了起来,之后一个星期不肯和我说话,夫妻做到这个份儿上,钱分开花,情绪上得不到关怀,有啥意思?看到你和帆帆,他第一次跑回来和我们说,就认准你了,不结婚也没啥,我心里又是震撼又是触动。他爸爸开始不同意,闹了两次,我心里也矛盾,只能跟着他爸爸劝,但侯一帆雷打不动,最后反而是他爸爸妥协了。那一刻,我才真正感受到年轻人爱情的力量。我晓得你俩花钱早就不分彼此了,是真感情,对我来说,是羡慕也是嫉妒。我就想啊,趁我还有点积蓄,总归是要留给侯一帆的,房子卖了,换套新的,你住进来,结不结婚都不重要,我想着多少以我的立场支持你们。"讲到此刻,程斐然内心触动。侯妈妈接着说:"那天我生日,侯一帆跟你走了,家里乱成一锅粥,我当时在厨房,侯一帆奶奶脾气不好,说话也难听,我听着更难受。其实那天你们走了,我反而轻松,我自己也不晓得为啥子。"

程斐然一下握着侯妈妈的手,说:"孃孃,我替侯一帆和你道歉。"侯妈妈笑了笑,抹了抹眼角,说:"哎,说出来就舒服多了。其实侯一帆不晓得,我退休过后就只有三千不到的退休金,所以每天还在外面做事,还好我不算笨,现在做消防监督员,一个月多赚三千多,一方面给自己留点钱,一方面给儿子留点钱。我现在就是打算再去考个碳排放师的证件,以后工作还可以有更多选择。五十岁了,还是不想服老,当初没有为自己争取到读书的机会,现在还是想为自己多想想。"说到这儿,侯妈妈才彻底松了口气,说:"哎呀,一下讲了这么多,不晓得你听起烦不烦。"

程斐然摇摇头,一时感触良多,反倒不知用什么话语去安慰对方,只说:"不烦,其实我都想不到,孃孃和我说这些,我以为……"侯妈妈笑,说:"以为我要来责问你房子的事情?"程斐然也跟着笑了笑,侯妈妈拍了拍程斐然的手,说:"其实对于父母来说,只要自己娃儿开心,已经是最大的宽慰了。"喝了茶,侯妈妈叮嘱:"我和你说这些,就当我们俩的秘密,也不要和侯一帆说了。"程斐然点头。

侯妈妈走后,程斐然心情复杂,仿佛无数情绪积压起来,膨胀难受,开着车晃晃悠悠上了南山。程斐然望着略微萧条的景色,愣神了好一阵,突然一阵暗香扑鼻,上了一个大坡,再拐弯,便看见了她们合

267

伙买下的那个村屋。蜡梅是在角落成片成片地开了。方晓棠说的雪应该已经化了。她踩着湿漉漉的土地，慢慢往前走了几步，站在百废待兴的路旁，轰然一刻，阳光明媚，她觑眯着眼睛，朝着豁然开朗的前方笑了笑。

第 五 章

1

程斐然的日常开始变得规律，早上睡到自然醒，依旧去国际楼里摸两圈麻将，就开车去南山和方晓棠一起盯一下装修。下雨天，工人和马路一样拖泥带水，不督促，来年不晓得多久才完工。

民宿往内，腻子已经刮完，拆墙建墙也搞得差不多，大致雏形倒是出来了。二楼外扩出来的露台变成了一楼的屋顶，铺上木地板，对外敞开，放上铸铁桌椅，摆上成盆绿植，做成东南亚风格的室外咖啡走廊。二楼的房间，彻底打掉了外墙，每一间都是全落地玻璃窗的阳光房。顶上小阁楼，做了斜顶天窗，正好一楼的黄桷树又高又大，遮盖了整栋楼的南面，从窗户望出去，仿佛可以想象夏天一眼万年的葱郁。

这天下午，程斐然照常上山，拐进村屋旁边道路，远远看见方晓棠和一个妹妹站在里面摆龙门阵。见到程斐然过来，妹妹喊了一声"斐然姐"。程斐然一下没反应过来，方晓棠连忙说："周雪的嘛，认不出来了？"程斐然才想起，是方晓棠的表妹，好多年不见了，以前小时候还经常跟到方晓棠屁股后面追。乍一看，完全是成熟大姑娘了，眉眼清秀，身材丰腴，七八度的天气，还穿条牛仔短裤，看起都冷，但定睛一看，全身价格不菲，手上还配块百达翡丽的表。

程斐然应着叫了声："是好久没见了，完全认不出来了。"周雪哧哧笑了一下，然后说要走了。程斐然说："咹个我一来你就要走哦？"周雪说："本来下午就有事，表姐喊我来看下你们这个民宿。"程斐然说："噢，那你去忙嘛。"

周雪刚走，程斐然忍不住问："周雪现在是发达了吗？全身行头不便宜哦。"方晓棠说："哎，一言难尽。"程斐然看方晓棠一眼，问："有故事？"方晓棠压低声说："她现在在给别个当小三。"程斐然吃了一惊："她给你讲的啊？"方晓棠"嗯"了一声，"她自己又不觉得有啥子问题的嘛，之前我以为她只是图新鲜。你想嘛，她职高毕业，工作也不好找，找关系进了保险公司，实在没见过啥子世面，结果就遇到了那个男的，有钱有势，三言两语就把她迷惑了。一开始是不晓得，后来晓得了，又分不开。我想说这种见不得光的感情，一年差不多了，结果那个男的先是给她买了辆路虎，然后又在'中央公园'给她买了套大平层，舍得花钱，现在搞得，我倒有些不好意思了。"

程斐然托着手，说："她就是上山来和你说这个啊？"方晓棠摆摆手，说："这些事情我早晓得了，她今天上来，是找我帮忙。这周我舅舅家搬家，搞乔迁宴，她想把那个男人带回来，见下她妈老汉，让我帮忙盯着点，就怕到时候喝多了，露出啥子马脚来。你说嘛，尽是把这种烫手的山芋交到我手头。"程斐然听着不开腔，无法评判，又听方晓棠说："主要是怀起了。"

"怀起了？那感觉是揣了个定时炸弹哦。"程斐然转念一想，又说，"不过各人有各人的活法，你也不必杞人忧天。"方晓棠说："我只是想不通，那个男人和家里老婆肯定分不开的，却又像是真的爱她，还出钱给她开了个超市。以前我们小时候开玩笑说傍大款，周雪才是真正实现了这个'人生理想'，彻底麻雀变凤凰，专车接送，坐头等舱，刚刚你看她穿那一身。"

程斐然一笑："哎，我怎么就遇不到大老板包养我？"方晓棠说："你少来了，你爸爸不是还给你介绍过一个煤老板的嘛，你自己不要。"程斐然说："我也就讲讲，那个煤老板比我老汉还要老，我要和他好了，涛涛怕不是要喊他外公。"两人大笑。

程斐然想起正事，问方晓棠："对头，跨年那天晚上你和魏达有安排没得啊？"方晓棠说："还没想这个事情诶，你有啥子打算？"

程斐然说："我妈昨天喊我和你跟扬扬说，跨年那天去她那里吃饭，她亲自下厨。"方晓棠笑道："孃孃这么郑重其事，我反而有点怕。"程斐然说："她啊，是最近又认识了一个叔叔，说是跨完年，那个叔叔要带她去泰国旅游，打算过年也在那边了。"方晓棠说："诶，孃孃真的有点得行诶。要得，反正我和魏达跨年也没什么安排，就去孃孃那里吃饭。"程斐然说："我晚点和扬扬也说一声。"

接连又下了两天的雨，直至周日才放晴半天，方晓棠挽着魏达的手，说到商场给舅舅、舅妈买乔迁礼，关于周雪的事情，倒是半句都没有和魏达提起。到了大竹林，魏达找到停车位停好车，跟在方晓棠后面往里走，毕竟新小区，看起来就是不一样。魏达看到小区气派的大门，和里面珍贵少见的绿植，不禁问："舅舅他们最近是中彩票了哦，小区看起不便宜的嘛。"方晓棠说："哎呀，周雪帮他们出了一大半的钱。"魏达诧异："现在开超市这么赚钱啊？"方晓棠怕说漏嘴，赶紧道："你以为啊，吃喝住行，哪有不去超市嘛。"魏达想了想说："那倒是，要不然我们也去投资一个超市算了。"方晓棠没搭话，进了电梯上了楼，咚咚敲了两下门。

开门的瞬间，出来的是一个四十来岁的中年男人，方晓棠还以为自己走错了，抬头盯了下上面的门牌号，忽而听到魏达在身后惊诧道："诶，沈总？你哪个在这里哦？"眼见那个被叫沈总的男人也愣在那里，周雪才趿着拖鞋跑出来了，说："哎呀，表姐、姐夫！"然后朝厨房吼了一声："妈，表姐和姐夫他们到了。"方晓棠大致猜到这个所谓的"沈总"是谁，一下四个人站在门口，稍显尴尬。周雪蹲下身拿拖鞋，然后扯了下沈总的手，说："喊表姐他们进来啊。"然后起身挽起沈劼的手，说："我来给你们介绍一下，这是我未婚夫，沈劼。"魏达和沈劼沉默不语，周雪立马在他身后捏了一把，沈总的表情一下才平和下来，僵笑了一下，说："你们好。"

方晓棠把买的碗具提到舅舅那里说："舅舅，乔迁快乐。"舅舅看了眼，说："喊你们来吃便饭诶，买啥子东西嘛。"舅妈围着围裙出来说："别个晓棠一片心意，你又在那里虚伪了，快点拆开洗了，正好盘子和碗不够用。对头,晓棠你妈老汉诶,没跟你们一路啊?"方晓棠说:"他们应该也在路上了。"

方晓棠注意到魏达时不时朝沈劫那边望一眼,欲言又止,便假装到洗手间,叫了魏达一声说:"老公,你过来下诶。"魏达赶过去,问:"啷个了?"方晓棠立马扯了他进去,低声说:"不管你认不认得到那个沈总,等下一句话都不要说,听到没有?"魏达朝客厅外面看了一眼,靠近方晓棠,郑重其事道:"老婆,我给你说个秘密,那个沈总,他家里有老婆,周雪得不得是被骗了哦?"这时外面门响了,方晓棠爸妈声音传进来,方晓棠来不及多解释了,只多叮嘱了一句:"反正你就当不晓得就行了。"说完,便迎了出去。

方晓棠进厨房帮舅妈端菜,舅妈轻声对方晓棠说:"晓棠,你过来,我和你说。"她看了看外面沈劫,然后继续道:"雪儿有了。"方晓棠还是假装吃惊地问:"啊,真的啊?怎个快啊?"舅妈:"检查过了,确认了的。我想啊,今天既然他都来了,等下上桌的时候,你就帮我们问一句,他们结婚的事情准备怎么办?当妈老汉的,这个时候,毕竟不好说得,你来问比较合适。"

方晓棠微微一怔,一下不晓得怎么说,左边是周雪的拜托,右边是舅妈的嘱咐,今天本来是来帮周雪打圆场的,舅妈这边又有想法,她只好苦笑应了声,等下随机应变了。这会儿老妈跟着走进厨房来,对着舅妈轻轻指了指外面,问:"那就是雪儿男朋友哦?有点稳重哦。"舅妈说:"是啊,进来之后一直没怎么说话,搞得我都有点紧张。"

随即,饭菜纷纷上桌,众人围了过来,方爸爸开了一瓶剑南春,周雪说她也想喝,舅妈厉声一训,说:想得出来!方晓棠坐在中间,左右都不敢看,只想快点吃了饭早点散,却不料周雪自己先开口道:"哎呀,对头,我怀孕了的嘛!"

周雪一说,全场都冷静了,方爸爸抬到一半的杯子悬在那里,魏达朝自己老婆看了一眼,方晓棠嘴里的菜还没咽下去,差点一下呛出来,方妈妈眉眼一笑,就着说:"雪儿有了啊?"这时魏达帮方晓棠用力拍背,方晓棠才缓过来,舅妈才顺着这茬说:"对头,才检查了,刚怀起。"

方妈妈趁热打铁说:"那要加紧时间办了哦,到时候肚皮大了不好看噻。"舅妈眉眼在沈劫和周雪身上游离了几秒,像是在等谁先开口。

魏达起身打破了僵局,说:"那我们来喝一个嘛!庆祝舅舅舅妈乔迁之喜。"沈劫碰了杯,"嗯"了一声,然后说:"其实我和小雪打算到泰国海边搞个婚礼,等三月开春,到时候通知大家。"一中午不说话的沈劫突然开口,更像是投了个重磅级的炸弹,好在,引爆了,没有伤亡,却极具震撼。

周雪突然凝重了表情,像是事先根本不知道一样看了沈劫一眼,舅妈和舅舅互相对视,仿佛松了一口气,魏达更是迷惑了,方晓棠说:"哎呀,好啊,那我们都可以去旅游一趟,机酒也全包哦。"沈劫笑道:"那肯定。"方晓棠说:"开玩笑开玩笑,来嘛,我们再来喝一个。"

舅妈腆腆笑了下,说:"晓棠,你看别个雪儿都有了,你和魏达真的就准备一辈子过二人世界啊?晚了哪个帮你们带?"方晓棠实在想不到,战火突然引到了自己身上。方晓棠说:"我现在不想要啊,魏

270

达又忙,我还有这么多店要管,哪有时间嘛。"周雪看方晓棠有难,立马跟上一句:"哎呀,妈,你话多得很,别个表姐是事业性女性,哪里像我这种无业游民这么着急嘛。"

方晓棠回头看了老妈一眼,晓得她早就按捺不住了,魏达插话说:"舅妈就不要为我们操心了,就算生了,我们也不好让爸妈辛苦,请保姆就是了。"方妈妈这下脸色更不好看了,说:"要不要是他们的事情,就算要了,我和她老汉都还没退休,也没得时间帮她带。"

方晓棠最怕就是碰到这个雷区,果然还是没躲过。和魏达结婚这几年,老妈已经不止一次催过他们要娃儿的事情了,方晓棠也明确和妈老汉说过,她没有做好要娃儿的准备。这个准备,既是心理上的,也是经济上的。在魏达面前,方晓棠永远像个长不大的丫头,她很享受这种被宠爱的感觉。她也和魏达商量过,如果有娃儿,她希望娃儿能用上最好的,吃上最好的,进最好的学校,但是现在,她和魏达自顾不暇,哪有心思想生娃的事情。

随后几个男人聊了下经济形势,又聊了几句政治,方晓棠觉得无趣,也不好转头去看方妈妈,心里还没完全踏实。她侧身瞧了眼魏达,是喝多了,转而听到魏达突然说:"沈总,你没得意思。"方晓棠吓了一跳,抢过魏达的酒杯,说:"你喝多了,别喝了。"魏达迷迷糊糊,说:"我没醉啊,我只是想和沈总说两句。"沈劼面色倒还平和,说:"生意上的事情,私下再讲。"周雪脸色也不好看了,只听到舅妈问:"你们认得到啊?"魏达笑眯眯讲:"长期客户,一直来往,嘿嘿,今天也是遇巧了。"

方晓棠听着不对劲,周雪脸色已经全变了,沈劼说:"亲上加亲,以后生意更好做。"魏达挥挥手,说:"不不,一码归一码,你没得意思,你怎个搞起有啥子意思嘛。"方晓棠用力在魏达大腿上掐了一把,魏达立马跳起来,清醒了大半,说:"哎呀!"所有人望着他,他一手搓着腿,一边说:"我喝多了,我喝多了,我想进去躺一下。"

方晓棠赶紧扶着他往里走,安顿好魏达,方晓棠舒了口气,走出来,舅舅和方爸爸也喝得差不多了,沈劼说下午还有事,准备先走,周雪说送他,顺道拉上方晓棠,说:"表姐和我一路嘛,正好吃了饭,我想在楼下小区转一下。"

眼看沈劼上车,周雪挽着方晓棠的手,问:"姐夫是不是已经晓得了?"方晓棠说:"我没和他说,但是他认识那个沈劼,晓得他有家室,还担心你被骗了。"周雪笑了下,说:"姐夫人好好哦,刚刚完全像是要为我打抱不平。"方晓棠说:"还好他没有说胡话,我刚刚心把把都要跳出来了。"周雪看向方晓棠,左右仔细端详两眼,方晓棠说:"嘟个呀,我脸上有麻子啊?"周雪说:"不是,羡慕你。"方晓棠说:"羡慕啥子,这还不是你自己的选择,之前我就和你说了不要耍火,你偏不听。"周雪讲:"小娃儿哪个不喜欢耍火嘛。何况,你也看到了,他对我不算差。"方晓棠问:"那你打算一辈子就这样啊?也没得名分,娃儿以后大了,见不到自己老汉,嘟个办诶?"

周雪叹口气,说:"我没想这么多,不说我了,你呢,真的不要娃儿吗?就算你不想,姐夫还不想啊?"方晓棠说:"都讲了,我没准备好,实话实说,现在我们两个都在上升期,完全没时间想这个事情,

271

我自己都没长大，哪个带嘛？"

周雪说："你和姐夫结婚都几年了？"方晓棠说："马上五年了。"周雪说："那不是，你们总不能一辈子就是这种小两口的状态吧，总有一天会没有激情的。就说沈劼，你以为他就真的一直对我好啊，主要是我离不开，但你晓得我的位置，最尴尬，又卑微，多要一点东西都会遭人讨厌，所以我才故意要怀孕，有了娃儿，男人对你又是另一番认识。"

方晓棠轻笑了一声："我不觉得，按你这么说，女人也太懦弱了，非要依靠生儿育女才能抓住男人，这是啥子落后思想哦。"周雪不以为意，讲："我没有你书读得多，我也就是个职高毕业。对我来说，不管啥子落后不落后，重点是有效。现在你和姐夫可能是幸福，但是两个人之间总少了一点血脉上的勾连，我见过太多相互扶持的夫妻走到后面劳燕飞分的了。"方晓棠始终不认同周雪的观念，但回想起魏达，又有了一丝动摇，确实，从头到尾，她从来没有真正询问过魏达的意见，也不知道对于要孩子是个什么看法。

上楼的时候，方晓棠正儿八经地问了周雪一句："如果有一天，你和沈劼的事情被发现了，哪个办啊？"周雪说："我老早想过了，正因为有了这个娃儿，以后我哪怕一无所有，娃儿再怎么也能分他沈家一碗羹。"

2

第二天，方晓棠和程斐然看完装修下山正好找钟盼扬吃饭，三人在火锅店坐定，方晓棠便把前一天的事情悉数说了一遍，钟盼扬讲："周雪现在这么厉害啊？有点得行哦。"

方晓棠说："我倒是觉得危险。"

程斐然说："那你妈那边诶，后来消停了吗？"

方晓棠一筷子伸锅里，找刚刚烫下去的茼蒿，说："都习惯了，也不得说啥子了，最多就是心里犯嘀咕，自己回去消化吧。"

程斐然和钟盼扬其实都明白方晓棠在意什么，从小到大的环境里，程斐然家是干部家庭，钟盼扬家是知识分子家庭，只有方晓棠的父母，是普通的工人。正因为如此，方晓棠对于自己孩子的未来在很早就做出了规划，她不要自己的下一代和自己一样，在一个平庸无奇的环境下长大。这一点，魏达特别理解她。

室内热气蒸腾，屋外细雨沥沥，钟盼扬又叫了两盘豆腐和饺子，正起身要去拿啤酒，手机突然振动起来。钟盼扬看着陌生号码，接起来问："哪个？"对方开口道："盼扬，我是孔唯。"

店里太过嘈杂，钟盼扬差点没听清，一手拎着两瓶啤酒，问："啊？"又往外走了两步，端菜的服务员来回跑，差点把钟盼扬撞到，只听到对面又说："我是孔唯，你现在在哪里？"钟盼扬才终于听清楚，她声音微微有点颤抖，还是正常问候，说："孔老师啊？"孔唯说："晚上有空吗？我来找你。"钟盼扬拿着电话朝室内的方晓棠和程斐然看了一眼，说："嗯，应该有，我现在在外面吃饭。"孔唯说："那我找个地方，等下发给你。"

钟盼扬接完电话回来，整个人有点神不守舍，程斐然一下看出来，问："你哪个了哦，看起来哪个有心事啊？"钟盼扬找了个借口说："没有啊，刚刚我妈给我打电话,喊我等下过去拿个东西。"方晓棠嘴里还嚼着东西,抬头看了一眼钟盼扬,问:"不会是陈松找你吧?"钟盼扬说:"神经,怎么可能,他还敢给我打电话?"两人又觉钟盼扬始终有秘密,不便多问。随后三人干了啤酒,吃了汤圆,准备各回各家,钟盼扬自己叫了车,程斐然和方晓棠也就互相看了一眼,没有多说,只叫钟盼扬注意安全。

车很快到了,钟盼扬闻了闻身上的火锅味,皱了皱眉,有点后悔没有先回一趟家洗个澡换件衣服,但又不好让孔唯久等。她根本没有时间去想这么多,下车之后,把外套脱了下来,脸上的酒气散了一些,径直走了进去,孔唯坐在靠窗的位置,长久不见,依旧俊朗,并不落拓,神色相当安定。钟盼扬提了提气,浅浅一笑,坐了过去。

孔唯问服务员要了酒水单,钟盼扬要了一杯"莫斯科骡子",然后看向孔唯,说:"我以为你消失了。"孔唯端起酒杯简单喝了一口,说:"出了点事,比较麻烦,确实是消失了。"

随后酒水上桌,孔唯像在讲与自己无关的事情一般,说:"公司出了点问题。"钟盼扬说:"我晓得。"其实他消失这段时间,她也偷偷去过他公司,人去楼空,成了鬼屋。孔唯说:"你不晓得,完全不是你想那么回事。"孔唯手指敲了敲杯沿,说:"我和公司合伙人闹卯①了,公司账目不对头,那几个项目的项目款怎么都对不上,我就意识到应该是公款被挪用了,对方还不承认。这件事情本来我应该报警,但是牵扯到里面有一些分账合同也是我签的。我算到他们打算最后一个项目启动过后,直接卷款潜逃,我就在那之前,用其他账户把公司的钱先套出来了,然后分批保管在了身边信任的人那里,你是其中一个,毕竟只有现金是查不到流向的,即使他们找到我也没用。"孔唯解释了这段时间发生的起承转合,最后淡淡一笑,问:"不晓得我说的意思你懂了没有?"

钟盼扬点了点头,一开始还想着孔唯要编出什么样的谎话才能说服自己,没想到,三言两语就让她放下了防备。孔唯接着说:"我去曼谷呆了一段时间,基本注销了所有的电话,断了联系方式,就是怕被他们纠缠,项目我肯定还是想做下去,但是钱必须先保下来。我也已经找过律师,想单方面把共同经营的合约解除,总之,谢谢你帮我这个忙。"孔唯举杯表示感谢,两人碰杯,钟盼扬内心彻底松了一口气,问:"那你接下来怎么打算?"

孔唯又喝了一口酒,说:"先把账目弄清楚,资产分割完之后,我打算重新注册公司,这两天我会把那笔钱拿走,你应该提心吊胆了很长一段时间吧?"钟盼扬低头笑笑,说:"有点,主要是,我以为自己马上要上演好莱坞大片了。"

喝过酒,外面的雨也渐渐小了,孔唯望着窗外,路灯的光在雨水溅湿的玻璃上渐渐晕开,钟盼扬来之前他已经喝了两三杯了,此刻有些微醺。钟盼扬顺着他的视线望出去,只听到他说:"下雨天散步应该多浪漫的,特别是晚上。"钟盼扬苦笑道:"落雨淅淅的,容易湿鞋,而且重庆这个地方,一下雨就看起来脏兮兮的。"孔唯说:

---

① 重庆方言:吵架,拆伙。

"脏兮兮的才有意思啊，要不要出去走一下？"钟盼扬"啊"了一声，孔唯朝她温和地笑了下，说："走嘛，坐久了，屁股痛。"

钟盼扬已经来不及反应孔唯在自己面前说"屁股"这种词了。看他认真地起身买了单，在门口等她，钟盼扬拿了外套，脸已经很烫了。她站在孔唯的旁边，发现孔唯比自己高出一个脑袋，他撑了伞，轻声问了句："冷不冷哦？"钟盼扬说："还好。"孔唯伸手摸了摸她的额头，钟盼扬突然感受到一丝丝的冰凉袭来，然后看孔唯笑着说："好像是还多热和的。"

大概是酒精作用，孔唯的一举一动都像是越过了某些应该存在的界限，钟盼扬在那一瞬间，只觉得精神和身体并不统一，始终处于一种游离的状态。

回去之后，钟盼扬做了一个梦，梦里孔老师还在讲台上上课，可是面目已经变得完全模糊。他在讲二次函数，在画抛物线，他的声音也很清澈，直到下课铃响了，门口站了另一个人，说是来接钟盼扬放学，抬头看，那个人是孔唯。

3

跨年的那天傍晚，程斐然从楼下提着菜回来，进厨房，帮刘女士把菜洗了。侯一帆打完游戏腾出手过来了，问有啥子要帮忙的，刘女士说："哎哟，不要不要，小侯你自己出去耍，厨房窄，哪里站得到这么多人哦。"

这会儿，门铃响了，侯一帆去开门，方晓棠和魏达提着礼物走进来，到厨房门口喊了声"孃孃好"，刘女士应了声："诶，来了啊？"抢过程斐然手里的菜，说："你去陪晓棠她们要吧，笨手笨脚的，还是我

自己来吧。"程斐然歇手把菜递过去，洗了洗手，走出去。方晓棠一下抱住涛涛，问："想不想干妈？"涛涛嘴巴上还有刚刚侯一帆喂的冰淇淋，舔了舔，笑着说："特别想。"方晓棠立马用脸贴了贴涛涛，魏达从口袋里拎出一个变形金刚，说："来，干爹给你买的。"涛涛一下扑过去，开心地说："谢谢干爹！"侯一帆蹲下来，帮涛涛拆开，说："上次乐高还没拼完，等下我们先去拼乐高，一样一样搞完。"

方晓棠捧了点瓜子，和程斐然走到阳台上，程斐然拉了玻璃门，拿出电子烟抽了一口。不远处，钟盼扬也拎着两瓶红酒往这边走。方晓棠伸出头，朝着钟盼扬喊了两声，钟盼扬抬头看，笑着大声回应说："幼不幼稚！"楼下那几个娃儿都用异样的眼光盯着方晓棠，程斐然吐了口烟，说："你确实还是像个小娃儿，哎，长不大。"方晓棠嗑着瓜子，说："管他的哦，我今天晚上要多喝两杯，趁机发疯。"程斐然说："随便你。"方晓棠说："你还不是要陪我疯，跨年的嘛！"

钟盼扬走进来，准备开饭，侯一帆起身去帮刘女士拿碗筷，魏达看着满桌的菜，炒腰花、红烧肥肠、辣子鸡、糖醋排骨，又是香菇炖鸡汤、珍珠圆子、过水鱼，伴一些卤菜，夫妻肺片、卤鸭掌，看起来简直满汉全席。魏达对刘女士赞不绝口道："孃孃好会做哦，比饭店做得还香。"

刘女士卸了围裙，洗了手，走过来，摇身一变像是伸手不沾阳春水的样子，笑眯眯地说："魏达也是会夸，我都好久没做了，都生疏了。"方晓棠帮钟盼扬拿醒酒器，连忙跟着说："孃孃真的是谦虚，我妈要是有你一半手艺就好了，她真的是盐和糖都分不清楚。"说完大家一阵笑。侯一帆

给每个人发好碗筷，钟盼扬把醒着的酒放在旁边，刘女士说："动筷子动筷子，先吃点。"

方晓棠说："说是今晚上南滨路那边要放烟花，也不晓得放不放了。"程斐然说："解放碑还有倒计时诶，要不要去嘛？"方晓棠说："不去了不去了，又不是小娃儿了。"

大家喝得开心，菜也吃得精光，魏达和侯一帆喝多了就到旁边坐着打手游了，剩下女人们坐在桌上，刘女士说："哎，真的是，看到你们几个从小不点哦一个个长这么大了，时间好快嘛。你们马上都三十岁了。"钟盼扬说："但是孃孃一点也没老。"一句话整得刘女士高兴得不得了。刘女士抬头看钟，准备收拾眼前的杯盘狼藉，钟盼扬立马止住刘女士说："哎呀，孃孃，等下我们来收嘛，还早的嘛。"方晓棠说："孃孃你各人去坐到看电视，我们再喝点。"刘女士说："那我也简单把这些空盘子收了嘛，看起脏兮兮的，你们慢慢喝。"方晓棠干完面前那杯，说："我们去阳台喝嘛！"钟盼扬说："好冷哦。"方晓棠说："我沙发上那件外套给你。"说着兀自先往外面走去。

三个人站在阳台上，小区里还是很热闹，不远处的火锅店和麻辣烫门口坐满了人。方晓棠看了眼手机，说："还有五分钟，就是2020年了，马上就要进入21世纪第三个十年了。"程斐然说："现在在想想2020这个数字还是好科幻哦。"说完，她迎着风抽了口烟。钟盼扬满脸通红，说："我身份证到期了，上面写下一次更换是2037年，你更不敢想。"方晓棠枕着程斐然的肩膀，晃了晃眼前的杯子，说："下一个十年啊，我要多赚钱！"钟盼扬揶揄道：

"上一个十年开始的时候，你也是这么说的。"方晓棠咯咯笑起来，"你记性怎个好干啥嘛，我未必不可以一直赚钱啊？"钟盼扬冷冷地说："人生未免太单调了，说点实在的嘛。"方晓棠说："我不啊，我就要赚钱！"方晓棠放下酒杯，牵起两个人的手："快点快点，马上十二点了，准备倒计时，许愿。"

程斐然和钟盼扬实在是习惯了，三人应着方晓棠一起倒数，直到楼下有对情侣，那女生轻声说："2020年了。"三人才睁开眼睛，方晓棠大吼："新的十年开始了！"三人一起举杯，碰了碰。喝了酒，程斐然总觉得有点恍惚，刚刚的那个瞬间，她无法相信自己许了一个"希望自己再勇敢一点"的愿望。勇敢什么，为什么勇敢，因为什么必须勇敢，程斐然自己也不得而知，就是在短暂的那几十秒间，她的内心蹦出来的这么一个念头。

不远处的霓虹灯倒挂着，空气里还是有很重的湿气，重庆的冬天一到半夜就会起雾了，钟盼扬的手机突然响了，孔唯在这个时候发来了一张照片，解放碑人山人海间腾飞的气球和2020的数字，附上一句"新年快乐"，钟盼扬微微一笑，回了一句："万事如意。"

酒精后劲一起来，三个人就坐在阳台上东倒西歪，像傻子一样彼此微笑，突然方晓棠觉得有点恶心，一下起身往厕所跑，魏达赶紧追过去，说："喝多了。"

钟盼扬醒来的时候，睁眼看到的是陌生的天花板，她稍微翻了下身，一下撞到了茶几角，才意识到自己睡在地上。刘女士提着东西走进来，说："诶，扬扬你醒了啊，来，吃早饭。"钟盼扬不好意思地揉了揉头发，说："我们啷个在这里睡着了啊？"

刘女士说:"哎哟你们三个,才叫疯哦,又是抱头痛哭,又是哈哈大笑,真的是年轻人。"钟盼扬问:"晓棠诶?回去了啊?"刘女士拆开豆浆,倒到碗里,说:"魏达送回去了嚓,再不送回去,怕你们要把我这个窝都拆了。"

这边方晓棠睡得迷糊,却是被门铃闹醒了。她坐起身,看了下手机,魏达说:"早上出去见一个客户,中午回来接你去吃饭。"她下床趿了拖鞋,头昏脑涨,开了门,见周雪面目严肃地站在门口,方晓棠打了个呵欠,问:"你哪个来了啊?"

周雪进来一屁股坐在沙发上,说:"我完了。"方晓棠拉开窗帘,问:"啥子完了?"周雪说:"医生检查错了,我没怀孕!说是我作息不规律导致月经紊乱,来晚了。"方晓棠"哈"了一声,说:"那就没怀啊,完啥子完了?"

周雪一本正经地说:"我不是给你说了嘛,沈劼就是看着我怀孕了,才又给我爸妈买了套房,现在我要是去给他说娃儿没了,他还不立马转头走人啊?"方晓棠重新给自己倒了一杯水,坐到周雪身边,说:"不至于吧,你不是说他还是多喜欢你的吗?何况,现在没怀,以后总可以怀嘛,你怎个年轻。"周雪自嘲地笑了笑,说:"以后?以后的事情哪个说得准嘛?"

方晓棠正想说什么,只觉得一阵难受,起身立马往洗手间跑去,该吐的都吐干净了,此刻明明什么都吐不出来。周雪跟过去看,拍了拍方晓棠的后背,问:"表姐你没事吧?"方晓棠挥挥手,扯了张纸巾捂住嘴。周雪和方晓棠对视了一眼,问:"你是不是有了哦?"方晓棠睁大眼睛,说:"不可能!我明明每次都……"说到一半,方晓棠立马顿了下,她整理了下情绪说:"应该不是。"周雪说:"要不去楼下买个验孕棒看一下?"方晓棠忐忑地说:"是不是有点小题大做哦,我只是昨晚上喝了酒……"刚说完,立马恶心的感觉又来了,周雪说:"喝酒不至于反应这么连续啊。"

方晓棠还是拗不过周雪,下楼买了根验孕棒。洗手间里汩汩流动的水声,空间紧闭安静,方晓棠深深地吸了口气,等待着验孕棒上浮现的结果。周雪站在门外,问:"怎么样?"方晓棠开门出去,没说话,周雪走进去看,果然是中奖了。

程斐然刚刚把刘女士送到飞机场,手机就叮铃咚隆地响起来,只听到方晓棠在那边语气严肃地问:"你在哪儿?"程斐然换了只手拿行李,然后对着刘女士示意自己接下电话,然后说:"我在机场送我妈,你哪个了?"

方晓棠说:"我中奖了。"程斐然没反应过来,开玩笑道:"中奖?几百万嘛?"方晓棠焦急地说:"哎呀,我怀孕了!"

一小时后,方晓棠坐在程斐然车后座上,车停在照母山森林公园附近,方晓棠问:"两个月,是可以打掉的吧?"程斐然说:"可以,但你确定要打了吗?"钟盼扬说:"我觉得你应该和魏达说一声,毕竟还是你们两个人的事情。"方晓棠说:"我就怕我说了,他就喊我生下来。"钟盼扬仍然说:"那也应该和他说啊,不然他以后晓得了,对你哪个看?"

方晓棠瘫在后座说:"倒不是不想说,去年的时候,我和魏达算过一笔账,就是计算如果有了娃儿之后,我们生活的开支,那个数字让我觉得,自己像是非洲那些活在贫民窟的穷困妇女,娃儿吃不饱,穿不暖,未来也只能接受三等教育。"钟盼扬翻

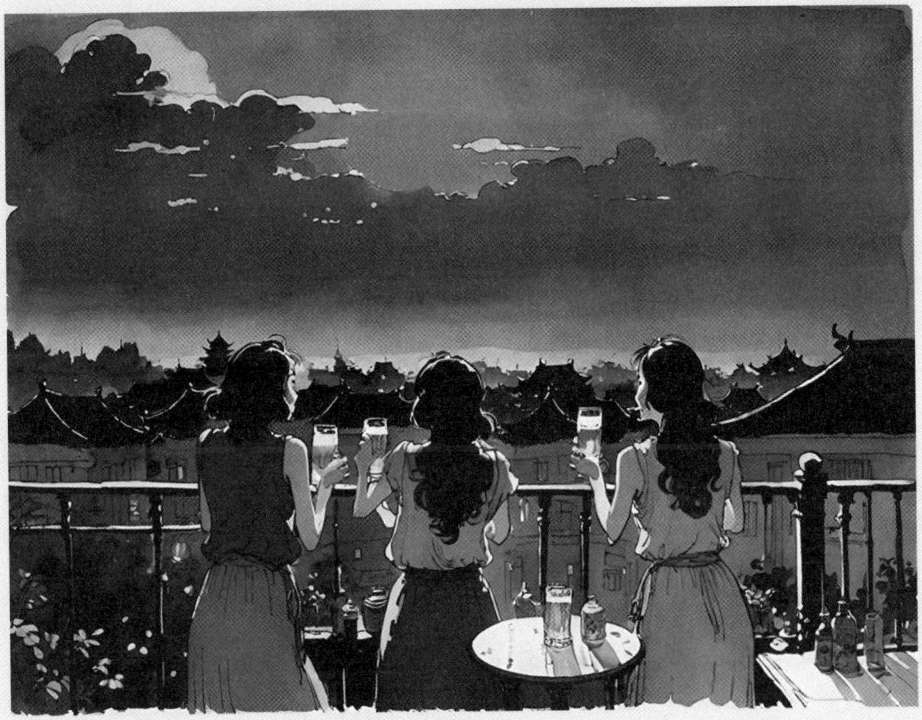

了个白眼，说："你这个确实夸张了，照你这么说，全中国百分之六七十的年轻人都不要生娃儿了。"方晓棠一下伏过身子来，说："诶，你说对了，我觉得现在就是有百分之六七十的年轻人不想要娃儿了啊，太贵了。"程斐然说："我真的觉得你想太多了，就算你和魏达不能让娃儿过上锦衣玉食的生活，但也不至于像过去灾荒年成要饿肚子吧。张敬涛出生的时候，我和张琛才刚刚毕业，那时候比起你和魏达现在，更是不晓得穷到哪儿去了。"

方晓棠说："那是你们两家家里都有钱啊。"方晓棠说出口就后悔了，又找补了一句："我的意思是，至少你们当时不会特别焦虑。"钟盼扬说："那你怎么想？"方晓棠说："就是不晓得啊，不想生，但是也不可能就这么打了。"程斐然拉开车门，抬头看了看远处，然后对着车里的方晓棠说："下来走走吧，先不要急着想这些了。"

方晓棠也有点累了，找了个椅子坐。程斐然走到半坡的台阶上，歇了会儿，顺着看那些正在疯跑的小孩，说："你以为每个当妈的都是做好了万事无忧的准备才要的娃儿嘛？养涛涛这些年，特别是我和张琛离婚过后，我弄清楚了一件很重要的事情，娃儿的成长，最怕缺的从来都不是一个爸爸或者一个妈妈，就更不要说那些可有可无的物质，娃儿成长中最怕缺的，是爱。"程斐然伸手握住方晓棠，坚定地看了她一眼，接着说："我觉得你和达哥肯定都会非常非常爱他，所以你根本不用担心他过得不好啊。"钟盼扬也坐到方晓棠的旁边，说："而且，还有我和斐然这两个干妈，你在怕啥子？"

方晓棠说："爱这种东西，太虚了。"

"那你觉得现在是我有钱，还是张琛有钱嘛？影响到涛涛一点半分没有嘛？你总觉得你缺这样，缺那样，其实你比我们俩都要拼，再穷都穷不到你身上，你信吗？"程斐然认真看了方晓棠一眼。

钟盼扬说："那不是，从小到大，成绩最好的是哪个嘛，是你方晓棠啊，不管做啥事，你本身应该比我们两个更有自信才是。"

程斐然把方晓棠的手放到她肚子上，说："你感受一下嘛，他是有反应的。"方晓棠鼻子微微一酸，呛了下，说："哎呀，不要说了，我要哭了。"程斐然说："哭嘛，我看你哭不哭。"钟盼扬仰头靠着座椅上，看着天空说："2020年，应该是个好开始吧，看嘛，你接下来新的十年有新的任务了。"

然而，谁也没想到，就在她们坐在阳光普照的公园期待接下来美好生活的二十多天后，世界迎来了一场无法逆转的变局，2020年的1月下旬，新冠病毒正式席卷全球，这是所有人都没有预料到的新十年的开端，世界卫生组织于2020年1月30日正式宣布命名为COVID-19的新型冠状病毒疫情为国际关注的突发公共卫生事件，而这一切才是兵荒马乱的刚刚开始。

第六章

1

当年SARS流行的时候，程斐然才13

岁，现在回想起来，记忆也变得有些模糊了，只记得上课间隙老师会拿着温度计站在讲台上，让每个人上去测量，记录，然后回家依照父母的要求喝板蓝根。没有口罩，没有隔离，只有每天新闻里的数字，大部分病例在广州和北京，好像离自己总是遥远，山城重庆依旧吹着燥热的风。

对于程斐然来说，那个夏天已经像是上辈子的事情了，唯一印象深刻的是，那个学期没有期末考试。程斐然很担心开学的时候要补上，她已经忘记了所有的公式和运算法则，但方晓棠却莫名期待有一场考试，只要她考了双百分就能找父母拿钱买磁带专辑。开学的当天，程斐然撒谎生病没有去报到，后来钟盼扬给她打电话说并没有考试，一切如旧，她才彻底松了一口气。对于只有十来岁的孩子来说，不考试比起疫情结束，更值得庆幸，而方晓棠却在得知考试取消的下午有那么片刻的失落。

当程斐然在视频里和钟盼扬跟方晓棠追忆十几年前的往事时，窗外的人心惶惶成了这段时间的主旋律，情况比想象中更恼火一些：1月23号凌晨2点，武汉正式宣布"封城"，一千一百万人口的城市在一夜之间被盖上了锅盖，随即传染病例开始出现在相邻的各个城市。这段时间，用八个字形容，风声鹤唳，草木皆兵。

官方公布疫情的那天，程斐然给刘女士打了一通电话，刘女士刚刚从沙滩晒完太阳回来打算去吃个泰餐，那个姓高的叔叔正好租了一辆车在沙滩边上等她。程斐然大致的意思是，现在国内应该挺危险的，要不然你就在泰国多呆一段时间吧，等这边消停了你再回来。原本刘女士也是焦急，担心程斐然的安全，嘱咐了几句之后，觉得回国确实更危险，就应了。

结果没想到第二天，那个高叔叔突然买机票说要回国了，因为他女儿和女婿被困在了武汉。结果发现回国的机票突然买不到了，基本每天刷到点进去就没了。刘女士让他不要急，现在即使回国也不可能去武汉啊。结果两个人就这个事情大吵了一架，一气之下，刘女士立马搬出去换了家酒店，一个人住着，SPA也不想做了，逛街也不想逛了，吃饭也不想吃了，只想回国，吵着让程斐然给她订机票。这个时候国内航线早就乱成一锅粥了，别说订票，即使订了也会不定时被取消。几天下来，刘女士已经彻底对曼谷失去兴趣了，她开始疯狂给程斐然打电话，早中晚三次，每次半小时，每次都问国内情况好转了没？

程斐然说，上一次SARS持续了大半年，这次应该也差不多吧，夏天可能才会好。刘女士不讲道理地说："科学不是一直在进步嘛，这次应该一个月差不多了吧，肯定能控制下来。"可情况全然不是刘女士想的那么简单，一周后的某一天，程斐然终于帮刘女士买到一张从曼谷飞香港的机票，然后从香港转机回来。

"你是说孃孃现在还在香港啊？"三人接着视频，方晓棠在那头问。

程斐然"嗯"了一声："我妈说她再回不来，就要我买机票过去接她，你说她是不是很疯？"

钟盼扬笑道："你又不是第一次遇到这种情况了，有一年孃孃去旅游，结果在张家界把脚崴了，不就是喊你请假去把她背回来的吗？"钟盼扬不说，程斐然还真的忘了这茬。

方晓棠紧跟着说："你莫说，恰恰是孃

嬢这种女人，最讨男人喜欢，当初叔叔嬢嬢没离婚的时候，嬢嬢吃喝穿戴确实是我们长辈这一圈人里最好的好吗？"程斐然说："那都是多少年前的事情了，我倒觉得我妈是被我老汉当时惯坏了。"钟盼扬说句公道话："嬢嬢回来了也好，万一到时候真的严重到连重庆都回不了，你让她一个人在外头游荡啊？到时候你的电话才真的要遭打爆。"程斐然觉得也是，看着时间不早，方晓棠那头魏达又催促了几句，钟盼扬说她正好还有个表格要做，三人就此挂了电话。

程斐然洗完澡，看了一眼手机，早上给张琛发的信息现在还没回，此时此刻，全城静止，唯一还在外面奔波的，就是像张琛一样的外卖员。前两天，程斐然让他无论如何要注意安全，张琛说公司发了口罩了，让她放心。疫情期间外卖供应需求大，公司特地给骑手每单多涨了几块钱，程斐然其实想说，这种情况下，要不然就先辞了吧，也不必非要在这个关键时刻干这种高风险的活儿，接触的人太多了，保不准"中标"，可程斐然也晓得张琛的脾气，这个时候只要能赚钱，说啥都没用。

侯一帆刚从浴室走出来，程斐然的手机突然响了，侯一帆问："恁个晚了，哪个哦？"程斐然看是张琛，说："你琛哥。"侯一帆笑了笑，说："哎，琛哥打扰别个二人世界，我下次要说他了。"

程斐然接起电话，只听到张琛在电话那头有点不好意思地问："你在家吗？"程斐然说："在啊，怎么了？"张琛有些犹豫，讲："有点事情，可能要麻烦你。"程斐然问："你有话就说啊。"张琛说："我等下来找你，你可不可以给我送一床铺盖下来？"程斐然有点莫名："啥子意思？"

张琛叹了口气，说："这两天隔壁小区有病例了，我们小区突然管得很严，现在进去就出不来了，可能要封一个星期。这段时间单子最多的时候，我不想歇下来。"程斐然问："那你去哪里睡啊？"张琛说："几个跑单的兄弟说体育馆那边最近没人去，空起的，将就睡就行了。"程斐然劝阻道："算了嘛，没得必要啊。"

张琛像没听程斐然说话一样，讲："和我妈说，她肯定要喊我回去，这个时候，只有喊你帮我了。"程斐然懒得和他滚毡辘说话，晓得劝不动，只讲："晚上物业下班了，我开不了出门条，你到我小区后门那个铁栏杆那边等我吧。"张琛应了声"要得"，想了想又说："你还是把口罩戴起啊，我也不晓得我现在安不安全。"

程斐然进去拿被子，侯一帆靠着床头打游戏，抬头看了她一眼，问："你冷了啊，还要加铺盖？"程斐然没看侯一帆，说："你琛哥问我要的，他要去当流浪汉，睡大街。"侯一帆一下放了手机，诧异道："啊，他离家出走啊？"程斐然抱着被子往外走，说："差不多吧。"

下了楼，过中庭，绕到小区后门，张琛已经在那里等着了。一墙铁栅栏把两个人分开，路灯打在张琛憔悴的脸上，即使戴着口罩，程斐然也看得出张琛眼中的疲惫。栏杆的缝隙太小了，程斐然尝试了几次，基本塞不过去。她抱着被子，说："外面好冷哦，你要不然还是回去睡算了嘛。"张琛的手护着被子另一端，说："你直接甩过来吧，我接到起。"程斐然说："不得行，一甩就散出来了，地上恁个脏。"她抱着被子努力站在铁栏杆的边缘，伸手举起被子往外够，顶上的尖头一下划破了袋子，张琛站在另一边，伸手去接，两个人就这样贴着栏杆一起举着双手。

好不容易终于递了过去，张琛一手抱着，差点踩滑，程斐然一手从缝隙伸过去拉了他一把，方才稳住。张琛说："谢了。"程斐然还是忍不住说："这个时候生病得不偿失，真的没得必要。"张琛淡淡一笑，讲："我老汉昨天打电话回来了。"程斐然愣了下，张琛接着说："他现在在敷纸盒，你觉得每个赚得到几块钱？说实话，连我都觉得赚不到几块钱，但是他心里头还是想着能赚一点是一点，多少能还一点债嘛。听他说完，你觉得我还能睡得着吗？"

程斐然沉默了几秒钟，又听到张琛说："哎，我不该给你讲这些，我还好，毕竟还年轻。涛涛的生活费是一方面，我老汉的债是一方面，关键是，我还是想早一点恢复到正常的生活中去啊。斐然，你懂我意思吧？"程斐然的嘴角微微颤抖了下，点了点头，说："我晓得。"张琛一下释然地笑了，说："所以不要怕嘛，最惨也不过就是恁个了，我想不到还有比我现在更惨的时候了。"张琛走过来，从栏杆缝隙里伸过手来，程斐然不懂，抬了抬手，张琛在她的手背上拍了下，说："我走了，你照顾好你自己。"张琛背过身去，程斐然突然喊了他一声，张琛疑惑地看她，程斐然说："加油嘛，我们一起。"张琛挥了挥手，月光下洒脱地一笑，把被子抱在胸前，跨上摩托车，走了。

回程路上，程斐然越想越不是滋味，她和张琛何以至此，最后那句"加油"说得轻飘飘的，倒像是专门说给张琛一个人。自己呢，自从因为张琛老汉欠债之后，丢了工作，丢了婚姻，彻底失了心。当时只对自己说，喘口气就好，一喘就是两年。早时间里借酒消愁，后来彻底沉浸在了麻将桌上。近两年的时间里，程斐然的钱除了离婚时程爸爸救济的那十万块钱，打麻将进进出出，连同衣食住行，加上涛涛的学费，已经所剩无几。

只是程斐然没想到，长期离开社会环境之后，重新融入进去并非易事。原本当初那份工作就是老汉托关系介绍进去的，所以就她而言，毕业到现在，其实也没有真正认真找过工作。程斐然从来没和任何人说，失业之后有段时间，她也尝试投了不少简历出去，用人单位看到她断档一年多时间，加之之前并没有多出色的职场成绩，简历几乎石沉大海。随后程斐然也就破罐破摔，不再去想工作的事情了。其实这件事没有想象中麻烦，如果真的需要工作，只要找老汉帮忙谋份文职，应该不算太难。可是一想到自己三十岁了还要依靠老汉出面找工作，就觉得颜面全无，加上如果被刘女士知道，还指不定她在背后怎么嘲讽自己。

程斐然叹了口气，裹了裹衣服，走上楼，侯一帆已经在大门口等着了。程斐然还没说话，侯一帆便拉了她的手，吹了口气，问："冷不冷嘛，我还以为你走丢了诶。"程斐然捏着侯一帆温热的手，玩笑道："假不假嘛，真的担心我冷，啷个不下楼给我拿件衣服来啊？"侯一帆说："我怕你和琛哥有话要说啊。"程斐然看了侯一帆一眼，说："你是不是吃醋了？"侯一帆一本正经地说："那当然，毕竟我也是个男人。"程斐然说："你好好笑哦。"侯一帆立马跟着笑了，拍了拍程斐然的头说："但是我对自己有信心啊。"程斐然白了他一眼，说："快点睡觉了，困死了，我明天还要去接我妈。"

2

第二天早上,程斐然办好出门条,迅速开车到江北机场,机场的人倒比大街上的人多。程斐然把车停到车库,上楼找了个没啥人的地儿,揭了口罩,抽了两口烟。突然有人敲了敲她的肩膀,程斐然扭过头去,看到一个穿着大红呢子衣的女人,套着口罩望着她问:"能借个火不?"程斐然挥了挥手上的电子烟,尴尬笑了笑说:"我也没得火。"对方眼光似乎在她脸上游走了一圈,有点诧异地问:"程斐然?"程斐然迟疑了下,对方意识到没认错人,揭下口罩,说:"我姚淇啊,认不出来了啊?"

程斐然无法想象眼前这个人就是自己高中那个失踪了的同学姚淇。姚淇倒毫不在意程斐然打量的眼光,像是早就习惯了别人对她的审视。她吐了口烟,说:"你在机场干啥子啊?"程斐然有点尴尬地说:"我妈今天从香港飞回来,我来接她。"程斐然又看了看表,指了指到达厅里面,说:"我可能要先进去了。"姚淇点了下头,说:"加个微信吧,我估计这次在重庆会多呆一段时间,等情况好点,我们出来吃个饭。"程斐然不好意思拒绝,拿了手机扫了码,才和姚淇告别。

程斐然量完体温走进接机厅,拿起手机立马在群里发了条信息:"你们猜我刚刚遇到哪个了?!"方晓棠最先问:"哪个?"程斐然截屏一张图,发到群里,看到姚淇的名字,方晓棠都反应了好一阵子,才说:"姚淇!高中那个姚淇啊?我听好几个人说她现在在东莞那边当妈咪的嘛。"

程斐然一惊,连忙问:"是不是哦?"方晓棠振振有词道:"我也是班上有两个男同学和我说的,去东莞出差,都是姚淇招待的。"

程斐然仔细想了想姚淇一身装备,着实风尘味重了点,但怎么也想不到,当年品学兼优的一个女娃儿现在去当了妈咪。方晓棠说:"她居然回来了,当时年级上也是有几个说法,至今没得一个清楚真相的。有人说她高中怀孕怕被退学,就跑了,但也有人说不是怀孕,是网恋直接私奔了,反正七七八八的说法,不晓得哪个是真的。"程斐然又去刷看了姚淇近一年的朋友圈,发现都是些平淡无奇的日常,但是程斐然还是很快注意到她出入的场所定位都是价格不菲。

两人聊得热火朝天,抬头看见刘女士从到达口拎着大包小包走出来了。程斐然讲先不聊了,刚走过去,就听到刘女士抱怨道:"香港人现在对内地人真的越来越不友好了,安检的时候居然让我把袜子都脱了,从来没得哪个安检口像这么发神经,还有飞机上居然连水都不提供了,飞这么久差点渴死我。"

程斐然看着刘女士鼻子上滑下来的口罩,伸手给她扯了上去,说:"戴好嘛,不让你喝水是正常的,你能回来都不错了。"一边说一边催促刘女士快点走,现在这种情况,远离人多的地方总不会错。

回了小区,门卫看到刘女士大包小包的,就立马拦住了她,说:"哪儿来的啊?"刘女士说:"刚刚从泰国回来。"门卫上下打量刘女士,说:"先去居委会登记报备,然后才能进去。"刘女士说:"那我先把东西放了来啊,我就住里面,你是不是新来的?"门卫说:"先去报备。"

刘女士哪里受得了这种屈辱,拖起行李往社区居委会走,边走边给物业打电话投诉门卫，结果居委会听说她是从外地回来的，立马通知她要实行十四天的居家隔离。刘女士以为自己听错了，问："啥子呀？居家隔离？那我吃啥子啊？"报备完，回了家，物业已经在门口等到了，态度还是好，说："刘孃孃，封条还是要贴起哈，我们每天给你送菜过来，你不用担心。"刘女士问："你这个贴了，我一点门都出不到了哦。"物业说："对头，上面规定的，没得办法，最近疫情好严重嘛，体谅一下啊。"

刘女士看了程斐然一眼，眼睛一转，想了下，然后对物业说："我女儿和我接触了，她是不是也要隔离哦？"程斐然瞪了刘女士一眼，把刘女士的行李一甩。物业想也没想，说："对头，一起隔离。"刘女士暗暗得意笑了下，说："晓得了。"说着一把把程斐然拉了进来，门一关，外面物业已经贴了封条。只听到物业说："孃孃有啥子打电话嘛。"

程斐然瞠目结舌地看着刘女士，吼了句："妈！你把我拉进来干啥子嘛。"刘女士才不管程斐然，已经拖着行李进房间收拾东西了，程斐然冲进去，找刘女士理论道："你真的很没得意思，喊我来接你，结果把我关在这边陪你隔离，涛涛还在屋头的嘛，啷个办嘛？"刘女士一边把行李箱里的衣服拿出来叠好放进衣柜，一边说："小侯不是在帮你带的嘛，平时我也没看你对娃儿啷个用心啊。喊你陪下你妈，你都这么不乐意嗦，你未必就想看到我一个孤寡老人关在这里饿死嘛？"程斐然气急败坏地说："你不就是怕我把你丢在这里不管你嘛，还要故意问物业一嘴。"程斐然气得不行，接着说："我现在连换洗衣服都没拿过来，你让我在这边啷个住嘛！"刘女士从衣柜里拿出两套没拆包的内衣扔给程斐然说："你还要啥子，我都找给你。"

程斐然气得冲进了洗手间，把门锁了，随即给侯一帆打了个电话。侯一帆说："要不然我把涛涛带过来嘛。"侯一帆说完，程斐然立马联想到一系列鸡飞狗跳的画面，赶紧阻止道："算了算了，你还是莫过来凑热闹了，还有，晚上不许带涛涛熬夜，听到没有。"侯一帆应了声，说晓得了，又宽慰道："孃孃这个人，最不喜欢硬碰硬了，你有啥子还是好生说，莫着急。"程斐然说："她是我妈，我还不晓得嘛？好了好了，我就和你说一声，都关在一起了，我还能气到哪里去嘛。"

程斐然嘴上再犟，肚子还是很诚实。菜送来了，刘女士在厨房忙活，饭菜的喷香阵阵扑鼻而来。程斐然本来就没吃早饭，中午回来也没吃东西，这会儿早就饥肠辘辘，悄悄朝厨房瞄了一眼，刘女士像是背后长了眼睛似的，一边切菜一边说："饿了不晓得来帮忙啊，就站在背后看。"程斐然一个激灵，退后一步，想了想，也罢了，趿着拖鞋走过去，刘女士直接一把菜扔给她，说："把藤藤菜洗了，摘了。"程斐然找了个不锈钢盆子接水，刘女士一下抢过来，说："洗菜用那个塑料漏盆就行了，这个好占地方嘛。"

程斐然一边洗菜，一边斜睥了刘女士一眼，问："你和高叔叔就这么断了啊？"刘女士自顾自切菜，说："要伴儿一个，无非寂寞的两个人结伴出去旅游而已，啷个嘛，你还开始来八卦你妈了啊？"程斐然说："关心下你啊，免得你一天都说我不理你。"刘女士把切好的菜放进盘子里，又开始切肉，说："你要是真的关心我就好了哦，说实话，到了你妈我这个岁数，对爱情的认知早就透彻了，不可能再像小妹儿一样一门心思扑在恋爱上了。有个人当然好，至少你不在的时候，有个人端茶送水递把手，等于彼此找个看护，啥子高叔叔李叔叔王叔叔，都不重要，重要的是有人讨你妈开心，哪里还会真的渴求啥子白头偕老的感情嘛，不存在了。"刘女士说完，烹油下锅，肉菜翻炒，没再多说一句话。

3

方晓棠一大早就被工程队的电话吵醒了，包工头也是很不客气地说："方小姐，木工都已经做完了，你这个钱怕是该付了哦。"方晓棠开着免提，泡沫在嘴里嘟哝着，说："要付要付，这不是疫情我出不来嘛？"包工头说："转账不需要出门啊，工人都等到我发工资啊，你这样拖着我也不好交待啊。"方晓棠漱了口，吐了泡沫，正准备回，魏达一下把电话拿过去了，说："好多钱啊，晚点给你打过去。"方晓棠伸手去抢电话，朝魏达白了一眼，魏达说"晓得了"，然后把电话挂了。

方晓棠扔了牙刷，说："你这么急干啥子，上一笔钱才打过去没好久，而且好多地方的细节他们都没有弄好。"魏达说："没得几个钱，追着心烦，反正都要给的。"方晓棠不高兴了，说："我有我的安排啊，你平白无故来插个手，叫我接下来怎么做啊？"魏达正想安慰两句，方晓棠的手机又响了，她看到是国际楼的房东电话，扔在一边没有接。魏达看了方晓棠一眼，问："哪个不接啊？"方晓棠照着镜子擦面霜，说："不想接。"五分钟内打了三个，魏达又想伸手接了，方晓棠没看魏达，吼了一声："你不要接啊！"方晓棠洗漱完了，过来看手机，说："你忙你的工作就好，其他事情我自己来处理。"

方晓棠拿了手机走进卧室，把门关上，深吸了口气，才拨回了那通电话，电话才响了一声，房东就立马接起来，说："方妹儿，你在干啥子哦，电话也不接。"方晓棠随即换了一副面孔，笑嘻嘻说："刚刚才起床，没看手机，陈孃孃啥子事？"陈孃孃开门见山地说："方妹儿，不是我催你啊，本来过年过节的，过来要钱是不好得，但是你搞民宿那两套房子上个月就该交房租了。"

方晓棠假装搞忘了一样，说："哎呀，最近一忙，确实搞忘了，我尽是记得下个月才交，这两天我就给你打过去啊。"这通刚挂，国际楼另一套房子的房东又打过来了，说："诶，方小姐。"方晓棠应了声，说："嗯，是不是交房租？我记到的，小刘，你不要急啊。"小刘支吾了一声，说："不是不是，我是想和你说，国际楼那套房子我最近想卖了，可能有中介要带人去看房，到时候麻烦你配合一下。"方晓棠还没反应过来，问："啊，你这套我才租了一年，你当时不是说五年内都不打算卖的吗？"

小刘讲："本来是不打算卖的，但是最近疫情闹的，我好多货出不来，客户那边我已经赔钱了，生意总要做下去啊，我也是没办法，只能先把多的这套房子卖了。"方晓棠理论道："诶，不是，房子我给你装修过了，我们合同是签了五年啊，这样你算违约吧？"小刘说："违约也就是一个月的房租钱，我退给你就是，我也是提前来和你打声招呼。"小刘也不多说了，转手把电话挂了。

方晓棠坐在床上，胸口一阵闷气，这

284

年一过完,像是家家户户都缺钱了一样。方晓棠打开手机银行,看了下余额,用计算器简单加减了一下接下来的各项开支。国际楼那几户民宿这几个月不开,让她颗粒无收,加上南山民宿装修烧钱,实在是没剩几个钱了。好不容易民宿证件办下来了,想着过年期间是她往常生意最好的时候,结果一波疫情过来,订房的房客都纷纷退了。她轻轻打开门,从门缝往外面看了一眼,魏达正在开电话会议,她又轻轻把门关上了。

当初决定做民宿,是方晓棠的意见。对于方晓棠来说,这是她第一份真正属于自己的事业,让她有事可做,有钱可赚,唯一不让父母和魏达担心的一件事,到了三十岁,算是真正活出头了。尽管那天钟盼扬和程斐然给了她十足的勇气要了娃儿,但方晓棠真正的底气还是来自这份事业。方晓棠太清楚自己缺乏安全感的原因,很大一部分其实正是来自程斐然和钟盼扬的家境。用方晓棠妈妈的话来说,斐然再不济,有她妈老汉顶着,扬扬见识广,从小就独立,你不行啊。当她民宿越做越大,她才真正觉得自己和程斐然、钟盼扬的缝隙在缩小,虽然距离她对下一代的理想生活还有所差距,但她想着只要开了春,南山的民宿装好,国际楼再度开花,娃儿的衣食住行短时间内是不用愁的。只是她没想到,她最大的资本也是她唯一的稻草,这下,全打泼了。

程斐然隐隐约约听到厨房里面捯饬的声音,以为是做梦,大概是夜里忽梦忽醒,一直有点迷离。她伸手去摸手机,才发现浑身酸软无力,努力让自己坐起来,只觉喉咙刺痛,预感不太好,伸手一摸,果然发烧了。

程斐然硬撑起来搭了件衣服,蹲下身翻箱倒柜找到温度计,放腋窝下,然后拿起手机查看新冠的一系列症状。一一对照,不出意外,八九不离十,是中招了。她想到这几天去过的地方,最有可能接触到病毒的,只能是机场,除此之外,还有张琛,她完全不敢多想,如果自己确诊,牵连的人都是至亲,她拍了拍脑袋,让自己冷静下来。

刘女士在客厅叫她赶紧出去吃早饭,程斐然一声也不敢答应。她第一时间给张琛打了个电话,电话接通的那一刻,程斐然说:"你还好吧?"张琛不知道程斐然说的什么,只问:"还好,怎么了?"程斐然说:"我好像遭了。"张琛问:"你是确诊了吗?"程斐然说:"还没有,就是觉得浑身无力,刚刚量了体温,三十八度九。"张琛静下心来说:"你先别慌,不要自己吓自己,你去过啥子高风险场所吗?"程斐然仔细想了下,说:"没有,但是我不指定来来往往有没有可能携带病毒的人,我看到新闻说,有个人买菜就一小会儿没戴口罩就被传染了。"张琛说:"你现在先给社区打电话,让他们过来给你做核酸检测,才能进行下一步的判断,你现在啥子都不要想。"

这时,刘女士听到程斐然打电话的声音,直接闯了进来,训斥道:"喊你几道了,还不起床。"程斐然说:"我可能感染了新冠,你不要过来,我怕传染给你。"刘女士伸手摸到她额头,问:"你不舒服啷个不说啊,现在起床去医院啊。"程斐然还是藏在被子里,大吼道:"你先出去嘛,我现在没得力气。你帮我打电话给社区,我可能需要先做核酸检测。你到外面等我,把口罩戴起再进来。"

程斐然迷迷糊糊地望着天花板，好像又要睡着了，只是浑身潮热难耐，胸腔里像是有火。她接连咳嗽了好久，后来刘女士把她扶起来吃了两颗退烧药，再然后，是一大帮人突然穿着防疫服走到了家里。程斐然整个人轻飘飘的，总觉得是一场梦，醒了，又没醒。刘女士消失了，不知道去了哪儿，其他人说话又都是嗡嗡的，采样棒在她鼻子里捅了好几下，然后就有几个人把她扶起来，分别朝她和刘女士问了几句话，再然后，家就被彻底封锁起来了，核酸结果还需要等待，但是程斐然被叮嘱哪儿也不能去了。

她难受地翻了翻身，叫了一声"妈"，可是刘女士好像被带走了，还是被关在了另一个屋子，她不知道。房间里一片昏暗，她实在是一动也不想动，喉咙又干又痒，想喝水，这会儿，她才想到刘女士先前说的话，老了那个伴儿，无非是搭把手，一个人，多可怜。

突然，门打开了，刘女士戴着口罩走进来，把她扶起来，说："吃点东西。"程斐然一点力气也没有地说："我以为你走了。"刘女士说："我走哪里去嘛，我走了你啷个办嘛，说起简单，你是我女儿的嘛。"程斐然有点难过，嘴里一点味道都没有，说："万一我把你传染了诶。"刘女士一口一口喂她，说："我都和你呆这么久了，要传染早传染了，躲得过唛？你吃完了再吃两颗退烧药，等下再看看情况，晚上核酸出来了再看啷个办。"

喝完粥，程斐然又倒了下去，她不记得什么时候在群里发了信息，钟盼扬和方晓棠连着打了好几通电话过来，群里也一直在问她情况。刘女士出门前，说："哦，刚刚小侯来过了，被拦在楼下，上不来，我喊他回去了，他着急得不得了，要是真的传染起了才恼火，涛涛到时候都没得人带了。"

程斐然抱着枕头，一句话也说不出来，咳嗽好几下，感觉肺都要裂开了，不管怎么翻身，始终想咳嗽。程斐然怎么也睡不着了，脑袋里开始有了想法，十二小时之后结果出来，如果真的中标，原来死亡距离自己竟然如此之近，无故去想自己死掉这件事，但程斐然想了，这个时候死掉，除了悲伤，什么也不能留给刘女士和涛涛，没有钱，没有资产，一个人失败原来是在她死的时候才体现出来的。程斐然侧着脸，有点想哭，眼泪不受控地浸湿了枕头，接着她又咳了几声，怕把刘女士引过来，又压低了声音。

程爸爸过来的时候，刘女士正准备给她量体温，程斐然看到老汉发来信息说来看她，在外面的，程斐然和刘女士说："老汉在外面，买了点东西来。"刘女士说："喊他进来噻，我去给他开门。"

刘女士让程斐然夹好温度计，朝门口走去，开了门，过道空无一人。刘女士脸色一下变了，朝着阳台走过去，看到程爸爸把买来的东西挂在楼下单元门上，准备上车，刘女士大喊了一声："程国梁！"程爸爸抬头看了刘女士一眼，问："啷个？"刘女士说："哪个稀罕你的水果嘛，各人拿起爬！"程爸爸说："我给斐然的，又不是给你的！"刘女士气道："你女儿生病了，你看都不看一眼，要述你这些水果，门卫啷个放你进来的啊，我要投诉他们。"程爸爸咧嘴骂了句："神经病！"刘女士从里屋翻出来个苹果，一手朝着程爸爸扔过去，砸成粉碎，程爸爸吼："你疯了啊?!"

这下旁边邻居都忍不住开窗探头出来看了，程斐然不知道他们怎么又吵起来了，戴了口罩，拖了身子走出去，有气无力地埋怨道："你们啷个又吵起来了嘛！是我喊老汉不进来的。"刘女士关了窗，拉了窗帘，说："你喊他不进来，他就不进来了啊？硬是不是从他肚子里落下来的，一点不晓得心疼。"程斐然说："别个好心过来，你也不能朝别个扔东西啊。"刘女士一下来火了："你觉得他对你好得很，他为啥不进来嘛？他还不是怕被传染了，屋头还有个小的。那个是他亲生的，你就不是了吗？"程斐然说："你真的想太多了，只要一提到老汉，你就上纲上线。"刘女士怒斥："程斐然，如果今天你真的得的是新冠，你老汉可能连水果都是喊外卖员给你送来，你信不信？"刘女士冷冷笑了下，"啪"一下关了门，留下程斐然虚弱地站在客厅里。

夜里社区发来消息，证实程斐然报告是阴性，只是普通风寒，应该是那天晚上去给张琛送被子的时候着凉了。原本应该皆大欢喜的时刻，家里却一下子降到了冰点。刘女士自顾自地做饭，热好饭菜放在餐桌上，程斐然吃了药，想和刘女士说两句话，刘女士只是阴沉着脸，给她烧了水，吩咐她量体温，然后就回自己屋了。

程斐然窝在沙发上，拿起手机，和钟盼扬跟方晓棠报了声平安，然后又把下午的事情和她们俩说了一遍。程斐然说："我真的不晓得我妈为啥子生这么大的气。"方晓棠说："我觉得吧，孃孃也没啥子错，那种情况下，正常妈老汉肯定是心疼各人娃儿的，你也不该和她吵嘛。"程斐然说："我哪里有力气和她吵嘛，左邻右里的看到起好扯嘛。"钟盼扬说："这一次我也想站孃孃那边，叔叔既然过来，走都走到门口了，进来看一眼又啷个嘛。"程斐然说："那我妈也不该朝他扔东西啊。"钟盼扬说："那你啷个不想下，你这种情况，还不是孃孃在你身边陪到你。"

程斐然第二天彻底退烧了，又过了五六天，差不多完全康复，除了还有点间歇性的咳嗽，基本无碍。只是这几日，刘女士始终不大和程斐然说话，同一屋檐下的两个人视彼此为幽灵，一开始程斐然还想找刘女士够两句话，后来也觉得累了，不如各自沉默为好。刘女士每天开着音乐在自己房间练舞，做瑜伽，和小姐妹聊天，程斐然就在自己房间里刷剧看小说，好像回到了高中时候的寒假。

再续过几日，社区过来拆封条，等于完全解封。按往常，刘女士阿弥陀佛，要放火炮庆祝，这下却安静得不行，只想着能出门了，下楼在小区里散步走走，日子照常过。程斐然把屋子收拾完了，打算搬回去了，想和刘女士说一声。刘女士散步回来，看到程斐然已经换回自己衣服，该洗的都洗了，终于开腔说了句："要回去了嗦？"程斐然点了下头，想到再不走，刘女士又要阴阳怪气了，拿了车钥匙准备往地库走。刘女士喊她等到，从里屋给她提了一包东西出来，说："在泰国给你和小侯买的乳胶枕头，拿起走。"程斐然拎过来，说："你有啥子再给我打电话嘛。"刘女士也不应，"哐当"一声把门关了。

程斐然开车到楼下，侯一帆牵着涛涛在等她，看到儿子的那瞬间，程斐然又完全活过来了。她下车抱了抱涛涛，在他的脸上蹭了一会儿，涛涛说："妈妈我好想你哦。"程斐然点了点他鼻子，说："是不是哦，现在说话这么甜啊。"然后在涛涛脸上亲了一口，侯一帆靠过来，说："我也好想你哦。"程斐然轻轻推了他一把，说："你就算了吧，快点帮我把东西提上去。"侯一帆说："你不是说我是你大儿子的嘛。"程斐然一脸嫌弃说："少来！"明明休息了近两周的时间，但程斐然却觉得好累，看到家还是走之前的样子，心里一下子像是有了着落。她刚洗完澡，换了衣服，还没来得及喝口水，注意到姚淇刚刚拨了一通语音过来没接到，正在想着要不要回过去，手一下子就点到了未接上，直接拨过去了。

语音接通，姚淇那边倒是很客气，说："不好意思啊，刚刚打错了。"程斐然才放下心来，说："哦，没事，那我挂了啊。"实在担心姚淇约她见面，徒增尴尬。姚淇止住道："诶，程斐然，你现在有空吗？"程斐然拍了下额头，果然还是没逃过，正想着要找什么借口推脱，又听到那边略有失落地说："没什么，你要是有事就算了。"程斐然一口应道："还好，没啥子事。"程斐然说出口就后悔了，只听到姚淇那边说："你可不可以陪我去一个地方啊？"程斐然有点迟疑，但还是说了声"好"。

程斐然在路口看到姚淇，和那天在机场看到的时候完全不一样，即使化了妆，还是难掩她略显萎靡的样子。程斐然走过去，叫了她一声，她朝程斐然招了招手，说："不好意思，平白无故把你约出来，也不是吃饭，本来我是说叫你吃个饭的，结果回来就遇到了事情。"程斐然看着姚淇，说："你脸色好差哦，生病了吗？"

姚淇摇摇头，拉着程斐然走了几步。听到前面奏哀乐，程斐然突然住了脚，说："换条路走嘛，这边好像在办丧事。"姚淇说："那是我妈。"程斐然"啊"了一声，又听姚淇说："现在疫情，不能大办，也不能请人，停一天就要拉去火化了。"程斐然拉了拉姚淇的手，说："不好意思，我不晓得是你妈妈。"姚淇说："没得事，我喊你来，就是想你陪我在这里站一会儿，我不晓得我要不要进去。"

程斐然有点疑惑地看着她，姚淇在路边找了个栏杆靠着，从口袋里掏出包烟，抽了一根，问程斐然要不要，程斐然挥手。姚淇抽了两口，才说道："我是因为我妈生病才回来的，也算是看过她最后一面了。"她轻轻弹了下烟灰，接着说："十来年不见了，见面就和你说这些事情，实在有点不好意思。我现在在重庆也没得几个朋友，难得你算一个了。"程斐然顿时有种窝心的触动，她想了想说："反正我也没啥子事情，何况也就是陪你站会儿。"姚淇挑眉看了看程斐然，问："你是不是好奇我为啥子不进去？"程斐然想了想说："其实，我更好奇你这些年走哪里去了。"

姚淇的手很好看，抽烟的姿势也是，和程斐然不同，姚淇丰腴得更有几分饱经沧桑的女人味。姚淇看着马路对面的殡仪馆，说："听说当时学校里有很多流言蜚语。"姚淇捋了下头发，又说："我爸妈老早离婚了，我妈那会儿和一个叔叔好了，然后说打算去深圳发展，就帮我办了转学。其实他们早就办好了，只是临时通知我，第二天就打包行李让叔叔送我过去了，来不及和任何人告别，去了才发现完全被骗了。叔叔把我安排在深圳寄宿学校后，就和我妈彻底消失了。后来才晓得，叔叔和我妈又有娃儿了。高三嘛完全荒废，大学也没考上，我妈再婚过后彻底不管我了，干脆换了电话。说实话，当时我太恨我妈了，我想说一个女人怎么会自私到这种地步，留我一个人在深圳，等于是被抛弃了。"

程斐然从来没想到过姚淇背后的这些故事，一时间也找不到啥子话来安慰她。

姚淇说："你听到关于我的传闻，是不是多半都是不好的。"说完笑了，程斐然也笑了。姚淇接着说："我妈晓得我在东莞那边陪酒做按摩，打电话来要和我断绝母女关系，当时我觉得好笑，我以为她早就和我断绝母女关系了。大吵了一架过后，我就换了手机，再也没有和重庆这边联系过。"

程斐然说："上学那会儿，我一直以为你是要考清华北大那种，后来你突然就不见了，年级上又各种谣言，我其实都不相信，今天才晓得，这些年背后发生了这么多事情。"姚淇说："都在说我的事情，说说你嘛，你和张琛的事情，我也听说了，实在想不到，你也过得这么不顺。"

程斐然打趣道："未必我的人生是那种看起来就很顺的吗？"姚淇轻笑了下，杵灭了那根烟，说："你不晓得那个时候，我们都觉得你是那种顺风顺水的公主命吗？不管哪个说，至少你家里的条件已经帮你的未来标价了。"程斐然苦笑道："结果，人生无常，谁能想到，我还是变成了灰姑娘。"

姚淇说："那也无所谓的，现在我都想得很通了。这两年我结了婚又离了，一个人带娃儿。结婚的时候，我还是没骨气地给我妈发了请柬，结果到现在，她连自己外孙都没见过，但可能正是这样，我才觉得，更要好好地活，你懂吧，那种生活明明都是绝路了，你偏偏要走出一条路来，就是不相信这个死胡同，我想你也有这种时候吧。"程斐然微微地侧了侧身，内心的

干草像是被点燃了，但她不想承认什么。

姚淇接着说："那天我提了好多东西去医院，站在病房门口的时候，就走不动了，脚像灌了铅。我妈当初骂我的时候，婊子妓女都骂过了，说简直给她丢脸，当时我就说，对啊，就是啊。所以她看到我现在这样不是应该很得意吗，都是她一手成就的啊，但是越是这么想，我越是难过到不行。我都可以想象我站在她面前的时候，她会做出啥子过激的反应，我都怕她最后是因为看到我一口气缓不过来，咽气走了。所以那天，我都没有进去，把东西递给护士了，我觉得我不去，她应该会更心安一点。"此时已经有灵车过来了，姚淇眼神复杂，始终没有迈开脚步。

程斐然看着姚淇说："你要不要进去和你妈妈告个别？"姚淇摇了摇头，眼眶有点湿，只说："我站在这里，她应该就晓得我来过了。"灵车接了遗体，转而送走，一般灵车是早上来，但是疫情期间，时辰也被打乱了，不能停太久，余温散完了，就该走了。姚淇望着车，看到黑纱底下母亲那张遗像，还是忍不住哭了，车子越开越远，最终看不到了。

程斐然始终不知如何安慰，只能静静陪她走走，两人沿着长街缓缓走了一段路，姚淇的心情才平复了一些，她朝程斐然看了一眼，说："你晓得我最羡慕你啥子不？"程斐然笑："我哪个晓得。"姚淇说："那天在机场碰到你的时候，你说你专程来接你妈妈，当时我心头真的又羡慕又嫉妒，就是你到了这个年龄，和你妈关系一直都那么好。"程斐然讽刺笑道："那都是你看到的表面，我和我妈才是真正的仇人，一辈子都持续着一场没有硝烟的战争。"

姚淇摇了摇手指，说："那你完全错

了，任何一场战争的最后，都是因为双方存在，不肯认输，才成就了彼此的意义。一旦失去了任何一方，战争的结束也意味着你存在的意义跟着消失了，这是我以前在书上看到的。好好珍惜孃孃嘛，至少你还有负隅顽抗的动力。"程斐然思索着姚淇的话，只听她接着说："其实你还是命好，真的，至少还有这么多爱你的人，你真的被保护得太好了，程斐然，你就不要身在福中不知福了。"

程斐然只是莞尔。

4

想归想，说归说，程斐然把车停在刘女士楼下，觑着眼睛坐在车里又是半小时了。送姚淇回家后，她也不清楚为啥把车开到这里。她望着刘女士家的阳台出神，脑子里过的是姚淇的那番话。身在福中不知福吗？自嘲似的笑了笑。她降下车窗，朝着后视镜里的自己吐了口烟。手机震动了三下，名字是"妈妈"，程斐然还是接了，听刘孃孃在那边讲："在下面发呆做啥子？"程斐然才意识到刘女士早就看到她了。

程斐然没有上去的打算，犹豫了很久，才开口问："刘红英女士，你是不是一直很恨我？"

刘女士说："你又在抽啥子疯？"

"自从我和张琛离婚过后，因为那笔钱，你和我吵了好多次。从那天过后，你就没有好好生正眼看过我，你不开心要怪我，有脾气也出在我身上，我永远都听到你嫌弃的声音，好像不管我啷个做，你都觉得做不好，好像永远都觉得是因为我，你损失了那一笔钱，好像都是因为我，才过得这么不幸福。"这些话，在肚子里憋太久了，像是蒙在鼓里的猫，要憋死了。"尖酸刻薄，喜怒无常，做啥子事情，都像是我要给你买单，稍不满意就是我不关心你，不在乎你。有时候你真的很讨厌啊！"

刘女士轻呵了一声，问："说完了？你就是讨厌我嘛，我晓得。"

"我说的讨厌和你说的不是一回事！"程斐然又不想多解释，刘女士这个人，又敏感又想得多。

刘女士走到阳台上来，拉开窗户，举着电话看着楼下的她问："说嘛，我今天就好好听你说。"

程斐然开了车门，换了只手拿手机，靠着车看到刘女士，说："其实有件事，我一直想和你说。"她呼了口气，调整了下气息，才说："当年你和那个网友的聊天记录，是我故意让老汉看到的。"

这件事是程斐然心里的梦魇，父母当年离婚的导火索，全因为刘女士和网友的那条暧昧聊天记录，放在现在来看，或许那根本算不上什么"暧昧"，不过是一些贴心的问候，而十来岁的程斐然无意间偷窥到的时候，内心却自然而然地偏向了刘女士是在背叛家庭的想法。她趁着刘女士上班的时候，故意打开了电脑，登上了刘女士的QQ，把聊天对话框完全暴露在桌面上，等待老汉下班后无意中发现，她的内心原本只是希望刘女士得到一丁点小小的惩罚，却没想到最终演变成了无法挽回的局面。

程斐然抬头的瞬间，看到的，是刘女士毫不在意的双眼。刘女士说："呵，我早就晓得了。"程斐然不敢相信："你晓得？"刘女士说："那时候每次聊完天，我都会记得关掉电脑，绝对不会出现QQ开着人不在的情况，而且，你老汉也不可能晓得我的密码。"程斐然手心有汗，像是一个被抓住等待审判的小偷，声音微微颤抖地问："所以这些年，你才不愿意正眼看我一眼？"

刘女士眼神虽有失落，但依旧明着光，说："你想多了，即使当初你不这么做，我和你老汉也不可能继续走下去。这么多年了，我都没有和你提过，是因为我尊重他，看在你的面子上，你肯定疑惑，为啥子每次一提到他，我都火冒三丈，控制不住自己，因为他做过一件我至今都无法原谅的事情。"刘女士沉下心来，缓缓说道："你三岁的时候，程国梁偷偷拿你的头发，去做了一次亲子鉴定。"

程斐然简直不敢相信自己的耳朵，胃里翻江倒海，只觉得内心一阵难受，刘女士接着说："从那天开始，我就觉得我和你老汉是不可能在一起一辈子的了。并不是因为其他人做了什么，我才和你老汉走到了离婚的那一步，而是从一开始，我们之间的信任就已经瓦解了。你老汉总觉得，我是因为他才过上好日子的，但是他从来没想过，是因为我嫁给他，他才有机会往上走。当然，说这么多都没有意义了，我只想你晓得一件事，你程斐然是我刘红英唯一的女儿，我这辈子，都只想你过得更好。"

程斐然放松了紧握手机的手，双目低垂，母女俩一上一下又沉默了下去，半响，程斐然问："你啷个这么多年都不说啊？"刘女士轻轻哼了一声，讲："有啥子好说的嘛，他毕竟是你老汉。"看着刘女士依旧死命骄傲的样子，程斐然还是忍不住眼眶湿润，清了清喉咙，说："妈……我……"刘女士忍不住笑了，说："你啥子你，你好好过你的小日子，就够了。"程斐然突然动了脚步，刘女士却在电话那头呵止了她："诶，你不要上来，我要洗澡准备出门了。"程斐然还想说啥子，又被刘女士打断道："还有，以后不要随随便便哭了，我刘红英的女儿，应该跟我一样，走到哪点都要活得硬气些。"刘女士伸手把窗户关了，又哼着小曲去洗澡了，程斐然一下破涕而笑："哪个要像你嘛！"

度过了最艰难的抗疫期，各地陆续出现拐点，重庆各处也开始慢慢松动起来，交通逐渐恢复，大多数人也开始复工，尽管如此，全国各地，人人仿佛患上了群聚恐惧症，看见人多的地方不觉热闹，只想避开。然而复工不到一周，餐厅饭店已经高朋满座，人流如龙，身边朋友圈里十有八九发的都是"吃火锅哦"，重庆一夜之间又火了过来，仿佛疫情提前结束了。

方晓棠在群里发了地址，召集大家五点集合，去观音桥吃火锅，声称不带家属，让斐然去接她一趟。程斐然洗完澡，敷完面膜，从搭配的十几件衣服里面选了最满意的一件，然后准时四点，出门去接方晓棠。

不过一个来月不见，方晓棠的肚子已经有了明显的凸起。她轻轻奔跑，一下蹿到程斐然的车上，扯下口罩，说："快点走快点走。"大概是太久没有出门了，即使是去个观音桥，程斐然和方晓棠都会感觉兴奋。才五点出头，建兴东路上已经开始堵了，方晓棠降下窗户说："真的是复工了，观音桥又和平常一样堵了。"

过了快二十分钟，路才通畅，程斐然开到老火锅店，才发现店铺已经停业，方晓棠和程斐然面面相觑，说："生意差到这种程度啊？我看朋友圈不是很多人在吃火锅的嘛!"最后商量只能去吃江湖菜。

过了红旗河沟,又堵了好一阵子,等她们开到的时候,钟盼扬已经点好菜了。方晓棠看单子,一共就三个,还好奇:"啷个不多点点嘛?"钟盼扬没好气地说:"我倒是想多点,老板说疫情期间厨师跑了,就这几个菜可以做了。"方晓棠不觉感慨道:"现在市场怎个差啊。"钟盼扬说:"这算啥子啊,我们公司这两天复工,原本要开的几条新产品线全部不做了,年前招的实习生都开了。"方晓棠说:"裁员也裁不到你那里吧,你都是这么多年老员工了。"钟盼扬耸耸肩,无所谓道:"随便嘛,我现在也没想这么多,真的裁了,大不了他还要赔我一笔钱,我不是还有我们那个民宿嘛。"

老板娘很快上菜,钟盼扬吃了一口,说:"这家老馆子味道都不太行了。真的气死了,哪个晓得那两家火锅店倒闭了嘛,以前生意怎个好。"

钟盼扬进去要了两瓶啤酒,说:"不说这些了,喝酒嘛!"说着,给程斐然倒了一杯,爽快地放下筷子,说:"我有件事想和你们讲。"方晓棠和程斐然纷纷停下嘴里的动作,接着就听钟盼扬把这段时间和孔老师之间的事情事无巨细告诉了她们俩。方晓棠最先咋呼道:"你们这是搞地下恋情哦!你藏得深诶。"钟盼扬讲:"主要不是我一个人的事情,和孔老师关系太大,另外我其实也不确定他心里到底啷个想的。"程斐然问:"那你啷个想的嘛?"

钟盼扬说:"我也没啷个想,我这个人,既不想太主动,又不想太被动,对孔老师,我甚至说不清楚我到底是啥子感情。说实话,我每次看到他的时候,总还是有一种自己是学生的感觉,其实都过去这么多年了,那种感觉还是没有消失,我就觉得只要这种感觉还在,就很难正常和他相处。"

方晓棠问:"这个很重要吗?"程斐然和钟盼扬都看了方晓棠一眼,方晓棠不解地说:"哎呀,想太多了,不管啷个说,以茶代酒,要敬扬扬一杯,喜获第二春。"

程斐然举着酒,碰杯也饮了一大口,她托着下巴,看着钟盼扬和方晓棠,说:"其实我有事情和你们讲,我想好了,不能再游手好闲了,打算好好赚钱养家,正儿八经投入到我们南山的那个民宿里头来,我还想了几个营销的点,到时候和你们说。"

程斐然一讲,方晓棠反而哽了一下,问:"你是突然醒悟唉?"程斐然说:"生病这几天想了很多。"钟盼扬喝完酒说道:"前段时间我太忙了,也没帮上啥子忙,都是你们在弄,现在正好公司动荡不得行,也没得啥子事情,我也打算加入到你们的队伍。"随即转向方晓棠问:"装修得怎么样了,是不是差不多了?"方晓棠硬撑着笑了笑,说:"差不多了吧,最近疫情我也没去看。"程斐然说:"那我们过两天,三个人一起去看嘛,最近南山上花也开了,正好可以规划一下接下来的工作。"方晓棠支吾了下,说:"诶,我说……"

程斐然夹了一块肉,说:"说啥子?"方晓棠抿了抿嘴,笑道:"没啥子,我想说,其实我还是有点担心我们民宿做不好,到时候影响到你们两个。"程斐然说:"你担心啥子嘛,我都想通了,只有破釜沉舟去做一件事才可能做好,而且你之前又有其他几家的经验,我觉得完全没问题。"钟盼扬也宽慰道:"我倒觉得完全不必有压力,我那点钱就算赔了,也就当请你们两个去国外旅游了一圈,反正现在也出不去。"方晓棠的笑容又沉下去了,心里想说的话更是一句也说不出来了。

这时候,肚子里一时胎动,她突然叫了一声,程斐然吓得问:"啷个了哦?"方晓棠说:"好像宝宝在动。"钟盼扬松了口气,转而笑道:"看你一惊一乍的哦,吓死我了。"方晓棠摸了摸肚子,心里想,是啊,还有娃儿,接下来啷个办啊,看着程斐然和钟盼扬的一腔热血,怎么看此刻都不是泼冷水的时候。

偏不巧,徐伯又在这会儿打电话来,方晓棠立马起身,背过去往马路上走了两步,刚接起来,就听到徐伯脾气不好地说:"方妹儿,你是啥子意思啊,这块地又突然不想要了?"方晓棠解释道:"不是的徐伯伯,主要是最近疫情,现金流确实出现了点问题,我当然想要,我都花了这么多钱装修了。但是,我也要考虑下实际情况啊。"

徐伯说:"合同签了,我不可能退钱的哦,当初也都是谈好了的,这种风险把控是你们自己的问题,现在和我说不想要了,后果自理哦。"方晓棠只感觉肚子里宝宝又踢了她一脚,一手撑着旁边的树,说:"徐伯伯,怎个嘛,我再想一下,你也不要急,啥子事情我们都可以好商量。"徐伯说:"没啥子好商量的,退钱肯定不可能了,如果你实在不想做了,自己想方设法转出去嘛,不要再给我发信息了。"方晓棠只觉得肠胃一阵痉挛,疼得她差点踩滑了脚,她慢慢走回来,换了笑容。

程斐然问:"哪个哦,这么神秘?"方晓棠说:"哎呀,魏达,就问我在哪里在哪里,烦死了。"钟盼扬说:"喊他过来嘛,一起吃。"方晓棠说:"算了哦,他坐在旁边碍眼。"钟盼扬说:"为了我们三个的伟大事业,那我们来干一杯嘛,你就喝水。"程斐然也端起酒杯,说:"来来来,今年一起赚大钱。"方晓棠举起水杯,笑得脸有些僵,她望了望天空,春风解冻的三月也快走到末尾了,晚风里,方晓棠闻到了一些不同以往的气息,内心却像是沸腾的乱炖一般,此起彼伏,无法停息。

第 七 章

1

国际楼二十楼的 2004 户,两个穿西装打领带的男人戴着口罩站在方晓棠旁边,看着她说:"方小姐,要是没得啥子问题,在最后那个位置签个字就行了。"方晓棠点了点头,大笔一挥,签了名字。从阳台走进来的陈孃孃把阳台门关上,说:"哎,方妹儿,你真的是说不干就不干了哦,再撑一下嘛,都说到夏天就好了。"方晓棠笑道:"那陈孃孃给我免几个月房租嘛,等生意好了再来收,要得不?"

陈孃孃脸色一变,假笑道:"方妹儿,你真的是说笑,我给你免了房租,这层楼其他两家不也要来找我啊,家家来找我,等于我是慈善家了,你看我样子像不像嘛。"方晓棠赔笑,慢慢起身。方晓棠关上了门,看着这条熟悉得再熟悉不过的走廊,门口其他店铺招牌LED灯已经不亮了,有两处拆了牌子,一处贴了转让,仔细想想,过往热闹场景像是做梦一样，再一想，以后怕是不常来了，和陈孃孃这个解约合同一签，从上往下，七间民宿，差不多处理完了，"重庆森林"这个民宿品牌等于彻底结束。这两个星期光是和每个房东交涉、谈判、商量损失分摊，已经身心疲惫。她站在露台深深吸了一口气，仰头看了看来回飞的鸽子，接着给魏达打了个电话，让他到国际楼来接自己，魏达说已经开车过来了，马上到了。

国际楼算是告一段落，接下来要处理的就剩南山那间村屋。中介已经挂出去半个月了，一直无人问津，价格又往下压了压，还是没人。唯独有一事说来好笑，前两天朱丞倒是兴致来了，打了个电话说要租村屋，方晓棠念着奇怪，想他租来做啥，他却说："你留着还不是浪费钱，山上搞个破民宿哪个要来住？"紧着就听他说有个表妹要过来，正巧没地方住，安置在她那里，反正他出钱，以解燃眉之急。方晓棠这是听出来了，妹妹？呵，暧昧还差不多，她才不想惹一身骚，讽刺朱丞两句，就把电话挂了，一概不理。

方晓棠站在路边等了一阵了，魏达终于从拥挤的车流里面拐了过来，把她接上。魏达指了指后座下的保温桶，说："刚刚妈过来了，说给你煮了点鸡汤，问你走哪点去了，我才撒谎说你去产前瑜伽去了，不然我和你肯定都要遭骂死。"

方晓棠笑了下，把保温桶拎到前面来，说："你就这点本事，光是骗我妈就把你吓死了。"

魏达讲："民宿关了就关了吧，其实我一直想你在家带娃儿，以后赚钱就交给你老公我就好了。"方晓棠笑："男耕女织啊，落后思想，凭啥子我要带娃儿，那你带娃儿，我出去赚钱，你心里啷个想？"魏达说："我只是不想你太累。"方晓棠说："借口，带娃儿不累吗，我看不比做生意轻松多少，吃力不讨好，还没钱拿，现在只是疫情来了，断了我的财路，我一时没想好后面怎么做，并不代表我就偃旗息鼓了。"

魏达不说话了，方晓棠晓得自己话说重了，魏达已经是好男人了，方晓棠做啥子，他都无条件支持，哪怕没钱，他来养她，所以自然不问前程。

过两天，程斐然开车载方晓棠上南山，弯弯拐拐，沿途春花都开了，和城市面貌截然不同的气象，冬树抽了新芽，村屋被大片大片的树木藏在其中，基装已经全部完成了，粉刷的白漆混杂着潮气。方晓棠四下看看，想着之前每一步的规划，心里多少有点空落落的。

程斐然拉开一楼露台的大玻璃门，说："这里空气好，你出来站会儿。"方晓棠走过去，看门口大榕树，根根须须，垂垂悠悠。斐然问："桌子椅子好久订啊？"话说到一半，一个穿职业装的大姐推门进来，问："不好意思，问一下，这个房子是你们的吗？"

方晓棠点了点头，问："啷个了？"大姐走过来，说："哦，是恁个的，我是做精品香薰的，正好想找一间合适的房子做线下体验店，同时也想有个仓库。我看到你们这个挂在网上想转手，觉得正巧合适，就说过来看下。"

程斐然不理解地看了方晓棠一眼，问："转手？"方晓棠轻轻咳了下，说："大姐，我们现在有点事要商量，你可不可以隔两天再来？"大姐左右看了一眼，对着程斐然笑了笑说："是不是这位妹儿也看起这点

294

了？没事，价钱我们都可以商量。"说着又抬头看看，说："恁个，你们先聊，我到楼上去看下。"一边说，一边拿出手机开始拍照，方晓棠走过去，说："你先加我一个微信吧，今天可能不方便，回头我联系你。"大姐又朝程斐然看了一眼，小声和方晓棠说："快点联系我哦。"加完微信，大姐便自觉走了，方晓棠回头，程斐然已经站在大露台那边抽烟去了。

半小时后，钟盼扬急匆匆赶来，推门而入，看见在露台僵持的两个人，走近问了句："刚刚斐然打电话给我说你要把这里转让了啊，啷个回事嘛？"方晓棠说："其实我上次就想和你们讲了，但是我看你们热情高涨的，怕泼你们冷水，现在行情这么不好，我就担心到时候我们的钱统统打水漂。我是做好赔钱的准备了，但是你们不一样啊，都是辛苦钱，凭啥子要陪我一起败光嘛。我就想着，能转让就转让，折损收点钱回来，把你们的账填了，我也心安一点，至于其他要做什么，怎么做，我觉得都可以等这段时间过去了再说。"

程斐然朝钟盼扬看了一眼，钟盼扬心领神会，说："那万一一直转让不出去啊，你是准备一直拖着不说，还是打算自己凑钱把我们那部分还了啊？"方晓棠说："你啷个晓得我的想法啊？"程斐然才应和道："我们还不晓得你？从小到大，啥子事情都往自己身上扛，向来不喜欢麻烦其他人。但你想没想过，即使你自己硬凑了钱，我们也不可能要啊？"

方晓棠说："我想过啊，但是那总归是你们的钱啊，这个节骨眼上，哪个不缺钱嘛。特别是那天你说要认真赚钱养家，我回去心头更是七上八下的。"程斐然说：

"我说的是赚钱养啊，不是说拿我妈投进来的钱养啊，本质完全不一样。这么说吧，正好我们三个都在，这个民宿也不是你一个人的，就像小时候那样，一人一票，少数服从多数，看是支持转让还是支持继续。"

方晓棠瘪瘪嘴，说："那我肯定是支持转让的啊，扬扬，你耶？"钟盼扬说："我支持继续。"方晓棠问："为啥子啊？这明显就是赔本生意啊，不说其他的，国际楼里的民宿基本都关了一大半了，看着风头不对，大家都立马调转方向了，何必啊？"

钟盼扬讲："我支持继续，不是因为我看好民宿或者有啥子逆天的想法，我单单觉得，这个地方是我们三个一起定下的，像是一个新的开始。你还记得那天我们说的吗，新的十年，我们要有一个新的开始，我不想这个开始就夭折了，而且这是我们认识二十多年来，第一次决定要一起干个大事，我一想到就内心澎湃，没得理由不继续。"

程斐然顺着钟盼扬讲："我也支持继续，我的点和扬扬有点不同，我是觉得，这个地方是你花了心思想要做的东西，现在已经有了雏形了，根本还是个半成品，为啥子不试着把它做出来，真正拿到市场去检验，再来讨论它的成功和失败呢？虽然做民宿我不如你懂，但我看了你的规划，你的设计图，以及你每次和我说的想法，我都觉得不做出来太可惜了，我不想我的人生一路上都是可惜，所以我想做下去。"

方晓棠看了看两人，呼了口气，转而笑了，说："你们两个，为啥子都这么要强啊，为啥子我们都不能是那种担不起重担的柔弱女子啊，就这么想拼下去啊，烦！"钟盼扬拍拍方晓棠说："哪个叫我们都是重庆妹儿啊，你看到哪个重庆妹儿是那种娇滴滴的嘛？"程斐然揽过方晓棠的肩膀，说："方晓棠，一次警告，下次不准再私自做决定了，有事多商量，现在你不是唯一的老板娘。"

方晓棠撑了撑腰，在旁边找了把破椅子坐着，说："既然你们都不同意转让，那我能说啥子嘛。不转让也可以，但丑话我要说在前头，民宿大概真的做不下去了，继续投钱等于慢性自杀，至于改做其他的啥子，我没有想好，你们有想法，随时可以提。另一面，再过几个月，娃儿生了，怕又要耽误小段时间，扬扬有本身工作，再做下去，相当于斐然挑大头，事事要操心。"程斐然疑惑："我挑大头无所谓啊，只是，都装成这个样子了，真的就不做民宿了啊？"

方晓棠点头，说："太难了，除非疫情马上结束，重庆旅游完全恢复，五一长假，国家政策具体怎么安排，一概不知，错过那一拨，就要再等半年，到十一，之后中秋节、圣诞节、元旦，几乎在下半年，现在全不好说。如果疫情夏天能结束当然最好，但万一搞不完呢，装修了也白装修。"

钟盼扬中肯讲："晓棠说得也对，只是不做民宿，我们还可以做啥子啊？有啥子可以吸引那些人专门到南山上来啊？我们三个又不是网红，也没有流量，兀突突开个店也吸引不到人。"三个人就此沉默了下去，末了，程斐然还是稍显乐观地说："三个臭皮匠，顶个诸葛亮，留到青山在，总不怕没柴烧。"

方晓棠说："其实，还有个现实的问题，我看了下账上，已经没得啥子钱了。原本我是想国际楼的民宿一直有进账，就可以投到这边来，现在计划落空，这也是我想要转让的主要原因。"钟盼扬问："还需要好多钱？"方晓棠说："现在还不算后面的装修费，装修完了，不管后面我们要做啥子，都存在宣传费，营销费，前期预留可以运营的成本，员工可以暂时不招，七七八八，起码还要十来万吧。"钟盼扬说："我姨妈当时还了几万块钱给我，我可以拿出来。"程斐然想了想说："剩下的钱，我来想办法。"钟盼扬和方晓棠不禁问："你从哪来的钱啊？"程斐然说："不管嘛，总归有办法。"

2

过两天，方晓棠到老妈那边去吃饭，炖了乳鸽，又烧了鲫鱼，三三两两个小菜。吃到一半，老妈问："你最近是很忙吗？"方晓棠支吾了句，说："还好吧。"突然理解老妈的意思，说："哦，生活费哈，等下给你。"喝了汤，方晓棠去包里拿了个信封，里面二十张一百块。方晓棠又点了一遍，才递到老妈手头，老妈大致数了下，拿进屋，放到柜子里头。

方晓棠端着碗朝里屋看了一眼，说："哎呀，你回头弄个支付宝嘛，我直接每个月转给你，现在还有几个人在用现金嘛，我来回跑也麻烦。"老妈回到饭桌上，瞅了瞅方晓棠说："啥子支付宝嘛，万一钱一下子都遭转起走了啊，还是现金最可靠，搁在屋头没得人动，回头存银行也保险。"方晓棠不晓得咋个说，无意反驳道："存银行就不得遭骗了啊？我看每天新闻里面那些老太太遭电话诈骗的多的是。"

老妈给方晓棠攫了一块鱼，说："啷个嘛，你妈想你每个月过来一趟，看你一眼还不乐意啊？我说我过去照顾你啊，你又不愿意。"方晓棠撰起那片鱼肉,说:"我都恁个大了,晓得照顾自己的,而且孕妇哪有恁个娇贵嘛,斐然那会儿怀孕,还要上班,每天忙里忙外的,你看涛涛现在还不是健健康康的。"老妈说:"斐然那会儿几岁,你现在几岁嘛。我一早就和你说早点要早点要,你偏不听,再过两年,你都属于高龄产妇了。"方晓棠说:"你还不是三十多才生的我。"老妈说:"就是因为这个,我才晓得晚育的辛苦啊。"

吃完饭,方妈妈进去洗碗,突然想到什么,揩了手,出来说:"哦,对头,我一直想给你说,最近因为疫情,房价跌了好多,正好入手,你们两个这两年手头正好赚了点钱,乱用又用完了,不如买套房子最好。"方晓棠白了老妈一眼,说:"你哪个又想起说房子的事情了啊?"方妈妈说:"那不是正好想到这个事情了嘛。"

方晓棠支吾了句"晓得了",划了划手机,不想再提这件事。方妈妈有点不高兴了,说:"我还不是为你着想,你又开始泼烦我了。"方晓棠脸色也沉下来了,转而故意说道:"买房可以啊,你和老汉准备帮我出好多嘛?"方妈妈重新系好围裙,说:"我和你老汉哪来的钱嘛,统共守到这套老房子养老,魏达这两年在外面或多或少都赚了些噻,你开民宿生意好的时候一个月也有几万嘛,哪个还把心思放到我和你老汉荷包头来了哦?"

方晓棠不说,心里全然晓得老妈心里的想法,现在她和魏达住那套房子是婚前魏达家里买给他的,等于婚前财产,方妈妈心头一直不踏实,换着方儿想要方晓棠跟魏达再买一套,把现在手上这套卖掉。结婚后第二年,老妈就提过一两次,直接被方晓棠怼回去了,就没说,眼下应该是看着孩子要生了,是个契机,顺口又提起这茬来。

方晓棠起身,就事论事道:"当初我说我要做生意,喊你借我点,你不愿意,后来我把存了好几年的基金套现了才把民宿搞起来,那会儿我和魏达手头都紧的时候,你要喊我买房子,还当到魏达妈老汉的面说,后来别个家里说拿钱,你觉得我好够起脸要吗?你这么想我买套大房子,那你多少支援一点吧,凡是只晓得提意见,动嘴皮子哪个不会动嘛。"

方妈妈彻底黑了脸,讲:"都不说钟嬢嬢他们家芳芳了,找了个有钱的外国人,你就看看你表妹,别个周雪,比你小几岁,找个男人多能干,又给她买车,又给她买房,还给她开了个小卖部,你耶,论学历论样貌,你比她们差吗?我就问你,她们哪个是靠妈老汉拿的钱,不都是靠男方家里出吗?你这个怪哪个嘛,还不是只有怪你自己。"

方晓棠一肚子气,不知道冲谁发泄,说别人还行,偏偏拿她跟万芳芳和周雪比。她只能一脸无语,最后破罐破摔地说:"那不是,我除了怪自己还能怪哪个嘛,在找男人这方面,她们个个是我的老师,个个比我厉害,我这辈子就只有靠自己,啥子都要差人一截。"方晓棠说完,已经准备换鞋走人,方妈妈说:"嘿,我不过为你们两口子着想,到时候娃儿生了,你又来后悔嘛。"

方晓棠懒得再听方妈妈说下去,开了门。方妈妈叹口气,连忙喊她等着,从厨房把保温桶提过来,说:"鸽子汤提回去喝,喝了放到,我过两天去拿。"方晓棠说:"不要了,你自己喝嘛。"方妈妈还是硬塞到方晓棠手上,说:"我喝来有啥子用嘛，快点拿到起哦。"方晓棠拎着那个保温桶，方妈妈也跟着换鞋，说："我送你下去。"方晓棠推辞道："我自己下去嘛。"方妈妈取了围裙，蹲身把鞋换好了，挽着方晓棠的手往电梯里走。

刚进电梯，方妈妈又靠着方晓棠小声说："你老实给妈说，你这两年到底赚了好多钱？"方晓棠拎着那桶鸽子汤，轻笑了下，说："我没和你说，我的民宿全部倒闭了，一间都没留下来。"方妈妈鼓大眼睛，甩开方晓棠的手，横眉怒目地看着她，说："你莫和我开玩笑。"方晓棠一脸认真地讲："不仅没和你开玩笑，下个月的生活费可能我都交不出来了。"方妈妈突然停住脚，大吼一声："啥子啊？"

程斐然在老槐树下抽烟，来回走了十几步，朝着八楼的方向看了两眼，心一横，朝楼上走去。程斐然深吸了口气，敲了敲门，王晓静抱着奶娃儿出来开门，见是程斐然，愣了一下，立马换了笑脸，说："斐然啊，进来进来。"程斐然礼貌一笑，站在门口，问："孃孃，我老汉在家不？"王孃孃朝屋内望了一眼，喊："国梁，斐然来了！"说着又拍拍怀里的宝宝，朝里面走，边走边说："拖鞋在柜子头的，斐然你自己拿下啊，我伸手不方便。"

程爸爸戴着眼镜走出来，说："斐然来了啊，啷个不进来啊？"程斐然说："我就不进来了，你现在忙不忙，我想找你说两句话。"程国梁把老花眼镜放在电视柜上，然后问："在屋头说不得啊？"程斐然不开腔，程国梁便朝着卧室里的王晓静喊了一声："晓静，我和斐然下去买点水果。"王孃孃在里面应道："去嘛去嘛。"程国梁才从衣架上拿了件水洗布外套披在身上，邀着程斐然下楼。

父女俩走了几步，程国梁就开口问："是不是钱不够用了？"程斐然没想到老汉会这么问她，摇了摇头，有点尴尬地说："不是，我不是来问你要钱的。"程国梁又走了两步，"哦"了一声，说："那你来找老汉有啥子事情啊？"程斐然抿了抿嘴，说："当时厂区那边那套老房子你不是过户给我了吗？"程国梁说："嗯，啷个了？"程斐然说："我最近想把那套房子卖了。"程国梁有点诧异地问："为啥子啊？你晓得当初我过户给你的原因噻？"程斐然说："我晓得，无非等厂区那边拆迁赔钱嘛。"

程国梁继续说："你是遇到啥子困难了嘛，和老汉说嘛，我总归给你想办法，不至于卖房子。"程斐然缓缓讲："不是遇到困难了，只是我觉得那套房子真等到拆，可能也要十年后了，本来也就是套巴掌大点的小房子，我给在银行的朋友打了电话做了个抵押评估，发现也抵押不到好多钱，就想到说，卖吧。"程国梁说："当时张琛出事的时候，你都没打算卖那套房子，现在怎么？"程斐然说："我打算和扬扬晓棠她们做点生意，启动资金还缺一点，这也是这么多年我第一次想全身心投入去做一件事，所以才想来问下你的意见。"

程国梁从裤袋里拿出一包烟，上了火，觑眯着眼睛看了看路灯，微微皱眉，然后说："那你们打算做啥子啊？"程斐然靠在树旁边，说："还没想好，但是总不能到时候要钱的时候一分也拿不出，何况卖房也有个周期。"程国梁"嗯"了一声，又说："要好多钱嘛？要是不多，爸爸这边给你点。"程斐然说："我就是不想要你的钱啊。"程国梁说："当借嘛，到时候还。"程斐然讲："现在说是借，到时候又不要了，而且，我也不想你在家里难做人。"程国梁被女儿这么说，觉得有点没面子，立马解释道："有啥子难做人嘛，不存在，你老汉我在家还是有话语权的。"程斐然被老汉认真解释的样子逗笑了，她说："真的不要。"

他们又走了两步，程国梁才释然道："房子你想卖就卖嘛，对我来说，那是当时爸爸和你妈离婚的时候，想给你留的一个念想，算是我们三个生活的一个句号。房子不住，也就废了，拿去做点有用的事情，并非不是好事。"程国梁在花坛边上灭了烟，说："我觉得我们斐然现在真的长大了。"

程斐然不解，问："是看起来老了吗？"程国梁说："从小到大，你从来没和我说过你想全身心去做一件事。小时候，都是你妈安排你画画、弹琴、唱歌，我晓得你其实每次都不想去，唯一一次听你说你想做的事，是想和扬扬她们学溜冰，结果你妈没同意，怕耽误你学习，又怕你摔伤，那之后，我就再也没听过你说你想做啥子了。刚刚你在和我说，你想做生意的时候，我真的吓了一跳，心里想着，幺儿终于长大了啊。"程斐然等老汉感慨完，说："恁个久的事情，你都还记得啊，连我自己都搞忘了我想学溜冰这件事了。"程国梁说："那肯定记得啊，爸爸就只有你一个女儿的嘛。"

程国梁带着女儿在小区花园里走了两圈，回过头问："那卖房子的事情，你和你妈说了没有啊？"程斐然低头想了想，说："还没有。我怕和她说了又要吵架。"程国梁笑，说："这一点你还是一点都没变，想要啥子总是先跑来和我说，让我给你妈做思想工作。"程斐然笑，不多说了，想着过了老汉这关，心里就踏实多了。回去路上，就卖房子的事情，程斐然又盘算了一遍，正准备给中介打电话，就看到群里方晓棠说："我妈又准备召集全家给我开批斗会了，如果今天晚上我被赶出来，你们俩记得收留我。"

方晓棠也想不到，回家才不过两三个小时，刚刚把家收拾归整，就听到一连串的敲门声，不晓得的还以为是魏达在外面欠了一屁股债，讨债的上门了。方晓棠一开门，就看到老妈带着舅舅、舅妈、小姨、姨父、二姨婆和三舅公一起站在门口，周雪夹杂在其中，有点格格不入。众人一副兴师问罪的样子，她撑着腰笑道："今天不是过年的嘛，恁个热闹啊？"老妈说："你少嬉皮笑脸的，屋头的人都是关心你，听到说你失业了，赶紧说要过来劝下你。"方晓棠让出道，说："舅舅姨妈你们自己拿下拖鞋啊，我实在弯不下去腰。"说着就自顾自地朝里面走去，一大家子人闹哄哄的，弓着腰背在那里翻拖鞋，然后就听到方妈妈："你鞋子不够的嘛。"方晓棠端了个茶壶出来，说："哪个叫你们事先不打声招呼啊，本来家里平时又不啷个来人。"

方妈妈索性赤着脚，把拖鞋让给二姨婆，然后招待他们进来坐着，一排排人把沙发、椅子、板凳都坐满了。方晓棠兀自站着，端着杯白开水，炯炯有神地看着每一个人。小姨最先说："晓棠过来挨到我坐嘛，你一个孕妇站起好累嘛。"方晓棠说："你们要是不待很久，我站一下还好。"方妈妈哽了一下，说："你啷个在说话啊，姨妈喊你坐你就过去坐啊。"方晓棠瞪了老妈一眼，也不动，只说："我不过就是不开民宿了，用不着全家人这么兴师动众吧，你们也不用听我妈在那里小题大做胡说八道了，我不至于穷死。"

这会儿是舅妈开口说："晓棠，那舅妈问你，关了民宿，你接下来有啥子打算没得？"方晓棠耸耸肩说："还没想好。"方妈妈赶紧说："那总不能一直这么耍耍哒哒等到啊，我和你老汉那点工资都不够用，你娃儿生了，光靠魏达一个人，拖得走你这个家啊？"舅舅接着说："晓棠，你民宿不做了也没事，但总要工作嘛，周雪正好超市生意好，打算开分店，与其出去找人来管，我觉得不如找自己家里的人，你和周雪从小关系又好，聘你过来当店长嘛，不丢脸噻？"

周雪低头不敢看她，她晓得是老妈的主意，听着就让人尴尬，立马说："舅舅，不是我看不起周雪的超市，我一点经验都没得，啷个去当店长嘛。你晓得我这个人，哪里在一个地方呆得住嘛，当初我不都是因为这个原因才从公司辞职的吗。"方妈妈立马教育道："你还好意思说，当时你要是不闹着辞职，现在好歹有份稳定工作，本来还是托小姨同学才给你塞进去的，你最后弄得小姨一点面子都没得。"

方晓棠一下子脑壳痛，揉了揉太阳穴，说："都是啥子时候的陈年往事了哦，又来翻旧账。"小姨心平气和地说："哎呀，晓棠，以前的事情就不提了，小姨觉得舅舅舅妈提的这个想法还是可以，如果你实在不想在超市唦，你姨父这边单位有个文职，也不是很累，每个月也有个三四千块钱，也方便你到时候娃儿生了，可以匀出一部分时间带娃儿。"

老妈一家人里，小姨是念书最多的，也最知书达理，说话总是轻声细语的，不至于让人厌烦。方晓棠说："谢谢小姨了，但是我实在不想再过那种朝九晚五的生活了，赚不到几个钱，也没得意思。"

三舅公在旁边不晓得是喝水呛到了还是怎么，咳咳呛呛好一阵子。周雪还是忍不住帮方晓棠说两句："棠棠姐姐不想做你们也不要勉强别个嘛，我们都怎个大了，在你们眼里头还是小娃儿样。"舅舅轻轻拍了下周雪，小声说："喊你来帮忙啊，你要来点黄。"周雪也只好闭口不提了。

方妈妈一脸着急，说："你这个娃儿，这样也不要，那样也不要，只有等到饿死了。"二姨婆连忙说："哎呀，晓棠，你妈有高血压，你就不要让她急了。"方晓棠说："是我让她急啊，完全是咸吃萝卜淡操心，只是没得工作，又不是天要塌下来了。有哪家屋头是怎个嘛，一个人辞职，全家人都要过来讨伐。"方妈妈起身大喊了一声："方晓棠！"方晓棠说："我说的是事实啊，说来说去，你不也就是觉得我赚不到钱了，每个月要少给你两千块钱个嘛。"刚说完，三舅公又开始咳了，二姨婆说："晓棠你这个脾气，就像一把火，走到哪点都要烧个精光，年轻人哪来怎个大的火气嘛。"

方妈妈嘴歪到一边，舅舅拉了方妈妈一把，说："晓棠，你怎个说就太伤你妈的心了，当初你毕业不好找工作的时候，你妈没少帮你跑地方，后来你要搞民宿，你妈也是到处帮你宣传，你说你妈完全为了自己，确实话说重了。"方晓棠也不想多说，只道："舅舅你也不要劝了，后面我做啥子，我自己来决定，也谢谢你们今天的好意，我累了，要休息了。"方妈妈说："不说了，周雪的超市，小姨父那边的文职，你这两天好好考虑，给他们个答复。"

方晓棠当着众人，理直气壮地说："我都不得去，你们就不要说了。"方妈妈捂着胸口，说："你真的要把我气死，全家哪个就你最麻烦，喊你找个好男人不听，喊你找份稳定的工作不干，三十岁了，整个人晃得不行，马上都要当妈的人了，哪个恁个不懂事嘛？"

这时，钥匙转动，门开了，魏达开门进来，看到家里坐满了人，吓了一跳，看到方妈妈正面红耳赤地在说话，轻轻喊了一声"妈"，又分别和舅舅小姨他们打了招呼，还没搞清楚事情怎么回事，就听到丈母娘说："魏达，你回来得正好，你快点帮我好好劝下方晓棠，现在舅舅这边请她去做超市店长，小姨父那边有份闲职让她去上班，她都不去，真的要把我气死了。"

魏达躬身没找到拖鞋，只好光着脚走进来，站在方晓棠旁边，护着她的肩膀，独独对晓棠说："你哪个不坐到起啊，站着累嘛。"方晓棠说："我是真的有点累了，送客都送不走。"魏达对着方妈妈说："妈，你晓得我都是无条件支持晓棠的，她不想上班就不上嘛，我赚钱养她就是了。"方妈妈轻笑，说："你一个月赚得到好多钱嘛，养老婆又要养娃儿，不想麻烦老的，还要请保姆，魏达，过日子不是恁个过的。"

魏达的脸一下黯淡无光，方晓棠走到老妈面前，说："妈，说话做事都要有个分寸，你讲这些也太过分了哦，魏达赚好多钱还要跟你汇报嘛？我们两口子哪个过，是我们自己的事情，今天这场闹剧，你还想哪个收场嘛？"方晓棠当着全家亲戚，直言不讳地说："当初毕业，我直接通过校招可以去外企，公司让我去上海上班，是我妈不让我去，非要我留在重庆，说女儿家不要走远了，我认了，错过了机会，后来再找工作，不好找，她觉得丢脸，才去找小姨姨父帮忙把我塞到事业单位去，后来我辞职了，也是今天这出戏，把全家人叫到家里来，游说我，喊我回去和领导道歉，但是问题在于领导当时就是因为内斗要牺牲我啊，我还回去道啥子歉？说我不懂事，给小姨丢了脸。再说搞民宿，主意是我出的，全家除了我老公支持我，没得一个人愿意帮忙，最后还不是我自己拿积蓄出来搞。我妈前期一句话都不过问，后来是第一家成了，开始盘第二家，她才觉得脸上有光，到处和别人显摆，那不是宣传，是在炫耀。"

方晓棠一口气把心里话全都说出来了，全家人瞠目结舌，一句话都说不出来。方妈妈只觉得心绞痛，还没站稳，就倒了下去。一时间，家里乱成一锅粥，方晓棠也没想到，三步当作两步跨过去，大喊了一声"妈"，魏达说："先不要围到，我去开车，舅舅小姨父帮忙扶一下，送医院。"

程斐然和钟盼扬赶到医院的时候，方晓棠正腆着肚子在楼下花坛边上吃烧烤。程斐然快步过去，问："啥子情况哦？要不要紧？"钟盼扬走在程斐然后面，看到方晓棠辣得唬唬地出气，就说："你看她样子应该是没啥子事情了。"方晓棠说："我觉得我妈就是装的，根本就没得事，每次都想用这种方法让我低头。"

方晓棠起身，把吃完的烧烤盒子扔进垃圾桶里。钟盼扬问："魏达诶？"方晓棠说："和我老汉在上面办手续，哎，今晚总算是过去了。"程斐然说："孃孃对你还是没得安全感，感觉这么多年过去了，一点都没变。"钟盼扬说："在大人眼里，我们哪里长得大嘛，永远都是娃儿。"

程斐然挽着方晓棠的手，说："走嘛，我们陪你上去，顺道帮你劝下孃孃。"钟盼扬说:"也是,趁我们在,做做思想工作,总好比你后面一个人苦口婆心去说要好。"方晓棠说:"我妈那个人,说不通的,哎,你们想去就去嘛。"

三个人上楼,方妈妈坐在走廊口的椅子上,程斐然和钟盼扬走在前面,迎上去叫了声"孃孃",方妈妈才收起臭脸,假装精神不好,还是打了声招呼。魏达和方爸爸从楼下收费处上来,准备让魏达开车送他们回家。方晓棠说:"魏达,你送妈老汉回去吧,我坐斐然的车。"方妈妈看了方晓棠一眼,说:"啷个嘛,还不想和我坐一辆车啊?"方晓棠说:"你看我话都没说,你就要这么呛人,我在医院不想和你两个吵。"

程斐然淡淡笑了下,故意说给方妈妈听:"孃孃还是好,要是我和我妈吵架,她才不得多和我说一句话,不冷战一个星期都不是她的风格。"方妈妈算是得到了安慰,也不好多说啥子,只好让女婿扶着下了楼。走的时候,方爸爸拉着方晓棠说:"你妈给你说那两个工作,你还是好好考虑下嘛,一个屋头,光靠魏达一个人得行啊?"程斐然和钟盼扬围过来,宽慰道:"叔叔你不要急嘛,工作的事情,晓棠另外有打算,只是还没想好。"方爸爸将信将疑地看了她们一眼,叹了口气,末了说:"你反正莫让你妈操心。"说完,背着手,追上魏达和方妈妈,走了。

深夜,凉风习习,程斐然开车到江边。方晓棠要下车,程斐然伸手拿了件外套披到她身上,说:"你现在着不得凉,穿得太少了。"钟盼扬从副驾出来,看着江上零星的夜灯,长长呼了口气。钟盼扬问:"你们想好要做啥子了吗?"方晓棠找了块石头坐下来,说:"开餐厅,那么远肯定没人去吃,开咖啡厅,翻桌率太低,基本是赔钱,重庆还有啥子赚钱嘛?总不至于开火锅店。"程斐然说:"开火锅店说不定是条出路。"钟盼扬笑,说:"南山上的火锅店还少啊?"程斐然有点泄气地说:"倒也是,要不然,我们来当你们公司的分销商算了,帮你们卖酒。"钟盼扬立马否定道:"那还留那个村屋来干啥子啊,卖酒又不需要办公场所咯。"

方晓棠伸了个懒腰,说:"我就说关掉最好了,我觉得现在搞得有点像是硬要把这个东西做下去,就少了点意思。"钟盼扬说:"有时候就是逼着自己硬要做点啥子,才把东西做出来的。其实,我有个想法,但是不成熟。"程斐然赶紧问:"是啥子,说来听嘛。"

钟盼扬说:"重庆现在不是网红城市嘛,我们卖东西不一定要卖给本地人啊,现在物流这么发达,都是互联网经济了。我想说肯定有啥子代表重庆特色的东西,想着在新媒体平台上讲故事,我觉得这是一个很好的出路。疫情期间,我看到很多农村的果农自己录视频开直播卖东西,后台数据都很好,我觉得我们只要想好卖什么东西,村屋就可以用起来当作工作室或者别的什么,这样不浪费前面的装修费用,后期也不用投入更多。"

钟盼扬的思路向来宽广清晰,经她这么一说,两个人豁然开朗。方晓棠说:"是哈,之前我们只想着引其他地方的人来重庆消费,啷个没想过我们可以让他们为了重庆的东西消费诶!扬扬你要厉害哦。"程斐然也兴奋地说道:"确实是个好思路,重庆可以卖的东西太多了哦,但是我想到的都是吃的。"方晓棠说:"我也是,一想起重庆，就忍不住想吃，可能我天生是个好吃狗，其他的一概想不起来。"

钟盼扬讲："我也就是一个想法，具体的怎么实施，我也没想好。"方晓棠站起身，拍拍屁股，说："总归打开了思路，我们就回去好好想想嘛。哎呀，刚刚说到吃，我就饿了，肚皮里头这个估计也饿了。"程斐然说："诶，走我那里去吃嘛，我妈正好中午过来拿东西做了一桌菜，晚上我也没吃。"方晓棠一听是刘女士下厨做的，立马来了兴致，说："要得要得。"钟盼扬看了看时间，说："你们去嘛，我就回去了。"方晓棠立马挽留道："走嘛走嘛，一起嘛扬扬，不然显得我太好吃了。"钟盼扬拿方晓棠没辙，只好应了。

深夜最怕饥肠辘辘，万千美食便是人间享受，程斐然回锅热菜，喷香溢出厨房，家里一下变成深夜食堂。

三人上桌，菜色新鲜，方晓棠夹了一块排骨，咂了咂嘴，说："宵夜有这么大一桌子菜，真的太安逸了！"钟盼扬夹了一小块凉拌鸡，吃了一口，眼神完全变了，立马说："这个鸡也太好吃了吧！"方晓棠立马伸筷子过去，一口含到嘴里，嚼了两口，表情夸张到程斐然想笑。方晓棠惊诧道："真的好好吃，以前啷个没吃过孃孃做这个啊？"程斐然拿着筷子随手夹了一块，说："有恁个好吃啊？我以前也没觉得啊。"结果刚刚入口，确实和往常味道不一样，她疑惑地看了看其他两个人，说："好像是有点好吃哈？"

方晓棠说："要不然我们让孃孃开个私房菜馆算了，这个手艺不做生意真的浪费了，全重庆找不到几个手艺这么好的厨师了。"

钟盼扬突然拍了下桌子，把另外两个人吓了一跳，方晓棠捂着胸口说："你做啥子哦，吓死我了。"钟盼扬说："我们可以卖这个鸡啊，这个味道，绝对可以卖！"方晓棠一下眼睛也亮了，但疑惑道："啷个卖啊？"钟盼扬说："这还不简单，鸡肉直接真空包装啊，主要是佐料，可以弄个调料包，顾客收到了自己拌一下就是了。北京全聚德都能做真空特产，这个鸡完全可以啊。"程斐然显然没有其他两个人这么兴奋，钟盼扬看了她一眼，笑容僵持了一小会儿，方晓棠再迟钝也突然意识到了问题所在。

程斐然说："我倒是可以问一下我妈，只是你们确定要让她加入进来唛？"程斐然一问，钟盼扬和方晓棠又沉默了。钟盼扬定神想了想，试探性地看看另外两个人问，说："是不是我们把孃孃想得太麻烦了？"程斐然说："不是想，她就是麻烦。"方晓棠看了看程斐然，说："要不然，问一嘴？有可能孃孃完全没得兴趣，我们当作啥子都没发生。"程斐然说："你觉得我给她讲了，她会当作啥子都没发生吗？"方晓棠嘴里嚼着说："要不然我去偷师？如果孃孃肯教我的话。"其他两个又再一次沉默了下去。钟盼扬对刚刚提议也有些迟疑，说："再想想吧。"

3

第二天早上，钟盼扬刚进了公司，发现气氛与往常截然不同。钟盼扬看到低头刷手机的小陈，忍不住问："出啥子事情了哦？"小陈漫不经心抬头看了她一眼，说："今天公司开始裁员了，薛姐第一个被开了，现在人还没来，名单倒是泄露出来了，都在等到看戏。"钟盼扬不禁嚅了一下，问："名单上还有哪些人哦？"小陈摇了摇头，说："不晓得，我也是刚刚来了听说的，就只晓得有薛姐。"

钟盼扬悄悄看了看小陈一眼，当初就是老板把她塞到自己手下来的，美其名曰是为了掩人耳目，实则早就有其他打算，钟盼扬尽量让自己做得好点，不至于钻空子，但这会儿说要裁员，自己一旦被裁了，小陈不是正好有机会坐上来，这是完全有可能的事情。这么一想，薛飞飞被裁就理所应当了，全公司上下，最爱对小陈压一头的不就是薛飞飞嘛，都说她傍上了更有钱的大老板，被裁应该不会有太大波澜吧。

钟盼扬刚这么想，就看到玻璃门推开了，薛飞飞今天连妆都化得飞扬跋扈的，大概已经有人私下给她说了，她就二话不说冲进老板办公室，原本安安静静的格子间，一下热闹起来了。几个小年轻立马起身，朝老板办公室门口趴过去，钟盼扬打开电脑，完全无暇顾及薛飞飞的事情，耳机一戴，表格一开，有的是事情做。突然一只高跟鞋就从办公室那边扔了出来，刚好砸在小陈电脑边上，一下把钟盼扬也惊起来了，忍不住朝办公室那边吼了声："搞啥子名堂哦。"

然后就看到薛飞飞披头散发打开门吼："你今天是不是要我把你的事情都抖出来嘛，想把我裁了，有怎个容易！"老板一下冲出来，拉了薛飞飞一把，说："你发啥子疯，有啥子话不得好好说。"薛飞飞甩开老板的手，冷笑一声，说："说啥子说嘛，说小陈这个狐狸精上位，我就不中用了！"

小陈的脸一下绿了，但还是理直气壮地冲着薛飞飞说："薛姐，东西可以乱吃，话啷个可以乱说啊，你喊哪个狐狸精？"小陈伸手抓起那只高跟鞋就甩过去，差点打到薛飞飞的脸。薛飞飞看到小陈嘴硬，一下扑过来要撕烂她的脸，钟盼扬抱着电脑站在旁边，生怕被伤及无辜。

这下公司里面的人更热闹了，纷纷丢了手上的工作，立马有人拿起手机准备录下来，老板看到过去抢手机，说："录啥子录啥子，都没得事情做唛？"说完过去拖薛飞飞，结果小陈的指甲一下划到大老板的脸，破相了。

整场闹剧最后以薛飞飞拿到一笔丰盛的赔偿金结束。薛飞飞穿好鞋子，理好头发，扯了扯衣角，然后说："我稀罕这点钱嘛，还不是看到在渝城干了这么多年了，不想把面子撕破。"钟盼扬不晓得她是说给老板听的，还是为了挽回一点自己的面子。等到薛飞飞彻底走了，小陈才嘴叨地说："疯婆娘，得了便宜还卖乖，明明她自己把老板甩了，等于最后要了一笔分手费。"小陈的指甲刚刚被扳断了，昨天才去做的美甲，现在变成了残缺美，又是心疼了一阵。

钟盼扬不置可否，又是三三两两个人进去，看来裁员是真的了。钟盼扬还在拿计算机算渠道回款，紧接着就听到有人喊她，说老板叫。

她站在老板面前，胸背挺直，面色从容地看着他。老板看了看表格，然后问："小钟啊，你晓不晓得开年过后，我们公司营业额涨跌情况？"钟盼扬觉得莫名，怎么辞退她之前还要考核成绩嘛，她说："刚开年一两个月，没法和去年整年比，疫情封锁肯定受了影响，但实际上影响不大，和去年同月比，大概是下降了两个百分点左右。"老板点点头，说："你还是个清醒的人，问了这么多人，就你答得清清楚楚，所以说我没看错人。"

钟盼扬听着老板说得一愣一愣的，却还没弄清楚自己被叫进来是为了啥，这会儿，老板瞅了瞅她，说："最近我有个新的想法，渝城做到今年已经马上四十年了，我想做点大事，小钟啊，你啷个想？"钟盼扬"呃"了一声，不明所以地问了句："大老板是想让我参与这个新想法嘛？"大老板点头说："只有你！全公司我首先想到的就是你，我打算扩展我们渝城的业务，不单单只在重庆卖，我想让你帮我去开展上海那边的业务。"

钟盼扬以为自己听错了，反问道："上海？"

老板说："我有个小兄弟在上海那边，所有人憋疯了，现在都在报复性消费，上海的酒吧太需要啤酒了，整条街整条街，大大小小的酒吧，市场特别大。如何？你是不是也觉得有搞头？"钟盼扬迟疑道："但是，我对上海市场一窍不通啊，啷个可能胜任这么重的任务嘛。"老板讲："没得啥子行不行，你过去，这个数的工资。"说着比了个三，"怎么样，绝对不算亏待你，而且销售本身有提成，我还没给你算在里面。"钟盼扬说："钱不是问题，主要……"老板立马打断她，讲："小钟啊，你也晓得，小陈在你那里干了有段时间了，该学的也学得差不多了，总要给她成长的空间嘛，是不是？"明里暗里说到这个份上了，她钟盼扬还能说啥子？

出了办公室，看到同事之间几家欢喜几家愁，自己心里倒是五味杂陈。正巧孔唯发信息来，问她晚上要不要一起吃饭，钟盼扬回了句好，这事儿能找个人商量下或许也有必要。

两人约在新光天地，吃汤锅。刚坐下，看到孔唯今天一身西装，相当帅气，反观钟盼扬，像是泄了气的气球，没精打采的。孔唯一边点菜一边问："啷个了哦？"钟盼扬想来想去，还是和孔唯说了，只是没想到孔唯听完的第一反应是："去啊，当然去，既然老板这么看重你，机会难得。"

钟盼扬觉得孔唯答得太理所当然了，反而有些不想说话，孔唯看她表情不对，问："怎么，你不想去吗？"钟盼扬反问："我为啥子想去嘛？"孔唯说："上海啊，多少人想去都没机会去，而且老板不是答应给你涨工资吗，我觉得完全没有理由不去啊。你现在这个岁数，还是有竞争力的。"钟盼扬低头吃东西，不想多说一句话。

七八年前，陈松和钟盼扬还是上海重庆两地跑的异地恋人。对学轨道的陈松来说，上海的地铁发展比重庆早了不止十年，更多的机会都在那座大城市等着他。但是对于从小在重庆长大，连大学到家也不过半小时距离的钟盼扬来说，这里有她喜欢的食物、环境和人，最重要的是，她在这里有理所当然的安全感。所以当陈松和她商量去上海发展的时候，钟盼扬只说了一句："如果你真的觉得上海更适合你，你就去呗，反正我们也异地四年了，不在乎继续异地下去。"

陈松不理解地问她："未必你都没想过过更好的生活吗？"钟盼扬当时觉得很莫名，而后，当然是陈松做出了妥协，从上海拖着行李告别他的理想国，回到了重庆，跟钟盼扬结婚，之后的事情当然与理想无关。只是钟盼扬想不到，在和陈松分开的几年后，同样的选择题再一次丢到她的面前。钟盼扬赌着气问了句："是不是在你们男人眼中，只有成为了不起的人，才可以算幸福啊？"

孔唯一时间没有反应过来，不晓得钟盼扬在气什么，只是脸上挂着笑容说："我以为你是想我站在过来人的角度给你点意见。"钟盼扬叹了口气，有点失望地说："孔老师，谢谢你的意见，但可能不是我想要的。"

饭吃得并不愉快，钟盼扬也没打算和孔唯继续待下去。孔唯本来打算开车送她，但她只是站在那里，拿手机准备叫车，然后转头说："孔老师啊，我以后还是叫你孔老师算了。今天听你说完话过后，我才意识到一件事，你可能还以为我是当年那个对未来没得打算，不晓得何去何从的高三准毕业生，就像我也时不时总觉得你还是那个孔老师一样，怎个一想，就很没得意思。但我的价值观里，并不觉得去大城市就叫有机会，在大城市赚到钱就叫成功，我只想做我想做的事情。"

孔唯猝不及防，不晓得该说什么，只说了声"对不起"，钟盼扬的车到了，临走时，和孔老师讲："如果我要去上海，应该七八年前就去了，哎，只不过都过去了。孔老师，我走了。"

车开了一段距离，钟盼扬心里才舒畅一点，虽然刚刚还在生孔唯的气，但确实是因为他的建议，反而让钟盼扬想清楚了一些事情。回头一想，刚才那顿饭吃到最后，显得自己太莫名其妙了，孔唯本身没错，但钟盼扬却控制不住自己生气，或许有一方面原因，还是因为孔唯并没有对自己被调去上海这件事表示挽留。

不过一天时间，关于钟盼扬明升实降的消息已经连保洁大妈都晓得了。钟盼扬站在老板面前，把自己深思熟虑的结果说出来的时候，老板还是皱起眉头多问了句：

"你不想去的意思是，你还是要留在重庆这边嘛？小钟啊，你有啥子担忧可以讲出来。"钟盼扬打断了老板的话："我没得啥子担忧，单纯不想去上海而已，公司里比我能干又年轻的人不少，我现在去，感觉并没得啥子竞争力。"老板挠了挠头，说："那你看怎个要得不，上海那边肯定是要派人去的，你又最有经验，就先去带带队，把那边团队安妥好了，再回重庆来，如何？"

换作几年前，钟盼扬肯定会相信老板的鬼话，钟盼扬认真地看了老板一眼，说："以小陈的经验，你觉得真的可以直接做渠道分销吗？我可以把我的客户资源全部交给她，但是如果她有一天撂挑子不管，我不想回来收拾这个烂摊子。"钟盼扬一针见血说到了老板的心坎上，但是大老板还是清了清嗓子，顾及颜面地说："小钟，这么多年了，我觉得你最值得欣赏的一点，就是晓得该说啥子，不该说啥子。"

钟盼扬直言不讳地说："李总，漂亮话讲起没得意思，我就直说，小陈的位置，我可以让给她，但上海我是肯定不会去的。我仔细想了下，我在渝城啤酒也待了这么多年了，说实话也没得啥子遗憾，所以我辞职信也写好了。"钟盼扬把信递到大老板桌上，大老板有点不理解，说："小钟，这个事情不至于闹离职嘛，现在疫情期间，工作也不好找，你不想去上海嘛，我们可以再商量嘛。"

钟盼扬说："可以啊，那要不然你把小陈调到上海去开疆扩土嘛。"老板一下不说话，钟盼扬笑了，说："没事，我不在乎，李总你还是把辞职信收了吧，我也不会像薛飞飞非要找你赔一笔钱，只是我觉得做下去没得意思了。"大老板说："这样嘛，小钟,我给你放个假,你好好想一下,上海那边最晚可以等到下个月底再答复。"

钟盼扬从办公室出来,小陈正坐在自己座位上擦护手霜,见钟盼扬过来,抬头看了一眼,说:"诶,钟姐,表上的客户我都打过电话了,补货的数量我也标记上去了,你看还有啥子事情要做没得?"钟盼扬没有说话,看了一眼手机,看到方晓棠朝程斐然问了句:"你和孃孃说了吗?"过了好一会儿,程斐然回:"还没有,我妈喊我今晚去她那边吃饭,要不然你们俩一起吧。"

这时,小陈又说:"钟姐,你去上海的事情定了嘛,还是要恭喜你,有能力的人还是不一样。"钟盼扬觉得耳边叽叽喳喳的,烦人,只在手机里回道:"晚上一起吧,我也有事情和你们说。"这时孔唯也发了信息来,说等钟盼扬心情好了,好好请她吃个饭。钟盼扬扣上手机,转头对小陈说:"小陈,做事情,自己要有主见,不要总是问:钟姐,我该做啥子,你看怎么办。还有,我也就比你大一岁,你喊我钟盼扬就可以了,工作上不存在啥子姐啊妹啊,没得意思。我这个位置,一般人做,就是不要脸面,陪酒,拉客户,以为有油水可以捞,但你看到了,我做的时候,基本不走那条路,该有的业绩一样不会差。女人做销售,容易吃亏,自己多留点心,这算是我最后的一点小建议。"

晚上,钟盼扬拎了袋水果朝刘女士家走,正好碰到停好车的程斐然,看钟盼扬拎一大袋子水果,说:"熟人熟事的,你尽是恁个客气。"钟盼扬说:"今晚上不是来给孃孃做思想工作的嘛,不送点东西过来,好意思啊?"方晓棠看到她们走在前面,拍了下两个人的肩膀。程斐然一惊,手肘子差点撞到方晓棠肚子,赶紧说:"哎呀,慢点嘛,孕妇一天还跑恁个快。"方晓棠不当回事地说:"我还不是怕吃落了,快点走。"

三个人坐电梯上楼,门开着,刘女士原本以为是程斐然蹿进来了,还想抱怨一句,转头看是钟盼扬,只好笑了,说:"哎呀,扬扬真的懂事,每次来都记得带东西。"方晓棠趴在门口,说:"孃孃,我就没带东西了,我提不动。"说完挺了下肚子。刘女士说:"带不带又啷个嘛,都是我的女儿,我家那个大小姐肯回来,还要托你们的福。"

刘女士端了菜上来,六菜一汤,相当丰盛,解了围裙刚坐下,指了指最后端上来的鸡,说:"这是晓棠亲点的菜,不要给我剩,多吃点。"方晓棠伸手就夹了一块,红油上舌,香而不腻,好吃是好吃,但和昨天在程斐然家吃的味道不一样。钟盼扬看出方晓棠脸上细微的表情,也夹了一块,肉质和上次一样,但是味道总觉得差了点。

钟盼扬说:"孃孃,这个鸡好像和上次在斐然家吃那个味道有点不一样啊。"程斐然跟着吃了一块,确实,基本就是平常刘女士做的味道,虽口感不差,却不像那天晚上那样惊艳。刘女士有点疑惑:"不一样嘛?我都不晓得上次那个是啥子味道了。"方晓棠想了想,说:"得不得是我们那天晚上太饿了,吃啥子都好吃,其实没得区别?"程斐然说:"不,我吃了恁个多年了,那天晚上确实好吃。"钟盼扬分析了下,说:"是不是调料不一样,我总觉得那天晚上吃的要更鲜一点。"

刘女士突然拍了下额头："我晓得了，哎呀，不是调料不一样，那天在那边没找到料酒，我就用红酒腌了下肉，煮完鸡剩那么大一锅汤，程斐然肯定喝不完，我就用了一部分，浇到佐料上面，不晓得是不是因为这个原因。"方晓棠一边吃一边点头："应该是，但是这个也好好吃哦。孃孃你啷个做的啊？"

刘女士还是听着得意，说："这个鸡最讲究的，就是不能太老，要买只买三斤半的鸡，多半斤都不好吃，肉柴。还有就是这个调料，酱油味精盐糖都有比例，还有就是红油煎熬的时间，我说了你们也不会，想吃就喊斐然和我说，你们来吃就行了。"

程斐然盯盯钟盼扬，钟盼扬盯盯方晓棠，三个人满腹心事，不晓得该哪个开口。最后钟盼扬无所畏惧，说："孃孃你抽空可以再按你说的那个方法做一遍嘛？"方晓棠也跟着猛点头，刘女士听得有些疑惑，左右看了下，说："啷个，今天做得不好吃啊？"方晓棠放了筷子，直截了当说："孃孃，我们想让你来做鸡。"方晓棠一说完，自己都吓了一跳，赶紧解释说："啊，不是，我不是那个意思！"

刘女士看着三人莫名其妙，钟盼扬插空说："我来说吧，孃孃，之前南山那个民宿，可能没法做了，我们就想怎么换条思路一起做点事。上次在斐然家里吃了你做这个怪味鸡，觉得味道特别好，特别适合包装之后在网上卖，但是可能需要孃孃你的加入，就是不晓得你愿意不？"

刘女士朝程斐然看了一眼，有点不高兴地轻笑了下，说："这个事情，你还要专门找扬扬和晓棠一起过来给我说，你心里就把你妈否决了嗦？"程斐然说："我没这么想，这是你自己说的啊。"刘女士说："呵，说来说去，还是嫌你妈麻烦，一个电话就说清楚的事，还专门请说客过来干啥子啊？"

钟盼扬看着火药味已经烧起来了，赶紧说："不是不是，孃孃，你误会斐然了，本来也是我们三个人的事情嘛，一起比较好。"方晓棠也跟着找补道："最主要的是，还是想再吃一次这个鸡啊，口水都流了好多天了。"

刘女士倒是被方晓棠逗笑了："有恁个好吃啊？"方晓棠立马"嗯嗯"了两声，吐了下鸡骨头，说："真的太好吃了，我觉得拿出去卖，肯定是要大卖的。"程斐然说："你先不要生气了，今天我喊她们过来，也是想看看接下来怎么做。第一，我也不确定你愿不愿意抽时间出来做。另外，也不晓得具体需要啷个配合你。"

刘女士放了筷子，说："做啊，为啥子不做，有钱赚就做，未必做个菜还把你妈累死了。"方晓棠笑着捅了捅钟盼扬的手肘，程斐然却冷静地说："真的要做，肯定就不是说简简单单做给我们几个人吃这么容易了。如果量大，还要考虑原料配给，量产时间。如果只是小范围做，成本就会上去，肯定不赚钱。"

钟盼扬点点头，紧接着说："而且我们还要考虑如果请人帮忙，这个秘方会不会被泄露。如果被其他人学着走了，可能还有人要来抢生意。"刘女士听了皱了皱眉，说："那你们啷个打算嘛？"

程斐然看大家都和和气气的，忍不住泼一盆冷水，说："妈，我要先和你说好，如果你真的要来一起做，不准随便发小姐脾气，而且有啥子要和我们商量，不可以自己想啷个就啷个。"刘女士听了一下不高兴了，说："我还小姐脾气，我算是通情达理了的吧？你们说诶。"说着转向看看钟盼扬和方晓棠，两个微微笑，没有硬接这句话。

刘女士心里凉了一半，程斐然说："我只是把预防针打在前面，先说断后不乱而已，万一有个摩擦，各自都要退一步。"刘女士心情全没了，方晓棠眼神示意程斐然差不多了，再说下去，可能刘女士就撂挑子不管了。

钟盼扬劝慰道："孃孃，我站在中立的角度说一句话，其实斐然担心的事情，倒不是因为说孃孃性格怕和我们处不来。我们都知根知底，认识十几年了，有啥子摆在台面上说，不存在。主要是怕代沟，一些处理问题的方法上面不一致，就像我和我妈感情再好，也有牙齿舌头打架的时候。"钟盼扬说话向来客观，也容易被接受，刘女士虽然脸上还是不高兴，但嘴还是松了口，说："先吃饭，都冷了，吃了再说。"方晓棠拍了下手，说："那我们就当孃孃先答应了哈，其他的事情，我们就可以继续考虑怎么推进了，那我们就找个时间，孃孃再做一次，我们来试菜。"

吃完饭，坐了会儿，三个人看时间不早，道别下楼。

走在小区里面，三个人都松了口气，程斐然说："今天要不是你们在，我真的不晓得哪个和我妈说。"走了两步，程斐然突然想起什么，问钟盼扬："你下午不是说有事情要和我们说的嘛。"钟盼扬住了脚，说："我打算辞职了。"方晓棠和程斐然都有点懵，程斐然问："你不会是因为我说要好好搞这个，你也专门辞职了吧？"钟盼扬叹了口气，说："其实没啥子关系，完全是因为我个人的原因，我特别想试一下啥子依靠都没有，置之死地而后生的感觉。"程斐然说："那我也说件事，我打算把我老汉留给我那套厂区的房子卖了，我预估了下，怎么也有个二十来万，我打算全部投到这次'怪味鸡'的项目里面来。"方晓棠赶紧说："会不会有点太冲动了？"程斐然说："我也想感受一下啥子依靠都没有，置之死地而后生的感觉啊！"说完，就跟着钟盼扬一起笑了。方晓棠说："那我也说件事情！"钟盼扬和程斐然齐口说："讲嘛！"方晓棠一手搭在一人肩膀上，说："我今天才晓得，我怀的是双胞胎！"程斐然和钟盼扬一起兴奋起来，跟着大笑，"你啷个才晓得啊？"方晓棠说："之前看不出来的嘛，哎呀，好事成双嘛！"

这时，程斐然手机叮了一下。程斐然拿起来看了一眼，突然叫了一声，其他两个人都愣了下，问："啥子，一惊一乍的。"程斐然笑说："有人要买我那套房子了！"钟盼扬伸手摸了摸方晓棠的肚子，说："果然是好事成双啊。"程斐然说："我还是有点担心我妈。对了，扬扬你辞职的事情和屋头说了没有哦？"钟盼扬摇摇头。方晓棠又突然站住，叫："这好像不是我的手机的嘛。"程斐然一看，说："这是我妈的啊！"

三人走到小区门口，各自的脑袋里一下子冒出各种各样的问题和想法，兴高采烈地出去，又急匆匆地往回赶去还手机，门卫在门口对着喊："口罩戴好啊！"天气预报重庆的温度已经上去了，过两天就三十来度了，重庆的春天就是这么短暂地让人眷恋不住啊，雨季一过，人也跟着潮热起来了。

第 八 章

1

左右景色匆匆,程斐然开着一百二十迈的速度在高速路上疾驰,钟盼扬坐副座,方晓棠坐后排,沿途风景郁郁葱葱,阳光普照,已是春末夏初了。

前一天晚上,程斐然突然提议,既然厂区的房子要卖了,不如顺道回去看看,好歹她们仨小时候都是在那里长大的。从市区上高速,也不过半小时不到,九十年代的旧厂房,红砖房,水泥院,现在已经全部划给中石化的工厂了,当年的那些家属院全都纷纷迁走,早已物是人非,但是程斐然提议的时候,钟盼扬和方晓棠想也没想就答应了。

下了高速,临路的马路都改道了,过去熟悉的风景纷纷消失,程斐然也有七八年没有回来过了。直到过了厂区车站旁边的殡仪馆,郁郁葱葱的树才像是原本的模样,拐小路进去,是厂区医院,现在依旧营业,主要面向厂里上班的职工,过了医院就是学校,现在早已空空荡荡,没有人了。周遭的房子依旧是职工在居住,上上下下的老人还是很多,但是像她们这样的同龄人已经很少了。

时间一下拉回到二十年前,三个人背着书包在这条路上奔跑的模样,跟着沿街的石墙一起风化模糊了。

往前走不到五分钟,就是程斐然小时候住的地方了,那是厂区最高的楼,当时也是整个厂区最贵的房子。九十年代的大多数平房都是在八层以下,这栋高楼有足足二十三层,也是厂区里第一套配有电梯的房子。

程斐然家住十二楼,望下去刚好可以看到厂区的外宾接待酒店和公园,三室一厅,阳台朝南,风景独好。她转动钥匙,打开家门,一阵长久封闭的气味扑鼻而来,她赶紧过去打开窗户,阳光正好照进来,客厅的家具都还是当时的模样,只是蒙了灰。程斐然对着方晓棠说:"你还是把口罩戴起,也不晓得这些灰尘里面有没得病菌。"

方晓棠吓得赶紧戴了起来,左右转了下,说:"现在看,这个房子还是很大诶。"钟盼扬朝着程斐然的卧室走去,说:"原来我们放学来做作业,当时就觉得这个卧室好大,三个人趴在桌上都一点不挤。"

方晓棠拉开抽屉,里面有几封信,还有本相册,她拿出来打开看,里面是她们当时在学校和公园拍的一些照片。程斐然看着照片上张琛十几岁的模样,还是记忆中那个一到夜里就给自己发信息的少年。她把照片放回去,看到抽屉里那些信,也都是当年张琛写给她的,放回相册关了抽屉。

钟盼扬来回看了下屋子,家里的家具和电器都还是很新,当时刘女士保管得确实很好。这时有人敲门,程斐然过去开,门外一个穿着蓝色工作服的男人,岁数和她们差不多,戴着工作帽。程斐然没有正面仔细看,就听到对方先喊了她的名字。

方晓棠先"啊"了一声,问:"结果是熟人喽。"程斐然又仔细看了下,还是没想起来，问："你是哪个？"对方把帽子摘下来，笑了笑说："卫子阳啊，记不起了啊？"钟盼扬想了想说："你是卫子阳啊？完全长变了。"

程斐然当然记得卫子阳，但绝不是眼前这个身高颀长，肩线宽阔，面容黝黑，看起来还算踏实的男人。程斐然对卫子阳的印象还停留在学生时期，个子矮小、瘦，看起来营养不良，坐在程斐然的后排，隔三差五喜欢招惹女生，属于搅屎棍的代表。

卫子阳浅浅一笑，酒窝明显。方晓棠说："你长高了恁个多啊，妈呀。"钟盼扬说："哪个都没想到是你。"卫子阳说："也不是让我一直站在门口说话吧，好歹我也是来看房子的啊。"程斐然才反应过来，说："进来进来。"卫子阳朝着里屋左右看了看，问："你是彻底要搬走了嘛，哪个突然打算把这里房子卖了啊？现在其实卖不起啥子价。"程斐然打量着卫子阳的背影，问："我还奇怪你买这个房子来做啥子诶。"

卫子阳开了开冰箱门，又试了下燃气开关，然后转头看向程斐然说："我调回厂里来上班了啊，想不到吧。"钟盼扬说："你原来不是厂里的子弟的嘛，哪个会想回这里啊？"卫子阳讲："机缘巧合吧，当了兵回来，退伍安排在消防队，正好就在这边，兜了一圈，回到了小时候上学的地方。刚来的时候，发现这边啥子都变了，完全不是以前的样子了。我妈给我在市区买了套房子，但是来回麻烦，我那天正好看到你这套挂着在卖，一眼想起来这不是你的房子嘛，我还以为已经转手给其他人了诶。"

程斐然问："你现在是消防员啊？"卫子阳点点头，说："哪个，看不起消防员啊？"程斐然笑道："没有没有，我就是说哪个你看起来壮了这么多。"卫子阳朝着程斐然走了两步，像是故意问了句："你结婚没有哦？"程斐然被问懵了，方晓棠在旁边一下叫道："诶诶，啥子意思，你对我们斐然还有想法嗦。"

卫子阳抓了抓头发，说："问一下啊，又不得死人。"程斐然说："离了。"卫子阳说："和哪个哦，不会是张琛吧？"一下子三个人都不说话，卫子阳就笑了，"还真的是他啊，我当时都以为你们最后走不到一起。"程斐然也很洒脱地笑了，说："我还以为我们不得离诶，说这些有啥子用，你到底是来买房子还是来查户口的哦。"卫子阳说："买啊，我看看嘛，不要急嘛，老同学见面，你们一点都不亲切，没得意思。"方晓棠说："这么多年了，除了样子变了，啥子都没变，还是这么油嘴滑舌。"

卫子阳说："现在很缺钱？这么急着卖？"方晓棠说："你真的话很多诶，啥子都要打听。"卫子阳说："我多问两句个嘛。"程斐然没直接回答，只说："你要买的话，我们就尽快签合同，走过户手续，不买就算了。"卫子阳"嗯"了一声，说："明天给你答复，这些家具你哪个打算，准备拉走嘛？"程斐然想了想，说："再说吧。"卫子阳说请她们吃个饭，机修厂门口的火锅店还开着。钟盼扬带头拒绝了，说她们还有事情。卫子阳也不好强求，留了电话，转身走了。

钟盼扬找了个位置坐下来，说："我不喜欢他。"程斐然说："不过就是卖个房子，也不至于谈到喜欢不喜欢嘛。"钟盼扬说："他明显是对你有意思。"程斐然讲："他对我有意思也没得用啊。"方晓棠摇了摇手指，说："诶，那不一定哦，你把电话留给他，就等于给了机会。"钟盼扬说："他可能就是看到是你的房子才说要买的，就是想接近你。"程斐然不以为然，说："那他成本也是花得够大的。"

钟盼扬看了看满屋的家具，问："这些东西他不要的话，你准备甩了啊？"程斐然走到窗口，抽了口烟，说："不然呢，也没得地方放啊，都是些老古董了，转手也卖不到几个钱。"程斐然收了烟，不想多说，只讲："肚子饿了，先去吃饭。"

下电梯的时候，钟盼扬突然意识到，问："斐然，你不想搬家具，是不是因为嬢嬢哦？"钟盼扬实在太聪明，方晓棠却不懂，问："啷个诶？"回头一想，咋呼道："你不会是还没有给嬢嬢说你要卖房子吧？"

程斐然又点了点头，叹了口气，说："这个房子本来也和我妈没啥关系，是他们离婚的时候，我老汉留给我的。哎，总归是要和她说的，只是我还没找到机会。"方晓棠说："搬到南山，肯定要遭她看到。"程斐然说："其实我也舍不得扔，我再想下吧。"

程斐然三个人在楼下找了家馆子，吃了碗米粉，准备回程。路过中学大门的时候，方晓棠突然说："我好想进去看一下哦。"

三个人下车，绕到大门旁边不远处，有一处低洼，立了一道水泥扶手，约半个人高，但扶手对面，是一个凹陷，上下约有一米多，要从旁边的红砖凸起扶着往下才能稳妥起跳。一般情况下，她们三个都没什么问题，关键是方晓棠现在有孕在身。

程斐然首先打退堂鼓："算了嘛。"方晓棠坚持："又不高，哎呀，我想进去看下我们当时埋的那个东西。"

程斐然问："埋的啥子东西哦？"

钟盼扬说："她说的是我们初中毕业的时候在风华楼那棵榕树下埋的盒子。"程斐然挠了挠头，说："我们还埋过盒子啊？"

方晓棠假装生气说："我就晓得你啥子都不记得了，只记到当时和琛哥谈恋爱。"方晓棠说边说已经往上爬了，喊了她俩一声："快点，托一下！"钟盼扬和程斐然赶紧过去，稍微用了点力，方晓棠就踩上去了，她回头说："我先下去啊，你们快点过来。"说着，顺着凸起踩实，往下慢慢移动，差一点踩滑，最后轻轻跳到软土上，看得两个人心惊肉跳。程斐然说："你吓死人了。"方晓棠还嬉皮笑脸朝她们比了个手势，说："快点过来。"

三个人慢慢往下走，学校在山坡的底下，正大门的大树还是依旧茂密，但教学楼因为长久没有修缮，外立面已经非常破旧。方晓棠走到风华楼的榕树下面，指了指说："我们好像就是埋在这里的。"钟盼扬看了看说："我记得是在乒乓球台的那棵树下面。"方晓棠疑惑看着钟盼扬："是吗？"程斐然摊手说："关键是，啷个挖，我们连个铲都没有，用手挖啊？"方晓棠说："我去看看教室走廊那边还有没得工具。"

最后方晓棠拿了几根铁棍过来，说："用这个嘛，快点。"程斐然一头雾水，朝着方晓棠说的位置戳下去，开始用力刨，说："我真的一点都记不到了。"

三个人费力地挖了好半天，泥土之下，空无一物。程斐然靠着树边上，问："所以里面到底是啥子东西嘛？"方晓棠说："我也不晓得。"程斐然诧异："你也不晓得？"钟盼扬解释道："我们三个都是各自用一个小口袋把东西装起来，再放到那个铁盒子里面的，确实都不晓得对方放的是啥子。"程斐然说："你恁个讲起来，我倒有点好奇了，我当初是放的啥子在里面哦？"

方晓棠讲："你们肯定想不到我放的啥子。"钟盼扬又用铁棍往下掘了几下，问："你放了啥子嘛？"方晓棠得意地说："我放了一百块钱在里面。"程斐然说："一百块钱搞得恁个神秘兮兮的。"方晓棠说："你们都不晓得我啷个想的！我是想说以后肯定要换新版人民币，我那个旧钞票肯定就会变成古董了，当时的一百块钱拿出来肯定可以卖一万块钱。"钟盼扬说："那个时候还是大团结？"方晓棠说："不是，已经是毛爷爷了。"

程斐然一下笑了，说："结果怎个多年过去了，还是毛爷爷，你那一百块钱更不值钱了。"方晓棠跺了下脚说："就是啊，气死了。"

程斐然仰头看了下钟盼扬，问："那扬扬你诶？"钟盼扬说："我放了一张我戴眼镜的照片。"方晓棠才惊觉道："哦对头啊，你以前戴眼镜的。"钟盼扬说："初三毕业那年，我妈就带我去做手术了。我也不晓得啷个想的，就想说等我长大了回头来看，可能那是一个很重要的节点。"

程斐然问："重要吗？"钟盼扬喘了口气，说："现在回头看当然无所谓重不重要了，但是在当时总觉得自己可能就此变成另外一个样子了，反正就是我很私人的事情。"程斐然举目望了下天空，说："我倒是真的一点都记不起来这些事情了，好像怀了涛涛之后，我的记性就一直在变差，很多以前的事情我都觉得模糊了。"

三人最终还是什么都没挖到，而对于程斐然来说，反而勾起了她的好奇，当年她会埋啥子东西在里面。她能想到的事物寥寥无几，关于那年炎夏能想到的事情，程斐然只记得一件了，张琛当时为了要和程斐然考上同一所高中，故意在中考的时候做错了两道题，但奈何最终张琛还是以高分被三中提前录取了，差一点掉出全市前十的张琛被爸妈狠狠地骂了一顿，唯独程斐然觉得有点愧疚，两人的分数差距实在太大。

张琛说："那也没得关系啊，反正我每周都坐车来看你呗，沙坪坝到渝中又不远。"那是初中那个夏天程斐然仅存的一点记忆了，她不禁猜想，如果当时真的埋了个什么东西，多半也是和张琛有关的。

走出校门的时候，方晓棠又回过头看了一眼，看到学校一下荒废成这个样子，心头多少还是有点难过。程斐然已经坐回了车上，从车窗探出头来说："走了嘛，赶得及还可以去吃那个羊肉笼笼，六点钟就关了。"方晓棠应了声，跟着上了车。

2

傍晚江头，沿江路边，大小饭馆吆喝连天，个个路边摊门口摆龙门阵，三个人在边边角角找了个位置，尽数点了招牌菜。菜还没上，钟盼扬说："好了，我们也该商量做鸡的事情了。"方晓棠一下笑出来，说："你这么说，别个不晓得的还以为我们真的要去做鸡。"

钟盼扬拉了下方晓棠说："好了，说点正经事，我昨晚想了想我们大致分工，还是一样，我照旧做渠道，但主要做线上，然后斐然以前在企业呆过，当时是策划，我觉得她适合来做内容营销，至于晓棠，你之前做民宿主要就是和客人打交道嘛，所以我觉得你负责客服，这样分工下来正好！这只是一个方向，剩下的就是孃孃负责的产品了。有了产品、营销、渠道和客服，这个公司就基本可以做起来了。"

方晓棠感觉自己已经燃起来了，她说："但是南山那个村屋嘞个办啊？听你说完，我们自己在家就能做了，根本不需要那个村屋。"

钟盼扬说："你这么想就完全错了，如果一个品牌要做大，就必须要有一个固定的办公场所。一来是我们互相监督，在家办公肯定就是东一榔头西一棒槌的，另外对外传播的时候，客户、顾客，对于有公司的品牌和没有公司的品牌，印象也完全不一样，不然我们就是小作坊。村屋装修好正好提供一个办公的地方，还有特别是制作中心和仓库，总的来说，村屋正好帮我们提供了一个场所。"

程斐然说："你这么说，确实是。但是来回始终有点不方便，特别是晓棠，再过两个月她肚子大了，更不方便。"

钟盼扬说："斐然你不是有车嘛，前期的话，每天早上我们就坐你的车上山好了，相当于班车，油费和汽车维修我们可以从公账里面走，其实内容和客服都还算可以固定在一个地方办公。就是我比较麻烦一点，要去联系渠道肯定是每天在不同地方跑，所以我打算下个月之前把驾照考出来，再买辆便宜的车代步，反正也是要用的。"

程斐然说："那鸡呢，最主要的问题还是没有解决。我后来问我妈，她说那个三斤半的鸡市场上每天也就七八只，我们总不能每个商场都要去一趟吧，感觉也不现实。"

钟盼扬说："这个事情就由我来负责了。我那天回去就想了，现在因为疫情，肯定有很多地方的鸡不如之前那么好卖。我打算找到一个养殖场直接谈合作，关键是我们要找到对口的。"

方晓棠又问："说这么多，我们具体好久开始做啊？"钟盼扬说："今天回去，我们分别做几件事，我去找鸡的供应商，斐然把内容的营销方案做一下，然后晓棠你去摸索一下怎么引流，当初你做民宿的模式可以借鉴下。"程斐然看着钟盼扬笑道："扬扬好适合当我们的领导哦。"方晓棠插话道："别个扬扬本来就是领导！"这时羊肉笼笼端上来，饥肠辘辘的三个人立马伸了筷子吃起来。

回家之后，卫子阳打电话来，程斐然接起来说："你好。"卫子阳在那边笑道："还你好，怎个生疏唛？不方便啊？"程斐然心想本来也不熟啊，说："基本礼貌而已。"卫子阳也不胡扯了，说："我想好了，这两天就签合同转钱嘛，找时间把房子过户了。"程斐然说："要得，看你时间嘛。"卫子阳说："最近我都有时间，你也不用回厂里来了，我过来找你就行。"程斐然说："也可以，那就明天白天嘛，但是我还没想好那些家具怎么处理。"卫子阳说："没事，消防队有个仓库一直空着，你要是有啥子需要的，就和我说，我先帮你运到仓库那里。"程斐然有点疑惑，说："得不得不好哦？"卫子阳讲："那间仓库是我一个好哥们儿在管，我说一声就是。"

于是相约次日下午，终于认真打量一番，用那天钟盼扬的话来说，卫子阳眼睛里有东西，心眼不少。程斐然倒无所谓，对她来说，卫子阳无非只是个买家而已。

程斐然坐下过后，问："电子合同你看完了吧，要是没得问题，就签字了？"说着把打印好的合同递过去，顺道拿了一支笔。卫子阳端起咖啡喝了一口，说："你很急吗？"程斐然说："不急啊。"卫子阳说："不急就摆下龙门阵嘛，我难得休息，平常要出警，忙得不得了，大到灭火，小到老太婆关在家里，心力交瘁。"

程斐然觉得好笑，说："你想聊啥？"卫子阳讲："讲下你嘛，那天都没说完，你现在还单身吗？"程斐然不想把话题往自己身上引，说："啷个可能，我没得你恁个寂寞。"卫子阳一下笑了，说："那倒是，好看的人就是不缺人追，哎，不像我。"程斐然问："你啷个嘛？"

卫子阳突然沉默下去，像是准备好的话又咽下去了。程斐然看了卫子阳一眼，问："你到底想说啥子？"卫子阳笑了笑，拿过合同说："没啥子，在哪里签字？"程斐然等他把字签好，然后说："那等你把钱打了，我们就去房管所过户吧，没其他事情，我就先回去了。"卫子阳问："你现在是不是真的很缺钱？"程斐然说："和你没啥子关系吧。"说完收好合同和笔，起身，说："回头联系。"

回程开车的时候，程斐然还在想卫子阳看自己的眼神。前面红灯停车，程斐然有些出神，突然看到刘女士发过来一张图，图上是楼栋号和密密麻麻的价格，有点糊，看不太清，像是从其他地方转发过来的，正准备问刘女士是什么，一个语音就打了过来。

"看到没有？！"

程斐然一脸茫然，问："啥子东西嘛？"刘女士说："哎呀，我刚刚发给你的啊，厂区的房子要准备拆了，那个是赔偿价格，你看啊。"

程斐然心里咯噔了下，不想接茬，说："我在开车。"刘女士才不管她，自顾自说："我看了下，按照图上的价格来算，我们那套房子至少要赔个三十来万，盼星星盼月亮，终于盼到了，我就想啊，等房子拆了，你拿这个钱，就去买理财，每个月多少有收入。"

程斐然大脑嗡嗡作响，说不上话，刘女士有点不耐烦地问："你在听我说没有哦？"程斐然说："我听到的。"刘女士继续讲："至少嘛，涛涛上小学的钱还是有了嘛，我心头多少踏实了点。"程斐然问："你从哪里看的哦，都是些小道消息。"刘女士诧异道："我说要拆房子，你啷个一点都不兴奋啊？"程斐然马上辩解道："没啊，我在开车，我正好也要问你，那个试菜你准备得怎么样了？"刘女士一下话题被岔开，说："你们那天走了过后，我又试了下，可能是酒不对，你明天把你家里那瓶红酒带过来吧，正好叫她们一起来试试。"程斐然"嗯"了一声，赶紧挂了电话，长长地舒了口气，心想，这房子，早不拆晚不拆，偏偏在她签完合同要拆，这不完全在跟她作对嘛！

这时导航上显示红旗河沟正堵，程斐然一阵心烦，突然一笔二十万打进了她的账户，都不给时间让她思考，卫子阳一条语音发过来，说："钱打给你了啊，啥子时候办手续啊？"程斐然没有直接回，趁机问了句："厂里有没有说拆房子的事情啊？"卫子阳说："没有啊，怎么，你是又不想卖了？"程斐然回："我不是这个意思，合同签了，肯定就是卖了，我只是今天突然听到我妈说这件事。"卫子阳说："如果拆的话，多少钱？要不然我给你补上。"程斐然笑道："你就这么喜欢这个房子啊？破破烂烂的,还要给我补上,那你不等于走了个过场嘛?"卫子阳说:"我无所谓啊,反正现在没拆,我就住着,拆了赔钱给我,我也是赚啊。何况啥子时候拆还没得个准,厂里办事情,你又不是不晓得。"程斐然说:"我当然晓得,那就这两天嘛,明天你有空吗?"卫子阳说:"过两天吧,你总不至于把钱卷起跑了。"程斐然说:"那说不定哦,你打钱之前也不好好想下。"卫子阳跟着笑了,没继续说,讲着还有事情就先挂了。

程斐然看着卫子阳的头像,还是幼儿园的照片,她微微一笑,前面的车终于开始动了。

3

大清早,程斐然就听到咚咚敲门的声音,她看了下手机,才七点不到。侯一帆在旁边睡得跟猪一样,伸手拍了下程斐然,问:"哪个清早八晨就来了啊?"程斐然踢了侯一帆一脚,揉了揉头发,说:"你去开。"侯一帆被一脚踢下床,带着起床气,揉着眼睛,穿着短裤朝客厅走。没两分钟,就见到侯一帆一下蹿回来,盖到被子里,说:"孃孃来了,我都没穿裤子。"程斐然一下就听到刘女士在外面大声大气地说:"程斐然,你还在睡啊,你们创业就创成这个样子啊,快点起来陪我去买鸡了!"程斐然穿着睡衣出来,唉声叹气地说:"妈,你也太早了哦。"刘女士皱起眉说:"再不去,等到菜市场捡烂叶子菜啊,哪里还买得到三斤半的鸡?!"

从小到大,程斐然最不喜欢的一件事就是和刘女士去买菜,一方面是她实在没有办法容忍刘女士的砍价,不仅砍得凶,还容易在菜市场和人吵起来。程斐然印象最深的一次,就是小学的某天,刘女士拉着她去买鸡蛋,别人说鸡蛋容易破,不要随便摸。刘女士就说,不摸我晓得是不是烂鸡蛋啊!那个人就说那你别买了,刘女士立马就撩了袖子和那人吵了起来。后来拉扯还摔了两个在地上,刘女士也不赔钱,那个卖鸡蛋的女的就和刘女士在菜市场扯头发。

刘女士扯着程斐然突然说:"厂头房子的钥匙,你等下回去给我下。"程斐然紧张地问:"你拿去干啥子啊?"刘女士说:"里面恁个多家具啊,电器啊,我肯定要处理了啊,到时候说拆就拆。"程斐然说:"都不晓得到底好久拆,你急急忙忙去搞这些干啥子嘛。"

刘女士一下松开程斐然的手,盯着她,仔细看了两眼,讲:"诶,程斐然,你不对头哦,是不是你老汉和你说了啥子?我给你讲啊,这个房子,当初你外婆也出了钱的,你妈我也是占了一份的,你有啥子想法最好现在就说出来。"

突然一个卖鱼的推着车过来,活鱼摇摆,水溅得到处都是,程斐然实在不想在大庭广众之下和刘女士讲这些,只说:"哎呀,我有啥子想法嘛,我只是觉得你现在听风就是雨的,拆迁的事情都还没落定。"刘女士稍微缓和道:"这次肯定是要拆的了,厂里头几个孃孃都给我说了,因为最近厂里要扩建,上面正好又给拆迁办做了工作,那些楼,现在又不得人住,全是些老弱病残在那里,厂里还不是想把这些人都迁出去,社区老了,没人管,长期下去怎么行嘛。"程斐然心里打鼓,还是假装镇定地说:"晓得了晓得了,我们先买鸡嘛,我还喊了扬扬和晓棠中午过来试菜,回头

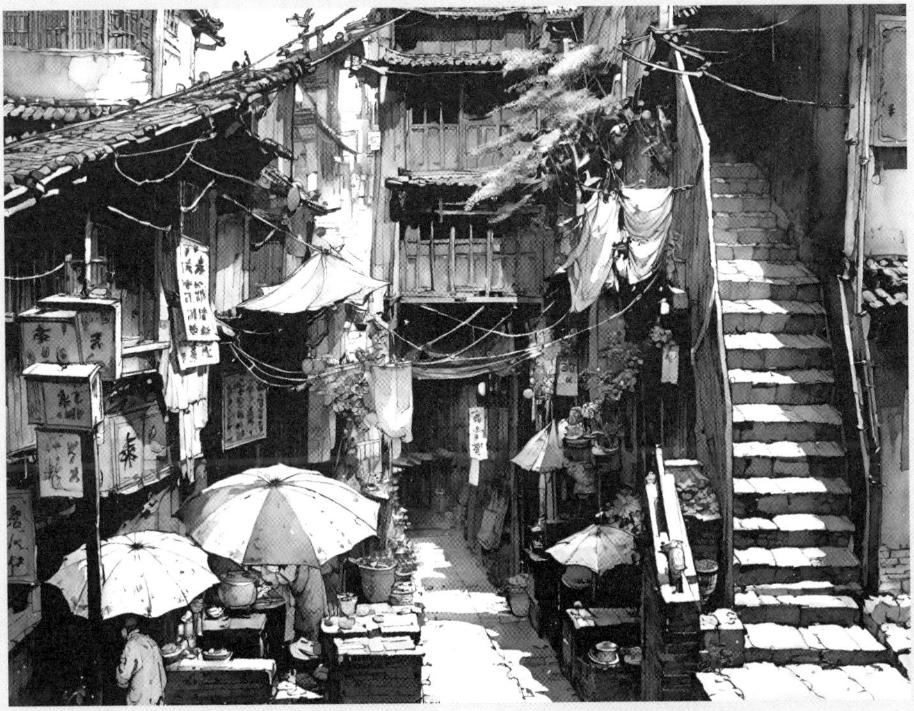

把钥匙给你就是了。"刘女士想想也是，又挽上程斐然的手，继续往前走。

刘女士在厨房捣腾，钟盼扬和方晓棠坐在沙发上，程斐然把厂区要拆迁的事情和她们说了一遍，然后压低声问："我都不晓得哪个给她说了。"方晓棠说："我倒没听到我妈老汉说啊，这种事情，他们应该最积极，孃孃消息确切不嘛？"程斐然说："确不确切不重要了，她已经想当然地以为明天就要拆了，后天赔偿金都要到账了，说不通。现在问题是，我和卫子阳已经签了合同了，他钱也打给我了。"方晓棠一下咋呼道："恁个快啊，还说他对你没得意思，我鬼都不信。"

这时刘女士拉开门问酒在哪里，程斐然说："我来我来，你去嘛，我给你拿过来。"拿了酒，递过去，再走回来，刘女士已经把厨房的玻璃门拉上了，钟盼扬才说："我说句实话，其实你的问题不在于卖不卖这个房子，而在于卖了之后你把钱拿来做生意，这个你随便哪个肯定还是要和孃孃说的。"

程斐然说："先不管这些了，不管哪个说，钱我拿到了，我们就可以开始做了。你说和大老板联系那个养鸡场后来怎么说？"钟盼扬讲："就看我们时间，肯定不在市区里头，但是据说肉质很好，我觉得我们可以先去考察一下。"方晓棠说："那我们明天就去嘛，说实话，我现在还是觉得摸不到头绪。"

钟盼扬说："现在我们连第一单都没得，你肯定摸不到头绪啊。"转而问程斐然："内容营销你想好了吗？"程斐然说："你发给我那些其实都研究了下，但是并不是很实用。我在网上查了下，其实基本是一个模式，先引流，然后做社群，然后做裂变，因为我们三个都不是网红嘛，没得啥子自然流量的。现在最常用的办法肯定是做直播，但是需要一个长期的时间积累，也不可能上来就卖货，所以不是很可取，具体到底怎么做，我还没完全想好。"

方晓棠说："其实我倒是有个办法，就是不晓得好不好用。"钟盼扬说："讲来听啊。"方晓棠正襟危坐，一本正经地说："周雪那个超市，虽然不大，但是日销量确实很高，而且有固定客群，她不是马上要开新店了吗？我觉得我们这个鸡，索性可以做成半成品，加上包装，就先放在周雪那里卖，也不用我们付门面费，大不了就是收益让周雪那边提成嘛，这个我来和她商量就好了。"

钟盼扬说："确实是一个出路，如果口碑好，应该就可以口口相传，我就可以往更多渠道去谈了。"程斐然说："这是个办法，但是到最后我们还是卖给重庆本地人的嘛，不是有点违背我们的初衷了吗？"方晓棠紧着说："诶，听我说完，接下来就是我说的第二个想法，当时我做民宿的时候，不是都和顾客加了微信嘛，七七八八这几年也加了近两千个人的微信了，我觉得那是一个社群渠道，我们把内容营销好，到那个号上去宣传一波，应该还是有反馈。"方晓棠说完，两个人都忍不住拍了下她，说："你脑壳确实有想法啊！做生意你还是得行。"

方晓棠也有点不好意思，说："哎呀，没吃过猪肉还没见过猪跑嘛，我也就是说下我自己的想法，也不晓得行不行得通。"

看她们一脸兴奋，刘女士就拉开门端着鸡出来了，叫道："来吃来吃，看看味道怎么样。"方晓棠从沙发上一下起身，说：

"等不及了！"程斐然有点抱怨地说："我们正在开会，你就把我们打断了。"刘女士一边解着围裙，一边说："边吃边说不可以啊！"钟盼扬过去扶着刘女士的肩膀，说："孃孃，她就是随口一说，莫计较。"方晓棠伸了筷子，一口咬到嘴里，刚咽下去，拍了下桌子，说："就是这个味道！"刘女士一下高兴地说："是吧？"钟盼扬下口，朝着程斐然点了点头，说："好吃的，确实是好吃。"

钟盼扬顺道就朝着刘女士问："孃孃，我突然想到一个问题，你一个人做，一天最多能做好多只鸡哦？"刘女士有点疑惑地说："我以为你们都要来帮忙搭把手诶，就我自己一个人做啊？"程斐然立马解释道："我们可以请人给你打下手，但我们三个肯定有其他事情要做啊。"刘女士看了下墙上的挂钟，说："其实多做几只时间差不多，有人帮忙剔骨头的话，我就负责最后味道，一天还是可以做个二十来只，主要是锅啊，灶啊，这些东西不够的嘛。"程斐然说："这些我们可以买，都不是啥子问题。"方晓棠说："孃孃味道把控好了，我们又看到点希望！"

4

不觉又过了几天，夏天的气息越发浓重了，小区里的蝉声已经泛起，又过了一场大雨，彻底闷热起来了。全国疫情此起彼伏，唯独重庆像是一处净土，立夏之后，基本已无病例，人心稍显安定，各行各业重新出发，只是旅游业继续低迷，重庆变成了自给自足的一块圈地，人人开始对钱紧张，特别是刘女士。

程斐然刚刚换了连衣裙，才拉开窗帘准备浇花，刘女士就在电话那头急不可耐地说："你今天陪我去一趟厂头。"程斐然以为事情败露，略有吞吐，问："去厂头干啥子啊？"刘女士说："昨天厂头文件下来了，拆迁的片区刚刚划到我们那套房子旁边，就不划了，整个下坡片区都要拆，就说我们那套房子在上坡区，我们明明在中间的嘛，啷个算上坡区啊！"程斐然心里松了一口气，但又有点烦躁，实在不想和刘女士去跑这么一趟，只问："去厂头又干得到啥子嘛？文件说没得就没得了噻，热天热事的，难得走嘛。"刘女士说："啷个不去啊，我都和陈孃孃徐孃孃她们约好了，上坡区这边以前住那几个老师也要过去，要去闹诶，横幅都拿起了，啷个可能就怎个算了哦。这次不拆，不晓得又要猴年马月才拆了，快点哦，换了衣服来接我。"不等程斐然回应，刘女士就直接把电话挂了。程斐然正左右为难，又显无奈，还是只能开车去接刘女士。

哪想刘女士上车就一副气势汹汹的样子，不及程斐然开口，就机关枪一样说："直接走高速过去，那些孃孃都在那里等到起了，我就不信了，一群老太婆搞不定，要是今天不解决，我们就不走了，我准备把厂里房子的铺盖毯子都抱过去。"程斐然踩了油门，没说话，只听刘女士继续说："还好当时我喊你去找你老汉把房子过户给你了，不然又让程国梁赚一笔。所以说，凡事听你妈我的，总不会有错。"

刚说完，电话响了，刘女士接起来："诶，徐姐啊，嗯嗯，我们在路上的，对头，肯定要多叫点人啊，雷哥那边你通知了没有啊，还有陈老师，李叔啊，对对对，我有些没得电话了，你等我找一下，嗯，好的好的，你先联系雷哥，我这边也问下陈老师,好的。"挂了电话,刘女士就开始认真地翻起通信录来。程斐然悄悄望了刘女士一眼,又听到她连续给两三个人打电话,内容大同小异,基本等于发动群众一起去"解决问题"。程斐然听刘女士已经差不多要把话术固定成一个模式了,按了播放器,放了一首歌,实在不想听。刘女士叽叽咕咕地说着话,听到周杰伦唱rap,皱了下眉,说:"声音小点。"程斐然假装没听到,刘女士长话短说,收线,看程斐然,问:"你明晓得你妈在打电话,还故意放歌。"

程斐然深深吸了口气,说:"厂头那套房子,我已经卖了。"刘女士还在翻手机,完全没听进去,一瞬间反应过来,才停下手里动作,眼如杏核,瞠目结舌,大声问:"啥子啊?!"程斐然在附近的岔路口下了道,找了一个可以拐进去的小路停车,拉了手刹,说:"房子我卖出去了,就在前几天。"

刘女士已经气到嘴角抽动,说:"恁个大的事情,你都不和你妈商量一声?前几天,我才刚刚给你说要拆,你转手就卖了,程斐然,你想干啥子?"程斐然心平气和地说:"我不是你和我说要拆才卖的,是我卖了才晓得要拆,合同已经签了。这次创业,你投的那点钱根本不够,因为不做民宿了,所以就更需要前期成本投入,我也是权衡之下,才决定把房子卖了。厂头这套房子,是你和老汉当年为了我读书凑钱买的,其实我心里一直晓得,当时张琛出事的时候,我也不是没想过把这套房子卖了,只是当时张琛不让,他喊我留到,说不到非不得已,还是等到拆迁,但是一等又是几年,厂里的房子本来不值钱,如果卖了可以把钱用在有意义的地方,我觉得我没得理由不卖啊。我晓得你一直在等那套房子卖了,可以拿钱,我也晓得当时张琛家里的事情,让你亏了不少,你从一开始就打算好了把这套房子当成是那笔钱的补偿,所以我不敢和你商量,也怕我开口了你不同意,到时候同样闹得不愉快。"

程斐然一口气把心里想说的都说完了,刘女士长长地呼了一口气,问:"今天要不是我喊你和我一起去厂头,你还打算瞒我好久?"

程斐然抿了抿嘴唇,说:"我不晓得啷个和你说,我怕我一说你就要和我吵起来,我真的不想和你再吵架了。"刘女士降下车窗,潮热的风忽而吹进来,和车内的冷风中和,她收起了手机,轻轻说:"你是不是已经和你老汉说过这个事情了?"程斐然"嗯"了一声,刘女士沉默了一小会儿,说:"所以在你心里头,永远都是你老汉比你妈值得被信任。"程斐然说:"不是!我和老汉说,只是觉得……"刘女士抢话道:"只是觉得他不会拒绝你,你妈就是母夜叉,凶神恶煞的,又不通情达理,也不体贴,不会站在你的立场去想事情。"

程斐然不说话,刘女士正脸仔细看着程斐然,轻轻笑了下,说:"呵,看嘛,你心头想啥子,你妈还不晓得唠?"刘女士惶惶然看着窗外,说:"以前你外婆在的时候,经常说我,说我这样不对,那样不好。有时候我也想说,让自己妈真正理解自己,是件好难的事情嘛,今时今日,我才真的理解你外婆当时的心情。"

刘女士拍了下程斐然面前的方向盘,说:"走嘛,开车。"程斐然问:"走哪里啊?"刘女士讲:"回家啊,房子都不是我们的了,还去闹啥子闹啊?"程斐然说:"那你刚刚都把人组起了,不去不会丢脸啊?"刘女士说:"那啷个办,你也晓得你妈要丢脸啊,不去丢脸,去了更要丢脸,那还不如不去,你就不用管我了,往回开吧。"

程斐然"哦"了一声,心里总算松了口气,刚开没两步,刘女士又问:"诶,那你卖了好多钱啊?"程斐然说:"二十多点。"刘女士说:"啊,才二十多点?哎哟,你真的是亏至唐家沱。"程斐然说:"有人买就不错了,就那个房子,挂出去都没人问。"刘女士问:"那是哪个买了啊?"程斐然说:"一个初中同学,卫子阳,你又认不到。"

是日夜里,程斐然算是彻底放松躺平。侯一帆帮她把苹果削好,喂了一块到她嘴里,程斐然说:"最近啷个好像没看到你打游戏了啊?"侯一帆说:"打啊,但是最近有点腻了,不晓得是不是年龄大了,最主要的是……"侯一帆挑着眉看了程斐然一眼,程斐然问:"最主要啥子?"程斐然还没得到答案,钟盼扬就打了个电话过来,程斐然伸手接到,问:"啷个?"钟盼扬说:"卫子阳那边你还是小心点,他妹夫一直在找张琛。"钟盼扬一说,程斐然就马上警觉起来,问:"是不是哦?"

钟盼扬讲:"反正我今天也是和璐璐聊天,听她说的,你自己心里有个底嘛。"程斐然说:"我晓得了。"挂了电话,侯一帆看程斐然表情不对,问:"啥子事情哦?"程斐然摇了摇头,说:"没啥子,削你的苹果嘛。"侯一帆一下嘴凑上来,叼起苹果喂了程斐然一口。

两天之后,程斐然和卫子阳在房管所见面,卫子阳一身运动背心,看起来像是刚刚运动完。两人在文件上签好字,交完手续费,工作人员让卫子阳回去等着就好了,房本要重新做,到时候寄给他。

出来的时候,程斐然突然站定,问:"我突然想问你件事。"卫子阳说:"好啊。"程斐然问:"你为啥子要买我的房子啊?"卫子阳轻轻咳了一声,说:"那天不是和你说了吗,正好调回厂里头,就想方便一点,另外你不是说房子要拆嘛,正好占个便宜噻。"

程斐然注意到卫子阳眼神有些躲闪,想着钟盼扬前两天和自己说的话,直言不讳地问:"你妹夫是不是也给张琛厂里投了钱?"卫子阳假装不晓得,反问了句:"投啥子钱?我不晓得啊。"程斐然说:"你要装嘛,装得像点嘛,这个事情闹恁个大,你不要说你一点都不晓得。"卫子阳一下像是被发现犯错的小娃儿,踢了下地上的石子儿,笑了下,说:"哎,人生难免遇到一些挫折嘛,很正常,我只是觉得你当初不嫁给张琛,或许就不会发生这些事情了。"

程斐然直直看着卫子阳,问:"所以你其实啥子都晓得,是吧?"卫子阳说:"我看到你都要卖房子了,想到你确实是缺钱了嘛。我妹夫的事情你就不要管了,我来搞定就是了,你先拿钱去还其他人嘛。"

程斐然这才明白卫子阳的意图,有点幼稚,又有点好笑,说:"我好久和你说我是卖房子去还债?"卫子阳一下愣了,"啊,不是唛?我看你这么急着要钱。"卫子阳一下哈哈笑起来,摸了下后脑勺。程斐然问:"诶,你不会真的是为了担心我钱不够才买那套房子的吧?"卫子阳不说话,微微抬头,天突然阴下来了,没有防备的,一下子大雨如注,卫子阳拉起程斐然就往旁边店铺屋檐下跑,还是来不及,浑身湿透。梅雨季节,水汽都是热的,程斐然的鞋子全湿透了，卫子阳彻底大笑起来。

程斐然问："你笑啥子啊？"卫子阳说："好狼狈嘛。"程斐然说："我拿钱是准备做生意。"卫子阳说："那不是很好嘛，新的开始。"他看着程斐然头发湿漉漉的，让她等一下，然后到旁边小卖部买了两包纸巾，递给程斐然，说："揩一下嘛，打湿完了。"程斐然说："我开车回去了。"卫子阳说："那也揩一下，这个天还是容易感冒，热感冒更恼火。"程斐然扯了两张纸巾，擦了下头发，说："谢谢了啊。"

卫子阳忽然说："程斐然，你还准备再结婚不哦？"程斐然像是没听清，问："啊？"卫子阳重复了一遍，说："我问你还打算再结婚不？"程斐然洒脱地笑了下，问："咹个嘛，你有想法啊？"卫子阳说："我只是觉得你可以考虑一下。"程斐然捋了捋还在滴水的头发，说："我有男朋友了。"卫子阳耸了耸肩膀，说："那就祝你幸福嘛。"说完两个人一起笑了起来。程斐然点头，卫子阳补了句："但是你分手了记得和我说哦。"程斐然说："咹个不死心啊。"卫子阳两颊泛起梨涡，在路边打车走了。

程斐然回到家，洗了澡，总算房子的事情告一段落。打开电脑，开着风扇，程斐然在好几个营销案例的网站来回切换，突然被一条创意吸引了——一个创作者用一百首诗记录下与前妻的回忆，将与回忆的情绪相关的词通过编码生成一万张图。程斐然好奇地点了进去，随便点开一张标有"心愿"的词，百分之三十三的爱意，百分之二十的精力充沛，百分之二十五的感激，百分之二十的值得，百分之二的卑微。词牌上的百分比，是这首诗当下的情绪，词牌图片的背面，需要付费九十九元才能看到。程斐然忍不住付费点开了背后，几行简单的字句写道：不要复杂的求婚，要北海道铺满厚厚的雪，或是北方冬天的盛大，镜头对焦，画面是两个温热相融的微笑，再无限拉远，逐渐变成屏幕上的两个点，这是世界唯一的两个点，被称为我们的两点。

似乎明明是和自己无关的事，但程斐然却读到了一丝共鸣的情绪。2004年还是2005年，张琛和程斐然下了晚自习回家的路上，张琛问斐然，如果有一天要结婚，会想要在哪里举行婚礼，张琛以为程斐然会说海边、岛屿、有花有湖的教堂，但最后程斐然说，想要下一场雪。重庆娃儿，极少见过雪，如果心爱的人可以带她在大雪纷飞的地方举行一次婚礼，她绝对终身难忘。大概只是无心的玩笑话，而后，两人结婚，生子，分居，离婚，似乎都没有再提过关于雪的任何事情。

程斐然轻轻地划到下面，看到那个"日子"的词，百分之十六的受伤，百分之二的疲惫，百分之十四的疏远，百分之四十七的懊悔，百分之二十一的挫败。她还是再一次忍不住点开了背后，只见写道：我会假装忘记特别的日子，比如第一次见面的时间，比如你答应和我交往的那天，但每一个漫不经心的不知道里面，都记得对应的日期。

10月24日，和你一起吃了四只蟹，你开着跳舞的音乐，你说往后的日子"我不要你太辛苦"。程斐然被一击即中，她愣在了电脑前，开始忍不住继续往后看，哥特、都铎、爱丽丝、西非的探险、太平洋的远航，把两千年历史揉到每天下班时的六点，我讲那些你不耐烦的故事，汽车、股票、世界末日，而你却选择用倾听之后的微笑，用温柔的方式融化现实。

程斐然靠在写字台上，她不晓得是凑巧还是背后到底有什么冥冥之中的缘分。2010年的10月24日，她和张琛在太湖边上吃了四只蟹，黄酒把她喝得有点微醺，她放了一首《舞娘》，在太湖船上说了一堆乱七八糟的梦话。程斐然记得，和张琛在一起的大部分日子里，张琛都在和她讲理工男自以为豪的那些东西，他们懂政治、时事，他们对地理和汽车如数家珍，那些程斐然听了就想睡觉的东西，张琛还是愿意耐心地跟她讲每个汽车品牌的价格和档次。程斐然一边抽烟一边沉思，这个词条诗歌的网站，有无数的网友留言，原来不止她一个人，会好奇地花上几百块钱翻看背后的诗。这些笨拙又没有韵律的字句，却让程斐然上头，好几首都让她的眼睛起了潮。

她从冰箱里拿出两瓶啤酒，又继续认真地往后读完了几首，这个营销的厉害是，你可以花两千块买走这首诗，它就会从网站上消失，直到所有诗歌被买走，这个网站就彻底关闭。"两千块钱一首诗，这不是抢钱吗？"程斐然自己说出来都觉得好笑，但从序号看来，确实已经有好几首被买走了，以至于程斐然现在看到的并不是全部内容。

她托着下巴望了下窗外，雨哗哗下着，她拿起手机，翻到了张琛的电话，2004年还是2005年，程斐然问："你可以给我写诗吗？"张琛的回答是："土不土嘛？"已经过去快二十年了，程斐然看着网站上的编程，心里像是摊了一堆碎玻璃碴。她还是伸手按了下去，尽管并不晓得电话接通的那一刻，她要说些啥子。程斐然听到电话那头呼呼作响的声音，是摩托飞驰的两旁，张琛吃力地问："啥子事？"程斐然突然说不出话来，不晓得是不是张琛的声音最终把那一片玻璃碴直接碾碎了，程斐然把想问的话统统咽了下去。

又听到张琛迟疑地问："你啷个了？"程斐然吸了吸鼻子，换了口气，说："你在忙就先忙嘛。"听到程斐然没事，张琛的语气也轻松了不少，又讲："你说嘛，啥子事。"程斐然看着窗外的芭蕉，说："你晓不晓得初中毕业的时候，我和扬扬还有晓棠去埋过一个盒子啊？"程斐然问完，张琛那边就没声音了，接着吱吱喳喳地响，是过隧洞信号不好了，不一会儿，张琛才说："我晓得啊，啷个突然想起这个事情哦。"程斐然有点吃惊，她想不到当年自己还把这件事和张琛说过，又问："我真的和她们一起埋了东西啊？我一点都记不到了。"张琛说："埋了，只是，都快二十年了，啷个突然想起了哦？"程斐然紧着问："那你晓得我当时埋了啥子在里面不？"张琛顿了顿，问："你真的记不到了啊？"程斐然"嗯"了一声，说："我一点印象都没得了。"张琛说："你埋了一个给你妈妈求的符。"

程斐然的手悬在那里，听张琛继续讲："你当时因为你爸妈要离婚的事情，一直心情不好，你说都是因为你，你一直很内疚。当时你就跑去菩提山，给孃孃求了一个符，你说希望离婚过后，她也还是可以幸福。"程斐然内心最后绷紧的那根弦也断了，铮的一声，和外面的雨乱成一片。张琛听到程斐然那一边沉默了下去，问："你啷个了哦？你专门打电话给我，就是问这个啊？"程斐然的手划着鼠标看着那个叫作"离开你之后我的一百种情绪"的网站，喉咙像是起了一个结，声音一下都弱了下去，程斐然"嗯"了一声，然后就再也没说了。

挂了电话，程斐然拿着烟，思绪复杂，她开了一瓶啤酒，喝了两口，打开文档，开始起草文案：我离婚了，我的女儿也离婚了，这是我们重新认识的第一百天，我们在婚姻中获得过幸福，也感受过痛苦，而这些酸甜苦辣，却成了人生中最重要的滋味。五十五岁的我，和三十岁的她，希望人生的下半场，能够重新燃起来，自燃而燃，是重庆女人。

第九章

1

站在太阳底下，程斐然打着伞帮方晓棠遮着，毒辣的太阳照得每个人汗流浃背。钟盼扬仰着头，左右比划了下，说："再左边点点！"梯子上站的两个工人左右又挪了点位置，其中一个扭头问："妹儿，快点哦，这个手举起累哦。"左边那个不出声不出气的师傅手微微抖了下，三个人的心也跟着提了一把，到时候真的扶不住，落下来了，兆头就不好了。

钟盼扬赶紧说："可以了，挂嘛。"

那块印着"当燃"两个烫金字的实木招牌就这样被挂在了村屋的大门顶上，看起来是精致，但横竖还是有点歪。

吃饭的时候，方晓棠说："歪就歪嘛，歪点说明我们赚偏财。"

从两个星期前开始，三个人不管三七二十一，就风风火火地做起来了。在今天挂牌之前，等于试运营，营销都没正式来得及做，包装盒子先设计好了，手绘的重庆市井街道，热闹的人群在路边摊吃着小吃，弯弯拐拐的山路，看起来别致又有地方特色，顶上"当燃鸡"三个字，醒目，大方，工整，有力量。方晓棠认认真真拍了两张刘女士现做的鸡，摆盘，景深，咔嚓，民宿群里先走一波，看起来，味道好得不得了，接连问："方美女转行了啊？看起来好好吃。"

本来以为只是说说，立马有人就下单要买了，连方晓棠都吓到，只说："疫情来不到重庆啊，想吃重庆的口水鸡了。"单子就是这么开始接起来了。超市那边，就先做了两盒拿过去，虽然放在超市门口特别推荐，但真正购买的人还是少。无论如何，虽然一切都没有准备好，至少开张了。最攒劲的，反而是刘女士，尽是天不亮就把程斐然喊醒了，问："有单子没得哦，走了，上山了。"

钟盼扬轻轻拍了拍程斐然："试运营差不多半个月了，每天都是恁个七七八八零星的单子，我觉得也不得行，牌子挂了，该正式上线了。"程斐然说："我也准备说，一直这么做感觉不是回事，但话说回来，单子最多的时候，我看我妈也累得够呛了，正式上线，她可能做不过来了。"钟盼扬说："正式做起来了，肯定还是要请人，还不止这个问题，关键是鸡啊，你想那天爆单的时候，鸡就不够了，你们还是逛了两三家才买齐，上次介绍那个养鸡场又远，嬢嬢又嫌别个鸡看起来不好。加上疫情期间，好多地方不准养，都封了。昨天有个老板给我打电话，说他朋友老家那边有个老头儿一直在养鸡，我打算明天就过去看下。"程斐然叹气道："仔细一想，问题还是多，而且感觉啥子都没准备好，就慌慌张张开始了。"

比起程斐然和钟盼扬，方晓棠倒没那么焦虑，瓜子嗑起，消息回起，空出手来，填快递单子，基本等到魏达来接，还是充实。以前做民宿的时候，最开心就是不用每天都要出门，有单子就接，清洁也是找嬢嬢来做。现在虽然要出门了，但是手机上和人打交道还是有趣，最近很多老客户又拉了新客户来，社群做得还不错，方晓棠相当知足。

刘女士手脚越来越快，为了赶去晚上跳舞，下午四点前所有单子全部做完，抽真空，包装袋子。快递也轻车熟路了，每天来，挨着装箱，贴单子，刘女士都要检查一遍，生怕弄错了，说："有两个海椒多要点的，记得给我把海椒分清楚哦。"快递小哥连忙应答："晓得了，刘嬢嬢真的心细。"

钟盼扬看了下这半个月的销售情况，做微商确实可以打个基础，但是线下超市那边动销却非常差。这让钟盼扬都有点疑惑，她把电脑拿到方晓棠那里，给她看了一眼，说："我觉得放超市卖这个，是不是我们思路出了问题？"程斐然走过去跟着看了下数据，说："其实我前几天就想说这个问题，就是一般在超市买我们这种口水鸡的嬢嬢，都不得买有盒子装的，太正式了，买回去像是送礼。"方晓棠"哦"了一声，点头道："恁个说确实是，我想了下，你看别个买棒棒鸡，麻辣烫的，重庆人吃东西都喜欢买了现吃，确实装到盒盒里面太正式了。"程斐然立即道："是不是嘛，我就觉得，卖到外地肯定是要包装的，但是卖给本地人，思路就完全不一样了。"钟盼扬抱着胸，思考了下，说："我倒不完全同意，啷个说诶，我们这个也不是那种泡在佐料汤汤里面那种便宜货，只能说，可能超市的顾客不是我们的受众，所以我才在思考这个问题。"

程斐然大概明白钟盼扬的意思，不愿意把这个产品拉低定位，如果真的变成快餐零食，之后再转型就很难了。刘女士已经在车里催了，程斐然只好拎了包包说："我先送我妈下去了，晚上手机群里随时联系。"这时，魏达的车也到了，方晓棠收拾了下桌子，说："走嘛，我们送你回去。"钟盼扬点点头，方晓棠接着说："晚上我正巧要和魏达去舅舅那里吃饭，见到周雪我再问下到底啥子情况，随时和你说。"

自从上次方妈妈带了一群亲戚来方晓棠家里"劝告"之后，方晓棠本来对舅舅舅妈还是有点怵，一来没有领他们的情去超市上班，二来周雪上次没怀上，自己倒怀了，弄得他们之间就更尴尬了些。和方妈妈也冷战了相当长的时间，最后还是魏达在中间当和事佬，才把这两母女摆平。

电梯到，门虚掩着，方晓棠伸手推门，大家都坐在饭桌上了，全在等他们两个，舅妈朝方晓棠肚皮望了一眼，说："双胞胎就是不一样哦，肚子看起来都圆润些。"方妈妈假装不好意思，说："那不是，我看她一天还到处跑，点都不注意。"周雪边上给方晓棠让了个位置，朝她招招手，说："姐姐，坐这边。"方晓棠原本以为只是日常吃饭，哪想到刚坐下，就听到舅妈说："晓棠，你妈妈和我说你最近又开始创业了，做得怎么样啊？"方晓棠还没落筷子，就朝着方妈妈那边盯了一眼，不以为然地说："挺好的啊，每天单子还不少。"舅妈看了方妈妈一眼，说："那天我去超市找小雪，看到你们那个鸡，就问了下店长，他说销量很一般。你晓得舅妈这个人，就是喜欢管闲事，你也不要觉得我多心，大家一家人，有啥子困难，就说出来，一屋子好解决。"

魏达插过来讲："刚开始嘛，肯定不可以一来就火爆。"方晓棠也不需要魏达帮他解释，只说："舅妈，超市那边，现在本来是试运营，有问题就及时修正，哪个做生意不是怎个的嘛。"周雪在下面轻轻扯了下她的手，摇了摇头，意思是不要管他们了。方妈妈不说话，就只顾自己喝汤。

吃过饭，舅妈本来还想找方晓棠说两句，周雪立马拉了方晓棠进屋，说有事情给她讲。

方晓棠看她满面桃花，挑眉问："今天怎个高兴，又恋爱了？"周雪立马"嘘"了一声，过去把房间门关上，说："哎呀，你唧个啥子都晓得？"方晓棠立马哈哈大笑，望向周雪："我还不晓得你！啥子样子啊？给我看下诶。"周雪说："哎呀，八字都没的一撇。"

方晓棠拉周雪坐到自己身边，说："唧个认到的啊？"周雪有点不好意思地说："认识的方法千种万种，关键是，长得好看，完全是我喜欢的类型，而且有钱，这一点也是我看重的。"方晓棠下意识地问："富二代啊？"周雪说："也不是吧，他说是他自己赚的钱，我觉得他看起来也像是有能力的那种人。"

经周雪这么简单描述，方晓棠倒好奇起来了，"被你说得怎个神，真像你说得怎个优秀，总不会还在这里等你哦，我怕是有猫腻，有没得对象啊？你不要到时候又像上次怎个。"周雪瘪了下嘴，倒是轻松地说："我又无所谓的，你又不是不晓得，我只要自己喜欢就行了，哪里管得了怎个多。"方晓棠越想越不对，说："我不信你没得他照片，快给我看看，到底是啥子鬼？"周雪别别扭扭的，方晓棠说着就去捣周雪胳肢窝，痒得她只能投降，说："好了好了，我给你看他朋友圈嘛，真的是。"

方晓棠等不及，一把抢了周雪的手机，周雪凑过去，点开对方微信，然后遮遮掩掩说："不准看聊天记录哈。"方晓棠白了一眼，说："哪个看嘛。"然后看着那个男的发的照片，戴着墨镜，坐在露天小酒馆装格调，越看越觉得熟悉，又翻两张，周雪在旁边问："是不是很帅？"方晓棠的脸立马一黑，把手机交还给周雪，说："莫和他来往了，早点断了。"周雪看方棠脸都变了，问："唧个了嘛？"方晓棠不想说，挨千刀的朱丞居然还有一个小号，每天挂网上泡妹子，竟泡到自己表妹身上来了。方晓棠直说："他结婚了，老婆也算是我们亲戚。"

周雪脸像是冰淇淋触到了火炉边，垮了一半，问："哪个哦？"方晓棠说："舅舅这边平时不唧个来往，你认不到，总之你不要惹火上身，趁早断了。"周雪心不甘情不愿地收回手机，说："有老婆也无所谓啊，各凭本事呗，我为啥子要退缩啊？"方晓棠无法接受周雪的理论，说："你简直疯了。"周雪狐疑地看了方晓棠一眼，说："往常遇到这种事情，你都不像这次怎个激动，你和罗非很熟啊？"方晓棠一时犯恶心，问："他叫罗非？"周雪说："啊，咋啦?"方晓棠已经懒得解释了,只说:"随便你吧,到时候有问题,不要来找我诉苦。"周雪听了这话彻底不高兴了,说:"你说话说半截,具体啷个情况你也不说啊。"方晓棠问:"你不会已经和他……"周雪不说话,基本默认。方晓棠只能叹气,实话实说:"他是我大学时候的男朋友,所以我比任何人都了解,可以说他简直渣得没得根根底底。"方晓棠说完,周雪眼神就更是多了几分意思,轻轻笑了笑说:"我说嘛,搞半天,还是吃醋,我就说你平常才没得恁个激动。"方晓棠气得胃痛,起身准备出去了,周雪又拉她一把,说:"你不要给我妈老汉讲啊,我现在还没想好。"方晓棠说:"我没那个空工夫。"

出了客厅,方晓棠既不想看到自己妈,也不想和舅妈多说两句,只讲自己累了,想回去睡觉。气氛直泻而下,像铅球落地,舅妈看方晓棠的脸都气歪了,多问了句:"刚刚还在笑嘻嘻的嘛,啷个一下打白撒气的哦?"

这会儿周雪推门出来,当啥子事情都没发生一样,说:"别个姐姐累了你就让她回去睡觉嘛,问东问西的,一天啥子事情都要管。"这还是周雪第一次当到这么多人面挑衅舅妈,舅妈一下张嘴道:"诶,周雪,你啥意思哦,妈妈关心一下你表姐关心错了嘛?"周雪也在气头上,说:"别个有别个自己的打算,哪个领你的情嘛。"方妈妈就像是闻到自己家厨房锅煳了一样,说:"哎呀,孕妇脾气是阴晴不定的,困了,我就跟她一起走了。"

下电梯,方妈妈直接问:"你和周雪还闹矛盾了?"方晓棠牵着魏达的手,不开腔,只顾大着肚皮往前走,魏达多少觉得不好,故意走慢点,小声说:"妈还在后头的嘛。"方晓棠说:"我难得管她。"

方妈妈终于止不住,在背后吼了一声:"方晓棠,你啥子意思?"方晓棠也索性说开:"你啥意思?心里有话不直说,非找个帮手来,下次你再啷个喊我,我都不得来了。"

方妈妈晓得自己理亏,紧着跟上,说道:"你这娃儿,别个周雪那边也帮你卖着,我们也算欠你舅舅人情了,过来吃个饭,总是要走动一下啊,总不可能两手一拍,只管利用。何况,生意不好,也是事实,你那个东西,你舅妈和我都去看了,买的人不多,还不是怕你吃亏。这个事情,是你进大头,真的做不起来,竹篮打水一场空,你最痛的嘛。"

方晓棠横竖听着难受,从小到大,方妈妈对她做事向来唱衰,她早就习惯了,但是现在不是她一个人做事,方妈妈还要来插一嘴,她就听不惯了。方晓棠给魏达说:"你送我妈回去吧,我想自己走一会儿。"方妈妈见方晓棠不给台阶下,说:"不用了,你们各人回去,我坐公交车。"说完,掉头就走了。上了车,魏达轻轻掐了下她脸,说:"哎呀,还在生气啊,妈嘛,每家都一样。"方晓棠不理,懒得听魏达在那里劝。

回了家,方晓棠卧在床上,越想越生气,一来气老妈,二来气舅妈,最主要的,还是气朱丞。她真的想一个电话打到万芳芳那里去,直接把朱丞这些下三滥的事情全部说一遍,但仔细一想,又何必嘛,别个两口子一条心,你打电话去还以为是要挑拨离间,朱丞这个人,嘴巴又麻溜,吹吹枕边风,最后等于给自己惹了一身骚,既然周雪横竖说了不听,方晓棠也不想管了。

327

2

哪料,过了两天,周雪打电话来说,喊方晓棠把那些鸡拿回去,实在卖不动,还占地方。方晓棠接到电话火冒三丈,吓了程斐然一跳,这天刚好钟盼扬不在,去找鸡肉货源去了。

程斐然看到方晓棠面颊绯红,问:"啷个了哦?"方晓棠才把去舅舅家吃饭的事情和程斐然说了一遍。程斐然听完,说:"何必嘛,怀孕就该少生气,对娃儿也不好。何况,本来线下现在就不如线上卖得好,没加防腐剂,本来也放不了多久,不如干脆收回来。"方晓棠说:"撤就撤,周雪还真以为我占了她啥子便宜一样。"刚说完,钟盼扬就从外面兴致冲冲地走进来,热得直接倒了杯水,一口灌下去,程斐然问:"怎么样?"钟盼扬歇了口气,说:"找到一家合适的,基本都符合我们的要求,我还提了两只回来,等下喊孃孃试试,看看口感。"

钟盼扬这边好歹顺利,方晓棠的气也消了些,但脸上神色还带几分愠怒。钟盼扬盯着程斐然问:"晓棠啷个了哦?"方晓棠不愿当祥林嫂,只讲:"喊斐然和你说嘛,我心累得很。鸡在哪里嘛,我提上去给孃孃。"

钟盼扬指了下门口那一大包,程斐然说正好出去抽烟,拉了钟盼扬往外走,走到院子,全盘托出。钟盼扬听完,哭笑不得,说:"这事儿就这样吧,本来也不指望她那边。"程斐然:"我也是怎个想。"钟盼扬朝里屋望了眼,说:"先关注我们自己吧,鸡如果确定了,剩下就是人手问题了,你和孃孃商量过没有,如果找人来做,她啷个想?"程斐然讲:"妈一直有点担心,外面招的人偷师,如果不全权交出去,就算我妈亲自把控口味,还是忙不过来,还得再看看。"问题当然是问题,但钟盼扬并非觉得不能解决。

半小时后,三人围桌吃鸡,刘女士这几天仔细调配过佐料后,味道更好了,刘女士也拿筷子夹了一块,说:"这个鸡确实好,刚刚过水的时候,那个鸡汤都是清亮的,没得啥子油,不像那种饲料鸡,油得不得了。"钟盼扬说:"既然孃孃都怎个说了,那我明天就过去和那个老伯把合同谈了。"程斐然"嗯"了一声,说:"我明天开车和你一路去。"

从市区往城郊开,路程倒不远,重庆的郊区,大多都是一重一重的山,下了高速,就是一条乡间道路了,穿过巷子,豁然开朗。没走好久,就看到地上有鸡来来往往在啄东西吃,多走两步,就闻得到一股鸡屎味,走了快十分钟,眼看要走拢了,程斐然突然注意到那里停了辆保时捷,"噗"笑一声调侃道:"农村的人都怎个有钱啊?还开保时捷?"钟盼扬只说:"别个生意好得很,买保时捷也正常吧。"边说边往里面走,养鸡场子确实大,一些小鸡娃簇拥着跑来跑去,到处啄米,二十来只公鸡翩翩走来,看起来都雄起起的。

钟盼扬指了下后面那两个仓库,说:"里面全是鸡,我昨天看了。"刚说完,一抬头,就看到养鸡场的陶叔跟着一个年轻男人从旁边的栅栏边走过来,后面还跟了个小姑娘,程斐然仔细一看,说:"诶,那不是孔老师的嘛!"

钟盼扬才想说,难怪门口那个保时捷怎个眼熟,那不就是孔唯的车嘛?正想着,孔唯就和陶叔一起走过来了，见是钟盼扬，打招呼道："妹儿又来买鸡了啊？"孔唯顺着陶叔打招呼，和钟盼扬点了点头："好久不见了。"陶叔一诧，回头看孔唯说："认得到嗦？"孔唯没多说，只和陶叔讲："那陶叔叔，我们就说定了，回头我把合同给你送过来。"陶叔说："要得要得。"孔唯说："那我就先不打扰了，回头有事随时电话联系。"

孔唯跟那小姑娘走了，钟盼扬一时没回得过来神，程斐然轻轻碰了她一下，说："你看神了啊？"钟盼扬才有点不好意思地说："我在想他来干啥子。"

钟盼扬走过去说："陶叔，你家的鸡肉质特别好，所以我今天来就是想看如果我们拿得多的话，可不可以给我们个批发价？我们也打算要找一个长期合作的供货商。"

陶叔笑了下，却又兀突突地叹了口气："哎，妹儿，谢谢你哦，但是我这个鸡场准备关了。"钟盼扬和程斐然都惊了一下，只问："啷个诶？听说你是这一带生意最好的了，规模也不小。"陶叔背着手，悠悠带着两人走了一圈，边走边说："这儿，勒儿①，养鸡养了二十几年了，我老婆娃儿啊都去城头了，我一忙起来了，半年见不到他们一次。我老婆都唠②我啊，说我一辈子跳不出这个乡坝坝，马上我孙孙要生了，我还是想收手享下清福了哦。"陶叔朝程斐然和钟盼扬比了"六"，说："热天一过完，我就要六十了。刚刚那个是你们朋友唉？"钟盼扬没说话，程斐然倒是接过嘴说："对头，熟人。"陶叔点头："是个大老板哦，我们这边这一片，全部要拆了，他们准备把这边改成养老度假村。"程斐然疑惑："要拆了？"

刚刚看到孔唯的时候，钟盼扬就想到了最坏的情况，但是她还是心平气和地问："那陶叔，你这些鸡仔啷个办啊？"陶叔摊摊手，说："不晓得啊，我也和旁边刘老汉说了，他接手可以，但是也做不到好久的，可惜嘞。"

长期合作估计无法实现了，好不容易找到一家肉质鲜嫩的货源，再换还真的不指定有这么好。了解情况过后，钟盼扬也没心思逗留了，催着程斐然准备走了，陶叔说："今天还买两只不嘛？给你们便宜点。"钟盼扬想了想，横竖也要买的，说："要得，恁个，陶叔，你明早帮我杀二十只，我还是昨天那个要求，三斤半，你明天可以帮我送过来不？"陶叔说："送啊？我这边怕是照顾不过来。"钟盼扬说："那我再加五只，你看如何。"陶叔也不扯来扯去了，一拍腿说："要得嘛。"

一路上，两人相顾无语。程斐然一边开车，一边盯了钟盼扬一眼，说："你和孔老师也是有缘哦，重庆恁个大，你们还有机会碰到。"钟盼扬说："莫说了，早就散了，要不是今天在这里碰到，我都已经一两个月没见他了。你说重庆大，我还觉得重庆小诶，来来去去尽是这些人。"

程斐然不多说了，张琛却在这时打电话过来，听见他问："在忙吗？"程斐然说："不忙，在开车，啷个，你说嘛。"张琛说："哦，明天是幼儿园家长日，涛涛不是快毕业了嘛，所以搞了一次亲子活动，想喊父

---

① 重庆方言：那儿。
② 重庆方言：骂。

329

母都一起参加,我就想问你明天忙不?"程斐然想了下,朝钟盼扬望了一眼,钟盼扬说:"去呗。这边反正有我们。"张琛听到钟盼扬的声音,问:"哦,扬扬也在啊?"钟盼扬就顺道和张琛打了个招呼,程斐然说:"要得,明天几点钟啊?"张琛说:"早上九点,应该一天都要在那里,我已经把假请好了。"程斐然说:"好的,我晓得了。"

挂了电话,钟盼扬手肘碰碰程斐然:"诶,两年多了诶,琛哥都没有再耍朋友。"钟盼扬这一说,程斐然的心突然紧了下,又听钟盼扬笑道:"程斐然你运气真的好,不管是张琛还是猴子,都是可以托付的人,好男人都遭你一个人遇完了。"程斐然不以为意,说:"孔老师我觉得也好啊,是你自己觉得你们谈不拢。"说着说着,话题又往自己身上扯了,钟盼扬讲:"不说了,孔老师,把我们的生意都搞黄了,好啥子好嘛!"

回到家之后,钟盼扬洗了个热水澡,换了件舒身的衣服,躺在沙发上准备休息一下,突然听到门铃响,只听门外传来熟悉的声音,说:"小扬,是我。"钟盼扬凑到猫眼看,是孔老师,打开门问:"你啷个来了啊?"孔唯有点不好意思地说:"和客户吃完饭,发现就在你家楼下,就上来看看你。"

钟盼扬看孔唯站在那里,沉默了一小会儿,孔唯突然开口说:"今天我都没想到这么巧,居然在石溪那边碰到你。"钟盼扬简单笑了下:"我也没想到啊。"孔唯说:"你是过去有事?还是……"钟盼扬说:"我们现在在创业做口水鸡,正好需要找合适的养鸡场帮我们供货原材料,只是没想到那个地方居然要拆了。"孔唯"哦"了一声,说:"那你啷个办啊?有备选的方案不?"钟盼扬耸耸肩,坦诚地说:"没得,不过总有办法嘛,再看看吧。"

孔唯点了下头,彻底笑了,钟盼扬问:"你又在笑啥子?"孔唯说:"感觉你没有怄气了,约你出来你都说忙。"钟盼扬讲:"是真的忙,开始创业了,事情都好多。"索性进屋从冰箱里拿了一盒"当燃鸡",递到孔唯手上,说:"这是我们做的,你拿回去试吃一下嘛,给点意见。"孔唯看了下盒子的设计,说:"还多精致的。要得,我差不多要回去了,需要帮忙随时和我说。"钟盼扬目送孔唯走到电梯口,心情起起伏伏,又是高兴又是落寞,自己也说不清楚其中原委。

翌日大早,程斐然送完刘女士上山,就急匆匆往幼儿园那边赶,刚刚上了高速路,电话就突然响了,侯一帆妈妈略带哭腔地问:"斐然,你这会儿有空没得哦?"程斐然快速超过一辆货车,问:"很急吗?要不我喊猴子过来找你?"侯妈妈立马打断道:"不不不,你不要和帆帆说,你要是没得空就算了。"

程斐然听着觉得怪,当妈的有事居然不找自己儿,随即倒是把车开慢了点,仔细问:"孃孃,你在哪里嘛?"侯一帆妈妈报了个地方,还是多说了句:"你要是现在忙就算了。"程斐然说:"没事,我来找你。"挂了电话,程斐然心里又是悬着了,这边是涛涛最后一次幼儿园的家长日,之前本来她就去得少,但眼下看来,侯一帆妈妈确实像有大事。

思来想去,她只好给侯一帆打了个电话,隐去侯妈妈的事情,直接问:"你今天上班忙不?"侯一帆问:"啷个?今天刚好不忙,我明天要出差,本来打算回去了。"程斐然舒了口气,说:"今天是涛涛幼儿园家长日,我本来答应张琛要过去的,现在手上突然有工作走不到,你要不然先去替我一下?"侯一帆说:"那你要不要和琛哥先说一声?"程斐然说:"我给他发个信息就行,你现在就出发嘛。"交待完事情,又给张琛发了信息,程斐然便改了导航目的地,直接往侯一帆妈妈留的地址那边开过去了。

3

车停在冰粉店门口,侯妈妈一见程斐然来了,皱起的眉头一下舒展开来,放下正在扇的扇子,说:"斐然,你终于来了。"程斐然找老板点了碗冰粉,问:"嬢嬢你啥子事情怎个急哦?"侯妈妈从包包里面扯出一张纸,然后摆到程斐然面前,说:"你还记不记得到,上次我和你说我去报了那个碳排放师的培训?"程斐然拿过那张纸仔细看了下,点点头说:"我记得到啊,当时你还说你想做点自己想做的事情,后来怎么样?"侯一帆妈妈顿然哭丧着脸,说:"我遭骗了。"

程斐然一惊:"啷个回事啊?"

侯妈妈说:"这个培训班是假的,我交了三万块钱,上完课结业的时候,根本没有结业证书。我去问了懂的人,说现在根本没得啥子碳排放师这个职业,别个只有碳排放管理师根本不是一个东西。"程斐然看着侯妈妈一副焦麻了的样子,又听她说:"那三万块钱,有一部分是我从屋头生活费里拿的,我本来想说考起了,去上班,就把钱补回去,现在我都不晓得啷个办了。"

程斐然舒了口气:"嬢嬢你有没有问清楚嘛,其他同学啷个个情况啊?培训班负责人呢?"侯妈妈脸红得额头一直出汗,用纸巾边擦边说:"负责人都联系不到了,昨天我和几个同学嬢嬢一路,还想去闹一下,结果别个办公室门都没开。这个钱肯定是要不回来了,要是帆帆爸爸晓得了,不晓得又要和我闹好久,加上他奶奶在家,到时候我怕是真的要离家出走了。"

程斐然下一句就差点说自己借钱给她了,但回头想,真的借了,到时候猴子晓得,肯定心头不安逸,但嬢嬢直接找过来,还是因为信任。就在程斐然犹豫的时候,侯妈妈倒先开口:"斐然,我今天喊你过来,不是找你借钱的啊,你莫想多了哦,我只是不晓得找哪个说。"

程斐然拍拍侯一帆妈妈的手,说:"不至于,嬢嬢,我说个想法,你看你心里啷个想,我觉得你还是和侯一帆说一下这个事情,不管啷个说,他至少还是站在你这边的嘛,叔叔也不可能完全翻脸不认人,你的出发点本来也是好的。"

侯一帆妈妈并不完全认可程斐然的想法,只是叹气:"侯一帆从小到大,向来都只听他爸爸的话,我和他说了,他肯定也是喊我要和他老汉讲的。斐然,你帮我保密嘛,钱的事情,我自己再想想办法。"

程斐然问侯妈妈接下来准备咋办,侯妈妈讲只好再看看打份零工,先凑点钱,如果斐然有好的地方介绍也和她说一声。程斐然应了下来,说一定帮她留意。

赶到幼儿园的时候,家长日已经接近尾声了。今天的亲子主题是一起做蛋糕,侯一帆和张琛基本上是手忙脚乱,还不时要被周遭奇怪的目光盯到,不过涛涛好像完全不在意，看到程斐然赶到的时候，开心地喊了一声"妈妈"。搞不清楚他们之间人物关系的大多数家长还是不觉转头去看，特别是他们这样两男一女加一子的家庭组合，直到老师说，喊涛涛跟家长带着作品上台讲解，程斐然一头雾水的，索性推了侯一帆代替自己上去。看到张琛和侯一帆有点尴尬地站到台上，涛涛却非常自信地讲起自己的创作理念，程斐然默默站在下面，倒像是一个局外人了。

涛涛说："我做的是哆啦A梦，因为哆啦A梦可以变出任何东西来，我的爸爸妈妈还有小侯叔叔都是我的哆啦A梦，但是我想有一个真正的哆啦A梦，这样我就可以让它变出很多钱来，爸爸和妈妈就不用再为了钱的事情那么辛苦了。"程斐然和张琛都愣在那里，彼此不觉看了对方一眼，老师站在台下说："涛涛妈妈，我们要拍照了，快上去。"程斐然顺势走到台上去，站在涛涛的身后，侯一帆说："那我先下去吧。"张琛拉了他一把，说："一起一起。"这时涛涛喜笑颜开地站在中间，直到闪光灯一闪，算是展示结束。

从幼儿园出来的路上，侯一帆把涛涛架在脖子上，坐马马镫。程斐然和张琛走在后面一点，张琛低头，看到侯一帆在前面逗涛涛，对程斐然说："小侯今天帮了大忙，要不是他过来，我一个人肯定管不过来，带娃儿这方面，这个没当过家长的，好像反而比我这个当家长的还能干。"

程斐然晓得张琛不是在恭维，侯一帆在带孩子这件事上，确实帮了她和张琛不少忙。张琛看程斐然突然沉默了，说："你就真的没有考虑过，和小侯好好在一起吗？当然，我也没啥子立场来问这个话，只是觉得……"

涛涛突然从前面跑过去，一下抱住张琛的大腿，说："爸爸，我想吃冰淇淋。"程斐然说："上周你不是换牙了，和你说了不能吃甜的吗？"涛涛抬头可怜巴巴地看张琛，张琛劝解道："吃一点点没事吧。"程斐然说："就你喜欢将就他。"张琛一把把涛涛抱起来，说："只有这一个儿的嘛，不将就他将就哪个？"

侯一帆站在前面，看着他们一家三口，心里情绪也是起起伏伏，舒了口气，朝着张琛和程斐然走过去，对着涛涛说："小侯叔叔去给你买，你要吃啥子味道的？"程斐然朝侯一帆挤了下眼睛，说："你也是将就他得很。"侯一帆露出几分不正经的笑，说："娃儿嘛，哪个小时候不恁个嘛。"程斐然只好妥协，让张琛和侯一帆带着涛涛往小卖部走去。

晚上回家，程斐然奖励般的亲了侯一帆一口："今天还好有你在。"侯一帆一把搂着程斐然的腰，说："就没得其他奖励啊？"程斐然踢了脚上的鞋子，伸手捂住侯一帆的嘴巴，然后说："我先去洗个澡。"进了洗手间，才彻底缓过神来，该不该和侯一帆说呢，不说，被他晓得了，两个人怕是又要吵架，但是说了，就有点对不起侯一帆的妈妈，这算是女人之间的一种承诺。

程斐然开了水龙头，往脸上浇了浇冷水，然后冷静了下。侯一帆在外面敲门，说："你洗澡连浴巾都不拿啊？"程斐然说："哦，那你递给我嘛。"微微开了个门缝，已经是一种露怯，好在侯一帆也没发现什么异样，暂且作罢。

第二天上山，程斐然一路上都有点心不在焉，钟盼扬和她说事情的时候，她还差点闯了个红灯，导致正在敷面膜的刘女士差点撞到了脸。"慢点嘛！"刘女士一手把面膜扯上去，抱怨道。

钟盼扬疑心瞧了程斐然一眼，晓得她向来开车很稳，多半心里有事。这会儿程斐然才突然开口问了句："妈，你最近是不是忙不过来哦？"刘女士用湿巾擦完脸，没反应过来，问："啊，啥子诶？"程斐然说："我在想接下来可能单子越来越多，要不要找个人来帮你。"

钟盼扬有点意外，虽然她们商量过这事，但如果程斐然心里有人选了，应该会先主动和她说。刘女士靠着后座，把面膜收拾好，说："我当然想轻松点哦，就怕别个偷学去走了哦，你这会儿刚刚起步，又不是说做起规模了，你妈我忙点就忙点嘛。"

钟盼扬没多说别的，只讲："规模起来了请人大概也来不及，提前准备也是有必要的，如果是信得过的人，倒也不至于那么担心。"刘女士说："现在有几个人心靠得住哦，我上次和斐然说要么找亲戚，现在想想，亲戚也不指定愿意来帮忙，天好热嘛，上山下山的，到哪儿点去请人哦。"

程斐然不开腔，钟盼扬也不讲话，刘女士反倒又自己在那里讲起来："累嘛肯定是累的，何况请人又要花钱。"程斐然拐个弯就到了，停了车，看到方晓棠小跑过来，说："有个人找你。"钟盼扬吃惊，问："哪个哦？"

这会儿从村屋后面走过来一个人，文质彬彬，程斐然也一眼看出是孔老师，刘女士朝三个人打望的方向看过去，问："哪个嘛？"方晓棠朝那边喊了声："孔老师，扬扬来了。"经方晓棠这么一喊，两人都有点不好意思。钟盼扬问："你啷个来了啊？"

孔唯走到面前，说："我帮你想了个办法。"程斐然清了清喉咙，说："那我们先进去了，你们慢慢说嘛。"说着就拉着刘女士和方晓棠往屋里走了，刘女士忍不住好奇问："是哪个诶？"程斐然只讲回头再和她说。

钟盼扬也不矫情，问："啥子办法？"孔唯指了指村屋后面的山头，说："我打算把这里的几个空地承包下来，然后把陶叔那边的种鸡买过来，做你的生意。"

钟盼扬下意识地"啊"了一声，以为他在开玩笑，问："你认真的唉？"孔唯说："认真啊，昨天你和我讲过后，我就在想，陶叔那边卖了几十年的鸡了，生意一直很好，要是之后那些老顾客没地方买鸡了，不是一种损失嘛。我今天上山来，一来是想看看这边的环境，二来就是想着说是不是可以把养鸡场带过来这边。"

钟盼扬虽然心里是高兴，如果那批鸡可以保住，又减少了物流成本，那当然是好事，但仔细一想，孔唯如果真的这么做了，那岂不是自己欠了他一个太大的人情。钟盼扬还是有话直说："你总不会是因为我才想搞这个的吧？你之前也不是做这个的。"

孔唯也慷慨笑道："做生意向来是随时调整方向，哪有永恒不变的生意，而且新科技农业我觉得也是一个值得投资的事情，这风景秀丽的地方，应该有这里的特色。"

钟盼扬晓得孔唯只是说客套话，直率讲："在南山上养鸡并不一定是好的投资，上山下山运输也是一个问题，如果你说不完全是因为我，我可能也没得办法相信。"

孔唯晓得钟盼扬认真，也坦诚道："其实我一直想找个机会好好和你道歉，上次也是不了解情况，随便给了你一些自以为是的建议，完全没有想过你的真实想法。

既然你真心想做这件事，我觉得帮你一把，也只是举手之劳。"

钟盼扬说："你讲得太简单了。"

孔唯说："来之前我就想好了，贸贸然和你说我做了这个决定，你肯定不得接受，但是我就是想和你做这么一笔买卖，你就说你想不想有我这个长期客户吧。"

孔唯说到这个份上了，钟盼扬自然不好再推脱。孔唯接着说："刚刚我去看了下你们的设备，目前还是太单一了，我建议你们升级一下，如果真的做起来，整个规模都有点太小了。"钟盼扬说："你说这个问题我们也晓得，但是我们现在还没有办法投入那么大的成本。"孔唯说："你需要帮忙就随时来找我，虽然说我不当老师很久了，但生意上的事情，总归比你有经验一点。"孔唯说完指了指旁边的两块地，说："我觉得这两块就很不错，我打算带陶叔来帮我看看，如果合适，这几天我就打算动工了。"钟盼扬都觉得不可思议，问："恁个快啊！"孔唯说："后疫情时代，需要一点鸡血，我觉得这是个好机会。"

送走孔唯，钟盼扬走进办公室，程斐然和方晓棠立马就凑上来了，几乎是异口同声地问："来找你和好啊？"钟盼扬说："和啥子好哦，他说要在我们旁边搞养鸡场。"方晓棠几乎是乍跳起来，说："直接在我们旁边搞养鸡场?! 孔老师可以哦，这等于是变相表白了啊！"

钟盼扬打断道："表啥子白哦，他就是觉得上次和我吵了架，想找个台阶下。这份礼太贵重了，说实话，我是不敢收，收了等于欠一个大人情。"

程斐然说："生意来往，也不算啥子人情吧。他又不是免费给我们提供鸡，赚钱了，他也有份啊，等于是双赢的生意。"

方晓棠说："你也不要有负担，欠等于是我们三个一起欠，也不是你一个人欠，大不了我们把规模搞起来，多要点鸡嘛。"方晓棠凡事都说得轻松，钟盼扬只讲："那赔了诶，也是双赔，我只是不想他掺和进来，本来也不算是特别熟。"

方晓棠说："创业开始靠啥子，靠的不就是资源嘛，孔老师等于就是那个资源，你管熟不熟啊，能用就行。"钟盼扬想了想，觉得她们说得倒也不无道理。这会儿电脑叮叮当当响，方晓棠说："我先去忙了，现在鸡的问题解决了，简直就是帮了我们一个大忙。"钟盼扬拍了拍程斐然的肩膀，示意她借一步说话。

到了院子里，钟盼扬问："你今天和孃孃突然提起请人的事情，是有人选了吗？"程斐然说："倒是有一个人，但是我也没想好。"钟盼扬问："哪个诶？"程斐然把前一天侯妈妈找她的事情原原本本说了一遍，讲完之后，才说："她正好喊我帮她留意工作，我就想说，我们这边也需要帮忙，孃孃要是过来，帮我妈一把，赚了钱，也是她应得的，刚好又帮她把这个坑填了。比起请外面的人，至少他妈妈我觉得还是信得过。"

钟盼扬倒没有反对，只是提醒程斐然："你们俩现在只是恋爱，两边家长还不算亲戚，搞得好自然好，搞得不好啊，直接影响你和侯一帆的发展，你要想好哦。"

程斐然说："你以为我没有考虑到这一点吗，就是想着这个，所以我刚刚在车上都没说，而且你看我妈那个态度，明显就是不想找人。"钟盼扬说："话说回来，缺人是事实，我们总不能卡在这个节骨眼上，与其从外面找认不到的人，不如是信得过的。要不然你先去探探侯妈妈的口风,到时候孃孃这边的工作,我跟你一起做。"

程斐然趁着侯一帆出差,干脆把侯妈妈约到了家里,开门见山说了想法。侯妈妈面露难色:"我平时做饭,侯一帆爸爸都要挑剔,真的去帮忙,我怕耽误你们的事情。"程斐然劝道:"这个你倒不用担心,主要是我妈在负责,也就是怕忙不过来,打打下手,而且一旦上手了,流程都是统一的,后续还有人,可能还要你帮忙培训。"

侯妈妈说:"斐然你真的是看得起我,从我和侯一帆他老汉结婚开始,就只有被挑剔的命,你现在还喊我去培训别个,要是遭他爸爸晓得了,肯定要笑落大牙。"程斐然深知,侯妈妈在侯一帆爸爸的阴影下长期浸染,让她逐步失去了原本的自信,一时间要找回来还是很难。程斐然伸手握住侯一帆妈妈的手,说:"孃孃,恁个嘛,我觉得我们也不要限定死了,我诶,就和我妈说,你最近也比较闲,想找点事情做,可以过来搭把手,如果合适就继续做,不合适就随时走就是了,我们也紧跟着找其他人。"

侯妈妈被程斐然多少说动了点,也是诚心诚意地说:"我那天也就随口一提,哪晓得你还恁个放在心上。"程斐然受不得这种话,只说:"孃孃,你就莫讲这些了,你回去准备一下嘛,等我们这边货源各方面都确定了,我再来问下你。"

孔唯的动作比想象中更快,他带陶叔过来看了场地过后,又找了两个工人过来询问了周期,没两天就开始正式动工了。

钟盼扬从前不了解孔唯,这段时间和孔唯慢慢走近,才意识到自己看人还是太片面了。当年孔唯选择从学校走出去,不想安于现状只是当一个高中老师,走出去,那是一切开始的第一步,看的东西多了,在谈论问题上,总会不自觉地偏向要打开自我的这个方向。但孔唯却有一个优点,就是懂得换位思考,哪怕有时候他也会有些大男子主义,但至少他会放低姿态,接受钟盼扬提出的观点。

养鸡场搭建得差不多了,陶叔很快就迁来了第一批鸡,南山上这一小片瞬间就热闹起来了,周围有两户农家还跑过来问,觉得这年头还有人跑南山上来养鸡,真的是稀奇。

回头钟盼扬和程斐然开完会,觉得之前那个脚本基本上可以用了,正好旁边是养鸡场,那就干脆让孃孃出镜,母女俩用在南山养鸡做口水鸡这件事,放到新媒体平台上去,做一波营销。程斐然本想着刘女士多半会拒绝,却不料,第二天刘女士就梳妆打扮穿着华服出现在了程斐然的车门前,又是蓬蓬头,又是垫肩连衣裙,还故意戴了个遮阳帽。

钟盼扬朝着程斐然望了一眼,程斐然立马说:"妈,我们是离婚母女再创业,你穿得像是我们要去走红毯一样,哪个信服嘛。"刘女士说:"我晓得是再创业啊,再创业也不等于我要穿得破破烂烂的嘛,我只是离婚,又不是破产!"

真正到了养鸡场的时候,刘女士一下就意识到了自己的滑稽了,当她踩着高跟鞋在一片布满鸡粪的草地上走时,几只鸡惊乍地飞来飞去,显得她像是一个走错了地方来审查的领导。程斐然故意逗趣道:"妈,等下还要拿只鸡在手上。"刘女士诧异道:"你没提前和我说要拿鸡啊,你只和我说要拍个介绍片的嘛。"程斐然说:"你不拎只鸡过来，别个啷个信服我们嘛。李子柒，我昨天发给你的，虽然别个也穿得漂亮啊，但真正是在干农活啊。"

原本是玩笑话，过来帮忙的陶叔倒是信以为真，真的左右各自一手拎了一只鸡过来，杵到刘女士面前，说："左边这只小鸡公好看，拿这只嘛。"这下程斐然才意识到自己玩笑开过了，弄得刘女士拿也不是，不拿也不是，只好一把揪过陶叔手上那只鸡，可能用力太重了，揪得那只小公鸡一下蹦了起来，咯咯咯地挣开了刘女士的手，吓得刘女士往后一退，一脚踩在了鸡粪上。请来的摄影师在旁边想笑又憋着，不知何处传来一阵狗叫，两只放出来的鸡一下子更是到处乱窜，一整个鸡飞狗跳。刘女士有点不高兴了，问："程斐然，你是不是整你妈？"

程斐然刚伸手把脚本拿过来，就看到方晓棠焦躁地小跑过来，钟盼扬连忙吼："你慢点，啥子事情恁个急嘛！"方晓棠说："哎，斐然，快点开车带我下山去下我舅舅家，出事情了。"程斐然问："啥子事情哦？"方晓棠一下把斐然拉到一边，说："万芳芳跑到我舅舅那里去了，朱丞和周雪的事情遭晓得了！现在全小区都在看热闹，要死要活的，我妈已经赶过去了！"

第十章

1

方晓棠她们赶到的时候，周雪家门口楼道已经站满人了，居委会都出动了，楼道间都是看热闹的，好不容易挤进去，看到方晓棠的妈妈还站在边上劝，说："芳芳，都是亲戚，不要闹恁个僵嘛！"万芳芳说："我今天不来，还不晓得都是亲戚作怪诶。"万芳芳的手就这么拽着周雪的衣服，已经被她扯烂了半截衣袖了，居委会的大妈抄起手说："好了好了，有啥子事情不能好好解决嘛。"

万芳芳眼看人越来越多，脾气也上来了，索性扯到周雪说："这个女人勾引我老公，现在就让大家都看下，好好看清楚！"方晓棠舅舅本来想上手拉开，万芳芳就直接大吼道："表舅，你要干啥子？你管不好你女儿在外面勾引男人，还要对我施暴唛？"

万芳芳一喊，方晓棠舅舅倒不敢动了，倒是舅妈一边气冲冲的差点要哭出来，一边说："你是不是搞错了哦！坐下来好好说嘛。"舅妈一直喊周雪说句话，周雪就是咬到嘴唇不动，不反驳也不回应。

方晓棠本来要冲上去，程斐然一下拉了她一把，说："你等一下，你现在上去帮周雪，万芳芳看到你，那还不更是火冒三丈。"钟盼扬也同意程斐然的想法："你现在又是大起个肚子，万一磕到碰到了，哪个来负这个责任？"方晓棠焦急地说："那啷个办嘛？要不然我报警算了。本来就喊周雪离那个丧门星远点，非不听我的。"程斐然说："你给朱丞打电话，喊他过来解决。"方晓棠说："你觉得这种时候，他会过来吗？那个人，巴不得躲得远远的。"钟盼扬想了下，说："要不然我上吧，晓棠你放心不？"

三个人里面，钟盼扬向来心细又靠谱，没啥子不放心的，只是也不清楚她去说什么。钟盼扬走到周雪和万芳芳面前，点了

336

下万芳芳的肩膀，说："先放了先放了，听我说句。"

万芳芳看到钟盼扬，倒是意外，问："钟盼扬，诶，你啷个在这里啊？"钟盼扬说："你先放手，大热天的，扯起好难看嘛。"万芳芳不服气地说："你都没搞清楚情况哦，这个狐狸精勾引我们家 Louis。"钟盼扬说："那你想啷个办嘛？就恁个一直堵到楼道口，要不然我帮你报警嘛？或者喊电视台过来给你录个像嘛。"

钟盼扬一说要喊警察，万芳芳就有点怂了，稍微松了松手，说："清官难断家务事，警察来了有啥子用嘛。我就是想警告一下她，说起来还是我远方表妹，不知廉耻，嘞，全栋楼都认清楚了，看清楚了，这家屋的女儿，当小三，仗到我老公有钱，想贴上去捞钱，都看清楚了噻，我也没啥子要说的了。"说着摆摆手准备下楼，这会儿舅妈倒是一把手把万芳芳拉到起了，说："你啥子，过来发疯发完了，给我们女儿泼了脏水，就想跑了唛？今天你不说清楚，走都莫走！"

舅妈也是在气头上，一下把万芳芳手揪出一条印子来。万芳芳本来已经偃旗息鼓了，看到对方妈老汉这么攒劲，也不走了，抄起手，说："我泼脏水？那你问她噻，她啷个句话都不敢说啊？"

周雪终于忍无可忍了，冲进去拿了把菜刀出来，吓得楼道间的人都往后退了一步。万芳芳也是一身冷汗都吓出来了，指着周雪问："你，你要干啥子！"周雪说："你现在就喊罗非过来，让他好好说清楚，他要是不过来，我大不了和你同归于尽，哪个都莫想活了！"万芳芳以为她疯了，问："哪个罗非？我都不晓得你在说啥子！"周雪讲："你老公，我不管他叫啥子了，今天非要他做个了断，他要和我断，我立马断了，二话不说，但如果他要和你断，你今天也莫想得意翻天地走出去。"

舅舅舅妈是真的吓到了，看到周雪拿菜刀，连忙劝她快点放下，旁边居委会的大妈说："哎哟，这个啷个得了哦，只有喊警察来了。"方晓棠实在看不下去了，说："我去给朱丞打电话，他今天不来，这个事情没完了。"方晓棠一个电话打到朱丞那里，简单说了下当下的情况，把对朱丞勾引她表妹的气，全部撒在了电话里，最后说："你现在不赶过来，我立马把你的事情全部说给万芳芳听！"

2

朱丞大概是用了他这辈子最快的速度跑到这里，周雪看到朱丞来了，眼泪一下流下来了，万芳芳也没想到，他是啷个晓得的啊？周雪看到朱丞，说："我今天就问你一句话，我们两个是哪个勾引的哪个？你就当到你老婆说给所有人听。"朱丞看到万芳芳瞪他的眼神，一句话也说不出来，万芳芳也逼着问："你说啊，未必她问你，你都哑巴了唛？"朱丞还装腔作势地用普通话说："老婆，你也不想想，我怎么会喜欢上这种疯子嘛。"

说着拉到万芳芳要走，周雪一个菜刀直接栽到他脚边，周围所有人都吓出一身冷汗，还好没有栽到人。舅舅眼疾手快，赶紧把菜刀踢到一边，心脏尖尖都要跳出来了。居委会大妈吓得脸都红了，说："好吓人，要死了！"

方晓棠撇开程斐然的手，挤开人群走过去，原本看到钟盼扬已经让万芳芳觉得奇怪了，结果方晓棠和程斐然也都来了，事情就变得不简单了。方妈妈见方晓棠来了，立马过去搀到，说："哎哟，我刚刚发信息喊你不要来了的嘛，这里乱得很，你等下出事了哪个办？"方晓棠才不管她妈的劝告，一耳光扇到朱丞脸上，说："朱丞，你要不要脸哦？"万芳芳一下拽过方晓棠的手，说："你凭啥子打我老公？！"钟盼扬指了指说："你老公，根本不是啥子外国人，他就是重庆本地的，叫朱丞，从头到尾都是他在骗你。万芳芳，你一天恁个精明，嫁了个假洋人，还不晓得。"

朱丞轻笑了下，继续用普通话说："我真的不知道你们在说什么，什么罗非，什么朱丞，你们真会给我取名字，我连中国护照都没有，我老婆和我登记结婚的时候，难道没看过我的名字吗？你们真的要帮那个女人解围，也编点好听的理由吧。"周雪听到"那个女人"四个字时，面容的愤怒也消减下去了，换而是一种失落。万芳芳这会儿站在朱丞那边，说："方晓棠，我晓得你一直嫉妒我嫁了个有钱老公，挑拨也有个度，啥子篡改身份名字都来了，你以为在演戏啊？"周雪在后面冷冷地说了句："姐，你让他们走嘛，我累了。"

周雪面如死灰地进了自己家门，朱丞见周雪也不胡搅蛮缠了，拖着万芳芳就往电梯走，只听到方晓棠说："万芳芳，你先莫急到走，我放个东西给你听。"

方晓棠打开手机，调出录音，声音放大，周围一下安静了，放的正是上次方晓棠结束营业民宿的时候，朱丞打来的那通电话，说要安排一个妹妹住到方晓棠南山的村屋里，方晓棠当时就在电话里警告了朱丞。朱丞的脸一下就黑了，方晓棠说："我现在就微信把这段录音发给你，回去慢慢听，慢慢想，人生很长，有些事情，想清楚比较重要。"万芳芳再稍多瞥了朱丞一眼，心里大概就有数了，也不说话，进了电梯，关门，走人。方晓棠长长地舒了一口气，程斐然和钟盼扬站在旁边也帮她捏了把汗。

人都走了，她们赶紧进屋去，周雪彻底锁在房间里头不出来，舅妈拍了几下门，没得反应，急得不得了，说："她要真的做啥子傻事，我才是半条命都不想要了！"

方晓棠走到周雪房间门口，说："是我，小雪，你让我进来，单独和你聊下。"房间里还是一点反应都没有，舅舅说："我直接把门撞开算了！"方晓棠赶紧劝阻，过了好一会儿，周雪靠着门说："表姐，我没得事，你们都先回去吧，我想一个人安静一下。"

舅妈拉着方晓棠，心里是不想她走，这个家，只有方晓棠的话，周雪听得进去，方晓棠要是回去了，周雪指不定绝食十天半个月都说不定。周雪在其他事情上向来没啥子主见，偏偏就是感情问题上，执拗得跟头牛一样。方晓棠隔着房门对周雪说："小雪，恁个嘛，我不进来了，你出来，我单独带你出去吃顿饭，就我们两个……"话还没说完，门开了，周雪两眼肿得跟灯泡一样，却突然平心静气地说："我真的没啥子，我又不是中学生了，你回去嘛，今天还把你累到了。"看到周雪肯开门，舅舅舅妈的心才放下来了。方晓棠说："你要不要去我那里住几天？"周雪摇了摇头，说："表姐，我那天恁个说你，你今天还要来帮我……"方晓棠说："这有啥子嘛，说到底我们还是一家人的嘛。"周雪轻轻地抱了方晓棠一下，说："我真的没得啥子，你不要操心了，我自己给我妈老汉解释就行了。"

刚到楼下，方妈妈忍不住说："我都想不到，周雪一天在外面恁个野！"程斐然和钟盼扬在旁边一句话都没说，方晓棠反驳道："不是所有事情都是你看到的样子，感情这种事情，哪个说得清楚嘛。"方妈妈说："那也不能去破坏别个家庭啊，诶，我问你啊，周雪这些年赚的钱，干不干净哦？"方晓棠最烦她这一点，说："这年头赚钱各凭本事，你说话啷个恁个难听啊？好歹她也是你侄女啊！"

方妈妈还想说啥子，介于程斐然和钟盼扬在旁边，又有点不好意思地说："哎，扬扬和斐然今天不好意思哦，让你们看到起这些事情。"钟盼扬说："没事，孃孃，都是自己人，你就莫见外了。"程斐然也补充道："晓棠大着肚子，我们肯定不可能让她自己一个人来啊，是不是嘛。"方妈妈尴尬地笑了笑，说："是，今天还多亏了你们在旁边。"

送走方妈妈，三个人坐回车里，一下都感觉身心疲惫，钟盼扬转头对方晓棠说："我才是没想到，你居然还留了个录音。"方晓棠说："不止那一条，自从之前我的民宿遭举报之后，我就一直怀疑是朱丞搞的鬼，所以他每次只要给我打电话来，我都会录音，就想着只要他透露半点坏心思，我都可以捏在手头随时反咬他一口。"钟盼扬说："还好你留一手，那个朱丞嘴巴真的厉害，啥子都能编得出来。"

三个人都围绕朱丞的那些斑斑劣迹调侃了一番后，才猛想起刘女士就这样被她们丢在了南山上。眼看天都要黑了，程斐然拿起手机，看到刘女士打来的七八通未接，晓得刘女士可能早就火冒三丈了。打电话过去才说刘女士已经自己打车回去了。程斐然深吸了一口气，说："好奇怪，我妈居然没有生气。"钟盼扬说："女人不管到了几岁，你都永远猜不透她心里的想法。"

过两天，调整好了状态，钟盼扬又重新叫来了摄影师。程斐然吸取教训，没有再穿牛仔裤和白短袖了，换了一件至少像个创业女性的职业装。刘女士端着一盆荔枝，坐在小板凳上等摄影师取景。知了吱吱呀呀地叫得人心烦，程斐然瞅着满桌的残余，说："吃多了上火。"刘女士问："还要等好久？要不然我先去把鸡做了来哦。"钟盼扬走过来说："孃孃，我们商量好了，你也不用摆拍，你就正常做你该做的工作，我们只要记录你的一天就行了。"刘女士有点失落地说："不是要拍广告的嘛？"程斐然看到刘女士花了一上午化的妆，心里偷笑，但还是安慰道："妈，别个现在网友就是喜欢看你最真实的样子，那种演出来的广告早就过时了。"刘女士看向程斐然，想着多半又是在忽悠自己，但碍于这么多人在场，也不好有过多要求，只说："那你们拍我切肉的时候，记得拍我左脸哦，我左脸小一点。"程斐然把钟盼扬拉到一边，小声地说："等下你喊那个摄影师专门帮我妈拍几个特写镜头，让她高兴一下，最后不要剪进去就行了。"钟盼扬说："要得，你也去准备一下，等下就过去拍你那部分了。"

钟盼扬和摄影师交待了两句，就听到方晓棠在下面说："扬扬，孔老师来了。"钟盼扬应声下去，见孔老师在拍蚊子，动作之好笑，问："你啷个今天又来了啊？"孔唯说："我叫了两个工人上来交接下养鸡场的事情，顺道想找你谈点事情。"钟盼扬嘴上打哈哈，问："找我谈啥子事情嘛？"

孔唯坐下，舒了口气，问："你们现在一天大概成交好多单啊？"钟盼扬心里估算了下，说："生意好的时候，一天也有三四十单，主要是孃孃手速上限也就这么多了，所以最近我们在考虑请人。"孔唯问："人力成本算过没有，毛利率估算一下。"孔唯一下认真起来，钟盼扬倒像是以前上班的时候和领导做汇报了，说："算是算了，但总归要扩大规模，不可能一直搞得像小作坊一样。"孔唯点头，钟盼扬还是没搞懂孔唯的来意，又问了下："你说找我谈事情，就是谈这个啊？"孔唯说："不是，我是想入股你们这个品牌。"孔唯开口的时候，钟盼扬突然耳鸣了一下，然后笑了："我们现在一穷二白的，钱没挣几个，孔老师莫开玩笑。"孔唯一本正经地说："我是认真的，要量产，就要请人，大笔的开支跟着上来，以你们的启动资金，真的要做到那一步，至少要一年过后，到时候风口过了，不一定还有机会。我这个人，看准一个方向，目前是有盈利空间的，刘孃孃只要把握关键的佐料，其他的事情，完全可以交给工人去做。"

孔唯越是认真，钟盼扬越是心里打鼓。孔唯接着说："这是我的一个想法，你可以回去慢慢考虑。"钟盼扬的脑壳头突然闪现出大学下乡体验生活时看到的那条横幅，上面赫目写着"做大做强"几个字。孔唯说："还有，不要喊我孔老师了，喊我孔唯就行。"钟盼扬不说话，孔唯起身，说："我先去养鸡场那边看看，你想好了，随时给我打电话。"

摄影师那边，刘女士和程斐然的镜头都拍完了，加上一些零零碎碎的空镜，素材差不多了。钟盼扬过去说："我们不要模仿李子柒，我们要有重庆本土的感觉，山城的那种山，还有地道的那种鸡，你懂我的意思嚜？"摄影师想了想，说："大概晓得吧。"钟盼扬又补充道："《风味人间》看过吧？类似那样的，烟火气要重，重在真实，还有我们这个村屋附近的环境都拍点。"程斐然收拾好，正准备过来和摄影师说，叫他上去再帮忙给刘女士多拍一组特写，结果电话就响了。

侯一帆在那边有点焦急地问："你现在忙不？"程斐然说："刚刚忙完，哪个？"侯一帆说："我老汉刚刚打电话来，说我妈遭骗钱了，具体我也没听清楚到底哪个回事，就听到我奶奶在旁边一着急，就进医院了。我要明天才回来得到，你可以去医院帮我看下不？"果然事情还是没瞒得住，程斐然应声答应道："要得，我现在就过去，哪家医院，你发给我。"侯一帆说："我等下发你，哎，不晓得我妈哪个想的，我老汉说这次遭骗了好几万。"程斐然说："这些先不要讲了，关键是解决问题。"程斐然和钟盼扬这边交待了下，然后拿了车钥匙，就往医院开。

3

下山的路上，程斐然开了电台，想着等下到了医院要怎么劝解侯一帆的妈和老汉。可一想到这个事情，程斐然心情就有点失落。电台里，男主播在读一个女听众的来信，听众是一个家庭主妇，写的也基本都是家里鸡零狗碎的事情，中国的大部分女性是不是最终都要面对一地鸡毛。程斐然想起和张琛还在一起的时候，除了难处的婆媳关系，还牵扯到张琛家里说不清道不明的利益来往，跟随张琛应酬的那些人情世故，以及张家那些奇奇怪怪的人际关系。那时候程斐然对于婚姻依旧抱有期望，想着新时代的年轻人，是可以逃脱出窠臼努力朝自己想要的生活靠近的，事后多年想来，这番幻想几近徒劳。

程斐然切换了电台的频道，终于从家常抱怨变成了流行音乐。不想结婚，并不是真的不想再生孩子，或者，不想接触新的公婆，而是，不想再变成"大家"之中斡旋的那颗棋子。时间虽然过去很久了，但程斐然还是对这样必须照料双方家庭，特别是和长辈打交道的事情感到排斥。

医院楼梯口，侯妈妈在那里接热水，看见程斐然过来，难看的脸色稍有缓和一点。程斐然走过去，轻声问："奶奶怎么样了？"侯妈妈说："还在里面躺起的，是高血压犯了。"程斐然看到那个水杯，是侯一帆爸爸的，两个人吵架，还要卑躬屈膝帮他接水，程斐然心里多少有点难受。程斐然问："你和叔叔，还好吧？"

侯妈妈表情并不轻松，只说："每天都担惊受怕遭发现了，现在真正遭发现了，心里倒是舒坦了。"程斐然点了点头，说："哦，钱的事情，我没有和侯一帆讲。"侯妈妈没说啥子，只讲这里也没得啥子事，叫程斐然不要担心。程斐然说："我跟你一起过去嘛。"

侯爸爸看到程斐然过来，原本紧绷的脸平铺了不少，伸手接过水杯，说："斐然来了啊？坐这边嘛。"程斐然摆摆手："我不坐了，侯一帆喊我来看下有没有要帮忙的地方。"侯爸爸说："麻烦你了哦。"程斐然晓得他说这话是故意保持距离，也没多说什么，只是浅浅笑了下，说："不麻烦，我正好这会儿也不是很忙，奶奶应该没得啥子事吧？"这会儿医生从里面出来了，问："哪个是黄碧穗的家属？"侯一帆爸爸走过去，说："我是他儿子。"医生说："过来签字嘛，老人家情况不是很好，今天是缓过来了，但是以后尽量不要让她受刺激，毕竟岁数大了。"

侯一帆爸爸一边答应一边往房间里走，外面又只剩下程斐然和侯妈妈站在那里了。侯妈妈说："刚刚我和他老汉就多说了两句，就遭他奶奶听到了，啥子都没听到，就听到三万块钱没了，一下子就倒下去了。"程斐然说："老人家是这样，过过苦日子，看钱看得比较重。"侯妈妈轻笑了下，说："他奶奶怕我没得本事把钱找回来，这个年头，哪个屋里还真的就缺那三万块钱嘛？"程斐然拉着侯一帆妈妈的手说："孃孃你就不要想多了。"

侯一帆爸爸让侯妈妈进去看一下，自己去办下手续。看到程斐然来了，奶奶的眼神像故意转弯一样，避开侯妈妈，直接落在程斐然身上，说："小程来了啊？"侯妈妈去帮奶奶倒了杯水，说："妈，喝点水。"奶奶也没理，只喊程斐然坐，然后拍拍她的手，说："你来了，奶奶还是很开心。"嘴角勉强浮起的微笑，又接着问了句："你和帆帆最近怎么样啊？好久把婚结了嘛，你看奶奶我身体一天不如一天了，总归还是想看到自己孙孙结婚啊。"程斐然尴尬地看了侯妈妈一眼，却又等不来啥子解围的话，侯妈妈稍微提醒地喊了一声："妈，年轻人有年轻人的打算。"奶奶毫不客气地反驳道："你又啥子都晓得了，哼，你先把你各人的事情管好。"侯妈妈不说话了，脸又沉下去，像是挂了十几公斤的秤砣，好在护士先来了，给奶奶量下了血压，确定没问题，就喊他们可以走了。

侯爸爸带奶奶先上楼，侯妈妈故意走慢几步，和程斐然悄悄说："上次你问我那件事，我回头想了想，可以试一试，现在每天在家，和他老汉只有闹矛盾，不如让自己忙一点，可能还好些。"程斐然不觉兴奋："要得，那你看这两天哪天有空，我把地址发给你，你来看一下嘛。"侯妈妈点了点头。

解决完所有事情，程斐然给侯一帆打了个电话，不经意提起："我觉得叔叔对孃孃确实有点太凶了。"说完，程斐然就有点后悔了，侯一帆的家事，她向来不过问也不评价。侯一帆说："我老汉脾气一直那样，有时候我也看不惯，但是我妈也是，向来逆来顺受，我都说过她好几次了，如果真的不开心就说出来，大不了就离婚嘛，不是还有我这个儿吗？但是我妈确实笨，老被骗，之前还被传销骗过。"听到侯一帆的语气，程斐然也有点上火，直言不讳地说："那你啷个不想一下，你妈妈做这些，也都是为了这个家啊，她还不是想多赚点钱。"侯一帆被程斐然的态度吓到了："你吃了火药啊？"程斐然熄了火，抽了口烟，说："侯一帆，你晓得我不最喜欢就是处理家里这些矛盾纠纷，但今天我也不得不多说一嘴，下午我去医院，看到你奶奶和你爸爸对孃孃那个态度，换作是我，早就甩脸走人了，但是她还是忍气吞声地帮你爸爸把事情处理了。当媳妇当到这种程度了，儿子还不能理解她，我真的觉得她也太可怜了。"侯一帆说："我觉得你现在是站在女性的立场在批斗我。"程斐然听到侯一帆略带玩笑的语气，一下就笑了，说："我没跟你开玩笑，你自己去安慰下你妈妈。"

这天下班，程斐然没有载刘女士直接回去，反倒拉到火锅店说想请她吃顿饭。刘女士一挑眉："稀奇，今天中彩票了啊？"才找位置坐下，红油锅一上，程斐然讲："妈，有个事情我想和你商量下。"刘女士心里像是早有准备："我说哈，平白无故请我吃火锅，多半就是有事情，你说嘛。"程斐然夹了一片毛肚，说："侯一帆妈妈最近想找点事情做，你这边不是正好也缺人嘛，要不，喊她过来帮忙，反正也不是外人。"

程斐然说的时候，眼睛都不敢多看刘女士一眼。刘女士攥着鸭肠，烫了下，浅笑一声："你还没嫁过去，这就不是外人了啊？"程斐然有点尴尬："你要不愿意，就算了嘛。"刘女士说："我没说我不愿意啊，关键是，别个来给我打下手，要是闹了矛盾，你啷个处啊？"程斐然说："我本来也没打算结婚，啥子处不处嘛。"

刘女士将鸭肠烫熟了，蘸了麻油，边吃边说："她要真的想来，就喊她来试一下嘛。这个事情，不复杂，说实话，找哪个都可以。但是你晓得我做菜，不喜欢别个参手插脚的，小侯妈妈来了，你还是要看下啷个协调哦。"程斐然说："肯定还是以你为主啊，我觉得不需要啥子技术含量，你们就分下工就好了。"

面子上，刘女士是答应过去了，但里子里还是多少有点顾忌，刘女士不说，程斐然也知道。刘女士以前在厂里上班的时候，虽然和同事都处得和和气气的，但是向来单打独斗，调机器，做记录，做测试，一和别个搭档，就出问题。八九十年代的工厂，一点点误差倒不至于犯下啥子大错，但是领导喜欢抓那点小问题，扭到费，刘女士又喜欢争表现，为了证明出错的人不是她，后来啥子事情都揽自己身上去做。这些事情，程斐然一直晓得。和侯妈妈处不处得来，程斐然说不准，但当下只能这么安排着。

只是没想到，侯一帆妈妈说来就来了，没有给所有人一丁点的准备时间。原本是想在会议上提出这个想法，结果现下变成了程斐然先斩后奏，关键是，程斐然从头到尾忘记和侯妈妈谈工资的事情了。

趁着侯妈妈跟着刘女士在厨房学习，钟盼扬赶紧拉到程斐然和方晓棠到院子里开小会，开门见山地问："那你打算等下给侯一帆妈妈说给她好多钱啊？"程斐然说："我完全没得概念的。"方晓棠说："和孃孃解释一下，我们现在也是创业初期，像我们这些原始员工，都是不拿钱的，看看能不能少给她点。"钟盼扬说："那也不好的，现在就算不是孃孃来，换了其他人来，也是要谈工资的，不能因为是熟人，我们就不按原则办事。"方晓棠插话道："主要是，谈钱就伤感情，我的建议就是，能省则省，毕竟我们现在确实也没赚啥子钱。"程斐然说："这个事情还是怪我，我确实应该先和孃孃说了工资再让她考虑的，怎个嘛，我先和她道个歉，然后把实际情况和她说一下，大概报一个负担得起的工资，看她能不能接受，不行的话，就算了。"钟盼扬说："如果你觉得不好说的话，我来说吧。"程斐然晓得钟盼扬好心，但是毕竟是自己做错了，只讲："还是我亲自说吧。"

商量结束，钟盼扬打开电脑，把昨天半夜摄影师改好的视频点开，说："你们看下，基本上已经按照我的想法改过了，再看下有什么想法没得？"视频里面，把南山的空灵清幽拍得相得益彰，就像真的是一对母女居住在深山之中，鸡肉的香气仿佛可以透过屏幕扑鼻而来。

方晓棠看完，说："拍得好好哦！"钟盼扬笑了下，说："喊你提建议诶，你在这里鼓掌。"程斐然又把视频拖回去看了一遍，想了想，说："我突然有个想法，之前我写的那个文案，说我和我妈那个，不如改成我和我妈的一次对谈，我觉得这样的话，可能比直接录一段独白，会更能让人看进去一些。"钟盼扬拍了拍程斐然的肩膀，说："我觉得你想法特别好！"

钟盼扬收了电脑，正襟危坐，看着她们俩，两人一看便知有事情，问："这么正经看着我们干啥子？"钟盼扬说："这个事情，必须要你们一起拿主意了。"

钟盼扬把孔唯要入资的事情从头到尾和她们说了一遍，方晓棠听完就开心地说："我觉得可以啊，反正我们缺钱，正好有个金主来。"程斐然明白钟盼扬的想法，只说："那他有没有说要入股多少？"钟盼扬摇了摇头，讲："还没有具体谈到那一步。"方晓棠有点疑惑地看了下她们两个，问："未必你们不觉得是好事啊？"程斐然扯了下方晓棠，小声说："嘖，扬扬肯定不想和孔老师有金钱来往啊，不然……"方晓棠这才明白了她们刚刚沉默的原因，只说："嘖，我觉得你们就是想得比我多，如果扬扬不喜欢孔老师，就把孔老师当成一个投资人就好了，如果扬扬喜欢孔老师，那不正好因为这个事情，变成夫妻创业嘛，更拉近了距离，我觉得也不是坏事啊。"

大概是方晓棠过于口无遮拦，把钟盼扬心里的矛盾全部摊开来讲，钟盼扬倒无话可说了，程斐然一下笑了，原本想着尴尬，这下倒觉得方晓棠思维简单，想的也没什么错。方晓棠对着钟盼扬说："我们到底还是差钱的，现在侯一帆妈妈也来了，之后可能还要继续招人，人总归要吃饭嘛，有钱进来总是好事,何况,孔老师对我们来说,还算个熟人,人品至少不得太差吧,换了不知根不知底的,我们被卖了都还不晓得。"钟盼扬望向程斐然,希望得到点见解,程斐然说:"晓棠的话虽然直白不好听,但我觉得确实还有点道理。"方晓棠得意地站起来:"你们说是不是?!"可能太激动了,一下子动到了肚子,马上"哎哟"叫了一声,两个人连忙吓得过去扶她一把,方晓棠连忙摆手,说:"没得事没得事,我缓一下就好了。"程斐然看着钟盼扬,说:"或者你心里有啥子备选方案,也可以跟我们说。"钟盼扬点点头,讲:"给我三天时间考虑。"

就在这时,突然听到刘女士在楼上厨房大叫了一声,三个人急忙往楼上跑去,只看到刘女士坐在凳子上,地上洒了一地的汤水,侯妈妈赶紧从冰箱里找了个冰袋给她手敷上,程斐然问:"啷个了嘛?"刘女士说:"刚刚端锅的时候,端错了锅,手烫麻了。"程斐然赶紧过去看了一眼,确实手掌烫起了泡,说:"要不要去医院看下哦,热天热事的,容易感染。"侯妈妈说:"倒也不用去医院,我刚刚看到你们院子里有芦荟,现在去割一片来,敷一下,回家再涂点烫伤药就好了。"钟盼扬说:"那我下去割一片。"刘女士眼巴巴地看了程斐然一眼,说:"我可能明天碰不得水了。"侯妈妈说:"没事,刘姐,你在旁边看到就是,我来动手。"程斐然这会儿乜了刘女士一眼。

晚上送侯妈妈回去的时候,到了楼下,程斐然让刘女士等会儿,然后下车和侯妈妈私下说:"嬢嬢,你等下,我和你说件事。"侯妈妈"嗯"着点了下头,问:"啥子事?"程斐然咽了下口水,说:"是恁个的,我今天才想起我都没和你谈工资的事情,你就直接开工了。"侯妈妈总是一副慈眉善目的样子,说:"要得,你说。"程斐然讲:"本来也是想你能赚点钱弥补下面的亏空,但是我确实考虑不周,因为我们也是创业刚开始,包括资金也比较紧张,所以我想听下嬢嬢你心里的预期是好多?"侯妈妈想也没想地说:"没事,斐然,开好多钱都可以,对我来说,你本来就是出于好心。"

程斐然听到侯妈妈这么说,更是不好意思开口了。见程斐然面色为难,侯妈妈说:"恁个,斐然,你们就先按提成给我好了,比例你们定,卖得多,就多给我点,卖得少,我也不能硬问你们要钱是不?"程斐然想了想,说:"要得,我觉得这样,对嬢嬢也公平,我们也把你当成是创业伙伴儿一起了。"侯妈妈拉起程斐然的手,说:"斐然,真的还是很谢谢你。"程斐然连忙道:"嬢嬢又客气了。"

回到车上,看到刘女士在耍手机,程斐然眼神在她手指间游离:"刘嬢嬢,你老实说,今天是不是故意烫伤的?"刘女士放下手机,看了程斐然一眼,说:"嘿,你这个娃儿,你妈手烫了,你还说我故意的,简直气我哦。"程斐然看着刘女士的眼睛说:"你确定不是因为侯一帆妈妈来了可以接班,你就想休息两天?"刘女士说:"我想休息直接和你说不就行了唛,还要用这个苦肉计啊?"程斐然说:"你和我说当然可以,但在侯一帆妈妈那里要说得过去啊,我还了解不你。"刘女士有点心虚,还强词夺理地说:"我又没说要请假,是你们喊我休息两天,非要我带伤工作,还不是可以。"程斐然看到刘女士躲避的眼神,就晓得没有冤枉她，只说："算了，到时候手真的感染了，多的事情都来了，你这两天就帮孃孃看下嘛，调料还是要你来弄啊，肉就全部交给孃孃嘛。"刘女士眼睛又回到手机上，等到程斐然启动车，才说："难得你还晓得体谅下你妈哦，你说养女有啥子用嘛。"程斐然翻了个白眼，一脚踩到了油门上。

4

刘女士前一天还说自己可以带伤工作，结果第二天完全成了跷脚老板，侯妈妈也抱着学习的心态，不卑不亢地，不懂就问。刘女士对任何人多少都有点防备，侯一帆妈妈问得越多，她讲得就越少，像是故意要保留三分。

程斐然看到了，觉得刘女士有点过分了，想上去说两句，钟盼扬一把把她拉住，说："你就莫去管了。"程斐然说："你看我妈，简直把别个当佣人。"钟盼扬拉着程斐然到院子，说："她们彼此之间都没起冲突，你跑过去说一顿，一来刘孃孃没得面子，以后工作积极性肯定要被影响，二来，侯一帆妈妈本来就是来实习的，说不定随时都要走。"这一说程斐然也不好再讲，只是看到刘女士在那里指挥来指挥去，心里多少有点不安逸。

中午吃饭的时候，刘女士不管不顾，坐到院子里吃饭，程斐然忍不住说："你这跷脚老板当得好哦。"刘女士讲："我还不是在帮你考察人，你以为我轻松啊。"程斐然心里翻了个白眼，转念说："妈，你这两天没得事，我们正好把视频后半段录了嘛。"刘女士没反应过来，问："又要录视频了啊？"程斐然解释道："补录一小段，我想和你做一个采访。"钟盼扬说："其实只要一点背影和录音就行了，等下就可以录。"刘女士说："哎呀，我今天衣服不好看的嘛，明天录嘛。"程斐然说："又不看到脸，就是那种摄影机在旁边，不正对到你。"刘女士说："那我衣服也不好看啊，而且我今天头发也没弄造型。"程斐然不耐烦地说："都说了不拍到你脸啊。"

亏得钟盼扬在旁边好说歹说，刘女士才同意。随后找了一处风景尚好的地方，架好相机。程斐然原本准备了好几个问题，但是一和刘女士面对面，那些违心的话一句都问不出来了。钟盼扬说："孃孃，你们就当在摆龙门阵，不要想那个摄影机就行了。"刘女士捋了捋耳边头发，正襟危坐，说："好，晓得了。"程斐然被刘女士认真的样子逗笑了，说："别个喊你自然点，你像在面试一样。"刘女士说："哎呀，话多得很，我觉得我怎个自然些。"

信号一亮，算作开始，她回过头看着刘女士已经有了皱纹的眼角，轻轻地叹了口气，问："妈，你年轻的时候，有没有想过你自己老了以后的生活哦？"听到程斐然提问，刘女士慢慢放松下来，大概实在没有看到摄像头的位置，才松弛地说："想过啊，哪个年轻的时候不会想自己的以后嘛，只是那个时候怕老，怕丑，怕变成和年轻时候不一样的样子，当时我就觉得如果自己老了，还不如去死。"程斐然突然笑了，说："那你现在诶？还这么想吗？"刘女士说："到了这个岁数了，反而是想那些年轻时候想做一直没做成的事情，我有时候觉得你们这一代人还是幸福，我们当时，女娃儿哪里敢有啥子想法哦。"程斐然问："那你觉得最大的困难是什么？"刘女士望了下头顶的树叶，好像突然陷入了某种情绪,脱离脚本之外,自然而然地问:"你会觉得婚姻失败是女人绕不过去的绊脚石吗?"程斐然突然被刘女士问懵了,说:"啊?"刘女士说:"有一句说一句,我有时候就会想,失败的婚姻对女人的影响到底有好大,算不算是浪费时间,人的大半辈子都被家庭和婚姻缠住了。"程斐然说:"浪费时间倒不至于,总归算是看到了人生的另外一种可能嘛。"钟盼扬听着她们若无其事地聊天,心里竟也起了丝丝波澜。可能很多年后的某个夏天,她还是会回忆起这个下午,树林间的两把椅子上,一对母女视若无人地聊衰老,聊理想,聊婚姻和人生境况。方晓棠慢慢从屋里走过来,看到躲在摄像机后面的钟盼扬,偷偷跟在背后,正准备开口小声问,钟盼扬一下把她嘴巴捂上,"嘘"了一声。

一个星期过后,视频终于剪完了,至少每一个人都满意,包括刘女士在内。视频出来的当天,钟盼扬用大电视把视频投放上去,原本程斐然不敢看,怕会很尴,结果没想到,五个女人坐在电视机前,看完都是一阵沉默,直到侯妈妈抽了一张纸,微微擦了下眼泪,说:"看得有点感动。"程斐然有点疑惑地转头问钟盼扬:"你觉得好吗?"钟盼扬摸了摸下巴,说:"我觉得好像差点味道。"刘女士捋了捋头发,说:"把我的脸拍得好大,摄影师真的会拍吗?我表示怀疑。"程斐然又倒回去看了一遍,说:"不得行不得行,我觉得我说话太做作了。"侯妈妈说:"我觉得多好的啊,刘姐说得好好哦。"方晓棠讲:"我的想法是,太正式了,像是《鲁豫有约》。"几个人坐在沙发上略有苦恼,要重拍,等于又要再花一道钱,效果不一定能出来,程斐然说句公道话:"毕竟我们不是演员,面对镜头,哪个可能不紧张嘛,专业的事情还是要找专业的人来做,扬扬,我觉得要不然就算了。"刘女士轻哼了一声,说:"哪个就算了啊,我觉得我说得多好的,就是人拍丑了。"程斐然说:"你就想出名。"刘女士也不狡辩,说:"换个摄影师嘛。"钟盼扬想了想说:"重拍时间可能来不及了,恁个,我重新找个厉害一点的剪辑试试。"

然而第二版第三版依旧没有让每个人满意,最后刘女士也不管了,实在管不来,每天单子多到她没有时间思考这个问题。程斐然也累了,总归不管是用什么剪辑方式,都显得她像一个路人。方晓棠倒是乐观,说:"先丢出去再说嘛,现在就是我们自己在这里否定过去否定过来的,总归要看下市场反应。"钟盼扬微微吸了下鼻子,泼了盆冷水,说:"我就怕发出去一点水花都没得,才是笑死人。"方晓棠说:"哪个会没得水花啊,我都喊我妈做好准备了,家族群,工作群,还有麻将群,全部发出去,总归有点水花哦。"

是日夜晚,所有人的心情就像是要看世上第一架飞机起飞一样紧张。虽然钟盼扬嘴上说不在意,但心里其实比任何人都害怕,这是她辞职之后谋划了这么久拿出的第一件东西,所有的同事都在看着,包括孔唯,如果最后的效果惨淡,她要做的第一件事,就是把做好的融资策划案拉进垃圾箱里。

程斐然守在手机面前,三个人的群里顿然鸦雀无声,八点五十九,之后是每一秒钟的煎熬等待。钟盼扬找了生活方式类流量最高的号,把她们所剩不多的经费投了将近三分之一进去,九点整,定点推送,接下来是长夜无声的静默,程斐然和钟盼扬每过一分钟就刷新一次，看到阅读数据，看留言评论，等待反应。九点过五分的时候，方晓棠第一个在群里说话："真的好像一点声响都没得啊，我妈老汉那边所有人都转发了，我看播放量也就涨了几十。"钟盼扬整个神经都在紧张，她窝在沙发里，划着手机上的页面进进出出，已经让她手机发烫，播放数据确实差到无法直视。之后的两三个小时里，视频就这样被更多的信息流压了下去，渐渐变成无人问津的一堆互联网数据，像是被扼住喉咙的人发不出一句声音。

第二天，钟盼扬和程斐然没精打采地回到办公室，方晓棠一看就晓得她们肯定是失眠一整夜，安慰道："哎呀，不过就是个视频个嘛，没爆就没爆……"方晓棠话还没说完，突然惊叫一声："爆了！"程斐然和钟盼扬莫名其妙地看她一眼，问："啥子爆了？"方晓棠指到电脑屏幕说："啷个恁个多人啊？"几个人顺着屏幕望过去，紧接着是近千条的社群申请信息，从一千，到一千五，到两千，方晓棠的手握着鼠标发抖，讲："扬扬，快掐我下，看是不是在做梦！"

钟盼扬拿着手机，刷回昨天那条视频，视频的播放量并没有增加多少，她疑惑地看向程斐然，程斐然说："好怪哦……"方晓棠才反应过来："不是视频过来的啊？"钟盼扬从方晓棠那里把键盘抢过来，然后问最新加进来的那个客户是从哪里知道她们的。对方说："视频网站有个视频啊，下面不是留了你们的联系方式的嘛。"钟盼扬顺着那个链接点过去，才看到网站上和她们发出的完全不一样的视频。钟盼扬问："我不记得有这个版本啊？"

视频里面把程斐然几乎全部剪掉了，单单留了刘女士那些对婚姻对爱情对创业的金句，然后做成了一个略显鬼畜的说唱视频，下面的网友全都疯狂评论起来了。程斐然把那条视频又看了一遍，完全看笑了，说："这是哪个弄得哦？"钟盼扬仔仔细细想了想，把链接发给了摄影师，问："这个是你弄的吗？"过了好一阵子，摄影师才回："钟小姐，不好意思啊，是我下面的助理剪的，他完全是剪着玩，要是影响到你们，我马上喊他删了。"钟盼扬脸微微抽搐了下，不过一个小时，社群新添加的人数，超过了两万七千多个人。钟盼扬一个电话打过去，说："不要删了，就这个视频，帮我多发几个地方，回头给你结钱。"刚说完，刘女士就在厨房打了个喷嚏，她也想不到自己有一天可能比雪姨敲门那个视频还要红。

方晓棠尖叫："我手要麻了！"随即立马抛出疑问："我们明天哪儿来这么多鸡?！"钟盼扬一个电话打到孔唯那里，激动得不知道怎么开口，只说："我要鸡！"孔唯在电话那头愣了好几秒，确认钟盼扬说的话之后，木讷地问："啥子鸡？"钟盼扬说："订单突然爆了，可能鸡不够了，能不能想点办法？"钟盼扬把那条视频发给了孔唯，孔唯才晓得到底发生了什么事。孔唯说："恁个，我问下陶叔那边还有没有多的鸡，看能不能运过来。"最后孔唯说了一句"为你高兴"，挂了电话。

这一整个下午，三个人兴奋到说不出多的话来，方晓棠忙到根本来不及回复所有人，最后看着屏幕一直跳跃的信息只能撒手。程斐然突然被刘女士叫到厨房狠狠骂了一顿，说视频里把她搞得太丑了，让程斐然想办法删掉。程斐然又不得不重新安慰她，而钟盼扬，真的是到处打电话疯狂在找鸡。

直至天黑，三个人才勉强缓过神来，钟盼扬说："勉强问陶叔那边要到一些货源，但问题是孃孃手还没好完，猴子他妈妈也不一定做得过来，现在订单排到好多了？"方晓棠说："每天限量六十只，就目前的发货量来看，已经是上限了，目前排下去，已经排到一个月的单子了。"程斐然说："六十只也不一定能做出来啊。"钟盼扬说："其实饥饿营销也是好事，但如果单子排得过长，很多人就会失去兴趣了，一周已经是极限了。"方晓棠问："那哪个办啊，哎呀，我真的没想到这个视频会恁个火。"程斐然有点哭笑不得，说："任何事情都是双刃剑，刚刚我已经接受过一波信息轰炸了，我才劝好我妈，她现在必须带伤都要做事了，不然真的可能要信誉破产。"

次日大早，孔唯在村屋门口已经等很久了，见到程斐然她们的车，迎上前走了几步。钟盼扬从车上下来，赶紧问："陶叔那边哪个说？"孔唯说："可以调过来的鸡，我都调过来了，目前应该还够，但是你们量一下子太大了，我估计撑不到好久，所以我也在想办法。"钟盼扬说："好，我这边也想想办法。"

刘女士和侯妈妈下车刚走了没两步，方晓棠突然说："哎，等等，斐然、扬扬，你们过来下。"钟盼扬和程斐然马上凑了过去，方晓棠把手机递给她们，程斐然问："哪个了？"方晓棠说："你看诶。"

手机上面，是一个客户拍的照片，说她们的鸡里面有头发，而且真空袋都漏气了，她买了两包都是这样。钟盼扬看完后，说："和她说，这两单都免单，我们单独再给她寄两包过去。"方晓棠说："我说了，但是她不干，她说她质疑我们的生产流程，要到我们这里来检查。她看了昨天我们那个视频，还转发给我，说处理不好就曝光我们。"程斐然说："她这明显是要我们赔钱吧？她本人在重庆？"方晓棠说："我查了下这个单子，确实是重庆的，我都怀疑是不是竞争对手故意的。"钟盼扬说："那就让她来。"

刘女士看到她们几个在这边迟迟不走，便折返回来，问是不是有啥子事。方晓棠口无遮拦就直说了，刘女士想也没想就说："哪个会有头发啊，不可能的，我每次都是戴着头套做的。"这会儿一下，大家都沉默了，刘女士问："查下单子，是哪天的？"方晓棠朝程斐然递了个眼神，程斐然马上就懂了，说："现在查单子也没有意义，就是先想办法解决问题。"刘女士狐疑地看了程斐然一眼，问："不是我平时做的那些单子？"钟盼扬赶紧插嘴道："孃孃，你要不然先去忙嘛，今天还有恁个多要做，这个事情我们来解决就好了。"

刘女士没多说啥子，吱了一声便走了，只是嘴里念叨了一句："我就说我做的不会有头发。"看到刘女士进了村屋，方晓棠才说："孃孃得不得跑去和猴子妈妈说哦？哎呀，我刚刚说太快了。"程斐然问："真的是猴子他妈妈做的那几单里面的啊？"方晓棠点头，说："孃孃不是这周都请假了没做嘛？刚刚我一查就看到了。"钟盼扬说："现在管不了这么多了，你就和这个人说，喊她亲自来看，免得事情闹大了。"方晓棠说："那我喊她下午就来，免得夜长梦多。"

交待完，钟盼扬才发现刚刚把孔唯晾在一边，连忙走过去，道歉道："不好意思,刚刚出了点事。"孔唯说:"没事,怎么样,解决了吗?"钟盼扬说:"不是啥子大事,今天的事情,谢谢你了哦。"孔唯说:"我发现你现在很喜欢和我道谢。"钟盼扬没看孔唯,只注意到他刚刚掐灭的烟头,问:"原来孔老师也要抽烟啊?"孔唯笑了笑,说:"等人的时候抽一根,瘾不大。"钟盼扬看到孔唯额头都是汗,想到他在这里确实等好久了,才说:"进去坐算了,外面好热。"孔唯说:"不坐了,你有啥子事情随时给我打电话嘛。"

程斐然帮方晓棠忙了好一阵子,才把前一天晚上的客户理清楚,中途上厕所的时候,刚刚撞到了侯一帆妈妈,抬眼一瞧,脸色完全不对,早上还高高兴兴的,这会儿全然沉下去了,那张脸像是被熨斗熨平了,见到程斐然,脸都是别过去的。程斐然想也不用想,肯定是刘女士把头发丝的事情说给侯妈妈听了。

那个女人是这个时候来的,三个人还没来得及抬头,就听到一个娇滴滴的女声说:"就是这里啊,看起破破烂烂的,啷个会没得头发嘛。"方晓棠听了就生气,正想冲过去说两句,钟盼扬拉了她一把,说:"应该是那个客诉,不要冲动。"但钟盼扬刚刚说完,内心就起毛了,跟在那个女生后面的人,简直让她无法冷静。陈松牵着那个女生的手,跟着推门进来,只听到那个女生转头喊他:"老公,你等下记得帮我扎起①,听到没有。"此刻,陈松刚要回应,猛一抬头,和钟盼扬面面相觑。这时,里面厨房突然"啪"的一声,像是什么东西裂开了。

---

① 重庆方言:撑腰,支持。

第十一章

1

当钟盼扬和陈松四目相接的时候,陈松心虚地把头别了过去,然后扯了扯那个女人的手,说:"我们回去嘛,也不是好大点事情,热天热事的,没得必要。"钟盼扬也想不到,陈松现在的品位已经这么差了,看那女人穿着打扮,像是进社会也不太久,但却带着几分市井婆妈气。

那女的用不可思议的眼神看了陈松一眼,问:"都到这里了,你和我说这些?"女人看了她们几个一眼,丢了个塑料袋子在桌上,说:"嘞,都是从你们这里买的鸡,自己看嘛,都臭了,那个真空袋子不是我打开的,本来就漏气。"

程斐然和方晓棠走上前来,拿起桌上的包装袋看了下,勒口边缘确实像是没有封紧,不是自己撕开的。钟盼扬目光还是落在陈松的身上,看到他唯唯诺诺的样子,反倒转向那个女人说:"首先我们肯定应该道歉,产品在运输的过程中,因为挤压、搬运或者拖拽,都可能造成密封泄气的问题,对于这一单,我们可以退还全款,然后再给你补一单,你看如何?"

女人对于钟盼扬这种不肯放低姿态的道歉颇有不屑:"就赔点钱就算了啊?"推了推旁边的陈松,说:"你讲句话嘛!"陈松怯弱地看了钟盼扬一眼,说:"哎呀,别个都赔钱给你了,就算了嘛,你反正也没吃。"陈松不说还好,这一说,那个女人更火了,直接一脚踢过去,讲:"啥子叫我没吃,那万一我就吃了诶,死了诶,哪个来帮我讨公道!"方晓棠第一次看到陈松这么怂,心里又好气又好笑。

女人说:"你们厨房在哪里,我要进去看下。"方晓棠大着肚子拦在她面前,说:"厨房连我们都不能随便进去,除非是机关部门要来检查,闲杂人等,都不能进。"女人一下来火了,说:"我不去看一眼,啷个晓得你们卫生不卫生啊。"

陈松不敢看钟盼扬,只想息事宁人,嚷了声,说:"哎呀,人有失足,马有失蹄,有失误很正常是吧。大家都不容易,一人让一步,她们说赔钱嘛,我觉得就接到起嘛。现场我们再挑两只鸡回去,差不多了。"

那女人被陈松的话气到脸都绿了,急着说:"就恁个啊?那我喊你来干啥子啊,啷个嘛,她们几个哪个是你旧相好嘛?"陈松说:"说起难听不嘛,不过就是只鸡个嘛,犯不着啊,你不是说想买那条裙子吗?我等下就去给你买,走嘛。"陈松这么说,那女人更是不好讨价还价了,最后钟盼扬还是会做人地给那个女人转了一千块钱。女人看到那个转账的时候,气鼓鼓的脸一下像漏了点气。

钟盼扬说:"这单的钱退给你们,然后剩下的钱,当我补的红包给你们,白头偕老哈。"女人不好多说,转身要走,陈松倒是挠了下头说了声:"今天不好意思啊,你也不用给这么多钱啊。"钟盼扬没说话,简单笑了一下,然后说:"找了一个管得住你的人,倒也是好事。"陈松死鸭子嘴硬,偏说:"我只是在外面给她点面子,扬扬,你不要每次看到我,都像看到仇人一样嘛。"那个女人在外面吼了他一声,他也不好多说,赶紧过去。

待陈松走了,方晓棠才说:"扬扬,我觉得你离婚真的是你人生中做得最明智的事情。"程斐然叹气笑道:"哎,重庆男人,说到底,最后都一个模样。"钟盼扬说:"无所谓了,这个人早就和我没得啥子关系了。"

原本以为这桩事情算是告一段落,钟盼扬刚刚坐下来,程斐然端着茶杯坐到她旁边,眼睛朝里面屋望了眼,轻轻说:"我妈好像把有头发的事情给孃孃说了。"钟盼扬吓了一下,问:"那猴子妈妈怎么说?"程斐然说:"刚刚我去上厕所正好撞到她,我感觉她有点不敢看我。"钟盼扬略有所思:"其实这个事情,我觉得孃孃也没做错,虽然对猴子妈妈有点残忍,但是如果有错误不指出来,下次就有可能会出现同样的问题。"程斐然做不到钟盼扬那样的铁面无私,只说:"说肯定要说,但是我觉得要分时候,看场合,这件事由我私下去说,和我妈直接点出来,效果完全不一样。我就担心孃孃心里有了想法,做事情的积极性就被打击了。我妈手烫伤这几天,全都靠她一个人,你也看到的,别个点懒都没偷。"钟盼扬说:"肯干是一回事,认清错误是一回事,我觉得不冲突,而且她们都是成年人了,吃的盐比我们吃的米多,我觉得倒也不用太担心。你晚上私下再安慰下猴子妈妈就好了,应该不会有啥子大问题。"

结果下班的时候，根本不等程斐然开口，侯妈妈却先说自己打车回去了，走得匆忙，又慌慌张张的，像是真的做了什么坏事。

刘女士收拾完出来，终于坐下来歇口气，程斐然走上去问："妈，你下午又和孃孃说了啥子？"刘女士扯了桌上两张纸巾擦了下汗，没当回事地说："我没说啥子啊，她问我啷个一直没进来，是不是出了问题。我说，没啥子事情，就是前几天的单子里面混了根头发，喊她不要多想。"程斐然眉头紧锁："我觉得你就是故意的。"刘女士也有点生气了："嘿，我喊她不要多想还喊错了哦，而且本来头发也只能是她落进去的啊，下次注意就是嘛。又不是啥子大事，人又不是机器，机器都还有故障的时候诶！"程斐然说："我真的服了，我才不信这么简单的说话逻辑你不晓得。"刘女士懒得和程斐然争，只说自己饿了，要回去吃饭了，让程斐然起身开车。程斐然也晓得和刘女士争不出个所以然来，只打算晚上回去给侯一帆妈妈打个电话，好好说下这件事。夜里回到家，程斐然还没打，侯妈妈就发了条信息过来，说想请几天假，家里有事，侯一帆爸爸让她这几天别出门，照顾奶奶。原本程斐然想多说两句，但又想着，或许对方可能真的没把这件事放在心上，多说反而显得刻意，只能按下不表。

这个假，一请就是好几天，方晓棠每天排出来的单子越来越多，刘女士一个人根本对应不过来，有几个客户实在不想等了，就把单子退掉了。钟盼扬说："要不然，你去看下猴子妈妈，问她还能不能来，要是她确实有家事来不了，我们也好赶紧请人。现在光是一个两个人可能都不行了。"

程斐然晓得刻不容缓，下午就早早下班，让刘女士忙完了打车回去，朝着侯一帆妈妈家里开去。车才刚开到一半，侯一帆就打电话过来，声音听起来不同往常，严肃地问了句："我妈最近啷个回事？"程斐然点了扬声器，不晓得侯一帆到底问的啥子事，只说："你对我恁个冲干啥子？"侯一帆在电话那头有点着急地讲："我老汉说她去你们那里帮忙了，这个事情，你啷个没给我说啊？"

程斐然想了想，确实应该和侯一帆事先讲一声。但因为前前后后，侯妈妈都希望程斐然帮忙隐瞒她的那些事情，程斐然才选择先不说，一来不晓得侯妈妈到底能不能一直做下去，二来也只是希望她能换个环境，不要胡思乱想。程斐然坦诚说："是过来帮了几天忙，我看孃孃心情不好，就喊她过来换个环境。"侯一帆平复了下自己的情绪："我老汉讲我妈从你们那里回去过后，这几天时不时就莫名其妙地哭，问她怎么了，也不说。我奶奶本来才从医院回来，她有天莫名其妙还冲我奶奶发了顿脾气，我从来没看到她恁个异常过。"听到侯一帆这么说，程斐然不觉想，到底刘女士那天下午和侯妈妈说了啥子，如果不是伤人的话，她为啥子要哭？但程斐然隐去这一出没说，只讲："我现在就是准备去你妈家看看情况，我也想晓得孃孃到底啷个了。"侯一帆说："我刚刚落地，正在等行李，你要不等我一起。"程斐然应下来，掉了头，索性往机场方向开去。

钟盼扬忙完坐下不到两分钟，就又有电话打进来，最近这段时间，声称自己是投资人的电话就像过年过节银行咨询贷款的骚扰电话一样多。钟盼扬在椅子上，头往后仰了下，手持着电话，听到电话里那句："你好，请问是当燃鸡的负责人吗？"与此同时，电脑屏幕弹出孔唯的信息：考虑得如何？钟盼扬有点放空，还在想着怎么回答孔唯，电话那头又再确认了一遍，钟盼扬才回过神来，"喂，你好。"不同于以往的本地话，这次倒是字正腔圆的普通话，她说："你好，我在网上看到你们的宣传片，觉得很有意思。我正好住在南山这边，想说可否过来拜访一下。"

钟盼扬第一次接到说想上门来拜访的电话，略有惊诧，还没想好怎么回答，只听对方说："不好意思，可能有点唐突，忘记和你自我介绍一下了，我是长虹基金的负责人，我对你们项目有点兴趣，所以想深度了解一下。"钟盼扬嘴巴哆嗦了下，问："是我知道那个长虹基金吗？"对方一下笑了，说："应该是你知道的那个。"钟盼扬捂住了电话，压抑不住自己的兴奋叫了一声。电话那头的女士说："如果方便的话，我等下就可以过来。"

钟盼扬始终有点不敢相信，挂了电话之后，快速移步到办公室里，激动地和方晓棠说："长虹基金的负责人看到了我们项目，我觉得我们可能真的走大运了。"方晓棠云里雾里地望着钟盼扬，问："长虹基金是啥子？"钟盼扬解释说："你就理解是金主吧，他们能看上的项目基本都能成。"方晓棠虽然没有钟盼扬这么兴奋，但也觉得是好事，说："等于说我们要发财了哦？"钟盼扬笑着说："发不发财还不晓得，但至少我们可以多请点人来扩大规模了。"钟盼扬回到座位上，拧开茶杯喝了口水，抬头的瞬间，孔唯的那条信息再一次映入她的眼睛。她觑着眼睛，想了想，回了句："让我再想一下。"

程斐然接到侯一帆之后，两个人第一次没有表现出往常久别重逢的亲密。侯一帆坐在副驾上，一直在给他老汉打电话，情况可能比想象中更糟糕一点。挂了电话之后，程斐然问："叔叔啷个说？"侯一帆叹了口气："我妈这两天基本没怎么吃饭，也不啷个说话。往常可能已经吵起来了，我妈这次纯粹不接话，晚上也不出门散步了，很早就睡了。你可以和我说一下，她到底啷个了嘛？"

程斐然想了想，说："我不晓得嬢嬢具体啷个了，她在这边做事的时候，犯了点小错误，但是没有人怪她，可能她心里会有点落差，但应该不至于这个样子啊。"侯一帆问："她啷个会想起到你们那里去帮忙，我一直没想通。"

程斐然不想把单独和侯妈妈聊天的内容告诉给他，只旁敲侧击地说："可能嬢嬢在屋头太孤独了吧，长期在家里呆久了不出门，心情也不好。"

开了门，侯一帆妈妈正在端菜上桌，见到程斐然过来，脸上略过了一丝不安，但很快掩盖过去，没有像往常一样热情地打招呼，就直接进厨房了。

程斐然想着侯一帆妈妈多半还是在意刘女士那天唐突的指责，想到自己不请自来也有点过于尴尬，但还是跟着侯一帆进了屋。

程斐然看着侯妈妈一个人在厨房忙里忙外，起身到厨房去帮忙。侯妈妈回头看到程斐然过来，洗碗的手一下拿滑了，晃荡摔在池子里。程斐然明显感觉到她身子颤了一下，转而就听到侯一帆爸爸在客厅吼了一声："拿稳嘛，不晓得脑壳拿来是做啥子的。"

程斐然的脸一下像是被针扎了下，红了一小片，好像侯一帆爸爸指责的不是侯妈妈，而是她。程斐然走上去，轻声说："孃孃，我来帮你。"侯一帆妈妈匆匆把碗洗了，二话不说，全部端了出去。侯一帆和奶奶不知道在说什么，侯一帆爸爸的嘴一直没有停下来，程斐然看着觉得很恍惚，好像自己是置身在这个环境之外的人。侯一帆爸爸的嘴，像是可以三天三夜不休不止地念叨，侯妈妈好像任何一个动作步骤都是错的。碗在那里安静地放着，她在旁边分发筷子。侯一帆爸爸皱着眉，说："不是给你讲了，消毒柜的筷子不要再洗了唉，沾了生水，等于白消毒了。点都不长记性。"

这或许就是侯家日常的一个片段，儿子和奶奶在享受天伦之乐，而丈夫和妻子却因为一点鸡毛蒜皮的小事横亘其中。程斐然眼睁睁地看着那一瞬间的发生，后颈的冷汗，如芒在背，耳边一阵轰鸣，势如破竹——侯妈妈就这样把整个桌子掀翻了，刚刚做好还冒着热气的饭菜全部洒落在地上，摧枯拉朽一阵巨响，汤汁、麻椒、肉片，七零八碎的碗筷，倾倒的餐桌。所有人目瞪口呆地看着这一切，一刻的倾倒，一下鸦雀无声。侯妈妈指着侯一帆爸爸说："几十年了，我在你眼里头，反正做啥子都是错，我是你们侯家的佣人吗？从结婚到现在，我每天在厨房忙东忙西，你过来帮过一次忙没有？张起嘴巴，念念念念，再念啊！"程斐然看到侯一帆爸爸脸上的青筋，一个茶杯朝侯一帆妈妈脸上扔过去，"啪"的一声，打歪了，在墙上击得粉碎。奶奶说："吵啥子？你们又在发啥子神经？娃儿好难得回来吃一次饭。"程斐然朝侯一帆望过去，但侯一帆却没有看她，连忙过去护住侯妈妈。他老汉起身，指着侯妈妈说："你今天是要造反？！"侯妈妈大吼了一声，把电视柜旁边的东西全部掀到了地上，拿起侯一帆爸爸的紫砂壶就砸，侯一帆赶紧上去抱住，喊道："妈，冷静点！"侯妈妈一边大哭，一边大叫，只听到他老汉说："疯了疯了，老子婆娘疯了。侯一帆！你现在马上打电话，喊精神病医院把她拉起走。"奶奶在旁边气得跺脚，跟着哭起来，说："哎哟，造孽哦，砸，砸，砸，全部砸烂完，这个家还要不要了嘛。"

后来的事情，程斐然相当恍惚，侯一帆是哪个把他妈妈带回房间的，又是哪个人把乱七八糟的东西收拾干净的，以及他和他一家人说了些什么，侯一帆奶奶气到又吃了好几颗降血压的药。程斐然就像是喝多了断片一样，只能记住一些零零碎碎的片段。

最后回到车上的时候，侯一帆让程斐然先走，他想和他爸妈好好聊聊。程斐然点头答应，放了好一阵纯音乐，才让自己的情绪安稳下来。钟盼扬这时发信息来问她和侯一帆妈妈商量得如何，程斐然只说："晚上慢慢说，这会儿不是简单的来不来上班的事情了。"

2

曾然递了张名片给钟盼扬——长虹基金的金牌投资人，开口便说："不用太客气，简单聊聊就好。"曾然用余光打量了一下她们的村屋，偌大的办公区里，只有方晓棠一个人在对订单，里间的厨房不时传来刘女士剁鸡的声响。曾然用很标准的普通话说："还是挺有烟火气的。"钟盼扬心里始终紧张，虽然她们把这里布置得足够精致，但人少就显得萧条，像是某些随时都会卷钱跑路的皮包公司。

钟盼扬说："我们才刚刚开始，目前很多东西还没有完全落实。"曾然说："我想见见那个妈妈，视频里那个。"钟盼扬说："等一下，我去喊她。"钟盼扬急匆匆走进去，刘女士正在戴着手套撕鸡皮。她朝着刘女士喊了一声："孃孃，你过来我和你说。"刘女士不明所以地跟到钟盼扬旁边，问："啥子事？"钟盼扬指了下窗户外面，说："有个投资人过来，想投我们的项目，她想找你。"刘女士诧异道："找我干啥子？哎哟，莫不是骗子哦？"钟盼扬说："看着不像，多认真的。"刘女士擦了擦手，说："我说啥子啊，得不得把别个得罪了哦？"钟盼扬说："不得，我觉得她可能是想找你谈心。"刘女士狐疑地问了句："谈心？"

不一会儿，刘女士就解了围裙慢慢走出来了。曾然很礼貌地想要和她握手，但是刘女士却缩手说："手上都是油。"曾然不以为忤，还是握了手，然后说："我喜欢你在视频里的每一句话，我想专程和你聊聊。"刘女士不敢相信地指了下自己，"我？哎哟，我都是打胡乱说的。"曾然说："乱说也说得很好，实不相瞒，我最近刚刚结束了长达十年的婚姻。在我看到你和你女儿对谈那个视频的时候，我觉得简直就像是专程对我说的，虽然我晓得你们多半有脚本，但是我还是真心被打动了。"

夸刘女士做菜做得好也就算了，这样当面夸她会说话还是第一次。钟盼扬也不好多插嘴，便退到一边，只听到曾然继续说："我觉得女人真的不容易，到最后其实哪个都靠不了了，只有靠自己。看到你和你女儿重新出来创业，我真的心头一燃。我妈妈是重庆人，但是我从小在浙江那边长大，妈妈很早去世了。我以前就很佩服重庆女人，就是骨子里有股劲。"刘女士说："对头，女人只有靠自己，哪里靠得住别个哦。妹子，我和你说，离婚没得啥子，反而是给自己一次重新开始的机会，而且又不是说你结束了一段婚姻，就不可以开始下一段婚姻了，年头不一样了，女性自主选择机会多了。"

钟盼扬原本以为投资人真的看上她们的项目了，结果聊天内容越来越偏，彻底变成了聊家常。刘女士也是热情，像一个过来人一样，妙语连珠地说自己的感想，对方听得频频点头。钟盼扬瞬间觉得自己有点多余，直到刘女士说："诶，大妹子，你要不要吃点我们的鸡，最近卖得好惨了。我给你现做一份，你就在这里尝尝。"

说着，刘女士也不顾对方答应没答应，就往里屋走了。钟盼扬露出几分尴尬的微笑，曾然看她，也笑了笑，说："你们怎么没想着做堂食呢？我看你们这里打造得很美，完全可以做成网红餐厅。"钟盼扬说："我们不做堂食，就是因为考虑疫情的情况，做网红餐厅也不一定是长久之计，最后可能拍照的人比吃饭的人多。"曾然问："那你们有没有想过，长期只有一个产品，可能消费者也会腻味，你们有后续更新的产品吗？"钟盼扬说："产品是肯定要更新的，但目前来说，这是我们的招牌，我们以这个起家，也会把这个产品继续做下去。"刘女士端着一盘鸡匆匆过来，给曾然拿了双筷子，说："来，试一下，看看味道如何？"曾然夹了一块，试了下味道，过了好几秒，非常满意地笑了，说："这个味道，好特别，和我以往吃的口水鸡都不太一样。"

钟盼扬朝刘女士打了个眼色，曾然又夹了一块，像是细细地在尝到底里面加了什么，想来想去，最后作罢，只说："看也看了，吃了吃了，聊也聊完了，我对你们项目还是挺看好的。不过我有个想法，如果我要投，我想改个名字，当燃鸡，有点太没有辨识度了。"她看了钟盼扬一眼，笑着说："你挺有想法的，我回头要单独和你聊聊。"她看了下手表，说："我晚上还有点事，就不多呆了，随时保持联系。"

曾然走后，刘女士有点木然地看着钟盼扬，问："她是看起了还是没看起哦？"钟盼扬心里琢磨了下，对刘女士说："没事，我觉得她心里还是感兴趣的。"这话当然是安慰刘女士，回想曾然模棱两可的态度，钟盼扬心里多少还是有点失落。

当晚，侯一帆没有回家，程斐然出于关心还是给他打了个电话。侯一帆只是简单说了两句，喊她不要担心，就挂掉了。后续发生了什么，程斐然仿佛无权过问了。念及两人相处的初衷，她也不希望自己过问太多对方家庭的事情。直至睡前，侯一帆才发来一条信息，说他把他妈妈带到了自己那边住，打算这几天带她去看下心理医生，就暂时先不回来了。程斐然以为只是一次爆发性事件，却没想到要到看心理医生的地步。程斐然心里有千句话呼之欲出，但想到不应在这个时候添乱，也只是下意识地说："我陪你一起嘛。"侯一帆却没什么心思，讲："你最近不是忙嘛，你先忙工作嘛，应该也不是啥子大事。"程斐然想了想，说："那好嘛，有啥子事情，你随时和我说。"

之后数天，程斐然每天都在跟着刘女士面试。招工这件事，刘女士私下颇有微词，对于侯妈妈不再来上班这件事，她不止嘀咕了一次："她不来了，搞得像是我的错一样。我现在都不敢请人了，未必遇到问题，我还一句话都说不得了。"

程斐然晓得刘女士是气话，该说她肯定还是会说，就她那性子，管得住自己的嘴才怪了。程斐然也只是安慰道："那你不请人，就一个人累死累活嘛，产量上不去，我们最后还不是赔钱。"

刘女士不说话了，间歇来了好些人，没一个看得上眼的，中间不乏好几个奇葩嬢嬢，有个简历看来是在菲佣培训机构拿过证的，程斐然还好奇她干啥子不去有钱人家当月嫂，就听她说："我不喜欢打扫房间啊，我就喜欢做菜，你以为那些有钱人家里当月嫂很轻松啊？啥子事都要做干净，我本来有洁癖，遛狗喂猫我都不得行，看到猫砂我都要打干呕，我就做菜好吃啊，我看你们这个合适。"

有个嬢嬢，说自己会杀鸡，随手逮了只鸡，表演给她们看，结果抹鸡脖子的时候没拿稳，血飙出来，整个院子弄得到处都是血，鸡还没死，开始到处乱跳。刘女士站在旁边一言不语，主要是血溅到了她的裙子上。

见了十来个嬢嬢过后，刘女士只能打脑壳，这年头，请到靠谱的人实在不容易。程斐然揶揄一句："现在晓得侯一帆他妈妈好了噻，别个任劳任怨的，做事也麻利。"方晓棠说："有一说一，嬢嬢不在的时候，猴子妈妈确实顶了半边天。"刘女士打白撒气地说："那啷个办嘛，别个现在不来了的嘛，要不然就请临时工，找人先来做到起。"

刚提这嘴，侯一帆就打电话过来，程斐然接起来，听到那边声音有点沉重："你现在方便不？"程斐然讲："你说。"侯一帆顿了下，像是转了个步，背过身去，说："我妈情况比我想象中恼火得多。"程斐然心一紧，连问："具体怎么回事？"侯一帆呼了口气，讲："医生说我妈有重度抑郁，加上早发性的阿尔茨海默病，而且……"侯一帆像是把后面半句吞下去了，过了很久才吐出来："医生说我妈有轻生的想法。"

程斐然说："你有没有想过孃孃这个病，和叔叔有很大关系？"

侯一帆说："我也想到了，我在的时候还能劝几句，但我也不可能一直在他们身边。几年前，我就建议我妈老汉离婚，当时他们之间已经很多矛盾了，但是我妈还是忍过来了，如果当时他们分开了，可能她现在也不至于这样。要我老汉改变态度，太难了，他五六十岁的人了，秉性早都定了。我刚刚和我老汉打电话说这个事情，他说现在动不动就说抑郁症，他们那个年代，从来没听过这些，说我妈就是装的，不想照顾奶奶。我也是不晓得啷个和他说。"

程斐然知道，很多健康的人对于抑郁症向来无法感同身受，但侯一帆爸爸说这番话，也实在太自私了。这段时间对侯妈妈的了解让她不得不说："侯一帆，我觉得今天这个结果，和你也有很大的关系，你想过没有？"侯一帆觉得诧异，想辩驳点什么，结果却说："我妈过来了，我先不和你说了，晚点再跟你讲。"

挂了电话，刘女士注意到女儿脸上神情凝重，便问："哪个打的电话来，啷个了？"程斐然暂时不想把侯一帆家的私事说给这么多人听，摇了头，说："没啥子事。"刘女士当然不信，但看程斐然不想说，也就不问了。

这天晚上，程斐然陪着刘女士加班，包完最后一包，彻底累瘫，在椅子上歇了好一会儿。程斐然准备去发动车，刘女士说："不急到走，陪我在旁边逛一下，我累了一天了，想走走。"

自从开始创业过后，母女俩确实极少有这样独处的时间散步了。刘女士挽着程斐然手，夏日晚风，池塘蛙鸣，两人走了好长一段路。程斐然问："你是不是有话和我说？"刘女士低沉走了几步，小心翼翼地问："小侯他妈妈是不是在生我的气，故意不来？"程斐然说："没有，你想多了。"刘女士不信："那她啷个不来？要真的说家里有事，我也是不信。"

程斐然没说话，借着路灯灯光看了下刘女士的耳发，说："妈，你都有白头发了。"刘女士有点紧张地摸了摸耳发上面，说："又有了啊？哎呀，人老了诶，真的没得办法，特别是女人，最后都要变成老太婆，想想就没得意思。"

程斐然伸手去帮刘女士拔，一边轻声说："侯一帆她妈妈生病了。"

刘女士微微颤抖了下，不晓得是程斐然用力了点，还是她听到这个事情的本能反应，只问："那是啥子病啊，很严重啊？"程斐然把拔掉的头发丢掉，然后挽着刘女士，说："重度抑郁症，还伴有早发性阿尔茨海默病。"刘女士皱了皱眉，问："阿尔茨海默病，不就是那个老年痴呆的嘛？早发性啥意思？"程斐然说："简单说，一般都是六十多岁之后才可能患这个病，但可能因为重度抑郁，激发了这个病更早地出现了。"

刘女士长长叹了口气，"哎呀，造孽哦，我就是说，她做事情还是利索，就是经常搞忘一些东西。我本来以为是人老了记性不好，现在想来还真不是恁个简单。"程斐然说："如果是我遇到这个事情，我也不晓得啷个办。"

刘女士"呸"了一声，说："你妈我身体好得很。"说完又问道："那会不会她以后跟电视里演的那样，出去找不到回家的路啊？"程斐然说："这些都说不定，侯一帆说，她还和医生透露了轻生的想法。"刘女士也吓了一跳："啷个恁个严重啊？我看她平时还是多正常的啊，和我吹牛这些都没感觉她消极啊。"

刘女士也不问了，在她这辈子的人生经历里，离抑郁症最近的一次，就是班组里有个大姐声称自己有抑郁症，后来跳楼了。那是九七年还是九八年，整个厂区都报道了那条新闻，早上还在上班，和大家有说有笑的，晚上回家就从九楼跳下来了，一点征兆都没有。

晚上回去的路上，刘女士突然说："明天我想请一天假。"程斐然说："看到人手都不够……"刘女士懒得解释，说："我后天给你们补回来，明天我有事。"程斐然没好气地说："啥子事嘛？"刘女士也有点不耐烦了，说："哎呀，你妈还不能有点自己的事情了哦？给你说了有事就是有事嘛。"刘女士一点也不肯透露，程斐然也就没问了，只能气鼓鼓地答应她。

3

送完刘女士，程斐然把车停在侯一帆楼下。侯一帆正好在阳台抽烟，看到她的车，一个电话打了过来，问："来了啷个不上来啊？"程斐然抬头朝阳台那里望了下，然后下车，说："结果你看到我了嗦。"侯一帆笑了笑，像是恢复了不少元气，说："其他人的车看不到，你的车倒是一眼都看到了。"程斐然说："你现在方便吗？"侯一帆说："我妈睡了，要不然我下来找你嘛。"

程斐然没等两分钟，侯一帆套了件衬衫就跑下来了，程斐然说："下个楼还要耍帅，不热啊？"侯一帆说："不热啊，走嘛，去买杯奶茶。"程斐然看侯一帆脸上已经没有那种烦恼的表情了，不晓得他是已经调整过来了，还是只是伪装。程斐然选了一杯不甜的果茶，然后问他："嬢嬢的事情……"侯一帆又打断她，对老板说："我要去冰，糖也要最少。"然后和程斐然移步到边上，给其他人让路。

侯一帆有一种没太当回事的样子，说："我妈的事情，你就不用担心了，我自己会解决。"程斐然说："其实之前嬢嬢……"侯一帆不等程斐然说完，直接打断道："斐然，就像以前你说的那样，我们就只管我们自己的事情，我不想我家里那些乱七八糟的事情打扰你。昨天让你看到那出戏，我都觉得很丢脸，算了，不说他们了。"

程斐然有点生气地说："侯一帆，你为啥子要说嬢嬢是发疯啊？你可能根本就不了解她！"侯一帆看着激动的程斐然，没再多说。奶茶老板说他们的奶茶好了，程斐然气鼓鼓地过去拎过来，突然也不是很想喝了，把果茶丢给侯一帆。

侯一帆拎着果茶跟在程斐然后面，程斐然又往前快走了两步，侯一帆才喊了她一声："你等一下。"侯一帆把果茶插好吸管递给她，说："先把果茶喝了，等心情凉下来，再说。"

两个人不知不觉走到了滨江路上，侯一帆找了个路边的休闲凳坐下，拍了拍旁边的空位示意她过来，说："其实我是怪我

357

自己。今天在医院的时候，医生让我妈做简单的思维训练，那种连小学生都可以反应过来的东西，我妈做了两个多小时，才勉强做完。你知道她出来之后对我说啥子？她说那些东西恁个难，她哪里会嘛。我站在旁边，突然觉得很心痛。不是我不想和你说，其实是我自己都不晓得咹个办了。"侯一帆把头沉下去，江风吹在他的衬衫上，侯一帆看起来比实际年龄更小一些，像是生活的重担全部压在他身上一样，直不起腰来。

程斐然坐到他旁边，拉起他的手，侯一帆摇了摇头，声音一下有点哑："我妈总不可能一直住在我这里，我老汉下午还喊我让我妈回去，说只要把奶奶照顾好，就既往不咎。都这样了，他还是没理解我妈到底病得有多严重。"程斐然给了侯一帆一个拥抱，说："我陪你。"侯一帆轻轻脱离了程斐然的拥抱，说："我不想让你也心烦，谈个恋爱，不至于要去为对方家庭承担啥子。"程斐然摇了摇头，说："不是帮你，是帮孃孃，这是我们女人之间的事情，你不要管了。"

钟盼扬刚刚从楼下小卖部买了两盒酸奶，准备往楼上走，突然听到一声喇叭响，孔唯降下车窗，朝钟盼扬挥了挥手。钟盼扬也晓得躲无可躲，就此大大方方走过去，喊了一声"孔老师"。

孔唯下了车，伸过手来，说："恭喜你。"钟盼扬还没懂，只能愣生生把手伸过去握住："恭喜我啥子？"孔唯说："我把你们那条视频转给长虹基金的曾总看了，她很喜欢。"

这时钟盼扬才觉得自己有点像个小丑，心里以为孔唯是追着过来要想入股投资的，结果曾然竟是孔唯这边搭的桥。钟盼扬不好意思地说："结果是孔老师帮忙。"

孔唯说："我和曾总是很好的朋友，说实话，原本我是打算自己来投的，但我看你似乎有所犹豫，我实在不想你们这么小打小闹，太可惜了。"

钟盼扬说："我不是犹豫……"孔唯打断说："我晓得。"钟盼扬讲："不不，你不晓得，孔老师，对于你伸出橄榄枝，我本身是有压力的，我不想到时候我们弄得连朋友都做不成。你帮我们把养鸡场迁到南山的时候，我已经很感激了，欠你的人情已经够多了。"

孔唯拍拍钟盼扬的肩膀，说："我晓得。"

钟盼扬继续讲："你不晓得，孔老师，我喊你孔老师的时候，实质上就是想和你保持某种距离，我说不清楚这种距离是啥子距离。如果之前不是因为上海那件事，我们可能都会往前走近一步，但当我开始决定创业，我对感情的事情就没有想太多了。这是我自己的事情，和你没有太大的关系，直到你又突然出现，帮我，我就变得很被动，一个人一旦被动，内心多少有点惶恐。我觉得我之前对你有误会，可能那反而是我最接近你的时候，之后就远了，让我不得不保持距离。不管你是欣赏我本人还是欣赏这个项目，我都应该给你说一声谢谢，但接下来的事情，我就想靠自己了。"

孔唯一下放松了："听你这么说，我倒是放心了，至少没有给曾总介绍错人。"钟盼扬还想说点什么，孔唯却不让她说了，只叮嘱道："如果你把我当朋友的话，就不要计较人情不人情了。我也不会平白无故当个冤大头，但既然是做生意，我也有做好随时面对风险的准备，所以你不用担心。"

两个人在小区门口站得有点久了，钟盼扬脚有点酸，孔唯问她要不要去江边兜兜风，如果没事的话。钟盼扬总不好再拒绝了。

半个小时后，孔唯的车停在江边的大桥下面，他打开车的顶棚，然后给钟盼扬开了一瓶啤酒，钟盼扬说："原来你喜欢喝渝城。"孔唯说："没有哪个重庆人不喜欢喝渝城吧？"孔唯和钟盼扬碰了下酒瓶，然后喝了一口。孔唯看到外面灯红酒绿的火锅店，说："我以前上学的时候，江边边到了夏天，晚上都是热闹得不得了，现在完全没得比了。"钟盼扬讲："人又不可能一辈子活在过去，我觉得现在多好的。当年的山城真的就是座山城吧，提到重庆，就觉得土、烂、脏，爬坡上坎的是棒棒，弯弯拐拐的路也难走。现在说起重庆，倒是个个都晓得了，洪崖洞啊，李子坝啊，解放碑啊，人山人海，打开手机就看得到各种关于重庆的'传说'，一下子变成网红城市。基建设施也上来了，烟火气少是少了，但是热闹还是热闹嘛。"孔唯迎面吹着江风说："你晓得你们仨最好的一点是啥子？"钟盼扬问："是啥子？"孔唯讲："就是特别爱自己的家乡。"钟盼扬笑道："只是习惯了而已，重庆的吃的、喝的、人，山山水水，除了天气让人心烦点，其他挑不出啥子问题。"

钟盼扬又喝了一口酒，觉得有点闷热，说想下车走走。孔唯拎了啤酒，两人一前一后走在江边。这一片还保留着"夜摊"，

搭四方桌子，立一盏白炽吊灯，几个小马扎，旁边烟火袅绕，炭火独有的香气喷鼻，喝夜啤酒的和吃烧烤的随便拉把小凳子坐。前一秒还在说笑，下一秒钟盼扬就突然停了下来，孔唯顺着钟盼扬的视线望过去，问："遇到仇人了？"十米开外，张琛坐在靠马路边的凳子上，对面坐着一个钟盼扬不认识的女人，两人有说有笑，看起来不是像刚认识的，行为举止相当亲昵。孔唯看了张琛一眼，问："认得到啊？要不要过去打个招呼？"钟盼扬摇了摇头，说："不用了，我们走嘛。"孔唯指了指前面，说："还有一半的路没走啊。"钟盼扬有点泄气，也不知是不是自己想多了，说："不想走了，回去吧。"

4

都说秋老虎又恶又毒，在重庆更甚，出门的时候，刘女士才洗了个澡，就站在门口打个车，后颈就已经出了一抹汗了。

出租车差不多开拢①目的地，刘女士匆匆付了钱，就急着跑下车，生怕等她的人先走了。刘女士左顾右盼，才瞧到背身坐在火锅店角落的侯妈妈，喊了一声："谭妹儿。"侯妈妈看到刘女士来了，缓缓笑了笑，刘女士招呼道："菜点了没有？吃毛肚鸭肠噻？"侯妈妈说："都可以，刘姐。"

刘女士刚坐下，侯妈妈开门见山地问："刘姐，你找我啥子事啊？要是是喊我回去跟你做事，我可能不得行，我确实太笨了，尽给你们添麻烦。"刘女士说："哎呀，先吃饭，边吃边说。"想到程斐然前一天和她说那些话，只道："谭妹儿，你喊我一声刘

---

① 重庆方言：开到。

姐，我也把你当自己人。斐然给我说，你有心病，我觉得正常，这个年头，哪个女人没得心病，不是为了生活，就是为了男人娃儿，操心的向来是我们这些女人，想的事情多了，总归心里不通畅，心里头有事，才更要说出来。"刘女士瞧了瞧侯妈妈的反应："等下，我想带你去见我一个朋友。当年我离婚的时候，心碎完了，差点爬不起来，全靠我这个朋友，我觉得她肯定帮得到你。"侯妈妈瞧了刘女士一眼，多是感激也有无奈，眼泪一个不留神就落下来，赶紧扯了张纸巾擦了擦，说："刘姐，你的好意我心领了，我心头的事情，解决不了，是我自己的问题。这么多年了，我一直晓得，完全因为我自己，就算见了你那个朋友，估计说的也差不多。"刘女士摆了摆手，说："凡事没得绝对，谭妹儿，你先跟我去，有没得用，去了才晓得。"

徐姐前年退休了，在渝北买了个大院子，平时热爱绿植，把院子打理得像个小花园一样。撑天一般的春羽和稀稀落落的龟背，旁边的无尽夏成群簇拥。旁边有一大瓷缸子，上面漂着睡莲，蜻蜓偶尔低飞，错落有致。

刘女士好久不来这个院子，如今草木都已亭亭如盖。这会儿徐姐从二楼下来，给她们开门，招呼刘女士道："进来进来。"刘女士介绍侯妈妈说："这是谭妹儿。"然后凑到徐姐耳边嘀咕了一句"我女儿她对象的妈妈"，徐姐一下开朗地笑起来，说："女儿没嫁过去，亲家先接起了嗦。"刘女士拍了下徐姐，说："进去说进去说。"

徐姐给她们一人倒了一杯水，然后在沙发对面的椅子上坐下来，说："你哪个今天想起来看我啊？"刘女士说："好久没来了嘛。"徐姐不时看看侯妈妈，发现她只是笑，也不搭话。

"不要拘谨，我和红英都是好多年朋友了，你就当自己屋头。"徐姐讲。

侯妈妈点点头。刘女士直言不讳地对徐姐说："我拉谭妹儿来，就是想找你开导下她，她最近心情不好。"徐姐是老医生了，一眼看出来了。壶里煮着茶，还要一会儿时间，她和刘女士说："红英，你要不帮我看到茶壶，我和谭妹儿进去聊两句。"刘女士说："要得要得。"刘女士推了推侯妈妈，侯妈妈还是有点拘谨，徐姐说："没得事，你就当聊天就是。"

而后过去了半个小时，茶也煮好了，又有点冷了，刘女士在院子里坐了一会儿，又觉得蚊子多，进门关了纱窗，自己给自己倒了一小杯。终于，侯妈妈跟着徐姐从房间里面出来了，气色看起来好了不少，人也轻松了。徐姐说："茶好了啊？来喝茶。"侯妈妈点头坐在沙发上面，接过一小杯，抿了一口，说："还有点甜诶。"

随后三个人又随便聊了些家长里短，侯妈妈才晓得徐姐和她老公常年分居两地，已经七八年了。提出分居的人是徐姐，据她说，两个人在一起久了，矛盾也多，分开反而更好。他们娃儿在北京，三个人，三个地方，各自也都过得自在，每年过年聚一次，平常都是自己过自己的生活。这种婚姻，侯妈妈没见过，但觉得新奇，以前的人，合不来就离婚，要么就勉强彼此住在一起，可像徐姐这种，继续维持婚姻却不需要住在一起的关系，实在过于超前。

刘女士说："那也是你嫁了个好男人，你说啥子，他都愿意，换了其他人，听到这种需求，简直要翻天。"

刘女士说完，徐姐就笑了，说："你说得恁个容易，我们闹得最凶的时候，你又不是不晓得。"

转眼黄昏，徐姐本想留饭，刘女士说晚上还要跳舞，只能先走了。回去的路上，两人走了相当长一段路，末了，侯妈妈对刘女士说："刘姐，我想来上班。"刘女士一下愣了，问："啊，你想通了啊？"侯妈妈点点头，说："刚刚徐姐和我聊了很久，其实她说得对，我觉得我抑郁的最主要原因，就是没得啥子朋友，帆帆老汉平常也不喜欢和我说话，久了总是要生病的。过来跟你一起做事，至少你经常跟我吹牛，我心情好很多。"刘女士牵起侯妈妈的手，说："谭妹儿，你怎个想真的太好了，其实我也一直想和你说，如果一个女人不肯走出自己家门，总是要疯的。以前我不觉得，现在我完全同意这句话，我们又不是啥子大家闺秀，大门不出二门不迈的。说得难听点，女人嫁过一次，就不怕啥子抛头露面了。啥子娃儿的事情啊，老公的事情啊，婆婆妈妈的事情啊，你不要管了，活到我们这个岁数了，要是还不肯为自己多活一点，那真的是白活了。"侯妈妈泪眼婆娑，倒把刘女士吓到了，说："诶，你莫哭啊。"侯妈妈说："刘姐，我真的不晓得啷个谢谢你。还有徐姐，我回头肯定要专程过来谢谢她的。"刘女士：："谢啥子嘛，你莫谢我，我们都好好做，做出点东西来，让那些臭男人看一下，我们这些老太婆一样的不得差。"

刘女士当晚赶紧打电话过去谢徐姐："我说你是活神仙诶，你是给她吃了啥子灵丹妙药哦，一下子感觉她像活过来了一样。"徐姐说："你不要一天给我戴高帽子，你这个亲家病得多严重的，我就只是做了几分钟的心理辅导，她就一直哭。我好久没看到这种客户了，我倒是让她多哭一点，释放下情绪。她其实一直有自己的想法，但是就是老公啥子都不支持，又喜欢冷暴力。这种家庭我见得多了，我就和她讲，只管当男人的话都是说给自己听的，人要是心里有了朋友啊，工作啊，其他重心，烦恼也就转移了，稀释了。说来说去，始终是要多认识点人，多做点事，特别是为自己。你看你，生活丰富得很诶。"刘女士笑了，讲："我给你说，我这个人就是怪，想拉一个人一把，就偏偏要用力，拉不起来也要拉，就谭妹儿这个事情，我就打算帮到底了。"

次日清早，刘女士刚刚坐上程斐然的车，就让程斐然先不急着上山。程斐然说："不上山走哪里去啊？昨天你都罢工一天了，今天还不搞快点。"刘女士慢条斯理地说："你往小侯家开，去接下谭妹儿。"程斐然疑惑，刘女士瞧她一眼，说："接起一路上班啊。"程斐然诧异又惊喜："啊，你昨天是去找侯一帆他妈妈了啊？"刘女士得意地点了点头，说："不然诶，你以为我想丢那么一大烂摊子在那里，钱都不赚啊。招不到合适的人，那我不是要快点把合适的人找回来，浪费一天时间都是在烧钱。"程斐然嘴都笑得合不拢，说："妈，你也太能干了哦，你哪个说动的哦？"刘女士说："你妈总归有办法，你以为像你怎个，软磨硬泡有用啊？"程斐然踩了油门，一下心情好了不少，说："你这次还真的是，还故意不说。"刘女士说："我也不确定一定喊得动啊，万一失败了啊，我啷个和你说嘛。"程斐然的车开到侯一帆家楼下，侯妈妈已经在那里坐着等了，和前几天程斐然见到时候的样子完全不一样。上了车,程斐然说:"孃孃今天看起精神好了好多哦。"侯妈妈笑着看了刘女士一眼,说:"还是要多亏你妈妈。"

上了南山,前几天面试过了的两个孃孃也过来了,钟盼扬又招了一个专门做设计的实习妹子,一下子村屋热闹起来了。方晓棠看到侯妈妈跟着刘女士回来了,挺着个肚子走过去,说:"哎呀,孃孃你终于回来了。"侯妈妈说:"感觉还是在这里做事情比较自在。"程斐然跟侯妈妈介绍了下另外两位来做事的孃孃,戴眼镜的是郑孃孃,胖点的那个叫曹孃孃。面试了一个星期,挑三拣四,最后刘女士也就看上她们两个。原本已经空了一天没做事了,匆匆介绍完,刘女士就赶紧带她们进工作间了。新来的设计妹子姓高,钟盼扬就喊她高妹妹,穿蓬蓬裙,扎个马尾,像个学生,但是程斐然看过她设计的东西,确实厉害。

钟盼扬紧急找她们俩开个会,把前一天和孔唯见面的事情说给她们听了,然后讲:"现在的问题是,我不晓得到底是找孔老师合作,还是找曾总合作,我觉得我需要你们的意见。"方晓棠说:"就我来看,那个曾总虽然有钱,但是我们也不了解啊,到时候丢掉话语权也是分分钟的事情。孔老师再啷个说,我们至少还是认得到,有点了解嘛,加上你们的关系,总不至于骗我们。要我选的话,我肯定选孔老师啊。"

程斐然问:"如果不选长虹基金,扬扬你会后悔不?"钟盼扬说:"不晓得。"

会开到一半,方晓棠说要先去处理下客诉,剩程斐然和钟盼扬留在会议室。钟盼扬说:"这个事情我仔细想了想,其实最精明的还是孔唯。我选他,等于是又一次接受了他的慷慨解囊。我不选他,一方面心里对他有亏欠,另一方面又是他在中间给长虹搭的桥,等于欠他更大的人情。"程斐然一摆手,说:"你要恁个想,恰恰就更好办了,既然不管选哪个,都是欠他人情,那就随你心去选好了,你说诶?"钟盼扬耸耸肩,说:"我没得选择,所以才纠结。"

钟盼扬转个步,想起前一夜在路边看到张琛的事情,正犹豫要不要开口对程斐然说,外面突然打起了雷,一阵飓风把门窗吹得砰砰作响,一个不留神,哗哗大雨就下了下来。方晓棠连忙跑过来,说:"哎呀,对面的鸡遭吓起跑了。"程斐然和钟盼扬连忙拿了伞出去,看到旁边养鸡场一阵鸡飞狗跳,好几只刚刚受到惊吓,飞扑跑出圈地了。雨落得稀里哗啦,凼凼一下就积水了,两人踏脚都踏不过去。

眼见孔唯的车停下来了,工人眯着眼睛朝孔唯说:"老板儿,鸡跑了!"孔唯也顾不及体面与否,脱了衣服,打着赤膊,就跟着去抓鸡。钟盼扬说:"要不然,我们也去帮下忙嘛。"刚走了两步,程斐然问:"你敢抓鸡吗?"钟盼扬说:"哎呀,顾不得了,本来鸡就不够了,快点!"

夏日暴雨的午后,几个人围着三四只鸡到处跑,最后孔唯还一脚踩到泥巴地里,皮鞋全脏了。钟盼扬好不容易要抓到那只鸡了,刚刚要伸手,鸡就飞起来了,她吓得往后退了一步,差点踩滑,孔唯一把把她托住,才没摔倒。但是后面是块石头,孔唯一下把脚崴了。还好工人眼疾手快,一下把鸡拧到手头。程斐然跑过来的时候,看到孔唯一身狼狈,有点想笑。钟盼扬赶紧蹲下,问孔唯脚怎么样,孔唯摆了摆手,说:"还好,就是崴了下。"刚要站起来,走不到两步,看起就恼火。钟盼扬说:"我扶你嘛。"程斐然看到这湿淋淋的一男一女，心里倒给他们鼓了鼓掌。

一个下午就这样湿漉漉地过去了，夏天的雨，来得快，去得也快，转眼就艳阳高照了。四个人做事就是不一样，平常刘女士一个人累死累活地做也就三十来单，这下一个下午基本上把前面漏缺的都补齐了。

方晓棠从橱里面拿了套男士睡衣给孔唯换了，原本是当时要搞民宿的时候买的，结果后来不做了，也都全部带过来了，吹风毛巾也都齐全。只是孔唯穿着睡衣看起来和他日常装扮格格不入，程斐然更想笑了。孔唯对钟盼扬说："刚刚让我一个人去抓就好了啊，你们完全没必要，冒恁个大的雨。"钟盼扬说："我看你当时已经手忙脚乱了，想着鸡本来少，能帮就帮了嘛。这个时候，鸡比人重要。"方晓棠插嘴道："结果个个变成落汤鸡，只有杀来吃的份。"说完，在旁边的高妹妹哈哈大笑起来。

钟盼扬吹干头发，看到孔唯在庭院抽烟，过去招呼了他一声，说："我想好了。"孔唯看钟盼扬过来，灭了烟，没懂钟盼扬的意思，问："啥子想好了？"钟盼扬说："我决定放弃长虹了。"孔唯诧异，问："啷个诶？"钟盼扬说："因为我想和你合作。"孔唯没想到钟盼扬会恁个说，有点高兴，又有点不可思议，只问："啷个恁个突然？等下，我想一下。你不会以为我是故意拉曾总出来，以至于你怕欠我人情，才放弃长虹那边的吧？如果你是恁个想的，那我觉得你想多了。"

钟盼扬说："我要真的这么想，我就不会放弃长虹了，选你选她，都是欠人情，我何不找个大点的靠山。"孔唯说："那我搞不懂了。"钟盼扬不想讲，就是刚刚看到孔唯脱了衣服去追鸡的那一幕打动了她。她也不想讲，之所以选择他，是她觉得孔唯应该会更尊重自己的创意和想法。钟盼扬只说："女人做决定，有时候就是一瞬间的事情，和买东西一样，喜欢就买了。"

说完，钟盼扬又意识到自己说得有歧义了，赶紧补了句："我只是打个比方。"孔唯笑得一下子不晓得说啥子了。孔唯伸了手，钟盼扬笑说："好形式主义哦。"孔唯说："不啊，应该的。"钟盼扬握住孔唯的手，温热的，细腻的，听到孔唯说："合作愉快。"

忙活完，一群人都累了，程斐然照例开车送刘女士和侯妈妈回家，直至楼下，侯妈妈还笑着和她们告别。程斐然说："刘红英女士，你好久变得恁个热心肠了哦？我都快要重新认识你了。"刘女士说："少来，每天开你妈的玩笑，我平时不热心肠嘛？我要看对哪个热心肠噻，未必我个个都要笑脸相迎啊，我没得恁个多时间。"程斐然说："你这次还真的让我对你刮目相看诶，希望孃孃可以因为这次慢慢好起来。"刘女士说："那肯定可以好起来啊！"刚说完，刘女士手机就响了，看到是侯妈妈打过来的，以为她啥子东西拿落了，接起来就说："啷个，谭妹儿？"程斐然只听到刘女士语气一百八十度大转变，说："啊，要得，要得，你等到！"挂了电话，刘女士喊程斐然马上掉头，程斐然问："啷个了？"刘女士说："小侯他老汉跑过来了，在门口坐到起，要逮谭妹儿回去，现在又在扯皮了！"

第十二章

1

程斐然和刘女士刚赶到侯一帆家门口,就看到侯一帆妈老汉剑拔弩张地站在那儿。侯一帆老汉声音跟打雷一样问:"你是不是不回去?"侯妈妈始终没有说话,站在门口一动不动。刘女士紧着走上前去,说:"诶,哥子,谭妹儿不想回去你就让她住在这里嘛。她现在也在生病,需要时间休息。"侯一帆老汉盯了刘女士一眼,问:"你是哪个哦?"程斐然连忙走上去,拉到刘女士对侯一帆老汉说:"叔叔,这是我妈妈。"

侯一帆老汉看到程斐然,脾气稍微收敛了一点:"哦,是程妈妈啊,我想你可能不了解我们家情况,就不要在这里掺和了。"

刘女士说:"我觉得可能是你不太了解情况,你老婆现在生病了,你可不可以关心一下她,你喊她回去是干啥子,家务事没得人做了唛?"程斐然扯了下刘女士的手肘,觉得她说话确实有点太冲了。

侯一帆老汉上下打量了刘女士两眼,然后讲:"我管我老婆,是我们屋头的事情,和你有啥子关系啊?"侯妈妈轻轻拍了拍刘女士,说:"刘姐,我自己来说嘛。"侯妈妈站在侯一帆老汉面前,认认真真地说:"我实在不想和你吵架,我只是现在不想回去,我心头不舒服,我就想在儿子这里住一段时间,等我心情好些了,我自然会回来。"侯一帆老汉面色凝重,只逼问:"啥子叫心情好点,我妈这两天又生病了,一直在床上的,你觉得你心头愧疚不?"

侯妈妈低头不说话,程斐然也有点看不下去了,想要开口说两句,刘女士却抢在她前面,讲:"哥子,我觉得你刚刚说的确实有点太自私了。侯一帆奶奶病了,是你们共同的责任,你为啥子要把这种压力全部压在谭妹儿一个人身上啊?"

侯一帆老汉冷笑了下,问:"那我问你,一个媳妇儿是不是应该尽孝道?屋头老的病了,媳妇儿该不该管?斐然妈妈,说句不好听的,我晓得你离婚了,不存在对你前夫家里尽孝道,但是你总不能把这种思想教坏其他人嘛。"刘女士听侯一帆老汉说话,就气得不行,直说:"我好久在说不该尽孝道,我说这个是你们两个人的事情,不应该光是你老婆来负责。老的病了需要照顾,那你老婆病了,是不是也应该需要照顾,被体谅,被理解?这个时候,该照顾你妈妈和你老婆的人,难道不该是你吗?"

侯一帆老汉指了指侯妈妈说:"你给我说,她现在能走能跑能吃能喝,是哪门子病了?病了的人会像这个样子唛?我看她是装模作样,无病呻吟。"

程斐然也觉得侯一帆老汉说得太过分了,眼看着火药味越来越重,恐怕再说下去,真的要打起来,赶紧给侯一帆发了一条信息,喊他快点回来。侯妈妈也不是倔,只是清楚自己回去过后,要面对的一切,心情一下就沉重了。侯一帆老汉只顾扯到侯妈妈的手,说:"你现在跟我回去,有啥子事情,关到门在屋头说。你今天要是不回去，我们就离婚算了。"

侯一帆老汉说完，所有人都沉默了，男人非要以离婚来威胁，所有的商量就变得寡淡。就在侯一帆父母僵持不休的时候，程斐然的电话响了，侯一帆在电话那头急匆匆地问："我妈老汉在干啥子？我老汉啷个不接电话？"程斐然别过身，小声说："他们在吵架，你快点回来。"侯一帆火急火燎地说："还在吵啥子架？刚刚我老汉楼下邻居打电话，说我奶奶倒在电梯间的，没得人敢管，给我老汉打了无数个电话没得人接。我现在刚刚打到车，你喊他们不要吵了，马上回去！"

程斐然挂了电话，马上冲到前面，说："叔叔嬢嬢先不要吵了，侯一帆刚刚给我打电话，说奶奶在电梯间晕倒了，邻居都不敢扶，你们快点先回去，他也过去了。"侯一帆老汉听到，二话不说，放了侯妈妈就准备跑。程斐然喊住他，说："叔叔，我开车带你们去。"刘女士扯了下程斐然，说："我就不去了，免得尴尬，那边啥子情况随时和我说。"

开往侯一帆老汉家的路上，侯妈妈像失了魂一样，双目无神地低着头。侯一帆老汉只阴沉沉说了一句："我妈有个三长两短，谭月芬，你看到起！"

到医院的时候，侯一帆奶奶的脸已经完全卡白了。进门前需繁复的报备，所有人必须先扫码才能进去。侯一帆老汉急火攻心，朝着保安大吼了两句，说："我妈等下有个三长两短，我绝对要找你们医院扯皮。"保安觉得他无理取闹，只淡淡说："所有人都要按程序来，医院不是只有你们家一个病人。"

侯一帆阻止他老汉继续嘶吼，劝阻道："你就晓得吵，解决问题不嘛？"

随后，担架抬了去急救室，所有人被挡在外面。漫长的等待中，程斐然站在侯一帆的身后，看不到他脸上的表情。苍白墙面上面，钟表指针不停往前，旁边输液的人走了，才好不容易腾出个坐的位置来，程斐然拉了侯妈妈一下，轻声说："嬢嬢，你去坐一下嘛。"

抬头的时候，差点吓了程斐然一跳，侯妈妈满头大汗，双眼全是红血丝，嘴唇发白，看着非常难受。她赶紧让她坐下来，然后喊侯一帆："侯一帆，嬢嬢好像不舒服。"侯爸爸漠不关心地朝这边瞥了一眼，侯一帆赶紧把她扶到座位上。

医生从急救室里出来了，问："哪位是黄碧穗的亲属？"侯一帆和他老汉一起凑上去，程斐然来不及听，打算去帮他们买瓶水。折返时，刚推门进去，就看到里面乱哄哄的，侯一帆抱着他妈妈从人群里挤出来，慌忙地找医生。程斐然还没搞清楚到底发生了什么，就听到侯一帆老汉站在人群那头斥声嗔："谭月芬，你在那里给我装，我妈就恁个不明不白地走了，你现在给我装病，装，你继续装！"

程斐然以为自己听错了，紧着就看到护士把侯一帆奶奶推出来，已经盖上了白布。看到侯一帆老汉趴在那里，程斐然却愣住一步也走不动。人群摩肩擦踵，程斐然像个浮漂被推来推去的，耳鸣得厉害。程斐然站在那里，不晓得应该是帮侯一帆老汉料理已经过世的奶奶，还是跟着侯一帆照顾他妈妈。

程斐然站在过道，听到侯一帆开口讲："斐然，你累了就回去吧。"程斐然听出侯一帆略带抱怨的语气，说："我再陪你一下吧。"侯一帆说："不用了，你走嘛，我在这里就行了。"程斐然问："奶奶她……"侯一帆没说话，程斐然也就不再问了。

侯一帆没得心力再去管程斐然走不走的事情，最后只说："你要不然带我妈回去吧，不然我老汉看到她又要在那里发火。"程斐然点了点头，看到侯一帆就这样背着身走了。

侯妈妈的精神一直恍惚，程斐然也不知道怎么安慰。送她回家过后，程斐然说："孃孃，你要不早点睡吧，我看你人也不舒服。"过了半响，侯妈妈才缓缓开口道："侯一帆老汉要嗐死我了，他这辈子都不得原谅我的。"程斐然坐在侯妈妈旁边，牵着她的手，说："这个事情哪个都不想的，侯一帆奶奶当时说不定只是想下楼，刚好……"

侯妈妈摇头，自责道："帆帆他奶奶平时都不下楼的，如果不是有啥子必要的事情，她肯定不会出门。帆帆他老汉出门太久了，她肯定是心里着急，才想出门的。如果当时我就跟他回去，帆帆奶奶说不定就不会走了。"

程斐然抓紧侯妈妈的手，说："孃孃你所有的想法也只是猜测，奶奶已经走了，你要是再因为这个事情病倒了，侯一帆才真的是要崩溃了。"侯妈妈始终摇头，说："我以后都不晓得嘚个面对他老汉，今天的事情确实是我的错。"程斐然晓得劝说无效，只能陪着，顺手发信息给侯一帆，问那边情况如何，但侯一帆却一个字也没有回。

侯妈妈突然惊醒般站起身来，说："落地钱，三斤半，还没人买，我还是要去一趟。"程斐然没听懂侯妈妈说啥子，就看到她往外面奔，她拉到程斐然说："斐然，你帮我给帆帆打个电话，问下殡仪馆联系的哪里，我买了落地钱好送过去。"

程斐然打了好几通电话，侯一帆终于接了，语气冷淡，略有急躁，问："嘚个了？"程斐然还是第一次听到侯一帆这么和自己说话，原本想要关心两句，也就作罢，只问他现在在哪里，孃孃非要去找他们。侯一帆说："你喊我妈先不要过来了。"程斐然说："那你们两个忙得过来吗？"侯一帆说："等我处理完这边再和你说吧。"说完挂了电话，侯妈妈只两眼望着她，程斐然舒了口气，轻声细语对侯妈妈说："孃孃，侯一帆喊你先休息，等他那边弄好了再叫你过去。"侯妈妈说："人落地，要先烧落地钱，那斐然，你先开车带我去买纸钱，我在路边烧。"

程斐然说不动侯妈妈，半夜三更，到处找钱纸香烛店，根本关门了。侯妈妈非要下车自己去找，程斐然说："你去哪里找嘛。"侯妈妈也不管，开了车门，步履蹒跚，一个人在黑夜里面跌跌撞撞，程斐然紧追上去。走了半天，问到地方，敲门叫老板非要卖三斤半黄纸给她，然后拎着一叠黄纸，恍惚地走在路上，一路走，也不停，脚步比平常还要快，像是着了魂，突然走到路口，不走了，整个人发怵，面容可怖。对面已经没得啥子行人了，红绿灯交替变换，三三两两的车划过去，剩下一片死寂，路灯照在两个人中间，侯妈妈突然说："搞忘带打火机了。"程斐然说："我去小卖部买一个，孃孃你在这里等我。"程斐然冲到旁边卖烟的小店要了个打火机，眼睛一刻不敢离开侯妈妈，只是付钱那十来秒的工夫，转个步，侯妈妈就不在了。程斐然急忙跑过去，一个没踩稳，鞋跟拐了下，右脚崴了。

程斐然到处喊"孃孃"，才看到她蹲在路边，拆黄纸，几张几张揉散，堆成一堆。程斐然一身冷汗都吓出来了，说："孃孃，你真的吓死我了，我还以为你走不在了。"侯妈妈像是自顾自地说："我先把黄纸拆开啊，我刚刚像是看到帆帆他奶奶了，肯定是怪我没去给她送终。"

程斐然左右看了下，根本一个人都没得，只说："孃孃，你莫吓我。"侯妈妈不说话，接了打火机，点了火，她一下子就被火光包围住，整个人看起来变得小小的，脆弱得不行。侯妈妈望着烧掉的纸钱，像是万事万物都烧成灰了，一点念想都没得的样子，突然眼泪止不住地流。程斐然从口袋里掏出包纸巾，她只是摇头，也不接，心里像是空落落的，说话都有回声，只讲："以前的人经常讲，家里的老人走了，家就要散了。刚刚帆帆奶奶像是来给我托话了，她还是怪我，她连她儿子孙子最后一面都没见到，我是大罪人啊。"侯妈妈哭得一点力气都没得了，整个人瘫滑到地上。程斐然伸手拉也拉不起来，莫名锥心一般痛，又举手无措。

2

侯一帆奶奶的葬礼在翌日举行，一切都行进得太快。前几天侯一帆奶奶还在医院抓到程斐然的手说话，转眼就进了灵柩里。侯一帆老汉就自己坐在殡仪馆的院坝里头，生闷气，不说话，一杆老烟枪，把自己眼睛熏得张不开。大男人，哭是哭不出来的，何况到了这个岁数，只张口闭口唠侯一帆妈妈。侯一帆有时候听不下去，和老汉差一点吵起来，最后索性跑到外面路边抽烟。

他看到程斐然打来的电话，一个也没有接，不晓得该说啥子，又怕心里有火迁怒于她。深夜两点，两个发小急急忙忙赶过来，帮忙在院坝搭桌子。重庆人办白事，兴打三天三夜麻将，碰吃碰吃，越热闹越好，到了送殡那天早上，亲人送行，吊唁的人直接散场。发小找殡仪馆要了十来张桌子，全部搭好，又帮忙联系了饭店，为后两天早中晚各一餐，其中一个人坐在小台子前面，收吊唁金。侯一帆喊发小帮忙看到他老汉，匆匆打了车回家翻找奶奶的照片，选一张做遗像。

侯一帆打开门，才真觉心累了，房间里还有奶奶的气息，窗户开着，他找出相簿，打开台灯，一张，两张，三张，从奶奶年轻时候到最近两年的全家福。侯一帆心里堵得慌，想不通，一个人怎么说没就没了。

程斐然扶着侯妈妈站在殡仪馆的院坝里面，正巧侯一帆回来，见到侯妈妈，只问："不是喊你在屋头休息吗？"侯妈妈朝里面望了望，说："这个时候我啷个可能在屋头，我进去看一下。"侯一帆一把把他妈妈拉住，说："先莫进去了。"

刚说完，侯一帆老汉就从里面冲出来，对到侯一帆妈妈吼："你还晓得来啊，你不是生病了的嘛，你去养病嗫，这里哪里劳烦得了你哦。"

原本都在打麻将的人，全部停下来了，纷纷盯到侯妈妈，侯妈妈脸唰地一下红了。侯一帆转头说："老汉，你就少说两句嘛。"侯一帆老汉不肯罢休，指到侯妈妈的手都在抖，说："你滚，你没得资格来参加这个葬礼，你给我滚。"说着就推了侯妈妈一把。

侯一帆一把护住侯妈，指着老汉说："差不多行了。"侯爸爸气头也来了，指着侯一帆说："你崽子是不是也要造反！"侯妈妈低声说："你让我进去看妈一眼嘛。"侯一帆老汉说："你有啥子资格看？你不是不想尽当媳妇的孝嘛？你有你的世界，你有你要追求的东西，现在没得人管你了，你走，听到没有，我喊你走！"

程斐然拉起侯一帆妈妈的手，说："嬢嬢，我们走嘛，反正叔叔也不让你进去，守到这里遭人嫌弃。"侯一帆突然拉住侯妈妈的手，对着程斐然开口道："程斐然，你嫌我们屋头还不够乱吗？还要火上浇油？"程斐然看着侯一帆布满血丝的双眼，问了一句："侯一帆，你啥子意思？你再说一遍。"侯一帆沉着气，淡淡地说："我现在不想说话。"

程斐然只觉刚刚还有力气的手瞬间就软了，但还是想拖着侯一帆妈妈往外面走。面对刚刚侯一帆莫名其妙的怒火，她心里一百个想不通，自己到底做错了啥子。侯妈妈纹丝不动，说："斐然，我不走了，他老汉是恁个，脾气发完了，也就算了。我现在走了，才是再也回不去了。"

程斐然还就着刚刚侯一帆的那份火无处宣泄，看到侯妈妈如此软弱，心里更是烧得不行，放了手，大声伤气地说："嬢嬢，你是不是也觉得我程斐然在这里多管闲事，对你们侯家的事情参与太多？"侯妈妈摇了摇头，说："斐然，我晓得你是为了我好，但是家家都有本难念的经。虽然侯一帆奶奶不是我亲妈，但我们也同一屋檐下生活了几十年，作为长辈，她走了，我无论如何都应该去看一眼，不然，我算是一点良心都没得了。"程斐然站在殡仪馆门口，好像所有的人都用异样的眼光看着她，她还是松开了手，什么也不想管了，反身朝马路对面走去。

程斐然回到村屋的时候，整个人又气又不知如何是好。钟盼扬出去了，方晓棠正在忙着下单，她只有朝厨房里头走，看到刘女士跟郑嬢嬢、曹嬢嬢在死命剔鸡骨头。猛喝了一口水。曹嬢嬢才推推刘女士，说："刘姐，你女儿来了。"刘女士朝程斐然望了一眼，没办法停下手里的刀，说："你啷个回来了啊？小侯那边事情弄完了啊？"程斐然说："没有啊，他不要我在那边，嫌我碍手碍脚。"刘女士说："那倒是，你一个大小姐在那边确实碍手碍脚。"

程斐然就晓得刘女士要说风凉话，倒气不气地说："你都要联合外人来欺负你女儿了是不是嘛？"刘女士看程斐然脸色不对，晓得玩笑开过头了，放了刀，扯了手套，和曹嬢嬢交待了两句，然后解了围裙走过来，问："你又啷个了嘛？"程斐然说："没啷个，我把嬢嬢送回去，没得人待见她，我说喊她走，侯一帆就凶了我一顿，莫名其妙。"刘女士拉着程斐然往外面走了几步，开导道："你啷个还像个小娃儿样哦，别个是死了奶奶，说你两句你还要放心上了？具体情况具体分析嚓，他未必是平白无故凶你一顿嘛？恁个多人看到，你要扯他妈妈走，哪个下得了台嘛？"

程斐然不解道："诶，刘红英女士，你那天可不是恁个说的哦，当时叔叔找过来，你还不是理直气壮地在维护嬢嬢。"刘女士说："你才盯不到着头哦，那天和今天能一样唉？当时又没得外人，而且场合也不对啊。哎哟，你这个女儿哦，才真的是笨。"程斐然问："那依你说，我现在里外不是人了哦，我还要去给侯一帆道歉？"刘女士说："你看你嘛，小气吧啦的，多学下你妈我嘛，不至于生恁个多气。"刘女士这么一说，程斐然倒是笑了。刘女士说："哎呀，三十岁的人了，总归自己想清楚，我要去忙了，我现在是车间主任，不是知心大妈。"

3

侯一帆来找程斐然的时候，她正在漫无目的地翻一本过期杂志。程斐然没想到侯一帆会来找她，何况那时候已经是天黑透了，各家都准备熄灯的时刻。侯一帆没有用钥匙开门，而是给她打个电话。他问程斐然能不能帮他把他平常穿的那两件外套拿下楼，顺道聊聊天。程斐然是那种特别容易心软的人，但凡有台阶可以下，就不会僵在上面不动。

路灯只照出他半张脸，几天不剃胡子，男人就越发憔悴。程斐然把衣服递给他，然后说："你还想得起我啊。"侯一帆浅浅一笑，没说话，讲在花园转转吧。飞蛾在路灯边缘徘徊，周围都静得不成样子，程斐然抽了两口烟，跟在后面。走了几分钟，侯一帆平淡开口："斐然，我们要不然先分开一段时间吧。"程斐然一口烟呛在喉咙里，咳了好一阵，问："分开一段时间？啥子意思？"程斐然捏着电子烟，双目静视着侯一帆，说："你是还在生我的气唛？"侯一帆说："我家里太乱了，像是好久好久没有收拾的那种，连我自己踏脚都踏不进去，就是现在这副样子，我啷个好意思邀请你去我家嘛。"程斐然没懂，却又像是懂了，她看着眼前的侯一帆，突然觉得陌生，那个凡事都顺着她，即使答应一辈子恋爱都

不结婚的小男友，好像一夜之间变成了另外一个人。程斐然忍住脾气，只说："侯一帆，你今天专程跑过来就是和我说这些吗？我不晓得从头到尾我做错了啥子，要分手可以，如果你想好了，我马上就走。"

侯一帆双眼发红，心里明显有另一番说辞，但却如鲠在喉，只道："我现在心里头乱得很，或者你跟我说，我现在该啷个办？当作啥子事情都没有发生，继续嘻嘻哈哈每天和你谈恋爱？"

程斐然哑然，她晓得在这个节骨眼上，侯一帆心头郁闷起的。程斐然长长舒了一口气，说："我不想分手，至少我不想在这种不明不白的情况下分手。"侯一帆顿了顿，低声说了句："对不起，我心情太差了。"程斐然牵了牵他的手，侯一帆没有抬头看她，只是望着程斐然的脚尖，讲："我一开始也想要和别人不一样，我可以不结婚，可以只谈恋爱，但是我现在有点不确定了，可能是我的问题。"

程斐然没有说话，只听侯一帆继续说："奶奶走了，我妈需要有人照顾，我老汉岁数也大了，我家里现在一团糨糊，我需要有一个人和我一起来承担这些东西。我马上三十岁了，让我继续不管不顾地只顾恋爱，我可能做不到。但我晓得你有你的顾忌，我不可能强迫你。"

程斐然的手搭在侯一帆手背上，慢慢就失去了力气，她轻轻地"嗯"了一声，然后收起电子烟，说："不怪你，说的也是事实。"

侯一帆淡淡地苦笑了一下，说："我也不是你刚刚认识我那时候的小年轻了，如果真的是想谈恋爱，现在比我好看年轻有魅力的小弟娃太多了，我已经没得啥子竞争力了。"程斐然有点愤怒地调侃道："所

以你觉得我是因为你年轻才想和你恋爱的？侯一帆你把我看得也太肤浅。"程斐然转个身，冷静了下，问："侯一帆，其实我一直想问你，你到底喜欢的是我哪一点？我没钱，又有娃儿，每天不着边际，但你还是愿意和我在一起，那时候是为啥子？"

侯一帆抿了抿嘴，说："因为我在你身上，看到另一种女人的样子，和我妈完全不一样的样子，你懂吗？"侯一帆望着自己脚尖，轻声说："你如果一开始就不管我们家的事就好了。"程斐然看着侯一帆的眼睛，想着他最后那句话的意思。当侯一帆说出这个理由的时候，程斐然内心又突然感到绞痛。她不屈地说："好，我答应你。如果你已经想好了的话。"

天要下雨了，先是一颗两颗的雨滴落在她脖子上，当她走回单元门的时候，雨一下就哗哗落下来了，回头望那鬼魅一样的花园，空荡荡而无声响，像是变成了抽象的色彩画。她看到侯一帆站在那里，淋着大雨，一动不动地望着她这边。当时的情景过于像言情小说的桥段，以至于程斐然觉得如此不真实。侯一帆刚刚说的那些话，程斐然想了想，并没有什么大问题，有问题的仿佛是自己，有了大病。她突然想到刘女士时常对自己的人生指点，男人可以大大方方说自己只谈恋爱不结婚，女人不行，不是说这样的女人不能存在，而是愿意配合她的男人从不存在，仿佛主导权回到了女人手里，男人就不会乐意。刘女士讲，小侯说不结婚，你就这样一辈子拖着他啊？可能不嘛？现在想来，还是刘女士看得通透。

程斐然就这样看着雨里的侯一帆，扪心自问，如果是这样的男人，值不值得嫁？换了过去，如果是头婚，或者程斐然再年轻一点，她肯定是义无反顾地扑向侯一帆，说，有啥子我们一起承担。但是现在呢，程斐然已经不敢说这种大话了。张琛家里出事的那个晚上，程斐然信誓旦旦地说，有啥子一起承担，但最后，虽然逃跑的人不是她，但她确实被张琛推着先走一步了。侯一帆最后还是默默地走了，程斐然拿起电话，想给侯一帆打过去，发现手机已经没电了。程斐然曾想过无数次她和侯一帆分手的场景，但都绝对不是今天这种。她甚至想过真正来临的那天，她会以什么样心碎的姿态去面对，事实上，也没有。她突然好像感知到了内心坚硬的那部分，是她从来没有体会过的一种感觉。

第二天下班过后，程斐然没有回家，而是跑到了方晓棠家里"避难"。方晓棠端了樱桃过来，放在程斐然面前，钟盼扬拿了一颗放嘴里，问："所以小侯现在确定要和你分手吗？"方晓棠又端了盘西瓜过来，钟盼扬说："哎呀，不要忙了，你过来坐到，我看到你大起个肚子转来转去心慌。"方晓棠说："好不容易来一趟，多吃点。"钟盼扬接着说："你真的也是冲动，说答应就答应了，也不挽留下。"程斐然不服气："我凭啥要挽留？"

方晓棠说："听小侯的意思，他也就是想结婚嘛。"程斐然怒气道："他分明是怪我多管闲事！"方晓棠接着说："那是你想多了，但是别个说的也是实话，就算现在不出这些事情，等到他该承担家里事情的那一天，总归老的老，走的走，我们这种独生子女，一个人负担确实累啊。"

钟盼扬说："说到底还是独生子女的问题，但凡小侯有个哥哥姐姐，有个人搭把手，那他放心大胆地耍朋友，也不存在现在这种压力，我也觉得不算是小侯的错吧。"

程斐然说："你们说这些都是后话，现在问题不就摆在面前吗？如果我要想继续，就只有结婚，然后回到婚姻生活的轮回中，每天柴米油盐酱醋茶，紧接着肯定又是想再要个娃儿，再然后，生活没有了浪漫和激情，最后一切回归平淡，我等于把之前的生活重新再过一遍，有意思吗？"

方晓棠突然惊乍道："对头，不是还有卫子阳的嘛！"钟盼扬说："别个生活里头是消防员，感情里头也要当消防员啊，过来灭火。"方晓棠一下笑了，说："你哪个还职业歧视诶？"

程斐然白了一眼，说："不要再开我玩笑了。"转眼看了下方晓棠，问："魏达呢，都九点钟了还没回来？"方晓棠说："他平常基本上都是快半夜才回来，最近生意不好做吧，基本都在外面应酬，想多认识点人。"钟盼扬说："你也放心？"方晓棠讲："我有啥子好不放心的？就魏达那个样子，哪个看得上？"

这时，魏达醉醺醺地开门进来，脚耙手软地往地上滚。方晓棠赶紧跑过去，程斐然和钟盼扬也来帮忙，三个女人扶不动一个大男人。钟盼扬忍不住说："你该喊达哥减下肥了！"魏达一下作呕，吐了方晓棠一身，一股带着酒气的恶心瞬间弥漫了全屋。方晓棠嫌弃地扯着湿巾用力擦裙子，说："吐吐吐，隔三差五回来给我搞脏一件衣服！"

方晓棠看到魏达狼狈的模样，眼泪鼻涕混在一起，十足心酸。钟盼扬问："达哥平时还多能喝的嘛，哪个醉成这副样子？"方晓棠说："哎，莫说了，最近隔三差五回来都这样，恼火得很。"程斐然说："谈生意是恁个，以前张琛跟他老汉在外面陪人吃饭，回来还不是恁个。"

程斐然说完，又觉得自己这例子举得不够妥当。魏达撕心裂肺地吼了一声，方晓棠却是真的生气了，说："让他吐，让他吐，莫管他，烦死了。"看到魏达好不容易缓过来，钟盼扬帮忙扶上床。程斐然碰了下钟盼扬的手，小声说："我们先走了算了。"方晓棠说："水果都没吃完，多吃点嘛，浪费！"钟盼扬拍拍方晓棠说："你多吃点。"

见程、钟二人走了，方晓棠坐到魏达旁边，魏达迷迷糊糊搭着方晓棠的手，说："对不起……"方晓棠又心软，语气温柔下来，说："你讲这些干啥子嘛？"只听到他丧声丧气地讲："今天晚上接到电话，刚谈成的项目又黄了，从我回来过后，就一直不顺。"方晓棠晓得魏达也不容易，说："现在是大环境不好，人人都难，你就不要想恁个多了。"魏达牵住方晓棠的手，愣了半天，然后说："有点事，我想和你商量一下。"方晓棠心里有预感，正脸看着魏达，说："你讲。"魏达沉了沉肩，望到天花板说："我还是想出去做。"

方晓棠表情并不惊诧，像是早有心理准备，只问："走哪点额？"魏达说："之前在外地的老板最近联系上了，最近他们好多厂开到越南柬埔寨那边去了，喊我跟着过去，其实喊了几次了，但是我想到你这还大起肚子的，走不到。只是现在恁个僵起也不是办法，想到这一大一小同时落地，光我们现在这点钱，哪里够嘛。"

魏达说完，方晓棠也不好说啥子了。魏达说的，她都懂，没有说的，她也懂。但是，魏达这一走，又不晓得要走好久。

当初没得娃儿还好，无非方晓棠一个人，吃喝拉撒都不让人操心，但今非昔比，这边"当燃鸡"的生意才刚有点起色，马上肚皮腾空，又是两张嘴要吃饭，她一个人更是带不过来，身边没得个男人，长久不是办法。

魏达说："其实我心头也犹豫，你也晓得做生意看机会，你不要，别个抢了就抢了。我回来马上一年了，等于走回头路，连老本都吃不下去了。你也看到的，本来想一家团聚，生意得过且过了，恰恰这个时候你怀了孕，现在想来完全不行。所以我在想，要不然就是我过去了，等那边稳定下来，就接你过去。"

方晓棠把魏达的手从自己手背上拿下来，说："你去嘛，你和我商量，无非心里也有决定了，就想听我说句话。"

魏达当方晓棠生气，又不晓得啷个劝慰，只说："哎，你要是不想我走，我就不走。"方晓棠说："不不不，你千万不要为了我，或者说为了娃儿，放弃你想要的东西。到头来，老了，你又说，当初我为了你们，啷个啷个，我到时候承担不起。魏达，我就恁个说，反正从我们结婚到现在，真正住一起都没得几天，等于两地夫妻习惯了，你现在真要走，我也能接受。但是我是不打算离开重庆的了，其他地方东西难吃，说话难听，生活习惯完全不同，你也晓得我是少了顿海椒咸菜都吃不下饭的人。你发展好了，赚了钱，能回来就多回来，发展得不好，回来至少还有个家，娃儿老婆至少是你半个盼头。我有我自己的事业，做好了，是你的后盾，做不好，也不牵连你，但我至少自己安心。"

魏达不开腔，方晓棠也不说了，两个人就恁个默默坐了会儿。方晓棠突然起身，说："哎，和你说话，我都搞忘了，我去给你煮点稀饭，润下胃。"

方晓棠走到厨房，舀了半罐米，接了水，淘干净，一边淘，一边发愣，电饭煲掺好水，按了按钮，听到里面水和米滋滋翻腾的声响，叉着腰，心情一下就跌进谷底，她觉得太阳穴突然一阵一阵地痛。她转过头去，看到魏达抱着沙发抱枕，累得已经眯眼睛了，原本心里多少有点生气，却在看见魏达那张疲惫的脸时，又彻底放空了。

4

侯一帆奶奶出殡的那天早上，程斐然没有出席，侯一帆也没有和她联系，只是早上开车的时候，刘女士问了嘴："谭妹儿那边如何了，她好久回来上班啊？"程斐然有点不高兴地说："不晓得，别个的家事，我们哪里管得了恁个多哦。"刘女士大致听出了点东西，说："你和小侯还在吵架啊？"程斐然说："没有啊，就是觉得少管点闲事，人也轻松点。"刘女士说："话是恁个说，但是我还是有点不放心，你记得之前在精神科那个孃孃不？前段时间，我带谭妹儿去看了下她，她说像谭妹儿这种情况，最好还是多出来和人交流沟通，找点事情做，在屋头关起反而要不得，不是说你妈多管闲事……"

程斐然突然刹了车，差点让刘女士撞到头，吓得三魂六魄都丢了，脾气一下上来了："开慢点嘛！"程斐然吸了口气，说："妈，我和侯一帆分手了，以后他们屋头的事情跟我们也没得啥子关系了，至于她还回不回来上班，看孃孃她自己的想法。"刘女士诧异地盯了程斐然一眼，问："啷个就

372

分手了啊？你们这些娃儿哦，有啥子话不能好好说嘛，又不是啥子大事。"程斐然挂着脸，说："对你来说不是啥子大事，但是对侯一帆来说，可能就是天大的事情啊，别个奶奶走了，他想找个稳定的人传宗接代了，我不能耽误他。"

刘女士轻笑道："这是小侯和你说的？"程斐然说："不管是哪个说的，事情已经是这个样子了。"刘女士沉着气，说："你不要怪我话说得难听，本来你就恁个吊到侯一帆，迟早不是办法，我就说了，要么你们就把婚结了，要么就算了，这好了，相当于直接给了你一个结果。这几年我看小侯确实是对你好，但按你之前那个要求，不如就找个年纪大点的，有车有房娃儿独立的那种，单纯享受恋爱。"程斐然说："想得倒好了，有车有房娃儿独立，还轮得到我？"刘女士最后就说了一句："再捱下去，过两年，那倒是真的轮不到你了。"

一整个早上，钟盼扬就觉得整个办公室气氛不对，起先以为是因为程斐然，随后才发觉不光是她，方晓棠大早过来就挂脸色，随后接了通电话，七七八八聊了半个小时左右，再走进来，脸色更差了。方晓棠伸手去扯电源线，一下差点触到电，吓了钟盼扬一跳，直叫她慢点，怎么一早上神不守舍的，才听方晓棠说："刚刚周雪给我打电话来，说之前那个沈老板被抓了，当时公司进出账好几笔都和周雪有关系，包括那套房子。她现在就只有和我哭，问我怎么办，本来他们一家要搬，房子要卖，现在卖不成了，一堆事情都出来了。我能哪个办嘛？我又不是神仙。"钟盼扬问："就这个啊？本来也不该你管啊。"方晓棠顿了顿，说："还有个事，我和魏达可能要分开了。"程斐然吃惊地问："啥子啊，啷个回事啊？"

这时高妹妹朝她们三个这边望了一眼，方晓棠摇头说："魏达又要去外地了。"程斐然才缓了口气说："哎哟，我还以为是啥子大事，搞半天，也就是工作嘛。"

方晓棠："话是恁个说，但是关键在于今时不同往日了啊，当时我没怀孕，也不存在要考虑娃儿的问题。那时候，他不担心我，我不担心他。马上娃儿生了，还是两个，我拖家带口，他又长期不在，心头始终不是滋味。"

钟盼扬说："你不想他走，就喊他不走嘛，恁个大个重庆，还怕找不到份事情做哦？"

方晓棠："我也不晓得是重庆不旺他，还是我不旺他，回来过后，确实生意不顺畅。要说，不在乎也就算了，偏偏他骨子里倔得就是想向我妈证明点啥子。我想说，证明啥子嘛，等老了，是我和他过，这一辈子该啷个样就啷个样，到时候我妈在土头还能说他啥子嘛。"

程斐然讲："我们两个真的是同命相怜，还是说夏天一过完，人人流行分手、分别、分居？我都不觉要怀疑，是不是我们这里风水不好了。"钟盼扬说："不至于，人生十之八九，不可能事事顺利，感情这回事，讲缘分，和风水有啥子关系？"程斐然想了下，说："那倒是，你和孔老师恰恰因为这个地方结缘。"方晓棠瘪了瘪嘴，说："其他不说，我怕之后有了娃儿，真的要靠你们两个干妈帮忙了。"

正说着，孔唯敲门进来，程斐然扯了扯钟盼扬，说："真的是说曹操曹操到。"钟盼扬迎上去，叫了一声孔老师。孔唯看她们在那里吹牛，也有点不好意思，说：

"我把盖了章的合同给你拿过来,然后想和你们简单开个会。"钟盼扬说:"那到会议室里面说。"

孔唯点点头,程斐然和方晓棠跟着钟盼扬进去。孔唯两手撑在大圆桌的一端,拿一支记号笔,在白板上简单涂画。钟盼扬不觉有种错觉,像是回到了十七八岁的教室,听孔唯在讲一堂数学课。孔唯说:"我希望接下来,我们可以扩大生产,也希望广告能够彻底打出去,另外我有个想法,光是靠之前的视频和话题来做新消费远远不够,我想花钱请专门的团队来给嬢嬢她们做短视频,开直播,时刻保持热度,甚至联动直播大号来帮我们推商品。"

孔唯说完,发现三个人眼神各异,并非许可,程斐然先开了口:"扩大生产我没什么意见,但如果还要兼顾拍视频、开直播,我想我妈对产品的把控就会有问题,一方面是时间,一方面是她容易沉溺在自我欣赏上面,所以我觉得还得再商量一下。"

方晓棠也讲:"孔老师,我也提个想法啊,你看我肚子,再过两个月就要生了,要是真的扩大生产,我估计也同时要招客户人员,不然根本对接不过来。"

孔唯没想到自己的想法一下就让她们提出这么多异议。他想了想,说:"生产这方面,始终是不可能让嬢嬢一直做的,她只需要把控口味就好了。她重点是成为我们品牌的形象代言人,拍视频只是我想到的一个方式,肯定还有其他的方式,到时候肯定也要根据嬢嬢的具体时间来分配。至于客户,那是必需的,我的计划里,差不多半年后,我们的规模就应该是现在的二到三倍,所以当务之急,我想先招一个人事过来,如果你们有合适的人选也可以推荐给我。"

随后散了会,钟盼扬拉孔唯到外面庭院小坐。钟盼扬给孔唯倒了杯茶,说:"我没想到孔老师恁个上心。"孔唯说:"既然投了钱,我肯定要当成自己的事情来做。"钟盼扬说:"但我以为你只是投资人。"钟盼扬晓得自己说得过于直接了,孔唯端着那杯茶,顿了下,问:"你的意思是,让我少管一点?"钟盼扬点点头,说:"我只想要一笔投资,需要有人在背后支持,但并不等于我想把主动权交出去,孔老师可能有误会。我希望我们只是合作关系,不是上下属关系。"孔唯沉默了一小会儿,说:"我想你也有所误会了,我既然希望你们能把这个品牌做起来,就必然要提出我认为对你们有用的意见,我不是那种甩手掌柜的投资人。"钟盼扬直接说:"那我宁愿你是甩手掌柜。"两人坐在那里,气氛一下就僵了起来,孔唯表情一下严肃了起来,讲:"可以,如果你希望我一点都不管的话,我以后闭嘴就是。"

孔唯起身要走,钟盼扬也不留。刚刚电光石火的那段交流里,钟盼扬第一次可以铆足底气和孔唯对峙,钟盼扬回想起来觉得自己也有些可怕。孔唯上了车,用力甩了车门,扬长而去,钟盼扬拎着茶壶走进去,方晓棠问:"孔老师诶?"

钟盼扬不冷不热地说:"走了。"

方晓棠还觉得纳闷,"啷个看起他气鼓鼓的啊?"

钟盼扬岔开话题说:"其实他说的也不是全无道理,我们确实要招一个能干点的人事了。"程斐然走过来讲:"确实是,第一波营销的效果已经差不多要用完了,孔老师说的倒也不是没得道理,只是他讲那些玩法都有些太普通了。我们是不是可以去外地的那些创意集市上做一些概念性的东西。前几天我看到杭州那边有一个专门兜售咖啡的创意集市，我在想，不如我们也联合重庆成都这边其他的风味品牌，做一个美食创意集市，在我们客户群集中的城市来一个巡回。"

钟盼扬打了个响指，说："有搞头，我可以回头去联系下渝城啤酒那边的同事，每年搞啤酒节其实也没啥子意思，如果渝城那边愿意牵头，其他品牌联系起来也就方便了。这种川渝特色集市，确实可以搞起来。"

程斐然说："重点是要潮，要够年轻，不能是以前那种美食节的搞法，土土地摆几个摊，没得意思。要么就彻底复原九十年代的江边码头，做一个创意夜市，吃的都要有文化标签。我们可以沿着长三角挨着做，把川渝文化完全打出去。"程斐然喝了口水，越讲越兴奋："有一年我和张琛去日本旅游，在原宿那里见到过一个非常有意思的美食街。所有的美食都会有一个故事，串联出那条街的文化，不是那种导游的讲解，而是真的融入到包装、设计和口味之中。我当时觉得很有意思，有点像集邮，最后会把这些包装拆开收到集子里，这个点完全可以用。"

钟盼扬拍了下手，说："概念太好了，我们可以直接和重庆这边的文化局联系，说不定可以得到一些支持。"高妹妹看她们越说越兴奋，也讲道："我可以在大学生名校联盟的社群里帮忙宣传，大学生最喜欢吃了。"这时候刘女士从里面走出来，问："哪个最喜欢吃？个个都是好吃狗。"这一说，大家都笑了。

5

一周之后，是涛涛六岁的生日，往常都是张琛订好餐厅，程斐然直接过去，后来变成了侯一帆包办所有事务。侯一帆已经一周没和她说过话了，程斐然在中间问候过他一次，说起涛涛的生日，得到的依旧是沉默。最后她干脆提前三天找了一家儿童餐厅，然后开车去给涛涛买了一台他一直想要的Switch。

在和侯一帆交往的第一年里，程斐然与张琛的许多次不得已的重逢让她羞于讲述侯一帆的出现。直到涛涛那年的生日，侯一帆主动提出了他想和张琛见一面、也想让孩子见见他。程斐然纠结许久之后，妥协答应，而那个生日夜里，侯一帆却春风化雨一般让涛涛自然而然地接受了他——小侯叔叔的存在。紧接着，侯一帆就像是弥补程斐然夫妻之间那道裂痕的黏合剂，让原本分崩离析的两个人重新建立起了新的关系，不仅快速和张琛成为朋友，也化解了程斐然长久以来的困扰。用侯一帆当时的话来说："我又不是中途撬的墙脚，不至于深仇大恨，我不在乎你多一个亲人。"

程斐然脑海里都是侯一帆的影子，坐在车里一直发愣，这或许是涛涛习惯了侯一帆之后，第一次没有侯一帆参与的生日。如果涛涛或者张琛问起，她应该怎么去解释？程斐然坐在车里很长时间，抽了好一会儿烟，直到张琛牵着涛涛在外面敲了敲她的车窗，她才回过神来。程斐然开了车门走下去，把Switch的盒子递给涛涛，摸了下他的头，说："幺儿，生日快乐。"涛涛接过来立马兴奋地说："谢谢妈妈！"然后朝着车上望了一眼,问:"小侯叔叔诶?"

程斐然原本打算随意编句谎话搪塞了过去,突然听到旁边侯一帆说:"来了来了,小侯叔叔去给你拿蛋糕去了。"程斐然转头去看侯一帆的时候,侯一帆还是礼貌地朝她笑了笑,程斐然看不懂那抹笑容背后的意思。程斐然想到后备箱里那个贴着冰袋的另一个蛋糕,却只声不语,看侯一帆牵着涛涛的手,说:"走走走!给涛涛过生。"

张琛走在程斐然旁边,问:"你和侯一帆吵架了啊?"程斐然愣了下神,说:"没有啊?哪个突然恁个问?"张琛说:"以前你和我吵了架,就是刚刚那副样子啊。"程斐然问:"啥子样子?"张琛说:"神不守舍,强颜欢笑。"

程斐然瞧着张琛那张迅速沧桑的脸,心绪一下复杂起来,张琛的眉间早已经没了少年气,取而代之的是深邃而柔和的目光。两人行走的过程中,张琛的手偶然间碰到她的指尖,程斐然竟依旧会有触电的感觉,随即拉开一点距离,看着涛涛在侯一帆面前蹦蹦跳跳的样子,又陷入沉思。她以为侯一帆突然叫了她一声,但却是听错了,服务员说欢迎光临,报了预定的位置,上楼坐定。程斐然去洗手间,侯一帆过来端茶水正好撞见,程斐然问:"你哪个来了啊?"侯一帆平淡地说:"你不是给我发了信息吗?"程斐然说:"我看你也没有回。"

餐厅专门为涛涛响起了生日歌,涛涛闭着眼睛许愿,侯一帆等涛涛吹完蜡烛,说:"小侯叔叔等下要赶回去加班,就不陪涛涛了。"张琛拍拍涛涛说:"给小侯叔叔说再见。"涛涛有点不高兴,说:"妈妈买了Switch,我还想和你打游戏诶。"侯一帆说:"有的是时间打,乖哈。"程斐然送侯一帆出去,走到半路,侯一帆说:"你回去吧,不用送我。"程斐然说:"我想晓得你到底哪个想的。"侯一帆说:"我妈住院了。"程斐然惊了下,侯一帆接着说:"医生建议她住院观察一段时间,我最近工作上也遇到很多问题,暂时顾不过她。奶奶走了过后,我老汉也像变了一个人。你真要问我哪个想的,我只能说,我想安静一段时间。还有,程斐然,其实琛哥多好的。"

程斐然拉住侯一帆的手,专注地看着侯一帆,略有愠怒地说:"如果你铁了心分手,今天就不该来,结果你来了,和我说恁个一堆莫名其妙的话,是啥子意思?侯一帆,就因为我多管闲事,所以我就该死?"

侯一帆一本正经地说:"没得人说你该死,我只想说,我的生活已经乱麻了,我只想安静一段时间。"程斐然问:"然后呢?"侯一帆说:"没得啥子然后,我的车到了,我要走了,程斐然,你照顾好你自己。"

程斐然回到座位上,张琛正在给涛涛擦嘴巴,看到她有点失落的表情,问:"没事吧?"程斐然说:"没得啥子事。"张琛朝着餐厅的儿童区那边望了望,有几个小孩正在那里堆乐高。他点了点涛涛,说:"你要不要过去耍一会儿?"涛涛看了一眼,点点头,然后跳下座位,朝着儿童区跑去。程斐然看他匆匆忙忙的,紧着喊了声:"慢点!"

她回头看张琛,张琛把切好的蛋糕递给她,说:"我最近遇到个人。"程斐然挑眼看他:"嗯?"张琛接着说:"小我两岁,人比较淳朴,江津的。"

376

程斐然觑着眼睛盯着张琛，像是不晓得张琛在说些什么。"我也没想好啥子时候和你说，你也晓得我这个情况，有人喜欢已经很难得了。"

程斐然手里的叉子不自觉地搅坏了蛋糕，奶油分层被全部捣碎。她吸了口气，说："也好啊，免得你一个人，有上顿没下顿的，是该找个人了。"张琛苦笑，说："是啊，那天照镜子，我自己都快认不出我自己了，邋遢得一塌糊涂。"程斐然喊了声："张琛……"张琛看着她，程斐然捂着嘴努力让自己看起来开心点，说："其实勒两年，我一直担心你一个人，就恁个过下去了。"张琛说："不至于，我今天之所以还是想和你说，就是想你可以好好地和侯一帆在一起了，不要再想我的事情了。"儿童区那边，涛涛和几个小孩嘻嘻哈哈笑得实在开心，每一声都像在程斐然心头挠一下，每一把都很用力。张琛说，人不要去想那些退路了，就可以正大光明地往前走了。

结束的时候，程斐然问要不要送他们俩爷子回家，张琛说："算了，我开摩托车带他回去一样的。"转头的时候，涛涛已经戴好安全帽，手里抱着游戏机，问："妈妈，你记得帮我提醒下小侯叔叔，喊他来陪我打游戏哦。"张琛说："你到家也和我说一声。"

程斐然看着他们消失在黑夜中，终于，大街上又只剩下她一个人了。程斐然打开后备箱，冰袋已经全部化了，水洼洼的中间，冰淇淋蛋糕东倒西歪，上面捏的小马已经不成样子了。程斐然从后座抽了几张纸巾，使劲擦了两下，但是水太多了，浸得到处都是。她无力地看着狼狈的后备箱，终于轮到她想哭的时候了。她恍然拿出手机，不晓得啥子时候，方晓棠打了七八通电话过来。紧接着，钟盼扬的电话接踵而至，程斐然还没回过神来，听到钟盼扬那边焦急地说："达哥好像出事了，晓棠在家一直哭，你忙完了吗？"程斐然支支吾吾说了声"好"，一手撑在那摊冰水里，凉泗泗的，彻底打湿了。

第 十 三 章

1

程斐然与钟盼扬陪着方晓棠在公安局门口等了一晚上。破晓，三三两两大爷大妈推起早餐车路过。程斐然手脚都被蚊子咬了好几个包，起起坐坐一晚上，来回绕着走，心情更焦躁。钟盼扬逛一圈带回三碗油茶，只得将就吃。方晓棠倒是越吃越饿，又在旁边要了两笼包子。钟盼扬看着她狼吞虎咽，怕要哽着，紧叫她慢点吃。

方晓棠咬了两口，彻底没脾气了，说："周雪卖房子的时候，我就应该留个心眼，总不至于现在一点力都使不上。"钟盼扬讲："你不要着急，我已经找过律师朋友了，现在具体情况还没确定，达哥底子干净，总不会有啥子大事。"程斐然附和道："对啊，那个沈老板被抓，肯定会牵扯一些和他有资金来往的客户，调查也是正常的，你就不要太担心了。"方晓棠始终心神不宁，包子也不吃了，看到远处鱼肚白，说：

"进去一晚上了,该问的也问完了吧,紧到不出来,急死了。"

临近七八点,公安局门口有动静,铁门开了,有人出来,方晓棠远远看到是魏达,也不顾拉扯,赶紧冲上去。讯了一夜,出来脸色不好看,油腻泛白,没吃两顿饭,简直饿瘪了。方晓棠上手一抓,说:"出来了,出来了就好了。"程斐然和钟盼扬心也落了一半,带着魏达和方晓棠上车。方晓棠说:"走走,先回去洗个澡,换件衣服,看你现在像从垃圾堆里捡起来的样。"

在车上,魏达一直捏着方晓棠的手,说:"我啷个都想不到,查沈劼会查到我头上来。"方晓棠这才仔细问:"到底啷个回事嘛!"魏达说:"当时和沈劼合作的时候,因为他帮忙介绍单子,我就帮他走了一笔账,想着之后再补票,结果后来不是就出了周雪那事情,我也把补票的事搞忘了。"方晓棠说:"走了好多啊?"魏达伸手比了个三,方晓棠问:"三十万啊?"魏达摇头,说:"三百万。"方晓棠冷汗都吓出来了,钟盼扬和程斐然在旁边一言不发,又听到方晓棠咋呼道:"恁个多!那啷个办啊?现在钱呢?"魏达说:"当时钱是分次转出去的,其实只有最后那笔十万没补票,但现在他们的意思是,由那十万没开票的部分,怀疑前面那部分也是非法交易,总归来说,现在这笔钱是找不回来了。"钟盼扬问:"那警察打算怎么解决?"魏达说:"沈劼已经被抓了,让他交待情况,挨着点名字,我就是被他点的,事情和我一点关系都没有,那时候完全是为了走关系,想着他帮忙介绍门路,哪晓得!"方晓棠急得不得了,只问:"那啷个说,是不是放你出来,就等于没事了嘛?"魏达说:"如果只是偷税漏税还好说,现在问题是沈劼涉嫌非法集资,所以我帮忙走账那笔钱就更说不清楚了。现在我也是一头雾水,哪个都想不到会牵扯到这种事情里面。"方晓棠彻底慌了,只问:"不会坐牢吧?"钟盼扬赶紧稳住方晓棠的情绪,说:"达哥对那个沈老板的事情毫不知情,肯定不会坐牢,你不要乱想了。"魏达低头不语,一整车上人心惶惶,方晓棠说:"我觉得还是要去找下南山上的大师看一下。"钟盼扬紧着说:"找啥子大师,先找律师才是,你也是迷信到家了。"方晓棠说:"律师要找,大师也要找,等下回去,先把火盆跨了。哎,啷个恁个晦气啊。"

钟盼扬已经托朋友找了重庆最好的律师,就魏达这个情况,也讲了个大概。原则上,魏达不知情,不属于从犯,但是涉及赃款的转运,所以难免有嫌疑。即使最终实在找不到什么证据,法官的最终判决也不一定是会让魏达坐牢,如果有切实有效的证据,魏达可以早点提出来。

魏达最先想到的是聊天记录,里面提到帮忙走账的事情,但律师说,这不能证明他完全不知情。方晓棠病急乱投医想找周雪帮忙,如果周雪可以说服沈劼,可能事情就解决了。方晓棠刚提出来,钟盼扬就否决了:"事情可能现在没有那么复杂,如果周雪的事情再牵扯进去,可能性质又不一样了,而且你吃不准沈劼对周雪的态度,万一周雪出面让他更生气,那不是弄巧成拙?"方晓棠说:"这也不是,那也不是,那啷个办嘛,我未必看到我老公坐牢啊?"

钟盼扬讲:"我也托律师去问了,这次涉及的人和事范围广,不是一天两天就结束了的。晓棠你还是先打起精神来,要是你觉得状态不好,就先休息几天,正好之前面试的那两个小客服明天过来上班。"方晓棠垂头丧气地说:"现在就上班还能让我分散下注意力了,你喊我回去待到,跟魏达两个人大眼瞪小眼,我更抑郁。"程斐然劝解道:"她想上班就让她上嘛。"

虽然方晓棠士气低迷,但是办公室这几天却相对活跃。孔唯的钱一到账,钟盼扬就快速招兵买马,先是找了个干练的人事马大姐,又陆陆续续面试了不少人。办公室从零星的三个人,也慢慢变得有规模起来。钟盼扬首先是扩张了客服部门的人数,考虑到方晓棠临盆在即,一个人管理已经严重超出负荷。另外增加人数的部门就是在程斐然下面配了两个营销,一个产品的市场效果必须是多个人头脑风暴的结果,好的创意和好的执行都可以帮产品增加知名度和影响力。除开这两个部门,钟盼扬专门招了两个人来负责食品安全问题,越是在订单扩增的情况下,产品质量越不能有漏洞,比起孔唯提出的那套华而不实的方案,钟盼扬的配置似乎更落地。

钟盼扬并没有对孔唯的意见置若罔闻,新媒体的传播是必要的,但没必要重复去做之前类似的营销。对于程斐然提出的川渝复古潮流聚集地,她倒是觉得很有意思。钟盼扬想到那天晚上和孔唯在江边的那场对话,听他描摹起九十年代的重庆夜市江边小摊来来往往,是种情怀,一去不复返,往往让人惦记。这是契机,绝不是他一个人有这种想法。

在程斐然提出这个想法过后没两天,钟盼扬就回了一趟老东家。不过一段时间没来,渝城啤酒也从国际楼搬到了渝北财富中心附近的办公楼里。钟盼扬也觉得好笑,当初业绩再好,怎么和老板换地方也提不动,感觉观音桥像是风水宝地。结果她人一走,就换了地儿,像是故意在跟她作对一样。

钟盼扬也没太大忌讳,大大方方往办公室一走,以前老同事当是看稀客,说:"哟,钟老板来了啊。"钟盼扬转头就看到小陈,随即上下打量一番。小陈也不是当时的小陈了,一身职业装,有模有样的,抱起一沓文件,踩起高跟鞋像在乘风。钟盼扬说:"小陈啊,看起来精神了嘛。"小陈招呼道:"我还要去跟老板过下合同,钟姐你先耍到啊。"见小陈一走,老同事才说:"别个现在是陈部长了,升得快吧?"

钟盼扬对于这个结果一点都不意外,只扯着老同事到一边,小声问:"最近公司业绩如何?"老同事讲:"还可以,不然你以为啷个搬公司嘛。但是话说回来,像我们这种老字号,现在还在喝的,都是些中年老辈子些,好在超市火锅店定期销量没减少太多,但要再突破一点就不得行了。"

钟盼扬心里大致有个底了,在旁边站了一小会儿,看到小陈从办公室里出来了,才慢慢走过去敲门。大老板以为是小陈东西拿落了,看也不看,就轻声细语地说:"啥子拿落了啊,看你粗心的哦。"结果抬头,发现是钟盼扬,表情都来不及整理,尴尬得红了半张脸。钟盼扬赶紧打了个招呼,算是缓解下气氛,大老板才清了清喉咙说:"小钟啊,你啷个今天有空回来看我哦,你现在当老板生意好得很嘛。"钟盼扬说:"今天找大老板肯定是有好事,不然我也不好意思回头来找你了。"大老板张大眼睛看着钟盼扬,问:"好事?还有好事轮得到我啊。"钟盼扬笑道:"其他我不晓得,但至少我第一时间想到的还是大老板你。"

大老板放下手里在看的文件,说:"讲来听一下啊。"钟盼扬说:"我们打算做一个川渝复古潮流聚集地,有点像是现在年轻人追捧的音乐节。我们在每个城市选一片广场草地,打造九十年代川渝复古的场景,做川渝吃喝名片。"

大老板兴趣一下下去,说:"等于美食节,不新鲜了。"钟盼扬接着说:"不是美食节,长沙的文和友做得很好,说味道,其实一般,但是复古风做得扎实,有本土风味,外地人来打卡,本地人来逛起耍,人气高得不得了。但是文和友的局限,在于它动不了,只能在那个地方,我们想做的,类似于川渝的文和友,但是更像快闪店。疫情大环境,短暂扎营,算是一种新耍法。"

大老板想了想,问道:"你们准备在哪些城市搞?"钟盼扬一听,晓得对方来了兴趣,说:"重庆成都暂时不搞,本土东西太多,凸显不出来特别。武汉长沙不搞,靠得太近,口味雷同,不觉新鲜。广东深圳不搞,当地人大部分吃不得辣,稍微一点川味都可能吃不下去。东北西北太远,人少,不是我们的目标……"钟盼扬还没说完,大老板立马插进来,说:"这儿不搞,那儿不搞,你总不会搞到外国去了嚓?"钟盼扬看大老板着急,心头就有底了,反而慢条斯理地说:"我们打算第一站落地上海。"

大老板有点诧异,问:"上海?"钟盼扬点了下头,说:"对头,就是上海。我记得我当时走的时候,大老板说渝城已经在上海那边布局了,如果我没记错的话,这绝对是一个极好的宣传机会。"

大老板目不转睛地看着钟盼扬,眼前这个女娃儿是厉害啊,凡事都记在心里头,步步为营,难怪能成事。大老板说:"小钟啊,你的如意算盘打得好哦,拉渝城入伙,做好了,你们那个啥子鸡沾光,做得不好,锅都是渝城背下来了,到时候你们拍屁股都可以走人。"

钟盼扬对着老狐狸一点不躲闪地说:"那大老板唰个不换个角度想,如果做好了,渝城等于在上海的宣传打响第一炮,后面的城市如法炮制,省时又省力。如果失败了,也无非是在大池子里丢一块石头,溅水溅到岸上,看到的人看到了,没看到的人没看到,渝城未必还有啥子名誉口碑的损失嘛?"钟盼扬不等大老板思考,紧着说:"我在公司的时候,每年投出去的宣传经费少说也都是六位数起,但是我们这个潮流地,说起来,算是川渝文化名片,完全可以找相关部门帮忙背书,经费未必要投多少进去。最关键的是,渝城直接就变成了重庆名片的头行代表,你说我算啥子如意算盘?"钟盼扬舌灿莲花,大老板倒被她说动心了,沉吟了一会儿,说:"你想我具体做啥子?"钟盼扬说:"我有计划书。"

钟盼扬从渝城办公室出来之后,立马给程斐然打了个电话,想第一时间把好事说给她听。但是拿起电话的时候,她突然又顿住了,这么大的事情,她都没有和孔唯商量一声,似乎有点太过于独裁了,但现在这样先斩后奏,孔唯也未必高兴了。想到这儿,钟盼扬决定先缓一缓,只是这一缓,缓来了个程咬金,陈松一个电话打给她,说要紧事商量。

钟盼扬是不指望陈松说出个啥子屁要紧事,可还是想去听下他说屁话。陈松见钟盼扬来,赶紧倒杯茶,一副舔狗嘴脸,说:"扬扬,过来坐,这边凉快。"钟盼扬问:"啥子事,诶,你今天一个人啊?"陈松说:"哎呀,你还在生上次的气啊,我这不是请你出来吃饭赔礼嘛。"钟盼扬不想听这些过场话,直接问:"讲嘛,要求我啥子,莫又是啥子作奸犯科的事情找我当挡箭牌哈!"陈松讲:"我在你眼里现在都怎个不堪了嘛!是怎个的,最近我跟到几个兄弟伙去参观陵园,觉得是个商机,想和你说下,有钱嘛,一起赚噻。"

钟盼扬听到"陵园"两个字就打脑壳,问:"你莫不是想买墓地来炒钱哦?"陈松一击掌,说:"哎呀,还是你聪明,我给你说,现在墓地涨价比房子还快,现在入手绝对是好时机。"钟盼扬直接劈头盖脸地啐过去:"陈松你这个人真的是有点过余了哦,每天就想到这些投机倒把的事情,活人的钱没赚到,开始要去赚死人的钱了!"

陈松还是一本正经地说:"你怎个说就难听了噻,啥子死人活人残疾人哦,这是投资的一种形式,和你买基金买股票买期货一样的性质。我又没有触犯啥子规章法律,啷个不可以嘛!"

钟盼扬讲:"不要说了,你要买就自己买,找我来做啥子?"

陈松讲:"这不是打算和你商量嘛,要我自己,能买得到几块嘛,你现在做生意,越做越大了,借点钱给我,到时候涨价了我马上还给你。"

钟盼扬说:"想都不要想,当初你要炒房的时候,我都已经警告过你了,现在来搞墓地投资,我听到都觉得晦气。"钟盼扬起身要走,陈松一把把她拉到,说:"扬扬,我觉得你这个人啷个就是不晓得变通诶,我把怎个好的事情给你说了,诶,等下,你是不是想自己偷偷去买哦!"钟盼扬只觉得陈松完全疯了,手也甩不开,只朝他吼了一句:"你莫在这里发疯!我和你说陈松,你要买,你就去和你屋头那个女人说,不要来找我,我们又没得啥子关系了。"陈松讲:"哦,我晓得了,你搞半天还是在吃醋。"钟盼扬心里是又好气又好笑,说:"我吃醋?我要吃醋还有她啥子事?你放不放手?"陈松像小娃儿一样扭到不放,说:"你就帮我一次嘛。"钟盼扬伸手一耳光扇过去,啪的一声,整个饭店的人都看到了。钟盼扬也不觉得尴尬,只是陈松一下子彻底懵了,耳鸣得厉害。钟盼扬言:"陈松你各人扪心自问,我帮你还不够多唛,自己清醒一点!"

陈松看钟盼扬,脸色严肃、高傲、不屑,晓得多说无益,换了面容,讲:"行,今天是你自己说的,到时候莫后悔。"钟盼扬笑道:"我这会儿过来见你才觉得后悔。"点的菜开始上了,钟盼扬也不想吃,转身走了,没给陈松一点面子,算是最后一次。之后陈松的死活和她再也没得关系了。

2

下午的会议,钟盼扬把和渝城那边商量的结果简单和所有人共享了一下。方晓棠精神状况始终不是很好,所以基本只是与会,也没有什么意见。相反新来的几个年轻人都很积极,也忙于集思广益。大家七嘴八舌说了一通,其中一个叫小黄的姑娘说:"为什么我们不找江小白?比渝城更有年轻市场。"钟盼扬说:"没得为啥子,因为熟,江小白虽然更有年轻市场,但是渝城更有代表重庆的意义。"另一个叫麦子的男孩说:"那我们是不是要联系一下秦妈啊桥头啊这种老火锅牌子?"程斐然说:

"我正要说这个,我这里拟了一份名单,是我觉得大概可以去联系的品牌方。如果渝城确定加入的话,那一切都好办了。"钟盼扬说:"目前商量下来倒是没有问题,只是我骗大老板把文旅局搬出来了,其实还没有去联系,我们有没得哪个同学是做这个相关的或者可以帮忙介绍的?"

程斐然想了下,说:"印象中好像没得人在相关部门上班。"钟盼扬仔细盘算了下,打了个响指,说:"有个人倒是可能认识,不过可能要你出马。"程斐然问:"哪个哦?"钟盼扬说:"卫子阳啊。"程斐然惊讶:"他?"钟盼扬说:"你搞忘了当时他调到厂办子弟中学的时候,就是他舅舅帮忙搞的啊,当时都说他舅舅是管文化口的小领导的嘛。"方晓棠倒是把这句话听进去了,说:"对头,我都晓得,我记得那会儿家长都说卫子阳是关系户的嘛。"程斐然说:"你们记性好好,我一点印象都没得,完全不晓得这些。"

钟盼扬问:"要不你就单独约下卫子阳?"程斐然有点犹豫,想了想,还是说:"我可以去联系,但是我不能打包票卫子阳的关系一定到位。"钟盼扬说:"没得事,你先联系,也不完全寄托在他身上,我这边也问问我妈老汉,这种时候,就是人托人,重庆又不大。"

礼拜天,程斐然约了卫子阳吃猪肚鸡,卫子阳欣然应约,见到程斐然的第一句话是:"你居然还想得起我,看来是分手了。"程斐然不晓得他是开玩笑,还是纯属第六感,倒也不遮掩地说:"奉你吉言,确实分手了。"卫子阳说:"等于我的机会来了?"程斐然点菜,没看他,像是自顾自说:"分手了,就更不想谈恋爱了,索性当朋友,不存在分手,随时可以见面。"卫子阳看程斐然一本正经,也收起玩笑话,讲:"都行。"程斐然开门见山讲:"我是有事找你,这顿我请。"卫子阳说:"说实话,好像还没有哪个女生主动请我吃过饭,你算第一个,要不我破例,答应你?"

卫子阳眼瞅着程斐然,和前段时间见到完全不同了,搞事业的女人,面相上会有一种自然的清冷,等于把感情先放到一边,自然成熟不少。卫子阳有点出神,沸腾汤锅随即端上来,程斐然放下菜单抬头,四目相对。程斐然说:"你晓得我们几个现在在创业噻,然后想要和文旅局合作一个项目,所以想找你帮帮忙。"

卫子阳停下了抖动的腿,轻轻笑了下,说:"我帮得到啥子忙?我就是个消防员,八竿子打不到关系啊。"程斐然说:"我本来也觉得不好意思说,但确实也没有其他人可以问了,我记得当时你舅舅不是在文化部门的吗?能帮忙介绍一下吗?"

卫子阳叹了口气,说:"我舅舅原先是在文化部门,但是他早就调走了啊,而且你们要做文旅项目,应该找文旅局,这次我还真的帮不到你啥子忙了。"程斐然倒也不失望,原本她也没有抱太大的信心,听到说卫子阳帮不上忙,她心里反而松了一口气。

卫子阳顿时开口讲:"程斐然,你现在好能干哦。"程斐然对于这样恭维的话倒不晓得说啥子,只讲:"这个时代,男女都一样,总归靠自己,又有哪个比哪个能干嘛。"卫子阳托着下巴,饶有兴趣地望着程斐然说:"要是十年前,我都不敢相信你会说出这种话。其他人我不晓得,就你程斐然,向来是衣食无忧的小公主,现在都要出来找关系了,我真的还是觉得很难相信。"

程斐然说:"都像你说了,十年前,还小,总还觉得自己是个公主。现在三十岁的人了,小也不小了,自然不得做梦了。以前学《陈涉世家》,王侯将相宁有种乎,长大越发觉得,哪有真的吃不完的金山银山,纯属做梦。"卫子阳问:"你啷个会分手了啊?"程斐然说:"换用托尔斯泰的话来说,相爱的原因基本相似,分手的理由各不相同,三言两语说不清楚。"卫子阳不问了,安静吃东西,两个人之间的气氛又松弛了不少。末了,卫子阳说:"文旅局那边我也不是完全没得关系。"程斐然吃到一半,差点呛到,卫子阳递过去一杯水,起身拍了拍她的背,说:"你也不用恁个激动啊。"

程斐然呛了好久,才缓过来,说:"你不是说你舅舅都调走了的嘛,骗我嗖。"卫子阳说:"我舅舅确实调走了,但是我有个哥们儿在做商业地产,一直和文旅局都在打交道。只是得不到好处的事情,他多半不干,但如果你们和他们商业地产合作,收益分成的话,可能事情就好办了。"

程斐然说:"分成倒不是不行,关键是你哥们儿靠谱不,如果是商业地产,我想先要一份资料参考了解一下,回去开会和他们商量商量。"卫子阳说:"这些都是小事,不过,我想问你一个问题。"程斐然说:"你讲。"卫子阳说:"如果今天你找我这事儿没得结果,之后你还会联系我吗?"程斐然想也没想就说:"会啊,我们又没得啥子仇。到了我这个年龄的女人,能有异性朋友也是一种幸福了吧。"卫子阳打了个响指:"就凭你这句话,我决定牵这个线,我等下回去就找他要一份资料给你。"

夜里三人加班,程斐然坐在电脑前认真研究卫子阳发来的资料,钟盼扬则对程斐然提出的品牌名单进行筛选和联系,方晓棠倒想早点回去陪魏达,一想到推开那扇门,就觉得压抑,不如在办公室多呆一会儿,做点事分散下注意力。实习生看到三个老板一个不走,倒也个个不敢随便动。

最近刘女士完全成了曹孃孃和郑孃孃的领导,这两天又多来了一个皮孃孃,年轻的时候当过销售,当过秘书,开过餐馆,经历丰富,但天性爱耍,啥子事情做不长久,人活得豁达。这天忙完,皮孃孃就轻轻捅下刘女士,说:"我觉得你这几个女儿都好能干哦,想到我那个儿,每天只晓得喝酒打麻将,屁用没得。"刘女士说:"这年头,养得活自己就不错了,你还希望恁个多。看女儿二十出头的时候,就盼她快点嫁了,嫁个靠谱的男人,有个家,把娃儿生了,到底是安稳。后来我才想通了,有啥子意思嘛,女人一辈子结婚生子,又想自己的女儿结婚生子,到头来,哪个盼到点好?说到底,女人靠得到父母男人都是福气,靠不到,只有靠自己。之前她离婚,等于完全步我后尘,我都怕她跌到了爬不起来。最近看到她重新找到生活的动力,我真的啥子都不想了。"

皮孃孃说:"我真的太赞同你那句话了,女人靠得到别人是运气,能靠自己才是福气!"刘女士被说得都不好意思了,只讲:"皮妹儿,我们就大哥莫说二哥,你还不是能干,今天就你一个人剔的骨头打的包最多!"

皮孃孃讲:"莫说了,我完全是为了找人摆空龙门阵。"

钟盼扬把整理好的品牌拿在手里,击

了下掌,说:"我们开个会吧。"几个人齐齐转头,朝着钟盼扬站的白板位置,听她讲:"我仔细研究了一下重庆和成都的本土品牌,大概列出几个类型。我觉得火锅一定要有,就像九十年代朝天门江边那种棚子火锅,然后烧烤串串必须要有,这个基本等于是特色了,加上渝城的啤酒,新晋的江小白,梯坎边上的冰粉凉虾,酸辣粉小面豆腐脑,再加上成都的兔头、钵钵鸡和钟水饺。但是光有这些,确实和一般美食节区分不开,所以我还想找人来排一组江边号子,还有棒棒军,以及变脸师傅,我想打造完全沉浸式的一个体验。"

高妹妹说:"那还要加上李伯清的电台!还有专门说言子儿的!"

钟盼扬说:"完全可以,目前我的想法是,既然现在年轻人喜欢去那种沉浸式的剧本杀,我们就完全按这个标准来布景,真正还原川渝本色。"程斐然接话道:"那我觉得我们确实可以和某个商业地产合作,他们来提供场地。我研究了卫子阳发给我的那份资料,这两年文旅地产在各个城市都在做项目,但真正做好的其实不多。我们最初的构想就是那种快闪店,其实占用场地的时间并不长,但如果我们第一个项目效果好的话,不仅可以复制到其他城市,我们也可以随时更新内容,来实现一个场地的多次利用。"

方晓棠说:"我越听越觉得,我们像是要开迪士尼乐园一样,我们做得起来吗?得不得搞太大了?"

钟盼扬说:"做起来就做起来了,做不起来,我们也没得啥子损失,既然要做,就一鸣惊人。虽然我们这次要联系的品牌很多,但其实我们最关键的,还是把我们的'当燃鸡'名声打响。"

程斐然突然想到什么:"对了,这个方案,孔老师晓得吗?"钟盼扬摇头,说:"不晓得。"方晓棠和程斐然同时惊诧道:"啥子诶?"程斐然立马说:"恁个大个项目计划,你一点都没和他说啊?"钟盼扬讲:"现在方案不是还没定下来吗?我打算一切都确定了再去找他。"方晓棠问:"会不会不太好哦?"钟盼扬说:"没得哪个老板喜欢半成品,放心吧,我会说的。"

在律师的强烈辩护下,法官最终有了结论,魏达涉嫌转运赃款,但由于暂无确切勾连证据,所以给予透漏税款部分三倍的罚款处理,并予以警告。尘埃落定当天,方晓棠算是松了口气,跟着魏达从法院出来,去了一趟公司,查封已久,地上满是灰,彻底颓败的样子。魏达心有不甘,一直不说话,坐在台阶上坐了半个小时,方晓棠说:"你看下还有啥子东西要带的没有。"魏达讲:"没得了,该拿的早拿完了,下午通知了人过来回收桌子椅子,电脑也都变卖了,里面也没啥子之前的东西了。"方晓棠望了望整间办公室,魏达刚回来重庆开张的时候,那幅热闹景象还像是昨天的事情,心里一片戚然。方晓棠坐到魏达旁边,语气一下子落下来,讲:"你心头啷个想嘛。"魏达摇头,说:"不想了,想啥子嘛。"方晓棠说:"我晓得你在想啥子。"魏达说:"你不晓得,算了,讲这些没得意义。"

两人稍微收拾了点东西,锁了门。刚要往回走,方晓棠差一点没有踩稳滑倒在地上,还好魏达眼疾手快,一下抓住她。方晓棠说自己头晕眼花,走不动路了,把魏达吓了一跳,赶紧叫了车把人送到医院。检查过后,医生说孕妇最近太操劳了,加上精神状态不好，长期没有休息导致的，没得啥子大问题，看了下预产期，也就还有一个多月了，实在不易太过动荡。

魏达听完才松口气，方晓棠脸色苍白，抓到魏达的手，说："真的啥子都没得了。"魏达说："钱没得了，还可以赚嘛，只要人没得事，已经是最好的结果了。"方晓棠说："话是恁个说，本来这几年做民宿，手头存了点钱，想着等娃儿生了，换套大点的房子，这次等于全部赔进去了，你公司也要停了，这次是彻底破产。以前在电视上看到那些做生意的破产，都觉得是电视剧演的，现实落在自己身上，心里头真的不是滋味。"

魏达看着窗外的树，迟疑了会儿，说："我看你这个样子，一时半会儿我也放不开手走，我和那边说了，等你把娃儿生了，再过去。"

方晓棠轻轻咬了下嘴唇，像是下了决心一样，说："老公，你不要走了，我来给你发工资。"魏达愣了一下，问："啥子意思？"方晓棠说："我这段时间也想了很久，晚上一直睡不着。我其实不想你走，你说要是你真的走了，我们目前这个情况，短则五年，长则十年，又是聚少离多，娃儿生来就看不到各人的老汉，我心头也没得着落。如果你真的要赚钱，我宁愿你就在重庆找个工作，不足的，我每个月发给你，我来养你。"

魏达说："你在讲啥子哦，我哪个可能让你养啊？"方晓棠着急了，说："你哪个就不可以让我养啊，未必规定了胸口碎大石的只能是男人唛？我们结婚恁个多年，一直是你在外面奔波打拼，我妈老汉的闲言碎语，你也是一个人在扛，我不想恁个了，我不想你总是为了证明给他们看。我

们有我们自己的生活，自己的家，我们马上有自己的儿子女儿，他们需要一个不缺席的爸爸，而且我相信，我可以把你们都养得很好。"

魏达松开了方晓棠的手，这一切似乎也都在方晓棠的预想之中，她说得太直白，伤害了他大男人的心。方晓棠说："我晓得你心里哪个想的，我就怎么说嘛，这小祖宗一来就来两个，总归我妈或者你妈过来都带不过来，到时候家里矛盾更多，你也不想总是看到我妈吧。要说请保姆是肯定请不起了，那哪个办，也只有自己带，你想想是不是？"

魏达说："我可以不走，养不养我另说，但是你让我当全职爸爸，带娃儿这个事情，我一个大男人哪个搞得来？"

方晓棠突然有点生气："你一个大男人搞不来，我一个女人就天生要会这些吗？我还不是第一次当妈，你以为带娃儿是女人天生都会的嘛？！"

方晓棠这一怒，魏达倒有点怂了，说："我不是这个意思。"

方晓棠直问："那你是啥子意思？我当妈的未必就不学不带不教了吗？就当我请你来当男保姆，你就说你愿意不嘛！"魏达看着方晓棠一脸认真的样子，赶紧坐到她身边，说："我不是不愿意，我不是怕带不好嘛。"

方晓棠瞅着魏达的表情，晓得是委屈他了，但方晓棠也是横了心，眼下钱是没了，人再一走，倒真是人财两空了。方晓棠软了语气，又劝慰道："说养你，也是给我自己定一个目标，施一点压力。我这个人，你又不是不晓得，就是好强，就是想过得好。这几年，我赌输了，但是不怕嘛，总还有拼的余地，只要还在这牌桌子上，

总有胡牌的时候。"

魏达伸手摸了摸方晓棠圆鼓鼓的肚皮，叹了口气，说："会不会给你压力太大了？"方晓棠说："我现在除了你，啥子都没得了，我还怕这点压力嘛？"魏达低头说："我再好好想想嘛。"方晓棠说："想啥子想，不要想了！"

次日，方晓棠挺着大肚子过来，整个人精神焕发，不仅面带微笑，而且见人就打招呼。程斐然和钟盼扬面面相觑，不晓得到底发生了啥子，想着前一天刚刚结束官司，莫不是受了刺激。方晓棠坐在椅子上，大大地呼了口气，对程斐然和钟盼扬讲："魏达不走了。"

程斐然靠过来问："啊，啷个说？"方晓棠讲："我和他摊牌了，他真的要走了，我可能真的会产后抑郁，彻底崩溃，再拖儿带女的，不晓得哪天可能就出事。昨天我和他商量好了，以后我来主外，他来主内，在屋头做个兼职，顺道带娃儿。"

钟盼扬觉得幽默，问："达哥这五大三粗的人，你喊他在屋头带娃儿啊?！真的是想得出来哦。"方晓棠说："这个有啥子嘛，你看猴子和琛哥，不一样把涛涛带得很好，我看斐然也没操心啥子啊，娃儿活蹦乱跳的，乖得很。"

程斐然立马解释道："我不是啥子好榜样哈，你莫拿我做比较。"

方晓棠接着说："未必就准男人在外面赚钱啊？我和魏达说了，他只要把娃儿带好了，我给他发工资，我养他。"

钟盼扬说："好霸气，但你有个观点我是认同的，你肯做出这个决定，肯定是想了百二十遍了，只要是自己确定要做的事情，总不会后悔。看到你恢复元气了，我也放心了。"

方晓棠说："今天我心情好，社群里头搞活动，我自己来买单，顺道扩充一下会员人数。"

钟盼扬朝程斐然使了个眼神，妥当放心了。走到茶水间又讲了两句小话，钟盼扬说："我看晓棠这回是置之死地而后生了，我听我那个律师朋友说，达哥这次等于全部除脱，一点余钱都没得了。"程斐然说："但是晓棠敢说出她来养老公这种话，我觉得是真的下了大决心了。经她这么一说，我倒觉得这次只能成功不能失败了。"

3

太阳不晓得是哪个时候就闷着了，接连几天落大雨，卫子阳介绍的朋友，程斐然约了好几次，才终于在一个雨过天晴的下午约上了。

武凯坐在地下广场的咖啡厅等她，见面先客气了一番，讲了卫子阳和他的一点故事。两个人在部队的时候，确实是好到穿一条裤子的程度。程斐然听这些场面话也只能笑着应和，直到武凯问："据说你是卫子阳的初恋啊？"程斐然心想卫子阳占这种口头便宜真的也是不要脸，但或许是为了拉近他们的距离，也就应了说："十几年前的事情了，那会儿都是小娃儿，啥子初恋不初恋嘛。"武凯说："卫子阳退伍过后，没得大事不得联系我，那天给我打电话，我还以为他要结婚了诶。"程斐然说："可能他长情嘛。"

随后，两人才慢慢过渡到程斐然这次的项目上，武凯说："项目书我看过了，我觉得还是很有意思，但是我看你们目标城市是上海，还是有点疑问，这种市井气的东西放在上海是不是有点不合适，不晓得你们考虑没有。"

程斐然说："我们有自己本来的客户群，说实话，也是经过背调过后才确定的城市。上海一样是一个实验性很强的城市，我觉得有很多突破性的玩法，都可以落地试试。"武凯讲："我不晓得你对这几年的音乐节有没有了解，其实年轻人会因为乐队啊偶像啊这些，专门跑去二三线城市玩。举个例子，去年我们承办过一次音乐节，在陵水黎族自治县做的，效果非常好，而且成本也相对比较低。"

程斐然算是听出了对方的顾虑，上海的投入过大，场地费过高，又听武凯继续说："或者就是重庆和成都这样的地方，这两年也很多玩法，或者长沙武汉，都是热门选择的地方。"

程斐然想了想说："武总，你说的这些城市我们都考虑过，但我们这个和音乐节有个本质的区别，就是音乐节是有明星乐队加持的，本来就有一定的传播度，但是我们要做的是快闪消费场景，没有办法按照音乐节的模式来copy。我们之所以选择上海，就是因为我们想打破一些常规的东西，策划案里面也写得很清楚。我们就是想做国潮的新形式，传统地方文化加上时尚潮人的玩法，如果放在小地方，我觉得反而会大打折扣。"

武凯对于程斐然的构想并没有表现出足够的认同："你的意思我明白，但是我必须要和你说，我看了下你们的构想，如果真的要一比一还原，上海的造价可能比其他城市要高三到五倍，整体成本可能都要上去，这个你们考虑过吗？"

程斐然见武凯摊牌直说了，也不遮掩什么，讲："如果武总觉得投入成本过高，我还有个方案，就是我们和其他品牌方自行承办就是了，只要麻烦你帮我们和当地文旅局牵下线。"

武凯摸了摸下巴："程美女，因为卫子阳的关系，我也就和你明说啊，上海那边的文旅项目，一般都是做高端线的，像这种川渝文化反扑，你直接去谈，也未必谈得下来。我也是当你自己人，才给你建议，我们参不参与倒是其次，问题是我介绍了你们最后成不了事，不等于浪费时间嘛？"

程斐然说："武总，我们都是重庆人，我也和你明说，我觉得川渝文化之所以这么难走出去，很大程度上，还是因为大家太畏首畏尾了。这几年，越来越多的人开始想要了解重庆，我觉得这是一个特别好的机会。疫情之前，甚至上海北京各大一线城市的小年轻，都愿意专门跑到重庆成都来过个周末，享受美食，但重庆本土人诶，却反而害怕把这张脸面摆到大城市去，总觉得像是刘姥姥进大观园，见不得人，怕别个不感兴趣，怕川渝的东西太土，其实是我们自己先给自己设限了。"

程斐然的这番话，倒是把武凯说动了一些。武凯低头沉吟片刻，问："我想问下，一线城市北上广深，为啥子你们就偏偏执念于上海啊？"

程斐然望着窗外，雨又渐渐下了起来，她转面，看着武凯说："以前我上班的时候，领导和我说，做产品，需要一点情绪，初创品牌要一点愤怒，低端品牌要一点快乐，而越高端的品牌越需要一点伤感。上海这个地方，对我们创始人中的每一个都有一份含义。我们其中一位叫方晓棠的妹子，当年报大学的时候，是想报上海的，但是因为家里的原因，她最后留在了重庆。而我，刚毕业的时候，第一份工作的offer

就是去上海，但那个时候我为了我当时的男朋友，现在已经是前夫了，放弃了上海的那份工作。最后就是我们的另一位钟盼扬，她的第一段婚姻也是因为上海结缘，她前夫执意想要带她去上海，但是她却拒绝了。可以说，我们三个人对于上海的情绪都各有复杂，但我们觉得这是一个表达的机会。简而言之，虽然我们都没有去往上海，留在重庆，却活成了另一番自己，现在就是想和上海证明一下的时刻。"程斐然说完之后，又觉得自己讲得有点多了，眼眶略微有点温热。武凯思考了一小会儿，颇有感慨地说："原来如此。"

也不知道斐然的情怀是不是打动到了他，顿然也让他忍不住开口讲："这些年做地，人做套路了，就首先会想到利益，但是就像你刚刚说的，重庆文化的输出很多时候是因为我们望而却步，总觉得大城市的东西都好，我们比不过，但这个世界每一天都在变。我想起我刚加入地产，到深圳那边去的时候，一说起重庆，心中却五味杂陈，又爱又恨，好多人对重庆不了解，又想证明给他们看，却又站在高楼大厦下面羞于出口，后来慢慢形成思维定式，就觉得自己做不过个了。哎，恁个，你们最好能够有一个详细的预算报价单，我们也要核算一下成本能不能做下来。我还是和你说，如果你们自己做，大概率很难，除非文旅局自己牵头，但如果我们牵头，成效又不一样，你懂我意思吧？"

程斐然点头，说："武总的意思我晓得了，还是很感谢。"

武凯说："不要叫我武总了，叫我武哥或者大凯都可以，都是朋友。另外，我和你说啊，卫子阳，你真的可以考虑下，等你恁个多年了，是吧？"

程斐然笑而不语，真的佩服这个武大哥，最后还不忘来撮合别个当下月老。

钟盼扬正坐在办公室等程斐然的消息，外面大雨不停，雨打在玻璃上，焦急得让人有点心烦。她突然回头，看到孔唯面色凝重地站在庭院门口，上衣肩边都湿了，但因为门锁最近换了指纹密码，孔唯在那儿进不来，一脸尴尬。钟盼扬赶紧过去开门，领孔唯进来。孔唯看到办公室一下多了好多人，只压低声音和钟盼扬说："我不进来了，就和你说两句。"钟盼扬瞧了瞧雨，说："进来说啊。"

钟盼扬把孔唯带进会议室，便听到他气愤地说："你在搞新项目为啥子都不和我先商量一下？"钟盼扬连忙解释道："我是觉得都没想好，就贸贸然……"孔唯打断她说："没想好，方案都做了快一百页了，你和我说没想好？！"

钟盼扬第一次看到孔唯发这么大的脾气，声音大到外面原本还在聊天的几个人突然都安静了下来。钟盼扬一手撑在桌子上，目不转睛地看着孔唯，心里还在纳闷他是哪个看到方案的，就听到孔唯说："你是不是还在想我哪个晓得的？你可能自己都没注意，发送群邮件的时候，把我也放进去了。"钟盼扬才恍然大悟，夜里加班太晚脑袋不清楚，那个打包群组里面也有孔唯的地址。

钟盼扬也不躲避地说："孔老师，我觉得你也没得必要发这么大的火，只是我们做事方法不同，你可能觉得啥子事情都要和你商量汇报，但对我来说，只有一个事情确定好了，我才会过来找你。我不希望事情都没确定下来，就空谈一些天马行空的东西，那不现实。"

孔唯说:"现在的问题是,我一个投资人,对公司的任何事情都毫不知情,还是说你根本就打算先斩后奏,全部板上钉钉了,所有都安排完了,最后来知会我一声完事?"

钟盼扬疑惑道:"难道不该是这样吗?"

孔唯收敛了脾气,问:"钟盼扬,我觉得我们的合作模式出了问题,可能这不是我最开始想要的样子。"

钟盼扬问:"那你想要的样子是啥子?"

孔唯不说话,钟盼扬也跟着沉默在那里,雨水和窗台比他们争吵得更厉害。孔唯冷静之后,说:"方案我看过了,里面的一些问题我帮你找出来了,发到你邮箱了,估计你还没看。"钟盼扬"哦"了一声,孔唯接着说:"这个项目要是我不同意,你打算咋个办?"

钟盼扬说:"这个项目你不会不同意的,如果你真的不同意,那只能说我选错了投资人。"

孔唯说:"你这种态度,让我觉得很危险。"

钟盼扬说:"孔老师,简单说,合作这种事情,向来每个人有每个人的想法。我做事情,力求完美,做好了,自然会找你汇报,做不好,我也会主动承担责任,但我唯独不喜欢在行动的过程中束手束脚,会影响我的思考和判断。这次没有主动和你说,确实有我某方面的私心,我觉得一旦和你讲了,你就会插手进来,所以我才会有所保留。"

孔唯走到钟盼扬身边,伸手搭在她的肩上,她下意识地退了半步,孔唯说:"未必我们就不可以好好相处,把这些事情都做好吗?"钟盼扬斜眼凝视了孔唯片刻,说:"孔老师,我觉我们必须先考虑我们是啥子关系,再考虑我们应该怎么相处。"孔唯疑惑,问:"啥子意思?"钟盼扬讲:"我们现在是投资人和合伙人的关系,所以事情自然是公事公办,在合适的时候我会汇报,在需要你帮忙的时候我会主动要求,但是所谓的商量,只有在我自己拿不定主意或者希望你给意见的时候,才会出现。如果因为我接受了你的投资,让你产生了一些不必要的误会,那是我的问题,先向你道歉。"

孔唯放下了自己的手,对于自己猛然越轨的行为说了声"对不起"。钟盼扬避开了尴尬的气氛,说:"具体的方案,我会在统筹完之后发给你,如果没得其他事情,我就先出去了。"孔唯清了清嗓子,说:"先等一下,我看你们这次的项目需要联系文旅局,你们需要我这边帮忙吗?"钟盼扬说:"暂时我们有在联系,如果遇到问题我会第一时间和你说。"孔唯点头,不再说话了。

程斐然赶回来的时候,孔唯已经走了,办公室里还在为刚刚孔唯的突然出现窃窃私语。程斐然身上快要淋湿了,赶紧换了件衣服,然后把下午聊的事情和钟盼扬跟方晓棠讲了一遍。方晓棠倒没有第一时间回应程斐然,而是过去把房间的门锁了,然后对钟盼扬说:"孔老师来发啥子火啊?刚刚整个办公室都听到了。"

程斐然惊诧道:"孔老师来了?"

钟盼扬说:"哎,小事,不重要,不过就是我没有把我们这次的项目给他说。"程斐然问:"你真的没有和他说啊?!"钟盼扬说:"我说了我有我的进度,是他太大惊小怪了。"

方晓棠站在中立的立场说:"那我晓得

了，说实话，扬扬你确实有点太不重视别个孔老师了。"

钟盼扬说："我没得觉得有啥子问题啊？"

方晓棠讲："那你是太不懂男人的心意了，孔老师怎个帮你，未必你一点感觉都没得嘛？"

钟盼扬有点生气地说："如果他真的怎个想，我倒有点看不起他了，公是公，私是私，我正是觉得孔老师是可以分得清楚的人，我当初才选他的。早晓得他这个样子，我都有点后悔了。"

方晓棠说："公私分明是一回事，但是得到重视是一回事啊，说到底，别个还不是想博点存在感。"

钟盼扬不是不解风情，只是对她来说，孔老师已经不是孔老师了，是孔老板，孔领导，孔总，所以她应该用更成熟的姿态来面对这个熟悉而又陌生的男人。钟盼扬从来不是那么迟钝的女人，反而因为太明白孔唯的心意，才更要用正确的方式来对待两个人之间的关系。

程斐然算是极少看懂钟盼扬的人，只说："你现在和孔老师，反而是最脆弱的关系。"这句话说到点子上了，金钱关系，说散就散，情感关系，更是如此。现在是又谈钱又谈情，一言不合，一拍两散，不要说日后再相见了，等于现在事业全部摧毁，一点不剩。就为了这点，钟盼扬才故意和孔老师保持距离。

钟盼扬催着程斐然说正事，程斐然才拍下脑袋，把下午和武凯说的那些都说给了两个听。听到最后，方晓棠笑道："我当年也没有非要考上海呐，考北京也可以，我纯属为了追星，你真的是会说哦。"

钟盼扬说："我有一个疑问，因为这种商业地产做活动，他们一般都会安排在他们文旅项目当中，其实有利也有弊，他们的选址都会比较偏远，大致都在郊区，所以流量往往不会很高。"

程斐然说："这个问题我也考虑过，所以我想是不是可以由他们牵头，但是项目还是放在他们人流量比较大的一些商业地块来做。"

方晓棠说："虽然你们都觉得有信心，但是我心里还是很虚，一来要搞这么大一个东西，我们就这么点人。"

"我们人是不够，但是总还有其他品牌，只是说我们牵头而已。晓棠你就不要想这么多了，具体的我会安排好，你就负责在社群里宣传就好了。"钟盼扬给方晓棠吃了颗定心丸。

4

再见大老板的时候，基本的策划方案已经差不多落实了，文旅地产这边谈得七七八八，只差没有过合同。钟盼扬捆绑了几个概念之后，大老板也没有多的什么意见，于是牵头把几个老品牌的老板都拉过来谈了一遍，钟盼扬就此组了个饭局。

大老板提了三洞桥那边的一家活鱼馆，靠江边，看南岸，吃河鱼。包厢设在餐厅外围，用布包裹一层，里面摆十二把椅子，大圆桌，冷气十足。

到场人员，除了大老板，便是重庆老南山火锅的钱老板，山壁麻辣烫的董孃孃，重庆好吃街老字号小吃老板周幺妹，还有以前重庆老文工团的齐老师，之外，还有大老板喊来的几个陪客。每个人都像是大老板的老客户样，进来就是："李老板，现在生意做得大的嘛，做到上海去了。"大老板就当弥勒佛笑不出声，然后和他们介绍：

"这是小钟,以前在我手下做事,现在别个自己出去创业搞了个'当燃鸡',卖得好得很。"

原本几个老板还没注意到钟盼扬,看她专程打扮,以为是大老板新招的秘书,一听也是个老板,态度又马上不一样了。大老板紧着说:"我和你们说那个事情,就是小钟提起的,像我们做来做去,只有在重庆这个山旮旯里面转,别个都是做全国生意。"钱老板插话讲:"年轻人有胆量嘛,之前我们火锅店在上海根本做不走,放点点海椒都喊辣。"董孃孃给自己倒了杯茶,讲:"钱哥你那会儿是太早了,我给你说,这两年上海人也喜欢吃辣嘞,奇怪不嘛?我弟娃在那边做川菜,生意好得很!"周幺妹抓了董孃孃一把,说:"诶董孃孃,我们可以合作嚓。"董孃孃说:"是我弟弟,又不是我,我回头给他说一下看看。"

几个人在那里你一言我一语的,闹麻了。大老板让服务员倒酒,一杯递给钟盼扬。白酒刺鼻气味冲得钟盼扬难受。大老板说:"上海这个项目,我也没有给其他人说,就找了你们几个,完全是让你们占便宜了,要多谢别个小钟,敬酒敬酒。"

钟盼扬就这么一下被扛到焦点位上,一个二个举起酒杯就闷一口。钟盼扬喉咙一阵辛辣,以前不喜欢和大老板应酬,到头来,自己当老板,还是躲不过这一茬。钟盼扬说:"李总就是太抬举我了,这次项目主要是群策群力,后面的事情还需要大家多多帮忙。"董孃孃朝着周幺妹看了一眼,笑了笑说:"哎呀,钟妹儿,我以茶代酒,敬你一杯,后面有啥子要帮忙,你就和我董孃孃说一声,没得问题。"周幺妹也紧着说:"李总介绍的人未必还有错嘛!诶李总,我们明年还是继续合作嚓,多少给我打点折哦。"大老板没理会,只顾和钟盼扬讲:"董孃孃都发话了,快点加个微信。"钟盼扬拿出手机把桌上的人都加了个遍,然后说:"回头我把合同发给各位,大家再看看有没有什么问题。"齐老师突然插话道:"妹儿,我听说你们还要用演员。我们那些老演员,我给你说,个个得行得很!"钟盼扬说:"那就拜托齐老师了哦。"

之后,餐桌上众人又聊开了,讲起彼此做生意上的逸闻趣事,紧着又是互相吹捧。七八瓶白酒下肚,几个老爷们也扛不住了,个个散席走人,独独剩她和大老板两个人还干坐在那里了。钟盼扬以为大老板有啥子话要单独和她说,走拢去仔细看,大老板已经醉得眼睛都眯起了,嘴里还咕叨:"搞起,搞起!"大老板往后一仰,整个人倒下去,还好钟盼扬清醒,一把抓住他衣领,才不至于头着地。只见大老板一记恶心,翻身就是一呕,吐了一地,两眼无力,双目一闭,酒气熏人。大老板误以为她是小陈,伸手去抓,几近动手动脚。钟盼扬一把推开烂泥一样的大老板,看他瘫在呕吐物上面,又觉得脏,却也不好放他一个人在这里。本就狼狈,一抬头看见小陈正端着手在不远处看着他们俩,凝视已久。钟盼扬朝着小陈喊了一声,小陈才缓缓走过来。钟盼扬说:"快来把李总抬走。"谁料小陈阴阳怪气地说:"我还以为钟姐要送李总回去呢,就没我什么事了。"大老板彻底疯癫,朝着钟盼扬身上扑,小陈却一手把李总揽过来,抱怨道:"是谈多大的生意嘛,要喝这么多。"钟盼扬也不想解释了,和小陈打了声招呼赶紧打车走了。

接下来的半个月里,三个人开始正式落实项目的各项所需。钟盼扬又凑了几次饭局,把武凯拉到了这群老板面前,几场宿醉之后,基本尘埃落定。中间钟盼扬和程斐然去了一趟上海,向武凯争取到了一块位置不错的文创园,然后找了重庆本土的设计师过去勘景踩点。天气逐渐转凉,上海一下子阴湿起来,再回重庆,也进入了恼人的雨季,隔三差五阴沉着天。

该准备的也准备差不多了,上海的场地基本确认清楚,设计师的设计图也正常出来了,物料逐次准备妥当,就差各个老板的合同签字回来确认了。

会议室里,钟盼扬把设计师传过来的3D预览效果展示给所有人看,既还原了山城本貌,又带着成都的特色,将重庆成都两座城市结合得极为妥当,加上各个摊位的口号、标签,还有宣传语,连在一起就是一本川渝百科。展示完之后,钟盼扬问:"你们觉得还有啥子要改的没有?"大家一致认为已经非常完美了,但程斐然还是补了一句:"除了重庆和成都的地标缩影,我觉得还应该加上两地各自独特的方言,比如'打望'(指看帅哥美女)、'吆不到台'(了不起)、'吃耙和'(占便宜)这些词,都还是多有意思的,有一种没到重庆,却像到了重庆的感觉。"钟盼扬点头记录了下来。方晓棠接着说:"我觉得重庆怎个多吃的,我们现在这点是不是太少了哦?"钟盼扬讲:"因为是首场,所以我们不可能一次性全部放出,像探宝地图一样,是慢慢打开的。我们也设置了收集美食地图的环节,重庆暗藏了九开八闭的城门,每一处我们都设置了特别有代表性的美食,从朝天门出发,到枇杷山下的通远门截止,我们的首站就开放四个城门,之后再依次补齐。

这样每一次快闪都会有稍微不一样的东西,也觉得新奇。这也是我们和文旅局上报的方案。"

方晓棠说:"就是打怪升级,一点点打开地图呗,我觉得有意思。"

散会过后,钟盼扬回到座位上看了看时间,财务突然过来找到钟盼扬,说:"钟总,有个事我想和你说一下。"钟盼扬瞧了她一眼,问:"啥子事?"财务说:"最近我们垫付的钱太多了,可能有点麻烦。"钟盼扬说:"没事,只要他们合同回来了,我就可以去找武总那边批款,也就这两天的事情。"

念及合同,钟盼扬走到前台问有没有快递过来。得知并没得东西寄来,钟盼扬不禁纳闷,正常三四天了,各个老板签完合同都应该寄回来了。她又给大老板打了个电话,一直忙音在通话中,无奈只好挨着给董孃孃他们打,董孃孃是没接,钱老板的电话关机了,直到周幺妹接了电话。钟盼扬问:"诶,周姐,我是小钟,我们这次那个项目的合同,打算好久寄过来啊?"周幺妹惊诧:"啊,我不是寄给李总了吗?"钟盼扬以为她搞错了,说:"不是,那份合同是我寄给你的,不是李总寄给你的,是不是你寄错了?"周幺妹说:"啊,不是啊,李总不是和我们说重新订了一份新合同吗?你之前那份不是说有问题,不用了吗?"

钟盼扬愣了下,说:"没有啊,好久说的哦?"

周幺妹突然一惊一乍的,说:"哎呀,搞错了啊?!我也不晓得,啊,你问下其他人嘛,我这边忙得很,先不说了啊。"周幺妹电话一挂,钟盼扬仔细想了下,意识到不太对了,一手电话打到武凯那边,依旧

392

没得人接。钟盼扬在群里直接问了大老板一句——到底是哪个回事？群里已经鸦雀无声了，像是个个换了新号，早已经不在这个群里了。

钟盼扬拉了程斐然立马出门，让她开车载她去找武凯。程斐然还没搞清楚哪个回事，就听到钟盼扬说："我们可能遭摆了一刀。"程斐然一边慢跑一边拿车钥匙，问："啥子意思？"钟盼扬说："我们可能遭截胡了，我怀疑大老板拿了我们的策划案自己去搞，把我们踢出局了，现在我要马上找到武凯！"

钟盼扬顿时如芒在背，心乱如麻，她只希望是自己想多了，刚刚坐上车，顿时想到还有一个人可以联系。她急着给小陈拨了个电话过去，电话果然接通了，钟盼扬问："李总在哪里？我找他。"小陈没有立马回答，像是在和其他人交代工作，让钟盼扬一直等着，半晌，才回说："哦，钟姐啊，不好意思，我这边太忙了，李总不在，你有事直接打他电话嘛。"钟盼扬不想和她扯东扯西的，直问："李总是不是去上海了？"小陈一下不说话了，钟盼扬就全晓得了，立马挂了电话，看着还在努力加速的程斐然，泄气地说："我们可能白忙一场了。"

第十四章

1

时至当夜九点，南山唯独"当燃"小院灯火通明，其他商铺尽已打烊，还有零星的民宿像星群围绕，忽明忽暗。卫子阳坐在三个女人中间，手机已经打至发烫，依旧联系不到武凯，最终只得叹气，和程斐然讲："我想不到勒娃恁个不靠谱，枉费这些年的交情了。"

这事说起来不怪卫子阳，于他而言，只是搭桥，没得好处费，更不要说得罪两边人，现在倒成了猪八戒照镜子。程斐然看向钟盼扬，只听她说："在利益面前，交情也只有让步。"说的是实话，但刺耳不好听，像是完全否定了卫子阳这次的帮忙，程斐然只圆了一句："实在不行，我们就另想办法，总归要解决这个事情。"

方晓棠原以为这桩事是救命稻草，只当竹篮打水一场空，多问一句："物料、食材、各种费用支出，哪个来给我们买单？真的是遇得到哦！"

卫子阳推门出去抽烟，程斐然跟在后面。行至院子，程斐然拉亮了挂灯，拿了烟灰缸。卫子阳吞吐云雾，微微眯着眼睛，说："你们损失的钱，我来赔吧。"

程斐然差点遭电子烟呛到，推了卫子阳一把，说："你讲些啥子话哦。"卫子阳说："我说真的啊，虽然我积蓄没得好多，但是应该够赔你们。"程斐然推脱道："你莫和我扯这些啊，本来都是找你帮忙，哪有喊你赔钱进来的道理哦。真的吃亏了，也是我们自己的问题，毕竟防君子防不住小人。"

吊灯把程斐然的脸照得特别亮，卫子阳似有出神，有点不好意思地别过头，清了清喉咙："要是再联系不到武凯，我就到上海去堵他。"

说时，外面汽车鸣笛，程斐然朝马路边望去，看到是孔唯的车，见他款款走下，大步流星地往屋里走。程斐然起身立马跟了进去,看到孔唯对钟盼扬直接问:"啷个回事?"钟盼扬毫不避讳地把问题都说了一遍,方晓棠走到程斐然旁边,扯了扯她的手,示意要不要回避一下,正准备往外走,孔唯说:"你们不用出去,现在我们先一起想办法,总归把问题解决了。现在账上填了好多钱进去?"

钟盼扬看了下财务递过来的表,说:"倒不算太多,目前是十万五,还有一些东西没到,可以先退。"

孔唯说:"不用退,一切照常。"

钟盼扬以为自己听错了,只听孔唯振振有词地说:"这点钱不至于打退堂鼓,方案已经做到这个程度了,如果放弃,不是很亏吗?"钟盼扬疑惑问:"但是……"孔唯说:"没了渝城,我们还可以找国宾,没得老南山,那我们就找李子坝,现在无非比哪个速度快,场地方面,我来想办法。"方晓棠和程斐然对视了一眼,心里一下安稳不少。

卫子阳从外面走进来,说:"既然赔钱不要我赔,那我来出把力,重庆几家大的餐饮老板我还是认得到的,我也回头问下他们。"孔唯朝卫子阳盯了一眼,问:"这是?"钟盼扬解释说:"以前的初中同学。"孔唯朝卫子阳点了点头,然后说:"我们现在就以最快的速度,马上把新的品牌联系起来,赶在他们之前把新场地确认下来,钱的事情不用担心。"钟盼扬看着孔唯坚定的眼神,心里多少有些愧疚。钟盼扬有点不好意思地叫了他一声"孔老师",孔唯抬起头,"嗯"了一声。钟盼扬小声说了句:"对不起。"孔唯说:"还好,现在还不是最惨的时候,这件事也不是你一个人的问题,我也有问题。当时你提出的时候,我也意气用事,忘了提醒你要注意合作方的心眼,毕竟你们还是太年轻。"

钟盼扬说:"不不,这次确实是我刚愎自用的下场。"孔唯说:"那你接下来就好好做,将功抵过。"

天一亮,钟盼扬和程斐然就兵分两路开始联络新的老字号品牌。虽然有熟人,但是一天下来,对程斐然她们这个项目有兴趣的人并不多,几家老牌子的老板大部分都上了年纪,一来嫌难折腾,二来也不像程斐然她们几个年轻人的思维方式,基本听不进去。

最后两人在观音桥集合,又热又累,纯粹没得战斗力了。钟盼扬烦躁困顿,冰咖啡都喝了两杯,程斐然说:"我怀疑一开始,他只是假装答应我们,然后借我们之力,把盘子攒起来,再釜底抽薪,都说不定。"钟盼扬想了下,说:"全重庆恁个大,总不至于一点办法都没得嘛,还有时间,我觉得只要他们那边没敲定没开始宣传,我们就有机会。"

这时候一个老婆婆挑着两个担子过来,问:"冰粉凉虾酸辣粉,妹儿要不要一碗?"钟盼扬喝咖啡喝得有点燥,问:"桂花冰粉啊?那要两碗嘛。"老婆婆放了挑子,拿出两个碗,揭开盖子,晶莹剔透的,放红糖,放枸杞,放芝麻,再撒几颗花生碎,最后盖一层桂花。程斐然接过来,舀了一口,味道确实不错,比起一般店里的冰粉,这碗入口即化,冰粉质地不至于老。钟盼扬也尝了一口,说:"诶,好喝诶。"老婆婆笑道:"好喝啊,我每天冰粉基本都是卖完了回去的。"老婆婆又重新挑起担子,慢悠悠地往前走了。程斐然看着那个渐行渐远的老婆婆,笑着说:"重庆真的是个很特别的地方，就是这种随便坐下来买一碗冰粉都觉得好喝。"钟盼扬说："像我们那些外地同学后来都说，来了重庆，越是榔榔角角的越好吃。"

程斐然突然一个激灵，打了个响指，说："哎呀，我啷个没想到啊？我们为啥子非要找老字号品牌啊？我们这个项目，最重要的，是味道，又不是牌子！"钟盼扬也像是反应过来了一样，说："哎呀，对头哈！"程斐然说："就像我们'当燃鸡'一样，并不是啥子老字号，但是我们的味道好啊，美食最让人感动的地方，不就是口味嘛，像刚刚我们随便坐在一个路边，买了一碗不知名的冰粉，但是味道特别好，这就是重庆的感觉啊！"钟盼扬和程斐然一拍即合，掐了掐她的脸，说："哎呀，你啷个恁个聪明，我啷个早没想到啊！"程斐然镇静地说："等下，虽然话是恁个说，但是这些路边小吃真正美味，反而要靠嘴吃出来，可能更花时间。"钟盼扬说："这个完全不是问题，你搞忘了我们里面哪个最爱吃了啊？"程斐然说："对头！晓棠对重庆那些乱七八糟的苍蝇馆子最熟悉了的嘛！"钟盼扬说："那不是！"

傍晚程斐然回去之后，钟盼扬倒没有立马回家，而是绕道去了渝城的办公室。钟盼扬看到小陈和几个员工从楼上下来了，收起手机走了过去，远远地朝小陈叫了一声，小陈原本还在谈笑风生的脸一下子就僵住了，然后勉强笑着说："钟姐的嘛！"几个小员工不熟悉钟盼扬，想到陈主任有事，就先走了。

钟盼扬缓缓走到小陈面前，说："好高兴哦小陈。"小陈讲："哎呀，本来生活都苦了，不自己讨自己开心一下，还啷个过嘛。"钟盼扬看小陈眼神闪烁，不敢直视她，便晓得她心里有鬼，随口一说："诶，差点把正事搞忘了，大老板喊我来问你要一下其他人的合同。"小陈有点发愣，问："啊，他没和我说啊。"钟盼扬朝小陈望了一眼，说："他下午给我打的电话，不信你打电话过去问。"小陈顿了顿，说："那我先和他确认一下。"她转个身，拿起手机，给大老板打过去。电话刚刚接通，小陈便别过身去，语气并不友好地小声说："你啷个回事啊，不是说了钟盼扬那边换掉了吗？又喊她过来拿啥子合同？"钟盼扬轻轻一挑眉，两步走过去，把手机一下抢过来，吓了小陈一跳。

对着电话那头，钟盼扬言之凿凿地说："大老板，你也不用躲我了，明人不说暗话，有啥子就摆在台面说好了。你不想我参加这个项目，我现在可以选择退出，但是如果你敢用我的方案，我明天就找律师给你递律师函，你晓得我钟盼扬做事的风格！"

大老板愣了一下，小陈过来抢手机，钟盼扬直接别开她，捂着手机对小陈怒喝道："你的事情，我等下再和你讲！"钟盼扬看到小陈气愤又略微狰狞的脸，听着大老板在那头解释道："不是的，小钟，你听我说嘛，你误会了。"钟盼扬笑了笑，讲："呵，我误会？那大老板来解释下嘛！"大老板略有迟疑："小钟，你啷个不想一下，武凯他的想法和你们可能本来就相悖，别个是想赚钱，低成本高利润，你们做得太复杂了，而且选址也让个为难，又强势，说换掉你们，也不是我一个人可以说了算的哦。"钟盼扬就晓得大老板要这么说，直接说道："好，是武总的意思是吧，那我问你，为啥子其他人重新签的合同全部寄到

395

你这里?"大老板一下子语塞,钟盼扬轻笑道:"好了,不用多说了,具体的细节我也不想晓得,我借小陈电话只想和你说,如果你们盗用我的方案,后果自负。"

钟盼扬收了线,把手机扔给小陈,然后说:"你有啥子意见,现在就说出来吧。"小陈一脸惶恐地说:"钟姐,你在说啥子哦,我一句都听不懂。"钟盼扬专注地看着小陈,说:"当时大老板想把我的位置让给你,我无所谓,我临走的时候也专程和你说了我的想法,但是小陈,你以为李总就是坐享一辈子的金山银山,保你的如来佛啊,串通李总一起整我有意思?"小陈惊愕,解释说:"我没有啊,钟姐,你是听到哪个小人在背后中伤我哦。"钟盼扬说:"这次踢我出局,是不是你的意思?"小陈急忙讲:"我一个小员工,还可以决定得了老板的事情啊?钟姐你也把我想得太得行了点哦。"钟盼扬讲:"小陈,你总不会觉得李总跟我有一腿吧?"小陈讲:"钟姐,你说起来也好笑,李总和哪个有一腿,与我有啥子关系嘛!"钟盼扬讲:"你以为渝城就你一个人奈得何李总是不是?"

小陈苦笑道:"钟姐今天和我讲这些话,我真的是,不晓得该哪个回答。"钟盼扬讲:"我比你进公司早,门路行道比你摸清得多,你以为薛飞飞啷个被逼走我不晓得吗,你觉得我不知道被派去上海的原因吗?那天李总攒局,没带你过去,后来你来接他看我的眼神,我就晓得有问题了,一个人装模作样再出色,眼神骗不了人。"

小陈眼睁睁盯着钟盼扬,也不虚伪地假笑了,索性坦诚道:"对头,是我喊李总想办法把你除落的,你有时候阴魂不散真的太烦人了,你要走就走远点,莫回来,回来了就老实本分点,非要搞些事情,显得自己多能干,有意思唛?以前你在渝城的时候我就看不惯了,搞得各人很有想法的样子,一点不合群,啥子都要提意见,啥子都要摆谱儿,我看到都恶心。"钟盼扬看到小陈真实的样子,笑道:"这就对了嘛,把你想说的都说出来,憋起难受不嘛?行了,我都晓得了。"钟盼扬转身要走,小陈突然叫住了她,说:"钟姐,女人又不是越厉害越讨人喜欢,你何必?"钟盼扬讲:"呵,小陈,女人这两个字,就是本身太想变得讨人喜欢,才失去了价值的。"钟盼扬走到路边拦了辆出租车,头也不回地让司机开走了,渝城啤酒,彻底成为历史了。

2

第二天,方晓棠把这几十年在重庆吃过的最好吃的店铺全部列了个表,然后给钟盼扬和程斐然看了下。方晓棠说:"我这份单子,绝对是全重庆最好吃的苍蝇馆子排行。先说九龙坡老巷子里头那家何姐餐馆,那个干煸肥肠简直好吃惨了。四公里那边有家毛大哥酸菜米线,市公安局背后有个二食堂,我记得带你们去吃过的。观音桥坡坡上面巷子里头,有家背篼烧白,门面感觉都要垮了,别个卖了二十几年了。古道的豆花饭,黄桷坪的蹄花汤,马家堡那边的耳朵面,哎呀,我数都数不完。"

程斐然和钟盼扬相视一笑,就晓得这个事情找方晓棠一点问题都没得,从小到大,最爱吃的一张嘴非她莫属。

钟盼扬接过话说:"恁个,今天我和斐然去跟这些馆子小摊都联系一下,但是我们肯定用不到恁个多家,多少还是要做个筛选。"刚说完,孔唯从外面进来,风驰电掣地说:"上海那边的场地我已经落实了,这两天要过去看一下，你们谁有空和我一起去吗？"

程斐然推了下钟盼扬："扬扬，你陪孔老师去嘛。重庆这边的事情就我来负责，你去把上海那边的情况落实好，而且整个布景最想做成啥子样子，你应该最清楚。"

钟盼扬和孔唯对视了一眼，气氛略微有点尴尬，孔唯清了清嗓子，说："随便一个人跟我去就可以，明天早上出发，还有你们后面的计划，记得同步一份给我。"

钟盼扬顶着压力说："我跟你去，明早几点？"孔唯说："我想订最早那班飞机，现在每一分钟都很关键。"钟盼扬说："好，就最早那班，我明天在机场等你。"

和她们仨简单开完会之后，孔唯有其他事先走了，程斐然见孔唯的车彻底开下山，才和钟盼扬说："你和孔老师有隔阂了。"钟盼扬讲："我晓得。"程斐然说："仔细想下，孔老师真的还多好的，这次捅了这么大的娄子，他都没有怪我们，而且你确实做得不对，他也息事宁人，我觉得他对你还是上心。"钟盼扬叹气，说："就是因为这个，我才难做，我倒宁愿他把我骂一顿。你晓得孔老师最厉害的一招是啥子嘛，就是让你觉得你始终欠他的，不是我以小人之心度君子之腹，而是他做的每一件事都让我不得不往那方面想。"

方晓棠说："那又哪个嘛，关键是他为啥子要让你觉得欠他的啊，还不是喜欢你，说来说去，你总要把别个往坏处想。"钟盼扬说："好了，你们也不要在那里撮合了，我自己犯的错我自己来收拾。"

上海吴江路一带，过去都是小吃遍地，等于重庆某条好吃街，之后新修，都市感极强，倒失去了那种市井气。

两人随处而坐，吃生煎，钟盼扬说："上海有上海的风格，确实其他城市学不来，我现在唯独有点担心水土不服，到时候做不起来。"孔唯放了筷子，看着钟盼扬讲："这不像你说的话啊，之前不是还信誓旦旦，一定要在上海搞吗？"

钟盼扬说："锁定上海自然有在上海做的原因，一来是消费高，二来是差异性引起好奇，三来是顾客基数，最重要的点，是因为渝城确实在这边开了分部，想拉动它，定位上海也是很主要的原因。但是现在一切都有变化，虽然我警告了他们，但他们真的要换个花样继续搞在我们前面，我们就一点也没得办法。"

孔唯说："事在人为，既然选择了，你就应该坚定点，拿出你当时怼我的态度。"

钟盼扬一下尴尬，说："我没有怼你，我只是就事论事。"

这时，店铺门口走进来一个姑娘，岁数和钟盼扬差不多，孔唯站起身来，一下改用普通话，说："这边！"钟盼扬朝着对方望去，柔软的小波浪，小巧的五官，眉宇之间带着几分英气，虽然个子不高，但气场逼人。孔唯和钟盼扬介绍道："这是Evelyn吴小姐，我上海的朋友，现在是广告公司大老板。"然后对着吴悠说："这是小钟，钟盼扬，我的合伙人。"吴悠轻轻推了下孔唯，说："不要给我戴高帽子，叫我Evelyn就好了。"

钟盼扬还没有习惯叫人英文名，只是伸手过去，握手问好。孔唯讲："我们的项目已经给Evelyn看过了，她觉得很有意思，所以场地这边，也帮我们联系好了，像这样时候，找广告人比找什么都靠谱。"

吴悠说："做了十年广告了，我也是第一次遇到这种项目，快闪店之前我们倒是接触过，但是像这种本土地方性质的不多。你们联系得真的是时候，早一点时间，我之前那家公司只做女性品牌，刚好最近公司重组，重新定位了方向，我才有空来帮你们，不然资源完全没有办法共享。看了孔唯给我的项目书，我觉得真的有意思。"

吴悠转向钟盼扬问："是你想的吗？"钟盼扬点头说："是我和我的另外两个闺蜜一起想的，我们这家公司说起来也很好笑，全都是女人，从二十几岁到五六十岁，无一例外。"

吴悠眼睛放光，说："那我真的要去重庆拜访一下！"

钟盼扬说："那你一定要试一下我们的鸡。"

说着两人都笑了起来，一下轻松不少。吴悠拿出iPad，然后放在孔唯和钟盼扬面前，说："这边有三块场地是我们之前合作过的，很熟，所以我可以想办法去帮你们敲定下来。其中一个是室内，两个室外，看你们的需求。"钟盼扬问："哪里的人流量会比较好呢？"吴悠笑了笑，说："在上海做活动，我们都不会考虑人流量的，这个东西比较难以估计，比如天气，当天参与者的心情，或者临时的意外，都可能导致流量是个变量。而且上海的节假日，哪儿哪儿都人多，只要大家有目的。"钟盼扬不是太理解，问："什么意思呢？"吴悠解释道："上海这边做活动，我们会先找流量的KOL来网络平台上铺一波宣传，然后在一些社群里发放物料。物料很关键，上海这边的年轻人，会根据主题，形式，还有物料的精致程度来决定要不要去，所以比起天然的流量，我们更在乎能够确定的目标人群。"钟盼扬若有所思地点了点头，低声说："原来如此。"孔唯左右比较了一下，说："徐汇滨江现在很热门，日常也有很多外国人和年轻人在那边野餐和喝咖啡，还有一些户外运动，我觉得是个可以打造这种本土潮流的胜地。"吴悠点了点头，说："其实我也推荐徐汇滨江这一块，因为地方够大，之前咖啡集市也在这边做过，效果很好。当然，我还有个想法，选择五角场那边也可以，那边有天然的学生群体，我大学四年都在那边，所以很熟，但是环境可能就不如徐汇滨江这样好发挥，有利有弊，看你们的选择。"吴悠看了看他们，慷慨道："你们可以今天商量一下，最迟明天告诉我，然后，孔唯你这边具体还有什么需要，也和我说一下。"

吴悠下午还有会，暂行告辞，钟盼扬和孔唯决定把两个户外的场地都看一下。当下，惠风和畅，车停在滨江路旁，两人下车，当是边散步边考察。沿江的草地后面，是后工业风的建筑，磨石板路，年轻人大多在玩滑板，也有很多闲暇的人坐在旁边的咖啡屋里聊天。

孔唯低头问钟盼扬："你觉得这里如何？"钟盼扬说："我觉得多好的，只是唯独有点担心，我不晓得这里日常的人群对我们这个感不感兴趣。"孔唯笑，说："要不然现场做一下调查？"钟盼扬也笑，说："可以啊，我就怕别个以为我们是骗子，现在路上但凡有个人说来做啥子调查，听到的人马上就跑了。"孔唯一下大笑起来，想了想，说："我倒有个办法。"

半小时后，孔唯找打印店打印了一部分调查问卷，然后拉着钟盼扬进了一家流量最大的咖啡店，问店员找到了店长，然后说明了情况，让每一位买咖啡的朋友帮忙填一下问卷。钟盼扬和孔唯坐在靠窗的位置,看那些买咖啡的人,倒是很认真在填写,疑惑地问:"你是给他们灌了迷魂药吗?个个恁个听话。"孔唯说:"你猜。"钟盼扬不懂,孔唯指了指店长,说:"你猜他哪个答应我的?"钟盼扬问:"你给广告费了?"孔唯讲:"你提钱,就有个标准了,别个帮你宣传,收好多钱合适?"钟盼扬问:"那是哪个?"孔唯说:"我和老板讲了,下午有人买咖啡,只要他填了问卷,我就同价格买一杯客人的咖啡,他一下就答应了。"钟盼扬望着孔唯认真的脸,说:"孔老师,你确实有点生意头脑。"孔唯说:"对于老板来讲,直接收钱,多少都不好开口,但你买他们家的东西,他想方设法都会达成你的要求,今天可能是他们客单消费最高的一天了。"钟盼扬很快又有疑问:"如果今天有一百个人来买咖啡,一杯三十块,那你就要给三千块出去,并不便宜啊。"孔唯说:"要真的有一百个调查基数,我们就可以大致晓得这个地方适不适合我们,而且大概其中有好多人会来,等于直接得到了确切的比例。三千块钱,无非两张来回机票的钱,不算贵。"

这一刻,钟盼扬大致能够明白孔唯让人踏实的直接原因,睿智只是一方面,最关键的,是有效,做事有效,等于做人落地得体。

他们最后拿到了四十多张调查问卷,钟盼扬真的佩服。去往杨浦的路上,钟盼扬一张一张仔细看,然后在手机上做记录,孔唯转头看钟盼扬认真工作的样子,不免微笑欣赏。

3

程斐然举头望天,爬坡上坎,背已经湿透了。程斐然压了压头顶的太阳帽,抬头看到正在跑单的外卖员,想要问个路,对方把帽子取下来,才发现是张琛。张琛把帽子挂在小车上,抹了下额头的汗,问:"你哪个在这里啊?"程斐然喘着气说:"我在找胡老幺蛙蛙。"张琛皱眉,程斐然解释说:"美蛙鱼头啊!"张琛一下笑了,拍了拍车,说:"上来,我开车带你去啊。"程斐然问:"你不忙啊?"张琛说:"少接一单也没多少钱。"

程斐然坐在后座,简单和他讲了下最近的事情,张琛笑说程斐然越来越能干了。风吹在他俩脸上,很快到了定位的地方,看到一个倒挂起的牌牌,上面字都脱落完了。程斐然下车走过去,看了眼,确实是"胡老幺"三个字,但是拉帘门关起的,不像做生意的,程斐然说:"可能是倒闭了。"

张琛看到旁边小卖部开着,走过去问那个拿着蒲扇的老板,老板指了指那边门牌,说:"胡老幺啊?早都换地方了,这边马上要拆了,我们都准备要搬了。"程斐然看着这一壁重庆的老房子,确实都上了年月了。随着重庆这两年城市化进程迅速推进,好多原本重庆特色的老楼都逐一改建了,程斐然心里多少有些不是滋味。

程斐然回头望了一下那些旧楼,说:"哎,老重庆消失得好快哦。"张琛望向她说:"老重庆不吸引人啊。"程斐然说:"不是老重庆不吸引人,是现在的重庆总想用新东西吸引外地年轻人,但其实这些外地人来了就愿意探索老重庆。虽然晓得拆旧楼、盖新楼是历史必然,但人嘛,总怀念那些有温度的东西。"

张琛推着车,和程斐然往下走了一小段路,突然听到张琛问:"你和小侯真的分手了啊?"程斐然突然感受到鞋子里进了石子儿,问:"他和你说的啊?"张琛说:"前两天遇到妈,她和我讲的。"过去这么久,张琛对刘女士还是没有改口,程斐然假意洒脱地说:"谈恋爱分手很正常吧,有合适的再谈了,最近工作忙也没时间想这些。"张琛说:"上个星期小侯还来接涛涛出去耍,我以为你们只是吵吵架,他也没有特别和我说啥子。"

程斐然也没想到,侯一帆还会定期去接涛涛出来耍,但想通这件事也不难。却又不想多谈这个,转了话题问:"你诶,你和那个江津妹儿怎么样了?涛涛见过她了吗?"张琛低头说:"不是时候,过段时间再说吧。"

张琛手机的订单提醒响了,程斐然说:"你要是忙就先忙。"张琛说:"那天小侯送涛涛回来,突然问我,结婚到底是啥子感觉,我说了句话,不晓得说得对不对。我说很多人以为结婚就是两个人终于可以松口气,安稳下来了,像是一种长期静止的状态,但其实结婚反而是要携手打一场更大的仗,对于现代婚姻来说,很多人没有准备,所以基本全军覆没,逐一被击溃了。听我说完过后,他就走了,我当时没想太多,现在回想起来,是不是你们讨论过类似的问题?"

程斐然没有说话,半晌,才道:"张琛,你有没有仔细想过我们当初离婚的事情?"张琛疑惑:"啥子事情?"程斐然讲:"这些年我一直在想,为啥子我们最后选择了离婚,为啥子那个时候不可以一起抵抗一起承担,虽然我们把该保住的都保住了,但是最重要的也失去了,说到底,是你当初对我不信任,你不信任当一切发生过后,我还会留在你身边。"

张琛微微叹了一口气,不晓得是不是程斐然说中了他的内心。片刻,张琛讲:"既然说到这个事,那我也多想问你一句,当初你对我是不是也不够信任,所以才接受了我提出假离婚的要求?"

长长的坡道上,两人都像是失去了言语的力气,所谓的信任,讲起来那么轻松,可在那一刻,选择退缩的,又何止是一个人?

程斐然望着张琛的眼睛,良久才说:"你说得很好啊,可能我们都是自私的人吧,但是就你刚刚那番义正辞严的言论,我只想说,对于我这种打过败仗的人,要重新拿起兵器参加新的战役真的不是简单地有勇气就可以。"张琛说:"斐然,你有没有想过,可能只是上一场战斗中的战友不行,拖累了你。话再说回来,任何一场战役,最怕的,恰恰是有经验的士兵。"

张琛的手机又响了,他索性关掉了手机,说:"上来嘛,我再载你一程。"

这一次,程斐然静静地把头靠在了他的背上,风啊,就这样拂过她的头发,原来张琛也是这样可以依靠的人,时间快到她已经忘记了他们拥抱时的感觉了,可良辰美景又如何呢?他也只能送她这一程而已了。隐隐约约,她仿佛听到张琛说:斐然,操蛋的生活总归要过去的,我一直相信。

程斐然联系完店铺回到南山的时候,脑子里还回荡着张琛的话,推开玻璃门,看到侯一帆妈妈,不觉有些意外。程斐然主动喊了声"孃孃",侯妈妈回头,脸色松弛,笑了笑,说:"斐然回来了啊?"刘女士起身对到程斐然讲:"谭妹儿专程来看你的。"程斐然走过去,说:"孃孃最近精神看起来好多了。"侯妈妈说:"还好,最近医生喊我多走动，我就想说好久没到南山上面来了，专门来看下你们。"刘女士朝程斐然递了个眼神，说："最近我们这里变化还是大，搞得很漂亮，你带谭妹儿去参观一下。"程斐然一下晓得刘女士的意思，起身说："孃孃，我们出去走下嘛。"侯妈妈朝刘女士笑笑，然后起身，说："要得，我也坐了好久了。"

两个人绕过院子，走到后面的湖边，蛙声已经没有了。程斐然和侯妈妈并排走了几步，两个人都不说话，一说话，两个人又抢着说。程斐然说："孃孃你先说嘛。"侯妈妈拉着程斐然的手，说："你和帆帆的事情都怪我，接下来真的就不和好了啊？"

程斐然洒脱一笑，讲："和孃孃有啥子关系，这个是我和他迟早要面对的问题，我觉得侯一帆的想法也没得错，我总不好一直拖累他。"

侯妈妈叹了口气，讲："谈不上啥子拖累不拖累，两个人喜欢就在一起，缘分到没到头，也不是你们说了算的。你们分开这段时间，帆帆像变了一个人一样，以前遇到啥子事情，他都不骄不躁的，最近火气也大，经常在家和他老汉发脾气，我觉得他还是在意你。哎，只是我没想到，我的事情，倒把你们两个影响了。"

程斐然望着湖里月亮的倒影，说："孃孃，其实这段时间我也想了很多，我觉得之前确实是我太偏执了，总觉得这个世上所有女人都应该独立自主，但我现在想通了，为啥子每个女人最后都要变成同一个样子诶，不是家庭主妇，就是女斗士，未必就不可以有各种各样的生活和选择嘛。所以现在你和我说这些，我完全能理解了。但我也必须要说，这是我和你之间的事情，跟我和侯一帆之间没得任何关系，即使现在我和侯一帆和好了，依旧要面对那个问题，在我没有想好之前，我觉得我们都没有办法和好。"

侯妈妈还想说啥子，又觉得徒劳，索性不说了，倒是程斐然走了两步路，又开口："只不过有件事，我其实一直想说，不管我和侯一帆还在不在一起，我都不觉得我们非要搞成现在这个样子。我还是希望可以和他正常说话，交流，哪怕变成朋友，甚至某种程度的亲人。当然，我晓得我的想法很理想化，但我还是恁个认为。"

侯妈妈问："那你有和他好好聊过这个事情吗？"

程斐然摇头，说："我给他发信息，他基本已经不回了。他如果想通了，自然会来找我。"

侯妈妈晓得他们都是脾气倔的人，哪个也劝不动哪个，没有在这个话题上继续斡旋，只讲："斐然，今天我来，主要是和你说，我打算提前住到养老院去了。"

程斐然听木了，问："啷个诶，叔叔还没原谅你啊？"侯妈妈说："不不，他没生我气了。前段时间他出门没看路，遭摩托车撞了，帆帆也没得时间照顾他，我就去守了他半个月。开始他还生气，也不和我说话，但毕竟人心是肉做的嘛，慢慢也就原谅我了。老夫老妻了，哪还有真的当仇人的嘛。"

程斐然问："那你啷个还要住到养老院去啊？"

侯妈妈说："我现在脑壳越来越不行了，帆帆老汉和我说的事情，经常早上说，我晚上就忘了。有天我无意间看到他在哭，一个大男人，我和他结婚到现在，都没看到他恁个哭过。结果那天他才和我说，我前一天走出去，差点找不到路回来了。找了一晚上，他脸都白了，但是这些事情，我一点都记不到了，像是完全没发生过一样。我只记得那天我是下楼去买菜，正好看到张鸭子开了，就说买点回来给他下酒。他说张鸭子哪里开了嘛，十年前就已经不做了。你看我，真的就像电视里头演那种老年痴呆。他说他看到我现在这个样子，就觉得都是他害的。我听了也伤心嘛，想来想去，觉得去养老院是最好的，有人照顾，至少不得随便走丢嘛。"

程斐然心里不是滋味，问："那叔叔和侯一帆同意啊？你一个人去养老院，还不如在家里头呢。"侯妈妈说："我已经和他老汉说了，他老汉肯定是不同意，说如果真的要去，就和我一起住进去。我说那不是浪费钱嘛，他一个正常人，好好的在家要不得。至于帆帆那边，他之前说要请个保姆来照顾我，我算了那笔钱，真的不如直接去养老院，还每天有人一起有说有笑，心情至少好些。我可能今天和你说了这些，过两天又不记得了，我这个脑壳现在真的装不下啥子东西，但是斐然，我今天特别高兴来见了刘姐一面。"

程斐然问："我妈又说了些啥子花板眼哦？她尽是打胡乱说。"

侯妈妈说："刘姐说，她早就做好了以后去养老院的打算了，可能没有和你说，但她觉得这可能是我们这一代人最后最开心的方式。所以在听到我要去养老院的时候，她没有表现出像你们这种担忧，反而支持。我觉得刘姐每次都可以给我一种力量，她也特别理解我的想法。其实我也好想继续和刘姐一起做事哦，但是我确实心有余而力不足了。"

程斐然拉侯妈妈在湖边的椅子上坐着，说："孃孃，我妈说啥子，你听听就好了，她也是想一出是一出，没得准的，也不要因为她的一时想法，来决定了你的选择。"

侯妈妈说："斐然，你不了解你妈妈。我和你说这些，就是想和你说，我去了养老院，帆帆就再也不用担心了，不用在我身上花时间，你们的阻碍又少了一个。我觉得他是真心喜欢你，但是我太折磨人了，千万不要因为我，你们就恁个断了。"程斐然这次算是彻底听懂了，侯妈妈来找她，等于是在了去她和侯一帆的后顾之忧。但是越是恁个，程斐然又啷个可能答应啊。她说："孃孃，你恁个，我才真的不晓得啷个办了。"

侯妈妈说："我说了，你好好去和帆帆谈谈，他肯定也想和你谈谈。"

那天送侯妈妈回家到楼下，就看到侯一帆老汉坐在小卖部门口等她，那种担忧急迫的眼神，是瞒不住任何人的。看到侯妈妈下车走过去，他才彻底松口气，就听到侯妈妈说："哎呀，我说了去刘姐那里，她肯定要送我回来嘛，你啷个点都不放心。"侯一帆老汉朝车这边望了一眼，正好和程斐然四目相对，但和之前的眼神完全不一样了，一下子柔和了不少。程斐然伸出窗户，喊了一声"叔叔"。侯一帆老汉朝她点了点头，然后就同侯妈妈一起往小区里面走了。

程斐然看了副驾座上的刘女士一眼，问："你又和别个孃孃乱说啥子。别个屋头的事情，我们就不要多管闲事了。"

刘女士不以为意地说："大小姐，上次的事情，我也没有觉得我们有啥子错，问题不是出在我们身上。另外，今天谭妹儿过来找我的时候，说起她的情况，我觉得她的情况已经很糟了，在这种时候，当然

402

是她想做啥子，就去做啊。我不应该多说两句支持她的话，未必要泼冷水嘛？何况就我觉得，真的去养老院也没得啥子啊，又不丢人，为啥子你们都恁个排斥养老院啊，搞不懂。"

程斐然说："你觉得没啥子，但当儿女的啷个想嘛，别个晓得你妈老汉在养老院，心里对你是啥子看法嘛。"

刘女士一下笑了，说："这个话从大小姐你嘴巴说出来，我都有点不相信。你以前不是和我说，不要在乎别个的眼光嘛，不是说每个人都有自己的活法嘛，啷个现在转过头来倒像个老古董了哦。"

经刘女士这么一说，程斐然倒无话可说了。换作以前，她肯定不是眼下这番说辞，程斐然扳了两把方向盘，重新上路。刘女士晓得她说到程斐然心上了，只听程斐然问："你真的想过以后住到养老院去啊？"

刘女士"嗯"了一声，然后说："你看你妈我这一辈子的感情，来来回回等于就这么回事了，以后还遇不遇得到靠谱的人也说不定。你以后总有你的生活，你的事业，你的人生，也不该和我捆绑得太死。我也想通了，毕竟还有恁个多朋友，叔叔孃孃，住一起。重庆到处爬坡上坎的，也走不动，索性每天打打麻将，吹吹牛，不好耍嘛？"

程斐然说："住家里一样可以经常和他们见面啊，何必要去养老院哦。"

刘女士说："到时候路都走不动了，出门都懒得出，一个人关在屋头，哪会儿死的都不晓得。"刘女士说完，程斐然彻底默然了。

程斐然打转向灯，没多说话，只想到九四年还是九五年，外公走了没两年，外婆想要住到山里的养老院去，全家人跑到外婆家开会，阵仗等同于分财产。当时刘女士是第一个不同意的，如果程斐然没记错，当时刘女士只撂下一句话："如果儿女都没得能力，也罢了，现在是哪个对你不好吗？大房子住起，保姆请起，我们隔三差五过来看你，还不满足！"外婆也很干脆，只说了一句话："一个人老了，连自己做主的权利都没得了。我说我一个人住在这一百多平的大房子觉得孤独，你们哪个又帮得到我？"之后是程斐然的老汉、舅舅、舅妈还有各种表亲来回劝阻，刘女士却是一句话都不说，站在阳台边上生闷气。程斐然至今记得那时候刘女士落泪的表情，转眼，外婆去世已经快十年了。程斐然在猛然的一刻，感受到一种身份的继承和调换，不晓得是刘女士这些年想通了太多事情，还是程斐然这些年越活越像曾经的刘女士了。

刘女士下车的时候，和程斐然讲："谭妹儿说到底，还是为了小侯，哪个当妈的不会将心比心嘛。她为她儿子考虑，我不也要为你考虑，大小姐，我讲恁个多，无非只想说，你妈差不多到老就一个人了，但你还有恁个长的日子，我不想你最后变成跟我一样啊。"

4

清晨八点钟钟盼扬被电话震醒，听到电话那头说："他们开始搞了，在浦东那边的文创园，你要不要去看看？"钟盼扬反应过来，才意识到电话那头的声音是之前联络过的渝城那边的老同事专门过来通风报信。钟盼扬来不及把孔唯喊醒，就洗了澡换了衣服出门了。

钟盼扬快马加鞭赶到浦东的时候，正巧同武凯和大老板撞了个正着，大概连大老板也没想到钟盼扬真的亲自跑到上海来算账，那两个人面面相觑，猛然一呆。

钟盼扬笑着说："搞得快嘛。"

文创园里面已经大张旗鼓地开始布置了，之前由钟盼扬选好的那片空地彻底地腾出地方来，各个摊位开始正儿八经地架台子，横幅散在地上，定做的宣传物料也都堆在那里。大老板迎步上前，赶紧说："小钟啊，你还有空来视察工作哦。"武凯和钟盼扬本来不熟，倒也不畏惧，直说："钟小姐，买卖不成仁义在，到时候还是欢迎你过来耍。"

钟盼扬瞪了武凯一眼，心里只觉得恶心，亏他不要脸可以说出这种话。钟盼扬左右看了下，说："我记得之前我已经警告过你们了，如果你们最后用了我那套方案，我们直接法院见。"武凯听了只是漫不经心地咧嘴大笑，说："就你那几页PPT，我随便找个策划就可以写出一百个来，钟小姐，你觉得这个就可以把我告上法庭，那你就随便去告，我好怕你哦。"钟盼扬就听不得这种油腻男人在那里耀武扬威，大老板也笑着说："小钟，不要动不动就是告这个告那个，我们现在在这些东西全部换了，和你那会儿弄的完全不一样了。"

钟盼扬真的想一摊口水啐到他脸上，冷静一想，也不必了，反倒心平气和地问了嘴："你们定好几号了吗？"武凯看钟盼扬不生气，也觉奇怪，说："钟老师有兴趣过来？"钟盼扬不说话，旁边的物料板上已经写了时间，只是瞄一眼就看到了，但她还是在等武凯和大老板亲自说。大老板说："下个星期六和星期天，也就还有十来天了。"看到对方得意洋洋的笑，等于是在她脸上直接扇了两耳光，钟盼扬稍微盘算一下，就晓得时间根本来不及了。

钟盼扬看着那些写着山城各个地标的牌子，心里多少有点悔恨。如果他们真的先一步搞完了，搞好了，等于钟盼扬他们在模仿，搞砸了，合作方没得信心，自然更不愿意把场地借给他们了。只要时间赶不到他们前面，钟盼扬这次等于完败。

这个时候，她听到背后一个熟悉的声音说："我们也是下周六的活动，两位老板有时间也可以过来参观指导。"钟盼扬转过头，看到孔唯一身正装站在身后，向前走了一步，朝着武凯打了个招呼，"我是钟老师的合伙人，虽然渝城牵头整个美食节还是很有看头，但是我们还是打算做一个更年轻的东西，钟老师过来就是想亲自邀请你们。我们地方定在徐汇滨江的营地，毕竟在市区，距离你们还是有点距离，但依然随时欢迎。"

孔唯漂亮的反击让钟盼扬一下子说不出话来，看到那两个老男人似笑非笑的尴尬样，心里一下痛快了。孔唯绕着场地简单地走了一圈，然后笑着说："钟老师，我觉得也不必非要在意方案的事情了，原本那套方案就送给武总他们，我们又不是非要这套方案不可，是不是？"

孔唯的一个眼神让她一下子安心下来，她跷起手，故意反着调子说："为啥子要送啊，别个武总他们又看不起我的方案，自己弄得好得很，孔老师你才是说笑哦。"孔唯故意抬杠说："武总看不起，那说明别个做得更好，倒是有点期待。"

两个人阴阳怪气地说了半天，弄得武凯和李总反而不晓得说啥子，最后孔唯留了两张名片给他们，再次邀请他们务必过来看一眼。

两个人上了车，钟盼扬才真正急躁起来："啷个来得及?!到下周六只剩十天时间了，就算不眠不休，我都想象不出来。现在场地场地没确定，资金资金没到位，我还不晓得斐然那边和那些店店摊摊联系得如何，简直一点头绪都没得，你还一本正经地邀请他们过来，过来看笑话嘛?!"

钟盼扬一股脑地把刚刚憋在肚子里的话全部说出来了，孔唯一下抓住她的手讲："你啥子都不用担心，既然我敢承诺下来，就必定做得到。"钟盼扬没有抽出那只手来，就这样静静地让孔唯握着，但她突然反应过来，问："你啷个晓得我来这边了诶?"孔唯说："一大早找不到你，我想来，如果是看场地，你肯定叫我一起，单独行动只有去找武凯他们，之前你方案里面不是写了文创园的位置嘛，我就直接找过去了。"钟盼扬仔细一想，不晓得是说孔唯聪明还是说他令人害怕，学数学的人逻辑思维就是异于常人。孔唯继续说："上海这边的所有事宜，我来负责。你今晚赶紧回重庆，确认那边的合作。如果没有问题，我们这周末之前就开始布置。"钟盼扬肯定地点了点头。

当天下午，钟盼扬坐最快的航班从虹桥机场飞回江北，抵达的时候，天已经半黑了。程斐然和方晓棠坐在车里等她，看她风驰电掣地跑过来，还没来得及说工作，只要求落地的第一件事就是到火锅馆吃一顿，随便啥子火锅都可以。她大叹一口气说："上海的吃的真的太难吃了，还好当年我没有发疯和陈松一起去上海，不然我肯定活不出来。"

方晓棠看到她火急火燎的样子，说："你才是叫好笑哦，别个从上海回来都是风风光光地说上海多好，你一回来就是要吃火锅。"

钟盼扬说："笑是笑不出来了，现在简直是火烧眉毛，不管了，边吃边说，我饿惨了。"

一到火锅店，钟盼扬把上海经历的零零碎碎全部都说给了她们两个听。听完，三个人沉默了一小会儿，方晓棠感慨道："孔老师是真的上心，我现在彻底对他倒戈了，扬扬，这个男人可以。"

钟盼扬拍了下她手，说："在和你讲正事，你尽是想这些乱七八糟的事情。"

方晓棠一面偷笑，一面又听程斐然问："孔老师怎个肯定我们办得下来啊？这个时间也太紧了！"钟盼扬说："我心里头也是怎个想的，但是刚刚在回来的飞机上，我又仔细想了下，如果下周六我们搞不起来，确实就不用搞了，再做都是捡别个吃剩的。"

方晓棠说："话是怎个讲，但是现在啥子都没准备的嘛，我心好慌哦，要是最后弄不好，那不是我们搞怎个久就全部白费了嘛。"

钟盼扬烫了片毛肚，说："我只能说，拼尽全力去赌了，赌赢赌输就看这一扳手了。"

三个人坐在火锅边上，一下子满腔热血，方晓棠找服务员说："给我来一瓶啤酒，不要渝城！"程斐然和钟盼扬拉到她说："你现在敢喝酒啊？"方晓棠说："都到这个时候了，没得一杯啤酒，都对不起这个气氛，我就抿一口，至少要干个杯嘛！"紧着火锅沸腾，碰杯清脆，热热闹闹的火锅店里，三个人又有说有笑起来。

早上十点，程斐然的车飞驰开上南山，

405

下车，门口已经站了一坝坝人。刘女士从车上下来，远远就听到有人喊："刘红英来了！"程斐然还没搞清楚啷个回事，就看到刘女士一下拥入人群里面，对着程斐然说："这个是李孃孃，最早我们住油库那会儿在我们楼下住。这个是罗伯伯，原来妈妈的同事。那个是蔡叔叔，还有陈孃孃，戚孃孃，陶孃孃。这边几个你认得到嚓，华孃孃，刘伯伯，还有……"刘女士一个个地挨着介绍，转眼看到徐老师，立马拉到程斐然说："徐孃孃，还记得到嚓！"徐老师牵起程斐然的手说："好多年没看到了哦，女儿都怎个大了，完全变了个人。"

程斐然一边热情问好，一边满脸茫然。她轻轻拉刘女士到一边，问："你把这些叔叔孃孃喊来干啥子啊？过来参观唛？"旁边陶孃孃说："斐然，我们这些退休老头老太婆准备和你们一起走上海去啊。"程斐然更不懂了，刘女士才解释道："昨天晚上跳坝坝舞，正好和他们说到我们要去上海搞美食节的事情，他们个个有兴趣啊，就说干脆全部组团去，给我们扎起！"

程斐然惊讶又好笑，这七七八八加起来也有二十来个人了，等于刘女士大半生的交情了，想不到这次一下把夕阳红老年团都牵动了。罗伯伯说："我们就是跟到刘孃孃走诶，反正最近也好久没出去耍了，正好去看你们搞活动！"李孃孃应和说："那不是，刘姐现在生意做得好，都做到上海去了，要发大财，快点趁还没红抱下大腿。"刘女士解释说："不是开到上海，我们这个叫，叫啥子诶，哦，快闪店，是那种全国各地到处巡回那种。"蔡叔叔说："晓得了，巡回演唱会，邓丽君那种！"这人东说一句，西说一句，说得刘女士和程斐然都不好意思了。这会儿方晓棠和钟盼扬正好过来了，看到乌泱泱的一帮人，还以为是闹事的，连忙问："啷个回事哦？"程斐然才简单解释了下，方晓棠一下笑出来，说："恁个好耍啊，孃孃的号召力真的是可以哦，难怪我妈一直说刘孃孃以前是厂区一枝花。"

刘女士不说了，像个领班带着一群老友在周边逛起来。钟盼扬说："斐然，你明天通知你联系的那些老板来我们这里开个会，把具体的注意事项和需求都和他们说一下。"方晓棠笑道："别个斐然前两天就已经喊过来开过会了，该说的都说完了，你不在这段时间，她才是真的累惨了。"

钟盼扬确实没想到，说："你这速度，可以啊！"

程斐然说："不说这些了，昨天晚上我回去就和厂家确认过物料进度了，最快最快也要下周三才能运到上海。"钟盼扬问："那有没得办法在重庆这边找厂加班做，我们直接带去上海。"程斐然被点醒，说："对头啊，我啷个没想到！"钟盼扬说："我们原本想的码头号子，可以改个方式，因为确定了徐汇滨江的那片营地，正好旁边就是黄浦江和码头，我想到体院找一群体育生，刚毅有型的那种，穿黑色长裤绑红色头绳，就在那里一排就是风景。"方晓棠花痴地笑了下，说："你这个算是出卖色相哦！"钟盼扬讲："在合法尺寸内出卖都不算犯法，何况，我是为了凸显重庆汉子的阳刚之美，啷个就不可以了。"程斐然说："我还想复刻一下朝天门批发市场的那种集市，实在太怀念了。"方晓棠揶揄道："要不要加个索道嘛，上海没得索道。"

三个人越扯越远，眼看那群叔叔孃孃已经转了一圈回来了，刘女士招呼说："今天你们都先不要急着走了，我来做东，去吃南山火锅。"

方晓棠从来没有感受过一周的时间恁个快,快到她还没有好好收拾行李,第二天就要起飞了。魏达说啥子也不放心她一个人去,本来孕妇就不好坐飞机,但方晓棠说,恁个重要的时刻,她啷个可能不在场,好说歹说,最后魏达说陪她一起去。

刘女士才是真正的整装待发,大包小包收拾了四五个箱子。程斐然看到都头痛,说:"你是去出差,不是去旅游。"刘女士才不管不顾地说:"出差也要带衣服啊,要去恁个多天,上海诶,又不是重庆,至少穿得洋气点嘛。而且恁个多叔叔孃孃都要去,我总不好意思穿得像个煮饭婆啊。都说上海的天气说变就变,我都看了,一会儿冷一会儿热的,长袖短袖肯定都要带啊,还有……"

程斐然立马打断她,说:"好好好,我先说我不帮你拿啊,你要拿自己拿。"程斐然捂了捂头,实在想不到好些年不和刘女士一起出行外地,她的麻烦劲儿倒是一点都没变。

和刘女士相比,曹孃孃、郑孃孃她们就简单多了,真的像是去出差的,但说起来都是第一次去上海,还专门跑去商场买了个拉杆箱。唯独皮孃孃带了个LV的皮袋子,提起是洋气,但是真正到了机场,一走起路,手换来换去彻底提麻了。

就这浩浩汤汤的一群人到了江北机场,叽叽喳喳像麻雀一样,程斐然都怕她们随时被保安架出去。钟盼扬注意到社交平台上已经在推送他们的活动了,Evelyn的执行力可见一斑。上飞机之前,卫子阳专门发了条信息来给程斐然打气,用自己傻了吧唧的自拍做了个表情包。程斐然前一秒还在笑,下一秒就刷到了侯一帆的朋友圈,此时此刻,他也在江北机场候机。程斐然在聊天框里打了几个字,最后还是删了,还没想好怎么问,工作人员已经开始检查登机牌登机了。

比起登机前咋咋呼呼的一群人,落地之后,竟一下子噤若寒蝉了。直到上洗手间的时候,曹孃孃才悄悄和程斐然说:"我们说不来上海话的嘛,遭不遭排挤哦?"程斐然才晓得为啥子她们几个个个不开腔了,程斐然说:"现在都啥子年代了,哪里还有恁个排外哦。"

在去酒店的大巴上,曹孃孃、郑孃孃真的是一句话都不敢讲,皮孃孃倒是和刘女士在那里用倒洋不土的普通话聊天,非要假装自己很会说普通话的样子,听起来又别扭又好笑。孔唯在上海这边把一切都安排好了,刘女士像个导游一样,非要带几个孃孃去外滩散步,吹嘘她九几年的时候跟领导来过一次上海,当时住在外滩边上的招待所,引以为傲。

于是众人兵分两路,程斐然也见到了钟盼扬口中的Evelyn,几个年轻人一起喝了场酒。夜里的巨鹿路,好多更年轻的人站在路边东倒西歪,外国人骑着单车穿行其中。程斐然抓着钟盼扬的手,靠在腆着肚子的方晓棠肩上,说:"好难相信哦,我们三个有一天在上海的路上。"钟盼扬说:"为了事业啊,干杯!"方晓棠扯过杯子,说:"为了友情,干杯!"程斐然挽着姐妹们的手,大步大步地走在路上,说:"以前周星驰的电影说,走路像只鸭,今年一定发,快,跟我走起来。"钟盼扬笑说:"神经病!"方晓棠紧跟着学起鸭子摇头晃脑地走,钟盼扬没法,酒精上头,一起发疯。

程斐然说："发发发！"魏达跟在后面，只喊她们几个慢点，钟盼扬调侃道："达哥真的是这辈子都不放心你。"方晓棠说："就是啊，烦得很！"说完几个人都笑出了声。

5

冰粉、凉虾、凉面、酸辣粉、豆腐脑、蹄花汤、爆炒腰花、老火锅、毛血旺……程斐然一大早到机场接机，拿着手里的菜单挨着点一遍，个个老板排成一队。哪个想得到，这群大部分其貌不扬的人，个个手艺大厨，技不压身。程斐然数了两遍，还是少一个人，问："卖豌杂面的肖孃孃诶？哪个没看到她啊？"还提起佐料的梅大伯说："肖孃孃发烧了，来不到了。"程斐然问："哪个没和我说啊，啥子时候的事情哦？恼火不哦？"旁边的一个大姐说："恼火也不恼火，但是就是浑身酸痛，嘞又是疫情，她不敢动啊，怕来了要遭隔离。"程斐然想了想，说："那好嘛，我们先走，我回头打电话问下她。"肖孃孃不来，确实让整个川味少了一抹点睛之笔，她家的豌杂面可以说是全重庆一绝，找不到第二家恁个好吃的，但是现在临时换其他人也来不及了。

等所有人放好东西，程斐然就赶紧带他们到现场布置自己的摊位，也就只有一天时间了，加班加点也要搞完。程斐然到的时候，钟盼扬正在培训那几个体育生，方晓棠行动不便，只能安排几个实习生挂牌子，搭搭桌子。营地被彻底圈起来了，有个民工和孔唯正在用红白蓝编织袋搭老火锅的棚子，刘女士和曹孃孃几个在立牌子，周围好多年轻人过来看，问是要搞什么？程斐然主动过去和他们讲解了下明天要举行的活动，好几个年轻人都是四川的，听到起有点激动说："我们也算半个老乡！明天过来耍！"

程斐然突然听到江边的货船开过，发出轰鸣，回头听到身边的人都在说重庆话，突然有种错位的感觉，好像他们还在重庆，又确实不是重庆。刘女士吆喝道："这边棚棚搭起，晚上得不得遭人偷哦？"孔唯说："我们已经安排了人晚上过来检查，不过在上海，治安还是很好，孃孃你可以放心。"程斐然说："你觉得好笑不嘛，桌子板凳有哪个偷嘛，偷去卖得到几个钱哦？"刘女士说："那哪个晓得啊，我们在这里辛辛苦苦弄一阵，万一晚上遭偷了诶。"钟盼扬想了想，刘女士说的倒是不无道理，对孔唯说："孃孃说的也对，万一有人故意来偷，让我们搞不成，也是有可能的。"孔唯点点头，说："我和这边场地的保安说过了，晚上会帮忙看看，市区应该不至于有人胡作非为。"

前前后后一直搞到晚上十点多，整个场地终于搞得差不多了，刘女士和几个孃孃真的累到腰酸背痛，程斐然几个也瘫在地上不想动了，但看到已经基本成型的"老重庆缩影"，大家又都觉得满足。回程路上，又是一大帮人，深夜游走上海，像是梦游，又有一种整齐队伍的感觉，旁的，人行稀少，车行松散，高楼林立之间，是宽旷的街道和通明的路灯，再转一个街道，是居民区，梧桐成荫，和前排高楼形成两种风格，东拐西拐，赫然是上海真正模样。这种夜游，和程斐然记忆中的上海重叠，有繁华闹市，又有灯火人家，想起以前有人说，要到一个城市破落地方看几遭，才算是真正了解过这个城市，面子里子都要兜一圈。挨至末尾，刘女士又不免感叹："哎呀，嘞是上海啊，和重庆差不多嘛！"皮孃孃说："那不是，你说一样嘛，外地人就觉得，上海破烂都破烂得稀奇，是种文化，你说怪不怪。"刘女士说："重庆的破烂也是文化啊，都是文化，哪个比哪个差嘛！"

那夜众人是真累了，一觉睡到大天亮，好在钟盼扬上了两个六点的闹钟，一起床就把所有人全部叫醒。刘女士那群"老年亲友团"昨晚上也到了，正好住在他们附近的酒店，一大清早旗子横幅统统拿起，像是奥运会啦啦队的阵仗，风风火火朝着徐汇滨江走去。罗伯伯突然起了高调，要唱《上海滩》，结果孃孃们都一起应和起来。清早七八点的上海街头，一群老年团意气风发，程斐然钟盼扬和方晓棠都觉得自己输了，除了干笑，还有努力保持距离，她们也不晓得会不会随时被路过的警察带走。李孃孃说："刘姐，你等下有没得表演哦，跳个舞噻，平常跳坝坝舞你最得行了！"刘女士说："我等下做事都来不及，还跳舞，跳六哦！"罗伯伯说："跳噻，你们一起跳，重庆坝坝舞还不是很有特色，跳起来！"几个不怕羞的孃孃边走边跳，风把她们裙子全都吹鼓起来。郑孃孃说："上海的风才叫大哦。"皮孃孃说："江边的嘛，风唧个不大哦！"一群人前一秒刚还在捧腹大笑，下一秒全部站在路边不动了。一群人望着原本要去的营地，一街之隔，全部崩塌，钟盼扬和孔唯脸色一下变了，程斐然急匆匆地跑过去，一股强风吹在她的脸上。

来来往往的人都在旁边围观，指指点点的，所有人都忘了看天气预报，昨晚的强风把场地上所有的布置全部撂翻，摧枯拉朽，东倒西歪，不堪入目，不管是棚子，还是标志牌，所有规划好的路线营地，全部横七竖八地倒着。钟盼扬心里一紧，念道："完了……"她完全不敢扭头看孔唯，只见他三步并作两步往前跑。

刘女士的得意模样一下没了，脸唰地一下白了半截。叔叔孃孃们都彻底愣了，原本准备好的看热闹，这会儿是真的看热闹了。方晓棠挺起大肚子，哒哒地往前走，几辆车差点轧到她，魏达在后面心子把把都捏紧了，说："你慢点啊！"

方晓棠才不管不顾，走过去说："还早的嘛，怕啥子！"一下子罗伯伯带头说："刘孃孃，我们去帮你！把台子架起来，恁个多人，两下搞完了！"蔡叔叔也说："刘姐，走起啊，恁个多人帮你！"刘女士也不晓得哪里一下来了力量，也不顾面子了，两边袖子一挽，说："走，搞起！"

一下子三四十个人齐泱泱地往街对面冲过去，全部都是五六十的人了，个个又变得生龙活虎的，吼起，叫起，彻底的重庆人，嘴巴咧得老大，重庆话一喊，走哦！程斐然她们回头的时候，"夕阳红"们已经穿过街道抵达，几个人被裹挟其中，钟盼扬捡起地上的喇叭，说："谢谢叔叔孃孃，谢谢叔叔孃孃！"几个孃孃扭头就说："妹儿，谢啥子，人多力量大诶。"

风依旧狂躁地吹拂在每个人脸上，叔叔孃孃一人负责一块，原本已经烂成一团的营地，一下子全部规整起来。程斐然抬头的瞬间，突然看到了江边尽头的阳光，她想起了初三那年最后一次参加运动会，被选去跳高的她，就是在最后一跳的时候，看到过这种光。那天早上，刘女士和她老汉站在台子下面，为她跳出的那一杆校纪录鼓红了手掌，台下全场欢呼。钟盼扬拿着喇叭，找了一个高一点的台子，对着所有人说："我们复古重庆集市十点半照常开始！"

在程斐然后来的回忆里，那天应该是她这辈子最热血澎湃的一天，虽然最后营地并没有如愿还原成原本的样子，但是整个集市依旧热闹非凡，光是伤心凉粉就一下子卖了一百碗，其他的自然不用说。刘女士站在最中心的摊位，看着那些津津有味地吃着他们鸡肉的年轻人，突然大哭，程斐然一下拉住她，说："你啷个了哦？"刘女士捂着眼睛说："我就晓得我们肯定得行！"程斐然赶紧拍拍她肩膀，说："哎呀，恁个多人看到的，莫恁个！"最主要的是，当燃鸡彻底找到了市场，就是那天下午，社群的会员数一下暴增，后来钟盼扬才知道，原来孔唯那么有信心是因为他早就打听好了，同时间旁边正好是一个平台网红会员日，邀请了各个KOL到场打卡。两天之后，长虹基金再次向她们发出了邀请，但这一次，她们有了更多的选择。钟盼扬和孔唯坐在江边吹了会儿风，回头望已经彻底热闹起来的集市。钟盼扬说了一声："谢谢你，孔老师。"孔唯莫名地看着钟盼扬，问："为啥谢谢我？"钟盼扬说："谢谢你，成全了这次我们所有人的一个梦。"

当天晚上说是要摆个庆功宴，孔唯牵头，定了个餐厅，算是给叔叔嬢嬢们接风，接下来几天再找一个导游安排行程，逛外滩城隍庙东方明珠一站式服务，刘女士再一次被众星捧月要求唱首歌。刘女士不好意思地说："唱啥子嘛，有啥子好唱的嘛。"最后点了梅艳芳的《似是故人来》，刘女士硬被塞了个话筒。

相隔十几年，程斐然再一次听到刘女士唱歌，声音已经完全变了。程斐然记忆中的刘女士，还是清亮高调的喉咙，这些年说话不觉得，但一唱歌，就全暴露了，但是刘女士还是唱啊:同是过路/同造过梦/本应是一对/人在少年/梦中不觉/醒后要归去……程斐然拎起酒杯，满脸通红，斜望着刘女士，随后又是下句:俗尘渺渺/天意茫茫/将你共我分开/断肠字点点/风雨声连连/似是故人来……刘女士的川味粤语又是另一番风味，几个嬢嬢在下面跟着哼曲，窗外是月影婆娑。

程斐然听着刘女士的歌，一升一降，一起一落，大开大合，突然想起最近的梦，梦里面张琛和侯一帆走在她的前面，突然之间，两个人都不走了，各自喊程斐然的名字，但是风太大了，又听不清他们在说啥子了，突然黑白，抽了声音，像是默片。

刘女士放了话筒，端起酒，说："各位哥哥姐姐弟弟妹妹，今天我刘红英在这里敬大家一杯，一来敬你们捧场，二来敬你们不离不弃，三来敬我们老当益壮！"

随后又是一阵觥筹交错，叔叔们起兴，嬢嬢们助乐，程斐然突然起身，拎起包往外走，不及其他人发现，拿起手机买了最晚的一班飞机飞回重庆。于程斐然而言，不管是过去还是现在，她都不是那种喜欢拖泥带水的人。深夜一点，回到江北，星星也已经快要睡着了，她还是一身酒气，但头脑已经清醒不少。走出机场的时候，她抽了十分钟的电子烟，仔仔细细明明白白地想清楚了一些事，如果生活的一切都和早上被风刮乱的现场一样兵荒马乱，但只要还有重拾的信心，无非也是最好的结果。

当她敲响侯一帆家大门的时候，几乎是用尽深夜疲惫的最后一点力气，当侯一帆看到她站在大门口的那一刻时，程斐然毫不顾忌地亲了上去。侯一帆还没有从睡梦里清醒过来，就听到程斐然斩钉截铁地说："我们为啥子非要纠结结不结婚的事情啊？"侯一帆的手还别在程斐然的腰间，说："程斐然，你是不是喝多了？"程斐然摇了摇头，说："从头至尾，我对结婚太恐惧，不是因为我不想承担责任，是因为我打过败仗，所以我不想再输一次了，我真的不想赌，侯一帆，你懂我的意思吗？"侯一帆说："我……懂，所以我从来没有强求过你啥子。"程斐然摇头，说："你不懂，你只晓得我不想结婚，但是你不晓得，我根本不可能因为这个原因和一个人说分手就分手。侯一帆，如果你真的想结婚，想和我结婚，不是因为你要承担家里的琐碎，不是因为你觉得一个人太累，是你真的觉得我就是你该结婚的那个人，这才是我们结婚的理由。"侯一帆轻轻松开了自己的手，正正经经地看着程斐然，说："程斐然，如果我要找一个人结婚，只能是你了，但是如果我没有想清楚为啥子要和你结婚，我也不会去找你的。"程斐然问："那你好久想得清楚，一年，两年，十年，还是一辈子都想不清楚？"侯一帆说："我现在想清楚了，就在你刚刚敲门的那一刻，我就想清楚了。"侯一帆的双手撑在程斐然的肩上，说："对不起，是我想太久了。程斐然，我都不晓得，我为啥子怎个喜欢你。"

是日当晚，聚餐结束，钟盼扬和孔唯走在滨江路上，突然风又大了起来，孔唯把外套脱下来披在钟盼扬身上。两人都有些微醺，却又和往常不同，钟盼扬主动牵起了孔唯的手，孔唯微微愣了下，钟盼扬说："你当是朋友也好，或者别的什么也好，这会儿我就想牵你的手走走。"孔唯没有说话，只是微微握紧了那只手，钟盼扬说："还好有你在啊。"孔唯笑道："我一直都在啊。"

半个月后，钟盼扬他们正式开始准备第二个城市的快闪计划，南山的办公室一下成了众多媒体采访的聚集地，"重庆之味"也有了新的正名。

也是在这个月月底，方晓棠的比预产期早了两天，生下了一对儿女。

生产那天，方晓棠一点预兆也没得，还准备给新来的实习生培训，早上特地弄了下发型，结果刚刚到了南山，肚子就痛得不行。程斐然有经验，一瞧是马上要生了，发动车子就往医院里面送，医生建议把她先推进产房，手续后办就好。

方妈妈急急忙忙赶过来，护士们过来正起手要把她往产房里推，方晓棠却大叫了一声："不得行！"吓得所有人都停了下来，医生疑惑不解地问："啥子不得行？"方晓棠捏着程斐然的手，问："几点了？"程斐然也很疑惑，拿出手机看了一眼，说："马上十二点了。"方晓棠按住推车护栏，说："不行不行，时间还没到！"

方妈妈看到一群人卡在那里不动，慌忙慌事地走过来，问："啷个不动诶！"方晓棠一下痛得披头散发的，大汗直流，还咬起牙说："时间没到。"方妈妈问："啥子时间嘛？"方晓棠说："我帮幺儿看了的，要三点出生，是金命，赚钱。"

方妈妈翻了个白眼，说："你疯了哦，快点推进去，莫管她。"

结果护士医生一群人又匆匆把她往里

送,程斐然和钟盼扬听到方晓棠叽叽呀呀死活不干的声音,三个小时后,儿女落地,一锤定音,儿子还真的就是三点出生,方晓棠一脸苍白笑出了声。

又是几天,钟盼扬和程斐然过去医院的时候,魏达真的变成了一个奶爸,方晓棠卧在床上,指挥他一会儿把女儿抱过来看一下,一会儿把儿子抱过来看一下。钟盼扬和程斐然都觉得好笑,方晓棠却说:"那不是他带哪个带啊?我马上下周就跟你们去南京了的嘛。"程斐然说:"你还在坐月子的嘛!"方晓棠说:"坐啥子月子哦,正好娃儿落地了,我一身轻松得不得了,躺到哪个赚钱哦。"钟盼扬说:"你怕还是要注意到点哦,又不急一时,这几天我们又招了几个新人,顶得到几天。"方晓棠说:"外国女人生了娃儿马上就可以工作,我啷个不可以?!"之后又是方晓棠和魏达的一顿互相辩论,但那已是平凡生活中最甜蜜的争执了。

临出发去南京的前一个夜里,程斐然挽着刘女士的手,在小区门口边上散步,此时朗朗夜风,月明星稀。刘女士抬头,闻到一阵花香,转个步,看见墙角支出来的桂花树桠,惊叹一句:"好久栽了桂花树哦,我都不晓得,好香哦。"程斐然说:"种了好久了啊,我记得去年来你这边的时候就有了。"

两母女走过刚搭的一座小桥,对面茶馆里面,麻将声声声入耳,刘女士说:"万芳芳和她老公离婚了。"程斐然笑道:"你又晓得了。"刘女士说:"前两天碰到钟志娟啊,看她垂头丧气的。之前万芳芳结婚,她不是还说我们俩母女的风凉话唛,那天看到我,直接喊我刘老板,把我吓一跳,脸色全变了,一点傲气不起来了。我听说她也晓得那个女婿是个假洋人了。活该!"

程斐然不言不语,这种陈谷子烂芝麻的消息,她也不待见听了。刘女士问:"对了,你和小侯和好了,那个卫子阳啷个办啊?"程斐然就晓得刘女士放不过自己的八卦,说:"和他讲清楚了,想再续前缘,让他再等等了。"刘女士白了个眼,说:"你这种吊起别个,不好的哦。"程斐然说:"说要等是他说的,我可不敢说,怕负责。好了,逗你的,卫子阳只和我说了声恭喜,我就和他说了声发财。"

两个人又转到嘉陵江边上,程斐然突然问:"妈,我一直想问你一个问题。"刘女士说:"你讲嘛。"程斐然说:"你是不是从来就没想过再结婚的事情了?"刘女士说:"结婚?我现在连恋爱也不想了。"程斐然说:"我不是说现在,我是说你和老汉离婚过后,你是不是就没想过再结婚了。"刘女士一下哑住,程斐然继续说:"你不仅没想婚,你那会儿是不是还想过轻生?"刘女士停下了脚步,问:"你在说啥子哦?"程斐然说:"我啥子都晓得,我都晓得,只是你不说而已。有一天我回你那边,你不在家,我等了你很久你都没回来。我问老汉,他说你出差了,其实你是割腕了,只是没死成。"刘女士变了脸色,问:"你听哪个打胡乱说的哦。"程斐然继续讲:"外婆走的时候,悄悄和我说的,喊我以后都不要和你吵了,喊我劝你再找个好男人嫁了。"

刘女士慢慢放开了程斐然的手,怅然地笑了下,说:"结果是你外婆……"她往前走了两步,程斐然说:"那几年我一直不晓得你心里到底在想啥子,但是这两年我好像又都懂了。"刘女士说:"人嘛,没死

412

成,等于重新活一次了,既然要重新活,就必然不要和以前活得一样了。你妈我,看透的都看透了,潇洒的也尽量潇洒了,感情早就不是我必须在乎的东西了。看书上讲,面对这个社会,笑一笑,事情就过去了,再难,也是铆起劲往前跨一步,还是过去了。那天你问我为啥子劝谭妹儿,我想说,女人活到最后,和不和男人在一起,都是一种孤独。只是有的人身体上孤独,有的人心灵上孤独,何不做点想做的事,来消减一下这份孤独。"程斐然重新挽上刘女士的手,说:"所以啊,你活成了我的榜样,我希望的那个样子。"这时,刘女士手机响了,不晓得是哪个叔叔又打电话来邀请她去跳舞,只听到刘女士说:"哎呀,最近忙得很,没得时间没得时间,再说哈。"程斐然问:"新对象啊?"刘女士说:"房产中介,问我买不买房!"两母女嘻嘻哈哈又笑了一路,路边一个小女娃儿牵起妈妈的手,指到刘女士她们两母女问:"妈妈,她们在笑啥子?"只听到女孩妈妈说:"肯定是遇到了啥子大喜的事情,笑得恁个开心哦!"

[特约编辑:吴　越]

力量所在
周宏翔长篇小说《当燃》之"燃"

赵依

1

青年作家周宏翔的长篇新作《当燃》，始于故事人物的人生低谷，作为一部女性都市成长创业之书、后疫情时代重建内心秩序之书和对家乡生活发展的热望之书，围绕共生家庭结构、川渝处事规则以及文旅发展和"她经济"展开叙事的考量，表达了作家对当下的最新理解和切近思考。读过之后，我们欣慰于过去几年难以被概括的岁月对于青年作家的转型和成长多少有其独特意义，在语言形式、叙事姿态、价值立场和对某种总体现实的把握上呈示了细腻、克制与冲淡平和的讲述者主体性。作家通过构建女性群像的创业史，通向人们向内求索的精神力量与尊严时刻，充实了当下小说如何给予读者、回应读者、疗愈读者的力量所在。

周宏翔为《当燃》设置了一条鲜明的主线：进入二十一世纪第三个十年，三个已至而立之年的闺蜜发小——程斐然、钟盼扬、方晓棠，在经历了婚姻、职场、经济等一系列突发危机后，决心一起创业，一路"打怪升级"、爬坡上坎，打造椒麻鸡电商品牌"当燃"……看似是简单的"爽文"，作者却在叙事结构上采用了叙事二分法（binary form），将整个故事划分为两个对立统一的部分，三位女主人公许愿新的十年新的开始已至小说第五章结束

（全文共十四章），至创业团队正式成立，又经过了某种悬停的"例外状态"，由此，读者可以在小说的前半部分充分了解几位女性主人公生活现状的"来处"，充分共情她们必须寻找"去路"的迫切，在小说的后半部分陪伴她们"做想做的事情"。

为了更好地架设故事，周宏翔借用了几组对位关系：一是结婚与离婚；二是"非典"与"新冠"疫情；三是母亲与子女；四是川渝家乡与大都市上海；五是全新的零售概念与（老重庆老成都等）商业街流动摊贩。每组对位关系在小说中承担不同故事发展阶段的叙事动力，弥合具体的人与广阔的时代生活。

2

程斐然和钟盼扬都是离婚女性，不同的是，斐然的前夫张琛非常靠谱，两人是从学生时代的恋人步入婚姻，但由于张琛家里生意失败欠下巨债，为保住房产和儿子涛涛的未来，两人先是假离婚而后又由假成真，斐然因婚内债务的连带责任丢了工作，尽管又交往年轻、体贴的未婚男友侯一帆，也迟迟不敢再步入婚姻，借着每天在国际楼跟孃孃们打麻将暂作喘息——小说起笔于此，由国际楼的空间结构为人物关系画像：打完牌的斐然，为了给母亲刘女士相亲助力，到十二楼找在"渝城啤酒"工作的钟盼扬要老啤酒，又听盼扬聊她婚内出轨的前夫陈松最近的不安分事；聊完天、搬完酒，两人又被方晓棠叫上国际楼民宿"重庆森林"——共七间（二十三层三间，七、九、十二和二十层各一间），替方晓棠处理客诉。方晓棠在被刻骨铭心爱过的前男友朱丞毫无征兆地以消失的方式分手后，与本分实在的魏达结婚，但为了生计，两人一直是异地夫妻。程斐然的母亲刘女士，全名刘红英，十年前与程父离婚，为赌气也为挣扎前行，十年来不停地相亲、交友、保养，也因投资前女婿家里的生意赔了七十万……此外，还有方晓棠远房亲戚万芳芳，万芳芳与朱丞结婚终又识破其渣男本质而离婚；方晓棠表妹周雪，先是"知三当三"被沈劼劼总包养，而后又被罗非（朱丞化名）骗作小三；侯一帆的妈妈谭月芬在侯家伺候老小，受尽苛责，自我封闭，罹患重度抑郁和早发性阿尔茨海默病而不自知……"婚姻等于是另一种信任"，所有女性都在婚姻内外突如其来地遭遇生活的真相和人生的艰难，"百废待兴"的时刻，痛苦体验提供着特殊的机遇，迫使人去反复思考人生的深刻问题，发掘并完成自身顽强不息的伟大品格。由此，读者心疼她们，渴望她们"燃"起来，向着活出自我而掘进。

在有关婚姻与离婚问题的处理上，周宏翔运用方言（重庆话）和川渝女性身上独具的泼辣、耿直、爽利构建地方性处事规则：当钟盼扬与曾经的高中老师孔唯首次相亲见面时，面对前夫陈松制造的难堪，她端起服务员手里的麻麻鱼朝陈松泼去，毫不在意孔唯或邻桌、老板等周遭的眼光，方晓棠更是指着陈松骂道："别个相亲管你屁事啊，你们都离婚了！"——这种仗义、直接与紧密，也延续到创业过程和团队精神中，干脆的处事和清晰的边界，无疑是"当燃"品牌做大做强的有力保障。当刘女士再次交友失败，面对女儿的关心，刘女士说："说实话，到了你妈我这个岁数，对爱情的认知早就透彻了……啥子高叔叔李叔叔王叔叔，都不重要，重要的是有人讨你妈开心，哪里还会真的渴求啥子白头偕老的感情嘛，不存在了。"这里的"不存在"，既是存在论意义上的这样的感情不再有了，在方言里还有"无所谓、没关系、没啥大不了"的洒脱之意。全新的女性价值观，探讨不同模式的代际关系与亲密关系，等到确定创业项目，灵感来源也正是女性（重庆女人）身上独有的这份人格魅力和女性的烟火生活——这样的刘女士做得这样一手川渝美味：

> 我离婚了，我的女儿也离婚了，这是我们重新认识的第一百天，我们在婚姻中获得过幸福，也感受过痛苦，而这些酸甜苦辣，却成了人生中最重要的滋味。五十五岁的我，和三十岁的她，希望人生的下半场，能够重新燃起来，自燃而燃，是重庆女人。

品牌草创阶段，社交媒体再次证明了"流量密码"的莫测与效用，因助理误打误撞的剪辑而一夜起步的"她经济"，尤其是离婚母女再创业，程斐然与刘女士从摩擦走向和解，不仅为当下长篇小说和女性文学提供了一组全新的人物关系，还勾连了鲜明的文学地方性特色与时代现实。创业基地位于南山民宿，读者跟随小说人物一路在山城里爬坡上坎，路过洪崖洞、李子坝、解放碑、滨江路、磁器口、观音桥等重庆地标，想象火锅、麻麻鱼、串串、小面、江湖菜等川渝风味，连同人物口中频频关涉的文旅项目定位，在城市文学领域中呈示独属于重庆的风貌，彰显大时代的火热与蓬勃。

3

众所周知，二〇二〇年——二十一世纪第三个十年刚刚开启，立即陷入了某种静止与"例外状态"（state of exception）。对于出生于一九九〇年前后的同代人，很容易去回顾、联想、对比自己中小学生时期经历"非典"时的情形，周宏翔在《当燃》中也是如此。作家之所以做如此勾连，是因为二者作为重要的公共经验，参与构成这代青年的紧急备忘录或成长简史，关系此刻价值观的具体形成和一种想象的建构——它以问题的形式呈现：经济结构、社会结构乃至人口结构变化，理想爱情也好，物质生活也罢，梦碎时，青年一代如何面对？

小说中，对此问题的回应以一种整体形象来表现，即遭受挫折后意欲重建生活、实现真正独立与自我尊严的女性群像，而相应地，正如后疫情时代需要每一个人去担负和努力，这里面也有诸如小陈、周雪这样自我放弃的个体，尽管她们短暂地变异为上位者，小陈仗着与老总的"关系"迫使钟盼扬丢失职场，周雪鲜衣怒马，给爸妈换房，开新超市……无论是对小陈、周雪，还是对跟某叔叔在泰国旅游又滞留香港，辗转回国拉程斐然一起隔离的刘女士，抑或是未经商量起念转手三人合资的南山民宿的方晓棠，周宏翔的叙述态度始终是足够克制并保持尊重。我想这多少与疫情之后，多元化和基于多元化的社会发展形态得到进一步的尊重有关，请注意，这里并非首先指向道德，而是指向生存。

对于"新冠"疫情的描写，《当燃》提供了一个特别令人动容的情节，它不指向流行病暴发后惯常的对"死亡"的书写，而是同样指向生存。小说里，程斐然曾偶遇已是失信人员的张琛在烧烤摊当学徒。"新冠"病例激增后，做了外卖员的张琛深夜造访斐然的小区，因自己小区现在只许进不许出，请斐然借一床被子，他要去体育馆空地打地铺，继续在外面跑单子。张琛说自己久无音讯的父亲终于打来电话，在敷纸盒；张琛说自己想早一点还债，早一点恢复到正常的生活中去；张琛对斐然说："不要怕嘛，最惨也不过就是怎个了，我想不到还有比我现在更惨的时候了。"困顿不仅来自疫情，因父亲生意失败，张琛无端成了失信人员，失去老婆孩子，失去生活圈，失去尊严，承担着很可能一辈子都还不清的债务，但他仍然不放弃任何可能赚钱还债、重建生活秩序的微小机会。张琛认了，必须接受现实，然后乐观、勇敢、坚强，凭借那一点点的洒脱和虚无，看淡、看开、看空，不退缩地面对现代社会的突变和大时代的不确定性，疾风骤雨，都得加油，日子还得接着过。

家这个整体很奇异，它异常紧密，瓦解它根本不容易，但它往往又因其整体的结构性不合理而破裂，因为这种不合理，家的问题无法用说理来阐释和解决，家是互相拖累和互相支撑，所以程斐然还是说了那句"加油嘛，我们一起"。

4

  疫情不仅会挑战亲密关系，降低人的忍耐阈值，还会挑起隔离中同一屋檐下刘女士和"程大小姐"的冷战。母亲与子女的关系总有极其繁复、五味杂陈和不易经营的阶段，就像别人口中"被保护得太好了"的程斐然，实际上经常处于与母亲一言不合的窒息状态。这种一言不合，突出地表现在刘女士敏感于程斐然对再婚得子的程父的态度上，以及斐然在刘女士生活细微处的耐心、用心和关心程度上。不得不说，周宏翔采用"刘女士"这一称呼进行叙事是极其成功的，它恰切地表现出了斐然妈妈的高傲与脾性，还有重庆女人骨子里的那一点"不好惹"，但她也有无比本能和无比尊严的时刻：在程父老来得子的满月酒上出于母性的本能，救下了婴儿——

  不晓得是太闹了，还是饿醒了，奶娃儿突然哇哇啼哭起来，保姆赶紧抱过来，想着是要喂奶了。结果不晓得是哪里洒了酒，地上滑得不得了，保姆一个没踩稳，脚一溜，娃儿一下脱了手。
  王孃孃那边看到惊叫了一声，满屋的人一下停了下来，只听到"哗啦"一声巨响，桌上的盘子碗筷都打翻到了地上，包厢里面一下炸开了，人人起身。
  程斐然一下愣住，大叫了一声"妈"，所有人才定了神，看到刘女士整个人扑在地上，眼疾手快，稳稳把娃儿护住了，头撞到了桌子脚，自己两只脚扭到了一起，刚刚卡在椅子脚下面。

  侯一帆与母亲的关系亦有其难解处。侯一帆大约是知道自己母亲的艰难处境的，奶奶刻薄挑剔、作威作福，父亲道德绑架、不闻不问，母亲被困在这个所谓"家"的空间里，自我封闭、缺少朋友。即便曾劝过母亲离婚，但一代人有一代人的思维模式，侯一帆改变不了什么，面对母亲难忍难解的日常，自己又被一大家子宠着爱着，只能选择沉默和不作为。所以，侯一帆在程斐然身上看到另一种女人的样子，于是认准了她，但也正因如此，当程斐然和刘女士出手帮助侯妈妈自立，当斐然看见那个点了火、一下子被火光包围住的小小的脆弱的个体，便不能置之不理，打破了侯家长久以来诡异却平衡的格局，而伴随侯奶奶去世，侯妈妈病情恶化，两人的关系进入冰点。

  由此，母女（子）关系的结局也是多样的。在机场偶遇的老同学姚淇，多年后回重庆奔丧，却只能在街对面遥遥送别，母女的隔阂到死都无法消除。而病倒了的程斐然，开始思考身为女儿和母亲的自己，竟什么也不能留下给刘女士和涛涛，"没有钱，没有资产，一个人失败原来是在她死的时候才体现出来的"。关于刘女士与程斐然的和解，是周宏翔在《当燃》中贯穿始终的情感线索，当程斐然瞒着刘女士卖掉厂房却事先知会了程父，作家借刘女士之口道出了中国原生家庭中普遍的结构性不公平：母亲总是出于责任感管教孩子最多的那个，惹人烦，情绪激烈，不讨喜，母女关系总出现剑拔弩张的时刻；而父亲总是不作为不担责扮作有同理心的那个，像个事不关己的老好人却获得儿女更多的信任。刘女士一针见血地指出程斐然之所以将卖房的事情告知程父，"只是觉得他不会拒绝你，你妈就是母夜叉，凶神恶煞的，又不通情达理，也不体贴，不会站在你的立场去想事情"。而随着故事的发展，读者也逐渐觉察程父，或者说相当一部分父亲的伪装。原来，矛盾与误会统统来自母亲对孩子的莫大保护，刘女士怎么能告诉女儿，父亲曾质疑她是否亲生，尽管刘女士常常难掩情绪的爆发，也始终不愿告知女儿真相，任凭斐然对她感到窒息。刘女士也曾在婚姻中伤痕累累，她也曾是外婆的女儿，外婆走的时候，放心不下刘女士，将秘密告诉斐然，叮嘱斐然以后不要和刘女士吵了，让斐然劝刘女士找个好男人再嫁。"以前你外婆在的时候，经常说我，说我这样不对，那样不好。有时候我也想说，让自己妈真正理解自己，是件好难的事情嘛，今时今日，我才真的理解你外婆当时的心情。"——母亲和女儿，一代接一代地转换着身份，实现共情与和解。

5

《当燃》中似乎暗藏了周宏翔的某种上海情结，从帮刘女士寻觅送给相亲对象的上海牌老怀表，到装修南山民宿时参考上海等地网红案例，再到"当燃鸡"连同川渝特色美食去上海开快闪店，作家一方面认同上海的开放性与实验性，但在三位女主人公与上海或多或少的"缘分"上，却始终立场坚定，坚守着对家乡文化的深情、热望与不舍。上海是那个远方，是不同于迂回的山城重庆与盆地四川的开放空间，是随地缘与区位而成的文化"先锋"，小说将上海之行定义为一个表达的可贵机会，务必得向上海证明一下"老重庆"的怀旧美学与现代复魅。

小说的收尾几乎是围绕着上海快闪店的落地实施展开，把川渝的美食文化及氛围带到上海形成特殊体验，这里，我们必须承认青年作家在长篇小说中对新知与流行文化有其科普之功。快闪店（Pop-Up Store）是随着线上消费升级挤压线下实体零售而新生的全新销售概念，最早诞生于约二十年前的美国纽约，某品牌搭建起一个临时门店，当所有产品销售完毕，门店也随之消失。周宏翔《当燃》中的快闪店则是一个复古体系概念，灵感来自川渝的"苍蝇馆子"和桊桊角角，唤起人们对二十世纪九十年代生活空间的怀旧。当全新的零售概念与老重庆老成都过去的商业街流动摊贩联盟，周宏翔详细讲述了三位女性主创明确主题、确定场地、寻找合作伙伴、执行落地、媒体宣传等各环节的曲折历程，有合作也有竞争，甚至还有天公不作美的突发状况。当新潮、活力的快闪店成功吸引人们打卡，小说的创业主题完成，故事进行结尾。

这里提几点意犹未尽之处，说到底，小说在解决读者和同代人的问题时，首先还得解决小说自身的问题。可能是限于发表篇幅，当叙事进入后半部分创业故事，作家的写作似乎有些趋于爽文化，更加注重创业各项任务的完成与迭代升级，小说前半部分对内心情感与精神世界的深邃求索退居其次，虽然有围绕侯妈妈和方晓棠小家展开的"拯救"与"破局"，但最终通向的是创业具体关节上的选择。当然，我们也可以理解为小说人物全情投身事业，减少了对游移于生活错落处的静心体悟时刻，毕竟时间成本也是创业的关键。再有，当女性品牌"当燃"寻找资本和合作伙伴以及战胜恶性竞争时，似乎总有赖于男人适时的神助才能闯关，也正因如此，结尾处母女的和解令人动容，两性的和解则令人感到有些冲动。好在，作家将接受帮助过程中的博弈与互惠化作企业竞争、发展的必要资质，所谓坏运气已经用光，天助自助者。

《当燃》中，有人学会释然、面对过去、接受当下，有人打开心结、更新自我、创造新生，有人实现和解、得到宽慰，有人变得坚硬、反抗世俗，有人闪现，有人逝去，有人出生……她们作为作家提供的温情与尊严所在，提示人们此刻所做的选择，正在关乎未来，而真正重要的也在未来，这也是《当燃》之"燃"，力量所在。

[特约编辑：吴　越]

多洛丝的上海

海娆

1. 我的父亲母亲

我叫多洛丝·威尔纳，小名多蒂，1936年1月出生在中国广州。那时候，我们家住在广州白鹤洞12号，一幢带游廊的独立小平房。我父母婚后一直住那里，先生下哥哥卢迪，五年后又生下我。那里也曾经是我外公外婆的家，在外公建好那幢后来被称为"广州白宫"的大洋房之前。

童年的多洛丝

我的父亲是德国人，名叫卢德维希·威尔纳，1902年出生于德国汉堡。我爷爷是红头发的巴伐利亚人，曾祖父在巴伐利亚北部的林场开了一家锯木场。爷爷年轻时着迷帆船运动，离开家乡来到汉堡，邂逅并爱上一家美食店老板的女儿，她就是我奶奶。两人婚后定居汉堡，也开了一家小美食店。他们有四个孩子，我父亲是老大，下面还有三个女儿。一家人的生活原本不错，但第一次世界大战摧毁了他们的幸福。一战后的德国经济萧条，失业率高，爷爷奶奶破产了，甚至没钱供父亲上大学。父亲只好四处求职找工作。1924年，当他终于获得一个前往中国工作的机会时，他毫不犹豫，决定去遥远的东方寻找幸福。就这样，他告别了故乡，乘海船到广州，从此与中国结下一生的不解之缘。到1954年返回故乡，他在中国工作生活了三十年。回德国后，父亲依然从事对华贸易，直到退休。

父亲中等身材，衣着整洁，高鼻梁，薄嘴唇，戴无框眼镜，蓝色的眼睛在镜片后闪烁着狡黠而可爱的光芒。他有德国人做事认真负责和值得信任的好品格，却没有德国人的呆板和沉闷。他诙谐幽默，总让我们家笑声不断。妈妈说，他应该去当喜剧演员，也许会成为德国的查理·卓别林。他却说，他只想当我们家的查理·卓别林，让我们全家人开心快乐。他的这一幽默搞笑本事，也是他当年追求妈妈的制胜法宝。当他与外公初次见面时，外公已经是广州功成名就的洋行老板和建筑工程师、市政厅的设计委员，父亲还只是一家德国小公司的小职员，初来乍到，愣头愣脑。外公颇为傲慢地问他："年轻人，你想追求我的女儿？那你能否告诉我，你有什么本事？"我年轻的父亲不卑不亢地回答说："尊敬的伯捷先生，我的本事就是——能让您的女儿笑口常开。"

但父亲也有严肃的时候。我还记得居住在香港期间，每一次家里要来客人，他都会提前警告我们说："孩子们，爸爸要开

423

始工作啦,要挣钱为家里买面包啦,你们不可以再吵闹,否则影响了爸爸的工作,我们全家都得饿肚子!"卢迪和我就立即乖乖闭嘴,不再吵闹。等客人来了,他把客人请进他的工作室,关上门。妈妈或阿嬷就把我们带去外面玩耍,或者让我们安静地待在玩具房里玩玩具。那时候我并不知道,也不关心,那些客人都是什么人。长大后才听父母说,他们都官居要职,大名鼎鼎,比如曾经的国民政府财政部部长宋子文。

我的母亲是美国人,名叫多洛丝·伯捷,1911年出生在中国广州,外公查尔斯·伯捷早在1902年就来到广州。为清朝政府修建铁路。铁路项目终止后,他与人合作,成立了一家中文名叫"治平洋行"的公司,为广州设计和建造了许多西式建筑,大部分至今犹在,作为历史文物被保留下来。由于当年外公首次将西方的钢筋混凝土技术应用在建筑施工中,他也被称为"广州现代建筑之父"。1906年,外公事业初成,迎娶了纽约-纽黑文铁路公司审计师的女儿。两人生育了三个孩子,我母亲是他们唯一的女儿。为了给家人提供更好的生活环境,外公买下白鹤洞的一片乱坟岗,从山顶到珠江河畔共九亩地,将它平整成菜地和花园,在山顶上建造了自己的新家,一幢他自己设计的十分漂亮的大洋房。房子于1915年落成,气派豪华,舒适典雅,环境也优美,不仅能欣赏到珠江风光,还能眺望远处的澳门炮台,深受各界人士赞赏,也吸引了孙中山总统等中国政要前来做客,或者开会,或者小住。因此,也有人称它是"广州白宫"。

父亲初次遇见母亲,母亲才十五岁,几个年轻人在白鹤洞网球场打网球。父亲对母亲一见钟情。晚年他回忆往事时,颇为自己当年的眼力和果敢而得意。他说,他第一眼就认定这就是他想找的姑娘。母亲身材高挑,腾跳身姿优美,发球和扣杀虎虎生威。休息时,她就独自拿本书,去旁边的树下静静地阅读。父亲从未见过一个姑娘将温柔与威猛、活泼与沉静,如此完美地融为一身。当时还有好几个青年都喜欢母亲,正耐心地等着这个青涩的少女长大成人。父亲先下手为强,半开玩笑半认真地向他们宣布:"从今天起,这个姑娘就是我的了,请你们以后都离她远点!"

当时母亲还是上海美国中学的学生,正在家里度暑假。开学后,父亲开始给她写信,她不回。年少的母亲还不懂爱情,只专心念书,想毕业后能像她哥哥那样,去美国上大学。谁知一年后家里突生变故,外公的事业遭遇不测,经济陷入极度困境,母亲不得不辍学回家。大学梦破,母亲很伤心失落,父亲却暗喜,相信是上帝在暗中成全他,把他心爱的姑娘又送回他身边,便加强了对母亲的追求。母亲年满十八岁就嫁给父亲,两人一生相爱,共度了六十多年幸福时光,直到父亲九十二岁无疾而终。短短一个月后,八十三岁的母亲也在睡梦中长眠不醒,追随父亲去了天堂。

1938年,父亲成为德国合步楼公司的香港负责人,我们家便从广州搬到香港,住在干德道上一幢带花园的小洋楼里。

由于特殊的历史原因,直到今天,无论在中国还是在德国,合步楼公司都鲜为人知。实际上,这是一家在中德邦交史上不应该被忽略的公司。它最初由德国商人克兰1934年1月成立于柏林。同年8月,克兰在庐山与国民政府财政部部长孔祥熙签订了《合步楼条约》,开创了两国以货易货的全新合作模式:用德国的工业产品和军需物资，换中国的矿产资源和农副产品。这是一个互利互惠的条约：德国军工业发达，技术先进，但资源匮乏，需要大量原材料；中国资源丰富，但军工业基础薄弱，又面临日本入侵的威胁，缺乏外汇购买国外的先进武器。双方一拍即合，因此"条约"实施顺利。1936年，德国国防部接管了公司，将这一私营公司的对华业务提升成两国之间的军工业合作。由于受一战后签订的《凡尔赛条约》的限制，德国不能对外出售军火，公司仍挂在克兰名下，初期主要向中国输出兵工厂和冶炼厂等军事工业的生产设备。在1937年卢沟桥事变爆发前，中国急需大量军火，火速从德国采购了一批轰炸机、坦克、大炮、枪支弹药等。它们极大地提高了军队的作战能力，客观上帮助了中国抗日。

遗憾的是，1938年，德国亲日派上台，宣布《合步楼条约》作废。尽管如此，双方的合作实际上仍在暗中继续，时任合步楼公司驻华总经理的我父亲，便作为双方最后的联络人，被安排继续留在中国。直到战争结束了，我父亲才转入一家英国公司工作。

在香港风光绮丽的干德道上，我们度过了两年幸福安宁的时光。随着日本人的大规模入侵，重庆成为陪都。1939年，父亲升任合步楼公司的驻华总经理，于是他离开香港，乘飞机取道河内经昆明，也去了重庆。

母亲说，一家人应该在一起。1940年夏天，母亲带着卢迪和我也上路了，前往重庆跟父亲团聚。我们乘海船先到上海。家里的贵重家具和什物，被打包成十五只大箱子。但它们并没有随我们一同前往上海和重庆，而是托交给香港的一家英国公司保管，直到六十年代初，我们家在瑞士定居下来，十五只箱子才被这家公司运到瑞士，与分别了二十年的主人团聚。

2．上海，新皇家宾馆

位于上海大西路的新皇家宾馆（New Royal Hotel），是一幢恢弘的建筑。它并不高，只有两层或三层楼，但很长，临街有一长排瘦高的拱顶玻璃窗，后面还有大花园。宾馆的大堂最迷人，亮晶晶的大吊灯下，彩色大理石在地面拼出漂亮的图案，像万花筒一样缤纷绚丽，熠熠发光。旁边的玻璃大门总在旋转，进出的都是衣着体面的先生和太太。宾馆位于租界内，母亲带着卢迪和我，在这里住了大约半年。

当时上海已经沦陷，租界外已被日本人占领，到处是持枪巡逻的日本兵。但这座宾馆对于像我这种年纪的小孩来说，仿佛是人间乐园。

我们的房间在二楼，有两张床，妈妈睡一张，卢迪和我睡一张。卫生间有抽水马桶和热水淋浴，这一点让我在随后几年的重庆生活里无比怀念，因为重庆的房子没有自来水，更没有抽水马桶和热水淋浴。这家宾馆无论设施还是服务，在当时的中国都堪称一流。它还为客人提供丰盛的一日三餐。餐厅在底楼，有中餐和西餐，都美味可口，是自助式的，可随便吃。上世纪八十年代末，当我准备用文字记录下早年在中国的生活经历时，我问父母，我们在上海的新皇家宾馆住了那么久，一定花了不少钱吧？父母却说，没有，那里的一切都是免费的，原因他们也不清楚。于是我决定一探究竟，最后查出，这家宾馆隶属于国民政府，由一个名叫"励志社"的组织管理，其职能之一，是招待政府的外国宾客，我们家恰好有幸属于被招待的对象。

时隔八十多年后的今天，当我回想这段往事，我的心里还充满温暖和感激。当时的中国并不富裕，却为在华的外国友人提供好的生活条件和安全保障，我们家也从中受益，我也因此度过了衣食无忧的快乐童年。

大西路上有很多西式建筑，离我们住的宾馆不远，还有一个"德国角"。那里有德国教堂、德皇威廉学校以及德国医院，是旅居上海的德国侨民活动中心。妈妈不知道爸爸什么时候才能安排我们启程，就把卢迪和我送去德皇威廉学校。卢迪的教室和我的幼儿园在同一幢大楼的底楼。学校还有一个大操场。如果天气好，老师会带我们去操场做游戏。有时候，我还能在做游戏时，看见卢迪他们在操场上体育课。

记忆中，卢迪和我每天在宾馆吃完早餐，就一起去学校，放学后又一起回宾馆，妈妈很少接送我们。幼儿园里孩子不多，大家围坐在一张大圆桌前，听老师为我们讲故事，教我们画画、唱歌或做手工。在这里，我开始了最早的德语学习，学会了唱第一首德语儿歌："雅各布哥哥，雅各布哥哥，你还在睡吗？还没醒吗？难道你没听到钟声吗？叮当咚，叮当咚！"

我很喜欢这首儿歌，它旋律欢快，简单易唱。一旦学会，我就整天唱个不停。有一天放学，卢迪和我走在回宾馆的路上，我又对他唱起这首歌，还把歌中的"雅各布哥哥"改成"卢迪哥哥"。一个淘气的男生从后面冲上来，对着我大吼大叫，说我唱错了。他还对我龇牙咧嘴，骂我是笨蛋，不会德语。卢迪气愤极了，冲过去就给了他一拳。那个家伙趔趄着后退，差点摔倒。卢迪大声警告他说："不准你骂我妹妹是笨蛋！如果你再骂，当心我揍扁你的鼻子！"

这就是卢迪，我亲爱的哥哥，我勇敢无畏的保护神。他有一双漂亮的蓝色大眼睛，一头爸爸那样的棕红色头发。在上海的这段时间里，我虽然也认识了几个小朋友，但我最好的朋友依然只是卢迪。他比他们都漂亮，跑得也比他们都快。我俩亲密无间，白天一起上学放学，晚上并肩躺在一张床上，听妈妈给我们朗读童话书，最后再一起进入梦乡。

然而，我很快就失去他了。

我永远忘不了，那场连续多日的大雨，把宾馆外的马路淹成了一片汪洋大海。这样的雨天让大人们发愁。他们坐在宾馆底楼的休闲室里，品着咖啡，喝着茶水，吃着甜点，长嗟短叹：唉，又不能去花园散步了……可对于我们小孩子来说，这难得一遇的人间奇景，给我们带来了巨大的欢乐和刺激。尽管妈妈一再叮嘱，不要出去玩水，就在大堂数大理石地板，看各种颜色有多少块，我们还是趁她不注意溜了出去。她坐在那里埋头织毛线，这为我们提供了可乘之机。

我们迅速蹚进水里，大踏步前行或者奔跑，想象是在大江大河或者大海里。男孩们还打起水仗，捞起水里的死老鼠相互投掷，或者把对方摁到水里当马骑，个个身上都湿透了，仍乐不可支，直到卢迪的脚被什么划伤，一声惨叫，大人们才惊慌地跑出宾馆，把这群落汤鸡似的孩子拎回去。

卢迪的伤口并不大，流血很快止住了，但他后来发烧了。妈妈以为，他只是普通的感冒着凉，就用湿毛巾敷他的额头，说这样就可以退烧。可卢迪的烧并没退，他病怏怏地躺在床上，不想起床，也不想吃东西。我趴在床边对他唱歌："卢迪哥哥，你还在睡吗？还没醒吗？难道你没听到钟声吗……"他不理我，只眨眨眼睛，扯扯嘴角，朝我苦笑，想说话又说不出来。妈妈这才急了，决定把卢迪送去医院。

卢迪被送去医院就再没回来。妈妈每天去医院看他，却不带我去。她说卢迪感染了伤寒，会传染。直到有一天，她失魂落魄地回到宾馆，见了我，一句话也不说，只是紧紧抱着我哭，我才知道，卢迪死了。

那时我还太小，不懂死亡意味着什么。我请求妈妈带我去医院，我想见卢迪！妈妈说不行，卢迪被上帝接走了。她的身体在不停地哆嗦，眼里充满我从未见过的惊恐和痛苦，漂亮的发型也凌乱了，棕色的头发里居然冒出几根白发。她好像突然就老了。

几周后，同样的惊恐和痛苦再次出现在妈妈眼里。那是在宾馆大堂，当我从楼梯上往下跳，一头栽在大理石地面，磕破了下巴，她尖叫着把我抱起来，脸上就是卢迪死时的这种表情。其实我并没感觉到痛，还好奇地盯着彩色的地面，眼花缭乱，仿佛我是一只大蝴蝶，跌入了万紫千红的花丛中。这次妈妈没有犹豫，她抱起我就往医院冲，一路狂奔，像疯了一样，平时的优雅荡然无存。医生对我进行了及时救治，伤口被缝了六针，伤痕至今还在。

我的伤并无大碍，妈妈却取消了我第二天的五岁生日聚会，只象征性地请了几个小朋友，在宾馆的休闲室，围坐在一块蛋糕前。她在蛋糕上点燃了五根小彩烛，和小朋友们一起，为我唱了一首生日快乐歌，然后大家就分吃蛋糕。但我一点也不快乐。因为我的嘴不能动，不能吃蛋糕，咀嚼会让伤口更痛。连吹蜡烛这件原本属于我的事，也由妈妈代劳。眼睁睁看着小朋友们大快朵颐，我默默地吞咽口水，两眼含泪，难受得想哭。但我既不能笑，也不能哭，脸部肌肉必须静止不动，否则伤口会更痛。那是我一生中最痛苦和憋屈的一个生日。

终于，我们要启程了。妈妈带我去德国教堂，跟卢迪告别。那也是我第一次去教堂。当妈妈把一只小陶罐抱在怀里，她低垂着头，又落泪了。她还让我也摸摸陶罐，跟卢迪说再见。我摸了，不明白卢迪为什么会在陶罐里。妈妈只说，这是上帝的安排。

卢迪，我亲爱的哥哥，从此就在那只小陶罐里，孤零零地留在上海的德国教堂，直到战争结束，父母才请人把陶罐送到香港，安葬在一个名叫快活谷的公墓。卢迪短暂的一生，七年在广州，两年在香港，几个月在上海。他还说，等我们长大了，要去德国和美国，去看爸爸和妈妈的祖国。没想到，他一生都没能走出中国，最远只到上海，就永远停下脚步。

1941年1月16日，我们离开上海，动身前往重庆。

因为上海和扬子江下游都已经被日本人占领，我们必须精心策划，如何穿过日本人的封锁区，绕道而行。这并不是一件容易的事。一个被妈妈叫作陈先生的中国人，多次来宾馆找妈妈，跟妈妈神秘地商量什么。妈妈说他是中国旅行社的人，负责安排和护送我们去重庆。他很年轻，个子瘦小，穿着洋装，黑发总是梳得溜光，会讲英语。我很喜欢他，因为他每次来找妈妈，都会跟我讲话，还总夸我聪明漂亮。

一辆小轿车来宾馆接我们。车窗外的街头人来人往，不时能看见持枪的日本兵列队走过。一些路口也有日本兵的岗哨，要检查过往的行人和车辆。气氛很紧张，妈妈紧紧抱着我。车子一路小心翼翼，把我们送到绍尔家。

绍尔先生是德国传教士，是父母在广州时期的朋友。绍尔太太做了美味的晚餐招待我们。我的下巴还包着纱布，但能正常进食了。绍尔家的两个儿子，赫木特和哈洛德，取笑我像前线下来的伤病员。这兄弟俩有很多玩具，都争先恐后拿出来让我玩耍。但我一样也不喜欢，只喜欢他们房间里的气球，床头、墙上，花花绿绿挂得到处都是。他俩很慷慨，说这些气球你喜欢就随便挑吧。我也不客气，就挑了一个红色的，皮球那么大，抱在怀里，像抱着一个温暖的小太阳。

夜里，陈先生来接我们上船。外面很冷，妈妈把我包裹得很暖和：我穿着厚实的棉裤棉袄，有毛绒衬里的皮靴。妈妈还把她编织的绒线帽子、手套、围巾，全都武装到我身上。我们跟着陈先生，来到一个灯光昏暗的河岸码头，上了一艘挂有葡萄牙国旗的轮船。妈妈和我被安排到一个很小的船舱，里面只有两张小床。行李被堆放在一张床上，妈妈拿出手电筒，检查另一张床上是否有跳蚤臭虫。她说中国正在流行传染病，如果被跳蚤臭虫叮咬，就会被感染，然后像卢迪那样死去。

我站在船舱门口，怀抱着心爱的红气球，十分好奇地东张西望。甲板上有人影出没，码头上也有人影晃动。一切都静悄悄的，显得神秘而鬼祟。寒风刺骨，我缩着脖子，手脚僵硬，不知怎么搞的，怀里的气球突然掉了，在甲板上蹦蹦跳跳地跑远了。我跑过去想把它捡起来，它却跳出甲板，掉河里了。

"啊，我的气球！"我大叫起来。妈妈冲出来，压低嗓音对我说："掉了就掉了吧，到重庆让爸爸买新的。"

"不，我不要新的，就要这个！"我急得跺脚。气球是赫木特和哈洛德送我的，我不能把朋友送我的礼物弄丢了，他们知道会伤心的。我伸长脖子，想看看气球掉哪里了，是否能够打捞起来，却被妈妈一把拽进船舱里。

轮船抖动着巨大的身体，悄无声息地离开了码头。我闷闷不乐地站在船舱里，望着黑乎乎的江面，有无数奇怪的光影在扭动，却不见气球的影子。上海城渐渐变远了，黑夜中它那么安静，白天的繁华和热闹全都不见了，只剩些高低错落的轮廓，看上去就像一只支棱着骨架的黑色巨兽伏地而卧，已酣然入睡。

我也该睡觉了，小床上已经铺好睡袋。睡袋很大很暖和，能把妈妈和我都装进去。船舱没有窗，必须开着门才有新鲜空气进来。我们躺在睡袋里，只把两张脸露在外面。一个高大的黑影在甲板上徘徊，一会儿过去，一会儿回来。当他经过我们的船舱门，船舱内就完全陷入黑暗中。我很讨厌那个黑影，妈妈却说，那是冯斯坦[①]先生，一位普鲁士军官，中国盐税局的军事

[①] 冯斯坦，原名 Bodo von Stein，国内也译作施泰因，或斯太因。孙立人将军的德军顾问。

顾问,是护送我们去重庆的。

3．去重庆

轮船把我们送到一个名叫石浦的地方。

石浦是中国东南沿海的一个小港,背靠青山,港湾内停泊着很多船只,有挂外国旗帜的大轮船,也有当地人打鱼的小木船。这里不像上海那样阴冷。一上岸,我就把身上的帽子、围巾和手套全摘下来,还给妈妈,一身轻松地蹦蹦跳跳。轮船上积郁已久的苦恼和烦闷,瞬间被我一跳而光。

这里没有日本人,阳光下的港湾安宁祥和,但我们仍然不能掉以轻心。陈先生说,日本人一年前攻打过石浦,被中国军队击退后,贼心不死,还在附近蠢蠢欲动,有可能随时再发动进攻,所以我们必须谨慎,得等天黑后才能出发,换乘小船,沿一条小河朝内陆挺进。

那是一条漂亮的帆船,它银色的风帆在幽蓝的夜空里,就像大鸟张开的翅膀,要带我们去翱翔。船上除了有船工划桨,还有十个中国士兵。他们都穿着黑军装,打着绑腿,背着长枪。船中央堆放着我们的行李,一头有简易的船舱。妈妈和我被安排在最后那间小舱里睡觉。妈妈再次拿出手电筒,检查地板上的棉垫是否有臭虫,然后才铺上我们的睡袋。

"妈妈,船上为什么有那么多士兵?"我悄声问妈妈。

"他们都是冯斯坦先生的学生,是来保护我们的。"妈妈说。

我们睡在温暖舒服的睡袋里,黑暗中,只听见水流的哗哗声。帆船在轻微的摇晃中前行,就像一只巨大的摇篮,把我们渐渐摇进了梦乡。可我们刚进入梦乡不久,船身剧烈地摇晃起来。"上帝啊!"妈妈一把抱紧我,惊慌地问,"是中了日本人的炮弹吗?"外面乱作一团,没有人理睬我们。

等船身停止摇晃,我们的睡袋已经离开了原来的位置。"夫人没事吧?船触礁了,船工们正在想办法。"是冯斯坦先生的声音,他隔着帘子在跟我们说话。

没过多久,船又恢复了正常前行。妈妈和我爬出睡袋,把它挪回到原来的位置,又钻进去继续睡觉。等我们再次醒来,船又在剧烈地摇晃。帘子外晨光初露,天快亮了。这次是帆船搁浅了,像一只鸭子陷进了泥淖。但我们只能等待,因为是海水退潮了。

船中央的行李堆散乱了,士兵们努力将它们推回原位。橘筐也翻了,金黄的橘子在船板上滚得到处都是。我去把它们一个一个捡起来,放回筐里。可这边的刚捡完,那边又有了,忙得我鼻尖冒汗,正愁怎么总捡不完,无意间我发现,有个士兵趁我不注意,在把筐里的橘子往外扔,其他士兵都抿嘴偷笑。我生气了,双手叉腰朝他大吼:"好啊,原来是你在搞破坏!现在我不捡了,你得自己把它们都捡起来!"怕他不懂英语,我又用广东话重复了一遍。士兵们却笑得更欢了。

冯斯坦先生拎着本生灯从船舱里出来,他对妈妈说:"夫人,咖啡时间到了。"

船还微微倾斜着,冯斯坦先生已经点燃本生灯,煮出了我能想象的最香的咖啡。清冽的空气中顿时飘来咖啡香。世界还没彻底醒来，淡蓝的天边还有一抹月牙的影子，几只水鸟大约是嗅到了咖啡香，从岸边的芦苇丛里扑棱着翅膀飞来了，围着我们的船帆盘旋，"呱呱"的叫声传得老远，更加衬托出这个清晨的静谧。河水清浅，绿色的水波荡漾着，在温柔地拍打船身。妈妈已经把头发高高地盘起，在简陋的小木桌上铺好桌布，和一身笔挺德国军装的冯斯坦先生斜着身体坐在那里，悠然地喝起新一天的第一杯咖啡。妈妈穿着驼色的毛皮大衣，她白里透红的脸笑得多么美丽，那是我一生见过的最美最浪漫的咖啡图。

天大亮时，终于涨潮了。帆船被潮水托起来，恢复了平衡，又能继续航行了。

临近中午，我们抵达一个名叫海游的地方。岸上已经有一大群人在等待我们，十个士兵，四十个苦力，还有两匹高头大马。士兵们也都穿着黑军装，背着长枪，打着绑腿，跟船上的士兵一样。我们的行李堆成小山，由冯斯坦先生和陈先生负责分派给苦力们搬运。妈妈和我被安排坐轿子。天很冷，我坐在妈妈怀里，她用一张厚厚的毛毯把我俩都包裹起来，我感觉温暖又舒适。

一支六十多人的队伍浩浩荡荡出发了，在乡间小路上排成一条长蛇阵。苦力们穿着单薄的破衣，赤着脚，挑着或抬着沉重的行李。士兵们则分散插入苦力的队伍。我们的轿子跟在后面。两匹大马最灵活，在队伍里时前时后穿梭而行。冯斯坦先生和一个军官骑在马上威风凛凛。我也觉得自己很威风，坐在高高的轿子上，晃晃悠悠很舒坦。妈妈说，这些士兵是负责保护我们的。这让我感觉自己就是这支部队的总司令，好不得意。

这个地方很荒凉，四周都是不见人烟的荒山野岭，目及之处，一片死寂。一路走到黄昏时分，我们没遇见一个人。偶尔看见路边的破旧农舍，也都关门闭户，既无炊烟，也无灯火。农田也都荒芜着。陈先生说，这是一片危险的无人区，因为日本人到处杀人掠货，无恶不作，老百姓都害怕得很。一听说日本人到附近了，老百姓就都跑光了。他们宁愿丢弃家园，也不愿意落在日本人手里。

"老百姓都跑去哪里了呢？"我问陈先生。

"跑去哪里了？当难民，当乞丐，到处流浪，哪里能活命就跑去哪里。"陈先生愤愤地说。

天黑了，士兵们点燃竹筒火把。火光映红了他们的脸，也照亮了苦力脚下的路。在这漆黑无边的大地上，我们的队伍在乡间小路上逶迤前行，像一条硕大的红珠链子在黑丝绒布上抖动着，又似一条火龙在深海底游弋，看上去壮观极了，深深震撼了我的心。直到八十多年后的今天，当我闭上眼睛，这一幕还会清晰地出现在我眼前。

终于，黑夜的尽头透出隐约的光。那是一个名叫天台的地方。

旅店到了，冯斯坦先生和陈先生一起，指挥苦力们把行李堆放在一间屋里。苦力们的工作结束了，他们领了工钱就开心地散去。饥肠辘辘的我们终于吃了一顿热乎乎的可口晚餐。它不仅填饱了我们的肚子，温暖了我们的身体，更安抚了我们的心，因为危险结束了。陈先生说，到了这里就安全了，就不用再担心日本人了。

旅店是一幢典型的中式建筑，有电灯和电话。尽管灯光昏暗，也没有盥洗和卫生设施，但陈先生说，这已经是当地最好的旅店了。我们的房间有一张挂着蚊帐的大床，屋顶吊着一盏没有灯罩的白炽灯泡。母亲一如既往，先用手电筒检查床上是否有臭虫跳蚤，然后再铺上我们的睡袋。这晚上我们终于美美地睡了一觉。

早晨起床，我惊讶地发现，窗外的天空飘着许多白色粉末。我大叫起来："妈妈，你快来看啊……"妈妈来到我身边，望着窗外微笑了。她说："啊，是下雪了。"

这是我第一次看见下雪。

来了两辆大卡车。没有苦力，还只剩下十个士兵，就由他们把所有的行李搬上车。陈先生说，接下来的路程虽然遥远，却不必担心日本人。最坏的可能是遇到土匪打劫。那也没关系，有这十个荷枪实弹的士兵对付，绰绰有余。

妈妈把我抱上汽车，我们坐在驾驶室，跟司机并坐成一排。冯斯坦先生和陈先生坐在另一辆车的驾驶室。十个士兵怀抱长枪，一辆车五个，坐在车厢里守护行李。车子发动了，正准备离开，旅店里冲出来一个人，拎着一只马桶朝我们高声叫喊着什么。妈妈一看，脸都红了，很难为情。那正是我们的马桶，一件不值钱但非常重要的旅行必备品。我们差点把它忘了。

这一路都没有卫生设施，偶尔有厕所，也只是一个大粪坑，或者露天，或者有个简易竹棚。中国人都会武功，他们光屁股蹲在粪坑边还悠然自得，也不会感到害臊。我们是不会武功的，因此必须随身携带马桶。马桶已被清空后洗干净，妈妈就把它放在我们的座位下。

大卡车开起来轰轰隆隆，很有气势。我坐在妈妈和司机中间，挺直腰板，睁大眼睛，看外面的风景。这是我第一次坐大卡车，感觉很新奇。但没过多久，我就开始昏昏欲睡。

在这场横跨南中国的旅行中，坐卡车这段路程最遥远。具体坐了几天我已经忘了，也许十天，也许更久，感觉天昏地暗，漫漫长路永无尽头。爸爸在衡阳等我们，大卡车从天台把我们载到衡阳，长大以后查地图，我惊讶地发现，两地相距大约一千公里。当时的路况很不好，正常的行驶也很颠簸，好像要把人的五脏六腑都抖出来。卡车的性能也不好，两辆车总是轮番出事，不是出故障，就是出事故，我都不知道是怎么熬过来的。后来听说，途中还换了四次车。

衡阳到了。冯斯坦先生把我从车上抱下来。我昏昏沉沉地睁开眼睛，看见一个男人站在我面前。我不认为我认识他，他却朝我张开双臂，兴奋地喊道："多蒂你不认识我了？我是爸爸呀！"就不由分说将我接过去抱在怀里。

"不！"我盯着他毛发稀疏的头顶，想挣脱他，"我的爸爸有头发，你没有。你不是我的爸爸！"我高声叫嚷，却被他抱得更紧了。

他一把抓过我的手，在他的脸腮上使劲摩擦："多蒂你摸摸爸爸这里，你摸摸……"

我爸爸从不蓄胡子，他每天刮脸，把脸刮得干干净净。但在他光洁的皮肤下，隐藏着坚硬的胡须茬，那是看不见却摸得着的，是我才知道的爸爸的秘密。他又用下巴蹭我的脸，这熟悉的动作，皮肤下的胡须茬摩擦在我的脸上和手上，那硬硬的有点扎人的感觉，立即唤醒了我的记忆。我一把抱住他的脑袋，惊喜地叫道："爸爸，你是爸爸！"

两年不见，爸爸还不到四十岁，就几

乎成秃头了。

爸爸住在摩根牧师家,他在这里已经等了我们八天。摩根牧师和太太都是德国人,他俩有三个小孩,最小的莎莎小我一岁。三个小孩都会乐器,每天在一起演奏和唱歌,非常有趣。我很喜欢这家人,卡车旅行的痛苦和怨气,全都被抛到九霄云外。

从衡阳出发,我们坐火车前往柳州。也许是对我们倍受折磨的卡车旅行的一种补偿,惊喜从火车站就开始了。衡阳火车站是新建的,有宽阔的广场和气派的候车楼。火车更是令人惊艳,设施的现代化和装饰的华丽,简直就是一座移动的宫殿。即使放在今天,当我几乎走遍了全世界,乘坐过许多不同国家和地区的火车,我依然认为,1941年初那列从衡阳经桂林到柳州的火车,堪称世界级别的豪华火车。

我们有一间单独的包厢,里面铺着地毯,沙发包着有漂亮图案的彩色缎面,人一坐下就不想起来,太舒服了。玻璃窗上挂着雪白的纱帘,两边还有睡觉的小床。最让妈妈和我开心的是,卫生间有自来水和抽水马桶。

一辆黑色的美国福特水星牌轿车在柳州火车站等我们。司机黑制服,白手套。正是他把父亲从重庆送到柳州,现在他要接我们回重庆。

我们在柳州休息了一天。黑色轿车把妈妈和我送去城里的宾馆后,又载着爸爸和冯斯坦先生离开了。当晚冯斯坦先生没回宾馆。爸爸说,他去土近的兵营了。

次日一早,黑色轿车载着我们出发了,驶向终点站重庆城。这一路都是山区,不知走了多久,我们来到一座名叫都匀的小城。小城青山环抱,林间依稀可见白塔红庙,像一幅美丽的中国画。冯斯坦先生供职的部队就驻扎这里。我们在这里休息了一天。

后来那两辆大卡车也到了,冯斯坦先生和那十个士兵都在车上。他们风尘仆仆,却都喜气洋洋。爸爸和几个中国军人在坝子上迎接他们。我在庙门口爬石狮玩耍,看见士兵们开始卸行李。他们把那些沉重的木箱从大卡车上搬下来,抬进庙里。我大惊,赶紧跑去向妈妈汇报:"妈妈,那些士兵把我们的行李搬走了!"

妈妈晕车,正躺在椅子上休息。她眼睛也不睁开,只淡淡地说:"让他们搬吧,那些都是爸爸公司的货。还有几只箱子是德国外交部的,要带去给重庆的德国大使馆。我们家的行李很少,只有几件。"

我愣住了,还以为全部行李都是我们家的呢。

多年以后,当我对合步楼公司有了更多了解,蓦然回首,才恍然大悟。那些爸爸公司的货,应该都是军火吧?冯斯坦先生率领士兵要保护的,正是那批军火,以免它们落入日本人手中。可年幼的我多么无知,竟然以为,他们都是来保护妈妈和我的,还一路得意洋洋,以为自己很了不起。真是个狂妄傻气的小姑娘啊!

那天在食堂吃饭的时候,我见到一位身材高大的中国将军。当爸爸向他介绍妈妈和我时,他还弯下腰来跟我握手,用流利的英语亲切地问我叫什么名字。"我叫多洛丝。"我仰望着他,声音很大,很激动。"您不认识我,可是我知道您是谁。您就是那位在上海打日本人受过伤的孙将军!"我得意地说。他很惊讶,问我是怎么知道的。我瞅了一眼站在他身边的冯斯坦先生,摇摇头说:"对不起,孙将军,这是秘密,我可不能告诉您。"他笑了，直起身来，用手指着旁边的冯斯坦先生问我："是他告诉你的，对吧？"我又惊愕又尴尬。是的，正是冯斯坦先生对我讲过他跟孙将军在上海跟日本人打仗的故事。可我不想出卖冯斯坦先生，怎么就被猜中了呢？

1941年2月13日，我们终于抵达重庆，结束了这场横跨南中国的漫长旅行。

4. 重庆：大轰炸下的童年（略）

5. 重返上海

1946年初春，我不知道大人们动用了什么关系，把我们两个小姑娘，十二岁的亨丽叶和十岁的我，安排上一架美军货机，飞到上海。

在重庆期间，为了躲避日本飞机的轰炸，我们家从城里的李子坝，搬到扬子江南岸文峰塔下的德国医生阿思密的房子里。阿思密和他夫人在几年前已经去世，那房子一度成为德国大使馆办公的地方，不远处有一所名叫广益的中国学校。但父母说，我是外国孩子，那所学校不适合我。我远在美国的外婆就为我寄来全套卡文特的小学教材，由父母在家为我上课。但大部分时间，我都在山上自由玩耍。战争结束后，父母说，不能再让我当野孩子了，

必须送我去学校上学。可上海、青岛和汉口的德语学校都关闭了，中国已经没有正规的德语学校。一个传教士朋友就建议父亲，应该把我送到上海的德国宣教会儿童之家。儿童之家主要是为德国传教士服务，让传教士的孩子们有一个接触德国文化的环境。如果我还想学德语，去儿童之家是唯一的选择。儿童之家虽然不是学校，但由德国人管理，住的也都是德国孩子，有德语环境。我可以住在儿童之家，一边跟他们学德语，一边去上海的英国学校上学。父母觉得这是个好主意，同意了。

扬子江又通航了，但船票难求。蒋介石政府已经搬回南京，当年随蒋介石政府来到重庆的那些人，还有成千上万逃到重庆的难民，都归心似箭，争先恐后要踏上归途。我的两个好朋友，谭家两姐妹，已经被她们的父亲谭医生通过他的高官病人，联系上英国军用飞机，送回上海读书了。现在我们也步其后尘，幸运地搭乘美军货机飞上海，以便赶上春季学校开学。

飞机早晨起飞，爸爸头天下午就送我进城，一个大皮箱由仆人提着。妈妈抱着妹妹送我到门口。我们拥抱，亲吻。刚跳下台阶，发现仆人们齐刷刷都站在楼下的门口，等着为我送行。负责照顾我的蒋奶奶红着眼睛，在抽鼻子。她是家里唯一不赞成我去上海读书的人，说我太小，又是女孩，一个人去那么远，实在让人不放心。我跑过去扑进她的怀里。

"蒋奶奶，再见！"我很激动，用力过猛，把她撞得往后一退，差点跌倒。幸好厨师老马站在她身旁，一把将她扶住了。

"哎哟，我的大小姐，都要去上海读书了，还这样毛手毛脚的！记住，一个人在外面，凡事当心，走路要慢点，不要再这

么蹦蹦跳跳，小姐就要有小姐的样子……"

"晓得了晓得了！"我很不耐烦听她说这些，因为她已经说过很多遍了。我抽身出来，又跟其他几个仆人挥挥手，说了再见，就转身走了，昂首阔步，好不得意——我要坐飞机去上海上学啦。

路还是老路，步行半小时到黄桷垭，再下坡到江边的龙门浩。但这次走起来特别轻松，如腾云驾雾。亨丽叶已经在码头等我了，由她哥哥和母亲陪着。我们一起乘渡船过江，在城里的一个传教士家里过夜。第二天天刚蒙蒙亮，我们就起床了。窗外果然有雾。我们都感谢爸爸英明，否则这样的大雾，渡船是不会开的，那样就赶不上飞机了。传教士说，这种大雾天气，飞机也不会起飞的，但爸爸仍然坚持按约定时间到机场。

那个名叫珊瑚坝的飞机场，其实只是扬子江中心的一块陆洲。它只在冬春季节水位低时才露出水面，临时当作飞机场使用。夏天涨水，它会被滔滔江水淹没，政府便启动远离城区的白市驿机场。珊瑚坝机场离重庆城很近，我们从传教士家里出发，步行不久就到了江边。江面浓雾弥漫，白茫茫什么也看不见。我们小心翼翼，一步一步摸索着走下石梯，再走过一段浮桥，就到了。

这时我才看见，前方灰白的浓雾中，隐约有个庞然大物：那就是我们要搭乘的飞机，一架深灰色的美军货机。两个美国军人迎接了我们，将我们带到一间竹棚里休息。我们就在竹棚里等呀等，不知等了多久，浓雾才变稀薄了，能看见江边停泊的船只以及岸上的石梯和房屋。一团橘红的柔光高悬在南山上的天空，像一锅牛奶里漂着一枚没熟透的鸡蛋黄。那就是重庆雾天的太阳。大地显现出朦胧的原形，世界像一幅水墨画，而我正置身其中。雾中的重庆美若仙境。

机舱内空荡荡的。我们被安排坐在驾驶舱后面，紧挨着两个飞行员。小小的身体深陷在巨大的皮椅里，舒服极了。我俩都是第一次坐飞机，既兴奋又紧张，不时四目相望，抿嘴笑。

起飞了，轰轰隆隆，噪声很大，也很颠簸。飞行员安慰我们不要害怕，说这样的颠簸很正常。飞机上升到一定高度，飞行果然变得平稳，就像坐在平坦公路上的小轿车里。我睁大眼睛，好奇地望着窗外的云海，想象自己是在几千英尺的高空上，觉得太神奇了。亨丽叶小脸苍白，说她头晕。飞行员就建议我们闭上眼睛，试着睡觉。

大约九小时后，飞机平安着陆，停在一个黑暗机场的角落。下飞机后，飞行员为我们指了指出口的方向，就去忙自己的事了。亨丽叶和我背着旅行包，推着带滚轮的行李箱，朝着那个方向走去。黢黑的机场空旷无人，只有我们两个小小的身影在走啊走，而那个有朦胧亮光的出口好像远在天边，怎么走也无法抵达。也不知道走了多久，终于，前方昏暗的灯光下，浮现出一张焦急的脸。是亨丽叶的父亲夏先生！我俩兴奋得失声大叫，扔下行李箱就飞奔过去。夏先生已经等了我们很久，他一把将我俩搂进怀里。

一辆小轿车载着我们朝城里奔去。车窗外渐渐明亮起来，马路上的车也越来越多。可车子突然停下了，有全副武装的警察拦住了我们，要我们下车接受检查。我们乖乖下车，像犯人那样举起双手让他们搜身。夏先生一边让他们搜身，一边对他们解释着什么，还出示了证件。搜完我们，他们又去检查我们的行李，让夏先生把行李箱搬下来打开，用枪托把里面翻得乱七八糟。

行李箱通过了检查，警察又转到前面，伸长脖子朝车里张望。后排座位上有一个黑色小皮包。"包里装的什么？"警察问。

那是亨丽叶的包。她愣了一下，说："黑面包。也需要接受检查吗？"

警察打量着漂亮的亨丽叶，又看看旁边的夏先生，问："他是你的什么人？"

"父亲。"

"不像啊，"警察的目光在亨丽叶和夏先生的脸上扫来扫去，冷笑道："他是中国人，你可不像中国人。"

"我妈妈是德国人。"亨丽叶对他淡淡一笑。

警察有点不好意思了，做了个放行的手势。我们这才又上车。汽车刚一发动，亨丽叶轻唤了一声："好险！"就探过身来悄声对我说："那里面是手枪！"

"啊！"我倒抽了一口冷气。不敢想象，如果警察发现包里是手枪，会怎么样？也许会把我们都抓起来。

夏先生回过身来，朝女儿竖起大拇指："亨丽叶，你的反应不错，沉着冷静、机智勇敢，值得表扬！"

我也为亨丽叶竖起大拇指："亨丽叶，你太棒了……真佩服你！"

"其实我好害怕！"她一把抓住我的手，眼睛在黑暗中闪闪发光，"你看，我的手现在还发抖。"

后来亨丽叶告诉我说，那是一款纪念手枪，做工精美，手柄还镶有大理石，是重庆的兵工厂送给夏先生的纪念品。夏先生的经历也令人唏嘘。抗战期间，曾经在德国留过学的夏先生，是兵工厂的技术负责人。抗日战争胜利后，夏先生一心要实现早年的实业救国梦，他辞职离开兵工厂后回上海开了一家小工厂，生产民用机械产品。新中国成立后，工厂交给了国家，他因为懂技术，继续当厂长。六十年代一个漆黑的夜里，这把纪念手枪被夏先生悄悄扔进了黄浦江。那时夏太太作为外国人，被要求离境，但夏先生却不能同行。无奈之下，夏太太只好带着新寡的亨丽叶和还在吃奶的小外孙回到德国。夏先生直到八十年代获得平反，申请到签证，才前往德国，与分别了二十多年的妻女亲人团聚。

小轿车把我们送到市内的一幢小楼前。那是亨丽叶父亲租下的，楼下办公，楼上住人。房子老旧，上楼的木梯脚一踩就嘎吱响。我和亨丽叶躺在一张大床上，已经很累很倦了，却难以入眠。来自重庆南山的我们，习惯了夜晚的黑暗和寂静，可这里完全是另一个世界。窗外不时响起汽车驶过的隆隆声。虽然玻璃窗关着，窗帘也拉上了，但还是有灯光照进房间，在墙上投下奇怪的光影。远离父母的第一个夜晚，我就这样枕着大上海的繁华和喧嚣，在昏昏沉沉和半醒半梦中度过。

6．德国宣教会儿童之家

第二天，来了一个矮胖的中年男人。他用带口音的德语向我问好，我几乎一句也没听懂。他就是我的监护人韦迈尔叔叔，德国宣教会儿童之家的负责人。

跟夏先生和亨丽叶告别后，我就跟着韦迈尔叔叔走了，上了一辆人力车。大约半小时后，我们来到大西路上的德国宣教会儿童之家。那是一幢带有花园的三层楼房，被一圈高墙围着，位于人口密集的居民区边缘。在当时的上海，作为外国人，我们通常在被称为租界的区域内活动，儿童之家就在租界内。

韦迈尔阿姨接待了我。她看起来很严厉，鹰钩鼻子上架着眼镜，花白短发梳向脑后，长裙外面还系着围裙，肥胖的双脚穿着深色的厚袜。我从没见过这种装扮的妇人，觉得奇怪。她把我带进客厅。那里有些孩子正围着钢琴唱歌。她朝他们拍拍手，琴声停止，歌声也停止。大家都扭头看我。韦迈尔阿姨向他们介绍我，他们机械地向我问好，面无表情。只有两个年龄较大的姑娘对我微笑，显得很友好。还有人用英语向我问好，这让我惊喜，原来是两个年轻的美国兵，他们是碰巧来做客的。

上世纪四十年代上海德国宣教会儿童之家（第二排中间女生为多洛丝）

这里大约有十五个孩子，年龄在八岁到十八岁之间，男孩多于女孩，其中有三男一女是韦迈尔夫妇的孩子。这些孩子都上过德皇威廉学校。战争结束后，德皇威廉学校关闭了，孩子们的一些课被安排去德国人家里上，一些课就被安排到这里的餐厅上。睡房在二楼和三楼。我的房间在二楼，一间明亮的小屋，里面有两张空着的小床，我可以自己决定睡哪张床。

儿童之家的日程安排得丰富而紧凑，要求也多。每天早餐前，我们要围坐在巨大的餐桌前，一共二十个人，韦迈尔夫妇分坐两头，大家轮流大声朗读《圣经》，每人每天朗读一段。通过这种方式，我在这里的五年里，几乎读完了整本《圣经》。

每顿饭的餐前和餐后，我们必须祷告，感谢上帝赐给我们食物。有时候，晚上我们还要唱赞美诗。这个我比较喜欢，因为我喜欢唱歌，尤其是合唱，它让我感到不再孤单。星期天早晨，我们就去教堂，年龄较大的孩子，晚上还要参加礼拜活动。我记得，我们常去上海的自由基督教堂，而很少去德国路德教堂。与后者相比，我更喜欢前者，因为那里有很多年轻的美国人，气氛更加欢快轻松。

在儿童之家用餐，大家都有固定的座位，不能随便乱坐。我的座位被安排在蕾尼阿姨身边。她是儿童之家的生活老师，对我们要求很严格。刚开始的几天，我俩总为餐桌礼仪发生争执。我习惯右手拿叉，当筷子使，让左手闲着，自然垂落或随意乱动。只在需要切什么时，才换左手拿叉，右手拿刀。在家里，父母从没在这方面严格要求我。现在蕾尼阿姨却教育我，两只手都必须放在餐桌上。

"多洛丝，请把你的左手也放在餐桌上，跟其他人一样用餐。谢谢！"蕾尼阿姨坐得笔直，用眼角的余光斜视着我。

"为什么？喝汤也用不着左手。"我右手拿着汤勺，把空着的左手举起来，转动给她看。

"用不着也必须放在餐桌上，扶着餐盘，不能在下面动来动去。这是德国人的用餐规矩。"

"可是……"我觉得这个规矩很不合理，却找不出反驳她的理由，就用求助的目光望着大家。他们都诧异地看着我，没有一个人帮我说话。

"是的，喝汤用不着左手，但你可以用它扶着餐盘。总之，蕾尼是对的。吃饭的时候，我们应该把双手都放在餐桌上，这至少表达了对食物的敬重和感谢。"韦迈尔先生说。

"任何人都必须记住，这里是德国的宣教会儿童之家，一切都得按照德国的习俗和礼仪行事。这也正是你们的父母把你们送来这里的目的：让你们成为懂规矩的德国人。"蕾尼阿姨郑重地向大家宣布。

我只好妥协。

这里的伙食很不好。厨娘的烹饪手艺，无论是德餐还是中餐，比起我们家的老马，都差得太远。没过几天我就开始想家了，准确地说，是想念家里的饭菜了。

这是一个完全陌生的世界，我什么都不习惯。他们全都讲德语，而我的德语还不够好，说和听都很困难，不能跟他们正常交谈。如果我想要表达什么，词不达意，换成英语，又会挨批评。他们不允许我说英语，这让我苦恼。

信仰是这里一切的基础，要求和禁令都有明文规定。被禁止的事，如果做了，就是犯罪，比如化妆打扮、跳舞、看电影、喝酒，都是有罪的。而在家里，这些都很正常。我妈妈就很喜欢打扮，打扮她自己也打扮我。她喜欢在我头上扎蝴蝶结。离家前，蒋奶奶教我编辫子，她就教我在辫子末梢扎蝴蝶结，还提醒我蝴蝶结的颜色要跟衣服的颜色搭配。我的行李箱里有一大把不同颜色的蝴蝶结绸带，都是妈妈放进去的。现在蕾尼阿姨却不允许我扎蝴蝶结。我该怎么办呢？我生命的第一个十年，是在自由宽松的家庭环境和大自然里度过的，无拘无束地野性生长。现在来到上海，在德国宣教会儿童之家的高墙内，我被要求必须这个必须那个，不准这个不准那个。一只在重庆南山自由奔跑的小鹿，现在被关进了笼子里，失去了自由，也失去了欢乐，但我无力反抗。

还好，这里人多事多，我从不感觉孤单寂寞。年龄大的几个孩子，虽然不愿意跟我玩耍，却都把我当小妹妹，对我很好。愿意跟我玩耍的，都是比我小的男孩。我们一起在院里打闹、奔跑，玩皮球。每到周末，我们要给父母写信，汇报一周的情况。周日晚餐时把信带到餐厅去，交给韦迈尔叔叔，由他周一去邮局统一寄出。这也是我跟家里唯一的联系方式。儿童之家有电话，21250，这号码我至今能脱口而出，但我父母很少给我打电话。

这里的生活，最让人开心的是，经常被组织起来唱歌，而且有钢琴伴奏。我很快就学会唱赞美诗，还有很多流行歌曲，比如《你是我的阳光》等，当我在寒冷的早晨一个人走在去上学的路上，歌词常常自己从我嘴里跑出来。

赫尔塔，一个金发碧眼、有点跛脚的德国少女，是我们这里年龄最大的那个姑娘的朋友。她不住在儿童之家，但经常来玩。她是个天才的手风琴家，只要一抱起手风琴，她就像变了个人，神采飞扬，成为我们快乐的源泉。她什么曲子都会拉，什么歌都会唱。每次她的琴声一响，就会把所有的孩子都吸引过去。如果我正在房间写作业，也会立即扔下作业，跑到楼下的大厅，加入他们的合唱团。这时候，整个儿童之家就会歌声嘹亮，激情飞扬。那是我们最快乐的时光。

德皇威廉学校战后成了美军基地。住在那里的几个年轻士兵，因为喜欢我们儿童之家那两个年长的姑娘，就经常来玩。他们也跟我们一起唱歌，还教我们在门前的院子里玩棒球。为了讨好大家，他们常常带些巧克力和口香糖来给我们吃。这些甜点在当时的中国很稀罕，因此让孩子们格外兴奋。

初夏的一天，那几个年轻的美国兵又来了。我们几个年龄小的孩子，被分配了一项特殊任务，去花园捉毛毛虫。每捉满一只空罐头盒，就奖励一块口香糖。儿童之家的花园篱笆墙，是一圈修剪整齐的常绿植物，当时不知何故，突然爬满毛毛虫，令韦迈尔夫妇十分头痛。韦迈尔阿姨愤懑地说，她在这里工作了这么多年，从没发生过这种怪事。现在德国倒霉了，连这些毛毛虫也爬出来兴风作浪！

几个小男孩很胆小，面对毛毛虫不敢下手，又想吃口香糖，急得在篱笆墙前跺脚乱跳。我是不怕毛毛虫的，我什么虫都不怕。在重庆南山，我经常捉虫子回家喂鸡。我很高兴得到这个任务，很快就捉满一只罐头盒，得到一块口香糖，又帮男孩们捉满他们的罐头盒，让他们也得到口香糖。士兵们鼓励我们再接再厉，我们欢天喜地跑开了，一边咀嚼口香糖，一边继续捉毛毛虫。后来才明白，他们不过是想支开我们，好跟那两个姑娘调情。但我们仍是乐意的，口香糖的甜味太美妙了，我们含在嘴里，很久都不舍得吐掉。

7. 英国学校

抵达儿童之家的第二天，我就被韦迈尔叔叔带到海格路上的英国学校。那是英国政府办的公立学校，一幢三层楼高的大楼古色古香，前面是宽阔的大操场，后面是可以踢足球的大草坪，还有一条长长的林荫道，环境十分优美。这里的学生毕业后，可以直接去英国上牛津大学。

我被插入小学四年级，班主任老师是莫法特小姐。莫法特小姐是个黑发黑眼睛的中年女子，中等身材，不苟言笑，藏在眼镜后面的眼睛总是机警地转来转去，让人生畏。她衣着讲究，举止优雅，偶尔有点冷幽默。

"你的英语发音很好,一点也没有德语口音。你父亲呢?上战场了吗?"她问我,脸上的表情似笑非笑。

"不,我父亲不是军人……他一直在中国工作。"我莫名其妙地感到紧张。

"你会说德语吗?"

"只会一点点……"

"很好!"

这是我们的第一次对话。我父亲是德国人,我的德语却不好,父亲对此很不满意,我也感到很遗憾。她却说,很好。我不明白她的意思。

不管怎样,十岁的我终于上学了,过上了向往已久的校园生活,有了属于自己的集体,我很开心。当我穿着黄色校裙、保暖长袜,精神抖擞地走向学校,走在美丽的校园里,跟我的同学们在一起,我感觉自己就像一只掉队已久的孤雁终于回到雁阵,心里有说不出来的快乐、充实和自豪。

我们的课程有英文、数学、历史、地理、体育等,后来又有了法文、拉丁文、宗教课。我的功课不好不坏,属于中等。上课我就认真听讲,回到儿童之家就先写作业,然后跟孩子们一起玩耍。所有的课程中,我最爱地理和体育。我特别喜欢看地图,在上面寻找我去过的地方,寻找父母的祖国,寻找亲戚们居住的城市。体育课上,我们跑步、做操、练习跳高跳远,这时我就像回到重庆南山,跟小伙伴们在一起玩耍。如果下雨,我们就去室内,练习球类运动。学校举办运动会时,我总是班里最积极的那个,参加的项目也最多。但我的成绩很一般,从没拿过冠军。

我们班大约有二十个同学,来自不同的国家。其中有三名德国女生,还有几个从德国逃难到上海的犹太家庭的孩子。他们的英语都不怎么好,发音有德语腔,有时就会被莫法特小姐讥讽嘲笑。莫法特小姐对德国人怀有明显的敌意。而我,尽管也是半个德国人,却因为我的英文好,发音没有德语腔,以及我典型的美国名字,多洛丝,让我幸免于成为她的嘲讽对象。为此我感到很庆幸,也感谢父母没给我取个德国名字,比如叫格丝拉、贝提娜什么的。这些名字一听就是德国人,在二战结束后相当长一段时间里,它们就像撕不掉的纳粹标签,紧贴在它们的主人身上,让这些人在世界各地,尤其在遭受过德国侵犯的英法俄等国家,以及在这些国家的人民面前,或多或少地受到仇恨和排斥,即使他们跟纳粹没有什么关系。

正是在莫法特小姐的英文课上,我第一次感受到战争的贻害——无辜的孩子也遭受牵连。我也第一次隐隐地懂得了什么是种族歧视。

"格丝拉,这是英语课,你怎么还念念不忘你的德语?"莫法特小姐皱起眉头,冷冷地盯着格丝拉。

而我们都知道,生在上海长在上海的德国姑娘格丝拉,并不是念念不忘德语。她只是英语不够好,在回答问题时,一时没想起"乞丐"一词的英语单词是 beggar,而说成了德语的 bettler。

可怜的格丝拉顿时窘得脸都红了,低着头,像个小犯人,站在座位上一动不动。

我们都听出了莫法特小姐不友好的言外之意,但我们不敢说什么,只能屏住呼吸,尴尬地沉默着,看看格丝拉,再看看莫法特小姐。教室的空气顿时变得紧张起来。

"德国已经完蛋了,你应该忘掉德语,好好学英语,不然你会跟你的国家一样,没有未来!"莫法特小姐恨恨地说着,又突

439

然停顿，换成友好的口气说，"好了，现在请你把刚才的句子重述一遍，注意，请每一个单词都只用英语！"

这就是莫法特小姐，她总是能把坏情绪的释放点到为止，让你刚要反感她，恨她，却又想原谅她。就像她先给你一巴掌，又立即握住你的手，甚至再给你一颗糖，让你对她恨不起来。这时候，大家就暗暗为格丝拉松一口气，教室的空气也松弛下来。

班上的几个德国同学，都遭受过莫法特小姐的这类语言伤害。但莫法特小姐很少用语言伤害我。我相信，是我的美国名字和好得如同母语的英语保护了我，让她忘了我的半个德国人身份，把我当成了美国孩子。

一天，一个犹太男生没来上课。莫法特小姐站在讲台上，嘴角挂着一丝讥讽："今天又是什么犹太节呢？不来上课。"没有人回答。她眼镜后的大黑眼睛像探照灯一样在教室里慢扫一圈，蓦然亮了，因为她发现，其他两个犹太孩子都在，便抬起手来指向他俩，冷笑道："瞧啊，他俩还在！说明今天并不是什么圣日，可以不用上课。我说得对吗？可他为什么没来呢？"

大家面面相觑，也不知道那个同学为什么没来。一个犹太孩子怯怯地说，那个同学不会再来了，因为他们全家去巴勒斯坦了。她这才若有所思地点点头，意味深长地对那个犹太孩子说："是吗？去巴勒斯坦了？好啊，我们应该祝贺他，终于可以回到自己祖国。可你们俩为什么不回去呢？"

"我们……"那两个孩子一时语塞，相互看看，低下头。

"你们还是更愿意留在上海，是吧？上海虽然不是你们的祖国。可上海毕竟比德国好。德国有集中营，上海呢？上海有我们英国学校，有可以让你们安全而舒服地坐着上课学习的教室，而不是那啥……毒气室……"

集中营，毒气室，我就是从莫法特小姐的嘴里第一次听说的。虽然我当时并不知道是什么意思，更不清楚它们对犹太人意味着什么。可看见那两个犹太同学低垂着头，表情异常凝重，我就猜想，那一定不是什么好地方。

"好了，大家都抬起头来，笑一笑吧，毕竟战争已经结束了，我们都幸存下来。感谢上帝，让世界又重归和平。但愿这样的和平能够长久……"

教我们法语的老师是个典型的英国绅士，衣着整洁，戴着礼帽，挂着文明杖，走路目不斜视，谈吐彬彬有礼。班上有几个调皮男生，总喜欢在老师背过身去写黑板时，扮鬼脸或做小动作，逗同学们发笑。但在法语课上，他们从来不敢，因为法语老师总说，他接受过英国皇家空军的特殊训练，练就了一种超凡的本事：他的视角比人宽，即使不回头，他也能用眼角的余光看到背后。大家对此深信不疑，都觉得他是个神奇人物，对他敬佩不已。所以我们的法语课课堂纪律是最好的。

学校都是走读生，一些高年级同学喜欢骑自行车来上学。我还不会骑自行车，在心里很羡慕那些会骑车的同学。有一天我去上学，快到校门口时，看见一个人骑在车上风一样从我身边飘过。哇，我从没见过像他那样骑车的，只用双脚蹬车，双手不握车把手，而是高高举在空中，梳理着风中凌乱的金发，嘴里还吹着清脆的口哨。他的身体在车上左摇右晃，好像快要摔下来了，却又倏地一下子直立，跟耍杂技似的，动作惊险又流畅。我看得呆了。

从那以后，在每天骑车上学放学的队伍中，他成了最吸引我的那个。无论远近，只要他一出现，我的目光就会追随他，直到他消失。冬天他也穿着黑短裤，白长袜，双手要么抄在胸前，要么插在裤兜里，很少抓住车把手。在一群骑车的同学中，他就像一条机灵又俏皮的鱼，吹着口哨，从他们中间穿梭而过，摇来晃去地制造惊险却从不失手。他高超的骑车技术和快乐潇洒的样子，让我震惊、佩服又欢喜。

后来才知道他叫汉斯，父亲是德国传教士。五十年代初我离开上海去了香港，他们家离开上海去了美国。汉斯后来在美国也做了牧师，晚年写了一本回忆录：《中国汉斯：从上海到希特勒再到基督徒》。这本书在美国出版后反响强烈。定居瑞士的我也买来读了。当我在一个冬日深夜，坐在壁炉前，读完书的最后一页，我闭上眼睛，上海的时光又回来了。我又看见那个身材瘦高的德国少年，黑短裤，白长袜，潇洒地骑在自行车上，双手捋着风中凌乱的金发，吹着口哨，风一样从我身边飘过。

8．清晨的马桶交响乐

从儿童之家去英国学校，如果走大马路，经过大西路上的 Country Hospital，步行需要半小时。但如果抄近路，拐进右边一条中国人居民区内的小巷，只需要不到二十分钟。

学校每天上半天课，早晨八点到中午十二点。通常，我在儿童之家吃完早餐，就背起书包出发了。如果运气够好，我会在儿童之家外面的路口碰到一个中德混血小姑娘。她也在英国学校上学，穿着跟我同样的校服，但我们不在一个班。也许她家境富裕，也许她住得较远，她上学放学都坐人力车。我已经忘了她的名字，只记得每次在路上碰见，她都会主动向我招手，请我搭乘她的车。但这样的机会并不太多。大多数时候，我都独自步行，抄近路去学校，穿过那条中国人居民区内长长的小巷，放学后再原路返回。

这样的小巷，在上海叫弄堂。弄堂两边是低矮简易的砖房，居民大概都是穷人，砖房的墙脚堆满杂物。有的人家还把煮饭的小煤炉、吃饭的小桌凳都摆在门外，让并不宽敞的弄堂显得更加狭窄和拥挤。但我很喜欢走这条弄堂，不仅为了节约时间，更因为我感到好奇和亲切，就像在重庆家里，我总喜欢去楼下，到厨房和仆人们的房间里转转，看他们在做什么，听他们在说什么。

唯一的遗憾，是我每天早晨上学的时间，恰好是他们倒马桶的时间，弄堂里会涌动着一股臭气。行走其间，就像蹚进一条干涸的臭水沟——就那样我也不会退缩，去走外面宽敞的马路。

晨光中，一辆粪车停在弄堂口，各家的木门就嘎吱嘎吱纷纷开了，出来的多半是女人，睡眼惺忪，有的还穿着睡衣、趿着拖鞋。她们面无表情，跟梦游似的，提着沉沉的马桶朝弄堂口走去，又晃悠着空空的马桶返回各自的家门前，然后就埋头洗刷马桶，把长竹刷伸进马桶里去刷呀刷，脏水就倒进脚边的阴沟。这时候，长长的弄堂就会响起此起彼伏的唰唰声，时缓时急，时强时弱，节奏凌乱，再配上哗啦的泼水声，仿佛一支蹩脚的乐队在演奏。头上的天光渐渐亮了，城市就在这马桶演奏的交响乐中醒来了。

中午就是完全不同的另一番景象。晾晒在墙脚或门边的马桶们都不见了，空气中的臭味也消散殆尽。取而代之的，是饭菜食物的可爱的香味。这是他们的午餐时间，做饭炒菜，门边的煤炉上烧着油锅，"滋溜"一声，菜下锅了，炝起的油烟香喷喷地飘散开来，能让人垂涎。有的人家已经开吃，几个人围坐在小桌前。我的目光从他们的锅里碗里一路扫过，肚子里的馋虫就彻底醒了，催促着我加快脚步。

我很喜欢这条弄堂，即使它清晨的气味并不好闻。可这里的人好。他们不像重庆黄桷垭的人，见了我会大惊小怪，如见怪兽。小孩子们还围观我，把我当马戏团的小丑观看，令我讨厌。这里的人，无论大人小孩，对我的态度都自然而友好，就好像我是他们中的一员。如果我们的目光相遇了，他们该干什么还干什么，只是冲我笑笑，或者说几句我不懂的上海话。我猜那是在跟我问好。我们之间几乎没有交流。但没关系，那心照不宣的相视一笑，就够了。我们成了熟悉的陌生人。

只有一个老奶奶是例外，她会讲老马和苏琴那样的北方话，也能听懂我的中文——现在想来，我当时讲的中文应该是北方话和重庆话的混合。她也有一双蒋奶奶那样的尖尖小脚，但她的个头比蒋奶奶高大，年纪也更老。清晨她提着马桶出来，如果被我碰见，我会放慢脚步，悄悄多看她几眼。她走路很像蒋奶奶，不仅慢，还颤颤巍巍，头重脚轻，看着让人担心她会摔倒。有好几次，我都想上前扶她一把，或帮她提马桶，但我最终没有。

"小姑娘去上学啊？"有一天她不仅对我微笑，还突然开口跟我说话。

我没理她，装着没听懂，加快脚步跑开了，心里却很惊喜。我每天从这里走两次，弄堂里的人，主动跟我搭讪的不少，可我统统听不懂。没想到，她的话我竟然听懂了。

放学回来，老奶奶坐在门前的小矮凳上拣菜。见了我，老远又朝我咧嘴笑："小姑娘放学了？"

"嗯！"我放慢脚步，也对她笑笑。

这样的次数渐渐多了，每次从她家门前经过，我都会不自觉放慢脚步。如果她不在门外，我就朝门洞里望一眼。那扇门总是敞开着，里面光线很暗，堆了些杂物。我不知道里面住了几户人家，她是住楼上，还是住楼下？如果天气好，她通常会在门外，有时坐在矮凳上拣菜，或吃饭，有时在煤炉上做饭。有一次学校开运动会，我下午经过那条弄堂，看见她坐在门口做针线活，就像蒋奶奶那样，怀里抱着一件旧衣物缝补。我停下脚步。

"小姑娘你是哪国人？"

我想了想，说："我是美国人。"

"美国人好啊，帮助我们中国打日本鬼子。可是，美国人怎么会说我们中国话？还说得这么好！"

"因为我在中国出生长大。你呢？你讲话为什么跟他们不一样？"我用眼神瞟了一眼她的邻居们。这弄堂里从来不缺人，做家务的大人，晒太阳聊天的老人，跑来跑去玩耍的孩子。

"他们都是上海人，讲上海话。我是北方人，是前几年躲日本人逃难才到上海来的。"

老奶奶大概很老了，满脸皱纹，头发

全白了。有一次中午放学路过，她正在门口，老远见了我就笑容满面向我招手，示意我过去。我迟疑着走近她，她神秘而兴奋地轻声问我："小姑娘你饿了吧？奶奶今天做了肉包子，你想不想吃？"说着就转身揭开锅盖，那里面是热气腾腾的包子。我的眼睛都绿了，口水咕咕直冒。但我只是使劲摇头，说了一声"谢谢奶奶，我不吃"，就转身跑了。父母警告过我，绝对不可以吃陌生人的食物，会被染上传染病。可老奶奶的包子看起来真的太好吃了，就像老马和苏琴蒸的包子，白胖松软，香味扑鼻。我飞快地跑回儿童之家，不停地将冒出来的口水又吞咽回去，难受得想哭。

儿童之家等待我的午餐，是一盘青豆胡萝卜汤，即使我正饥肠辘辘，也难以下咽。实在太难吃了。这里的中国厨娘在韦迈尔阿姨的要求下，每天都做德国饭。可她做出来的东西不伦不类，成了世界上最难吃的食物。我又想家了，想吃老马和苏琴做的包子和饺子，想吃蒋奶奶的麻辣汤面。即使仆人们常吃的素炒青菜，或猪油炒咸菜配白米饭，也都成了我的梦中美餐。我一边埋头喝汤，一边流泪。大滴的泪珠掉进汤盘里，被坐在旁边的蕾尼阿姨发现了。她问我怎么啦？是不是在学校被欺负了？我更伤心了，却只是摇头，一声不吭，迅速喝光盘里的汤，就跑回楼上的房间，趴在床上，伤心地哭了。我怎么可以告诉她，告诉他们，我是馋弄堂里中国老奶奶的包子了，那样也太让人难为情了。

当天我就给家里写信，向父母汇报了这件事。我问他们，如果下次老奶奶再请我吃包子，我是否可以接受？老奶奶看起来很喜欢我，她的包子看起来也很卫生。儿童之家的饭菜实在太不好吃了，我经常只是强迫自己填饱肚子。信寄出后，我很忐忑，预感不好。果然，家里很快回信了，父母再次强调，绝对不可以吃陌生人的食物，也绝对不可以吃老奶奶的包子。他们说那样太危险了，很可能会染上传染病。传染病是治不好的，染上就会像卢迪那样死去。他们还告诉我一个坏消息，蒋奶奶的儿子最近也死了，就是染上传染病。最后他们建议我，不要再走那条弄堂，应该走外面的大马路。

读了信，我为蒋奶奶难过，也更加相信父母是对的，绝不能染上传染病。我很怕死。细想起来，那条弄堂的卫生情况确实不好。他们做饭和吃饭的地方，也是他们早晨刷洗和晾晒马桶的地方。刷洗马桶的脏水，就被他们倒在炉灶边的阴沟里。在那样的环境里做出的食物，能干净吗？可是，他们为什么不生病呢？还有，重庆南山上那些小贩挑子里卖的零食，我每次吃了都拉肚子。广益学校的那些中国孩子吃了不拉肚子吗？这些问题我一直想不明白。但我想不明白的事情太多了，也就懒得再想了。

那以后很长一段时间，我都听从了父母的建议，只是早晨上学时走那条弄堂，中午放学就走外面的大马路，正如父母所说，避开诱惑，就是避开危险。

不知过了多久，有一天早晨，我一如既往走那条弄堂去上学，却感觉气氛不对。老奶奶的家门前很热闹，还有人在敲锣打鼓。这是从未有过的事。洗马桶的"唰唰"声不再是弄堂的主旋律，锣鼓声和哭唱声才是。老奶奶家的房门大开着，门前围坐了一堆人，吹拉弹唱，哼哼叽叽。他们这是在干什么呢？我好奇地走过去张望，发现屋檐下横着一块门板，上面躺着一个人，被白布盖着脸，只露出一双我熟悉的尖尖小脚。

老奶奶死了！我心里一紧，拔腿就跑。那鼓锣声和哭唱声还鬼魂一样追着我，刺耳锥心。那是我在上海的五年里，唯一的一次，听到那条弄堂里响起的真正音乐声。

9．小舅来了

1946年的上海有很多美国军人。作为帮助中国赶走了日本侵略者的友好盟军，这些美国军人成了中国人民的好朋友，在上海很受欢迎。我的小舅泰德就是其中的一员。

我有两个舅舅：大舅金出生于1907年，大妈妈四岁；小舅泰德出生于1913年，小妈妈两岁。他们仨都在广州出生长大。金后来去了美国念书，进了外公当年的母校理海大学，毕业后又回到中国工作。泰德没上大学，只在香港接受了海军建筑师培训，1940年去美国服兵役，随部队又回到中国。

那是一个周日，我和小朋友们正在儿童之家的院子里玩耍，一辆摩托车轰隆隆地驶进来了，车上下来一个身材魁伟的美国军人。我们几个小朋友立即被他吸引了，都愣愣地望着他，不知道他是什么人，来干什么。他停好车后，就大踏步朝我们走来，犹如外星人登临地球，有一种威武凛然的气度。他刚走几步就停下来，目光落在我的脸上。

"多洛丝？"他居然叫出我的名字。

我大惊，瞬间意识到，他就是我的小舅泰德！妈妈不久前写信告诉过我，说小舅泰德到上海了，会来看我。没想到他这么快就来了。我狂喜着大叫了一声"泰德舅舅"，就飞奔过去，一头扑进他张开的双臂。他一把将我高举起来，兴奋得旋转了好几圈才停下来，紧紧抱着我，亲吻我。

"我一眼就认出你了，我亲爱的小外甥女。见到你我真是太高兴了！"他把我放下来，蹲下身体，仔细端详我的脸，不停地摇头，"小乖乖，你可真是越长越漂亮可爱了……"

"嗯，大人们都这样说。"我朝他腼腆地笑了。他更加使劲地亲我的脸，左一下，右一下。他的下巴也跟爸爸的一样，没蓄胡子，但皮肤下有坚硬的胡须茬，在我脸腮上蹭几下，我的脸腮就会发烫发痛。但我依然很高兴，喜欢他那样使劲亲我。

"瞧啊，上次在香港见到你，你才到我膝盖。"他站起身来，手在膝盖处比划一下，又把我拉过去，手从我的头顶划过，落在他胸前，"现在呢，看，都快到我胸口了。"

我不记得我见过他，对他没有任何记忆。但我对他没有半点陌生感，因为我见过他的照片，还常听妈妈说起他。他眼睛里淡淡的忧伤，挂在嘴角的似笑非笑，妈妈也有。

"走，小舅带你去兜风，好不好？"他环顾四周，问，"我们应该找谁请假？"

"韦迈尔叔叔。"我激动得跳起来。

"好吧，带我去找他。"

周围的小朋友都很羡慕地看着我们。我把头仰得高高的，牵着小舅的手，一蹦一跳进了屋里。韦迈尔叔叔正在客厅，旁边还有几个年龄大点的孩子。他们也都无比惊讶地望着小舅。我得意极了：这是我的小舅！比起那几个常来这里找姑娘调情的美国兵，我的小舅更加高大帅气，气度非凡。

小舅骑的是一辆黑色哈雷戴维森摩托。那家伙像个傲慢冷漠的钢铁怪兽，即使停在路边静止不动，也让人望而生畏，不敢靠近。小舅将我抱上去，稳稳地坐在他怀里。只听訇然一声，摩托腾空冲出了院门，在马路上一路狂奔起来。我在紧张和兴奋中忍不住尖叫。

天高云淡，我们风驰电掣，像驶入一幅长长的城市风景画中。阳光下的上海十分辽阔，街道宽敞笔直，建筑比肩接踵。跟重庆相比，这里就像大平原，看不见任何山的影子。当摩托驶入一条林荫夹道的马路，小舅减速了，最后把车停靠在路边，说要带我去看一个地方。马路旁边，有一扇关闭着的铁栅栏大门。小舅问："知道这是哪里吗？"

"不知道。"我四下望望，确信从没来过这里。

"如果不是你爸爸坚持要你学德语，你现在应该在这里上学。"

"啊？"我很吃惊，不知道父母还有过这个打算。

"这是美国学校，你妈妈和我，还有你大舅，都曾经在这里上过学。"

铁栅栏大门里的校园，有空旷的大操场，旁边的花卉树木后面，是一幢古老的红砖大楼。也许因为是周日的缘故，里面很冷清，几乎没有什么人。小舅指着那幢红砖楼说，那是他们当年上课的教学楼。

"二十年代中期，当你妈妈和我在这里上学时，这里有好几百名学生呢，热闹得很，哪像现在！都怪该死的日本人！战争期间，这里一度被日本人当作监狱，专门关押我们美国人，上海的，广州的，所有的美国人都被集中关押在这里，然后全部被遣返回美国。现在日本人滚蛋了，这里才又恢复成学校。可学生呢？当年有多少美国人在中国？现在又剩多少？学校的好光景一去不复返了！"

小舅双手抓住铁钎子，凝望着里面的校园，在追忆他当年的学生时光。我却暗暗感谢父亲，庆幸没被送到这里。这所学校太冷清了，大虽大，可空荡荡的。我还是更喜欢人多热闹。

1927年多洛丝母亲在上海美国中学

445

摩托车又一路呼啸，把我们载到黄浦江边。小舅指着几艘停泊在江中心的美军舰艇，问我想不想上去参观。我当然想啊，于是我们就上了舰艇。可我们是怎么上去的呢？是乘坐美军的小汽艇，还是中国人的小舢舨？现在我怎么努力回想，都想不起来了。

我能清楚记得的，只是舰艇上的一些场景。底层的机舱油腻而闷热，机器一直在嗡嗡响，空气中有难闻的机油味。小舅说，机舱是整艘舰艇的心脏。舰艇的航行，就靠这些机器驱动……可待在里面太难受了。我一点也不喜欢这个"心脏"。

从狭窄的铁梯攀爬上去，来到舰艇的甲板上，感觉就好多了。这里视野开阔，美国星条旗在空中飘扬，前面还耸立着几挺大炮。它们长长的炮管气势汹汹地直指蓝天。我摸了摸冰凉的大炮基座，仰起头来，沿银光闪烁的炮管望出去，想，如果战争时期在重庆南山上也有几挺这样的大炮，日本飞机就不敢来轰炸重庆了吧？最好就架在我们家客厅的窗口，或者防空洞口。当日本飞机飞临重庆，那里该是最佳射击位置，肯定一打一个准，让它们全都掉进扬子江里。

几个年轻水兵在甲板上晒太阳，伏在栏杆上看风景。小舅跟他们寒暄而过，看样子都是熟人了。他们都是些开朗快活的年轻人，吹着口哨，哼着小曲，或嘴里咀嚼着口香糖，见了我们会开玩笑，指着我问小舅："这是从哪里拐来的小女朋友呀？"

从舰艇的甲板上看上海，上海显得特别漂亮，那些沙黄色的西洋建筑群蔚为壮观，让看惯了重庆低矮房屋和吊脚楼的我很受震撼。小舅却一脸不屑，说这有什么了不起，中国最好的现代化建筑在广州，是由一个名叫查尔斯·伯捷的美国人设计和建造的。伯捷先生自己的家，深得中华民国的开国总统孙中山先生的赞赏和青睐。他还带着官员们去那里做客或开会，称那里是"广州白宫"。

"你知道谁是查尔斯·伯捷先生吗？"他斜睨着我，目光意味深长。

我当然知道，但我假装不知道，一脸茫然地仰望着他直摇头，反问道："谁是伯捷先生呢？"

"小傻瓜！就是你的外公呀！"他上当了，生气地朝我龇牙咧嘴。我哈哈大笑，为自己成功地骗了他而得意。他猛然醒悟，一把将我抱起来，恶狠狠地虚张声势："不诚实的孩子，看我怎么惩罚你！我要把你扔进黄浦江里……"吓得我大声认错求饶。

我没见过外公。他去世三年后我才出生。关于他，我都是听大人说的。父母讲起外公外婆的事，从来不会避开我。因此我早就知道外公的名字，知道他在广州设计和建造了很多房子，尤其在沙面岛上。他死后就葬在珠江边。妈妈说，那是他自己生前就选好的墓地。因为从那里可以眺望珠江对岸他的家。外公说，他死了也要守望自己的家园。

孙中山总统病逝后，广州的局势陷入巨大的混乱中。外公决定离开广州，到上海发展。他先把我母亲和小舅从沙面的西部学校转到上海的美国学校。可后来不知发生了什么，外公突然破产了，没钱为两个孩子缴学费。母亲和小舅在上海的美国学校只读了两年，就不得不辍学回家。

此时，这座外公曾经梦想征服的城市，正冷冷地看着外公的两代后人。我突然意识到，刚才摩托车一路狂奔，在上海的身躯上轰隆隆地碾压而过，何其畅快，莫不是小舅在发泄什么？这姐弟俩当年兴致勃勃来到上海，都是带有梦想的。他俩都想跟大舅一样，毕业后去美国念大学。然而，外公壮志未酬就病倒了，母亲和小舅尚未毕业就灰溜溜地打道回府。两代人的梦想都夭折在上海，小舅心里，该有多么不甘！

我呢？我被父母送到上海来，也是带有梦想的。上海，你又将给我一个怎样的未来？

10. 新朋友

我们班有三个德国女生，跟我同桌的贝提娜很快成了我的朋友。

下课铃响了，我俩相视一笑，心有灵犀，一起离开教室，去外面呼吸新鲜空气。

"多洛丝你不是德国人吧？我认识的德国女生，没有一个叫这名字。"

"我妈妈是美国人，爸爸是德国人。我的名字随妈妈。"

"我叫贝提娜，贝提娜·美尔切丝，父母都是德国人。我家住在虹桥区，在上海的西郊。你呢，你家住哪里？"

"我在上海没有家，我住在德国宣教会儿童之家。我家在重庆，父母都在重庆。"

"啊，你住在儿童之家？"她很吃惊。这不奇怪，当时人们普遍以为，儿童之家就是孤儿院。住儿童之家的孩子，都是孤儿。

贝提娜是个瘦弱单薄的姑娘，跟我一样，扎着两条齐肩的辫子。她有一张白皙的瓜子脸，一双明亮的蓝眼睛。听我这么一说，她的目光里充满同情。

"你一个人在上海，一定感到孤独吧？如果你愿意，让我做你的朋友，好吗？"

"好呀，我愿意！"太高兴了，正愁没有朋友呢，这个文静漂亮的同桌女生，就主动要做我的朋友。我激动地拉起她的手，立即就喜欢上这个善良坦诚跟我同龄的德国女孩。

"我有两个哥哥，也在这所学校，读中学。我是家里最小的孩子，也是家里唯一的女孩。你呢？"

"我也曾经有个哥哥，卢迪。可惜他死了。去年我妈妈生了一个妹妹，也在重庆。"

第二天一到教室，贝提娜就兴奋地告诉我，她昨天在家里说起我，父母很惊喜，说他们认识我父母。原来早在广州时期，我们两家的父母就相互认识。那时在广州的外国人自成圈子，我父亲的公司跟她父亲的公司还有业务往来。

贝提娜父亲的公司，中文名叫"美最时洋行"，是贝提娜的曾祖父的爷爷在德国不来梅创建的。公司早期主营国际贸易和船舶运输，从第三代掌门人起开始进入亚洲市场，当时已经在北京、上海、广州、汉口等地设有分支机构，将德国的机械设备引进到中国，也把中国的农副产品矿产物资出口到欧洲，同时还代理德国轮船公司的远洋业务，是在中国影响最大的德国贸易运输公司之一。身为这家全球知名大公司第五代掌门人的独生女，贝提娜的生活并不奢侈。课间休息，我们有时会去学校的小卖部买零食吃，她兜里的零花钱也不多。

接下来的那个周末，我接受了贝提娜父母的邀请，前往她家度周末。

她父母派了一辆小轿车来儿童之家接

447

我。她家住在虹桥的一幢高墙环绕的大别墅里，里面花木葱郁，十分幽静，仆人们都穿着统一的白制服。令我惊讶的是，她家的中国老管家能讲一口流利的德语。我的德语结结巴巴、词不达意时，恭候在旁的老管家会帮我翻译或者解释。这真是让我无地自容。贝提娜后来告诉我，老管家小时候是孤儿，在青岛，被一个德国上尉家庭收养，因此学会了德语。

贝提娜的父母用亲切的拥抱来欢迎我。在客厅聊天吃点心时，他们回忆起跟我父母在广州的趣事。他们还认识我的外公外婆，夸我外婆能干，外公事业辉煌，跟广东省政府的关系也好，是西方商人成功融入中国的典范。我父母结婚，他们还送了贺礼，是一幅古老的中国绢画。画上有三位体态丰腴的女神仙，面目慈悲，脚踩祥云。贝提娜父亲说，中国人相信神仙保佑，他们希望画中的神仙能保佑我父母婚姻幸福，家庭和美，万事如意。多年以后父母离世，我继承了那幅画。如今它还挂在我的书房。感谢贝提娜的父母，那画上的中国女神仙还在继续保佑我父母的后人们。

这些往事拉近了我们的距离，让我对初次见面的贝提娜父母感到亲切，对他们的家，对这幢华丽而陌生的大别墅，也生出一种恍若归家的幸福感。

贝提娜的两个哥哥也在，格哈德十五岁，亨宁十二岁。兄妹仨都曾在德皇威廉学校上学，现在又都转到英国学校。他们酷爱体育，邀请我去他们家的花园网球场打网球，去乒乓球室打乒乓。晚饭后，我们就一起玩"大富翁"游戏。那是一种棋盘游戏，我们靠掷骰子碰运气，用游戏钱币进行投资或者交易，让自己成为富翁。这个游戏玩起来能上瘾，因为你不会甘心破产，总想翻盘成富翁。但贝提娜的父亲对孩子们的管教非常严厉，他规定孩子们九点必须停止活动，半小时后必须关灯睡觉，一分钟也不得耽误。

夜里我就睡在贝提娜的大床上。两个十岁的小女生凑在一起，即使房间的电灯被大人关了，我俩仍有说不完的悄悄话。一觉醒来，天已大亮，是窗外树上鸟儿的歌声把我们唤醒。贝提娜扭头看了一眼床头柜上的闹钟，吓得差点跳起来，好像睡过头耽误大事了。可她马上又清醒过来，回身躺下伸了一个长长的懒腰，笑了。

"啊，亲爱的多洛丝，以后你就经常来我家做客吧。瞧，你来了，爸爸就破天荒允许我睡到自然醒，也不用冲冷水澡了。妈妈昨晚还关了闹钟，否则我六点就得起床……上帝啊，能睡到自然醒多幸福……"

"什么？这么冷的天，你爸爸还要你冲冷水澡？就不怕你感冒吗？"我很惊讶，当时大约是二月或者三月，在上海，仍然很冷。

"好像……也没感冒。可是我非常讨厌冲冷水澡，太冷了！"贝提娜咬牙切齿地说，两只小拳头在空中乱舞。

"你爸爸为什么要你冲冷水澡？"

"不仅我，我的两个哥哥也一样，还有他自己！我们每天早晨六点起床，第一件事就是冲冷水澡。爸爸说，冲冷水澡能促进血液循环，达到增强体质、锻炼意志的效果，还能让头脑迅速清醒。六点半，早餐；七点，出门，司机开车送爸爸去公司，我和两个哥哥就骑自行车去上学。从我们家去学校，骑自行车要四十分钟。如果遇到下雨下雪，或者路面结霜打滑，差不多就要一个小时。可即使天气很糟糕，爸爸也不让司机开车送我们。他说，年轻人就应该多磨炼。"

随即她又欣慰地笑了："可是，如果我有朋友来访，爸爸就会网开一面，允许我陪朋友睡懒觉，也不要求我起床后冲冷水澡。亲爱的多洛丝，以后你就常来我家度周末吧，尤其是冬天，求你了，就当帮我。我真的很讨厌在冬天的早晨冲冷水澡。"

我很豪爽地答应了。这个忙我乐意帮她，那以后的好几个周末，我都在她家度过。

抗日战争结束后，在中国的很多德国公司都被强制关闭了，但贝提娜的爸爸跟国民政府的关系很好，美最时洋行被允许继续留在中国，直到1951年，他们才跟其他外国公司一起撤离。但后来他们又返回中国。贝提娜的父亲退休后，她二哥亨宁接管了公司，成为第六代掌门人。现在公司已经传给第七代了，我跟贝提娜依然还是好朋友。

一天，一个英国老太太突然出现在儿童之家，找我的。她满头银发，衣着考究，是爸爸新入职的英国立德乐公司的老板娘，也住在上海虹桥区。当她听说，新任她家重庆分公司经理的女儿，一个人孤零零在上海读书，她就主动来看我，邀请我去她家做客。

老太太独居在一幢绿树掩映的别墅里，陪伴她的只有几只猫和几个仆人。我永远忘不了她请我吃的那顿午餐，其中有一道菜我从没吃过。那是一种绿色的球状蔬菜，乒乓球大小。我尝了一个就不想再吃了，跟面疙瘩似的。可我的餐盘里还有几个。而我知道，按英国人的餐桌礼仪，分进餐盘的食物必须吃光。于是我强迫自己硬把它们都吞进肚子，差点被噎死。老太太还颇为得意地对我说，这是来自英国的蔬菜，很有营养，在中国还买不到呢。她问我好吃吗？我苦笑，不点头，也不摇头。后来到了德国我才知道，这个菜的德文名叫玫瑰卷心菜。可我再也没碰过它。顺便说一句，这也是我更爱中餐的原因之一。吃中餐你可以自由选择，如果第一口不喜欢，没人逼你搛第二筷子。吃西餐就不同了，食物被分进餐盘里，你别无选择，无论是否可口，都得把它吃下去。如果运气不好，一顿饭吃下来简直让人备受折磨。

下午，老太太请我听音乐。她喜欢西方古典音乐，客厅有一部大唱机，金灿灿的黄铜大喇叭高高支起在墙角柜上，由一个仆人负责操作。我俩就静静地坐在沙发上。老太太背靠沙发，双眼微闭，一脸陶醉，如果不是她的手在动，在轻轻抚弄怀里的猫，我还以为她睡着了。我不太喜欢那些音乐，它们远不如儿童之家的钢琴演奏曲和手风琴曲欢快好听。但我没有拒绝，只是呆坐在那里，感觉很无聊。听着听着，我就真的睡着了。

那以后，老太太再邀请我去她家做客，我就找借口婉拒了。

儿童之家虽然属于德国宣教会，但也经常有别国的传教士来来往往，其中有一对中年美国传教士夫妻，不知怎么看上我了。他们经常来找我，还送小礼物给我。他们来自德克萨斯，给我讲德克萨斯有多么辽阔的原野和牧场。有一天他俩带我上街，请我去一家牛排店吃饭，给我点了一份巨大的丁骨牛排。那牛排比我的脸还大，起初我怀疑我吃不完。没想到，我居然把它吃完了，吓得我自己都不敢相信，我的胃竟然有那么大。

我以为，是因为我可爱，他俩才对我这么好。从小到大，夸我可爱和喜欢我的

449

人太多了，我也早就习以为常。等我吃完牛排，他俩才告诉我说，想领养我，把我带到美国去，问我是否愿意。我又惊又喜，说我愿意。我一向对陌生的远方充满好奇，更何况，在我心里，美国是个很好的国家。我们家几乎所有的好东西都来自美国，吃的，穿的，用的，都是外婆从美国寄来的。它们激发了我对美国最初的好感和向往。

可韦迈尔叔叔说，我才十岁，这事我说了不算，让他俩写信去问我父母。父母的回信很快就到了：不行！但父母感谢他们对我的关爱，并祝愿他们早日拥有真正属于自己的孩子。为此我感到很遗憾，去不成美国了，也对他俩感到抱歉，后来他俩就再也不来看我了。

11. 和冯斯坦家一起度暑假

学校快放暑假了，我想回家，父母却来信说，冯斯坦夫人计划带孩子们去庐山避暑。他们家在那里有度假屋，也想邀请我一同前往。父母还说，庐山是著名风景区，夏天凉爽宜人。而重庆夏天太炎热，家里正在准备搬家，希望我跟冯斯坦一家去庐山度假，等年底再回家过圣诞。我能说什么呢？我的事向来不由我做主。何况这主意听起来不错。

冯斯坦先生是我们家的老朋友了。1941年妈妈和我从上海去重庆，漫长而辛苦的旅行，全靠有他的陪伴和照顾。后来他在我们重庆的家里住了大半年才离开，跟随孙立人将军去远征缅甸。他家在上海，夫人和孩子们一直在上海。我到上海不久，冯斯坦夫人来儿童之家看过我。复活节期间，她还来接我去她家过节。她家在高安路的一幢公寓楼三楼，有很大的阳台。冯斯坦夫人把复活节彩蛋藏在阳台的植物里，让我们几个小孩去找。他们家有四个孩子，两个女儿大了，不怎么跟我玩。但两个儿子跟我玩得很好，尤其是小我一岁的乌多。

这是我在上海读书的第一个暑假，1946年夏天，我们从上海乘船到九江，再从九江坐车到庐山牯岭。同行的有三位德国妈妈，冯斯坦夫人和她的两位女友，以及她们的孩子们。其中曼弗瑞特跟我同岁，加上乌多，我们三个年龄大的孩子总在一起玩。父亲们因为要工作，没有同行。唯一全程陪伴我们的男士，是身体残疾的库拉兹叔叔。他的一只手缺两根指头，一条腿是假的，但他基本上能行动自如。他是冯斯坦家的家庭教师。

牯岭位于庐山风景区中心，风景如画，气候宜人。作为国民政府的军事顾问，冯斯坦先生曾经在这里工作多年。他家的避暑房是三幢并排在一起的石头墙平房，中间是主屋，两边是客房，屋顶铺着波纹铁皮，中间的主屋还带一个有墙垛的塔楼。1937年乌多就出生在这里。房子位于牯岭的山坡上，坡下大约五十米处，就是蒋介石的私人卫队练兵场。我们入住的这个夏天，依然有军队在这里操练。每天清晨，练兵场会举行升旗仪式，士兵们排着整齐的队伍入场，他们也都穿着黑制服，扎着皮带，打着绑腿，显得特别精神。

群山起伏，旭日东升。雄壮的音乐声一响起，我们也会自觉走出房门，聚集在屋前的坝子上，行注目礼。

中国，您虽然不是我们的祖国，但此

时此刻，我们这些生于斯长于斯的外国孩子，都对您充满真诚的敬爱和谢意，并祈愿您永别战争，永享和平，繁荣昌盛，人民幸福。我们喝着您的山泉水，吃着您的泥土里长出的食物，我们也都是被您哺育喂养的孩子。

差不多三个月的暑假，我们在这里的每一天，几乎都是以这样的仪式开始。

德国妈妈们负责我们的一日三餐，照顾我们的生活起居，库拉兹叔叔负责我们的教育。他每天上午教我们一小时的拉丁文，让我们围坐在桌子前，学习和分析拉丁文中的短句和谚语，并把它们翻译成德文，然后就教我们玩斯卡特纸牌。这种纸牌类似于扑克牌，但游戏规则比扑克牌复杂。

午饭后是午睡时间，我们三个大孩子从不乖乖睡午觉，总是趁他们不注意时，凑在一起静静地玩耍，或者悄悄溜出去，跑到房子后面的森林里玩，攀岩爬树，吊在藤蔓上荡秋千，用手轻轻拍打嘴唇，学人猿泰山那样嚎叫。

附近有几幢闹鬼的空屋，屋主不知是在战争期间跑了没回来，还是已经被流弹打死，总之那些房子无人居住。我们就勇敢地进去探险，推开半掩的房门，踏过满地垃圾，察看每一间房，拉开每一个抽屉，把里面的东西翻个遍，累了就躺在布满尘埃的沙发上或结有蜘蛛网的床上休息，假想我们是这里的主人。我们还溜去不远处的集市，用在花园干活挣的零花钱买廉价香烟，然后躲进这些鬼屋里，模仿大人的样子吞云吐雾，觉得好玩极了。但每次享受完抽烟的刺激，我们都必须去外面山壁的泉水池，大大地喝几口甘甜的泉水，冲掉嘴里的烟味，再把脸和手都清洗干净，以免被大人看出端倪。

有时候，大人会组织集体活动，我们就带上干粮和饮水，去森林里徒步，去登高远眺，欣赏四周群山起伏的壮美风景，或沿着长满青苔的石梯，下到山涧谷底，坐在溪流边的岩石上，一边听鸟儿啁啾，泉水叮咚，一边享受美味的野餐，享受夏日的清凉和新鲜空气。

有一次我们翻山越岭，走了很久，在薄暮时分攀登上一座远山的顶峰，看见了烟波浩森的鄱阳湖。那景象真是壮观极了。四周的群山像海浪一样铺展到天边，松林被晚风激荡起阵阵涛声，像大自然在演奏舒伯特的小夜曲。夜幕降临，一轮金黄的满月从湖面升起，在墨蓝的夜空飘移着，把湖面照得金光闪烁，像一块镶满钻石的巨大丝绸软软地铺展在我们前方。如此摄人心魄的美景，通常只出现在中国的古画和古诗词里，而我们多么幸运，居然亲眼看见，身临其境。我们都陶醉了，震惊，喜悦，恍惚，最后化作一声赞叹：中国的大自然太美了，简直美若天堂！那晚我们就在天堂度过——搭起帐篷，在月光下露宿。

我在上海的第二个暑假，1947年夏天，依然和这些人一起度过，但换了个地方。我们坐船沿海岸线北上，去连云港。冯斯坦先生在海州的盐务税警团工作，国民政府在连云港的海头湾，为他提供了一幢大房子。好客的冯斯坦夫人再次向我发出邀请。父母支持，我也乐意，于是我们再次同行。

这一次我有点不幸，晕船了。可怜的冯斯坦夫人不得不为我忙前忙后。冯斯坦先生瘦高挺拔，他夫人却秀气娇小。但她很坚强，既要照顾自己的两个男孩——乌多和弟弟总是乱跑，一眨眼就不见了，她担心他俩会掉进海里，又要照顾我们大家，尤其是我这个没有家长陪伴的孩子，真是操碎了心。她让我躺在床上睡觉，不要看海。她说翻滚的海浪看花了眼睛，就会晕船。

我很听话，乖乖地躺在小床上，闭上眼睛尽量睡觉。也不知道航行了多久，我们终于抵达了目的地。

那是一幢典型的中式建筑，离海滩很近。三个德国妈妈继续负责我们的饮食起居，库拉兹叔叔继续负责我们的教育。像上次在庐山一样，他每天上午给我们上一小时的拉丁文课，然后我们一起玩斯卡特纸牌。下午的时间，我们一般都去沙滩上度过。

我们都还不会游泳。库拉兹叔叔少一条腿，却能畅游到很远的海面。这让我们大惊。他在陆地上的行动也不轻松，尤其是上车下车，拖着一条僵硬的假腿，动作十分笨拙吃力。没想到，他居然还是游泳健将！他把那条假腿取下来插进沙里，把衣服和毛巾挂在上面，就单腿跳着下海了。我们几个孩子都很好奇他的假腿，就围着研究那条假腿，观察库拉兹叔叔怎么把它从身体上卸下来，又怎么把它再装回去。有时候，趁他不在，我们还模仿他一瘸一拐地走路，单腿蹦跳下海，然后乐得捧腹大笑。我们也想学游泳，库拉兹叔叔就教我们，如何在水里憋气和换气，如何蹬腿，双臂划水。慢慢地，我们几个四肢健全的孩子，都在一条腿的库拉兹叔叔的辅导下，学会了游泳。但我们只能在浅水区蹦跶，远不能游得像他那样好。

游泳累了，我们就躺在沙滩上晒太阳，或者玩沙。如果库拉兹叔叔也躺在那里，我们就会围着他，用沙子将他的身体埋起来，只露出他的络腮胡圆脸，并缠着他给我们讲故事，问他那两根手指哪去了？那一条腿哪去了？对于他身体的残疾，德国妈妈们警告我们，不可以问！她们说，那会引起库拉兹叔叔的伤心回忆。可我们终究没管住自己的嘴，不知谁就那么问了。出人意料的是，库拉兹叔叔并没像德国妈妈们担心的那样，不愿提及，或者伤心难过。他灰蓝的眼睛睁得老大，凝望着天空，给我们讲述他的故事：

"我那两根手指啊，已经被我献给了德国，因为德国是我的祖国，我爱德国。"他用德语慢悠悠地说，"我那一条腿呢，被我献给了中国，因为中国是我的第二祖国，我也爱中国。"

原来，库拉兹叔叔的两根手指，是他参加第一次世界大战时，受伤切掉的；他那条腿，是参加上海保卫战时，被日军的炸弹炸掉的。那时他也是国民政府的军事顾问，跟冯斯坦先生一样，都在为中国军队服务。那场上海保卫战太惨烈，中国军队伤亡巨大。孙将军受伤了，冯斯坦先生受伤了，库拉兹叔叔也受伤了。康复后安上假腿的库拉兹叔叔，无法继续在部队工作，就办了退役。他不愿意回到德国，就继续留在中国。他学识渊博，入伍前是中学教师，很顺利就进入德皇威廉学校重操旧业。战争结束后，学校关闭，他失去了工作。冯斯坦先生就请他来家里为两个儿子上课，教他们德语、英语、数学、地理和拉丁文。

我们这个快乐的小集体，在共度了两个美好的夏天后，就永远解散了。和平时光结束了。1948 年，冯斯坦先生被调去广州,全家也跟着去了广州。库拉兹叔叔回德国了,回到他被盟军炸成废墟的故乡科隆。这一年的暑假,我回重庆跟家人共度。这也是我在上海求学期间,第一次和唯一的一次,跟家人一起共度暑假。

多年以后,我在德国跟乌多重逢,才知道,他们家于1949年去了台湾,冯斯坦先生在高雄凤山继续担任军事教官,到1954年,才转行到台北的一家贸易公司工作。乌多1950年被送回德国读书。1956年,冯斯坦先生首次回到他阔别多年的德国,探望孩子和亲友,并于1959年接受了德国经济部的邀请,前往泰国曼谷工作,担任经济观察员,一直工作到1963年退休。之后他和太太去了南非的比勒陀利亚,因为他们的大女儿定居那里。冯斯坦先生的故乡 Brieg bei Breslau,在二战后成了波兰的领土。永失故乡的他宁愿在遥远的南半球终老,也不愿回到破碎而没有了故乡的祖国。1973年,七十八岁的冯斯坦先生在比勒陀利亚因病辞世,永远长眠在遥远的异乡。

12. 回家

我们家在重庆南山上的阿思密房子是合步楼公司租下的。抗战结束后,合步楼公司也关闭了。1946年底我回重庆,我们家已经搬到扬子江边的龙门浩。

龙门浩是个热闹的小镇,战争期间,很多外国政府机构和民间商行落户于此。战后这些机构和商行迁走了一些,还有一些留了下来。经历了多年战乱的中国,百废待兴,更需要跟西方国家的经济合作。作为敌国侨民,我父亲凭着跟国民政府的良好关系,没被驱逐离境。又凭着多年在华的工作经验,他很快就找到新工作,进入英国立德乐公司的重庆分公司。公司总部在上海,在天津、汉口、沈阳都设有分公司,主营农副产品加工和出口,以及商品的打包业务。重庆分公司就在龙门浩,父亲每天步行上下班。

新家在龙门浩主街旁边的半坡上。房子以前住着一对逃难来的俄罗斯夫妻。战争结束后,这对俄罗斯夫妻去了美国,父母就租下这幢房子。房子有两层,楼上楼下各有四间房,餐厅、厨卫、仆人房,都在楼下,外面有个小花园。楼上有客厅和三间睡房,外带卫浴室。从龙门浩主街上去,需要爬大约五十级石梯。房子附近有香港上海银行经理的家,还有壳牌公司的办公楼。这幢房子没有南山上的阿思密房子漂亮,窗外也没有那样辽阔的视野和美丽的风景,因为房子前面还有房子,也看不到扬子江,但它的设施比阿思密房子先进,有自来水和抽水马桶。

第一次离家远行归来,我很享受跟家人团聚的时光。每天早晨,老马还像从前那样,轻轻推开我的房门,钻进来一颗圆脑袋,小眼睛笑眯成一条缝,亲切地问我:"多蒂小姐,今天想吃什么蛋?煎蛋?炒蛋?蒸蛋?荷包蛋?"现在我大了,蒋奶奶不用再来服侍我起床穿衣,洗脸梳头,但我仍然感到又成了受宠的小公主,天天能吃到想吃的美食,包子饺子、麻辣小面、猪油炒咸菜肉末配白米饭,这些我在上海的儿童之家馋得想哭的家常美味,现在轮番上阵,随便我吃,真是幸福极了。妹妹露易丝会走路了，有时我会陪她玩，但更多的时候，我喜欢独自去外面逛荡。这里的环境跟从前在山上大不一样，房子多，人多，可看的稀奇和热闹也多。我一家一家看那些店铺在卖什么，又去逛集市，逛码头，直到肚子饿了才回家。

圣诞节我们家一如既往，吃烤鹅。鹅是去集市买的大肥鹅。热爱种植的艾克特先生战争结束后去了香港，现在没人种菜了，吃蔬菜都去集市买。爸爸要上班，也没有时间再饲养家畜。除了一只猫、一条狗，家里就养了几只母鸡，圈在花园里让它们生蛋。圣诞树照例是提前几天就布置好了。像往年一样，吃完平安夜的大餐后，我们就到圣诞树下集合，由我为大家唱圣诞歌，然后去圣诞树下寻找属于自己的礼物。以前的圣诞歌由我独唱，现在妈妈让露易丝站在我身边，跟我合唱。她还太小，一首歌都唱不完整。但我还是很开心，因为从此以后，有人陪我唱圣诞歌了。

寒假匆匆而过，爸爸又把我送到机场，让我独自飞上海。

临行前，我去跟蒋奶奶告别，看见她在房间里烧香拜佛。苏琴说，蒋奶奶自从最后那个儿子死了，就开始信佛。我进去跟她拥别："蒋奶奶我要走了，再见！"她安慰我说："好，你放心走吧。现在我每天给菩萨敬香，菩萨会保佑你平安的。"那菩萨只是一个放在桌上的小瓷人，我很怀疑它是否有此神力。

1947年圣诞节我再回重庆，家里悲喜两重天。妈妈又生了一个孩子，小妹妹英格丽特，房间里再次弥漫着美国强生牌婴儿用品的气味。外婆秋天来过。她从美国回来了，来重庆看望她久别的女儿，在我们家住了三个月，就住我的房间，睡我的床。现在她去香港了，小舅在香港工作。我为没能见到外婆而遗憾。但她带来的几大箱礼物中，也有给我的。这多少安抚了我失落的心。我躺在床上，想象外婆睡在这里的情景，仿佛嗅到她的气息，仿佛她还睡在这里，就在我身边。我只在四岁以前见过外婆，对她已没有任何记忆，但我一直很爱她，因为她总让我感觉她很爱我。

悲哀的是，妈妈染上肺结核，不能跟我们靠得太近。老马天天给妈妈做病号饭，再送到她房间。大妹妹露易丝跟着蒋奶奶，小妹妹英格丽特跟着苏琴。妈妈每天除了定时戴着口罩给婴儿哺乳，其余时间都独自待在她的房间。我不能随便去拥抱妈妈，想跟她说话也得隔老远。平安夜的圣诞大餐，妈妈不能跟我们一起吃；晚上圣诞树下的节目，她戴上口罩也站得老远，这让人扫兴。露易丝已经能唱完整首圣诞歌了，还唱得比我更有劲，声音更洪亮。拆礼物时，她的笑声也最大，无忧无虑得像个快乐的小天使，再加上小婴儿稚嫩的笑闹声，多少给这个阴郁寒冷的冬天带来了一些欢乐气氛。

蒋奶奶信佛更虔诚了，每天三次烧香拜佛，求菩萨保佑妈妈早点康复。为了感动菩萨，她竟然戒肉了，开始吃素。也许菩萨真的有灵，半年后我再回重庆，妈妈的病真的好了。

这时飞上海是一架双螺旋桨的小型客机，飞行时间也要九小时，中途还得在汉口加油。爸爸依然提前一天送我进城，住在那个传教士家里。第二天又有雾，一群人焦急地等到快中午才登机。飞机不能在当天抵达上海了。爸爸安慰我说，他会给汉口分公司的同事发电报，请人到机场接我。

这种飞机很颠簸。我们坐在机舱两边的斗式座椅里，堆放在脚边的行李全都被甩出去了，在中间的过道上滚来滚去，箱子、旅行包，乱成一团。乘客们吓得哭爹喊娘，仿佛要坠机了。那情形真是糟透了。

傍晚飞机在汉口着陆，不能继续飞上海了。航空公司为我们安排了宾馆过夜，两人一间房，自由组合。几乎所有的旅客都散去后，我还在左顾右盼，等待有人来接我。但我等待的人没有出现。这里也没有电话，我无法联系上任何人，一时不知该怎么办。正在焦急和茫然中，一个年轻的中国女人朝我走来，问我是否愿意跟她住一间房。我犹豫着跟她走了。后来才知道，爸爸汉口分公司的同事没有及时收到电报。

我们都饿了，去了一家很拥挤的中餐馆吃饭。我是里面唯一的外国人，不少人都盯着我看。我饿慌了，也管不了那么多，狼吞虎咽埋头吃饭，都忘了吃的什么，只记得那顿饭香极了。吃完饭，我跟着那个女人回到宾馆。房间里只有一张大床，床上只有一床典型的中国大红花铺盖。我不习惯跟陌生人睡一张床，盖一床铺盖，又疑心床上有臭虫，就和衣而睡。那个女人觉得奇怪，问我为什么不脱衣服。我背对着她，假装已经入睡，没理她。其实最重要的原因是，我的棉袄里藏着一只装有护照和美金的小布袋。美金是帮爸爸带给上海什么人的，妈妈把小布袋缝上带子，挂在我的脖子上。当时中国的通货膨胀很严重，我亲眼看见，我们班的同学拎着满满一皮箱钞票来缴学费。像我这样私带大量美金是违法的。一路上我都很紧张，害怕有警察搜身检查，有小偷打劫，或者带子断了，小布袋丢了，就不时用手护着胸口。

深夜里，一阵喧哗声把我吵醒。睁眼一看，房间里站着三个背着长枪的中国士兵。那个女人已经起床，正在跟他们解释什么。我感觉不妙，赶紧翻身下床，站在旁边不知所措。三个士兵好奇地围过来，从头到脚打量我，好像从没见过外国人。我双手交叉抱着胸，又冷又怕，不停地颤抖。感谢上帝，他们只搜查了房间和行李箱，就骂骂咧咧摔门而去。

第二天，我们又坐上那架飞机继续飞。韦迈尔叔叔在上海机场接我。那个中国女人跟我挥挥手就走了。后来每每忆起这次飞行，我都对她心怀感激，后悔忘了问她的名字。我相信，她是我的幸运天使。

1948年夏天，我回重庆度暑假，扬子江中心的珊瑚坝机场被淹了，政府启用重庆郊外的白市驿机场。这时候的飞机更先进了，是有四个螺旋桨的新型飞机，中途不用在汉口加油，飞行时间也短了些，机舱的座位是横排的，跟现在的相似，飞行也不那么颠簸。我暗喜，想以后回家更便捷了。没想到，已经没有以后了。

这一年的夏天特别炎热，爸爸在龙门浩背后的山上，一个名叫清水溪的地方，租了一幢森林里的度假木屋。木屋有一面墙是玻璃的，窗户都安有防蚊虫的纱网。即使外面骄阳似火，酷暑难当，在林中的木屋里也很凉爽，就像是在春天里。木屋没有自来水，但屋外有真正的自来水，就在不远处的山崖壁，终年流淌着一股泉水。泉水清亮甘甜，被一根竹筒引流出来，就是我们的生活水源。房子也没有卫生间，房主在附近的树林里搭了一个竹棚厕所。

清水溪的夏天是清凉舒适而愉快的，父母有时会邀请朋友们来避暑。有一天，一拨朋友来访后离去，露易丝去上厕所，一进去又惊慌地尖叫着跑出来："天啦，有血……"

父母不知是什么情况，决定一同去看看。两人很快又从竹棚里出来了，诡异地笑着。妈妈拉过露易丝，把我也叫上，进了她的卧室。她让我俩并肩坐下，决定利用这个机会，给两个女儿上一堂生理卫生课。她说，不用怕，血是今天那位年轻的女客人解手的时候留下的。女孩子成年后，每个月就会有几天，身体会自然排出来一点血。她还指着我说："多蒂，你也快了。"吓了我一跳。她问我："还记得我怀露易丝的事吗？被苏琴最早察觉。她每天为我倒马桶，发现我有三个月没有出血了，就断定我是怀孕了。因为女人一旦怀孕，就会停止出血，得等孩子出生后，再继续出血。"她又讲了些女人为什么会每个月出血和怀孕的常识。接下来的几天，她和蒋奶奶就开始忙碌，用棉布折叠成长条形的带子，再把它缝合固定，并告诉我当身体出血时该如何使用它，用后又如何清洗晾干，收藏起来以后再用。

我很讨厌那些带子，感到无颜面对，就朝妈妈和蒋奶奶吼叫："不！我永远不需要这些东西！"

这一年我十二岁，已经跟蒋奶奶一般高了。妈妈的这堂生理课，让我骤然间意识到，我长大了，尤其是，当两个妹妹，四岁的露易丝和正在学走路的英格丽特在一起玩耍，妈妈要我照顾她俩，我这种大人的感觉就更强烈。

暑假结束，我又要走了。妈妈把那些粉色的黄色的蓝色的布带子塞进我的行李箱，有二十多条。我扔出去，她又塞进来。我感到很羞辱，生气了，临出门时破天荒没跟妈妈拥抱吻别，也没跟蒋奶奶拥抱说再见。她还在唠叨，叮嘱我要注意这个注意那个，不要再跟男生玩。我烦了，凶了她一句："儿童之家都是男生，不跟他们玩我跟谁玩？！"就转身走了。

以前每次离家，我都跟他们依依不舍，抱了又抱，亲了又亲。唯独这次，冷漠而决绝，像仓皇逃离。谁会料到，这唯一的一次负气而走，没有依恋，没有拥别，甚至没说一声"再见"，跟父母家人是长达六年的分离，跟蒋奶奶他们几个仆人，竟是永别！

13．又打仗了

中国的内战日趋激烈，没有人知道，共产党的队伍会以多快的速度渡过扬子江。但生活还得继续，至少在上海，学校和教会的各项活动还有条不紊地进行着。只是，儿童之家的孩子越来越少，有些家长把孩子送去欧洲上学了。与此同时，又一批年轻的说德语的传教士来到中国，他们必须先学中文。儿童之家现在只剩六个孩子，我们必须把房子腾出来，给新来的传教士们居住，我们六个孩子被安排搬进了中国内地会总部。

中国内地会的英文名是 China Inland-Mission，缩写为 CIM，是个国际宣教组织，由英国传教士詹姆斯·戴德生创建于 1865 年，旨在帮助更多的欧美传教士进入中国内地传教。内地会总部位于公共租界内，有南北两幢大楼。这里的地盘很大，设施齐全,用高墙围着,不仅有行政楼、传教士宿舍、招待所、食堂、图书馆、休闲室、可以开会和举办演出的大厅,还有户外大花园及排球场、篮球场等运动场地。我们被安排住进了南楼的三楼尽头,一套三室一厅带阳台的公寓。楼上是医院。

新的环境唤醒了新的激情。我立即喜欢上这里,尤其是这里的国际化。那些来自不同国家和地区的传教士,让我感到很新鲜和好奇。他们说着南腔北调的英语,听上去很好玩。其中一个家庭来自百慕大,一个我闻所未闻的大西洋上的岛屿,男主人是我们楼上医院的医生。他们全家都很喜欢我,还邀请我去他们家玩,给我讲他们生活的那座岛上的趣事,看那座岛的风光照片。一座遥远而陌生的岛屿,就这样让我开始幻想,我甚至希望有朝一日能去看看。

1948年在中国内地会总部(右一是多洛丝)

这里还有不少传教士的孩子,其中有几个跟我同校。我们就约着一起去上学。从这里去学校更远了,步行单程大约要四十五分钟。我们一路说笑,从来不会觉得路远。街上的难民和乞丐突然多了,像幽灵一样,在这座中国最繁华的城市四处游荡。几乎每天都看见他们,有时擦肩而过,有时隔街相望。有时候,我们还会看见死人,就躺在路边,被草席盖住,或裸露着,瞪目龇嘴,表情恐怖。我们都很害怕死人,每次见了,都迅速跑开。

我们甚至偶尔听到枪炮声,但不清楚从何而来,离我们多远。没有人知道,我们将迎来怎样的未来。无论在学校、街头,还是在内地会总部,气氛都变得越来越紧张。在上学或放学的路上,我亲眼目睹国民党在调兵遣将,一支部队刚从这条马路跑过去,另一支部队又从另一条马路跑过来。

一天清晨,我们像往常一样背着书包去上学,却发现院子大门被封了,堆起了沙袋,架起了机枪和大炮。进出的人都必须接受检查，然后从旁边的一条窄缝处经过。我们这些上学放学的孩子也无一例外，要打开书包接受检查。院子里到处是全副武装的国民党士兵，墙头和屋顶都架起了机枪。看样子，这里已经成为他们的重要据点，即将迎来一场恶战。我们如坐针毡，内地会总部的负责人也焦头烂额，却一筹莫展，只能组织大家每天在大厅做祷告。

学校停课了，风声鹤唳。在重庆跑警报躲轰炸时，有父母在身边，有防空洞藏身，知道危险何时抵达何时解除。现在呢，身边没有父母，也无处躲藏。你知道危险可能正在来临，却不知道它何时抵达，就时时刻刻都提心吊胆。有一天夜里，突然响起枪炮声，把我们全都从梦中惊醒。年龄小的几个孩子吓得大哭。窗外苍茫夜色的某处，有火光冲天。夜里的枪炮声和爆炸声，比白天的更惊心动魄。我们不敢再睡觉了，孩子们全都跑到我们房间，挤在我的小床上，大家缩成一团瑟瑟发抖。韦迈尔叔叔在客厅做祈祷，韦迈尔阿姨手忙脚乱在收拾什么。六个孩子中我最大，其余的最小六岁，最大十岁，全是男孩。我也很害怕，但我还要安抚他们，叫他们不要害怕。

离开父母来上海读书这几年，我从没像此刻这般强烈地思念父母，想要回家。我很怕死，担心战争一旦开始，我们这幢大楼会首当其冲，会被炮火击中垮塌。停电了，枪炮声渐渐停歇，又忽地响起，我们就像坐过山车，一整夜都战战兢兢。终于熬到天亮，我决定给家里写信，请父母安排我回家。我一边写信一边流泪，仿佛这幢大楼已被击中，我被压在瓦砾堆里，快要死了，正跟父母临终话别。

这是1949年5月，我十三岁了。

有时候，枪炮声骤然响起，我以为激战正朝我们推近，却又突然一片寂静，不仅枪炮声没了，大街上也安静下来，好像繁华热闹的大上海瞬间变成荒无人烟的外星球。我们不敢外出，每天唯一能做的事，就是祈祷，几百个传教士和家属、医院的病人和医生，所有的大人孩子，全都聚集在大厅里，祈求上帝，让战争尽快结束吧。

奇迹就这样发生了。有一天早晨起床后，我习惯性地拉开窗帘，发现院子的大门又开了，一个士兵也没有了。那些架起的机枪大炮、垒起的沙袋，全都不见了。而头天晚上临睡前，我还看见士兵们在磨刀霍霍，严阵以待。我们谁都不敢相信，战争就这样结束了，担心有更大的灾难即将来临。那真是令人极度惶恐的一天，城市寂静无声，商店全都关着门，街上没有一辆汽车驶过，也不见一个行人。大家都不知道发生了什么，也都不敢轻易出去探究虚实，只能相互瞪眼，怀着深深的恐惧，继续去大厅做祈祷。

接下来的一天，世界突然又活过来了。有一支部队安静地从街上走过，士兵们衣着整齐，精神饱满，面带微笑，他们是共产党的部队！

共产党接管了上海。感谢上帝，内地会总部没发生恶战，大家只是虚惊一场，就和平跨入了新时代。

生活很快又恢复正常，学校复课了，我们又开始每天步行上学放学。没过多久，我们从内地会总部又搬回了儿童之家。那些年轻的说德语的传教士接受完基础的中文培训后，已经被派往各地传教。韦迈尔夫妇退休了。他们已经在儿童之家工作了许多年。生活老师蕾尼阿姨也不知道什么时候走了。一对年轻的传教士夫妇，泡尔叔叔和露丝阿姨，成了我们儿童之家的负责人。他俩新来不久，已经结婚。一般来说，年轻传教士必须工作两年以上才能结婚。

泡尔叔叔接替韦迈尔叔叔，成了我的监护人。此时的我，不仅要面对一个全新的大社会，还要面对儿童之家陌生的监护人。我怀念在内地会总部的时光，那里人多、热闹、自由，有国际氛围，每天的生活都丰富多彩。相比起来，儿童之家就单调冷清多了。

泡尔叔叔三十岁，露丝阿姨二十八岁，两个人的中文都不够好，对中国也不够了解。作为儿童之家的负责人，这里的工作对他俩来说太棘手了。即使我只有十三岁，我也能感觉到他俩对这份新工作的力不从心。他俩必须对这里的六个孩子负责，照顾好每个孩子的生活，但他俩没有任何经验，常常一筹莫展，不知所措。作为六个孩子中最年长的我，便义不容辞地帮他俩分担一些工作，那五个男孩很淘气，泡尔叔叔和露丝阿姨管不过来，我就帮着监督他们写作业，敦促他们保持清洁卫生，准时上床睡觉。不知不觉中，我俨然成了儿童之家的生活老师。

露丝阿姨水土不服，经常生病躺在床上，我还要为她端水送药。她受不了上海夏天的潮湿和闷热，也吃不惯上海的伙食，这陌生的一切都让她备受折磨。泡尔叔叔除了照顾孩子们，还要为她担忧，常常手忙脚乱，愁眉不展。当时我对他俩颇为不满。现在回首往事，我必须感谢他俩，感谢命运对我的眷顾，也才明白，这一切都是仁慈上帝的巧妙安排。

他俩都来自瑞士，是我生命中第一次遇见的瑞士人。在这之前，我对瑞士的全部了解，仅来自一本名叫《海蒂》的儿童书。那本书讲述了孤儿海蒂跟祖父在阿尔卑斯山上的生活，其中对瑞士风光的描写，给我留下美好的印象。泡尔叔叔和露丝阿姨，一个来自瑞士伯尔尼，一个来自瑞士圣加伦，他俩都讲瑞士德语。我跟他俩朝夕相处一年多，也学会了他们的语言。谁会想到，几年后，我父亲会去瑞士工作，我们全家会定居瑞士。当我们初到瑞士，全家人除了我，没有一个能听懂瑞士德语。这时我才恍然大悟，啊，原来早在上海时期，上帝就把泡尔叔叔和露丝阿姨派到我身边，让我熟悉他们的语言，为到瑞士生活做准备。

看吧，生命中的一切遇见，都是带有使命的。尽管有的遇见会暂时给你带来烦恼，但是，别急，总有一天，那些藏在遇见后面的使命之光会散发出来，照耀你，温暖你，并带你前行。

我离开上海去香港不久，泡尔叔叔和露丝阿姨去了日本传教。大约十五年后，他们从日本回瑞士度假，顺道来看我。当时我已经结婚，有了第一个儿子。他俩已经有了四个男孩。我们坐在夏天的花园里，回忆我们共同的中国往事。看着五个男孩在草地上嬉戏玩耍，我们恍若又回到上海的儿童之家。那时也是我们仨共同照顾五个男孩，多么令人开心的巧合。

14. 红色上海

上海正在发生惊人的变化，看得见的，

看不见的。

课间休息，贝提娜神神秘秘地把我拉到一边，说有重要事情告诉我。

"昨天晚上，我们家像往常一样，晚饭后在客厅听收音机。老管家，就是你夸他德语说得好的那位，像往常一样，为爸爸送来一杯威士忌。但这次不同，他送来酒后没有退下，站在旁边垂手恭候，而是在沙发上坐下来，就坐在我们的爸爸身边，而且坐得昂首挺胸。我们都大吃一惊，因为这是从没有过的事。他只是我们的管家呀，怎么可以跟我们的爸爸平起平坐在同一张沙发上！"

"啊……"我也觉得他这样做不够得体，但并不觉得有多严重。

"更可怕的还在后头，他对我父母说的那番话！"

"他说啥了？"

"他把自己坐得端端正正，然后向我们郑重宣布，"贝提娜扯了扯衣襟，轻咳了一声，昂起头来，模仿管家说话的声音和表情，"我尊敬的先生、太太，从今天起，你们不再是主人了，我们才是！现在上海解放了，穷人翻身做主人了。我们要打倒资本家，打倒帝国主义，打倒一切剥削阶级……"

她停顿下来，瞪着我的眼睛问："多洛丝，你知道这意味着什么吗？"

我使劲摇头，我不知道。

她小脸苍白，胸脯起伏，一脸严肃对我说："我们这些外国人，也包括你，就属于资本家和帝国主义，属于要被他们打倒的剥削阶级。这下你该明白了吗？"

"什么是……剥削阶级？什么又是……帝国主义？"这些新词，我不懂。

"帝国主义么，我也不太懂，好像外国人就是帝国主义。剥削阶级么，就是像我爸爸那样开公司的，有工人为我们家的公司工作，有仆人为我们家做家务，我们剥削了他们的劳动，我们就是剥削阶级，要被打倒。你爸爸那样在公司当经理的，也是剥削阶级，也要被打倒。"

她的话让我深感不安。按她的说法，我们家也是被打倒的对象。可我实在想象不出，在我们家的仆人中，谁会像她家的管家那样，对我父母宣布，他们才是主人，要打倒我父母。蒋奶奶？老马和苏琴？老李？不，他们绝对不会。他们在我们家这么多年，跟我父母的关系很好。我能想象出的唯一有可能要打倒我父母的，只是那几个被妈妈找来做清洁、后来又被解雇的短工。可那已经是很多年前的事了。

上海大街上又热闹起来，人们喜气洋洋，好像每天都在过节。上学放学的路上，我经常遇到游行的队伍。他们抬着毛泽东主席的巨幅画像，高举红旗，敲锣打鼓，载歌载舞，歌声口号声震天响，就像一条欢腾的河流在街上奔涌。马路两边围观的群众也欢天喜地。我从没见过这么激动人心的场面，也被他们感染了，会情不自禁地跟着他们兴高采烈。由此我相信，一个伟大的时代来临了，一个深得民心的好政府建立了。

1949年10月1日，毛泽东主席在北京的天安门城楼上宣布，中华人民共和国成立了。上海再次沸腾起来，庆祝的规模和声势更加浩大。无论在儿童之家的房间里，还是在学校的教室里，我们都能听到高亢激昂的锣鼓声、歌声和口号声。街上那些花花绿绿的广告牌不见了，全都变成了红色的标语条幅、旗帜，或者毛主席像。当人们高举红旗一波又一波涌上街头，整个上海就成了一片红色的海洋。

最让我开心的是，上海的街道变整洁了，街上的难民和乞丐不见了。听说，他们都被新政府送回老家去了。这真是个好消息。共产党送他们回家，国民党却不管他们死活，两相比较，当然是共产党好。我很快就明白了，为什么共产党的队伍来到上海，老百姓会热烈欢迎；共产党建立的新政权，老百姓会热烈拥护。

现在我只希望，新政府能尽快恢复民航交通，我想回家。但他们显然太忙了，有很多大事要处理，我的梦想落空了。

久居上海的外国人，开始陆续离开上海。贝提娜一家回德国了。我们学校的学生越来越少，每个班的人数都在锐减，学校就将各班进行整合，我们班被合并到高年级班。从前我们学校的毕业生能直接去英国上牛津，现在听说快不行了。老师为了能让学生赶上去上牛津的末班车，就加快了教学进度，希望让他们尽快毕业。这让我们这些从低年级合并上来的学生很头痛，有的课根本听不懂，比如数学。

不久又听说朝鲜战争爆发。中午放学，我从那条熟悉的弄堂走过。住那里的几个中国小孩，我们之间虽然没什么交流，但从来都会相视一笑，几年下来，成了心照不宣的老朋友。现在他们对我横眉冷对，朝我叫喊"美国鬼子滚出中国"。我收起笑容撒腿就跑，他们还在后面拍手高唱："帝国主义夹起尾巴逃跑了……"

我难过极了，在心里悄悄说：别了，我臭烘烘香喷喷的上海弄堂！别了，我熟悉又陌生的中国朋友们！

那以后，我再也不走那条弄堂。

一周一次跟家人的通信，现在变得不规律了。发出去的信，通常要两三周甚至更久才收到回信，而从前只需要一周。听说，现在所有的外国人信件，都必须通过香港中转。我没等到妈妈的信，却等来了爸爸的电话。

当时我正在房间写作业，听到泡尔叔叔在楼下叫我，说我家里来电话了。我惊喜得跳起来。太意外了。在那以前，我从没接到过父母的电话。

那通电话让我终生难忘。它是我和父母在中国内地唯一的一通电话，并且改变了我的命运。电话里，父亲告诉我一个重大决定：要把我转学去香港的一所天主教修女办的寄宿学校。我很震惊。我已经两年没见父母，现在他们又要我去香港，岂不是让我离他们更远？而且，天主教修女办的学校是出了名的管理严格。我不想去。可父亲说，已经没有别的选择了。

事实上，父母尝试过来上海看我和安排我回家，但中国当时的政策是，任何人如果想出门远行去别的城市，都需要有单位的介绍信。我们家的背景复杂，要通过漫长的审核，最终能否通过还是一个未知数。

接下来，父母把我的出生证明、各种所需的文件资料，包括香港学校的录取通知书，中英文的，都通过挂号信邮寄到上海的儿童之家，再由我的监护人泡尔叔叔带着我，去政府部门递交申请。六周后，我获得一张离境许可证。

1951年6月初，十五岁的我告别上海，乘火车前往香港。

上海德国宣教会儿童之家，我在中国内地最后五年的家，在我启程的头天晚上，为我举行了小小的送别仪式。除我之外，只剩三个男孩了。所谓的送别仪式，就是晚餐前，泡尔叔叔向我致送别辞。他回忆了我们共度的时光，祝我在香港一切顺利。然后每个孩子对我说一句祝福的话，最后大家再为我合唱一首歌，由露丝阿姨弹钢琴伴奏。

晚餐后，泡尔叔叔又跟我单独谈话。他语重心长地叮嘱我，只身在外，什么可以做，什么不能做。如果发生了什么，又该如何应对。儿童之家历来禁止喝酒，但他令我吃惊地拿出一瓶白兰地，朝我狡黠一笑，倒了一杯，演示给我看，并警告我，如果遇到陌生人，尤其是陌生男人，要请我喝酒，一定要拒绝。无论对方多么殷勤，甜言蜜语，风度翩翩，都绝不能接受。他眼含忧虑，像个大哥哥不放心自己的妹妹独自前往危险的远方。

第二天，泡尔叔叔送我到上海火车站，把我交给一群传教士中的一个，委托他路上关照我，到香港后再把我送去学校。那是一个沉闷的中年男人，也许遭遇了什么不幸，一路上只恪守职责，守护在我身旁，却很少说话，以至于我都忘了他的名字。

火车上，我跟那个传教士，还有另外两个传教士，共享一间有四张小床的卧铺车厢。我趴在上铺，望着窗外缓缓掠过的风景，想起十年前的那次火车之旅，从衡阳经桂林到柳州，也是这样，也是为了全家团聚。那时是去重庆，去爸爸工作的地方，那里有我们的新家；现在是去香港，去那里等待父母和两个妹妹。历史好像转一圈又回来了，我依然走在与家人团聚的路上。只是，这一次，我们的新家又在哪里呢？

（本文选自《多洛丝回忆录》）

作者海娆和多洛丝（前左）及其女友亨丽叶（前右），2021年夏天在多洛丝家中

［特约编辑：钟红明］

后记 打捞岁月的流金

海娆

在翻译《汉娜的重庆》期间，我跟汉娜见过一面，那是2018年圣诞前夕，在她家里。我们聊到书中的一些内容，包括她的小闺蜜多洛丝。多洛丝当年在重庆的家，南山文峰塔下的阿思密房子，曾经的德国大使馆办公处，现在是重庆市文物保护单位。但关于它的史料寥寥无几。在城市的旧貌被新颜替换殆尽的今天，这幢古朴典雅却荒芜多年的百年老屋愈显稀罕和珍贵，也引起越来越多的人的关注和好奇。作为土生土长的重庆人，我也渴望能拨开它身上的岁月尘埃，一睹它百年沧桑背后的风采。

汉娜见我对多洛丝的故事感兴趣，给了我一份打印资料，是多洛丝用英文写的回忆录，有四十页，配有几帧老照片。我如获至宝，回家后就匆匆浏览起来。它果然没有让我失望，流水账般细碎的回忆中，有不少对重庆生活的记录。南山上那幢垂死的老屋在她的笔下活过来了，人欢狗跳，美食飘香，充满了人间烟火气。除此之外，小姑娘还亲历了重庆大轰炸和上海解放。由于身份特殊，她还跟一些历史人物有交集。这份薄薄的打印稿如出土的璞玉，在我眼里有了特别的价值和重量。

2020年秋天，《汉娜的重庆》终于出版，因翻译此书而中断的长篇小说《我的弗兰茨》也创作完成，于是我又捧起这份回忆录，考虑该为它做点什么。我开始重读，精读，研读，竟然有了惊艳的发现：当我沿它枝蔓横生的方向多走几步，我看见了风景；当我驻足那些被一笔带过的人和事，把目光深深沉下去，我发现了宝藏。

比如她外公。多洛丝对他的介绍非常简略，只说他是美国建筑工程师查尔斯·伯捷，在广州跟人合伙开公司，设计和建造了很多建筑，这些建筑大部分至今犹在。我上网查实，发现伯捷竟是"广州现代建筑之父"，故居还在，因为接待过孙中山等民国政要，享有"广州白宫"的美名……如此辉煌的家史，多洛丝为何不浓墨重彩地多写几笔？后来我问她，她淡淡道，那是为几个儿孙写的，她只想告诉他们自己早年在中国的故事。

此后，我查到更多伯捷的史料，其中一份1913年的美国报纸，报道了伯捷去美国和欧洲为孙中山修铁路筹款的事。在匹兹堡接受记者采访，伯捷的谈话打动了我。他说："中国的新政府是世界上最先进的政府之一，尽管它才成立一年，中国社会已经得到很大的改善。""中国的未来，即使不是世界上最光明的国家，也是其中之一。新的共和国尚处于起步阶段，我相信，世界上所有的国家都希望它能取得成功，并且愿意助它一臂之力。"

诚然，作为商人，伯捷的话里不排除有商业意图。但不可否认，客观上他是在为中国发声，呼吁已进入工业化时代的西方强国，向刚刚挣脱封建帝制桎梏的中国伸出援手。清末民初的中国积贫积弱，动荡不安，在内忧外患中举步维艰，任何形式的支持和援助都无疑是雪中送炭。伯捷的努力也因此显得弥足珍贵。

在当时的广州，伯捷是功成名就的外商，跟当时的广东政府关系良好，又有广泛的外商背景和资源，就理所当然被孙中山和当时的广东政府委以重任，去海外为中国的发展建设"招商引资"。但伯捷当时其实是走不开的：公司业务繁忙，合伙人帕内已离开公司返回澳洲；家里一双年幼的儿女正绕膝承欢，爱妻又怀上第三胎待产；自家新房欲破土动工。更何况，千里奔波和游说之后，这种事仍成败难料。然而他毅然接受了，请来美国的弟弟帮忙打点公司，把新房的工期推迟，告别了娇妻幼子，只身横渡太平洋。在美国筹款失败后，他又锲而不舍，横渡大西洋，最终在伦敦大获成功。如此往返大半个地球，与家人分别大半年之久，妻子生产也不能陪伴，只为给中国争取外援。这份对中国的爱与付出，难道不值得被书写、铭记和颂扬吗？

再比如，对父亲工作的合步楼公司，多洛丝在回忆录里只字未提。而我从查到的史料中获悉，该公司跟民国政府有密切合作，不仅为当时的中国基础工业和国防工业现代化奠定了基础，还在抗战初期为中国输入大量先进武器，极大提高了中国军队的作战能力，客观上帮助了中国抗日。1941年初，为了跟在重庆工作的父亲团聚，多洛丝和母亲从香港启程，经上海辗转，过石浦、衡阳去重庆，途中有四十个苦力搬运行李，二十个士兵背着长枪保驾护航，那壮观的场景让五岁的小姑娘终生难忘。然而她不知道，那实际上是一次穿越日军封锁线的军火运输。

凡此种种，让我看到了多洛丝回忆录的价值不同寻常。我决定把它完善成书，用文字留下这段珍贵的历史。我建议她重写，把相关史料补充进去。考虑到她年事已高，如果心力不逮，我也愿意执笔，与她共同完成此书。她接受了后者。

合作很顺利。我们先在手机上用WhatsApp交流，我就按她原稿的路径提问。她很配合，每问都认真作答，还不时发来老照片补充说明。然后她又邀请我去她瑞士的家里做客，我们面对面长谈，一起看她母亲留下的老照片和父母从中国带回的家具什物。她还请来当年在重庆的小伙伴亨丽叶，让她也接受我的采访。这些都为我能完成此书提供了丰富的素材和巨大的帮助。

这本由我执笔的《多洛丝回忆录》，基本上沿用了她原稿的叙事风格和结构，也尽可能保留了原稿的内容，但我对它们进行了调整，加上小标题，以便呈现出某种秩序，再用采访所得的素材和网上线下查到的资料，对它们逐一进行补充和丰满，希望将纪实性和文学性统一起来。因为我相信，只有通过鲜活的人物、动人的故事、真诚的语言，历史才能更好地被人铭记。

同样是小姑娘视角的口述历史，《汉娜的重庆》聚焦一个中德家庭，人物、时间和地点都相对集中，故事跌宕且扣人心弦，像一朵饱满而色彩浓郁的花朵，从二十世纪中期的重庆土壤里生长出来，摇曳着令人心碎的美丽与哀愁。这本《多洛丝回忆录》则以长镜头的方式，展现了一个外国小姑娘在中国漫长的成长经历和情感流动，以及她身边亲友们的故事。它是线形的、散点的，跨越了不同的时空和种族。那些看似互不关联的人和事，是流散沉落在岁月河底的碎金。现在它们被我打捞起来，用多洛丝的足迹串成一条金项链，每一粒碎金都闪烁着时代的光泽。它们汇聚在一起，就构成了一幅横跨中、美、欧的二十世纪的历史画卷，开阔又细腻，真实又诗意。这，或许就是这本书的特色和意义。

[特约编辑：钟红明]

图书在版编目（CIP）数据

收获长篇小说.2024.春卷 /《收获》文学杂志社编.
-- 上海：上海文艺出版社，2024(2025.3重印)
ISBN 978-7-5321-8988-5

Ⅰ.①收… Ⅱ.①收… Ⅲ.①长篇小说－小说集－中国－当代 Ⅳ.①I247.5

中国国家版本馆CIP数据核字(2024)第040482号

主　　编：程永新
副 主 编：钟红明　谢　锦

发 行 人：毕　胜
责任编辑：张诗扬　吴　旦　景柯庆
封面设计：黄　海
特约法律顾问：王　嵘　光　韬

书　　名：收获长篇小说.2024.春卷
编　　者：《收获》文学杂志社
出　　版：上海世纪出版集团　上海文艺出版社
地　　址：上海市闵行区号景路159弄A座2楼 201101
发　　行：上海文艺出版社发行中心
　　　　　上海市闵行区号景路159弄A座2楼206室　201101　www.ewen.co
印　　刷：上海中华印刷有限公司
开　　本：710×1000　1/16
印　　张：29.25
插　　页：2
字　　数：607,000
印　　次：2024年3月第1版　2025年3月第2次印刷
I S B N：978-7-5321-8988-5/I.7079
定　　价：55.00元

告 读 者：如发现本书有质量问题请与印刷厂质量科联系　T:021-69213456